Caitlin ist spurlos verschwunden. Dabei wollte sie doch nur in den Ferien nach Hause fahren, nach Irland. Ihre beste Freundin schlägt bei der Polizei zunächst vergeblich Alarm. Erst DI Brook und sein Partner Noble hören genauer hin, denn es gibt ähnlich gelagerte Fälle. Stets sind es katholische junge Mädchen, meist aus Irland oder Polen, alle bleiben sie wie vom Erdboden verschluckt. Die Detectives beginnen sich in der zwielichtigen Welt der Billiglohnarbeit umzuhören, als man eine weibliche Leiche findet. Es ist nicht Caitlin, aber die Suche nach ihr ist nun dringlicher denn je …

Seit dem Abschluss seines Studiums an der Kent University hat *Steven Dunne* immer geschrieben. Inzwischen ist in Großbritannien jedes seiner Bücher ein Bestseller. »Todesmond« ist der fünfte Fall um Damen Brook, den Kommissar aus Derby. Steven Dunne lebt mit seiner Frau selbst in Derby und arbeitet als Englischlehrer.

Elvira Willems, Literaturwissenschaftlerin M. A., übersetzt nach Stationen im Buchhandel, in Bibliotheken und Verlagen seit fast zwanzig Jahren Unterhaltungsliteratur, Krimis, historische Romane, Biografien sowie Kinder- und Jugendbücher aus dem Englischen.

STEVEN DUNNE

TODES MOND

THRILLER

Aus dem Englischen
von Elvira Willems

Berlin Verlag Taschenbuch

FSC
www.fsc.org
MIX
Papier aus verantwortungsvollen Quellen
FSC® C083411

Dezember 2016
Die Originalausgabe erschien 2015 unter dem Titel
Under a Killing Moon bei Headline, UK

Published by arrangement with Steven Dunne
Für die deutsche Ausgabe

Umschlaggestaltung: ZERO Werbeagentur, München
Umschlagabbildung: Anja Bäcker/plainpicture
Gesetzt aus der Joanna
Druck und Bindung: CPI books GmbH, Leck
Printed in Germany
ISBN 978-3-8333-1069-0
www.berlinverlag.de

In liebevoller Erinnerung
an Vincent »Vinny« McKenna – Fan, Freund, Bruder

1

20. März

Caitlin kippte den Schnaps hinunter, knallte das Glas auf den Tresen und ließ gegen die brennende Hitze, die sich den Weg in ihren leeren Magen bahnte, eilig einen Schluck eiskaltes Guinness folgen. Sie genoss den ungewohnten Rausch des Alkohols und grinste ihre Freundin an, die das gar nicht gut fand.

»Was?«, schrie sie über den Beat der Band, die auf der Bühne ihren plumpen Rhythmus hämmerte. »Noch einen hier rüber, Jack.« Sie wedelte mit der Hand, damit der Barkeeper ihr leeres Glas auffüllte.

Er zögerte kurz, um ihren Zustand einzuschätzen, schnappte sich dann das Glas, um es aufzufüllen, und zeigte auf das Namensschild auf seiner Hemdbrust. »Wenn du das hier lesen kannst, kriegst du noch einen.«

Kurzsichtig linste Caitlin auf das Schild. »Jake.« Der Barkeeper nickte und ging mit ihrem Glas zu den Portionierern.

»Du haust heute aber ganz schön rein, Kitty«, zischte Laurie.

»Ich feier«, lallte Caitlin.

»Grund zum Feiern?«

»Ich bin Irin«, versetzte Caitlin kichernd. »Ich hab den St. Patrick's Day verpasst; klar hab ich was nachzuholen.«

»Du weißt, was ich meine.«

Caitlin seufzte. »Laurie, es ist Freitagabend, und ich trink was. Morgen fahr ich heim nach Belfast. Und dann muss ich mir drei Wochen keine Lektionen anhören, weder an der Uni noch deine.«

»Du willst nicht drüber reden.« Laurie nickte. »Das versteh ich. Aber mir machst du nichts vor.«

»Das heißt?«

»Das heißt, dass ich weiß, was es dich gekostet hat«, antwortete Laurie und sah ihrer Freundin tief in die Augen. »Wenn du also darüber reden willst, bin ich da.«

Caitlin senkte den Blick zu Boden, um nach den richtigen Worten zu suchen, doch das hätte sie besser nicht getan. Sie hatte in der düsteren Kneipe Mühe, Lauries Gesicht wiederzufinden. »Also, das ist durch. Mir geht's großartig ...«

»Aber du ...«

»Keine Lektionen mehr, okay?« Caitlin lächelte. »Ich bin wieder frei, und das will ich feiern.« Sie nahm noch einen kräftigen Schluck Guinness.

Laurie lenkte ein und erwiderte ihr Lächeln. »Okay. Und obendrein hast du rausgefunden, was für ein Scheißkerl Rollo ist.«

»Ich glaub, daran gab's nie große Zweifel, oder?« Caitlin hickste und hob die Hand an den Mund, denn sie spürte tief im Hals, dass sie sich gleich übergeben musste.

»Geht's dir gut, Kitty?«

»Besser denn je«, murmelte Caitlin, mehr um sich selbst zu überzeugen. Nein, es ging ihr gar nicht gut. Sie hatte seit Wochen nichts getrunken, und der Alkohol schlug erbarmungslos zu. Der Raum begann zu wanken, und ihr Kopf fühlte sich an, als wippte er auf einem Stock herum.

Plötzlich lullten Lärm und Tumult im Pub Caitlin nicht länger in dunkle Zufriedenheit ein, sondern rückten ihr unangenehm auf den Leib. Einzelheiten traten hervor und kratzten an ihren Nerven – die Musik, das Gedränge, die plötzliche Hitze in ihrer Brust und die Schweißperlen auf ihrer Stirn. Sie knallte das Bierglas auf den Tresen und schob sich durch das Gewühl zum Ausgang. »Toilette«, nuschelte sie noch über die Schulter.

Einen Augenblick später huschte sie hinaus in die kalte Nacht von Derby, und ein erster Schwall Erbrochenes schoss aus ihrem Mund auf den festgetrampelten Schnee auf dem Gehweg. Sie stöhnte vor Ekel auf, stützte die Hände auf die Knie und wartete ab. Sie erbrach sich ein zweites Mal, dann konnte sie sich wieder aufrichten und sich die nassen Augen wischen. Das Gift war raus, und sie fühlte sich gleich besser. Sie atmete ein paarmal tief durch und freute sich nach den Ausdünstungen im Pub über die beißende Winterluft. Es fing sachte an zu schneien, die Flocken warfen einen sanften Schleier über das gewohnte Treiben der Stadt.

Einigermaßen wiederhergestellt, wollte sie die schwarzweiß gestrichene Tür des Flowerpot wieder aufdrücken, doch vor der Wand von Körpern, die zu der primitiven Musik von der Bühne nickten, zögerte sie einen Augenblick, holte ihr Handy heraus und schrieb Laurie eine SMS.

Mir reicht's für heute. Mach mich vom Acker. Kommst du mit?

Ihre starken, jungen Beine trugen Caitlin mit flotten Schritten die King Street hinunter. Der Schnee knirschte unter ihren Schritten. Allmählich wich die Kälte aus ihren Knochen. Am Five Lamps bog sie in die Kedleston Road in Richtung Universität. Von da waren es noch rund achthundert Meter bis zu dem kleinen, schäbigen Bungalow, den sie zusammen mit Laurie gemietet hatte. Es war zwar Freitagabend, doch der rieselnde Schnee, der ihr wie ein Vorhang die Sicht nahm, dämpfte auch das Brummen der Stadt. Nur ein auf der A 38 vorbeisausendes Auto und das Summen der Straßenlaternen, die näher kamen und dann wieder hinter ihr zurückblieben, durchdrangen die Stille. Bei so einem Wetter waren nur die ganz Hartgesottenen unterwegs.

Ihr Handy vibrierte. ***Wo bist du?***

Ked. Schon halb zu Hause.

Alles okay?

Auf der Brücke über die A 38 blieb Caitlin stehen und schickte einen Smiley. Sie stützte sich auf das Geländer, um Atem zu schöpfen. Ein weißer Van verlangsamte die Fahrt, als er sich der Brücke näherte, und sie blickte desinteressiert hinüber. Nachdem der Fahrer herausgefunden hatte, welche Straße er nehmen musste, bretterte er an ihr vorbei, dass der Schneematsch an ihre Schienbeine patschte.

»Arschloch!«, rief sie ihm hinterher.

Sie lachte kurz auf, richtete den Blick wieder auf die vierspurige Straße unter ihr und spürte Vorfreude aufglühen. Menschen, die irgendwohin fuhren. Das hob ihre Stimmung. Zum ersten Mal seit Wochen fühlte sie sich ruhig. Morgen würde sie im Zug nach Liverpool sitzen und von dort die Fähre nach Belfast nehmen, um ihre Schwester Mairead zu besuchen. Reisen war gut. Es hatte etwas Tröstliches, gab ihr Zeit zum Nachdenken, Zeit, aus dem Fenster zu sehen oder über das ewige Wasser zu blicken und über ihr Leben zu sinnieren.

Sie richtete sich auf. Ja, sie würde ihr Leben wieder auf die Reihe kriegen. Sie brannte darauf. Noch eine SMS von Laurie.

Tommo ist hier, fahr'n mit dem Taxi zu ihm. Geht's dir wirklich gut?

Caitlin schickte eine letzte beruhigende Nachricht – ***Besser denn je*** – und ging weiter. Sie stapfte durch den knirschenden Schnee und genoss die Einsamkeit und das bleiche Licht des bleifarbenen Himmels. Ihr Blick strich über das Universitätsgebäude, das auf dem Hügel zu ihrer Rechten hoch aufragte, und den im Dunkeln liegenden Markeaton Park zu ihrer Linken.

Knapp hundert Meter weiter drangen plötzlich eine Bewegung und ein Rascheln im Laub, das von unter den Hecken kam, in ihr Bewusstsein.

Was treibt sich denn bei dem Wetter im Park rum? Kann nur ein streunendes Tier sein.

Sie spitzte die Ohren, hörte aber nichts mehr. Kein Bellen, kein Keuchen. »Hier, Junge«, rief sie. Keine Reaktion. Eine Sekunde später schickte sie sich an weiterzugehen, verharrte aber fast sofort mitten in der Bewegung, und ihr Kopf schoss herum, denn aus dem dunklen Park rief eine tiefe Stimme.

»Kit-ty!«

In Schockstarre stierte sie auf die dunkle Stechpalme, aus der die Stimme gekommen war. War das der Umriss einer menschlichen Gestalt da zwischen dem Laub? Schnee fiel ihr in die Augen, und sie blinzelte hektisch, um die Sicht frei zu kriegen. Sie stierte weiter, doch das Einzige, was sie wahrnahm, waren der fallende Schnee, das Klopfen ihres Herzens und die Atemwolken, die aus ihrem Mund aufstiegen.

Der dunkle Schemen in dem Strauch bewegte sich nicht. Wenn es ein Mensch war, dann war er unglaublich reglos. Beschämung machte sich auf ihren Zügen breit, und sie wandte sich ab.

»Guinness und Wodka«, murmelte sie und ging weiter. »Tödliche Mischung.«

»Kit-ty!« Wieder die Stimme, die gedämpft, aber eindringlich nach Aufmerksamkeit verlangte.

Caitlin schoss herum, sämtliche Sinnesorgane in Alarmbereitschaft. Das Herz pochte wild in ihrer Brust, und trotz der frostigen Temperaturen liefen ihre Wangen von der aufsteigenden Hitze rot an. »Wer ist da?«

»Hier, Kitty, Kitty, Kitty.«

Ein Schauder kroch Caitlin den Rücken hinunter, und sie nahm wieder Schritt auf. *Nicht laufen! Keine Panik kriegen! Schnell gehen, aber ruhig.* Das hatte sie in ihrem Frauenselbstverteidigungskurs gelernt. Selbstkontrolle war das A und O. Einige Perverse geilten sich vor allem an der Angst ihrer Opfer auf.

»Dreh dich nicht um«, sagte sie sich und ging flott weiter, ohne in einen Laufschritt zu fallen. »Da sucht nur jemand seine Katze, mehr nicht.« Doch als sie hinter sich ein Knacken im Unterholz hörte, trabte sie los.

»Kit-ty!« Die Stimme wurde lauter und kam keuchend näher. Sie drehte sich um, doch sie konnte nichts erkennen und lief weiter.

»Verdammt, das ist nicht witzig!«, bellte sie über die Schulter, ohne ihr Tempo zu verlangsamen.

»Kit-ty!«

Caitlin kam schliddernd zum Stehen und drehte sich um. *Wer außer ihren Freunden kannte ihren Spitznamen?* Sie blickte konzentriert nach hinten und hob eine Hand gegen die Schneeflocken, die ihr die Sicht erschwerten.

»Rollo? Bist du das?« Keine Antwort. Keine Bewegung, nichts zu erkennen. Sie wollte ihren Weg schon fortsetzen, da zeichnete sich durch den weißen Vorhang rund zwanzig Meter von ihr entfernt eine stämmige Gestalt ab, die vollkommen reglos dastand. Hoch aufragend stiegen Atemwolken von ihr auf. »Wenn du das bist, Rollo, dann sag was, du blöder Wichser. Du hast echt Nerven, nach dem, was …«

»Kit-ty!«, rief die Stimme jetzt knurrend, und ihr Name klang wie ein Vorwurf – in der Stimme lag Traurigkeit, aber auch ein Anflug von Hass.

Caitlin wollte weglaufen, doch sie war wie gelähmt und starrte nur durch die wirbelnden Flocken, um einen Hinweis zu erhaschen, wer sie so peinigte. Der Schnee schloss sie ein, schnitt sie von allem ab außer von den fernen Lichtern der Häuser, deren Bewohner es darin sicher und warm hatten. Sie suchte, ob sie zum Trost andere Fußgänger, ein Auto gar erblicken konnte, doch da war niemand, den sie um Hilfe hätte bitten können.

»Himmel, das ist überhaupt nicht witzig. Jetzt echt!«

»Kitty.« Die Stimme war rau und krächzend und verströmte Aggression und Selbstbewusstsein. »Hier, Miez, Miez. Komm zu Vati.«

Endlich wandte sich Caitlin von der Stimme ab und sprintete los, den Blick fest nach vorn gerichtet, während sie die ganze Zeit nach hinten lauschte, ob sie etwas von ihrem Verfolger hörte.

»Hier, Kitty, Kitty, Kitty!«

Wieder kam sie schliddernd zum Stehen. Die Stimme kam jetzt von vorn. Dieselbe Stimme? Nein, eine andere. Höher. Jünger? Ein Junge? Schwer zu sagen. Unmissverständlich war jedoch die Boshaftigkeit, der spöttische Tonfall, der Hohn darin. Sie zögerte, bevor sie sich entschloss, die Straße zu überqueren und zur Universität zu laufen. Als sie sich zurückzog, sah sie vor sich eine zweite Gestalt aus dem Schatten auftauchen und stieß unwillkürlich ein Wimmern aus, drehte sich und lief in die entgegengesetzte Richtung los.

In dem Sekundenbruchteil, den sie noch bei Bewusstsein war, nahm Caitlin die große Gestalt wahr, mit der sie zusammenstieß, sowie ein elektrisches Knistern. Dann schoss auch schon ein brennender Schmerz durch ihren Körper, der ihre Muskeln lähmte. Mit einem Knirschen landete sie im Schnee.

2

16. April

Detective Sergeant John Noble ging durch den leichten Regen zurück zu seinem Wagen und fuhr das kurze Stück vom Campus zum Polizeipräsidium am St. Mary's Wharf. Nachdem er den Wagen geparkt hatte, blieb er noch eine Weile im Dunkeln sitzen und holte seine Zigaretten heraus. Er zog auch sein Notizbuch hervor, um ein paar Fakten durchzugehen, die er von Caitlin Kinnears Exfreund erfahren hatte, der im zweiten Studienjahr war. Er dachte an die Verachtung, die ihm entgegengeschlagen war.

Mit einem Stift schrieb er *arroganter Kotzbrocken* neben den Namen Roland Davison. Er hätte gern noch etwas Beleidigenderes geschrieben, aber es konnte sein, dass DI Brook seine Notizen zu Gesicht bekam, und dessen Reaktion konnte Noble sich leicht ausmalen. *Fluchen ist ein Zeichen für jemanden, der sich nicht unter Kontrolle hat, John*, würde er sagen und dann hinzufügen: *Wir werden aber dafür bezahlt, dass wir die Kontrolle haben.*

»Ich wette, mit *Ihrer* Selbstbeherrschung wäre es auch nicht weit her gewesen, wenn Sie mit dem ...« Noble verharrte mitten im Satz und zündete sich eine Zigarette an. Wenn es je einen Zeitpunkt gegeben hatte, da er Brook brauchte, damit der einen Zeugen in die Schranken verwies, dann heute. Ein paar Züge später hatte Noble sich wieder beruhigt, und er warf seine Kippe weg und ging zu den Rauchglastüren des Präsidiums. Das Nikotin wirkte, und er fühlte sich um einiges ruhiger.

»Mach den Papierkram fertig und reich die Sache an die Polizei in Nordirland weiter. Die sollen sich selbst um ihre Vermissten kümmern«, sagte er sich.

Er drückte die Tür auf und trat ins Licht und in die Wärme. Als er sah, dass DI Frank Ford sich mit Sergeant Hendrickson am Empfangstresen über einen Witz amüsierte, blieb er stehen. Die beiden drehten sich zu ihm um, und ihr Grinsen wurde zu einem spöttischen Feixen. Noble hatte einen harten Tag gehabt und musste nachdenken, er sehnte sich nach der tröstlichen Umgebung seines Büros. Aus Erfahrung wusste er, dass Brook, der sozial inkompetente Außenseiter, solchen Begegnungen tunlichst aus dem Weg ging, doch Noble war fest entschlossen, sich seinen Arbeitsplatz nicht vermiesen zu lassen.

»John«, sagte Ford und begrüßte ihn wie einen verschollen geglaubten Freund.

»Sir«, antwortete Noble und zögerte, um zu sehen, ob einer von Brooks wortreichsten Kritikern außer Beleidigungen sonst noch etwas mitzuteilen hatte.

»Wie ist das Leben ohne den Leierkastenmann?« Ford grinste und warf Hendrickson, dem diensthabenden Sergeant, einen Zustimmung heischenden Blick zu.

Noble lächelte mechanisch. »Nennen Sie mich einen Affen, Sir?«

»Eher einen Laufburschen, würde ich sagen«, versetzte Ford. Darüber musste Hendrickson lachen.

»Stets zu Diensten«, erwiderte Noble freundlich. Und da er fand, das war genug des Geplänkels, wandte er sich in Richtung Treppe.

»Jetzt mal im Ernst«, sagte Ford rasch, »wie lange wollen Sie noch zusehen, wie der komische Kauz Ihre Karriere behindert?«

»Sir?«, fragte Noble.

»Beim letzten Mal sind Sie bei der Beförderung zum DI übergangen worden, oder?«

»Zugunsten eines anderen Mitglieds von DI Brooks Team«, erwiderte Noble, dessen höfliches Lächeln mit jeder spitzen Bemerkung von Ford matter wurde. »Sir.«

Ford kniff die Augen zusammen – die Andeutung verstand er durchaus. »Wo ist er? Mal wieder auf Krankenschein?«

Noble starrte Ford und Hendrickson an. Bei ihrem Grinsen drehte sich ihm der Magen um. Ford spielte auf Brooks Nervenzusammenbruch vor über zwanzig Jahren an, als er bei der Met gearbeitet hatte. »Urlaub«, brachte er heraus, doch sein Lächeln war verschwunden. »Am Montag wieder da.«

»Hätt nicht gedacht, dass Brook überhaupt so was wie Urlaub macht.«

»Er nimmt gern eine Woche über Ostern, um in den Peaks zu wandern und die Spinnweben des Winters zu vertreiben.«

»Ehrlich?« Ford nickte, während er sich schon seine nächste spitze Bemerkung zurechtlegte. »Ja, dachte mir immer schon, dass Brook was von einem Streuner hat.« Er ahmte die staksigen Bewegungen eines Zombies nach und zwinkerte Hendrickson zu, der noch einmal lachte.

»Ja«, versetzte Noble und wandte sich zur Treppe. »Er findet, das Gehen hilft ihm beim Denken.« Er griff nach der Türklinke und richtete den Blick auf seine beiden feixenden Kollegen.

»Scheint zu funktionieren, wenn man die Zahl der alten Fälle bedenkt, die er im letzten Jahr aufgeklärt hat.«

Er ließ die Tür hinter sich zufallen und eilte die Treppe hinauf. Er brauchte Fords Gesicht nicht zu sehen, um sich über die plötzliche Wut zu amüsieren, die dessen Züge jetzt verzerrte. Dabei hatte er gar nicht hinzufügen müssen: *Und die meisten waren von Ihnen!*

Immer noch grinsend fuhr Noble den Computer hoch, um seine E-Mails zu checken, und schaltete den Wasserkessel ein. Er trank heißen Kaffee und las währenddessen eine Mail zu einem anstehenden Prozess, der auf Montagmorgen verschoben worden war. Er sollte dort eine Aussage machen und notierte sich den Termin im Kalender seines Handys. Damit war an geregelte Arbeit in der nächsten Woche nicht zu denken.

Erfreut stellte er fest, dass auf seine Erkundigungen nach Caitlin Kinnear zwei schnelle Antworten eingegangen waren. Eine Mail von einem DS bei der nordirischen Polizei hatte Caitlins Namen in der Betreffzeile. Die andere, von einem Freund bei der Kripo Mersey, bezog sich schlicht auf *Vermisste junge Irin*. Noble las beide E-Mails aufmerksam, bevor er sein Notizbuch nahm und eine neue Seite aufblätterte, um sich für den nächsten Morgen eine Checkliste zu machen.

- Foto von Uniververwaltung
- Bei den Kollegen in Nordirland nachhaken
- Überwachungskameras der Midland Mainline und des Fahrkartenautomaten
- Örtliche Taxiunternehmen
- Freunde/Freundinnen, Profs etc.
- Kneipenpersonal im Flowerpot
- ggf. Grenzkontrolle

Nach ein paar weiteren Notizen blätterte er zur vorigen Seite zurück, suchte Roland Davisons Namen, schrieb »Alibi überprüfen« daneben und unterstrich es drei Mal, bevor er seinen Kaffee austrank. Blinzelnd richtete er seine müden Augen auf den Monitor und konnte den Blick nicht mehr davon lösen. Irgendetwas nagte an ihm. »Vermisste junge Irin«, murmelte er und versuchte dahinterzukommen, was genau ihm da eigentlich keine Ruhe ließ. Er wiederholte die Worte noch einmal, rief die landesweite Polizeidatenbank auf, tippte sie in die Suchmaschine und fügte »Derby« hinzu.

»Jane«, sagte Noble, indem er die Tür zu DI Gadds Büro aufdrückte.

Eine schlanke Frau in Nobles Alter blickte von ihrem Bildschirm auf. Zuerst lächelte sie und dann gab sie sich vollkommen ratlos. »Verzeihung, wen möchtest du sprechen?«

Noble seufzte. »*Detective Inspector* Gadd.«

»Inspector Gadd?« Sie grinste ihn an. »Oh, das bin ja ich.«

Noble lachte. »Noch nicht dran gewöhnt?«

»Noch lange nicht. Was kann ich für dich tun?«

»Bernadette Murphy. Ist vor drei Jahren verschwunden. Hat bei ihrer Tante in Darley Abbey gewohnt. Du hast es damals aufgenommen.«

»Hilf mir auf die Sprünge.«

»Eine junge Irin aus Dublin. Hat bei Mr. und Mrs. Finnegan in der Bank View Road gelebt.«

»Ja, jetzt weiß ich's wieder.« Gadd nickte. »Was ist damit?«

»Ich habe noch eine vermisste junge Irin«, erklärte Noble, der sich ein wenig dumm vorkam, als er es sagte.

»Caitlin Kinnear«, sagte Gadd. »Ich hab's in der Zeitung gesehen. Bisschen magere Verbindung.«

»Ich weiß«, gestand Noble. »Tu mir trotzdem den Gefallen.«

»Soweit ich mich erinnern kann, war es eine Routinenachfrage von den Kollegen, nachdem Bernadette Ende August nicht nach Dublin zurückgekehrt war. Bei ihrer Tante hier hatte sie ihre ganzen Sachen mitgenommen.«

»Das war Anfang Juli vor drei Jahren.«

»Wenn du es sagst. Sie hat Urlaub gemacht, ist gereist, und die Tante dachte, sie wäre nach London gefahren. Ich habe eine Gefährdungsbeurteilung vorgenommen und nach vier Wochen die Faktenlage überprüft, aber soweit ich die Angelegenheit einschätzen konnte, lag sie außerhalb unserer Zuständigkeit. Sie war Sache der Kollegen in Dublin. Ende der Geschichte. Soweit ich weiß, gilt sie noch als vermisst. Wenn es je eine Spur gab – was ich bezweifle –, war sie längst eiskalt, als ich mich damit befasst habe.«

»Dann hat es wohl keinen Sinn, zu der Tante zu fahren und sie zu befragen.«

»Jedenfalls nicht in der Bank View Road«, sagte Gadd. »Als ich damit betraut wurde, hatten Tante und Onkel sich getrennt, und sie war ausgezogen.«

»Oh? Weißt du, warum?«

»Wenn du jetzt denkst, sie hätten sich getrennt, weil Bernadette und der Onkel was hatten, vergiss es«, sagte Gadd. »Er war damals auf einer Bohrinsel in der Nordsee.«

Noble zuckte die Achseln. »Nur so ein Gedanke.«

»Aber als ich sie befragte, war am Betragen der Tante schon irgendetwas auffällig.«

»Was?«

»Ich bin mir nicht ganz sicher, aber ich hatte den Verdacht, sie und ihre Nichte hätten sich womöglich gestritten und das könnte der Grund für Bernadettes Auszug gewesen sein. Die Tante wollte sich nicht weiter darüber auslassen, und ich hatte keinen Grund, sie unter Druck zu setzen. Hab nie wieder was von der Sache gehört.«

»Vielleicht hat die Tante sie umgebracht und hinterm Haus im Garten verbuddelt.«

»Dagegen sprechen ihre körperliche Verfassung sowie der

gepflasterte Garten«, sagte Gadd. »Ich kann die Akte raussuchen und dir die neue Adresse der Tante per E-Mail schicken, wenn du deine Zeit vergeuden willst.«

»Das wäre sehr freundlich. Inspector.«

Gadd grinste wieder. »Nenn mich Jane.«

Zwei Tage später konnte Noble seine Aussage vorwärts und rückwärts aufsagen. Er schloss die Akte zu dem bevorstehenden Prozess und warf sie auf seinen Schreibtisch. Darunter rutschten einige andere Unterlagen weg, von denen ein paar zu Boden segelten. Noble hob sie auf. Eine war die Vergrößerung eines Fotos von Caitlin Kinnear, auf dem sie für ihren Studierendenausweis posierte. Sie hatte ein nettes Gesicht, kurze blonde Haare und grüne Augen. Voller Versprechungen einer Jugend, die für Noble – gerade auf der falschen Seite der dreißig – nur noch eine ferne Erinnerung war.

Um sich zu beschäftigen, pinnte er das Porträt an die Korkwand und betrachtete es. Dann richtete er den Blick auf die Akte auf seinem Tisch und holte sein Handy heraus. Er wollte Brooks Nummer wählen, doch als ihm aufging, wie spät es war, hielt er inne. Caitlins Spur war seit fast einem Monat kalt, und er war sich nicht einmal sicher, ob es sich lohnte. Er tippte eine SMS.
Bin Montag bei Gericht. Sie müssen mir einen Gefallen tun. Können wir morgen reden?

»Stell dich drauf ein, dass du ausgelacht wirst«, sagte er, loggte sich aus und zog seine Jacke an. Eine Sekunde später schmetterte sein Handy die Titelmusik von *Detektiv Rockford – Anruf genügt*.

»Was gibt's, John?«, fragte Brook.

3

20. April

Detective Inspector Damen Brook stellte das Tablett auf den frisch gewischten Plastiktisch und sah sich in der hellen Mensa der Universität von Derby um. Die meisten der diversen Essensausgaben hatten um zehn am Morgen noch nicht geöffnet. Die Mensa war bereits gut besucht, doch die Studierenden nutzten sie hauptsächlich als Aufenthaltsraum, wo sie bloß herumsaßen, ohne viel zu tun, ohne etwas zu trinken oder zu essen. Sie redeten nicht mal viel. Einige nickten zu unbekannter Musik aus Ohrstöpseln, andere konnten wie hypnotisiert den Blick nicht von ihren iPhones lösen, Daumen wischten beim Scrollen durch Gesprächshäppchen hektisch über Tablets.

»Sie sind der Polizist, der nach den vermissten Studentinnen sucht«, sagte die nervöse junge Frau, die schräg gegenüber an dem Tisch saß, zu Brook.

Brook wandte seine Aufmerksamkeit wieder der Studentin im ersten Studienjahr zu, fünf Jahre jünger als seine Tochter. Laurie Teague hatte große Augen und mittellanges braunes Haar und war schlank und zierlich. Brook schob ihr einen Pappbecher, halb voll mit Schaum, über den Tisch, nahm ihr gegenüber auf der Bank Platz und trank einen Schluck seines wässrigen Tees.

»Richtig.«

»Suchen Sie deswegen nach Caitlin?«, fragte sie. »Weil Sie so 'ne Art Experte sind?«

»Für vermisste Studentinnen?«, erwiderte Brook. »Nein. Ich bin einfach ein Detective …«

»Laurie«, sagte die junge Frau und blickte durch eine Glaswand hinaus in einen überdachten Hof. Ihre Finger spielten mit einer Zigarette, die sie hier jedoch nicht anzünden konnte und deswegen nur mit den Fingern streichelte.

»Laurie«, wiederholte Brook mit einem verlegenen Lächeln. Normalerweise half Noble ihm aus, denn sein Namensgedächtnis war miserabel.

»Was ist aus DS Noble geworden?«

»Er hat zu tun.«

»Verstehe.«

»So war das nicht gemeint«, sagte Brook. »Er musste ans Gericht und wollte nicht, dass Sie denken, er würde das hier nicht ernst nehmen, also hat er mich gebeten, mit Ihnen zu sprechen.«

»Sie sind sein Chef.«

»Ja.«

Sie nickte. »Als ich Ihren Dienstausweis gesehen hab, dachte ich schon, Sie hätten eine Leiche gefunden.«

»Keine Sorge, dem ist nicht so.«

»Das ist mir dann auch klar geworden, denn sonst hätten Sie eine jüngere Beamtin mitgebracht, die mir die Hand halten müsste, wenn ich einen auf Mädchen mach. So läuft's jedenfalls im Fernsehen. Es ist immer eine Tussi.« Brook zog eine Augenbraue hoch, und Laurie senkte den Kopf, ohne sich gegenüber ihren Geschlechtsgenossinnen zu entschuldigen. »Was ist Caitlin zugestoßen, Inspector?«

»Es gibt keinen Beweis dafür, dass Ihrer Freundin überhaupt *irgendetwas* zugestoßen ist.«

»Doch«, beharrte Laurie. »Sie liegt irgendwo tot im Graben.«

Brook betrachtete sie. Sie war nervös und kehrte eine Welterfahrenheit heraus, die sie nicht besaß. »Wenn dem so wäre, wäre ihre Leiche längst entdeckt worden. Schließlich ist es fast einen Monat her.«

»Und ich hab sie erst letzte Woche als vermisst gemeldet. Das habe ich Sergeant Noble erklärt. Wir sind gerade erst aus den Osterferien zurück.«

»Die zwei Wochen dauern«, sagte Brook. »Laut DS Noble haben Sie Caitlin seit der Woche vor den Ferien nicht mehr gesehen. Seit dem 22. März.«

»Wir hatten Studienwoche«, erklärte Laurie. »Da lesen wir Bücher für unsere Vorlesungen und Seminare.«

Die Worte *lesen* und *Bücher* betonte sie leicht, und aus irgendeinem Grund musste Brook seine Verärgerung herunterschlucken. Als Polizist hätte er auf einem Universitätsgelände mit solchen Spötteleien rechnen müssen, doch heute Morgen traf es ihn unvermutet. »Ich weiß, was eine Studienwoche ist«, sagte er leise. »Sie haben gesagt, Caitlin wollte nach Hause nach Belfast.«

»Sie hat eine Schwester in Belfast, Mairead. Sie hat am nächsten Morgen den Zug nach Liverpool genommen und von da die Fähre.«

»Am Samstag, dem 21.«, sagte Brook mit einem Blick in Nobles Notizbuch.

»Ja.«

»Wofür sie im Voraus eine Fahrkarte gekauft hat.«

»Das ist billiger«, sagte Laurie.

»Aber sie ist nie bei ihrer Schwester angekommen«, erklärte Brook und achtete aufmerksam auf ihre Reaktion.

»Das hat Sergeant Noble mir schon gesagt.«

»Sie haben das nicht gewusst?«

»Nein.«

»Mairead hat Sie nicht angerufen?«

»Warum sollte sie?«

»Ich weiß nicht«, versetzte Brook, auch wenn sein Tonfall etwas anderes sagte. »Vielleicht um zu fragen, warum Caitlin nicht gekommen ist.«

Kalt erwiderte Laurie seinen Blick. »Ich glaub nicht, dass Mairead überhaupt weiß, dass es mich gibt. Ich hab noch nie mit ihr gesprochen.«

»Was ist mit Caitlins anderen Freundinnen und Freunden?«

»Ich bin ihre beste Freundin«, sagte Laurie. »Wenn sie Mairead eine Telefonnummer gegeben hätte, dann sicher meine. Aber das hat sie nicht.«

»Das kommt mir komisch vor«, sagte Brook. »Sergeant Noble fand das auch seltsam.«

Laurie beobachtete neidisch zwei Studentinnen, die sich im Hof eine ansteckten. »Caitlin hat so was gern getrennt, alles hatte seine eigene Schublade. So kam sie besser damit klar. So war sie einfach. Das ist anscheinend was Katholisches.«

Als abgefallener Katholik fand Brook das interessant. Den Impuls kannte er durchaus. Ein anderes Gesicht für zu Hause. »Sie hat sich also während der Ferien nicht gemeldet?«

»Nie. Wenn sie in Derby war, hat sie gesimst. Wenn nicht ...« Den Rest sagte ein Achselzucken.

»Nicht einmal eine SMS aus dem Zug? Oder um Bescheid zu sagen, dass sie gut in Belfast angekommen ist?«

»Keine SMS, kein Anruf, keine E-Mail«, beharrte Laurie. »Das war nicht Kittys Art.«

»Seltsam.« Eingedenk dessen, dass er selbst sein Handy nur benutzte, wenn es gar nicht anders ging, fügte Brook hinzu: »Für jemanden Ihrer Generation, meine ich.«

»Da widerspreche ich Ihnen nicht«, sagte Laurie. »Ich kenne Kitty seit September, und am Anfang hat es mich verrückt gemacht. Ich hab ihr über Weihnachten oder in den Semesterferien SMS geschickt und hab nie 'ne Antwort bekommen, nicht mal an Silvester. Sie sagte, wenn sie zu Hause wäre, bräuchte sie ihre ganze Kraft, um da wieder reinzupassen, und wenn sie in der Zeit an ihr Leben in Derby denken würde, könnte sie sich nicht mehr konzentrieren.«

»Worauf?«

»Darauf, sich so zu verhalten, wie man es von ihr erwartete.«

»Ihre Familie war sehr traditionell.«

»Hat sie gesagt.«

»Und Caitlin wollte nicht, dass die daheim denken, sie hätte sich verändert.«

»Wenn ihre Eltern geahnt hätten, was für ein Leben sie in Derby führte, hätte es bestimmt Probleme gegeben. Deswegen hat sie, wenn sie nach Hause fuhr …«

»Eine Rolle gespielt.«

Laurie zeigte mit dem Finger auf ihn, um es zu bestätigen.

»Sodass Saufgelage oder One-Night-Stands gar nicht erst zum Problem wurden?«, hakte Brook nach.

»Sie sollten Menschen nicht so verurteilen.«

»Tue ich nicht«, sagte Brook. »Es ist ganz normal, dass Menschen, die von daheim wegziehen, sich woanders anders verhalten. Die Vergangenheit ist ein fremdes Land …«

»… dort gelten andere Regeln«, sagte Laurie. »Ja, ich weiß.«

Brook lächelte. Literaturliebhaber waren in seinem mickrigen Bekanntenkreis, der hauptsächlich aus Polizisten bestand, dünn gesät. »Ich möchte zum Beispiel wetten, dass sie in Derby nicht in die Kirche ging, weil sie eine pathologische Ablehnung gegen kirchliche Institutionen hatte, ihre Familie in Irland aber bereitwillig begleitet hat. Habe ich recht?«

»Ja, allerdings.«

»Und ihr Zuhause zu verlassen«, fuhr Brook fort, »gab ihr die Freiheit, nach der sie sich sehnte, die Chance, das Leben zu führen, das sie sich wünschte.«

»Sie hören sich an, als würden Sie sie kennen«, sagte Laurie.

Brook trank einen Schluck Tee. »Ihr Akzent war auch nicht mehr so ausgeprägt, richtig?«

»Ja, stimmt«, sage Laurie beeindruckt. »Außer wenn sie was getrunken hatte.«

»Da kommt das Unterbewusstsein durch«, sagte Brook. »Was hat sie noch über ihre Familie erzählt?«

»Nichts. Sie hat nie von ihr gesprochen, außer als sie mir Maireads Namen sagte. Das war das einzige Detail, das sie mir je genannt hat. Und dass ihre Eltern nicht wollten, dass sie in

England studiert, und dass Caitlin sie deswegen anlügen musste. Sie wäre eingegangen, wenn sie zu Hause geblieben wäre, und deswegen hat sie einen Studienplatz in Belfast abgelehnt, ihren Eltern aber erzählt, sie wäre nicht angenommen worden.«

»Und wann *genau* haben Sie damit gerechnet, von ihr zu hören?«

»Normalerweise hat sie eine SMS geschickt, sobald sie wieder in England war. Sie hätte sich an dem Sonntag melden müssen, bevor das Sommertrimester anfing. Da habe ich sie erwartet.«

»Am 12. April?«

Laurie nickte. »Als sie am Montag noch nicht aufgetaucht war, habe ich mir allmählich Sorgen gemacht, hab ihr SMS geschrieben und sie angerufen, aber ihr Handy war tot. Ist es immer noch.«

»Das wissen wir«, bestätigte Brook.

»Sehen Sie, das ist doch verdächtig, oder?«

Dem widersprach Brook nicht. »Sie haben sie also an dem Abend vor ihrer Abreise das letzte Mal gesehen.«

»Wir waren im Pub, dem Flowerpot. Da hat eine Band von hier gespielt, die wir hören wollten.«

»Und Sie waren zwei Stunden dort«, sagte Brook, der Nobles Notizen las, »bevor Caitlin ging.«

»Sie hat ganz schön zugelangt. Sie hatte eine Weile keinen Alkohol getrunken, und ich glaube, sie hat's ganz schön gemerkt. Sie ist mit einer Hand vor dem Mund zur Toilette, als müsste sie spucken. Und dann hat sie mir eine SMS geschickt, sie würde nach Hause gehen.« Lauries Lippe zitterte. »Seitdem habe ich sie nicht mehr gesehen.«

Brook schob rasch die nächste Frage nach. Mit Tränen umzugehen war nicht seine starke Seite. »Was studiert sie?«, fragte er und benutzte bewusst die Gegenwartsform.

»Internationale Beziehungen. Sie wollte … will reisen.«

»Irgendein besonderes Ziel?«, fragte Brook.

»Überallhin«, antwortete Laurie. »Sie hat neue Orte geliebt.« Sie lächelte bei der Erinnerung.

»Was?«

»Ich sage, sie hat neue Orte geliebt, aber komischerweise ist das, was sie immer am meisten liebte, das Reisen selbst. Letztes Jahr im Oktober sind wir mit dem Zug nach Nizza, und das Unterwegssein hat ihr mehr Spaß gemacht als der Aufenthalt dort. Sie war gern auf Tour. Schon witzig, aber so war sie.«

»Ein Symptom für ein behütetes Zuhause.« Diesmal trug Brook seine Erfahrung auf der Zunge. »Da hat man ständig das Bedürfnis weiterzuziehen.«

»Kann gut sein.« Die Unterhaltung kam ins Stocken. »Wo ist sie, Inspector?«

»Das wissen wir nicht«, antwortete Brook ernst. »DS Noble hat mit der Polizei in Belfast zusammengearbeitet.«

»Und was haben die gesagt?«

»Dass Sergeant Nobles Anruf das Erste war, was sie davon hörten«, sagte Brook. »Sie waren die Einzige, die sie als vermisst gemeldet hat. Mairead hat niemanden kontaktiert, als Caitlin nicht aufgetaucht ist. Nicht einmal ihre Schwester selbst. Ihre Telefonverbindungen wurden überprüft. Sie hat Caitlin weder angerufen noch ihr eine SMS geschickt, um zu erfahren, wo sie bleibt.«

»Das habe ich nicht gewusst.« Laurie war nachdenklich. »Komisch.«

»Und auf den ersten Blick ziemlich verdächtig«, sagte Brook.

»Dann wird ihre Familie verdächtigt?«

»Sie ist unter die Lupe genommen worden, ja«, sagte Brook, der nicht weiter auf Ermittlungen eingehen wollte, die er nicht leitete. »Insbesondere Mairead.«

Etwas in Brooks Stimme ließ bei Laurie die Alarmglocken schrillen. »Aber jetzt ist sie vom Verdacht befreit.«

»Ja. Wenn Sie bestätigen, warum ihre Schwester Caitlins Nichtauftauchen womöglich nicht ernst genommen hat.«

Laurie sah Brook an und nickte. »Manchmal war Caitlin … unzuverlässig. Hat Mairead das gesagt?«

Brook bestätigte es mit einem Blinzeln. »Inwiefern?«

Laurie zögerte. »Sie hatte … Launen. Wenn plötzlich ihre Leidenschaft für irgendwas entflammte, musste sie dem einfach nachgehen.« Brook zog eine Augenbraue hoch, um anzudeuten, sie solle das weiter ausführen. »Sie konnte für Tage verschwinden, ohne dass ich sie zu sehen kriegte. Wenn sie einen Mann kennenlernte, dann hat sie … na ja, Sie wissen schon.«

»Nein.« Brook trank seinen dünnen Tee aus und verzog das Gesicht. »Erzählen Sie es mir.«

»Also … dann hat sie alles stehen und liegen gelassen und ihr Leben so lange auf Eis gelegt, wie die Leidenschaft brannte. Es musste nicht mal ein Mann sein. Wenn sie eine neue Band entdeckt hat, die ihr gefiel, ist sie am selben Tag losgefahren, um bei einem Auftritt dabei zu sein, selbst wenn sie auf Tournee war. Es war ihr egal, ob sie deswegen Vorlesungen oder Seminare verpasste. Die konnten irgendwo im Land spielen, sie ist einfach in den Zug gestiegen, ohne eine Tasche zu packen. So war Caitlin.« Sie schloss die Augen, wie um sich selbst zu rügen. »So ist Caitlin.«

»Und woher wissen Sie, dass es diesmal nicht so ist?«

»Das weiß ich nicht«, gab Laurie zu. »Nicht mit Gewissheit. Das hätte ich dem Sergeant erzählen sollen, nicht wahr?«

»Es wäre womöglich hilfreich gewesen«, sagte Brook und schloss mit einem Schnappen das Notizbuch.

»Es tut mir leid. Aber ich weiß, dass ihr etwas zugestoßen ist, und ich wollte nicht, dass er sie als spinnerte Studentin abtut. Ihr Handy ist immer noch tot. Ein ganzer Monat und keine einzige SMS.«

»Sie haben gesagt, dass sie vielleicht einen Mann kennengelernt hat.«

»Das glaube ich nicht«, beharrte Laurie. »Nein. Nicht jetzt.«

Dass Laurie das so vehement verneinte, verblüffte Brook. »Was heißt das?«

Laurie zögerte. »Caitlin hat im Moment nichts mit Männern am Hut.« Sie wich Brooks forschendem Blick aus, atmete tief durch und suchte nach den richtigen Worten, bevor sie ihn mit einem aufgebrachten Blick fixierte. »Das muss aber unter uns bleiben.«

»Soweit ich das versprechen kann«, sagte Brook, der allmählich die Geduld verlor. »Was ist passiert? Ärger mit dem Freund?«

Laurie zögerte. »Caitlin hatte einen ... Abbruch.«

»Sie war schwanger?«, rief Brook aus. Ein paar Köpfe schossen in ihre Richtung.

»Nein, ich hab doch gerade gesagt, dass sie eine Abtreibung vornehmen ließ. Zwei Wochen vorher hätte sie eine Pille nehmen können, aber den Termin hatte sie verpasst. Wir waren im Flowerpot, um zu feiern ...« Laurie unterbrach sich ob ihrer Wortwahl. »So meine ich das nicht. Sie war einfach erleichtert, dass es geklärt war. Kitty hat ein tapferes Gesicht aufgesetzt, aber ich weiß, dass sie wegen ihres familiären Hintergrunds daran zu knabbern hatte.«

»Und wegen der Schwangerschaft hatte sie auch eine Weile keinen Alkohol getrunken«, sagte Brook.

»Ja.«

»Noch mehr Fakten, die uns vorenthalten wurden«, sagte Brook und schlug Nobles Notizbuch auf, um es schriftlich festzuhalten. Allmählich war er genervt. Schlimmer noch, er war gezwungen, sich Notizen zu machen.

»Zu dem Zeitpunkt erschien es nicht relevant.«

»Alles ist relevant«, sagte Brook und blickte mit zusammengekniffenen Augen zur Seite. »Sie hatte einen Exfreund. Roland Davison. Der Vater?« Laurie nickte. »Soweit Sie wissen.«

»Kitty war keine Schlampe«, protestierte Laurie.

»Sie haben doch von ihrer Leidenschaftlichkeit gesprochen«, hielt Brook ruhig dagegen.

»Das heißt nicht, dass sie von Bett zu Bett gezogen ist.«

»Sagen Sie.« Brook kehrte jetzt den Strengen heraus und übte Druck aus, um alles aus ihr herauszuholen. »Ihrer früheren Aussage zufolge hat sie sich fast zwei Wochen vor ihrem Verschwinden von Mr. Davison getrennt.«

»Ja, das kommt in etwa hin.«

»Weil er gegen den Abbruch war?«

»Ganz im Gegenteil«, sagte Laurie. »Er war ganz dafür. Sie hat Schluss gemacht, weil er sich weigerte, was damit zu tun zu haben.«

»Was damit zu tun zu haben?«, hakte Brook nach. »Inwiefern? Wollte sie Geld?«

»Nein, so nicht. Kitty hat Verantwortung übernommen. So war sie einfach. Sie wollte von Rollo nichts als ein bisschen Hilfe und moralische Unterstützung, also dass er mit ihr in die Klinik geht und ihr die Hand hält und so. Aber Rollo hat sich gedrückt. Er wollte nichts davon hören. Sie wissen doch, wie Männer sind«, fügte sie mit einem giftigen Blick hinzu.

»Vage«, erwiderte Brook. »Warum haben Sie die Abtreibung DS Noble gegenüber nicht erwähnt? So eine erschütternde Erfahrung im Leben einer jungen Frau, und einer Katholikin obendrein. So etwas nennen wir einen Stressfaktor – etwas, was einen Menschen von seinem gewohnten Verhalten abweichen lässt. Wie jetzt.«

»Es stand mir nicht zu, es Ihnen zu sagen«, murmelte Laurie. »Sie hat das Recht auf ein bisschen Privatsphäre. Abgesehen davon bin ich davon ausgegangen, dass Rollo es erwähnen würde.«

»Hat er aber nicht.« Brook betrachtete die Charakterisierung, die Noble in Klammern hinter Davisons Namen gesetzt hatte. *Arroganter Kotzbrocken.*

»Ich verstehe nicht, was das mit irgendwas zu tun haben soll.«

Brook sah sie eindringlich an. »So naiv können Sie gar nicht sein. Ein traumatisches Ereignis wie eine Abtreibung, der Stress durch die Entscheidung, den Eingriff …« Er suchte einen taktvollen Weg, die Schlussfolgerung auszusprechen. »So etwas kann eine Depression auslösen, die dazu führen kann …«

»Glauben Sie etwa, sie hat sich umgebracht? Ausgeschlossen, das würde Kitty niemals tun. Es ist gegen ihren Glauben.«

»Das ist die Tötung eines Ungeborenen auch«, erklärte Brook.

»Aber sie war gut drauf im Pub, sie hat sich amüsiert.«

»Vielleicht hat sie den emotionalen Aufruhr darunter verborgen«, hielt Brook dagegen. »Es tut mir leid, dass ich es zur Sprache bringen muss, aber so etwas passiert. Sie wissen das vielleicht nicht, aber in einem dicht besiedelten Land wie England ist es nicht so leicht zu verschwinden, wie Sie glauben, und wenn Menschen verschwinden, liegt es oft genug daran, dass sie ihrem Leben entkommen möchten, entweder räumlich oder physisch.« Er unterbrach sich, damit seine Worte sich setzen konnten. »Und meistens sind Depressionen der Auslöser.«

Laurie starrte in ihre Tasse. »Dann glauben Sie also, Kitty hat sich von der Fähre gestürzt oder so.« Brook schwieg. Sie sah ihn mit zusammengekniffenen Augen an. »Und warum kümmert sich die Polizei in Nordirland dann nicht darum?«

»Das tut sie«, sagte Brook. »Aber sie hatte kein Glück. Wenn Ihre Freundin tagsüber von der Fähre gesprungen wäre, hätte es Zeugen gegeben, womöglich sogar Bilder aus Überwachungskameras. Und einen Monat später wäre ihre Leiche irgendwo aufgetaucht.«

»Sie hätte sich genauso gut aus dem Zug stürzen können«, sagte Laurie.

»Es wird Sie freuen zu hören, dass sie das auch nicht getan hat.«

»Aber was dann?«

»Es sieht allmählich danach aus, als hätte Caitlin Derby nie verlassen«, sagte Brook leise. »Jedenfalls nicht mit der Fahrkarte, die sie gekauft hatte. Sie wurde nie benutzt.«

Lauries Gesicht wurde kreidebleich. »Sie ist gar nicht abgereist?«

Brook zuckte die Achseln. »Nicht bekannt. Aber an dem Tag, an dem sie abreisen wollte, ist sie weder im Stadtzentrum noch am Bahnhof von Derby von einer Überwachungskamera erfasst worden. Das hat DS Noble überprüft. Niemand von ihren Freunden hat sie zum Bahnhof gefahren, kein Taxi hat sie abgeholt.«

»Hätte sie zu Fuß gehen können?«

»Möglich«, sagte Brook. »Aber das sind fast fünf Kilometer, und es gab an dem Tag starken Schneefall.«

»Sie ist sehr sportlich.«

»Sie haben Sergeant Noble erzählt, dass sie Gepäck hatte.«

»Ja, schon, aber sie ist gern mit leichtem Gepäck gereist«, sagte Laurie, plötzlich wieder voller Hoffnung. »Sie hatte am Tag vorher ihren Rucksack gepackt, und der war nicht mehr in ihrem Zimmer, als ich am Samstagmorgen heimkam.« Sie bedachte Brook mit einem harten Blick. »Sie muss also auf jeden Fall losgegangen sein.«

Brook nickte nachdenklich. »Es deutet alles darauf hin, aber das ändert nichts an der Tatsache, dass es keinen Beweis dafür gibt, dass sie den Zug genommen hat. Nehmen wir mal an, die Überwachungskameras am Bahnhof haben an dem Tag nicht funktioniert, dann ist es *möglich*, dass sie ihre im Voraus bezahlte Fahrkarte nach Liverpool verloren hat und gezwungen war, an dem Tag eine neue zu kaufen. Mit Bargeld. Das ist die einzige Möglichkeit, dass sie den Zug genommen haben kann, ohne dass ihre Reise irgendeine Spur hinterlassen hat.«

»Das hätte ein Vermögen gekostet«, sagte Laurie.

»Fast hundert Pfund.«

»Das hätte sie niemals bar bezahlt. Dafür hätte sie ihre Bahn-Card genommen«, meinte Laurie.

»Aber dann hätte es eine entsprechende Buchung gegeben«, erwiderte Brook.

»Sie hat eine Kreditkarte …«, setzte Laurie an und unterbrach sich, als ihr aufging, was das hieß.

»Darüber brauchen wir mehr Einzelheiten. Wenn sie irgendetwas mit Plastik bezahlt hat, besonders nach ihrem Abreisetag, dann ist das wichtig. Vor diesem Hintergrund hätten wir gern die Erlaubnis, uns Ihre Wohnung gründlicher vorzunehmen, Caitlins Zimmer zu durchsuchen und mit den Nachbarn zu sprechen. Von der Universität haben wir einige Informationen über ihre finanzielle Situation bekommen, aber alte Kreditkarten- und Telefonabrechnungen könnten uns weiterhelfen.« Als er sah, dass sie zögerte, fügte er hinzu: »Falls wir etwas finden sollten, was für die Ermittlungen unerheblich ist, werden wir es – innerhalb vernünftiger Grenzen – natürlich außen vor lassen.«

»Unerheblich?«

»Zum Beispiel kleine Mengen von Partydrogen«, erklärte Brook müde.

Im ersten Augenblick war Laurie verdutzt. »Da können Sie lange suchen, wir stehen nicht auf Drogen.« Sie schüttelte den Kopf. »Das ist verrückt. Ein Mensch kann doch nicht einfach so verschwinden.«

»Tausende von Menschen tun das jedes Jahr«, sagte Brook. »Sie lassen alles stehen und liegen und verschwinden aus ihrem Leben, um nie wieder gesehen zu werden. Niemand weiß, warum, denn niemand kann wissen, was im Kopf eines anderen vorgeht. Das Gute ist, dass die meisten es freiwillig tun.«

»Sie sind ganz sicher, dass sie nicht den Zug genommen hat?«, fragte Laurie. »Wenn ich nach Nottingham fahre, wird meine Fahrkarte oft nicht abgestempelt.«

»Auf kurzen Strecken kann das leicht passieren, Laurie. Aber es gibt auch keinen Hinweis darauf, dass sie die Fähre genommen hat oder in Belfast angekommen ist. Und die Polizei von Merseyside hat sie am Tag der Reise auch nicht auf den Aufzeichnungen der Überwachungskameras im Bahnhof in Birkenhead oder am Fährhafen entdeckt. Das ist ziemlich wasserdicht.«

Laurie ließ den Kopf hängen. »Sie ist tot, nicht wahr?«

»Das wissen wir nicht«, sagte Brook wahrheitsgemäß. »Es kann genauso gut eine vernünftige Erklärung geben. Sie reist gern, haben Sie gesagt. Vielleicht hat sie ein besseres Angebot bekommen, ist dem Mann ihrer Träume begegnet und hat sich mit ihm davongemacht.«

»Das hätte sie mir erzählt.«

»Was ist mit dem letzten Abend im Pub? Haben Sie oder Ihre Freundin sonst noch mit jemandem gesprochen?«

»Nur mit dem Barkeeper.« Laurie hob den Blick, um in ihrer Erinnerung zu kramen. »Jack.«

»Jake«, verbesserte Brook sie mit einem Blick auf Nobles Notizen.

4

Jake Tanner hängte seine Jacke in die Personalgarderobe und lief die Hintertreppe in den halb fertigen oberen Salon der Bar Polski hinauf. Die Treppe kam neben dem feudalen neuen Tresen mit seinen deckenhohen Spiegeln und von hinten beleuchteten Schnapsportionierern heraus. Sein Kollege Ashley, ein drahtiger junger Mann, kaum den Teenagerjahren entwachsen, war schon bei der Arbeit. Er packte im Abendlicht Schachteln mit Gläsern aus. Die Monteure waren fertig für den Tag, und die beiden Männer waren allein, um ihrer Arbeit nachzugehen. Sämtliche erdenklichen Gläser für sämtliche denkbaren Drinks waren bestellt worden, und alle mussten sorgfältig unter dem opulent geschwungenen Tresen verstaut werden, bereit für die große Eröffnung.

Jake schnitt einen Karton mit Schnapsgläsern auf und schickte sich an, sie herauszuholen.

»Du bist spät dran«, sagte Ashley. »Leg mal besser einen Gang zu.«

Jake hielt mit ausdrucksloser Miene inne. »Ist der Chef da?«

»Mr. Ostrowsky? Noch nicht.«

»Dann ist ja nichts passiert«, sagte Jake.

»Du bist erst eine Woche hier. Du weißt nicht, wie er ist.«

»Mit dem komm ich schon klar«, versetzte Jake.

»Sag nicht, ich hätte dich nicht gewarnt«, hielt Ashley dagegen. »Hey, wo ist dein Bruder? Kommt er nicht mehr mit?«

»Nick?« Jake kniff die Lippen zusammen. »Nein, das funktioniert nicht. Was ist mit Ostrowskys Bruder? Dem Elektriker.«

»Du meinst Max?«

»Max.« Jake rollte den Namen im Mund herum, als hätte er auf etwas Bitteres gebissen. »Ja, der. Hast du ihn gesehen?« Er sah auf und wartete auf Ashleys Antwort, doch die kam nicht. Er folgte Ashleys hungrigem Blick zu der Putzfrau, die am anderen Ende des düsteren Raums gerade das Kabel eines Staubsaugers entwirrte.

»Hallo, Schöne«, rief Ashley. Jake musterte die hübsche junge Polin von Kopf bis Fuß. Sie hatte eine gute Figur und ein nettes Gesicht mit braunen Augen. Begehren überkam ihn, und er freute sich, dass sie Ashley ignorierte. »Hey, Schöne«, wiederholte Ashley mit mehr Lautstärke.

Als die junge Frau aufsah, bemerkte Jake etwas Trauriges um ihre Augen, obwohl ihre Lippen fest zusammengekniffen waren und Härte zeigten.

»So heiße ich nicht«, blaffte sie in stockendem Englisch.

»Dann eben Cassie«, sagte Ashley und grinste sie an, denn er erwartete, dass sie geschmeichelt war, weil er ihren Namen kannte.

Ihre traurigen Augen straften ihre harte Miene Lügen. »Kassia«, verbesserte sie ihn abschätzig und schaltete den Staubsauger ein, um das Geplänkel zu beenden.

Jake beobachtete Ashley, der Kassia im Auge hatte.

Ein paar Sekunden später bedachte die junge Frau den jüngeren Mann mit dem dämlichen Gesichtsausdruck mit einem verächtlichen Blick, dann sah sie kurz voller Feindseligkeit auf Jake und wandte sich wieder ihrer Arbeit zu.

Als der Staubsaugerlärm um die Ecke wanderte und leiser wurde, zwinkerte Ashley Jake zu. »Nett, was?«

Jake äffte den verächtlichen Blick der jungen Frau nach. »Träum weiter!«

»Wenn man vom Teufel spricht«, murmelte Ashley mit einem kurzen Seitenblick.

Jake folgte seinem Blick zur Personaltür, die sich gerade schloss.

Max Ostrowsky war ein ungepflegter, gut gebauter Mann Ende dreißig, der immer nur in staubigen Overalls herumlief und einen Fünftagebart trug. Ohne die beiden Barkeeper zu beachten, ging er um die Nische herum zu Kassia, die mit dem Staubsauger wieder auftauchte. Er grinste sie anzüglich an, sagte stumm etwas in ihre Richtung und fasste sich, wie es schien, obendrein dazu noch in den Schritt.

»Ein echter Charmeur«, bemerkte Ashley.

Kassia bedachte Max mit einem wütenden Blick. Unter dem Getöse des Staubsaugers mimte sie eine Beleidigung, ohne ihre Arbeit zu unterbrechen. Max wandte sich mit einem breiten Grinsen im Gesicht dem Tresen zu. Als er Jake sah, verschwand das Grinsen, er verlangsamte seine Schritte und stützte die Ellbogen auf den Tresen.

»Wodka«, blaffte er, unfähig, Jake in die wütenden Augen zu sehen.

Du willst Wodka? Jakes Züge wurden hart, als er eine versiegelte Flasche aus einem offenen Karton holte und sich damit Max näherte. Er hielt sie am Hals, verkehrt herum. *Ich geb dir Wodka.*

Just als er die Flasche auf Schulterhöhe hob, schwang die Tür wieder auf, und ein Geschäftsmann in einem eleganten Anzug trat ein. Er war ein wenig älter und schlanker als Max, doch die Ähnlichkeit war unverkennbar.

Als er die Flasche in Jakes erhobener Hand sah, trat Ashley vor ihn, stellte mit einer Hand zwei Schnapsgläser auf den Tresen und schnappte sich mit der anderen die umgedrehte Wodkaflasche. Er bedachte Jake mit einem verschleierten *Was-zum-Teufel-soll-das*-Blick, drehte den Verschluss ab und schenkte zwei ordentliche Gläser ein.

»Lass die Flasche da«, bellte der geschniegelte Geschäftsmann, kippte sein Glas herunter und schenkte nach. Dann wandte er sich über den Lärm des Staubsaugers hinweg auf Polnisch an seinen Bruder.

Jake zog sich gereizt zurück, um weiter Gläser auszupacken. Als er aufschaute, sah er, dass Kassia ihn neugierig beobachtete, bis Max sich zu ihr umdrehte, ein geiles Lächeln seine Züge verzerrte und er ihr eine Kusshand zuwarf. Während sie sich wieder ganz ins Staubsaugen vertiefte, sagte Max etwas zu seinem älteren Bruder. Der Geschäftsmann schaute kurz zu Kassia und richtete den Blick dann angewidert auf seinen Bruder. Er kippte seinen Schnaps hinunter, ging zur Treppe und bedeutete Max, ihm zu folgen.

Brook schickte in dem düsteren Flur gerade eine SMS an Noble ab, als ein großer junger Mann mit tiefschwarzen Locken einen Schlüssel aus der Hosentasche zog und sich daranmachte, eine Tür aufzuschließen. »Mr. Davison?«

Der Student mit den dunklen Augen drehte sich um und sah Brook neugierig an. Der hielt ihm seinen Dienstausweis unter die Nase. Der junge Mann stellte einen nackten Fuß auf den anderen, ohne Brooks Dienstausweis eines Blickes zu würdigen. »Was wollen Sie?«

»Sind Sie Roland Davison? Man hat mir gesagt, das hier sei sein Zimmer.«

»Rollo?«, sagte der junge Mann, der sich jetzt doch dazu

herabließ, Inspector Brooks Dienstausweis zu inspizieren. Er kratzte sich durch sein zerrissenes T-Shirt und kam zu einem Entschluss. »Das ist mein Mitbewohner. Sie haben ihn gerade verpasst.« Seine Stimme war höflich und gemessen und besaß das Selbstbewusstsein, das von einem Leben herrührte, dessen Versprechen noch in der Zukunft lag, nicht in der Vergangenheit.

»Wissen Sie, wo er ist?«

»Juravorlesung. Wenn Sie warten wollen, in zwei Stunden ist er wieder da.«

»Sehr freundlich von Ihnen.« Brook stellte fest, dass ihm der Weg versperrt war.

»Nein, ich meine nicht hier«, sagte der junge Mann mit einem einfältigen Grinsen. »Ich kann Sie nicht in die Wohnung lassen. Nicht ohne Durchsuchungsbeschluss.« Er betrachtete Brook von Kopf bis Fuß – den schlecht sitzenden Anzug, das müde Schlurfen – und konnte seine Verachtung für schäbig gekleidete Staatsdiener kaum verhehlen. »Geht's um seine Ex?«

»Er will Anwalt werden, nicht wahr?« Brook gab sich seinerseits keine Mühe, die Geringschätzung des Gesetzeshüters für Mitglieder dieses Berufsstandes zu verbergen.

»Genau genommen Barrister«, versetzte der junge Mann mit gerümpfter Nase. So langsam kam er richtig in Schwung.

»Also Anwalt bei Gericht?«, erwiderte Brook. »Dafür muss man ein harter Halunke sein.«

»Halunke?« Der Student schürzte die Lippe.

Brooks kurzes Lachen enthielt gewissermaßen eine Entschuldigung. »Sozusagen.«

»Kann ich Rollo etwas ausrichten?«, fragte der junge Mann, dessen Gelangweiltheit kritische Masse erreichte.

»Ja, bitte. Können Sie ihn fragen, was für eine Auswirkung eine Verurteilung wegen Behinderung polizeilicher Ermittlungen auf die Erfüllung seines Berufswunsches hätte?« Brook lächelte mit jener übertriebenen Höflichkeit, die einzig den Zweck hat, zu ärgern und zu nerven. »Mr. Davison.«

Seine Worte taten augenblicklich Wirkung, und der Blick des jungen Mannes strich suchend über den Boden. Sein Mund wurde plötzlich so trocken, dass er sich die Lippen leckte. »Ich … weshalb wollten Sie mit ihm sprechen? Ich meine … Rollo, ich meine …«

Brook bekam Mitleid mit seinem Gegner, den er so unvorbereitet erwischt hatte. »Wir sollten uns nicht hier im Flur unterhalten.«

Brook trank einen kräftigen Schluck des Tees, den sein jetzt aufmerksamer Gastgeber ihm freundlich zubereitet hatte. Er sah sich in der Wohnung um. Die Regale waren vom Boden bis zur Decke voller Bücher, abgesehen von einem auf Augenhöhe angebrachten Brett mit DVDs in durchsichtigen Hüllen mit handgeschriebenen Etiketten auf dem Rücken. Auf einem Stativ entdeckte er eine teure Videokamera.

»Filmemacher, was?«, sinnierte er. Er zog eine Hülle heraus, um sie zu inspizieren. Auf dem Etikett stand *La Donna e immobile.* Rätselnd, weshalb der Titel der Arie aus *Rigoletto* hier falsch wiedergegeben war, vermochte Brook den Blick nicht davon zu lösen.

»Fassen Sie das nicht an!«, fuhr Davison ihn an und nahm ihm die durchsichtige Hülle aus der Hand. »Die sind sortiert«, fügte er in ruhigerem Tonfall hinzu. Er schob die Hülle wieder zwischen die anderen und verrückte die Kamera, bevor er Brook aufforderte, Platz zu nehmen. »Sie wollten mich dazu befragen, wann ich Caitlin das letzte Mal gesehen habe.«

»Können Sie sich erinnern, wann das war?«

»Nicht an das genaue Datum«, antwortete Davison. »Wir haben uns über eine Woche, bevor sie in die Klinik ging, getrennt.« Sein iPhone summte in seinem Schoß, und sein Daumen huschte über den Touchscreen. Er grinste über eine SMS.

»Warum haben Sie sich getrennt?«

»Es war von Anfang an klar, dass es früher oder später so

kommen würde«, sagte er, während er eine SMS schrieb. »Als die dämliche Kuh mir sagte, bei ihr wär was unterwegs, war's das.«

Brook nickte, als hätte er Mitgefühl. Er dachte über den jungen Mann nach, der mit seinem Telefon beschäftigt war, und fragte sich, wie viel psychischen Druck er ausüben sollte, doch dann ging ihm auf, dass ihm die dafür erforderliche Empörung fehlte. Roland Davison wies sämtliche Kennzeichen eines egozentrischen Narziss' mit einem starken Anspruchsdenken auf und unterschied sich damit in nichts von Tausenden anderer junger Menschen. Brook brachte einfach nicht die Energie auf, ihn auf die Palme zu bringen.

Davison blickte auf und missdeutete Brooks Miene. »Verurteilen Sie mich nicht. Ich habe nie behauptet, ich würde sie lieben.«

»Dann ist es ja gut«, erwiderte Brook.

»Sarkasmus ist die niederste Form des Humors«, versetzte Davison.

»Aber die lustigste.«

»Also, Inspector, die Schwangerschaft war Caitlins Schuld. Ein Typ kann heutzutage doch wohl mit Recht erwarten, dass Vorsichtsmaßnahmen getroffen werden. Und wenn die Schlampe nichts macht, muss sie es sagen oder mit den Folgen leben.«

»Schlampe?«

»Sozusagen«, versetzte Davison anzüglich, zufrieden mit sich, dass ihm so schnell eine Retourkutsche eingefallen war.

»Als ich in Ihrem Alter war, war das noch keine Redewendung«, erwiderte Brook, plötzlich überzeugt, dass Davison Caitlin Kinnear weder entführt noch umgebracht hatte. Ihm lag eindeutig zu wenig an ihr, um dafür die notwendige Leidenschaft aufzubringen. »War sie deprimiert über ihren Zustand?«

»Eher genervt als deprimiert.«

»Ist das ein Unterschied?«

»Klar. Sie hatte sich in die Patsche manövriert und musste ein

Problem lösen. Es hat sie genervt. Aber sie hat deswegen nicht Trübsal geblasen.«

»Und hat ihre Lösung Ihre Zustimmung gefunden?«

»Zum Teufel, ja«, schnaubte Davison.

»Dann war die Abtreibung ihre Entscheidung.«

»Sobald sie sich ihre Optionen klargemacht hatte«, sagte Davison grinsend.

»Und ihre Optionen waren, entweder eine Abtreibung vornehmen zu lassen oder das Kind allein großzuziehen.«

»Haargenau. Ich hatte keine Lust, mit einer dämlichen irischen Schlampe und ihrem Bastard Vater, Mutter, Kind zu spielen, egal, wie gut sie im Bett war.«

Brook behielt einen neutralen Gesichtsausdruck bei – Davison und seinesgleichen machten sich gern einen Spaß daraus, Ältere zu provozieren. »Und hat sie den Eindruck erweckt, die Entscheidung sei ihr schwergefallen?« Davison wollte Einspruch erheben, also fasste Brook seine Frage konkreter. »In der kurzen Zeit, die Ihnen blieb, um ihre Stimmung einzuschätzen.«

»Sie wollen von mir wissen, ob sie in der Lage gewesen wäre, sich das Leben zu nehmen?«

»Und?«

»Himmel, nein«, sagte Davison, der immerhin darüber nachdachte. »So eine war Kitty nicht. Immer gut drauf.«

»Dann hat sie nie über Selbstmord gesprochen, nicht mal rein theoretisch, oder zum Beispiel eine ungewöhnliche Faszination für berühmte Menschen an den Tag gelegt, die sich das Leben genommen haben?«

Davison schüttelte so unbeteiligt den Kopf, als wäre er nach dem Busfahrplan gefragt worden.

»Kannte sie jemanden, der Selbstmord begangen hat?«, fuhr Brook fort. »Hier an der Uni, meine ich.«

»Ich glaube nicht. Also, um Ostern herum gibt es auf dem Campus immer wieder Selbstmorde, obwohl die Uni das aus verständlichen Gründen nicht gern an die große Glocke hängt.

Da fangen die Prüfungen an. Manche kommen mit dem Druck nicht klar.«

»Die Mehrheit derer, die kurz vor dem Examen Selbstmord begehen, sind Studierende aus dem Ausland«, sagte Brook. »Wie Caitlin.«

»Ja, das hab ich gehört«, sagte Davison. »Die bezahlen höhere Studiengebühren, also ist ihre Angst vor dem Scheitern größer. Und sie sind weit weg von zu Hause. Das habe ich schon verstanden. Aber, Himmel, Belfast ist schließlich auch nicht Ausland. Und Caitlin ist ein ziemlich zäher Knochen.«

»Wissen Sie, ob sie sich je selbst verletzt hat?«

Davisons iPhone summte, und er schaute aufs Display und lächelte wieder.

Brook seufzte, bevor er die Hand ausstreckte und es ihm wegnahm.

»Hey«, protestierte der Student, bedachte Brook mit einem aufgebrachten Blick und schoss nach vorn, um sich sein geliebtes Smartphone zu schnappen. »Das können Sie nicht machen.«

»Ich hab's gerade getan.«

»Ich kenne meine Rechte.«

»Freut mich zu hören.«

»Ich rufe meinen Vater an«, schnaubte Davison. »Haben Sie eine Ahnung, wer er ist?«

»Ich weiß, dass Sie das Ding hier gleich aus der Toilette fischen können, um ihn anzurufen, wenn Sie meinen Fragen jetzt nicht Ihre volle Aufmerksamkeit schenken«, sagte Brook ruhig. »Ihre Exfreundin wird vermisst, und Ihre Gleichgültigkeit macht mich misstrauisch.«

Davison verfiel in brütendes Schweigen, schürzte die Lippen und starrte auf sein Telefon in Brooks Hand. Einen Augenblick später deutete er mit einem flüchtigen Blick an, dass er mit den Bedingungen einverstanden war. »Wie lautete noch die Frage?«

»Hat Caitlin sich je ...«

»Selbst verletzt, richtig«, sagte Davison. »Das ist mir nicht bekannt.«

»Ihnen sind also keine Schnitte an ihren Armen aufgefallen?«

»Nein.« Mit einem lüsternen Grinsen fügte er hinzu: »Aber wenn wir zur Sache gingen, wäre so etwas doch vermutlich schwer zu übersehen gewesen, also schätze ich mal nicht.«

»Hatte sie Feinde?«

»Feinde?« Davison lachte. »Ausgeschlossen. Caitlin war ein offenherziges Mädel vom Land. Sie hat gern was getrunken und sich amüsiert. Sie ist mit allen klargekommen.«

»Niemand, der eine Abneigung gegen sie gefasst hat?«

»Frage gestellt und beantwortet.«

»Es kommt Ihnen auch niemand in den Sinn, der sich ihr gegenüber unangemessen verhalten hat?«

»Definieren Sie unangemessen.«

»Waren Mitstudenten ihr gegenüber übertrieben aufmerksam, haben sich in ihrer Gegenwart einer anzüglichen Sprache bedient oder Ähnliches.«

»Nur ich.«

»Was ist mit anderen Exfreunden auf dem Campus?«

»Nein.« Davison überlegte eine Sekunde. »Sie hatte in Belfast einen festen Freund, aber dem hat sie den Laufpass gegeben, bevor sie da weg ist.«

»Kennen Sie seinen Namen?«

»Paddy Soundso?« Er spürte Brooks Skepsis. »Im Ernst. Sie hat ihn nur ein Mal erwähnt, und das auch nur, weil ich sie danach gefragt habe. In Derby hat sie ein anderes Leben geführt, also hat sie sich von ihm getrennt.«

»Was ist mit Dozenten und Professoren? Irgendein Hinweis auf sexuelle Belästigung?«

»Falls es da was gab, hat sie es nie erwähnt.«

»Was ist mit ihren Noten?«

»Was soll damit sein?«

»Sie sind nicht gerade berauschend. Hat sie sich je beschwert, jemand hätte sie ungerecht bewertet?«

»Nein. Und Kittys Noten sind okay. Sie war zufrieden. Sie war nicht besonders intelligent, und sie hat definitiv nicht viel dafür getan. Man hatte sie eher zu gut bewertet, wenn Sie mich fragen.«

»Hatte?«

Der junge Mann zuckte die Schultern. »Sie ist Vergangenheit. Jedenfalls für mich. Are we done?«

Are we done? Brook störte sich an der amerikanischen Wendung und war versucht, als Nächstes *Sind Sie Amerikaner?* zu fragen, beherrschte sich aber. »Was glauben *Sie*, was ihr zugestoßen ist?«

Davison zuckte die Schultern. »Sie wurde womöglich von einem sexuell ausgehungerten Perversling geschnappt. Je in Erwägung gezogen, dass es so simpel sein könnte?«

»Das wäre dann der vorsichtigste sexuell ausgehungerte Perversling der Kriminalgeschichte«, antwortete Brook. Darüber lachte Davison tatsächlich. »Was ist mit Reisen? Halten Sie es für möglich, dass sie einfach die Zelte abgebrochen hat und weitergezogen ist?«

»Das halte ich schon für wahrscheinlicher. Sie hat das Reisen und neue Orte geliebt. Sie sollten die Flughäfen und Fährhäfen überprüfen.«

»Gute Idee«, sagte Brook und hob die Hand, um weiterem Protest zuvorzukommen. »Niederste Form von Humor – ich hab's beim ersten Mal gehört. Irgendein Ort in Großbritannien, wo sie hin sein könnte, wenn sie wegwollte?«

Davison kniff die Augen zusammen. »Wollen Sie damit sagen, sie hat das Land nicht verlassen?«

»Ich will gar nichts sagen. Ich habe Ihnen eine Frage gestellt.«

»Ich schätze mal, am ehesten wäre sie nach London.« Brook forderte ihn mit hochgezogener Augenbraue auf, das weiter auszuführen. »Helle Lichter, große Stadt. Straßen, die mit Gold gepflastert sind, und so weiter.«

»Allein?«

»Kitty ist selbstbewusst. Wenn sie unbedingt irgendwohin wollte, hat sie alles stehen und liegen gelassen und hat sich auf den Weg gemacht. Das trifft vermutlich auch zu, wenn sie einen Typ kennengelernt hat, aber ich habe keine Ahnung, wer das sein könnte.«

»Sie klingt recht vertrauensselig«, sagte Brook.

»Sie hat keinerlei Dünkel«, sagte Davison. »Sie nimmt die Menschen, wie sie sind, aber sie weiß sich zu verhalten. Seien Sie sich dessen versichert.«

»Wie hat sie sich Ihnen gegenüber verhalten?« Davison stieß ein kurzes Lachen aus. »Wollen Sie darüber sprechen?«

Der junge Mann seufzte. »Wir haben uns getrennt. War Caitlin froh, dass ich sie verlassen habe? Nein. Aber sie war zu gut drauf, um sich länger als eine Sekunde davon runterziehen zu lassen. Sie war nie klettig oder eifersüchtig, denn sie wusste, wie uncool das ist. Sie hat das Leben genommen, wie es kam, und war nicht nachtragend. Und als wir uns getrennt haben, hat keiner dem anderen groß nachgetrauert.«

»Letzte Frage: Können Sie bestätigen, wo Sie in der Nacht vom 20. März waren?«

5

Brook trank einen Schluck Tee aus seiner Thermoskanne und ließ den Blick über die Lichter am dunklen Horizont von Derby schweifen. Leichter Regen sprenkelte die Fenster.

Noble schloss die Bürotür, warf sich auf seinen Stuhl und streckte die Hände hinter den Kopf. »Noch so ein verlorener Tag. Ich weiß gar nicht, warum wir uns überhaupt die Mühe machen, Einbrecher zu schnappen. Die kommen doch eh nie hinter Gitter.« Er seufzte und kam wohl zu dem Schluss, das oft genug geführte Gespräch an dieser Stelle abzubrechen, denn er schaltete den Wasserkessel ein und warf dabei einen raschen Blick auf Caitlins Foto. »Was ist mit Ihnen?«

»Ich habe mit Laurie gesprochen«, antwortete Brook. »Und mit dem Exfreund.«

»Und hat Davison Sie hübsch in Rage gebracht?« Brook warf ihm einen kurzen Blick zu, ohne zu antworten. »Ich hab's gewusst«, meinte Noble mit einem Grinsen. »Und ist er Ihnen damit ans Herz gewachsen?«

»Es gibt kein *damit*, John. Und nein, er ist mir *nicht* ans Herz gewachsen. Der einzige Mensch, an dem Roland Davison etwas liegt, ist er selbst. Das reicht nicht, um einen Mord zu begehen.«

»Aber jemand, der so arrogant ist …«

»Zum Glück für ihn ist Arroganz kein Verbrechen.« Eine Sekunde später fügte Brook hinzu: »Zum Glück für mich wohl auch.«

»Oh, Selbstanalyse«, frotzelte Noble. »Ich zittere vor Ehrfurcht. Sie wissen natürlich, woher er seine Arroganz bezieht.«

»Sollte ich?«

»Sein Vater ist *Councillor* Davison – aufrechtes Mitglied des Polizeiausschusses.«

»Das hat Roland also gemeint, als er drohte, ihn mir auf den Hals zu schicken«, sagte Brook.

»Ich bin davon ausgegangen, dass Sie ihn kennen.«

»Ich bin ihm mal begegnet …« Plötzlich lächelte Brook, als er begriff, was Noble meinte, »aber in einem Disziplinarausschuss hat er bei mir noch nie gesessen. Er war der Besitzer des runtergekommenen Gebäudes in der Whitaker Road, in dem der junge Joshua Stapleton umgebracht wurde. Wissen Sie noch?«

Noble verfiel in Schweigen. Vor seinem inneren Auge sah er die mitleiderregende Leiche eines Jungen, kaum ein Teenager, gedemütigt und getötet, bevor das Leben überhaupt angefangen hatte. Er hatte Schmerzen erdulden müssen, die ihm bis dahin unbekannt gewesen waren, und Leid, das er nicht verdient hatte. »Ja, ich weiß«, murmelte er leise und riss sich von den Erinnerungen los, um das Thema zu wechseln. »Also, bedauerlicherweise haben Sie recht. Davisons Alibi wurde überprüft. Am 20. März hat er mit einem halben Dutzend Freunden einen draufgemacht und ist mit einer gewissen Miss Polly Cooke ins Studentenwohnheim. Sie waren die ganze Nacht zusammen, das hat sie bestätigt.«

»Sie klingen enttäuscht«, sagte Brook.

»Bin ich auch. Er hat mich behandelt wie etwas, was er sich vom Schuh abgewischt hat.«

»An so was bin ich gewöhnt«, sagte Brook. »Was mich mehr deprimiert hat, war seine absolute Gleichgültigkeit gegenüber einer jungen Frau, mit der er vor Kurzem eine Beziehung hatte – und die in Schwierigkeiten stecken könnte oder womöglich sogar tot ist.«

»Dann ist er Ihnen unter die Haut gekrochen.«

Brook wandte sich wieder um, um in die Nacht hinauszustarren. »Menschen gehen mir unter die Haut, John. Besonders die jungen, die es für eine Schwäche halten, sich um jemand anderes zu scheren und nicht nur um sich selbst. Was ist mit Laurie Teagues Alibi?«

»Absolut hieb- und stichfest«, sagte Noble überrascht. »Sie ist im Pub geblieben, bis ihr Freund kam, und dann sind sie zusammen im Taxi zu ihm. Barkeeper, Freund und Taxifahrer bestätigen das. Sie haben doch nicht wirklich …«

»Nein«, sagte Brook. »Aber wir müssen nicht alles einfach glauben, oder?«

Einen Augenblick herrschte Schweigen – für Brook ganz natürlich, für Noble war es eher unbehaglich.

»Und jetzt?«, fragte Noble. »Wir können noch einen Gang zulegen und ein Team zusammenstellen, den ganzen Campus durchkämmen …«

»Es ist einen Monat her«, sagte Brook. »Sie wissen, was als Nächstes passiert.«

»Wir leiten es weiter, weil es nichts bringt«, fuhr Noble ernst fort.

»Ich fürchte ja.«

»Es wäre was anderes, wenn sie aus Derby wäre und ihre Familie jeden Abend im Fernsehen in *East Midlands Today* schluchzen würde.«

»Das ist unfair, John.«

»Ja?« Noble senkte den Blick. »Haben Sie mit dem Chief Super gesprochen?«

»Das brauche ich nicht. Ich weiß, was er sagen würde.«

»Seit wann interessieren Sie sich denn für Charltons Meinung?«

»Seit sie mit meiner übereinstimmt«, antwortete Brook. Er seufzte und schüttelte seine Thermoskanne. Leer. »John, Caitlin ist nicht von hier, und die Spur ist kalt. Wir können nur hoffen, dass sie abgehauen ist und ihr Glück woanders gesucht hat.«

»Und Sie klären fünfzig Jahre alte Mordfälle auf.«

»Wenn sie umgebracht worden wäre, würde ich mich hineinknien«, entgegnete Brook. »Aber Caitlin ist jung und ungebunden, und sie reist gern. Sie kann überall sein.«

»Menschen, die reisen, hinterlassen Spuren«, hielt Noble dagegen. »Das haben Sie mir beigebracht. Und wie Sie mir gesimst haben, hatte sie eine Abtreibung. Sie kann in eine Depression gerutscht sein, womöglich ist sie sogar selbstmordgefährdet.«

»Dann hat sie wenigstens ihre eigene Entscheidung getroffen«, sagte Brook.

»Und wer ist hier jetzt unfair?«

Brook nickte zum Zeichen, dass er den Rüffel akzeptierte. »Sie haben recht.«

Plötzlich schwieg Noble, und Brook wusste, was kam. »Was ist mit dem Abgott-Mörder?«

»Was soll mit ihm sein?«

Noble suchte nach Worten. »Glauben Sie, er ist zurückgekommen? Dass er mit Caitlin weitermacht?«

»Der Fall ist abgeschlossen«, sagte Brook. »Offiziell. Abgott ist tot.«

»Damals sind Sie nicht davon ausgegangen, dass er tot ist.«

»Alle anderen waren der Ansicht.«

»Trotzdem, wir sollten überprüfen ...«

»Ich habe es überprüft«, sagte Brook. »Bevor Sie zurückgekommen sind. Die Abgott-Website ist für immer geschlossen. Es gibt keine Verbindung, John.«

»Aber Caitlin ist Studentin, und sie ist ohne jede Spur verschwunden«, beharrte Noble. »Wie die anderen damals.«

»Es ist nicht dasselbe«, sagte Brook. »Caitlin hat keine Nachricht hinterlassen, keinen Hinweis. Die Abgott-Studenten haben etwas hinterlassen, um die Botschaft zu vermitteln, dass sie aus freien Stücken gegangen seien.« Er hob einen Zeigefinger. »Und sie verschwanden als Gruppe.«

Noble fühlte sich bestärkt und ergriff die Gelegenheit. »Ja, also, ganz allein ist Caitlin auch nicht. Ich hab mich bei Interpol drangehängt.«

»Interpol?« Ein Lächeln zupfte an Brooks Mundwinkeln. »Werden wir jetzt nicht ein bisschen melodramatisch?«

»Vielleicht, aber ich habe mich an einen Fall von vor drei Jahren erinnert. Da wurde eine andere junge Irin vermisst. Also bin ich die Interpol-Meldungen durchgegangen und hab die Namen von fünf jungen Frauen gefunden, die in den letzten drei Jahren von Eltern in Polen, Italien und Irland als vermisst gemeldet wurden.«

»Studentinnen?«

»Zwei«, erwiderte Noble defensiv.

»An der hiesigen Universität?«

»Eine.« Noble suchte auf seinem Schreibtisch nach den Unterlagen. »Daniela Cassetti aus Perugia. Sie ist im August vor zwei Jahren in die East Midlands geflogen, um hier an der Universität zu studieren, verschwand aber nach zwei Trimestern. Ostern, letztes Jahr um diese Zeit! Sie hätte in den Ferien nach Hause fliegen sollen, ist da aber nicht angekommen, und zum Sommertrimester ist sie auch an der Uni nicht mehr aufgetaucht. Genau wie bei Caitlin!« Er griff nach einem zweiten Blatt Papier. »Dann war da noch eine junge Irin, eine Lehramtsreferendarin aus Dublin, die ihre Familie in Derby besucht hat. Bernadette Murphy. Und drei junge Polinnen sind verschwunden, von denen man annahm, dass sie in der Gegend …«

»*Annahm*«, wiederholte Brook. Noble schwieg. »In der Gegend um Derby?«

»East Midlands«, antwortete Noble, sah jedoch nicht auf, um Brooks skeptischem Blick nicht zu begegnen. Er kramte auf seinem Tisch nach einem weiteren Blatt. »Adrianna Bakula …«

»John, machen Sie mal langsam«, sagte Brook. »Diese Frauen sind nicht nur nicht von hier, sie sind aus dem Ausland. Und selbst wenn sie noch im Land sind, können sie überall in Großbritannien unterwegs sein.«

»Aber die Parallelen …«

»Die da wären?«

»Es sind alles junge, alleinstehende Frauen aus dem Ausland. Wie Caitlin.«

Endlich fing Brook Nobles umherschweifenden Blick ein. »Sie wissen aber schon, dass unablässig hunderttausende junge Menschen auf dem Globus herumstreifen, um Lebenserfahrung zu sammeln. Und die werden im Grunde alle vermisst, bis sie daheim bei ihren Eltern wieder durch die Haustür marschieren.«

»Vielleicht«, sagte Noble leise.

»Definitiv«, sagte Brook. »Es gehört zum Erwachsenwerden dazu. Junge Menschen verlassen das Nest, ziehen hinaus in die Welt, lernen die Freiheit kennen und vergessen, dass sie überhaupt Eltern haben, geschweige denn, sich ab und zu bei ihnen zu melden. Das nennt man Freiheit. Ich war auch so. Meine Eltern waren für mich Gefängniswärter, und als ich endlich auszog, lag bei ihnen anzurufen mir so fern wie …«

»Wie Interpol-Meldungen zu durchforsten?«, schlug Noble vor.

»Genau«, erwiderte Brook, der nicht leicht in Verlegenheit zu bringen war. »Dasselbe habe ich bei meiner Tochter durchgemacht. Dazu noch eine Scheidung. Wenn Sie dann nicht äußerste Anstrengung unternehmen, um den Kontakt zu Ihrem Kind zu halten, kann es gut sein, dass Sie jahrelang nichts hören. Es ist ein Wunder, dass nicht die meisten Eltern ihre Kinder als vermisst melden.«

»Wie geht es Terri?«, fragte Noble.

»Ihr geht es gut.« Brook streckte die Hände aus, wie um seine Worte zu unterstreichen. »Nehme ich an.«

»Das war's dann also?«

»Tut mir leid, John. Ohne irgendeinen Hinweis auf ein Verbrechen reichen wir Caitlins Akte ans Dezernat für Vermisstenfälle weiter. Die können landesweit …«

»Während sie nach tausenden anderen Ausreißern und Vermissten suchen.«

»Wir haben nichts, womit wir arbeiten können«, beharrte Brook. »Keine verdächtigen Abbuchungen auf ihren Karten. Keine Anrufe, keine Sichtung. Ich würde ja vorschlagen, sie ist einer spontanen Selbstentzündung zum Opfer gefallen, aber selbst da bleiben normalerweise Rückstände zurück.«

»Und warum habe ich dann den Eindruck, dass Sie wissen, dass hier was nicht stimmt?«

Jetzt war es Brook, der dem Blickkontakt mit seinem Gegenüber auswich. »Ich weiß nicht, was Sie meinen.«

»O doch. Was ist es? Bauchgefühl?«

Brook sah mit spöttischer Miene auf. »Wir sind keine Astrologen, John. Wir lesen nicht in Teeblättern. Wir arbeiten mit Beweisen.«

»Einverstanden«, sagte Noble. »Und wir haben keine. Also, was ist es?«

Brook zögerte. »Sie haben gesagt, Sie haben ihr Zimmer durchsucht.«

»Abgesehen davon, dass der Rucksack weg war, war alles in Ordnung.«

»Sehen Sie, und genau das bereitet mir Sorgen«, sagte Brook. »Es ist zu ordentlich. Junge Leute sind chaotisch – in ihren Beziehungen, in ihrem Privatleben. Die ungeplante Schwangerschaft sagt mir, dass Caitlin da keine Ausnahme ist. Wenn sie aus freien Stücken gegangen ist, hätte sie sich nicht gründlicher vom Angesicht der Erde entfernen können. Und das ist entweder ein Glücksfall oder es erfordert sorgfältige Planung.«

»Und Caitlin ist nicht besonders sorgfältig.«

Brook rieb sich die müden Augen. »Es war nur so ein Eindruck. Andererseits hat sie ihr Leben in Derby und ihr Leben in Belfast fein säuberlich voneinander getrennt, das sagt uns vielleicht etwas.«

»Geben wir das jetzt weiter oder nicht?«, fragte Noble.

Brook seufzte. »Wir haben keine Wahl. Ohne Spuren, ohne dass sie irgendwo gesehen wurde, ohne etwas, was auf ein Verbrechen deutet, bleibt uns nichts anderes übrig, als ihr Bild auf Getränkekartons drucken zu lassen und abzuwarten.«

»Sie haben das Daumendrücken vergessen«, sagte Noble und stapfte zur Tür, während eine Hand schon nach den Zigaretten tastete. Darauf sagte Brook nichts. »Wir behalten eine Kopie der Akte für den Fall, dass sich eine Gelegenheit ergibt, darauf zurückzukommen, okay?«

»Unbedingt.«

Während Brook nach Mitternacht auf dunklen, leeren Straßen nach Hause fuhr, löste er seine Gedanken von allem, was ihn tagsüber beschäftigt hatte. Er liebte die nächtlichen Fahrten auf der A 52 raus aus Derby nach Ashbourne und dann weiter zu seinem Cottage in Harrington. In dieser halben Stunde war er gezwungen, sich ganz auf die anspruchslose Aufgabe zu konzentrieren, sein altes Auto durch die im Dunkeln liegende Landschaft des Peak District zu lenken.

Der Frühling war gekommen, und es hatte für Brook etwas ungemein Tröstliches, dass er in den nächsten Monaten nach und manchmal auch schon vor der Arbeit in den Hügeln wandern gehen konnte. Der Gedanke daran war Balsam für seinen überarbeiteten Kopf und eröffnete die Aussicht, nach seiner Ankunft Schlaf zu finden, wenn auch nur für ein paar Stunden, bevor die Schlaflosigkeit sich wieder einstellen und er in den frühen Morgenstunden aufstehen würde, um sich den ersten Tee aufzugießen.

Dreißig Minuten später stellte er seine Laptop-Tasche auf den Küchentisch und öffnete fast reflexartig den Kühlschrank. Für einen Polizisten, der stolz war auf seinen klaren, logischen Verstand, war das seltsam, denn die Fächer waren genauso leer wie am Morgen, als er die letzte Flasche Milch herausgeholt hatte.

Er machte sich einen Pott Tee, setzte sich an den Tisch und tastete nach seinem altmodischen Handy. Sein Finger schwebte über der Nummer seiner Tochter – eine von nur zwei Nummern auf Kurzwahltasten –, doch dann überlegte er es sich noch einmal. Ein Anruf von den Eltern bedeutete zu jeder Zeit schlechte Nachrichten, aber nach Mitternacht kam dabei leicht Panik auf. Stattdessen schrieb er eine SMS – ***Lange nichts von dir gehört. Wie geht es dir?*** –, wobei er gewissenhaft auf die Satzzeichen achtete und keine Abkürzungen verwendete.

Eine Minute später eine sehr kurze Antwort. ***Läuft bei mir. Gute N8!*** Brook runzelte die Stirn. Einen Augenblick später noch eine SMS. ***Ha, erwischt. Ja, ich kann auch vernünftig sprechen. LOL. Hat dich mal wieder ein Opfer an mich erinnert? Gib's zu!***

Brook lächelte beim Tippen. ***Bin ich so leicht zu durchschauen? Opfer ist nicht tot, wird nur vermisst und erinnert mich an meine Zeit an der Uni.***

Wer ist er?

Es ist eine Sie.

O metrosexuell ;)

Brook war sich nicht ganz sicher, was das hieß. ***Lust auf einen Besuch?***

Irgendwann gern. Bin in Italien.

»Italien?«, sagte Brook stirnrunzelnd. »Sag ich doch, John.« Er tippte: ***Na vielen Dank, dass du mir Bescheid sagst.*** Wenig angetan von dem nörgelnden Tonfall, löschte er die SMS wieder und tippte stattdessen ***Ciao X,*** trank seinen Tee und stapfte die Treppe hinauf ins Bett.

6

21. April

Brook kam später als sonst aufs Präsidium am St. Mary's Wharf. Er hatte an diesem Morgen bis kurz vor fünf geschlafen. Trotzdem war er müde gewesen, als er losfuhr, und da er das darauf zurückführte, dass er zu wenig gegessen hatte, hielt er am Eckladen in Hartington, der gerade die Tür öffnete. Er kaufte Speck und ein paar andere Grundnahrungsmittel wie Brot, Butter und Milch und fuhr kurz zurück zum Cottage, um seine Einkäufe in der Küche abzuladen.

Am Präsidium trat er mit seiner Thermoskanne und einem Bacon-Sandwich von einem Imbissstand um die Ecke in den Händen rasch durch die Rauchglastüren. Am Empfang saß sein alter Sparringspartner Sergeant Harry Hendrickson. Brook wandte den Blick ab, doch nicht mehr mit dem alten Zittern. Ihre frühere Feindseligkeit hatte sich in letzter Zeit etwas gelegt, und Hendrickson verschonte ihn mit seinen Sticheleien über

Brooks Nervenzusammenbruch während seiner Zeit bei der Met. Jetzt taten beide so, als existierte der andere gar nicht, und das war Brook nur recht.

Er hielt auf die Treppe zu und war überrascht, als sein Blick auf Superintendent Charlton fiel, der in seiner makellosen Uniform auf ihn zukam.

»Da sind Sie ja, Brook.«

»Ich leugne es nicht, Sir«, antwortete Brook.

»Wie war Ihr Urlaub? Waren Sie irgendwo, wo's schön ist?«, fragt Charlton ohne großes Interesse.

»Ich lebe an einem wunderschönen Ort«, antwortete Brook. »Warum sollte ich woanders hinfahren?« Er ging die möglichen Gründe durch, warum Charlton wohl so früh schon im Dienst war. Ein Treffen des dienststelleneigenen Gebetskreises konnte es nicht sein. Nein, der traf sich alle zwei Wochen freitags, und wenn ein Termin näher rückte, hielt Brook eine rotierende Liste von Ausreden bereit, um Charltons beharrliche Einladungen auszuschlagen, das Knie vor dem »großen Chief Constable im Himmel« zu beugen.

»Ich war gerade in Ihrem Büro, Brook. Raten Sie mal, was ich gefunden habe.«

Brook betrachtete den nicht sehr groß gewachsenen Mark Charlton, der ihn mit der ganzen Autorität, die er aus seiner für den Polizeidienst erforderlichen Mindestgröße schöpfen konnte, böse anstarrte. »Tische und Stühle, Sir?«

»Jetzt werden Sie mal nicht unverschämt, Brook«, sagte Charlton. »Ich meine die Akte von Caitlin Kinnear. Sie lag auf Ihrem Tisch. Sie verfolgen das doch nicht aktiv, oder? Die Sache ist einen Monat alt, und sie lebt nicht in der Gegend. Geben Sie das ans Dezernat für Vermisstenfälle weiter.«

»Schon erledigt, Sir«, erwiderte Brook. »Aber wir haben eine Kopie behalten, falls sich ein Grund ergibt, uns der Sache noch einmal anzunehmen.« Er machte eine Pause. »Ungeklärte Fälle sind meine Spezialität.«

»Dann haben Sie ja Zeit, eine neue Initiative gegen Altmetalldiebstahl zu leiten, die ich gerade auf die Beine stelle. Nach dem Erfolg der Operation Calanthia …«

»Ich fürchte nicht, Sir«, erwiderte Brook, ohne zu zögern. »DS Noble und ich haben eine dringende Anfrage von Interpol.«

»Interpol? Warum weiß ich davon nichts?«

»Ist gerade erst reingekommen«, antwortete Brook.

Charlton hob misstrauisch eine Augenbraue. »Was wollen die?«

»Eine Anfrage wegen einer Reihe von vermissten Frauen, die in den letzten Monaten hier in der Gegend waren. Wir sollen das überprüfen. Deswegen habe ich mir die Akte von Caitlin Kinnear noch einmal angesehen, falls es Parallelen …«

»Was für vermisste Frauen?«, wollte Charlton wissen. »Aktuelle Fälle?«

»Die genauen Daten habe ich nicht im Kopf, aber die vermissten jungen Frauen stammen aus Italien, Irland und Polen.«

»Touristinnen? Arbeitsmigrantinnen?«

»Eine Mischung«, bluffte Brook, der nicht lügen wollte.

»Das ist nicht Ihr Ernst«, sagte Charlton. »EU-Bürger kommen und gehen heutzutage, wie es ihnen passt, Brook. Und Interpol hat wegen dieser oder jener vermissten Person immer irgendeine diffuse Angelschnur in unseren Gewässern. Da ist noch nie was bei rausgekommen.«

»Da stimme ich Ihnen zu«, sagte Brooks und strahlte voller Bewunderung, weil Charlton das Wesentliche so schön zusammengefasst hatte. »Doch eine der jungen Frauen hat ebenfalls an der Universität von Derby studiert.«

»Und Sie glauben, es gibt eine Verbindung zu der jungen Kinnear?«

»Das ist uns noch nicht bekannt, Sir«, sagte Brook ernst. »Aber ich habe Interpol gesagt, wir würden einen Blick darauf werfen, und man war sehr dankbar für unsere Hilfe.«

»Tatsächlich?« Charltons Ton war argwöhnisch. »Ich nehme an, Sie brauchen DS Noble, damit er Ihnen dabei Gesellschaft leistet.«

»Falls es kein Problem ist.«

»Sie müssen mich doch für einen kompletten Idioten halten.«

Brook machte eine Pause, um die ehrliche Antwort, die ihm auf der Zunge lag, herunterzuschlucken. »Sir?«

»Ich sehe, was Sie da machen.« Charlton beäugte ihn misstrauisch, doch dann zog ein verschmitztes Lächeln über sein Gesicht. »Ich müsste verärgert sein. Aber Sie haben sich im Fall Wheeler einen ordentlichen Vorrat an Wohlwollen bei mir angelegt.«

»Schön zu wissen, Sir.« Brook lächelte. »Schade wegen der neuen Initiative, klingt interessant. Wenn ich vor Ort so gute Verbindungen hätte wie DS Ford, würde ich mich sofort darauf stürzen.«

»Ford?«

»Aber wenn Sie glauben, ich kann helfen …«

»Schon gut, übertreiben Sie es nicht mit dem Anbiedern«, versetzte Charlton. »Gehen Sie der Sache mit Interpol nach, wenn Sie glauben, dass es etwas bringt. Aber ich will auf dem Laufenden gehalten werden.«

»Selbstverständlich.«

»Und seien Sie sich bewusst, dass Ihr Vorrat an Wohlwollen damit kleiner wird. Sobald ein richtiger Fall auftaucht, sind Sie dran. Verstanden?«

Brook lächelte zum Zeichen, dass er einverstanden war.

Charlton machte Anstalten, sich abzuwenden, wirbelte jedoch auf seinen auf Hochglanz polierten Doc Martens noch einmal herum. »Übrigens hatte ich gestern Abend Donald Davison am Telefon, der mir einen langen Vortrag darüber gehalten hat, wie Sie seinen Jungen behandelt haben, den jungen Roland, den Exfreund der Kinnear. Wissen Sie, dass Councillor Davison der Vater des Jungen ist?«

»Das ist der einzige Grund, warum ich von Waterboarding abgesehen habe, Sir.«

»Im Ernst, Brook. Davison ist im Polizeiausschuss, und wir wollen nicht, dass er verschnupft ist. Er hat gesagt, Sie haben seinem Jungen gedroht.«

»Da hat er recht«, pflichtete Brook ihm bei. »Der widerliche kleine Zwerg hat meine Ermittlungen behindert, und ich habe ihm gedroht, ihn deswegen anzuzeigen. Hat Wunder gewirkt.«

»Das glaube ich gern«, sagte Charlton. »Und ich weiß aus meiner Zeit als Schulbeirat, dass die Eltern der aufmüpfigsten Blagen immer am lautesten zetern, aber …« Er machte eine Pause, um seinen Worten Nachdruck zu verleihen. »Halten Sie sich zurück.«

»Mein neuer Leitspruch, Sir.« Lächelnd stieg Brook weiter die Treppe hoch. Als er um die Ecke bog, stieß er auf DI Ford, der ihm mit einer unangezündeten Zigarette in der Hand entgegenkam.

Der grauhaarige Ford warf Brook einen hasserfüllten Blick zu, bevor er an dem jungen Mann vorbeisah, mit dem er sich vor einigen Monaten beinahe geprügelt hätte.

»Morgen, Frank«, zwitscherte Brook. Ford ignorierte ihn und sprang rasch die Treppe hinunter. »Der Chief Super sucht Sie«, rief Brook hinter ihm her.

Fast schon außer Sichtweite, blieb Ford stehen, doch ohne Brook anzusehen. »Warum?«

»Irgendwas wegen Ihrer Pension. Keine schlechten Nachrichten, hoffe ich.«

Ford ging weiter, um Charlton zu suchen, ohne sich zu einem Dankeschön herabzulassen, und Brook lächelte, weil er den Kelch an sich vorübergeschoben hatte.

Brook biss in sein Bacon-Sandwich – er hatte seit achtundvierzig Stunden nichts Richtiges gegessen – und schlug dann die Akte Caitlin Kinnear auf. Er fing bei den Anruflisten von Caitlins

Handy an und blätterte von da die ganze Akte zum x-ten Mal durch. Caitlin und Laurie hatten – was nicht ungewöhnlich war – in ihrem gemieteten Bungalow in der Amber Road unweit der Universität keinen Festnetzanschluss, sondern hatten sämtliche Telefonate über ihre teuren Handys geführt. Nach Caitlins letzter SMS an Laurie Teague in der Nacht, in der sie verschwand, waren von ihrem Gerät weder Anrufe getätigt noch SMS oder E-Mails verschickt worden. *Besser denn je.*

Brook vertilgte das Bacon-Sandwich, wischte sich die Hände ab und blätterte rückwärts durch die vorangegangenen Monate. Sämtliche Anrufe und SMS auf Caitlins Handy hatten identifiziert werden können, die meisten kamen von ihrer besten Freundin und Mitbewohnerin Laurie. Von den übrigen waren ziemlich viele von Roland Davisons Handy und ein paar von einem Festnetzanschluss in Normanton, den Noble als das Haus von Councillor Davison identifiziert hatte. Diese Anrufe waren vermutlich gemacht worden, wenn Roland daheim bei seinem Vater war.

Die Anrufe und SMS von ihrem Exfreund hörten zwölf Tage vor Caitlins Verschwinden auf, etwa um die Zeit, als Lauries und Rolands Aussage zufolge ihre – ja, was eigentlich? – geendet hatte. Beziehung schien ein zu großes Wort zu sein für die lässige Art, mit der die jungen Leute sich heutzutage zusammentaten.

Brook schob sein Unwissen über moderne Paarungsrituale beiseite und kreiste einen Anruf vom Haus des Councillors zwei Tage vor Caitlins Schwangerschaftsabbruch und vier Tage vor ihrem Verschwinden ein. Roland hatte geleugnet, nach der Trennung noch einmal Kontakt mit Caitlin aufgenommen zu haben, also schien es eines zweiten Blickes wert.

Als Nächstes ackerte er sich systematisch durch ihre ausgehenden Anrufe. Sie hatte mehrmals die Nummer der Rutherford Clinic gewählt, wo sie ihren Abbruch hatte vornehmen lassen, andere Anrufe galten einem Pizzaservice, einem Nagelstudio und einem Frisiersalon.

Er warf die Einzelverbindungsnachweise beiseite und nahm sich den Bericht über den abrupten Abbruch der GPS-Ortung von Caitlins Handy in der Nacht ihres Verschwindens vor. Auch ihn legte er wieder weg, denn darin stand nichts, was er nicht schon wusste. Am Freitag, dem 20. März, war Caitlin in dichtem Schneetreiben die Kedleston Road hinuntergegangen, an den Universitätsgebäuden vorbei und weiter zu ihrem Bungalow, wo sie ihren Rucksack geholt hatte. Danach war die GPS-Ortung ihres Handys deaktiviert worden. Ihre nachfolgenden Bewegungen waren ein Rätsel, doch man konnte wohl annehmen, dass sie in dieser Nacht verschwunden war.

Als Nächstes nahm er sich die Kontoauszüge vor. Caitlins Konto war überzogen gewesen, nachdem sie im September vergangenen Jahres ihre Studiengebühren und die Kaution für den Bungalow bezahlt hatte. Ihr Studiendarlehen hatte wieder für schwarze Zahlen gesorgt, und die nächsten sechs Monate hatte es kontinuierlich Barabhebungen sowie regelmäßige Zahlungen für Miete, Nebenkosten und ihre Kreditkartenrechnung gegeben. Ihre Rückfahrkarte nach Liverpool hatte sie sechs Wochen vor den Osterferien bezahlt. Seit ihrem Verschwinden gab es keinerlei Kontobewegungen, weder auf dem Girokonto noch auf der Kreditkarte.

Brook brütete über den wenigen Posten auf ihrer Kreditkartenabrechnung. Für eine junge Frau war Caitlin bemerkenswert vernünftig mit ihrem Geld umgegangen. Brook hatte ein Vollstipendium gehabt, und er konnte sich noch gut erinnern, dass das Geld selbst damit am Ende des Monats immer knapp und seine Kreditkarte oft genug bis ans Limit belastet gewesen war.

»Sie ist definitiv sparsam – dreißig Pfund in der Campus-Buchhandlung und zwanzig Pfund für eine Pizza zum Mitnehmen«, sinnierte er laut über die einzigen Ausgaben im letzten Abrechnungsmonat. Zugegeben, durch ihr Verschwinden war es kein ganzer Monat gewesen, und wie Laurie Teague bescheinigt hatte, hatte Caitlin sich wegen der Schwangerschaft für ein paar Wochen vom geselligen Studentenleben zurückgezogen. Brook lehnte sich zurück, um zu grübeln. »Trotzdem, manchmal ist der entscheidende Hinweis auch ein Hund, der nicht bellt.«

»Wer bellt?« Brook wurde aus seinen Gedanken gerissen. Noble entdeckte die Akte und zog eine Augenbraue hoch. »Die haben Sie sich aber schnell wieder vorgenommen?«

»Also, ich habe über das nachgedacht, was Sie gesagt haben. Über Caitlin und die vermissten jungen Frauen.«

»Die von Interpol?«, fragte Noble kess.

»Ja«, antwortete Brook ernst. »Und es ist zwar eine undankbare Aufgabe, aber ich denke, Sie haben recht: Sie haben mehr verdient als einen beiläufigen Blick.« Noble sagte nichts. »Und irgendetwas ist seltsam daran, dass Caitlin so vollkommen von der Bildfläche verschwindet. Keine Warnung, keine Spur.« Immer noch schwieg Noble, und Brook geriet ins Stocken. »Der emotionale Auslöser des Schwangerschaftsabbruchs kann in eine Depression umgeschlagen sein.« Noble zog eine Augenbraue hoch, und ein spöttisches Lächeln umspielte seine Mundwinkel. »Sie haben von der neuen Initiative gehört, oder?«

Nobles Grinsen wurde sehr breit, und er klatschte in die Hände. »Brandheiß. Schade, dass wir so mit Arbeit überhäuft sind, dass wir uns ihr nicht mit der Aufmerksamkeit widmen können, die sie verdient hätte.«

»Ja, nicht wahr?«, warf Brook ein, wenn auch mit einem schuldbewussten Lächeln.

»Es wird noch besser. Sergeant Hendrickson hat mir erzählt, DI Ford hat den ersten Preis bei der Verlosung sinnloser Ermittlungen gewonnen.«

»Eine äußerst fähige Wahl«, erwiderte Brook ernst.

»Also, er nimmt es nicht gut auf. Er schätzt, dass Sie irgendwie die Finger im Spiel hatten«, sagte Noble. »Ist da was dran?«

»Sie überschätzen meinen Einfluss auf Charlton, John.«

Noble betrachtete ihn misstrauisch. »Wenn Sie es sagen.« Mit einem Nicken wies er auf die Unterlagen in Brooks Hand. »Ein Hund, der nicht bellt?«

Brook schob ihm Caitlins Kontoauszüge über den Tisch. »Dass ich auf der Uni war, ist schon dreißig Jahre her, deswegen ist es mir zuerst nicht aufgefallen.«

Noble blätterte in den Unterlagen. »Ich war gar nicht auf der Uni.«

»Also deswegen müssen Sie sich nicht benachteiligt fühlen«, sagte Brook. »Ich habe eine lange Liste von Dingen, die ich lieber nicht gelernt hätte.«

»Damit Sie so begriffsstutzig hätten bleiben können wie ich, meinen Sie?«

»Genau«, sagte Brook, ohne auf Nobles Stichelei einzugehen. »Ich staune über Caitlins Parsimonie.«

»Und auf Englisch für Dummies?«

»Für eine unerfahrene junge Frau, die zum ersten Mal von zu Hause weg ist und es nicht gewohnt ist, ein Budget zu verwalten, war sie extrem sparsam.«

Noble blätterte um. »Also, das ist mir auch aufgefallen. Die großen Beträge gehen alle von ihrem Girokonto ab – Miete und Rechnungen –, aber abgesehen von kleineren Barabhebungen gibt es nicht viele …« Er schnippte die Finger, um das richtige Wort zu finden, und warf Brook einen hilfesuchenden Blick zu.

»Nebenausgaben.«

Noble reckte anerkennend den Daumen. »Jedenfalls nicht für einen jungen Menschen, der gerade auf die Welt losgelassen wird. Ihre Kreditkarte ist nicht im Minus, und nachdem ihr Studiendarlehen eingegangen war, ist sie nie wieder auch nur in die Nähe roter Zahlen gekommen.«

»Nein«, sagte Brook. »Könnte sie ein zweites Konto gehabt haben, von dem wir nichts wissen?«

»Möglich. Aber warum sollte sie die Auszüge nicht bei ihren anderen Bankunterlagen verwahren?«

»Ich weiß nicht.«

»Vielleicht hatte sie einen Teilzeitjob«, sagte Noble. »Bar auf die Hand. Allerdings hat Laurie das verneint.« Brook stöhnte. »Problem?«

»Mir ist nicht ganz wohl bei dem Gedanken, dass wir uns bei dem, was wir über Caitlin wissen, ganz auf Laurie verlassen.«

»Sie meinen, sie sagt uns nicht alles?«

»Die Schwangerschaft hat sie anfangs auch nicht erwähnt.«

»Bestimmt ohne böse Absicht.«

»Ich behaupte ja nicht, dass sie eine Lügnerin ist. Aber es könnte doch Dinge geben, die Caitlin Laurie *nicht* anvertraut hat.«

»Sie sind beste Freundinnen.«

»Sagt Laurie«, erwiderte Brook. »Doch zwischen den Zeilen bekomme ich den Eindruck, dass Caitlin sie in manchen Bereichen auf Armeslänge von sich weggehalten hat.«

»Zum Beispiel?«

»Ich weiß nicht. In welchen Bereichen sind junge Frauen normalerweise eher verschwiegen?«

»Männer«, schlug Noble vor.

Brook dachte an Terri und ihren Stiefvater, der sie missbraucht hatte. »Männer«, wiederholte er. »Und was zwischen ihnen los ist.«

»Deswegen sollten wir uns auf dem Campus umsehen und mit allen reden, die Caitlin gekannt haben oder Kontakt zu ihr hatten«, sagte Noble. »Vielleicht bekommen wir noch einen anderen Blick auf die Dinge.«

»Wenn wir das machen, arbeiten wir ohne Unterstützung.«

»Möchten Sie lieber auf dem Schrottplatz Kanaldeckel untersuchen?«, fragte Noble.

Brook sah auf seine Uhr. »Haben Sie eine Liste von Caitlins Uni-Veranstaltungen?«

»Dozenten, Tutoren, Campusarzt und so weiter.«

»Das wird eine ganz schöne Plackerei«, sagte Brook.

»Sie meinen, Sie müssen Ihre eigenen Notizen machen«, frotzelte Noble.

»Ich meine, dass wir das nicht zweimal durchexerzieren wollen. Lassen Sie uns also zwei Fliegen mit einer Klappe schlagen. Erzählen Sie mir von der jungen Italienerin, die Interpol verbummelt hat – die, die ebenfalls auf der Uni war.«

7

»Entschuldigung«, sagte die junge Frau und suchte nach der richtigen englischen Betonung, während sie den Regen aus ihrem dünnen Mantel schüttelte. Die Empfangsdame schenkte ihr nicht die geringste Beachtung. Die junge Frau wartete und hielt ihre Gefühle in Schach, denn sie wusste, dass eine Wiederholung ihrer Sache eher schaden würde. Kassia Proch kannte das alles nur zu gut – den Umgang mit gereizten Einheimischen, die ihre Verachtung gegenüber den Einwanderern in ihrer Mitte dadurch zum Ausdruck brachten, dass sie sie warten ließen. Und das waren noch die mit guten Manieren.

Für den Fall, dass die blasse junge Frau, die vor ihr stand, die Machtverhältnisse in ihrer Beziehung falsch eingeschätzt hatte, blickte die Empfangsdame eine Sekunde später von ihrem Computerbildschirm auf, als es die Höflichkeit geboten hätte. Sie blinzelte Kassia kurzsichtig an und hob dann die Brille vors Gesicht, um sie eingehend zu mustern.

»Kann ich Ihnen helfen?«

»Ich möchte zu Dr. Fleming.«

»Sind Sie Privatpatientin?«

»Bitte?«

Die Züge der Empfangsdame wurden hart, sie hatte sich

längst ihr Urteil gebildet. »PRI-VAT oder KAS-SE?«, sagte sie übertrieben langsam.

»Nein, nicht privat.«

»Dann also Kasse«, sagte sie und tippte etwas auf ihrer Tastatur. »Name, bitte.«

»Ich kam hier früher.« Die automatischen Eingangstüren glitten auf, und Kassia blickte nervös zu den Demonstranten draußen, die lärmend ihre Lieder sangen und Losungen riefen. Die Türen schlossen sich wieder, was den Tumult dämpfte, bis die nächste Unglückliche versuchte, das Gebäude zu betreten.

»Haben die da draußen Ihnen arg zugesetzt?«

Kassia richtete den Blick wieder auf die Empfangsdame. »Bitte?«

Die Frau schüttelte den Kopf und verschanzte sich hinter ihrer Ruppigkeit. »Ich brauche Ihren Namen.«

Kassia flüsterte ihn, als würde sie noch mehr Schande über sich bringen, wenn sie ihre Identität preisgab. Doch dann sprach der strenge Ton ihres Gegenübers etwas tief in ihr an – etwas Hartes, Unverwüstliches, etwas, was alle Migranten brauchen. Plötzlich begegnete sie dem verurteilenden Blick der älteren Frau und starrte ihr trotzig in die Augen.

Wie kann diese verdorrte alte cipa *es wagen, mich so von oben herab zu behandeln?*

Doch dann dachte sie an den Namen, den ihre Mutter ihr gegeben hatte, als sie die großen braunen Augen sah, die sie aus den Wickeltüchern anblinzelten, und ihr Blick senkte sich wieder zu Boden. Kassia – die Unverdorbene.

»Nationalität?«

»Polski«, antwortete Kassia. Als die *cipa* so tat, als verstünde sie nicht, fügte sie »Polen« hinzu.

»Geburtsdatum?«

»25.12.1994.«

»Am Weihnachtstag?« Die Empfangsdame blickte kurz von ihrer Tastatur auf. »Verheiratet oder alleinstehend?« Kassia antwortete nicht. »Also alleinstehend«, schloss die Frau und machte ein Häkchen in das entsprechende Feld. »Haben Sie eine Überweisung mitgebracht?«

»Ich Brief schon gegeben«, antwortete Kassia. »Erinnern?«

Die Empfangsdame seufzte. »Setzen Sie sich. Die Schwester ruft Sie gleich auf.«

»Kassia, nicht wahr?« Die Krankenschwester zeigte auf ihr Namensschild. »Ich bin Mary.«

Kassia stand auf, sah in das lächelnde Gesicht und nickte zum Zeichen, dass sie sich an sie erinnerte. »Schwester Moran.« Sie wollte das Lächeln erwidern, doch wie so oft, wenn Kassia Mitgefühl zuteilwurde, liefen die Tränen, und ihre Kaltblütigkeit löste sich in Luft auf. »Nein. Ich kann nicht. Ich kann meine Kind nicht wehtun.«

»Na, na«, sagte die Schwester, trat näher, zog Kassias Kopf an ihre rundliche Schulter und rieb ihr den Rücken. »Es wird alles gut, Sie werden sehen. So viel Aufregung ist gar nicht nötig. Wir holen Ihnen eine Tasse Tee, und dann kann Dr. Fleming mit Ihnen sprechen.«

»Nein!«, sagte Kassia. »Nicht reden. Ich nicht wollen.«

Moran führte Kassia zu einem Stuhl, setzte sie darauf und nahm ihre Hände. »Mädchen, Ihre Hände sind ja wie Eis. Ich hol Ihnen was Warmes zu trinken …«

»Nein«, sagte Kassia und stand auf. »Tut mir leid. Ich gehen.«

Moran betrachtete sie. »Hören Sie, Kassia. Wir wissen, dass dies die schwerste Entscheidung ist, die Sie je treffen mussten. Aber Sie müssen auch an das Kind denken. Es geht nicht nur um Liebe. Denken Sie darüber nach, was für ein Leben es hier erwartet.«

»Es?«

»Ich weiß, dass wir über ein Menschenleben sprechen, aber Sie müssen sich fragen, ob Sie wirklich bereit dafür sind. Sie haben noch Ihr ganzes Leben vor sich.« Sie warf einen Blick zum

Empfang, doch die Frau mit dem harten Gesicht wandte sich ganz schnell wieder ihrem Computerbildschirm zu. »Niemand hier wird Sie verurteilen.«

»Meine Mutter mich verurteilen.« Kassia blickte auf, und ihre Augen füllten sich mit Tränen. »Ich mich verurteilen.« Sie schluchzte lauter und hob die eiskalten Hände an den Mund.

»Kommen Sie«, sagte Schwester Moran. »Ich besorge Ihnen etwas Warmes zu trinken ...«

Kassia machte sich frei – sie hatte ihre Entscheidung getroffen – und wischte mit dem Ärmel die Tränen fort. »Nein«, sagte sie resolut. »Ich kann meine Kind nicht töten«, fügte sie hinzu und legte die Hände unwillkürlich auf den Bauch.

»Das ist Ihre Entscheidung, Liebes«, sagte Moran. »Was ist mit dem Vater?«

»Der Vater kann fahren in Hölle.« Zögernd bewegte sie sich auf die Doppeltüren zu, denn sie schreckte vor dem Spießrutenlauf draußen zurück.

Moran marschierte zum Empfangstresen und kam mit einer Visitenkarte wieder. »Hier.« Sie drückte sie Kassia in die Hand. »Wenn Sie reden möchten, wissen Sie, wo Sie uns finden.«

Kassia wandte sich wieder der Krankenschwester zu, konnte ihr jedoch nicht in die Augen sehen, als könnte jedes weitere Wort sie vom Kurs abbringen. Die automatischen Türen glitten zur Seite, als sie darauf zuging, und sie zögerte erneut, denn der lauthals, wenn auch schlecht gesungene Psalm gab ihr zu denken.

»Kommen Sie«, sagte Schwester Moran und trat neben sie. »Ich bringe Sie raus.«

Die Schwester legte einen Arm um die elfenhafte Gestalt und führte sie hinaus in die Kälte. Vom Boden unter ihren Füßen stieg Kälte auf, und gegen den starken Wind zog Kassia den viel zu dünnen Mantel enger um sich. Moran hielt sie um die Schulter, und Kassia wappnete sich, als sie sich der kleinen Versammlung am Ende des Weges näherten.

Die versammelte Menge bestand hauptsächlich aus älteren Herrschaften, die sich unter Regenschirmen duckten und Transparente mit Anti-Abtreibungs-Parolen hochhielten.

DIE HÄLFTE DER PATIENTEN,
DIE EINE ABTREIBUNGSKLINIK BETRETEN,
KOMMT NICHT MEHR LEBENDIG HERAUS!
GLEICHES RECHT FÜR UNGEBORENE FRAUEN!

Kassia wandte den Blick ab und hoffte, unbemerkt zu bleiben. Doch der Psalm erstarb auf den Lippen der Demonstranten, und sämtliche Blicke richteten sich auf sie. Sie sah sich suchend nach einem anderen Weg um. Doch es gab keinen.

Schwester Moran merkte, dass ihre Schritte langsamer wurden, verstärkte ihren Griff und führte sie weiter. »Ein Kind in die Welt zu bringen braucht sehr viel Liebe, mein Mädchen. Sie haben diese Liebe bereits gezeigt. Jetzt müssen Sie für Ihr Kind noch ein Weilchen mutig sein, und dann können Sie mit Ihrem Leben fortfahren.«

Die Stille wurde von einer älteren Frau in einer teuren Pelzmütze und dem dazu passenden Mantel unterbrochen. »Kindsmörderin!«, schrie sie Kassia mit amerikanischem Akzent zu und zeigte mit einem behandschuhten Finger auf sie. Sie wollte auf die zitternde junge Frau zugehen, doch der Priester neben ihr hielt sie fest.

»Wir dürfen niemanden einschüchtern, Mrs. Trastevere«, sagte der Priester. »Das hat die Polizei deutlich gemacht.«

»Mörderin!«, schrie Mrs. Trastevere, ohne auf ihn zu achten, und wollte sich losreißen.

»Nein«, erwiderte die schluchzende Kassia und schüttelte den Kopf, um zu unterstreichen, dass sie unschuldig war. »Ich nicht töten meine Kind.«

»Der Herr ist das Leben«, fuhr die Frau fort, ohne ihr zuzuhören. Sie schubste den Priester noch einmal. In dem Augenblick blitzte hinter den Demonstranten kurz eine Kamera auf und erhellte Kassias in Tränen aufgelöstes Gesicht.

Morans Kopf schoss herum, um die Gestalt im schwindenden Licht böse anzufunkeln. Ein Mann, das Gesicht unter einer Kapuze verborgen, ließ die Hände sinken, um sein Handy einzustecken, und wandte sich ab, als Moran auf ihn zuhielt. »Sie! Was machen Sie da?«, rief sie ihm hinterher. Doch Mrs. Trastevere bewegte sich noch einmal auf Kassia zu und zwang die Schwester dazwischenzutreten. In dem ganzen Aufruhr huschte er davon.

»Mörderische Schlampen!«, schrie Mrs. Trastevere und blickte von Kassia zu der Schwester.

Der Priester zog an der hageren Frau. »Constance, wir dürfen niemanden einschüchtern, sonst schickt die Polizei uns hier weg.«

»Ihr zwei sollt in der Hölle schmoren!«, schrie die ältere Frau unbeeindruckt.

»Als wüssten Sie was über die Hölle, Sie verwöhnte alte Schachtel«, rief Schwester Moran über das leise Prasseln des Regens auf Schirmen und Mänteln. Schockiert schwiegen alle und spitzten die Ohren, was die wütende Irin noch zu sagen hatte. »In der Hölle sind diese armen jungen Frauen längst. Ich wette, Sie mussten noch nie im Leben einen Finger krummmachen, und wenn Sie daheim jemanden hätten, der Sie liebt, wären Sie jetzt nicht hier und würden den geplagten Seelen, die sich an uns wenden, nicht so zusetzen.«

Schweigend sahen die Demonstranten zu, wie die beiden vorbeigingen. Kassia blickte dem Priester heimlich in die Augen und bekreuzigte sich instinktiv. Sie verzichtete auf weitere Beteuerungen, und während sie ihre Schritte beschleunigte, wurden die Tränen zu Schmerzensgeheul.

»Pass auf dich auf, mein Kind«, flüsterte Moran ihr ins Ohr, als sie an der Gruppe vorbei waren. Dann ließ sie Kassias Arm los, als entließe sie ein verletztes Vögelchen wieder in die Freiheit.

Sobald die schmächtige junge Frau in der Dunkelheit verschwunden war, richtete Moran einen lodernden Blick auf den Priester. »Die lassen wir ziehen, Vater O'Toole, also ersparen Sie mir Ihre Moralpredigt.«

»Preiset den Herrn …«

»Wagen Sie es nicht, vom Herrn zu sprechen!«, fuhr ihn die Krankenschwester an und stieß mit dem Finger in Richtung seines Gesichts. »Und bilden Sie sich bloß nicht ein, Sie und die anderen Schwätzer hier hätten irgendetwas damit zu tun. Sie sollten sich schämen«, fügte sie noch hinzu und stapfte weiter auf das freundliche Licht zu, das durch die Türen der Klinik fiel.

Ihre Züge wurden auch nicht weicher, als sie sich dem Empfang näherte, den Blick fest auf die spröde bebrillte Frau hinter dem Bildschirm gerichtet. »Sie sagen Dr. Fleming wohl besser Bescheid, dass sein Acht-Uhr-Termin es sich anders überlegt hat, Sally.«

Die Empfangsdame griff nach dem Telefon, und Moran wollte schon weitergehen, doch dann wandte sie sich noch einmal um. Sie wählte ihre Worte mit Bedacht. »Also abgesehen davon, dass es unsere Aufgabe ist, diesen armen jungen Frauen zu helfen, verdient die Rutherford Group an den Kassenpatientinnen mehr als an den Privaten. Das sollten Sie nicht vergessen.«

»Was meinen Sie damit?«, erwiderte Sally.

»Ich meine, dass Sie die Klinikleitung besser nicht wissen lassen sollten, dass sie potenzielle Kundinnen so abschrecken.«

»Ich habe nichts gesagt.«

»Das war auch nicht nötig«, versetzte Moran. »Bei Ihrem Gesicht würde sogar Milch sauer.« Sie lächelte, um den Schlag zu mildern. »Warum den jungen Frauen so zusetzen, wenn genug andere da sind, die das tun? Zeigen Sie ein bisschen Mitgefühl.«

Mit einem Gesicht wie sieben Tage Regenwetter drückte Sally eine Taste an ihrem Telefon.

Moran blickte zu der Doppeltür und brachte ein Lächeln

zustande. »Ich danke Gott, dass das arme Mädchen seinen Weg findet.«

8

»Hübsches Mädchen«, sagte der ältere, rundgesichtige Mann mit der dicken Brille. »Ich hab in der Zeitung gelesen, dass sie vermisst wird.«

Brook wartete auf mehr. Es war das Ende eines langen, frustrierenden Tages, an dem er über den Campus gezogen war und mit argwöhnischen Studierenden, gelangweilten Dozenten und zermürbten Tutoren gesprochen hatte, von denen keiner etwas zu Caitlins Verschwinden oder ihrer psychischen Verfassung beitragen konnte. Ein Bild des Papstes hinter dem Kopf des Arztes erregte Brooks Aufmerksamkeit. Stiles folgte seinem Blick.

»Wir sind Ihnen dankbar für alles, was Sie uns sagen können, Doktor«, sagte Brook. »Natürlich streng vertraulich.«

»Also, es ist nicht ganz vorschriftsmäßig«, sagte Stiles, doch sein Tonfall deutete an, dass es mit ein wenig mehr Überzeugungsarbeit schon ginge.

»Es ist wichtig«, setzte Noble zum letzten Schubs an. Die Detectives wussten, dass Angehörige der Generation des Arztes eher geneigt waren, die Vorschriften großzügig auszulegen, um der Polizei gefällig zu sein.

Stiles betrachtete ihre ernsten Mienen und linste dann über seine Brille auf den Computerbildschirm. »Also gut«, sagte er und klickte mit der Maus. »Caitlin ist letztes Jahr mit einer Infektion zu mir gekommen. Ich werde nicht sagen, wo«, fügte er mit einem angedeuteten Lächeln hinzu. »Ich habe eine antimykotische Salbe verschrieben. Damit war das erledigt.« Er strahlte Brook und Noble an.

»Wir interessieren uns mehr für ihre letzten Konsultationen, sagen wir, in den letzten zwei Monaten, Einzelheiten über ihren Zustand und wie es ihr damit ging«, führte Brook aus.

Stiles hielt den Blick auf den Bildschirm gerichtet. »Die Infektion war ihr letzter Besuch bei mir. Das war im Oktober.« Er sah Brook neugierig an. »Was für ein Zustand?«

»Kann sie zu einem anderen Arzt gegangen sein?«, fragte Brook, ohne auf die Frage einzugehen.

»Nicht ohne mein Wissen, zumindest nicht auf dem Campus«, antwortete Stiles. »Natürlich können sich die Studierenden ihren Campusarzt von der Liste aussuchen, aber sie war mir zugeteilt, und wenn sie zu jemand anderem wollte, wäre ich informiert worden. So sind die Vorschriften. Also, als ihr Arzt ...«

»Caitlin hatte eine Abtreibung«, erklärte Noble, der Brooks raschen Blick nicht mitbekam. »Kurz bevor sie verschwand.«

Die Überraschung des Arztes war echt. »Aha. Ich wusste nicht, dass sie schwanger war.«

»Gibt es einen Grund, warum sie damit nicht zu Ihnen gekommen ist?«, fragte Brook, der keine andere Wahl hatte, als mit den Karten zu spielen, die Noble ihm ausgeteilt hatte.

»Viele«, sagte Stiles. »Diskretion, Verlegenheit ...«

»Angst vor Ablehnung aus religiösen Gründen«, schlug Brook vor.

Stiles lächelte. »Ja, ich bin Katholik, Inspector. Sehr aufmerksam beobachtet. Caitlin ebenfalls. Aber glauben Sie wirklich, ich hätte eine solche Vertrauensstellung an einer Universität inne, wenn ich zuließe, dass mein persönlicher Glaube meine Arbeit beeinflusst?« Er blickte wieder auf den Bildschirm. »Ich sehe hier, dass Ms. Kinnear nicht auf dem Campus gewohnt hat. Vielleicht hat sie eine Praxis in der Nähe ihrer Wohnung aufgesucht.«

Brook schaute flüchtig zu Noble, der mit einem Kopfschütteln antwortete. »Und wenn nicht?«

Stiles zuckte die Schultern. »Dann würde ich annehmen, dass

sie so wenig Menschen wie möglich davon wissen lassen wollte. Wenn die Periode ausbleibt, braucht man keinen Gynäkologen, der einem sagt, was los ist. Und einen Schwangerschaftstest kriegt man in jeder Apotheke, also ist eine Selbstdiagnose sehr einfach. Und was den Rest angeht, müssen Sie sie fragen.«

Noble hatte schon eine scharfe Erwiderung auf der Zunge, doch Brook griff ein. »Wenn Sie Ihr einziger Arzt waren, hätte sie dann ohne eine Überweisung von Ihnen einen Abbruch vornehmen lassen können?«

»O ja«, antwortete Stiles. »Eigentlich geht es nicht ohne, aber das wird heutzutage alles sehr lax gehandhabt. Eine Überweisung räumt die größten Hindernisse aus dem Weg – zumindest bei der Krankenkasse –, aber meiner Erfahrung nach kommt es vor, dass Frauen mit einem katholischen Hintergrund diese bürokratische Hürde umgehen und, um es geheim zu halten, lieber einen höheren Preis zahlen.«

»Sie denken, sie könnte privat dafür aufgekommen sein?«

»Es ist nicht unerschwinglich.«

»Wie viel?«, fragte Noble.

»Kommt darauf an. Chirurgischer Eingriff oder Pille?«

»Chirurgisch«, sagte Brook.

»Also, auch da kommt es auf die Umstände an und wie weit sie war, aber den Eingriff an sich bekommen Sie schon für fünf- bis siebenhundert Pfund«, sagte Stiles. »Je früher es gemacht wird, desto billiger ist es, und wenn man bereit ist, auf überflüssige Sedierung und anderes zu verzichten …« Er zuckte die Schultern. »Nicht billig …«

»Aber machbar«, schloss Brook.

»Genau«, sagte Stiles. »Wissen Sie, wo?«

»In der Rutherford Clinic«, sagte Noble.

Stiles nickte. »Die ist in der Nähe und hat einen sehr guten Ruf. Wie in den meisten Kliniken werden dort verschiedene Verfahren angewandt, je nachdem, wie weit die Schwangerschaft vorangeschritten ist, privat und Kasse. Rafe Fleming operiert dort, er ist sehr gut auf seinem Feld. Er arbeitet auch als Chefarzt im Royal Derby.« Er breitete die Hände aus, um anzudeuten, dass er damit alles gesagt hatte.

»Könnten Sie in Ihren Unterlagen nachsehen, ob eine gewisse Daniela Cassetti Patientin bei Ihnen war?«, fragte Noble und hielt dem Arzt ein Foto vor die Nase.

»Hübsches Mädchen«, sagte Stiles wieder und tippte auf der Tastatur herum. Brook und Noble tauschten einen flüchtigen Blick. »Wann hat sie studiert?«

»Letztes Jahr«, antwortete Noble.

»Cassetti«, sagte Stiles, während er tippte. »Nein, die war nicht bei mir, fürchte ich.«

»Aber Sie haben Zugang zu ihren Unterlagen«, sagte Brook.

»Es tut mir leid«, sagte Stiles. »Es ist *eine* Sache, mich bei meinen eigenen Patienten nicht ganz an die Vorschriften zu halten, aber bei den Patienten der Kollegen ist das etwas anderes.«

»Können Sie uns dann wenigstens sagen, wer ihr Campusarzt war?«, versetzte Noble.

»Dr. Helen Cowell«, sagte Miles. »Aber verschwenden Sie nicht Ihre Zeit; sie arbeitet nicht mehr auf dem Campus. Die Praxis an der Uni war ihr zu langweilig. Auch Sie arbeitet im Royal.«

»Eine Frage noch, Doktor«, sagte Brook. »Reine Routine. Wo waren Sie am Abend des 20. März?« Stiles starrte Brook an und griff dann zu seinem Kalender. »Ich habe Derby am 18. verlassen, um an einer viertägigen Konferenz über neue Medikamente in Northampton teilzunehmen.«

»John …«, setzte Brook an, als sie durch den Regen über den Parkplatz gingen.

»Ich weiß«, sagte Noble und holte seine Zigaretten heraus. »Wir sollten keine vertraulichen Informationen preisgeben, wenn es nicht unbedingt nötig ist.«

»Besonders wenn es das, was wir zu hören kriegen, beeinflussen könnte«, fügte Brook hinzu.

»Tut mir leid«, sagte Noble. »Aber ohne die geringste Spur dachte ich, wir könnten mal eine Handgranate werfen.«

»Das ist nicht Ihre Entscheidung«, fuhr Brook fort, doch in weicherem Tonfall.

»Vielleicht nicht«, räumte Noble ein. »Aber es hat uns immerhin einen Ansatzpunkt gebracht.«

»Das leugne ich nicht«, sagte Brook. »Wir hätten uns längst genauer mit der Abtreibung befassen sollen. Ich bin davon ausgegangen, dass sie den Eingriff über die Kasse machen ließ.«

»Siebenhundert Pfund sind viel Geld für jemanden ohne Einkommen«, warf Noble ein.

»Und wenn ich nicht blind bin, dann findet sich davon keine Spur in ihren Bankunterlagen.«

Ein schwarzer Himmel spannte sich über die Stadt, als Kassia in die Vernon Street einbog, und sie kam außer Atem an dem Haus an, in dem sie wohnte. Das Grundstück lag im Dunkeln, und sie schüttelte den Regen von ihrem Mantel und tastete blind nach dem Schlüssel.

Ein paar Minuten später stieg sie die drei Treppen zu dem möblierten Zimmer ganz oben im Haus hinauf und hängte ihren Mantel hinter die Tür. Sie aß die restlichen *faworki* aus ihrer Papiertüte und leckte sich nach dem letzten Schmalzgebäck den Zucker von den Fingern, dann legte sie sich auf das schmale Bett und schob sich ein Kissen in den Rücken. Sie griff nach der Wodkaflasche auf dem Boden, schraubte den Verschluss ab und hob sie an die Lippen. Doch dann hielt sie inne und dachte nach. Einen Augenblick später lächelte sie und schraubte die Flasche wieder zu, ohne zu trinken.

Die Sprechanlage summte, und Kassia stand vom Bett auf und stellte die Wodkaflasche auf den Boden.

»Hallo.«

Noble hängte die Fotos von Daniela Cassetti – eins von Interpol, eins von der Universität – an eine Stellwand in dem kleinsten Besprechungsraum des Reviers und trat einen Schritt zurück, um sie zu betrachten. Langes dunkles Haar, dunkle, weit auseinanderstehende, grüblerische Augen, strahlend weiße Zähne. Er hoffte, dass es nicht das Bild eines weiteren Opfers war, noch ein Gesicht, das er im Kopf mit sich herumtragen würde.

Je mehr Fälle Noble bearbeitete, desto häufiger legte er das letzte Foto, das auf den Titelseiten die Herzen rührte, in seiner Erinnerung ab. Sein ganz persönliches Leichenhaus, sein Totenbuch, und auch wenn es sich nicht unbedingt um die gesündeste Sammlung handelte, war sie doch den Bildern vorzuziehen, die die Angehörigen nie zu sehen bekamen, den Schnappschüssen des Todes, die am besten der Vorstellungskraft der erfahrenen Ermittler überlassen blieben.

Er trat zurück, um sein Werk zu betrachten, trank seinen Styroporbecher leer und sah zu Brook hinüber, der schon wieder über Caitlins Akte saß. Er begriff allmählich, was dem DI so oft den Schlaf raubte, und war überzeugt, dass Brook sein eigenes Kompendium der Toten hatte. Allerdings vermutete er, dass es die anderen Bilder enthielt. Er nahm es schon viel länger mit nach Hause und hatte weit Schlimmeres gesehen.

»Nicht auch nur annähernd etwas in der Höhe in den Kontoauszügen.« Brook griff nach dem Telefon. »Sie hat auch nicht genug Bargeld abgehoben, um zusammenzusparen, was sie der Klinik zahlen musste. Wir sollten den jungen Davison herbitten und ihn fragen.«

»Glauben Sie, er hat den Abbruch bezahlt? Den Eindruck hat er mir aber nicht gemacht.«

Brook las mit zusammengekniffenen Augen eine Nummer in Caitlins Einzelverbindungsnachweis und wählte. »Mir auch nicht, aber wenn er der Vater war und Caitlin den Eingriff nicht bezahlt hat …«

»Kann er es sich leisten?«

»Mit einem Selfmademann wie Councillor Davison zum Vater … Rutherford Clinic?«, sagte Brook in den Telefonhörer. Er bat darum, mit der Verwaltung verbunden zu werden, musste sich aber mit einem Namen zufriedengeben, den er sich für den nächsten Morgen notierte. Er legte auf und richtete den Blick auf die Stellwand. Noble hatte zwischen Caitlin und Daniela einen Pfeil gepinnt. »Was ist die Verbindung?«

»Sie waren beide auf der Universität von Derby«, antwortete Noble. »Und sie werden beide vermisst.«

»Daniela war ein Jahr vor Caitlin dort. Sie sind sich nie begegnet.«

»Dr. Stiles war in beiden Jahren da«, hielt Noble dagegen.

»Und Daniela ist ein *hübsches Mädchen*«, räumte Brook ein, indem er den leicht anzüglichen Tonfall des Arztes nachäffte. »Wurde sein Alibi schon bestätigt?«

»Ich warte noch auf den Rückruf«, antwortete Noble.

»Falls er uns nicht eine dumme Lüge aufgetischt hat, ist er aus dem Schneider«, sagte Brook. »Da müssen Dutzende von Kollegen gewesen sein, die seine Anwesenheit über die vier Tage und Nächte in Northampton bestätigen können.«

»Im Fünf-Sterne-Luxus tagelang nichts als labern – es gibt schlimmere Jobs«, sagte Noble.

Brook sah auf die Uhr. »Wir sollten für heute Schluss machen.«

»Ich habe noch nicht alle jungen Frauen aufgehängt.«

Brooks Lächeln war schwermütig. »Lassen Sie sich von einem Veteranen ungelöster Fälle gesagt sein, dass das keine Eile hat. Die Toten gehen nirgendwohin.«

»Caitlin ist nicht tot«, erwiderte Noble fast ein wenig beleidigt. Er wandte den Blick ab und schaute kurz zu dem vergrößerten Foto aus ihrem Studentenausweis.

Brook sah ihn an. »Die Sache geht Ihnen wirklich unter die Haut, John. Irgendein besonderer Grund?«

Noble überlegte. »Darauf komme ich ein andermal zurück.«

»Müssen Sie nicht«, erwiderte Brook. »Wir wissen nie, wann wir verletzlich sind. Jeder Fall kann uns zu jedem beliebigen Zeitpunkt unter die Haut kriechen, manchmal gerade dann, wenn wir es am wenigsten erwarten.«

»Ging es Ihnen bei Laura Maples so?«, fragte Noble. Er betrachtete Brook, der den Blick in die Ferne gerichtet hatte. Noble hatte keinen Zweifel, dass Brook ihren Leichnam vor Augen hatte. Laura Maples – vergewaltigt, umgebracht mit einer Bierflasche und in einem rattenverseuchten Dreckloch dem Tod überlassen. Ihr Mörder für immer unbekannt.

»Ja«, murmelte Brook und stand auf. »Sie haben mich noch nie nach meiner Zeit bei der Met gefragt.«

»Und sollte auch nicht jetzt damit anfangen, richtig?«

»Nein, Sie können ruhig fragen.« Brook lächelte. »Rechnen Sie nur nicht zu fest mit einer Antwort.«

Noble griff nach seiner Jacke. Wahrscheinlich würde er nie den Grund für Brooks Nervenzusammenbruch in London vor vielen Jahren erfahren, wo er in dem Fall des Serienmörders, den man den Schlitzer genannt hatte, ermittelte. Danach war er zur Kriminalpolizei nach Derby versetzt worden, wo Brook wegen seiner psychischen Erkrankung bei den Kollegen anfangs allgemein unbeliebt gewesen war.

»Lust auf einen späten Drink?«, schlug Noble vor. Brook zog ungläubig eine Augenbraue hoch. »Es gibt für alles ein erstes Mal.«

»Wir sehen uns morgen früh, John.«

9

22. April

Jake Tanner blieb an der Tür stehen. Der Lärm des Fernsehers drang aus der Wohnung. Als er den Schlüssel ins Schloss steckte, hörte er, wie Nick nach der Fernbedienung kramte, um ihn auszuschalten. Jake schob die Tür auf und sah ihn misstrauisch an.

»Was hast du mitgebracht, Jake?«, fragte Nick. Ohne Begeisterung schwang Jake zwei Dosen billige Bohnen. »Das hier?«

Jake knallte Münzen auf die verzogene Küchenarbeitsplatte. »Noch siebenundachtzig Pence übrig«, sagte er zur Erklärung. Er kramte nach dem Dosenöffner, gab den Inhalt einer Dose in einen kleinen Topf und stellte ihn zum Warmmachen auf den Herd. Er holte die letzten drei Scheiben Brot aus der Tüte, untersuchte die Krusten auf Schimmel und kratzte ein paar Flecken ab. »Dachte, ich hätte den Fernseher gehört.«

Nick erwiderte seinen Blick, Verwunderung quer übers Gesicht geschrieben. »Nein, Jake. Nicht erlaubt«, rezitierte er Jakes Mantra.

»Ja, wenn wir heute Abend nicht im Dunkeln sitzen wollen«, sagte Jake müde. »Wenn im Zähler nichts mehr ist …«

»Wenn im Zähler nichts mehr ist, sitzen wir im Dunkeln«, zitierte Nick, hocherfreut über sein gutes Gedächtnis.

Jake drückte den Griff des Toasters nach unten. »Und warum ist der Fernseher dann auf Standby?«

Nicks Blick schoss kurz hin und her, bevor er ihn beschämt senkte. »Ich hab ihn nur für 'ne Minute eingeschaltet, Jake.« Er sah auf, und ein Lächeln erhellte sein Gesicht. »Es lief *Shaun das Schaf*.«

»Wie alt bist du, Nick?« Sein jüngerer Bruder konzentrierte

sich ganz auf die Frage. Bevor er sich an einer Antwort versuchen konnte, lenkte Jake ein. »Du bist fast zwanzig.«

Nick strahlte. »Hab ich bald Geburtstag?«

Müde schloss Jake die Augen. »Erst in drei Monaten, Nick.«

»Drei Monate ist nicht bald.«

»Es ist näher an zwanzig als an neunzehn.«

»Gut, denn ich weiß, was ich mir zum Geburtstag wünsche«, sagte Nick. »Ein iPad.«

»Ich hust dir was.«

»Was?«

»Ich sagte, der beste Plan, ob Maus, ob Mann, geht oftmals ganz daneben.«

»Der was?«

Jake stapfte zum Fernseher und schaltete ihn am Stecker aus, um Strom zu sparen. »*Von Mäusen und Menschen*. Das ist ein Buch, das ich in der Schule gelesen habe.«

»Worum geht's da?«

Jake begegnete Nicks Blick, enthielt sich aber weiterer Erklärungen, denn die würden nur zu noch mehr Fragen führen. »Nichts.« Mit einem Löffel gab er warme Bohnen auf den trockenen Toast und stellte Nick einen Teller auf den Schoß. »Brunch ist serviert.«

Nick nahm Messer und Gabel, um reinzuhauen, dann zögerte er. »Ich hab mehr als du.«

»Ich kann auf der Arbeit ein paar Erdnüsse mopsen.« Jake schnitt eine Ecke seines ungebutterten Toasts ab und legte sie ungegessen auf den Teller, um Nick dabei zuzusehen, wie er sein Essen herunterschlang, als wäre es ein Wettrennen.

»Ich find deinen neuen Job gut.« Nick grinste, Bohnenhäutchen an den Zähnen. Jakes Lächeln verschwand. »Die Leute waren nett zu mir.«

»Es war keine gute Idee.«

»Ich mochte Max. Er war nett.«

»Ja?«, fragte Jake und sah seinen Bruder böse an.

»Ja, er …« Nick unterbrach sich und schürzte die Lippen.

»Was?«, fragte Jake.

»Er war nett«, antwortete Nick, eindeutig zufrieden mit seiner cleveren Antwort. Er machte eine Pause, während er seine nächste Frage formulierte, doch Jake kam ihm zuvor.

»Die Antwort lautet Nein Nick.«

»Nein was?«

»Du kommst nicht noch einmal mit mir in die Bar.«

»Warum nicht?«

»Darum. Du bleibst hier.«

Verdrossen wandte Nick sich wieder seinem Bohnentoast zu. Er aß seinen Teller leer und beäugte dann Jakes unberührte Mahlzeit. Jake sah es und schob ihm seinen Teller über den Tisch. Nick nahm ihn und verzehrte alles mit Genuss.

»Schließt du mich wieder ein?« Jake antwortete nicht, was auch eine Antwort war. »Und wenn es brennt?«

»Es brennt nicht.«

»Und wenn doch?«

Jake pustete die Wangen auf und kam zu einem Entschluss. »Okay, wenn du mir versprichst, die Wohnung nicht zu verlassen, schließ ich dich nicht ein.«

»Warum sollte ich rausgehen?«, fragte Nick. »Ich hab kein Geld.«

Jake dachte nach. Er ging in die Küchenecke und kramte aus dem Wechselgeld die 50-Pence-Münze heraus. »Für den Stromzähler. Sieh dir ein paar Zeichentrickfilme an. Keine Streichhölzer. Ich komme nicht so spät heim.«

»Können wir zum Abendessen noch mal Bohnen haben?«, fragte Nick grinsend.

»Hast du mich verstanden, Nick?« Jakes Blick brannte sich in das Engelsgesicht seines Bruders. »Du setzt keinen Fuß aus der Wohnung. Versprochen?«

»Versprochen.«

Jake trabte die elf Etagen bröckelnder Betonstufen hinunter und trat auf die belebte Straße. Der Morgenhimmel hatte sich seit seinem Einkaufstrip zu Lidl verdüstert.

Wie üblich blickte er zu dem baufälligen Gebäude, das über dem Kreisel an der Kreuzung mit dem Lara Croft Way aufragte. Seit der Schließung der Cream Bar hatte Jake jeden Tag hinübergeblickt, und jeden Tag war das Unkraut ein wenig höher gewachsen, das Eisentor ein wenig rostiger und die Farbe auf dem Backsteinmauerwerk ein wenig schmutziger. Die Kneipe – eine von vielen in Derby, in denen Jake Pints gezapft hatte – war inzwischen seit mehreren Jahren geschlossen. Er hatte sogar am letzten Abend dort gearbeitet, dem Abend, an dem die Polizei den Laden dichtgemacht hatte, nachdem ein Streit verfeindeter Gangs eskaliert war. Jake hatte einen Schlüssel gehabt, und die Bar war so plötzlich geschlossen worden, dass niemand daran gedacht hatte, ihn zurückzuverlangen.

Sobald sich die Lage beruhigt hatte, war er eingestiegen, um zu sehen, ob er noch irgendetwas von Wert fand. Er war kein Langfinger, aber man war ihm seinen Lohn schuldig geblieben, und er sah keinen Grund, sich nicht irgendetwas zu nehmen. Doch es war nichts übrig geblieben, nachdem die Besitzer und wahrscheinlich auch die Bullen die Bar geplündert hatten.

Schade. Es war gut gewesen, eine Vollzeitstelle zu haben und zu wissen, dass Nick nur hundert Meter weit weg sicher in der Wohnung vor dem Fernseher hockte, nachdem er von der Schule heimgekommen war. Doch dann war die Cream Bar geschlossen worden, und Nick war ohne Abschluss und ohne nennenswerte Fähigkeiten von der Schule abgegangen, und Jake hatte keine andere Wahl gehabt, als in Teilzeit zu arbeiten und seinen Bruder vor diversen Bars warten zu lassen, bis seine Schicht zu Ende war. Entweder so oder gar nicht arbeiten. Und da Nick kaum allein klarkam, hatte er oft genug auch gar nicht gearbeitet.

Doch jetzt hatte er sich einen traumhaften Vollzeitjob mit

guter Bezahlung geangelt, und die ersten Tage hatte er seinen kleinen Bruder mit einer großen Tüte Süßigkeiten und einem Comic in den Lagerraum der Bar Polski gesetzt. Doch das war vorbei. Wenn er den neuen Job behalten wollte, hatte er keine andere Wahl, als Nick allein in der Wohnung zu lassen. Und das konnte nicht gut gehen.

Der *beste* Plan …

Jake wandte seine Gedanken wieder dem bevorstehenden Tag zu und wie er mit Max umgehen würde, falls er ihm über den Weg lief. Er wollte seinen Job nicht verlieren, doch es musste etwas passieren. Die Fußgängerampel war schon rot, doch er lief schnell noch vor den Autos rüber und nahm die Osmaston Road Richtung Stadtzentrum.

Aus der behaglichen Fahrerkabine des Lieferwagens sah Max zu, wie Jake vorbeiging, ließ sich in den Fahrersitz sinken, als er dicht am Wagen vorbeistreifte. Kaum war Jake außer Sichtweite, trank Max einen kräftigen Schluck aus der Wodkaflasche, schraubte den Verschluss wieder zu und warf sie auf den Beifahrersitz. Unter dem Sitz kramte er einen riesigen Schlüsselbund hervor, stieg aus, schloss den Wagen ab und spuckte verächtlich hinter Jake her.

Er blickte an dem Hochhaus hinauf. Oben drückte Nick sich an die Fensterscheibe und ließ den Blick suchend über die Menschen unten schweifen. Max überquerte die Straße, ohne den Blick vom elften Stock zu lösen. Er zog eine große Tüte Haribo aus seinem Overall, öffnete sie und schob sich eine Handvoll in den Mund, um sie mit übertriebenem Vergnügen zu essen. Als er wieder zum Fenster hochblickte, war Nick verschwunden.

An diesem Nachmittag saß Brook im Besprechungsraum, den Blick geistesabwesend auf die Stellwand gerichtet. Inzwischen sechs vermisste junge Frauen blickten, lächelten oder lachten ihn fröhlich an. Neben Caitlin Kinnear und Daniela Cassetti hatte Noble kurze Biografien aufgehängt und die letzten bekannten Schritte von vier anderen jungen Frauen dokumentiert – drei aus Polen und eine aus der Republik Irland –, die als Touristen oder Arbeitsmigrantinnen in England gewesen waren.

Am Vormittag hatten Brook und Noble sich die letzten bekannten Schritte von jeweils zwei der jungen Frauen vorgenommen, und jetzt überflog Brook seine spärlichen Notizen.

Adrianna Bakula war im Februar 2014 von Danzig zum East Midlands Airport geflogen. Sie hatte eine Stelle als Putzfrau im neuen Riverlights Hotel angenommen und dort fast sechs Monate gearbeitet und genügsam in einem in der Nähe gelegenen katholischen Wohnheim für Frauen gewohnt. Sie hatte die Arbeit gekündigt, ihre Sachen zusammengepackt und das Wohnheim in der Nacht des 25. Juli verlassen. Seither war sie nicht mehr gesehen worden.

Leider hatte es weitere vier Monate gedauert, bis Verwandte in Danzig anfingen, sich Sorgen zu machen, und ihre Mutter hatte sie Anfang Dezember als vermisst gemeldet, doch zu diesem Zeitpunkt war es zu spät für sinnvolle Ermittlungen. Die Kriminalpolizei von Derby hatte kaum mehr als eine flüchtige Überprüfung tun können, die ergeben hatte, dass Adrianna ein Ryanair-Rückflugticket für einen Flug im Mai gehabt hatte. Es war nicht benutzt worden, doch zu der Zeit hatte Adrianna im Riverlights gearbeitet, also war klar, dass sie es aus freien Stücken nicht genutzt hatte, *bevor* sie dann Ende Juli verschwunden war.

In Derby war damals niemandem ihr plötzliches Verschwinden verdächtig vorgekommen, denn es war nicht ungewöhnlich, dass Arbeitsmigranten einen Job kurzfristig kündigten. Ja, alle Freunde und Arbeitskollegen aus dieser Zeit, die meisten ebenfalls Migranten, waren inzwischen woanders – eine Folge dessen, dass im Hotelgewerbe viele Jobs nur befristet vergeben wurden –, und so war es heute wie damals unmöglich, Zeugenaussagen aufzunehmen.

Es blieb jedoch die Tatsache, dass Adriannas Pass seit ihrem Verschwinden an keiner Außengrenze des Vereinigten Königreichs erfasst worden war, weder am Flughafen noch auf See. Infolgedessen ging Interpol davon aus, dass sie noch in Großbritannien war.

Ohne mehr zu haben als einen Namen, eine Passnummer und ein Foto war die Angelegenheit an das Dezernat für Vermisstenfälle weitergegeben worden, das in Zusammenarbeit mit der Bahnpolizei und anderen staatlichen Stellen jedes Jahr Tausende von Vermisstenfällen bearbeitete.

Niemand hatte irgendetwas in Erfahrung gebracht. Und solange sie nicht gefunden wurde, ob tot oder lebendig, war Adrianna Bakulas letzte Ruhestätte ein Eintrag in einer Datenbank, das Einzige, was bewies, dass sie je einen Fuß ins Vereinigte Königreich gesetzt hatte. Kein Sarg, kein Grab, ja nichts, was kenntlich machte, dass sie je gelebt hatte, außer ein paar verblassten Fotos, die eine fassungslose Familie in Danzig an ihre Brust drückte.

»Wie leicht man durch die Ritzen fällt«, murmelte Brook und blätterte um. Die zweite junge Frau war Nicola Serota aus Posen, und auch hier hatte Brook nichts herausgefunden, was er der dünnen Akte hätte hinzufügen können. Nicola war mit Ryanair kurz nach Weihnachten 2013 in den East Midlands gelandet, um bei ihrer Schwester Veronika zu wohnen, die in einem Restaurant in Derby als Kellnerin arbeitete. Eine Woche später, am 3. Januar, war sie verschwunden, während Veronika bei der Arbeit war. Anscheinend hatte sie ihre Sachen gepackt, die Wohnung ihrer Schwester verlassen und war in die Nacht hinausgegangen, um nie wieder gesehen zu werden. Obendrein hatte ihre Schwester sie nicht gleich als vermisst gemeldet, denn der Ersatzschlüssel zu ihrer Wohnung, den sie Nicola gegeben hatte, war in den Briefkasten eingeworfen worden.

Als Nicola über Wochen weder anrief noch sich per SMS meldete, machte sich Veronika allmählich Sorgen und meldete ihre Schwester als vermisst. Doch aufgrund der Verzögerung war wenig oder gar keine Zeit auf die aussichtslose Ermittlung verwendet worden. Nicola Serota konnte überall sein. Eine ausländische Touristin mit wenig Verbindungen vor Ort, die weitergereist war. Was gab es da zu ermitteln?

Brook konnte das nachempfinden. Er hatte am Vormittag versucht, Kontakt zu Nicolas Schwester Veronika aufzunehmen, doch die hatte Großbritannien vor fast einem Jahr verlassen.

Er fuhr seinen Laptop hoch und loggte sich in die landesweite Polizeidatenbank ein, um den Namen des Beamten, der sich der Sache angenommen hatte – der in der Angelegenheit *ermittelt* hatte, erschien ihm unzutreffend –, nachzuschlagen, und es stellte sich heraus, dass das DC Read war, der seiner Einheit angehörte. Er scrollte durch Reads Notizen über Nicola Serota und freute sich, weil sie von einer gewissen Gründlichkeit zeugten. Der Detective Constable hatte sich zumindest die Mühe gemacht, die Sache zu verfolgen und zu überprüfen, ob Nicolas Rückflugticket nach Polen, datiert auf einen Monat nach ihrer Ankunft, erstattet worden war. Dem war nicht so. Ohne weitere Hinweise hatte Read die Unterlagen vervollständigt und sie zum Dezernat für Vermisstenfälle geschickt.

Brooks Handy vibrierte. Eine SMS von Noble.

Brook saß im Starbucks im Intu-Einkaufszentrum, den Rücken der Flut von Passanten zugewandt, die ziellos durch die Gänge schlurften. Noble kam, bestellte sich einen Kaffee und entdeckte Brook in der Ecke, die Schultern gegen die Menschheit hochgezogen. Mit einem Nicken zeigte er auf Brooks leere Tasse.

»Möchten Sie noch einen?«

»Nein danke«, antwortete Brook. »Ich habe eine simple Tasse Kaffee mit Milch bestellt und hätte damit beinahe einen Aufstand ausgelöst.«

»Wenn es doch nur so einfach wäre.« Noble eilte zurück zum Tresen und kehrte mit einem schaumigen Getränk in einer

Tasse von der Größe einer Suppenterrine zurück. »Glück in der Rutherford Clinic?«

»Am Telefon waren sie recht verschlossen«, antwortete Brook. »Für die Patientenakte wollen sie einen Durchsuchungsbeschluss, aber ich habe ihnen eingetrichtert, dass wir nach einer Vermissten suchen und dafür unbedingt Caitlins sämtlichen Geldbewegungen nachgehen müssen.«

»Und?«

»Sie hat bar bezahlt – 662 Pfund.«

»Eine Klinik nimmt Bargeld?«, hakte Noble verdutzt nach.

»Wenn man darüber nachdenkt, ist es durchaus nachvollziehbar.«

»Vermutlich«, sagte Noble. »Hilft uns aber nicht, das Geld nachzuverfolgen, und von dem Konto, das uns bekannt ist, hat Caitlin es definitiv nicht abgehoben.«

»Wir suchen also weiterhin nach einer zusätzlichen Einnahmequelle.«

»Davison?«

Brook sah auf seine Uhr. »Sie können ihn heute Abend fragen. Ich habe ihn aufs Revier geladen.«

»Geladen?«, rief Noble aus. »Diesen arroganten ... Er kommt nicht.«

»Und lässt sich die Gelegenheit entgehen, uns von oben herab zu behandeln?«, hielt Brook dagegen. »Er kommt.«

»Und Ihre jungen Polinnen?«

»Nichts, was nicht in den Akten ist. Und bei Ihnen?«

Noble reichte Brook einen kleineren Abzug eines der neueren Fotos auf der Stellwand – strahlendes Lächeln, naturblonde Haare und kornblumenblaue Augen.

»Valerie Gli...« Er hatte Mühe mit der Aussprache. »Gli... szc...«

»Gliszczynska«, sagte Brook und beugte sich über Nobles Notizbuch.

»Das kommt Ihnen flüssig über die Zunge.«

»Für irgendwas muss die Uni doch gut gewesen sein«, sagte Brook und verwandte dessen eigene Munition gegen Noble.

Noble knurrte über seinem Kaffee. »Valerie ist im April 2012 nach England gekommen und hat ein Jahr lang in London als Barista gearbeitet.«

»Als Barrister?«

»Barista«, wiederholte Noble und sah sich ostentativ um. »Das ist jemand, der Kaffee serviert … in einem Café.«

»Was ist aus den guten alten Kellnerinnen geworden?«

»Die heißen so, weil sie hinter dem Tresen arbeiten und …«, setzte Noble an und gab es gleich wieder auf. »Glauben Sie es mir einfach. Wie auch immer, sie hat dort gekündigt und ist für zwei Wochen nach Liverpool gefahren, und wir wissen, dass sie im Juni 2013 auf dem Download-Festival in Castle Donington war, denn dort hat sie einen Mann kennengelernt …«

»Führt das irgendwohin?«

»Nur Hintergrund, um zu zeigen, dass sie hier mehr zu Hause ist, gut Englisch spricht.«

»Sagen Sie mir, dass sie nach Derby gekommen ist.«

»Sie ist nach Derby gekommen …«

»Und hat einen Job in dieser Starbucks-Filiale hier bekommen«, schloss Brook. »Und deswegen sind wir hier.«

»Korrekt«, sagte Noble. »Im Sommer ist sie beim Filialleiter eingezogen, Leon LaMotta. Das ist der Typ, den sie auf dem Festival kennengelernt hat. Seine Schicht beginnt in zehn Minuten.«

LaMotta betrachtete die Fotografie einige Minuten, einen wehmütigen Zug um die Lippen. Dann legte er sie auf den Tisch. »Ich habe ein paar Monate mit Val zusammengelebt …«

»In Ihrem Haus in Allenton?«, fragte Noble.

LaMotta nickte. »Alles schien gut zu laufen, und eines Tages gehe ich zur Arbeit, und als ich nach Hause komme, ist sie fort. Hat ihre Taschen gepackt und alles. Ich weiß nicht, was ich Ihnen sonst noch dazu sagen kann.«

»Und die Beziehung war gut?«

»Dachte ich jedenfalls.«

»Haben Sie sich gestritten, bevor sie ging?«, fragte Brook.

LaMotta atmete tief durch, griff noch einmal nach dem Foto und fuchtelte damit vor ihnen herum. »Sehen Sie sich die Frau an. Ist sie nicht das schönste Geschöpf, das Ihnen je begegnet ist? Ich wollte sie heiraten und eine Familie gründen, aber sie hat mir immer wieder einen Korb gegeben. Ich habe dauernd mit ihr darüber gestritten.«

»Und das hat zu Spannungen geführt?«

»Hören Sie, ich war mit ihr zusammen, und ich war glücklich. Die Beziehung war toll. Dachte ich jedenfalls. Sie wollte keine Kinder, aber das war egal. Dafür war noch Zeit. Worum geht es hier?«

»Sie wissen, dass ihre Familie sie vermisst gemeldet hat.«

»In Kattowitz, ja.« LaMotta zuckte die Achseln. »Letztes Jahr hat mir eine Polizistin gesagt, sie ermittle in der Angelegenheit.«

»DC Liz Rawson.«

»Ja.« Er sah sie fragend an.

»Sie ist nach Nottingham versetzt worden«, sagte Noble.

LaMotta nickte. »Gut. Sie war ein bisschen übereifrig. Wollte mir nicht glauben, als ich ihr sagte, Val wäre wahrscheinlich auf Reisen, und da ist es nicht immer einfach, den Kontakt zur Familie zu halten.«

»Zwei Jahre lang?«, hakte Noble nach.

LaMotta ließ den Kopf sinken. »Ich dachte, inzwischen wäre sie längst wieder in Polen. Oder hätte sich wenigstens bei ihrem Alten gemeldet.«

»Tut mir leid, sie wird immer noch vermisst«, sagte Noble.

»Gütiger Himmel.«

»Erzählen Sie uns, was an dem Tag passierte, als sie verschwand.«

LaMotta riss sich zusammen. »Ich bin wie üblich zur Arbeit, Valerie blieb zu Hause – ihre Schicht fing erst später an. Sie ist nicht gekommen. Ich hab immer wieder angerufen und SMS geschickt, aber ihr Handy war aus.«

»Was haben Sie dann gemacht?«

»Nichts. Ich habe gedacht, sie wäre krank oder so. Am Ende des Tages bin ich nach Hause – keine Valerie, kein Zettel, wo sie sein könnte. Das war schon ein bisschen seltsam, aber ich war mit meinen Freunden verabredet, also bin ich hin und hab ein paar Bier getrunken. Ich bin davon ausgegangen, dass sie da ist, wenn ich heimkomme.«

»Aber als Sie nach Hause kamen, war sie immer noch nicht da.«

»Nein«, sagte LaMotta. »Und da habe ich gemerkt, dass ihre ganzen Sachen gepackt und fort waren.« Er atmete schwer aus. »Seitdem habe ich sie nicht mehr gesehen. Das habe ich alles DC Rawson erzählt.«

»Und das war am 10. September.«

»Wenn Sie es sagen.«

»Sie haben ihr Verschwinden nicht gemeldet.«

»Verschwinden?« LaMotta lachte. »Sie hatte ihre Sachen gepackt und mitgenommen. Ich dachte …«

»Die Liebe kommt, die Liebe geht«, meinte Brook.

»So was in der Art«, sagte LaMotta. »Val ist Polin. Sie ist hier nicht verwurzelt. Mich hat das ziemlich fertiggemacht, aber ich musste mich damit abfinden.«

»In ihrem Bericht erwähnt DC Rawson einen Lieferwagen.«

»Ja, also, ungefähr einen Monat nachdem Val weg war, habe ich mit einem Nachbarn gesprochen und ihm erzählt, was passiert ist. Und er meinte, er habe drei Abende hintereinander einen weißen Lieferwagen auf der anderen Straßenseite parken sehen. Er hatte das Datum nicht mehr im Kopf, aber er schätzte, dass es die Woche war, in der Val verschwand. Er sagte auch, am dritten Abend seien zwei Leute aus dem Lieferwagen ausgestiegen und in meine Einfahrt gegangen.«

»Was ist passiert?«

»Es war dunkel. Viel konnte er nicht sehen, aber er ist davon ausgegangen, dass sie eine Lieferung hatten oder Arbeiten zu erledigen. Als er wieder rausschaute, war der Lieferwagen weg.«

»Wir haben immer wieder dasselbe Problem, John«, sagte Brook, als sie wieder im Besprechungsraum waren. »Eine junge Frau ohne Bindungen, die überall sein könnte.«

»Aber wenn man alle sechs Fälle zusammen betrachtet, kristallisiert sich allmählich ein Muster heraus. Ausländerinnen, die im Land sind, um zu reisen, zu arbeiten oder zu studieren, kommen nach Derby und verschwinden dort spurlos. Und wenn sie irgendwann vermisst gemeldet werden, gibt es keinerlei Hinweise darauf, dass sie das Land verlassen haben …«

»Unsere Grenzkontrollen sind nicht die besten …«

»Oder in ein anderes Land eingereist sind«, unterbrach Noble ihn.

Brook schwieg und suchte nach einem Einwand. »Caitlin Kinnear ist keine Ausländerin.«

»Sie kommt immerhin aus Nordirland«, sagte Noble. »Und auch wenn man auf der Fähre nach Belfast manchmal durchkommt, ohne den Ausweis vorzuzeigen, ändert das nichts daran, dass in einem Zeitraum von drei Jahren sechs junge Frauen in Derby verschwunden sind, ohne dass es den geringsten Hinweis darauf gibt, dass sie das Land verlassen haben.«

»Das ist noch kein Beweis für ein Verbrechen«, sagte Brook.

»Es ist Beweis für ein Muster und der Beweis dafür, dass die jungen Frauen noch im Land sind.«

Brook seufzte. »Was ist mit LaMotta? Er hat von einem Abend mit seinen Freunden gesprochen. Wurde sein Alibi für die Nacht überprüft?«

»Bombensicher«, antwortete Noble.

»Aber wir wissen nur von ihm, dass Valerie irgendwann an dem Tag verschwand.«

»Stimmt«, pflichtete Noble ihm bei. »Aber als ich mit Rawson sprach, sagte sie, sie habe ihm ordentlich zugesetzt und habe nichts zu beanstanden gefunden. Keine Vorstrafen. Über Jahre dieselbe Arbeitsstelle. Und er ist bei allen Vernehmungen als aufrichtig durcheinander und mitgenommen rübergekommen. Besonders als DC Rawson, ein Jahr nachdem die Liebe seines Lebens ihn verlassen hatte, zu ihm ging und ihn darüber informierte, dass Valerie offiziell als vermisst galt. Sie haben ihn gesehen. Es setzt ihm immer noch zu.«

Brook räumte es achselzuckend ein. »Wie hat sie die Sache abgeschlossen?«

»So, wie alle abgeschlossen werden: Keine Spuren, keine Leiche, kein Fall – die Akte ging ans Dezernat für Vermisstenfälle.«

»Gibt es etwas über das Paar in dem Lieferwagen? Beschreibung? Nummernschild?«

»Nichts. Aber der Lieferwagen deutet zumindest auf einen Modus Operandi.«

»Oder einen Lieferdienst.«

»Also, gehen wir mal von zwei Männern aus, die es auf junge, alleinreisende Ausländerinnen abgesehen haben, die über Monate, vielleicht sogar Jahre nicht vermisst werden, wenn sie verschwinden. Die zwei haben einen Lieferwagen und wissen, wo die jungen Frauen wohnen. Sie beobachten sie und warten auf eine Gelegenheit, und sobald die jungen Frauen allein sind, schlagen sie zu. Sie klopfen an die Tür, schnappen sich die jungen Frauen, packen ihre Sachen zusammen und nehmen alles mit. Nach außen sieht es so aus, als wären die jungen Frauen fortgegangen, um nie mehr zurückzukehren.«

»Ein Überfall zu Hause?« Brook schüttelte den Kopf. »Viel zu riskant. Dazu ist ein Ausmaß an Gewalt erforderlich, das früher oder später Aufmerksamkeit erregt. Viel leichter, sie irgendwo an einem abgeschiedenen Ort zu überfallen, sich ihre Schlüssel zu schnappen und reinzuschleichen, um ihre Sachen zusammenzusuchen.«

Noble nickte langsam. »Das klingt logischer. Aber sie wurden gesehen, wie sie LaMottas Haus beobachtet haben.«

»Vielleicht wollten sie sichergehen, dass er nicht zu Hause war«, sagte Brook. »Sie hatten sich Valerie womöglich schon geschnappt und sind hin, um ihre Sachen auszuräumen.«

»Klingt plausibel.«

»Allerdings wurden sie gesehen, John.«

»Aber das war das einzige Mal«, sagte Noble. »Valerie war eine der Ersten, die verschwand, vielleicht haben sie ihren Modus Operandi später entsprechend abgewandelt. Und zu zweit haben sie Spielraum, um ihre Vorgehensweise zu verfeinern.«

Brook legte die Fingerspitzen über der Nase zusammen. »Wir spekulieren hier ja nur, aber angenommen, es wäre so, warum machen sie es?«

»Warum entführt man attraktive junge Frauen?«, fragte Noble. »Liegt simple Vergewaltigung so weit außerhalb des Denkbaren?«

»Vergewaltigung ist selten simpel«, versetzte Brook. »Und Vergewaltiger sind niemals so organisiert, selbst die, die ihre Taten planen. Es liegt in der Natur der Bestie, John. Sie hinterlassen immer Spuren, besonders Serienvergewaltiger. Und je öfter sie damit durchkommen, desto sorgloser werden sie. Verdoppelt man die Zahl der Täter, verdoppelt sich damit auch die Gefahr, entdeckt zu werden.«

»Dann ist das der Grund, warum sie sie zuerst schnappen«, argumentierte Noble. »Damit sie hinter sich aufräumen können.«

»Aufräumen, schön«, sagte Brook. »Und Mord, damit sie nicht identifiziert werden können. So was passiert. Aber normalerweise nur bei Kinderschändern und hochrangigen Vergewaltigern. Nicht alle Vergewaltiger töten. Ihre Opfer vom Antlitz der Erde zu tilgen gehört nicht zu ihrem Profil. Vergewaltiger ziehen es sogar vor, wenn ihre Opfer leben, denn deren fortgesetzte Angst nährt ihr Machtgefühl. Es ist Teil ihres Egotrips.

Glauben Sie mir, wenn das Motiv Vergewaltigung wäre, hätten wir Beweise.«

»Wir sollten die Sexualstraftäter-Datenbank überprüfen …«

»Hab ich schon«, unterbrach Brook ihn. »Nichts über Vergewaltiger, die irgendwo in diesem Land zu zweit auf einer ähnlichen Ebene agieren.«

»Was dann?«

Brook seufzte. »Wenn diese Typen existieren und wenn sie *so* einen Aufwand treiben, um unentdeckt zu bleiben, dann muss etwas sehr viel Schlimmeres dahinterstecken.«

»Und Entführung bedeutet, dass sie sich viel Zeit dafür nehmen können«, fügte Noble mit grimmiger Miene hinzu.

»Richtig. Sie können es so recht genießen, vielleicht sogar aufzeichnen. Fotos oder Filmaufnahmen.«

»Himmel.«

»Ich weiß nicht, ob der Himmel da mit reinspielt, John.«

»Wenn sie Folter und Vergewaltigung filmen, brauchen sie einen abgeschiedenen Ort.«

»Absolut«, pflichtete Brook ihm bei. »Und das heißt …«

»Was?«, fragte Noble.

»Film«, sagte Brook leise.

»Was ist damit?«

»Wer ist am Empfang?«

»Sergeant Grey.«

»Dann sprechen Sie mit ihm«, sagte Brook und sprang von seinem Stuhl auf. »Wenn Davison auftaucht, soll er hier reingebracht werden.«

»In den Besprechungsraum?« Noble ließ den Blick über die Fotos und Dokumente schweifen. »Bei den ganzen vertraulichen …«

»*Sie* haben doch vorgeschlagen, eine Handgranate reinzuschmeißen«, sagte Brook. »Helfen Sie mir mal mit der Stellwand. Die Bilder sollen von der Tür aus zu sehen sein.«

10

Ashley knöpfte seine Weste auf und hängte sie an einen Haken, während Jake einen weiteren Karton Flaschen auspackte. »Zehn Uhr. Beeil dich, ich hab was vor.«

»Beeil dich, beeil dich«, äffte Jake ihn nach.

»Stell den Karton weg«, beharrte Ashley. »Die Eröffnung ist erst in einem Monat. Wenn du so weitermachst, haben wir in zwei Wochen nichts mehr zu tun.«

Zögernd ließ Jake den Karton sinken, und zusammen zogen sie die riesige Plane als Staubschutz über den Tresen und achteten darauf, dass sie auf beiden Seiten bis zum Boden hing.

»Hast du Max heute gesehen?«, fragte Jake, um einen sachlichen Tonfall bemüht.

Ashley sah ihn misstrauisch an. »Was ist das mit euch beiden? Er arbeitet nicht mal hier.«

»Hast du ihn gesehen?«

»Sag mir erst, warum.« Eine hochgezogene Augenbraue war Ashleys einzige Antwort. *Kümmer dich um deinen eigenen Scheiß.*

»Ich hoffe, du vermasselst uns den Job hier nicht, Jake. Wir haben es hier gut getroffen.« Jake sagte nichts, und Ashley ging zur Treppe. »Tu dir einen Gefallen und leg dir eine andere Einstellung zu. Wenn Mr. O dich mag, behandelt er dich gut, gibt dir sogar hier und da mal einen Job gegen Bargeld. Und zwar richtig fettes Geld.«

»Was zum Beispiel?«

»Ich mach heute Abend was für ihn – fünfzig Scheine für ein paar Minuten Arbeit.« Ashley sah auf seine Uhr. »Um halb zwölf bin ich fertig.«

»Das glaub ich dir nicht«, versetzte Jake. Ashley holte einen Fünfzig-Pfund-Schein heraus und wedelte Jake damit vor der Nase herum. Jake betrachtete ihn gierig. »Wofür?«

Ashley legte einen Finger an die Nase. »Geht dich nichts an. Aber ich will nicht, dass er denkt, er kann einem von uns nicht vertrauen, also sei vorsichtig. Er ist da, und er ist schon genervt.«

»Warum?«

»Hast du's nicht mitgekriegt? Die sexy kleine Putzfrau ist nicht aufgetaucht, und auf dem Boden ist überall Sägemehl. Was auch immer du also vorhast, vergiss es.«

»Was soll denn das heißen?«, fragte Jake.

»Ich meine Klauen«, sagte Ashley. »Mr. O überprüft die Warenbestände, und er sieht nicht so aus, als wäre er der nachsichtige Typ. Und dann ist da noch der große polnische Schläger, den er angestellt hat, damit er ein Auge auf alles hat. Eine Tüte Nüsse, okay, aber ein Karton Wodka ...«

»Nacht, Ash«, knurrte Jake.

Ashley ging zur Treppe, was er zu sagen hatte, war gesagt. »Beschwer dich nachher nicht, ich hätte dich nicht gewarnt.«

Wenige Augenblicke später warf Jake seine Weste über denselben Haken und trottete nach unten, doch am Personaleingang zögerte er. Als er sich sicher war, dass Ashley das Gebäude verlassen hatte, klopfte er an die Bürotür des Chefs. Keine Antwort. Er öffnete rasch die Tür, huschte hinein und schloss sie leise hinter sich. Sein Blick schoss suchend herum, bis er einen Schwung unverschlossener Umschläge auf einem Tisch erblickte, gestapelt wie eine Ziehharmonika, jeder mit einem gedruckten Etikett. Er holte den Umschlag, auf dem »M. Ostrowsky« stand, heraus, las die Adresse und schob ihn wieder in den Stapel. Arboretum Street! Das war um die Ecke von da, wo er mit seinem Bruder wohnte.

Als er eilig aus dem Büro huschte, lief er dem Besitzer direkt in die Arme. Hinter ihm stand ein großer, kahlköpfiger Mann, den Jake noch nie gesehen hatte.

»Mr. Ostrowsky«, sagte Jake und bemühte sich, ruhig zu bleiben. Er sah den anderen Mann an. Ashley hatte recht. Der Typ war riesig; kahl, breiter Hals, deutlich über eins achtzig und fast genauso breit. Er erinnerte Jake an Oddjob aus einem der Bond-Filme.

Ostrowsky – schlank, gut aussehend, teuer gekleidet und äußerst selbstsicher – richtete seine stahlblauen Augen auf Jake. Oddjob hinter ihm wurde schon leicht ungehalten. »Was haben Sie im Büro gemacht?«

»Ich hab Sie gesucht, Sir«, sagte Jake schnell. »Ich hatte gehofft, ich könnte Sie um einen Vorschuss bitten.«

Ostrowsky zuckte die Schultern. »Wir haben noch nicht geöffnet, also ist nichts in der Kasse.«

Jake nickte gelassen. »Verstehe.« Er machte Anstalten zu gehen.

»Warte.« Ostrowsky schob eine Hand in seine Gesäßtasche, zog ein dickes Bündel Banknoten heraus und blätterte einen Zwanziger ab. Er hielt ihn Jake hin. »Reicht das?«

Dankbar nahm er den Schein. »Vielen Dank. Am Zahltag kriegen Sie's zurück.«

Ostrowsky lächelte, ohne dass seine Augen daran beteiligt waren. »Ich weiß.«

Jake schob die Ausgangstür auf und drehte sich um. »Habe ich den Lieferwagen Ihres Bruders draußen gesehen?«

»Max? Nein. Er kabelt wieder ein Haus.«

»Verkabelt«, meinte Jake.

Ostrowsky wiederholte das Wort vorsichtig und verschwand im Büro. Als Jake in die Dunkelheit trat, den Geldschein wie einen Rettungsring fest umklammert, sah er, dass sein Chef mit einem Bund Autoschlüssel zurückkam und sie Oddjob zuwarf.

Brook starrte auf die Stellwand mit den Fotografien, die jetzt strategisch gegenüber der Tür platziert waren. »Über Nummer sechs haben Sie mir noch gar nichts erzählt.«

»Bernadette Murphy aus Dublin.« Noble betrachtete die Fotografie einer jungen rothaarigen Frau mit grauen Augen und

Sommersprossen. »Bezüglich der Daten können wir uns nicht ganz sicher sein, aber es scheint, als wäre sie die Erste, die verschwunden ist. Vor über einem Jahr.«

»Dann ist sie eigentlich Nummer eins.«

»Noch arbeiten wir mit unvollständigen Informationen, aber ja«, sagte Noble. »Es könnte noch mehr junge Frauen geben, die bislang nicht als vermisst gemeldet wurden.«

»Wir wollen es nicht übertreiben«, sagte Brook. »Arbeiten wir mit dem, was wir haben. Wann war sie in Derby?«

»Zwei Wochen im Juni 2012, am Ende ihres freien Jahres zwischen Uni und erstem Job. Sie hat bei ihrer Tante gewohnt, einer Krankenschwester namens Mary Finnegan, die im Royal Derby arbeitet. Am 4. Juli ist sie abgereist. Offiziell nicht vermisst bis Anfang September, als sie ihre erste Lehrerinnenstelle in Dublin nicht angetreten hat.«

»Und die Tante war die Letzte, die sie gesehen hat. In Derby, meine ich.«

»Sieht so aus, ja. Finnegan ist um elf am Vormittag zu ihrer Schicht ins Krankenhaus. Als sie zwölf Stunden später nach Hause kam, war Bernadette fort.«

»Gab es einen Onkel?«

»Barry Finnegan hat weit weg gearbeitet. Ölplattform.«

»Gepäck?«

»Ihre ganzen Sachen waren fort, und sie hat keine Nachricht hinterlassen. Wie bei den anderen.«

»Und die Tante hat sich nichts dabei gedacht, bis die Verwandten in Irland anfingen, sich Sorgen zu machen.«

»Nein«, sagte Noble. »Jane hat es zwei Monate später aufgenommen. Sie hatte den Eindruck, dass es Spannungen zwischen der Tante und ihrer Nichte gab, aber nichts, was den Verdacht geschürt hätte, sie hätte ihr etwas angetan. Und es gab keinen Beweis für irgendetwas Ungehöriges, keine nicht identifizierten jungen weißen Frauen im Leichenschauhaus. Bernadette war einfach verschwunden.«

»Und es gab keinen Grund, der Sache nachzugehen«, schloss Brook.

»Nein. Ich habe Finnegans neue Adresse, aber ich hatte noch nicht die Gelegenheit, bei ihr vorbeizuschauen.«

»Hat es viel Sinn?«, fragte Brook mit einem Seufzer.

»Wir können uns immer noch dem Altmetall-Team anschließen«, meinte Noble.

»Ist vielleicht gar keine so schlechte Idee. Das hier ist nämlich ein Heuhafen, in dem womöglich nicht mal eine Nadel steckt.«

Sie schwiegen, während Brook die Fotografien betrachtete. Sechs junge Gesichter strahlten ihn fröhlich an. »Bessere sechs Kandidatinnen für eine Entführung könnte man nicht auswählen. Unternehmungslustig, nicht verwurzelt in Derby, und alle haben ihre Sachen gepackt.«

»Das ist unglaublich clever«, pflichtete Noble ihm bei, »denn es erweckt den Eindruck, sie wären aus freien Stücken fort.«

»Oder es ist tatsächlich so«, sagte Brook. »Eine Handvoll unabhängiger junger Frauen, die sich wieder auf die Reise gemacht haben – keine Abteilung, die was taugt, vergeudet Zeit mit einem Verbrechen, von dem nicht einmal sicher ist, ob es überhaupt begangen wurde.«

»Bis jetzt«, sagte Noble. Brook sah ihn an. »Gehen wir mal davon aus, dass wir die Kanaldeckel von Derby noch ein Weilchen sich selbst überlassen, was machen wir dann als Nächstes?«

»Wir konzentrieren uns auf Caitlin«, sagte Brook. »Es ist die frischeste Spur.«

»Und da es keine Verbindung zwischen den jungen Frauen gibt und kein eindeutiges Motiv, konzentrieren wir uns vermutlich auf die Methode«, schloss Noble.

»Ganz genau.«

»Kaufen wir LaMotta seine Geschichte ab?«

»Irgendwo müssen wir anfangen, John.«

»Dann haben wir zwei Täter mit einem weißen Lieferwagen,

der groß genug ist, um einen Menschen und Gepäck zu transportieren.«

»Ohne Fenster, sodass man die Fracht von außen nicht sieht.«

»Also mindestens ein Kastenwagen. Wissen unsere Verdächtigen schon vor der Entführung, wo die jungen Frauen wohnen?«

»Definitiv«, antwortete Brook.

»Dann sind sie ihnen nach Hause gefolgt und haben ihnen eine Zeitlang nachgestellt.«

»Sie haben ihnen erst nachgestellt, als sie ihre Adresse hatten, John. Sechs jungen Frauen nachzustellen, um herauszufinden, wo sie wohnen, ist viel zu riskant. Da hätte die Gefahr bestanden, irgendwann irgendwo irgendjemandem aufzufallen.«

»Einverstanden. Nehmen wir Caitlin mal als Beispiel. Ich würde gern mehr über ihre alltäglichen Wege und Gewohnheiten erfahren, um herauszufinden, wann ich am besten zuschlage. So kann ich verhindern, dass Variablen wie ein Freund oder die Mitbewohnerin im Weg sind.«

»Und?«

»Und dazu bräuchte ich simple Überwachungsgerätschaften, etwa eine Kamera und ein Fernglas.«

»Dafür bräuchte ich irgendein Einkommen und einen Job«, fügte Brook hinzu.

»Noch ein Grund, mir Caitlin in der Nacht zu schnappen«, sagte Noble. »Tagsüber arbeite ich.«

»Okay, es ist der 20. März. Ich habe Caitlin ausgewählt. Ich weiß, wo sie wohnt. Ich sitze im Lieferwagen und beobachte das Haus. Und dann?«

»Es schneit wie verrückt, also parke ich nicht zu nah am Bungalow«, sagte Noble. »Ich will keine Reifenspuren hinterlassen oder auf einem Anwohnerparkplatz stehen, was Aufmerksamkeit auf den Lieferwagen ziehen würde. Laurie und Caitlin nehmen wegen des Wetters ein Taxi, und ich … wir folgen ihnen zum Flowerpot.«

»Parken wir in der Nähe des Pubs und warten?«

»Wenn wir überzeugt davon sind, dass sie nach dem Pub nach Hause geht, könnten wir den Lieferwagen irgendwo an ihrem Heimweg parken und warten …«

»Aber wir können nicht sicher sein«, sagte Brook. »Es können Stunden vergehen, bis sie den Pub wieder verlässt. Es kann auch sein, dass sie noch woanders hingeht, also müssen wir ihren Aufbruch überwachen.«

Noble nickte. »Abgesehen davon ist sie ziemlich früh nach Hause.«

»Haben Sie die Kameras am Flowerpot überprüft?«

»Falls jemand Caitlin aus dem Pub gefolgt ist, dann haben sie es jedenfalls nicht auf Film.«

»Dann sind sie ihr nicht vom Pub gefolgt. Sie sind ihr *zum* Pub gefolgt und haben dann irgendwo am Heimweg zum Bungalow geparkt, aber so nah, dass sie Sicht auf den Pub hatten.« Brook tippte mit einem Finger auf den großen Stadtplan von Derby, der fast die ganze Wand einnahm. »King Street oder Garden Street.«

»Und sitzen im Warmen, beobachten und warten ab«, sagte Noble. Er sah zu Brook auf. »Caitlin muss direkt an ihnen vorbeigegangen sein.«

»Dann wenden sie und fahren an ihr vorbei zu der Stelle, wo sie zuschlagen wollen.« Brook betrachtete den Stadtplan, fuhr mit einem Finger die Strecke ab und tippte auf eine große grüne Fläche. »Markeaton Park.«

»Perfekt«, sagte Noble. »In so einer Nacht ist im Park niemand. Ja, es ist auch keiner zu Fuß unterwegs. Wir fahren an ihr vorbei, parken den Wagen und warten, denn wir wissen, dass es nur ein paar Minuten sind. Und als sie den Markeaton Park erreicht, schlagen wir sie bewusstlos, nehmen ihre Haustürschlüssel und werfen sie für das kurze Stück zu ihr nach Hause hinten in den Lieferwagen. Wir wissen, dass Laurie noch im Pub ist, das Haus ist also leer, und einer von uns geht rein und holt Caitlins Rucksack, der für die Reise gepackt ist.«

»Während der andere ihr Handy auseinandernimmt, um die GPS-Verbindung zu trennen«, sagte Brook.

»Caitlin will am nächsten Tag wegfahren, also gehen alle davon aus, dass sie nach Belfast gereist ist, und über Wochen wird sie niemand vermissen. Glauben Sie, sie wussten, dass sie verreisen wollte?«

»Möglich.«

»Wie?«

»Durch Planung und Überwachung«, sagte Brook.

»Vielleicht weiß ich, weil ich Zugang zu ihren Daten habe, auch, dass Studienwoche ist und sie am nächsten Tag nach Belfast reisen will. Jemand an der Uni, wie Stiles.«

»Nicht alle fahren in der Studienwoche nach Hause«, sagte Brook. »Und Stiles war in der Nacht auf der Konferenz in Northampton. Das Hotel hat das bestätigt.«

»Ist mir egal«, sagte Noble. »Solange ich keine Bestätigung von jemandem kriege, der ihn tatsächlich dort gesehen hat, gehört er für mich zu den Verdächtigen. Was spricht dagegen, dass er am Abend nach Derby ist, um sich Caitlin zu schnappen, und am nächsten Morgen zum Frühstück wieder im Hotel war?«

»John, er hat keine Vorgeschichte, und er ist nicht stark genug, um eine junge und gesunde Frau wie Caitlin zu überwältigen.«

»Er war nicht allein«, hielt Noble dagegen. »Und selbst wenn er in Northampton war, kann er trotzdem mit drinstecken, im Hintergrund, quasi als stiller Teilhaber. Er hat Zugang zu Informationen über Caitlin und Daniela sowie zu Medikamenten für den Fall, dass sie sediert werden müssen.«

»Dann sind es jetzt schon drei.«

»Warum nicht?«

»Also, wenn wir die Alibis außer Acht lassen, dann ist wohl wahrscheinlicher, dass Davison von ihren Reiseplänen wusste. Caitlin hat den Zug gebucht, als sie noch zusammen waren.«

»Stimmt.« Noble strahlte.

»Aber nur eine Person kann sich hundert Prozent sicher sein, was ihre Pläne angeht, und das ist Laurie. Nein, mir gefällt das auch nicht, John. Oder die Vorstellung von einem stillen Teilhaber. Damit können Sie Daniela und Caitlin erklären, aber wie stellen Sie die Verbindung zu den anderen jungen Frauen her?«

»Vielleicht sind Daniela und Caitlin ein separater Fall.«

»Nein, es muss eine Verbindung geben – abgesehen davon, dass alle sechs alleinstehende weiße Frauen nicht aus Großbritannien sind.«

»Sie haben ›jung‹ und ›sexuell attraktiv‹ vergessen.«

»Und wenn wir Caitlin als Muster nehmen, dann auch ›sexuell aktiv‹«, fügte Brook hinzu.

»Wir sind also wieder bei Vergewaltigung.«

»Das habe ich nicht gesagt«, versetzte Brook. »Aber die Versuchung ist die älteste Sünde der Menschheit. Man begehrt, was man nicht haben kann.«

»Das schließt Davison eher aus«, bemerkte Noble. Er tippte auf seine Uhr.

»Das hat sein Alibi schon getan«, sagte Brook. »Und Sie haben recht. Davison kommt nicht.«

»Gut.« Noble rieb sich die Schläfe. »Mein Hirn tut weh. Ist es immer so undankbar?«

»Die Arbeit an alten Fällen? Versuchen Sie es mal allein in einem fensterlosen Raum. Das hier ist nicht der beste Besprechungsraum, aber er hat immerhin Tageslicht.«

»Er ist winzig.« Noble sah sich um. »Ich habe ihn genommen, weil kein anderer ihn wollte und wir hier schnell dicht machen können, falls …« Er wollte den Satz nicht beenden.

»Falls ein *richtiger* Fall reinkommt«, übernahm Brook das.

Bevor Noble etwas einwenden konnte, klopfte es an der Tür, und der diensthabende Sergeant, Gordon Grey, trat ein. Seine Uniform spannte um die Taille. Er sah durch Brook hindurch, als wäre der gar nicht da. »Sergeant Noble. Da ist ein Mr. Davison, der Sie sehen möchte.«

»Führen Sie ihn herein.« Brook sah Noble an.

Grey war leicht irritiert. »Ich habe leere Vernehmungszimmer.«

»Sie haben den Mann doch gehört, Sergeant«, brüllte eine Stimme aus dem Flur, und eine stämmige Gestalt schob sich an Grey vorbei.

»Councillor Davison«, sagte Noble, als ein großer, rotgesichtiger Mann hereinschritt, seinen Sohn im Windschatten. Er stellte sich halbherzig schützend vor die Stellwand.

»Inspector Brook«, dröhnte Davison senior. »Was wird hier gespielt? Sie werden meinen Sohn nicht behandeln wie einen verdammten Kriminellen.«

»Councillor«, sagte Brook und stand auf.

»Oh, Sie erinnern sich an mich?«, brauste Davison auf, und Roland setzte hinter seinem Rücken ein dämliches Grinsen auf. »Councillor Davison – Mitglied des Polizeiausschusses und großzügiger Unterstützer von Wohltätigkeitsveranstaltungen der Polizei.«

»Und Ihr Sohn, der zukünftige Barista«, sagte Brook. Rolands Miene verdüsterte sich, und er machte den Mund auf, um sich zu beschweren.

»Das sollten Sie nicht vergessen«, dröhnte Councillor Davison und stieß einen Finger in die Luft. »Also, worüber wollen Sie mit ihm sprechen?«

Brook wies kraftlos in den Flur. »Sir, Sie dürfen hier nicht herein. Das ist ein Besprechungsraum.«

»Ich gehe nirgendwohin, bevor Sie mir nicht gesagt haben, worum es hier geht. Mein Junge hat Ihre Fragen alle beantwortet, er weiß nichts über den Aufenthalt dieser jungen Frau.«

Rolands Blick war, wie Brook gehofft hatte, zu den Porträts der vermissten jungen Frauen gewandert. Sein Adamsapfel hüpfte.

»Sie dürfen nicht hier herein, Sir«, wiederholte Noble. »Hier hängen vertrauliche Informationen an der Wand.«

Davison seniors Blick folgte dem seines Sohnes auf die Stellwand, und auch er verharrte für einige Sekunden. »Gut. Vielleicht haben Sie recht. Ich bin schließlich im Polizeiausschuss, da will ich die Dienstvorschriften nicht mit Füßen treten.« Er berührte seinen Sohn am Arm, und Roland ging, von seinem Vater mit einer raschen Kopfbewegung auf Trab gebracht, in den Flur.

11

Als Caitlin wach wurde, war es dunkel. Sie hatte Kopfschmerzen, und ihr Hals war rau. Blinzelnd schlug sie die Augen auf, doch die Schwärze war so undurchdringlich, als hätte sie sie gar nicht geöffnet. Sie wollte den Kopf heben, doch da merkte sie, dass etwas sie daran hinderte, der Hals war mit irgendeiner Art Fesselvorrichtung fixiert. Sie konnte sich nicht aufsetzen, und als sie die Füße heben wollte, stellte sie fest, dass ihre Beine ebenfalls gefesselt waren. Doch das Schlimmste war, dass sie einen Lappen im Mund hatte, den sie, so sehr sie sich auch bemühte, nicht ausspucken konnte. Machtlos, ihr Gesicht im Dunkeln zu berühren oder gar zu sehen, spürte sie, dass ein Pflaster den Knebel an Ort und Stelle hielt.

Panik stieg auf, und sie fing an zu würgen. Sie wollte um sich schlagen und treten, doch ihre Hände und Füße bewegten sich keinen Zentimeter, und so sehr sie auch kämpfte, sie konnte sich nicht befreien. Verschnürt wie ein Hühnchen überließ sie sich dem kalten, harten Beton.

Sie brauchte mehrere tiefe Atemzüge, bevor sich ihre Nerven beruhigten und ihr Herzschlag sich wieder verlangsamte. Sie versuchte nachzudenken und sich zu orientieren. Mit allergrößter Anstrengung konnte sie sich auf den rechten Ellbogen stützen und den Kopf ganz leicht heben. Mithilfe gezielterer Bewegungen stellte sie fest, dass ihre Hände seitlich ein wenig Spielraum hatten, doch bei Weitem nicht genug, um an ihre Fesseln zu kommen oder an das Pflaster auf ihrem Mund.

Doch hören konnte sie immerhin. Sie hörte deutlich das Brummen von Maschinen und darüber etwas, was nach Tieren klang. *Quiekende Schweine? Bin ich auf einem Bauernhof?* Ja, wenn sie in der kalten Luft schnupperte, drang ihr eindeutig der Geruch von Exkrementen in die Nase. Nicht der stechende, widerwärtige Gestank menschlicher Ausscheidungen, sondern das dungreiche Aroma einer abgeweideten Wiese.

Ich bin auf einem Bauernhof. Sie lauschte wieder. Das Quieken war hoch und schrill und klang nicht nach dem zufriedenen Grunzen eines Tiers, das fraß, sondern eher so, als würde das arme Vieh geschlachtet. Der Maschinenlärm setzte aus, kurz nachdem das Schwein aufgehört hatte zu quieken.

Der Ellbogen tat ihr allmählich weh, also sank sie zurück auf den rauen Beton, um nachzudenken. *Wer macht so was mit mir und warum?* Sie schloss die Augen, um sich zu vergegenwärtigen, worauf sie sich noch besinnen konnte. Die Erinnerungen an den Flowerpot, den Gang nach Hause durch den Schnee und die zornige, spöttische Stimme, die ihren Namen rief, waren kristallklar. Vage war ihr auch noch bewusst, dass sie in einen Lieferwagen gestoßen worden war, wo sie das Bewusstsein verloren hatte. Ein oder zwei Mal war sie während der Fahrt zu sich gekommen. Sie mussten lange gefahren sein, denn sooft sie wach wurde, waren Arm und Bein unter ihrem Körper auf dem kalten Blech vollkommen taub gewesen.

Irgendwo hinter sich hörte sie eine Tür auf- und zugehen, dann Schritte und metallene Geräusche. Wenig später fiel Tageslicht herein. Caitlin strengte sich an, um den Kopf zu heben und den Blick gierig nach irgendwelchen Anhaltspunkten hin und her schießen zu lassen. Sie sah sofort, dass sie in einer großen, hohen Halle oder Scheune war. An einer Seite waren kleine

Verschläge, einige leer, in anderen Strohballen, aber nirgendwo Tiere. In einer Wand befand sich eine große Edelstahltür, von wo die Schritte gekommen waren, bevor sie die Scheune durchquerten, um das große Scheunentor nach draußen zu öffnen.

Im Licht ließ sie den Blick kurz über ihre Fesseln streichen und entdeckte ein Kreuz-und-Quer von Lederbändern, ganz ähnlich wie die Lederfesseln, die Rollo ihr ein paarmal angelegt hatte, nur dicker und nicht so geschmeidig.

Vom Scheunentor kam eine Gestalt zielgerichtet auf sie zu. Ein Mann, groß und bärenhaft. Das Licht von draußen, wo Sonnenschein auf Schnee fiel, war so grell, dass sie in seinem Gesicht vergeblich nach Einzelheiten suchte.

Ihr ging vieles durch den Kopf, was sie sagen könnte, manches aggressiv, manches unterwürfig. *Bitte lassen Sie mich gehen. Ich verrate Sie auch nicht. Was bilden Sie sich eigentlich ein? Sie haben nicht das Recht. Man wird nach mir suchen.* Doch unmittelbar darauf überkam sie großer Frust, denn mit dem Knebel im Mund konnte sie überhaupt nichts sagen, selbst wenn sie sich im Klaren gewesen wäre, was.

Sie wand sich unter großer Mühe, den Blick fest auf den Mann gerichtet, der sie gefangen hielt. Er kam gemächlich auf sie zu, als hätte er keine Sorgen in der Welt.

»Hallo, Kitty.« Die Stimme war rau und tief, der Akzent verortete ihn, soweit sie ihren ungeschulten Ohren trauen konnte, in Derbyshire. Seine Begrüßung wurde begleitet von einer Atemwolke, die in der Kälte kondensierte. Er lachte über sie, machte sich über ihre Hilflosigkeit lustig. »Diesmal bist du nicht so geschwätzig, was?«

Diesmal? Sind wir uns schon mal begegnet?

»Erinnerst dich nicht an mich, was?«, sagte der Mann. »Na, kannst ja mal ein bisschen nachdenken.«

Sein Selbstbewusstsein verunsicherte Caitlin, und sie suchte hektisch nach Hinweisen, die ihr irgendwie helfen konnten. Die Stimme kannte sie nicht, da war sie sich ganz sicher, doch das verstärkte ihre Unsicherheit nur noch und machte die verzweifelte Hoffnung zunichte, ihre Entführung könnte irgendein ausgeklügelter Jux sein. Sie starrte angestrengt, um sein Gesicht zu erhaschen, doch das Licht von draußen war einfach zu grell. Sie murmelte etwas, um ihm zu zeigen, dass sie nicht gelähmt war vor Angst.

Der Mann stellte sich mit gespreizten Beinen über sie und langte mit einer behandschuhten Hand nach unten.

»*Bitte* ...«, versuchte sie zu sagen und klang dabei wie Frankensteins Monster, das sein Spiegelbild beweint.

Mit einem Ruck wurde das Pflaster abgerissen, was Caitlin mit einem schockierten Aufschrei quittierte.

»Bitte ...«, wiederholte sie und spuckte hustend den Knebel aus. Weiter kam sie nicht, dann er rammte ihr jäh ein rundes Stück Holz in den Mund – wie ein Bürstenstiel, nur dünner – und schob es bis zu den Backenzähnen. Sie musste an ihrem Speichel würgen und fing an zu spucken, doch sie konnte ihren Protest nicht äußern, denn der Mann hakte einen Finger unter die Fesseln und schleifte sie über den Boden zum Eingang. Sie wimmerte, als ihr nackter Bauch über den rauen Beton schleifte. Zum Glück schützte die Jeans ihre Beine ein wenig.

Sie richtete den Blick auf den Eingang, der immer größer wurde. Das Scheunentor war ebenfalls aus Stahl und ließ sich auf gut geölten Rollen zur Seite schieben. Knapp fünf Meter vor dem warmen Sonnenlicht ließ ihr Entführer die Fesseln los, und sie plumpste wie ein Sack Kartoffeln zu Boden. Sie wollte sich aufrichten und in die lebensspendende Sonne kriechen, doch da wurde sie grob auf den Bauch gedreht. Er setzte sich rittlings auf sie und drückte sie mit seinem ganzen Gewicht zu Boden, bevor er sich auf sie legte und ihr Gesicht gegen den Beton drückte. Starke Hände packten ihren rechten Arm und hielten ihn am Boden fest. Quer über seine Hand entdeckte Caitlin etwas, was wie ein tätowiertes Kreuz aussah, ein weiteres auf seinem Unterarm. Sie wollte sich gegen seinen Griff wehren, konnte sich aber keinen Millimeter bewegen. Doch es gelang ihr, den Holzstift auszuspucken.

»Das wirst du noch bereuen«, sagte der Mann.

»Fick dich«, schrie sie und wand sich – vergeblich –, um ihm zu entkommen, bis ihr schließlich die Tränen kamen.

»Halt still, Nutte«, flüsterte der Mann ihr ins Ohr. »Öffne dein Herz dem Herrn.«

Im Scheuneneingang tauchte, gerahmt von blendendem Wintersonnenlicht, eine zweite, nicht ganz so massige Gestalt auf. Caitlin sah kleine Füße näher kommen und vor ihr stehen bleiben.

»Wer zum Teufel sind Sie?«, keuchte sie und kramte für diese Gelegenheit ihren breitesten irischen Akzent heraus. »Holen Sie den verdammten Affen von mir runter ...«

»Was die für eine Sprache hat«, sagte der Mann und kicherte ihr leise ins Ohr. Er packte sie an den Haaren und zog ihr den Kopf nach hinten, sodass sie zusehen musste, wie sein Partner näher kam, einen dünnen Metallstab, einem Golfschläger ähnlich, in der Hand, den er liebevoll vor Caitlins Augen schwenkte. Die wie ein Kreuz geformte Spitze glühte orange. Caitlin schluckte voller Entsetzen, denn die Luft um das Kreuz herum schimmerte, und sie spürte die Wärme im Gesicht.

»Und der Herr sprach, sie sollen geläutert werden durch das reinigende Feuer«, sprach der Mann ihr ins Ohr.

»Nein ... bitte.« Caitlin sträubte sich wieder.

»Halt sie fest.« Caitlin war schockiert, eine weitere Stimme zu hören.

Die Hände des Mannes packten noch fester zu. »Na los!«

Caitlin schluchzte und schloss die Augen, um sich vorzustellen, sie wäre woanders. Eine Sekunde später spürte sie die sengende Hitze am rechten Unterarm und schrie auf, da hörte sie auch schon das Zischen des glühend heißen Eisens auf ihrer Haut. Unmittelbar darauf schoss ein Schmerz, tausendmal stärker als alles, was sie je empfunden hatte, durch sie hindurch, und sie biss sich, als sie die Zähne zusammenbiss, in die Zunge. Dann verlor sie das Bewusstsein.

Caitlin kam mehrmals zu sich, versank aber jedes Mal wieder in der Bewusstlosigkeit, bis die Brandwunden so stark schmerzten, dass es sie für längere Zeit herausriss. Sie fing an zu schluchzen, zuerst leise, doch dann immer lauter, bis ihre Schultern bebten. Sie hatte sich fest auf die Zunge gebissen und schmeckte den metallisch-bitteren Geschmack von Blut, das sich mit dem wenigen Speichel vermischte, der noch in ihrem Mund zusammenlief.

Schließlich versiegten die Tränen, und sie hob den Kopf, um sich umzusehen. Ihre Augen waren jetzt besser an die Düsternis gewöhnt. Alles war unverändert. Sie lag immer noch in der großen Scheune mit dem Betonboden, und machtlos ließ sie sich wieder zu Boden sinken, während heißer Zorn in ihr aufbrandete. Eine Sekunde später rührte sie sich wieder, denn ihre Muskeln schickten ihr eine Botschaft.

»Ich kann mich bewegen«, krächzte sie, schockiert über das Zittern in ihrer Stimme. Sie drückte sich mit den gefesselten Händen hoch in den Stand, auch wenn sie sich vor Schmerz auf die Lippe beißen musste. Bis auf die Lederriemen, die ihre Handgelenke vor dem Körper zusammenhielten, waren alle Fesseln verschwunden. Sie untersuchte ihren Arm. Er war wund, und die Haut wies eine Schwellung in Form eines Kreuzes auf.

Mit den Zähnen riss sie an den dicken Riemen und der steifen Metallschließe um ihre Handgelenke, doch das Leder gab nicht nach. Als sie irgendwann davon abließ, war das Leder voller Blut. Verzweifelt spuckte sie noch mehr Blut aus und gab es auf, um sich stattdessen umzusehen.

Die Scheune war dunkel, doch als sie neben dem Scheunentor eine Plastiktüte entdeckte, strahlten ihre Augen. Sie lief hinüber, um sie in Augenschein zu nehmen. Darin war eine ledergebundene Bibel mit einer Widmung im Innendeckel: *Noch was, worüber du nachdenken kannst, Kitty*. Sie steckte das Buch wieder in die Tüte und holte drei kleine Wasserflaschen heraus, schraubte gierig den Deckel von einer und trank sie in einem Zug halb leer. Danach fühlte sie sich besser, bis ihr aufging, dass sie sich das Wasser womöglich einteilen musste. Sie verschloss die Flasche wieder und legte alle drei behutsam auf den Boden.

In der Tüte war auch eine Tupperware-Dose. Sie löste den Deckel und sog das fleischige Aroma von gekochtem Huhn ein, riss ein Stück Fleisch ab und knabberte daran. Es schmeckte gut, und auch wenn sie sich gar nicht hungrig fühlte, aß sie den ganzen Behälter leer, schließlich wusste sie nicht, wann sie wieder etwas bekommen würde.

Nach dem Essen steckte sie den verschlossenen Behälter wieder in die Plastiktüte und stieß auf etwas, was sie in ihrer Gier, zu trinken und zu essen, übersehen hatte. Es hatte die Form einer Zahnpastatube. Im Düstern konnte sie die Aufschrift nicht lesen, also drehte sie den kleinen Verschluss ab und schnupperte an der winzigen Tülle. Es war eine Wundsalbe.

Sie tastete auf dem Boden herum, bis sie das Pflaster fand, das der Mann ihr vom Mund gerissen hatte. Dann kniete sie sich hin, drehte das Pflaster mit der klebrigen Seite nach oben und drückte eine großzügige Portion Salbe auf die Wundauflage. Ganz behutsam legte sie es auf den Arm, und als sie spürte, dass die Salbe über die Wunde strich, biss sie die Zähne zusammen und drückte das Pflaster ordentlich fest. Kaum hatte sie es mit dem Kinn glatt gestrichen, spürte sie auch schon, dass die Salbe ihre Arbeit tat. Im ersten Augenblick tat es höllisch weh, doch bald trat die schmerzlindernde Wirkung ein.

Nachdem sie sich so provisorisch verarztet hatte, erkundete sie ihr Gefängnis, untersuchte das Scheunentor und die große Stahltür an der anderen Wand. Beide waren verschlossen. Die Stahltür war modern und solide, wie der Zugang zu einem Kühlraum beim Metzger.

Nachdem sie nacheinander alle Verschläge inspiziert hatte,

entdeckte Caitlin das kleine Holzstück, das man ihr in den Mund gesteckt hatte – damit sie sich, wie ihr inzwischen klar war, nicht auf die Zunge biss. Ein Ende war spitzer als das andere, und sie sank vorsichtig auf die Knie und machte sich an die mühsame Arbeit, es auf dem glatten Boden weiter anzuspitzen.

Zwei Stunden später tastete sie nach der Spitze ihrer neuen Waffe und nickte zufrieden, um sich danach hinter das kalte Scheunentor zu hocken und abzuwarten.

Stundenlang wartete Caitlin in dieser Position hinter dem Tor, doch irgendwann wurde sie von Erschöpfung übermannt. Resigniert verließ sie ihren Wachposten und legte sich in einem der Verschläge ins Stroh. Allmählich verlor sie jedes Zeitgefühl.

Sie schlief rasch ein, doch der Schlaf brachte keine Erholung, und sie wachte mehrfach auf. Sobald sie sich ausstreckte, erwartete sie, sich in ihrem Zimmer neben Lauries wiederzufinden und im Halbschlaf mitzukriegen, wie ihre beste Freundin in den frühen Morgenstunden die Toilettenspülung betätigte. Doch Laurie war nicht da.

Stunden später wachte sie wieder auf und hockte sich von Neuem hinter das Scheunentor, den angespitzten Holzpflock in den Händen. Doch die Stunden verstrichen, und ihre Wachsamkeit ließ nach, und mit ihr verließen sie jegliche Energie und Willenskraft. Nach einer Zeitspanne, die ihr vorkam wie ein halber Tag, vermutlich aber nur zwei oder drei Stunden lang war, kehrte sie in den relativ behaglichen Verschlag mit dem kratzigen, aber bequemen Stroh zurück, die hölzerne Waffe weiterhin so fest umklammert, dass ihre Knöchel ganz weiß waren, um zwischen unruhigen Schlafphasen Ausschau zu halten und zu warten.

Dieses Muster wiederholte sich, wie es ihr schien, über Tage. Zwischen Perioden der Wachsamkeit schlief Caitlin. Gelegentlich wurde, während sie im Stroh schlief, eine neue Tüte mit

Lebensmitteln in die Scheune gestellt. Doch nie, wenn sie hinter dem Tor auf der Lauer lag.

Ab und zu entfernte sie behutsam das Pflaster, um sich die Brandwunde anzusehen und, falls nötig, Salbe aufzutragen. Gott sei Dank war es in der Scheune kalt und luftig, mit ein wenig Glück entzündete sich die Wunde dann nicht so leicht.

Doch es gab keine Toilette, und Caitlin war gezwungen, sich schmachvoll in einen Trog am anderen Ende der Scheune zu erleichtern. Sie wischte sich mit Stroh ab und deckte die anstößige Sache mit einer Handvoll Stroh zu. Dann wandte sie sich, gegen die Tränen kämpfend, wieder ihrer verzweifelten Wache zu. Schließlich stand sie auf und dehnte ihre schmerzenden Beinmuskeln. Als hätte man ihr eine glühend heiße Nadel ins Gehirn gestoßen, ertrug sie es plötzlich nicht mehr und warf sich gegen das Tor, schlug mit beiden Händen dagegen und trat, als die Hände müde wurden, mit nackten Füßen dagegen.

»Macht das Tor auf, ihr Scheißkerle«, schrie sie. »Habt ihr mich gehört? Lasst mich raus!« Sie trat und hämmerte gegen das Tor, bis sie dagegensank. »Was ist los mit euch, ihr Perversen?«, schluchzte sie, und ihre Stimme brach unter der Anstrengung. »Wenn ihr mich ficken wollt, dann kommt rein und bringt es hinter euch.«

Heiser vom Schreien schleifte sie sich zu den Verschlägen mit dem Stroh und warf sich verzweifelt und erschöpft mit tränennassen Augen hinein. Einige Minuten lag sie still, keuchte, schloss die Augen und hoffte, dass der Schlaf kam und mit ihm das Vergessen. Schließlich kam er, auch wenn es mehr ihrem geschwächten Zustand geschuldet war denn einem regelmäßigen Schlafrhythmus.

12

»Sie hatten recht«, sagte Noble und nahm das Tablett mit heißen Getränken. »Roland hat Danielas Foto angestarrt.«

»Er hatte wahrscheinlich keine Ahnung, dass sie vermisst wird«, sagte Brook. »Muss ein ganz schöner Schock gewesen sein.«

»Woher haben Sie es gewusst?«

»Habe ich nicht. Jedenfalls nicht mit Sicherheit. Aber Daniela hat im selben Jahr wie Roland an der Uni angefangen. Da bestand die Chance, dass ihre Wege sich gekreuzt haben.«

»Ich dachte, Sie würden nicht Ihrer Intuition folgen«, sagte Noble.

»Es war ein bisschen mehr als das«, versetzte Brook und sah auf seine Uhr. »Sie sind kein Opernfan, oder?«

»Sollte ich?«

»Ich erklär's Ihnen später«, antwortete Brook. »Cooper?«

»Er wird in zehn Minuten an die Tür klopfen und Ihnen ein Blatt Papier reichen.«

»Gut. Dann lassen wir die beiden besser nicht warten.« Er streckte die Hand nach der Türklinke aus.

»Da ist noch etwas«, sagte Noble.

»Ja?«

»Der Councillor hat Danielas Foto ebenfalls erkannt. Ich habe gesehen, wie er es betrachtet hat.«

Brook überlegte einen Augenblick und öffnete dann die Tür.

»Sie leugnen also nicht, dass Sie der Vater waren?«, fragte Brook.

»Er leugnet nicht, eine sexuelle Beziehung zu der jungen Frau gehabt zu haben«, sagte Davison. »Vollkommen normal, aber ob oder ob nicht …«

»Councillor«, unterbrach Brook ihn. »Bitte schweigen Sie.«

»Verzeihung?«

»Ihr Sohn ist alt genug, um für sich selbst zu sprechen«, erklärte Brook. »Wir haben Ihnen aus Höflichkeit erlaubt …«

»Dem Jungen steht ein Rechtsvertreter zu«, bellte Davison.

»Aber das sind nicht Sie«, sagte Noble. »Also lassen Sie ihn entweder antworten oder Sie gehen.«

Es herrschte Schweigen, während Davisons zusammengekniffene Augen sich in Nobles brannten. Ein paar Sekunden später senkte er den Blick.

»Bitte«, drängte Noble.

»Wir hatten regelmäßig Sex«, sagte Roland. »Aber weiß ich mit Sicherheit, dass ich der Vater war? Nein.«

Brook betrachtete ihn. »Sie wollen andeuten, dass Caitlin andere Sexualpartner hatte.«

»Ich würde nicht drauf wetten, dass es *nicht* so war«, erwiderte Roland.

»Aber Sie können uns keine Namen nennen«, sagte Noble.

»Nein.«

»Sie haben ausgesagt, Ihre Beziehung sei zehn Tage, bevor Caitlin die Abtreibung hatte, geendet«, sagte Noble. »Das wäre um den 8. März herum.«

»Kommt hin.«

»Und nach Ihrer Trennung hatten Sie auch keinen Kontakt mehr?«

»Ich habe sie ab und zu auf dem Campus gesehen, aber nur von Weitem.«

»Aber Sie haben nicht mit ihr gesprochen.«

»Ich fand einen klaren Schnitt am besten«, sagte Roland grinsend. »Ich wollte nicht, dass sie sich noch Hoffnungen macht.«

»Sie haben zum Beispiel nicht mit ihr telefoniert?«, ließ Brook die entscheidende Frage ohne großes Tamtam einfließen.

»Frage gestellt und beantwortet.«

Brook sah ihn an, bevor er sich eine Notiz machte. »Der Zeuge hat das verneint«, sagte er, während er etwas in sein Notizbuch schrieb. Roland sah ihn neugierig an.

»Was ist mit der Abtreibung?«, fragte Noble. »Haben Sie Caitlin dabei finanziell unterstützt?«

»Nein«, antwortete Roland entschieden.

»Was ist mit Ihrem Vater?«

»Verzeihung!«, rief Davison senior aus. »Wollen Sie etwa andeuten, ich hätte sie ausgezahlt?«

Brook wandte sich an Roland. »Nun, hat er?«

»Nein, das habe ich verdammt noch mal nicht!«, brüllte der Councillor mit hochrotem Kopf. »Und ich verwahre mich gegen derlei Andeutungen.«

»Warum?«, hielt Brook dagegen. »Das wäre doch nachvollziehbar. Sie geben Roland Geld, damit er es Caitlin gibt für einen Eingriff, den alle wollen. Es kann sein, dass das Kind von Ihrem Sohn ist, also geht sie wegen der größeren Diskretion in eine Privatklinik, und die Sache ist erledigt. Was soll der Aufstand?«

»Weil es nicht so war«, sagte Davison.

Brook betrachtete ihn nachdenklich. »Hat sie Sie um Geld gebeten?«

»Nein«, sagte der Councillor, immer noch mit hochrotem Kopf.

»Dann hätten Sie nichts dagegen, wenn wir, um sicherzugehen, Ihre Kontoauszüge überprüfen würden?«, fragte Noble.

»Da hätte ich allerdings etwas dagegen«, sagte Davison. »Das Gesetz verlangt für so etwas einen richterlichen Beschluss. Ist das korrekt, Sohn?«

»Korrekt, Dad«, pflichtete Roland ihm bei.

»Haben Sie etwas zu verbergen?«, warf Brook ein.

»Keiner von uns hat etwas zu verbergen«, sagte Roland selbstbewusst. »Aber die Finanzen meines Vaters sind seine Privatsache und für Caitlins Verschwinden nicht von Belang. Wenn Sie sie also sehen wollen, besorgen Sie sich einen richterlichen Beschluss, falls Sie einen kriegen.« Brook lächelte leise, als freute er sich, dass Roland sich wehrte. Roland bemerkte es, und sein Blick wurde unsicher. Er sah seinen Vater an. Jetzt wollte er nur noch weg. »War's das?«

»Nein«, antwortete Brook. »Als ich Sie gefragt habe, ob Sie nach der Trennung mit Caitlin gesprochen haben, haben Sie das verneint. Doch am 16. März, zwei Tage vor Caitlins Abtreibung und vier Tage vor ihrem Verschwinden, haben Sie sie auf dem Handy angerufen.«

»Habe ich nicht«, erwiderte Roland verächtlich.

»Wir haben den Einzelverbindungsnachweis«, beharrte Brook und wartete darauf, dass Roland sich seine Grube noch tiefer grub.

»Das ist mir egal. Ich habe die blöde Kuh nach der Trennung weder angerufen noch ihr eine SMS geschickt.«

Brook sah zu Noble, der eine Fotokopie über den Tisch schob. »Für die Aufzeichnung, DS Noble zeigt dem Zeugen eine Kopie des Verbindungsnachweises von Caitlin Kinnears Handy.« Roland starrte darauf und sah dann seinen Vater an. »Der Anruf ging um zweiundzwanzig Uhr dreißig vom Haus Ihres Vaters auf Caitlins Handy«, sagte Brook. »Er dauerte, wie Sie sehen können, fünf Minuten und einundzwanzig Sekunden.«

Roland war verdutzt. »Aber ich war nicht mal …«

»Du hast sie angerufen, Sohn«, fiel Davison senior ihm ins Wort.

»Was?«, fragte Roland.

»Du hast sie angerufen.« Davisons Blick brannte sich in die Augen seines Sohnes. »Ich hab dich am Telefon in der Halle gehört. Du warst da, um deine Wäsche zu holen. Weißt du das nicht mehr?«

Roland starrte seinen Vater an, bis er die Botschaft verstanden hatte, dann richtete er den Blick an die Decke, wie um sich zu erinnern. »Stimmt. Ich war kurz da, um meine Wäsche zu holen, und ich hab sie angerufen.« Er sah Brook kleinlaut an. »Tut mir leid. Hab's vergessen.«

»Warum haben Sie sie angerufen?«

»Sie haben gesagt, es war bevor sie in die Klinik ging«, sagte Roland. Er blickte zu Boden und dann wieder hoch. »Ich wollte ihr alles Gute wünschen.«

»Verstehe.« Brook lächelte und machte eine Pause, um den Schock und die Furcht, die gleich folgen würden, so recht auszukosten. »Kommen wir zu Ihrer Beziehung zu Daniela Cassetti.«

»Meiner ... was? Mit wem?« Roland tauschte einen Blick mit seinem Vater.

»Daniela Cassetti«, sagte Noble und reicht Roland einen kleineren Abzug des Fotos von der Stellwand, damit die beiden es sich ansehen konnten. Dann erläuterte er für die Aufzeichnung, was er gemacht hatte. »Sie hat zur selben Zeit mit dem Studium angefangen wie Sie. Sie ist an Ostern verschwunden und zum Sommertrimester nicht mehr aufgetaucht, genau wie Caitlin. Sie hatten eine Beziehung mit ihr – genau wie mit Caitlin. Und irgendwann wurde sie als vermisst gemeldet.« Um der Wirkung willen machte Noble eine Pause. »Genau wie Caitlin.«

Die beiden Detectives warteten ab, dass das Schweigen seine Wirkung bei Roland und seinem Vater tat. Der junge Mann wiederholte nur leise: »Ich kenne sie nicht.«

»Uns liegen Informationen darüber vor, dass Sie sie nicht nur kannten, sondern eine sexuelle Beziehung zu ihr unterhielten«, sagte Brook.

»Wenn mein Junge sagt, er kennt sie nicht ...«

»Was für Informationen?«, wollte Roland wissen.

Es klopfte an der Tür, und Noble schaltete das Tonbandgerät aus, nachdem er die Unterbrechung festgehalten hatte. DC Cooper reichte Brook eine A4-Kopie des Speiseplans der Kantine von vor zwei Tagen. »Ihr richterlicher Beschluss, Inspector.«

Brook faltete das Blatt, verschränkte die Hände darüber und blickte zwischen Roland und dem Councillor hin und her. Noble schaltete das Tonbandgerät wieder ein.

»Mögen Sie italienische Opern, Roland? Verdi zum Beispiel?« Der junge Mann erwiderte Brooks Blick, dessen Selbstbewusstsein an seiner Kaltblütigkeit nagte. »Insbesondere ›La donna e mobile‹.«

»Wie bitte?«, schnaubte Davison senior. »Haben Sie nicht mehr alle Tassen im Schrank, Brook? Sparen Sie sich die Antwort. Ich weiß von Ihren Problemen, Kumpel.«

»Das ist Italienisch und heißt *Die Dame ist wankelmütig*«, fuhr Brook fort, ohne auf den Councillor zu achten. »Eine Arie aus *Rigoletto*. Sie hatten eine DVD in Ihrer Wohnung. Die, die ich aus dem Regal genommen habe. Aber Sie hatten den Titel zu *immobile* geändert. Das ist wohl so eine Art Pennälerhumor. Die italienische Dame ist bewegungslos. Haben Sie Daniela gefesselt und sich beim Sex mit ihr gefilmt?«

»Das reicht jetzt«, sagte Davison und stand auf.

Brook richtete einen kalten Blick auf ihn. »Sie können gern gehen, Councillor. Ihr Name steht nicht auf dem Beschluss. Noch nicht.«

»Sie unverschämter Mistkerl …«

Brook tippte mit einem Finger auf den abgelaufenen Speiseplan. »Ich werde die Wohnung Ihres Sohnes durchsuchen …«

»Dazu haben Sie kein Recht«, versetzte Davison.

»Dad …«

»Dazu habe ich jedes Recht«, sagte Brook, »denn ich habe den berechtigten Verdacht, dass zwei der vermissten jungen Frauen von Ihrem Sohn bei einer Reihe von kompromittierenden sexuellen Begegnungen gefilmt wurden. Ich habe weiterhin den Verdacht, dass Geld den Besitzer gewechselt hat für ihre Mitwirkung bei diesen Aufnahmen, auch wenn ich das nicht beweisen kann. Zudem habe ich den Verdacht, dass Sie Kenntnis haben von den Aktivitäten Ihres Sohnes, Councillor, auch wenn das Ausmaß Ihrer Beteiligung noch nicht klar ist …«

»Wie können Sie es wagen?«

»*Sie* haben Caitlin an diesem Abend angerufen, Councillor,

weil sie Geld für den Schwangerschaftsabbruch verlangt hat. Entweder wussten Sie bereits von den Filmen, oder sie hat es Ihnen erzählt und angedeutet, dass es keine peinlichen Enthüllungen geben werde, wenn Sie für den Eingriff aufkommen.«

»Ich sorge dafür, dass Sie …«

»Dad«, sagte Roland. »Überlass das mir.« Er wandte sich an Brook. »Sie hatten keinen richterlichen Beschluss, als Sie die DVD in meiner Wohnung aus dem Regal genommen haben. Also war Ihre Durchsuchung illegal.«

»Das stimmt, wenn es der einzige Film ist«, sagte Brook. »Aber das ist er nicht, nicht wahr?«

»Aber Ihr Verdacht beruht auf einer illegalen Durchsuchung«, hielt Roland dagegen.

»Sie haben mich in die Wohnung gebeten …«

»Das heißt nicht, dass ich auf mein Recht auf Privatsphäre verzichtet habe. Ich habe Sie nicht aufgefordert, in meinen Sachen herumzuwühlen, ja, ich habe es mir ausdrücklich verbeten.«

Brook lächelte mit mehr Selbstbewusstsein, als er tatsächlich empfand. »Wie sicher sind Sie sich Ihrer Rechtsgrundlage, Roland? Bis wir diese Sache vor einem Richter verhandeln, ist es für den Ruf Ihres Vaters womöglich zu spät.« Er wandte sich an den Councillor, dessen Miene verriet, wie unsicher er war. »Sie wissen von diesen Filmen oder haben sie gesehen, nicht wahr, Councillor? Deswegen waren Sie einverstanden, Caitlin Kinnear vor ihrer Abtreibung Geld zu geben.«

»Ich …«

»Also«, sagte Brook und schlug mit der Faust auf den Tisch, dass alle zusammenfuhren, auch Noble. »Wir haben genug Zeit mit Ihnen und Ihrem Sohn vergeudet. Wenn Roland und seine Freundinnen auf diesen Filmen einvernehmlichen Sex haben, will ich das jetzt wissen. Wenn Sie nichts mit dem Verschwinden von Daniela und Caitlin zu tun haben, will ich nicht noch mehr Zeit damit vergeuden. Die Tatsache, dass Sie die jungen Frauen für ihre Bemühungen bezahlt haben, ist weder verbürgt noch leicht zu beweisen. Wenn sie also *hier und jetzt* alles wahrheitsgemäß auf den Tisch legen, können wir alle unserer Wege gehen. Seine Sammlung muss Roland so oder so hergeben. Auch die Kamera, vorerst. Aber das ist alles, was Sie verlieren, denn ich habe etwas Besseres zu tun, als Erwachsene bei ihren Spielchen zu überwachen.«

Er wartete, bis seine Worte sich gesetzt hatten, dann fuhr er leise fort: »Wenn Sie jedoch nicht kooperieren, könnte ich auf die Idee kommen, dass diese Bänder bei den Schwerverbrechen, in denen ich ermittele, eine Rolle spielen. Und falls ich weitere entführte Frauen auf diesen Aufnahmen finde oder Sie, Councillor, daran teilhaben oder junge Frauen, die als Folge der Verabreichung von Drogen lethargisch wirken, dann wird Anklage erhoben und Menschen wandern ins Gefängnis. Ihre Entscheidung.«

Brook lehnte sich mit versteinerter Miene zurück und betrachtete Vater und Sohn. Die beiden schienen seit dem Beginn der Befragung geschrumpft zu sein. Sie sahen einander stumm in die Augen, wie sie weitermachen sollten. Schließlich nickten beide.

»Was wollen Sie wissen?« Councillor Davisons Stimme war kaum mehr als ein Krächzen.

Sobald Davison und sein Sohn mit DC Cooper und DS Morton den Raum verlassen hatten, um die Filme zu holen, konnte Noble nicht länger an sich halten. Er wartete ein paar Sekunden, bis Vater und Sohn außer Hörweite waren, dann seufzte er schwer und schloss zufrieden die Augen. »O Gott«, keuchte er. »Das war besser als jeder Sex.«

Brook konnte sich ein Lächeln nicht verkneifen. »Na, wenn Sie es sagen.«

»Rolands Gesicht …«, setzte Noble an und ballte verzückt die Hände zu Fäusten.

»Ich dachte, er würde meinen Bluff durchschauen«, gestand Brook.

»Als Sie um die Erlaubnis baten, die Filme und die Kamera zu holen ...«, fuhr Noble fort. »*Warum brauchen Sie meine Erlaubnis, wenn Sie einen richterlichen Beschluss haben?*« Noble schüttelte den Kopf. »Und Sie haben ihm den Speiseplan gezeigt.«

»Ich glaube, er war nicht sonderlich beeindruckt von der Auswahl in der Kantine.«

»Und, was meinen Sie?«, fragte Noble lachend. »Glauben wir ihnen?«

»Ich denke schon«, antwortete Brook. »Caitlin und Daniela können uns natürlich nicht bestätigen, dass sie einverstanden waren, aber wenn auf diesen Aufnahmen das ist, was Roland behauptet, dann haben sie sich keiner schlimmeren Verbrechen schuldig gemacht als Dummheit und Arroganz.«

»Wir suchen nach zwei Entführern, und die beiden kennen immerhin zwei der vermissten jungen Frauen.«

»Wir sind uns nicht einmal sicher, dass sie vermisst werden, John.«

»Ich schon.«

»Also, Roland hat ein Alibi, und der Councillor sagt, er war an dem Abend, an dem Caitlin verschwand, im Parlament«, sagte Brook.

»Das lässt sich leicht nachprüfen.«

»Angenommen, er sagt die Wahrheit, dann sind die beiden aus der Sache raus«, sagte Brook.

»Glauben Sie, der dreckige alte Kerl ist auf den Aufnahmen?«

»Er wird nicht so dumm sein, in einer Sache zu lügen, die sich so leicht überprüfen lässt.«

»Er könnte mit Caitlin oder Daniela Sex gehabt haben, ohne dass es gefilmt wurde«, warf Noble ein.

»Das wissen wir nicht«, sagte Brook. »Und wenn dem so wäre, hätte Caitlin vermutlich sehr viel mehr verlangt als tausend Pfund.«

»Warum sollte er sie sonst anrufen?«

»Um den guten Namen seines Sohnes zu schützen«, schlug Brook vor. »Für solche wie ihn ist der Ruf alles.«

»Aber was sollte sie daran hindern, wiederzukommen und mehr zu verlangen?«

»Sobald sie den Abbruch hinter sich hatte und die Filme vernichtet waren, hatte sie keine Beweise mehr für ihre Behauptungen«, sagte Brook. »Krise überstanden.«

»Und für extrem kleines Geld.« Noble nickte. »Aber warum hat Roland die Filme nicht vernichtet, nachdem Sie die DVDs gesehen hatten?«

»Arroganz, John. Solche wie die halten sich für unantastbar.«

»Wir sind also wieder da, wo wir angefangen haben.«

»Nicht ganz«, meinte Brook. »Verdächtige auszuschließen ist immer ein Fortschritt.«

Jake öffnete die Tür zur Wohnung und eilte hinein.

»Wo warst du?«, wollte eine mürrische Stimme wissen.

»Einkaufen.« Jake schaltete das Licht an. Es funktionierte nicht.

»Der Zähler hat mitten in der Quizshow schlappgemacht«, sagte Nick.

»Hier.« Jake warf ein paar Münzen auf die Küchenarbeitsplatte. Nick kam aus dem Dunkeln und nahm sie. Er kniete sich vor ein kleines Regal, warf sie ein und drehte einen Schalter am Stromzähler. Das Licht und der Fernseher erwachten zum Leben.

»Wo warst du?«, wiederholte er und blickte konzentriert auf seine billige Plastikuhr, um sich auch ganz sicher zu sein. »Es ist nach elf, und ich hab Hunger.«

Jake hievte eine prallvolle Einkaufstasche auf den Küchentresen. »Freut mich zu hören.« Er holte ein Dutzend Dosen billiger Bohnen heraus, eine Packung Würstchen und einen Laib Brot. »Mach zwei Dosen auf und räum den Rest weg.«

»Würstchen«, hauchte Nick erstaunt. »Du hast Fleisch gekauft.«

»Das ist nicht garantiert«, meinte Jake grinsend, holte den Dosenöffner raus und warf ihn Nick zu. Sein Lächeln verblasste. »Ich muss nach dem Essen noch mal weg.«

»Aber es ist schon spät.«

»Es geht nicht anders.«

»Wohin?«

»Nur weg«, sagte Jake. »Mach dir keine Sorgen. Ich schließ dich ein.«

»Nein, ich komm mit.«

»Das geht nicht. Hol den verdammten Topf raus …«

»Ich komm mit«, wiederholte Nick. »Ich war den ganzen Tag hier eingesperrt.«

»Es ist nicht sicher«, beharrte Nick. »Du kannst fernsehen.«

»Ich brüll das ganze Haus zusammen, und dann kommen die vom Sozialamt und nehmen mich mit«, beharrte Nick schwer atmend vor Entschlossenheit.

»Hättste wohl gern, was?«, blaffte Jake. »Um wieder in irgendeinem winzigen Wohnheim zu landen. Keine Computerspiele, aber dafür darfst du dich mit irgendeinem Assi, der dich zu Brei haut, bloß weil du ihn komisch angesehen hast, um die Fernbedienung streiten.«

»Da könnt ich wenigstens raus«, knurrte Nick.

Jake bückte sich, um die Dosen auf das vergilbte Zeitungspapier im Schrank zu stellen. Er wich Nicks Blick aus. Einen Augenblick später lenkte er ein. »Vielleicht solltest du mitkommen. Damit du siehst, was passiert, wenn man sich mit einem Tanner anlegt.«

Nick grinste. »Mit einem Tanner anlegt.«

»Hör zu«, sagte Jake und packte ihn grob am T-Shirt.

»Lass mich.« Nick hatte wieder in seinen schmollenden Tonfall gefunden.

»Ich hab gesagt, hör zu!«, wiederholte Jake und zwang Nick,

ihm in die Augen zu sehen. »Egal, was du heute Abend siehst, du sagst kein Wort und erwähnst es niemals. Und du stehst nicht im Weg. Verstanden?«

Kurz nach Mitternacht gingen Jake und Nick das kurze Stück zur Arboretum Street, wo Max' weißer Lieferwagen am Straßenrand parkte. Jake suchte den Boden ab und bückte sich schließlich, um einen Ziegelstein von der Straße aufzuheben.

»Was machst du, Jake?«

»Halt's Maul!«, zischte Jake und näherte sich der Fahrertür. Er hob den Stein über den Kopf und wollte das Fenster damit einschlagen, doch verdutzt hielt er inne, senkte den Arm und ließ den Ziegelstein zu Boden fallen. Er linste ins Fahrerhaus und zog am Türgriff.

»Er ist nicht abgeschlossen«, zischte er Nick zu. Er beugte sich hinein, tauchte mit einem Bund Wagenschlüsseln wieder auf und grinste seinen Bruder an. »Was für ein Idiot.«

»Was für ein Idiot«, wiederholte Nick kichernd.

»Steig ein«, sagte Jake, setzte sich auf den Fahrersitz und warf den Motor an. »Jetzt wollen wir mal ein bisschen Spaß haben.«

13

Die Zeit verging, auch wenn Caitlin keine Möglichkeit hatte, ihr Verstreichen zu messen. Stunden kamen ihr wie Tage vor und Tage wie Wochen, und ihre Routine war immer dieselbe. Alle zwei oder drei Tage tauchte an dem verschlossenen Scheunentor eine frische Plastiktüte mit Wasserflaschen und gekochtem Huhn oder Fisch auf sowie – in etwas größeren Abständen – Eimer mit kaltem Wasser. Da Caitlin ausreichend mit Wasser in Flaschen versorgt war, nahm sie an, dass es zum Waschen gedacht war, was die eckige, chemisch riechende Karbolseife am Boden des Eimers bestätigte.

Inzwischen ging sie davon aus, dass ihre Entführer sie zumindest zeitweise beobachteten. Es konnte einfach kein Zufall sein, dass das Scheunentor nur dann geöffnet wurde, wenn sie in unruhigem Schlummer im Stroh lag, erschöpft von den fruchtlosen Stunden, die sie in Bereitschaft hockte, das angespitzte Holzstück in der Hand.

Also hockte sie sich nicht mehr hinter der Tür auf die Lauer, verbarg das Holzstück während der wachen Stunden in ihrer Tasche und hielt es beim Schlafen in den Händen. Sie konzentrierte ihre Bemühungen jetzt ganz auf ihre Körpersprache und hoffte, so unterwürfig und geschlagen wie möglich zu erscheinen. Wenn das Licht stark genug war, las sie sogar in der Bibel.

»Ich rück meinen Kopf zurecht, Chef!«, schrie sie ab und zu, indem sie einen Film mit Paul Newman nachäffte, den sie einmal mit ihren Eltern gesehen hatte. Reue drehte ihr den Magen um. Wie hatte sie ihr Leben daheim in Belfast verabscheut. Doch jetzt sehnte sie sich danach, dort zu sein, sicher und warm, und sich nach einem herzhaften Frühstück auf den Weg zur Kirche zu machen.

Eines Morgens – sie nahm an, es war Morgen – wachte sie auf und fand ihre Tasche mit Lebensmitteln und wie zuvor einen Eimer Wasser. Doch etwas war anders, diesmal stieg aus dem Eimer Dampf auf. Das Wasser war warm. Sie eilte hinüber, steckte nacheinander die nackten Füße hinein und schloss die Augen, weil es so schön war, sich von dem warmen Wasser die Füße umschmeicheln zu lassen.

»Danke«, rief sie eingedenk ihrer Strategie, dann trat sie aus dem Eimer und wusch sich das Gesicht, solange das Wasser noch einigermaßen sauber war, bevor sie die Füße wieder hineinsteckte und gründlich wusch.

Sie ging zurück zu ihrem Bett im Stroh und nahm Essen und Wasser mit. Ein Hühnerbein verschlang sie so gierig, dass sie sich kaum Zeit zum Kauen nahm, und spülte alles mit Wasser hinunter. Als sie die Flasche abstellte, fiel ihr auf, dass ihre Hände mehr Bewegungsspielraum hatten. Das heiße Wasser hatte die Lederriemen um ihre Handgelenke weicher und biegsamer gemacht. Sie sah sich um, ließ sich ins Stroh sinken, als wollte sie schlafen, hob die Hände aber an den Mund, um mit den Zähnen an dem Riemen zu arbeiten.

Er gab ein wenig nach, und sie musste einen aufgeregten Aufschrei unterdrücken. Wieder hob sie die Hände an die Lippen, grub die Zähne ins Leder, biss so fest wie möglich zu und bog langsam den Kopf nach hinten. Ihr Herz machte vor Freude einen Satz, als der Riemen aus der Schnalle glitt, der Dorn aus dem Loch gerissen wurde und die Fesseln sich lösten.

Mit einem tief empfundenen Seufzer befreite sie sich ganz von dem Riemen, widerstand aber dem Bedürfnis, die Arme auszustrecken. Stattdessen quetschte sie den letzten Rest der Salbe auf ihre wunden Handgelenke und legte sich hin, um zu warten, die Faust um den Holzspieß geschlossen.

Ein Geräusch riss Caitlin aus dem Schlaf, und sie schlug die Augen auf, ohne sich zu rühren, den Spieß fest umklammert. Sie hörte, wie das Eisentor langsam aufgeschoben wurde. Nur gerade so weit, dass ein Mensch in die Scheune schlüpfen konnte. Auf das Schließen des Tors lauschte sie vergeblich.

Sie machte die Augen zu und tat, als würde sie schlafen. Die Hände hatte sie unter ihrem hingestreckten Körper versteckt, und sie brachte den Holzspieß so in Position, dass sie damit zustechen konnte. Sie wartete, alle Sinne aufs Äußerste geschärft.

Als sie den warmen Atem von jemandem spürte, der sich über sie beugte, holte sie im Dunkeln mit aller Kraft aus und stieß den Holzspieß so fest und so zielgerichtet wie möglich in die Richtung, in der sie ihren Entführer vermutete.

Ein hoher Schrei zerriss die Luft, und Caitlin spürte, wie die dünne Spitze brach, als sie auf Knochen stieß. Sie ließ fallen, was sie noch davon in der Hand hielt, sprang auf, stieß ebenfalls einen schrillen Schrei aus und packte der Schattengestalt, die ihr den Weg in die Freiheit versperrte, in die Haare, um sie zu Boden zu reißen. Dann lief sie mit voller Geschwindigkeit los, trat ihrem Entführer in den Bauch und hörte noch einen befriedigenden Schmerzensschrei, bevor sie in Richtung der klaren Nacht mit ihrem sternenübersäten Himmelsgewölbe schoss.

Der Betonboden war tückisch, und sie rutschte und stolperte so gut, wie sie es mit nackten Füßen vermochte, zu dem offenen Tor. Sie trat in die süße, kalte Luft, zog das Tor hinter sich zu und ließ den Griff einrasten. Auf dem Boden lag ein offenes Vorhängeschloss mit Schlüssel darin, das sie zusätzlich noch durch beide Ösen schob. Sie schloss es ab und warf den Schlüssel in die Dunkelheit.

»Genieß deinen Aufenthalt, Wichser«, zischte sie das Stahltor an.

Sie warf den Kopf nach links und nach rechts, doch obwohl der Vollmond am Himmel stand, war ein Fluchtweg nicht leicht zu wählen. Aus einer Laune heraus wandte sie sich, inspiriert von ihrer religiösen Erziehung, nach rechts statt nach links und eilte an der Seite der Scheune entlang auf ein Gattertor zu, hinter dem sich ein schmaler Weg in die Nacht erstreckte.

Mit einem kurzen Blick über die Schulter versicherte sie sich, dass sie nicht verfolgt wurde, sprang über das Tor und lief den rutschigen Feldweg den Hügel hinunter, glitschig vor Matsch, bis sie zu einem Viehgitter kam, das zwischen ihr und der Straße lag. Ohne zu zögern trat sie mit nackten Füßen auf die kalten Metallrohre und sprang vom letzten auf den rutschigen Teer.

Sie traf auf eine Querstraße. Rechts schlängelte sich die Straße den Hang hinauf, links hinunter. Wieder mied sie die Hand des Teufels und wandte sich nach rechts, lief los und wich den Schlaglöchern aus, die auf ihre Knöchel lauerten, während sie in die Nacht hineinschritt.

Anderthalb Kilometer kam sie gut voran und blieb stehen,

um zu Atem zu kommen, da merkte sie, dass ihre Füße wund waren. Sie hatte eine Senke erreicht, durch ein paar Bäume war die Spiegelung des Mondlichts auf einem plätschernden Fluss zu erkennen. Sie überlegte noch, ob sie lieber in Richtung Fluss oder in offene Landschaft laufen sollte, wo sie wenigstens auf Gras gehen konnte, da näherten sich aus der entgegengesetzten Richtung, aus der sie gekommen war, Scheinwerfer.

Erleichtert stieß sie einen Schrei aus, lief auf den Wagen zu und winkte mit den Händen wild durch die Luft.

»Halt. Bitte halten Sie. Helfen Sie mir.«

Als die Scheinwerfer näher kamen, verlangsamte das Fahrzeug, bis es noch ungefähr zwanzig Meter von ihr entfernt war. Caitlin trat mitten auf die Straße und überlegte, was sie zu dem Fahrer sagen sollte. Doch kaum verließen ihre wunden Füße die matschige Böschung, keuchte sie auf, denn sie hörte Räder durchdrehen und blickte voller Entsetzen hoch, weil der Wagen auf sie zuschoss.

Sie wappnete sich, einen Satz in die Hecke am Straßenrand zu machen, doch sie war einen Sekundenbruchteil zu spät. Als sie hochsprang, erwischte der Wagen ihr linkes Bein, und sie flog durch die Luft. Mit einem ekelhaften Knirschen landete sie auf dem Bankett, Arme und Beine weit von sich gestreckt, leblos.

Langsam und mit Bedacht wurde die Fahrertür geöffnet, und ein Mann trat lässig um das Auto und blickte auf Caitlin hinunter.

»Hat das Miststück ein bisschen Bewegung bekommen.« Er bückte sich, um die Lippen an Caitlins Ohr zu drücken. »Braves Mädchen. Wir wollen ja nicht, dass du dich gehen lässt, nur weil du schon in festen Händen bist.«

Er legte eine Hand auf das Brandmal und drückte zu. Keine Reaktion. Sie tat nicht nur so. Er ging zum Wagen, öffnete die Hecktüren, kehrte zu Caitlin zurück, um ihren reglosen Körper vom Straßenrand aufzulesen, und warf sie unsanft hinein, bevor er glucksend wieder auf dem Fahrersitz Platz nahm.

14

23. April

Der weiße Lieferwagen bog auf die Meadow Lane am Fluss Derwent im Stadtzentrum von Derby, wo das Rauschen des nahen Stauwehrs unmittelbar zu hören war. Jake Tanner schloss das Fenster auf der Fahrerseite, fand den Gestank von hinten aber so unerträglich, dass er es sofort wieder öffnete. Er sah zu seinem Bruder hinüber, der am Radio herumspielte.

»Schalt das aus, Nick.«

Nick grinste, als er einen Sender fand, der ihm gefiel, und ruckte im Beat. »Ich liebe das Lied.«

»Schalt das aus!«, schrie Jake. Nick schmollte, schob die Unterlippe vor und senkte den Blick. »Jemand könnte es hören«, erklärte Jake, ohne den Blick von der Straße zu lösen. Die Erklärung beschwichtigte Nick keineswegs, doch er riss einen Arm hoch, um das Radio abzuschalten und sein Missfallen deutlich zu demonstrieren.

Jake sah zum Horizont. Hier im Schatten der Unterführung war es noch dunkler, in den frühen Morgenstunden rührte sich hier keine Seele. Er war froh, dass er das bedacht hatte. Wenn er alles richtig in Erinnerung hatte, blieb ihnen ein langer Gewaltmarsch querfeldein erspart.

»Da oben ist eine Kamera, Jake«, murmelte Nick mit Blick auf das dunkle Gebäude zur Linken mit seiner gedrungenen Sechzigerjahre-Hässlichkeit und seinem stacheldrahtbewehrten Parkplatz. Mit einer fahrigen Bewegung winkte er hinein.

»Was zum Teufel machst du da?«, fuhr Jake ihn an. »Hör auf damit.«

»N' bisschen Spaß.« Nick setzte ein mürrisches Gesicht auf.

Jake verzichtete auf weitere Erklärungen. Das kostete ihn am meisten Kraft – das Erklären. Als er leise am *Derby-Telegraph*-Gebäudekomplex am Nordufer des Flusses vorbei auf sein Ziel zurollte, schaltete er die Scheinwerfer des Lieferwagens aus.

»Du hast das Licht ausgemacht«, sagte Nick.

Jake versuchte, seinen Bruder ganz auszublenden, und unterdrückte das Bedürfnis, den Lieferwagen von der Straße in den Fluss zu lenken, damit sich das süße, schwarze Wasser über seinem Kopf schloss. »Lass die Kapuze auf«, murmelte er und hielt Ausschau nach dem Feldweg, der am Ende der Sackgasse irgendwo sein musste. »Und glotz nicht in die Kameras.«

»Warum bist du hier runtergefahren, Jake? Ich mag's hier nicht. Es ist dunkel.«

»Würdest du den Lieferwagen lieber mitten in der Nacht irgendwo im Nirgendwo abstellen und kilometerweit nach Hause latschen?«

»Warum nicht? Da waren Pferde.«

»Pferde?«, wiederholte Jake ungläubig. »Querfeldein hätten wir Stunden gebraucht.«

»Wir hätten die Straße nehmen können.«

»Ja?« Jake wurde mit jedem Wort sarkastischer. »Um vom vorbeifahrenden Verkehr gesehen zu werden, vielleicht sogar von einem Streifenwagen? Dann wären wir aber so richtig am Arsch.« Auf dem Gesicht des Jüngeren wollte sich ein Lächeln breitmachen, doch dann fiel ihm ein, dass er sauer war wegen des Radios, und tat es achselzuckend ab. »Wenn wir in der Stadt bleiben, kommen wir sauber aus der Sache raus«, beharrte Jake. »Wir gehen über die Fußgängerbrücke in den Park, und da sind wir bloß zwei Freier, die die Straße runtergehen.«

Endlich brach Nicks Grinsen durch. »Am Arsch«, wiederholte er kichernd.

Jake sagte nichts mehr, sondern konzentrierte sich ganz darauf, den Lieferwagen von der Straße auf einen grasbewachsenen kurzen Feldweg zu lenken, der kaum weiter als zweihundert Meter in das zugewucherte Brachland am Nordufer des Derwent führte. Dahinter lag der Pride Park, das einzige Industriegebiet in Großbritannien, das nach einer der sieben Todsünden benannt worden war – eine seelenlose Mischung aus ultramodernen Büroblocks und halb leeren Neubauten, die sich um das Derby-County-Fußballstadion scharten. Seit die Rezession die Zähne in die örtliche Wirtschaft geschlagen hatte, schleppte sich die Fertigstellung dahin.

Sobald sie tief genug ins Gestrüpp hineingefahren waren, schaltete Jake die Scheinwerfer wieder ein und folgte der Fahrspur zum Bogen einer alten Backsteinbrücke. Ein paar Sekunden später lief die Spur ganz aus, und er bremste. Dicht vor einem starken Dornengestrüpp und flankiert von den feuchten Backsteinen der Brücke, war der Lieferwagen jetzt von der Hauptstraße nicht mehr zu sehen.

Jake schaltete Motor und Scheinwerfer aus, und Dunkelheit und Stille hüllten sie ein. Er öffnete die Fahrertür, damit das Licht im Fahrerhaus anging. »Zeig mir deine Hände.«

Der jüngere Mann wackelte mit den Fingern, die in Handschuhen steckten.

Jake betrachtete die Flecken an seinen nackten Händen. An seinen Fingerspitzen klebte eingetrocknetes Blut. »Hol hinten einen Lappen raus und stopf ihn in den Tankverschluss. So schnell, wie's geht.«

»Warum ich?«, winselte Nick. »Da hinten stinkt's.«

»Weil ich … Ach, vergiss es«, antwortete Jake, zog ein Taschentuch heraus und fuhr damit, auch wenn es wahrscheinlich aussichtslos war, über den Schaltknüppel und das Lenkrad. Seine Fingerabdrücke waren auch hinten überall im Lieferwagen. Nur die reinigende Liebkosung des Feuers konnte da etwas ausrichten. Nick rührte sich nicht.

»Steig aus«, fuhr Jake auf, sprang aus dem Wagen und rieb mit dem Taschentuch über den Türgriff. »Zur Abwechslung mach ich mal alles allein, ja?«

Nick antwortete nicht, also schloss Jake leise seine Tür, warf den Zündschlüssel in Richtung Fluss und eilte zum Heck. Nick schlug die Beifahrertür zu.

»Verdammt!«, zischte Jake.

»Sorry«, flüsterte Nick. »Aus der Hand gerutscht.«

»Dreh den Tankdeckel ab«, befahl Jake ihm und zog die Hecktüren auf. Kaum beugte er sich hinein, schlug ihm der Geruch des Todes entgegen, und er fuhr zurück, um noch einmal Luft zu schnappen. Ohne einen Blick auf die Tote langte er in den Lieferwagen und kramte im Dunkeln herum, sorgfältig darauf bedacht, die in Plastik eingewickelte kalte, feuchte Haut nicht zu berühren.

Längst vergessene Gerüche von seinem ersten Sommerferienjob ließen ihn würgen. Unverkennbar waren die widerlichen Ausdünstungen, an die er sich aus der Zeit in der alten Krankenhauswäscherei erinnerte, wo er OP-Kittel und -Tücher sortiert hatte. Blutgetränkte Textilien waren in speziellen Behältnissen angeliefert und separat von der anderen Wäsche – wie Bettüberzüge, Laken und die krankenhauseigenen Patientenkittel – gewaschen worden.

Der Gestank von eingetrocknetem Blut hatte sich mit faulen Kot- und Urinausdünstungen vermischt – unvermeidlich bei Sterbenden, deren Körperfunktionen nicht mehr kontrolliert abliefen. Geruchszulage hatten sie es auf seinem Lohnstreifen genannt – 3,27 Pfund extra pro Tag dafür, dass er sich um das kümmerte, was die Toten zurückließen. *Mehr als ich heute Nacht verdiene.*

»Hast du Werkzeug gefunden?«

»Vergiss das verdammte Werkzeug«, schimpfte Jake leise, dessen Geduld am Ende war. »Geh und warte an der Fußgängerbrücke und ruf, wenn du jemanden siehst.«

Erleichtert atmete Nick aus, froh, von dem Gestank wegzukommen. »Du kannst dich auf mich verlassen, Jake.«

»Ja. Gut.«

Während Nick in der Dunkelheit verschwand, hielt Jake die Luft an und beugte sich über die Tote, um nach dem kleinen Benzinkanister zu tasten, den er irgendwo dort gesehen hatte. Seine Hand strich auch über ein altes Handtuch.

Er richtete sich auf und war, als er den Kanister schüttelte, froh, ein tiefes Gluckern zu hören. Er drehte den Verschluss auf, goss großzügig Benzin über das Handtuch, leerte den Rest in und über den Lieferwagen, erleichtert, dass der Verwesungsgestank jetzt von stechenden Benzindämpfen überlagert wurde. Leise schloss er die Hecktüren und ging um den Lieferwagen herum, um das Handtuch in die Tanköffnung zu stopfen. Er fischte sein Feuerzeug heraus und zündete den benzingetränkten Stoff an, dann wartete er einen Augenblick, bis die Flamme auffloderte, und drehte sich um, um den Weg zurückzulaufen.

Bevor er die sichere Straße erreichte, hörte er über dem Knistern und Fauchen der Flammen aus der Ferne einen Ruf.

»Pass auf, Jake!«

Ein übergewichtiger Mann in eng anliegender brauner Uniform versperrte ihm den Fluchtweg. »Okay, Bursche«, sagte der Wachmann und leuchtete Jake mit der Taschenlampe in das Gesicht unter der Kapuze. »Bleib da stehen.«

Einen Sekundenbruchteil überlegte Jake, dann senkte er den Kopf auf die Höhe des stattlichen Oberbauchs des Wachmanns, schoss darauf zu und rammte ihn mit voller Wucht. Der Wachmann ging stöhnend zu Boden. Jake lief weiter, verfing sich aber an einem wedelnden Arm und landete ebenfalls im Dreck. Eine Hand packte seinen Knöchel, doch er trat sie weg. In dem Augenblick zerriss eine gedämpfte Explosion die Luft, und Jake rappelte sich eilig auf und lief davon. Der Wachmann blieb spuckend und fluchend zurück.

Ein paar Sekunden später war Jake bei Nick, der wie gebannt den Flammen zusah.

»Wow! Schau mal, Jake. Wie an Silvester.«

»Komm«, rief Jake und zerrte ihn herum. Zusammen liefen sie über die Fußgängerbrücke ans andere Ufer, wo der dunkle verlassene Uferpark sie verschluckte.

Fünf Minuten später bremste Jake mit grimmiger Miene ab, und sie gingen weiter.

»Hab ich das gut gemacht?«, fragt Nick, der kaum außer Atem war, erwartungsvoll. Jake keuchte und hielt den Blick weiter auf das Pflaster gesenkt. »Jake, hab ich das gut gemacht?«

Jake schoss zu ihm herum, packte Nick am Kragen und zog sein schockiertes Gesicht dicht vor seines. »*Pass auf, Jake!* Verdammt, musstest du unbedingt meinen Namen rufen? Zum Teufel noch mal, kannst du nicht ein Mal dein Hirn benutzen?«

»T...t...tut mir leid, Jake.« Nick war aschfahl. Er hatte es nicht gut gemacht. »Ich hab nicht nachgedacht.«

Voller Schuldgefühle löste Jake schließlich seinen Griff. Sein Bruder hatte keine Schuld. Er hatte bei der Geburt einen Sauerstoffmangel erlitten, und sein Gehirn hatte Schaden genommen. Ihre verstorbene Mutter hatte ihn in den kurzen Phasen zwischen Drogen- und Alkoholexzessen, in denen sie wach genug war, um zwei Wörter aneinanderzufügen, damit aufgezogen.

Hab 'nen Bekloppten zum Sohn. Nicht zu fassen, dass der Idiot meiner ist.

Vor drei Jahren hatte Nick die Schule ohne Abschluss und ohne die geringsten Aussichten verlassen. *Nicht die geringsten Aussichten.* So hatten seine Lehrer es formuliert. Nick gehörte auf eine Sonderschule, sagten sie, doch seine Mutter – Alkoholikerin, Prostituierte und Drogenabhängige – war dagegen, denn sie fürchtete die gesellschaftliche Ausgrenzung. Wie absurd eine solche Äußerung aus ihrem Mund war, begriff Jake auch ohne extra Englischstunden.

Er dachte an seine eigene Schulzeit und dann an die Elternabende, an denen er in Vertretung der betrunkenen, hurenden Schlampe teilgenommen hatte. Abende lang hatte er zugesehen, wie Nicks Lehrer frustriert den Kopf schüttelten, bevor sie ihre Hände in Unschuld wuschen. Schlimmer noch war, dass sie Jake daran erinnerten, was für ein vielversprechender Schüler er gewesen war, und ihn nach seiner Karriere fragten. Karriere? Wie hatte es noch über diesen Fußballspieler geheißen, der es nicht mehr brachte? Eine großartige Zukunft hinter sich …

Tja, da liegt auch meine Zukunft, falls ich nach heute Nacht überhaupt noch eine habe.

Jake lächelte Nick an, um ihn zu beruhigen, und nahm seinen Bruder spielerisch in den Schwitzkasten. »Tut mir leid, dass ich dich so angeschissen hab. Das hast du gut gemacht, Nicky. Du musst in Zukunft nur vorsichtiger sein. Ein Fehler, und das System hat uns für den Rest unseres Lebens am Arsch.«

»Am Arsch.« Nick lachte und freute sich über die Schärfe der obszönen Worte in seinem Hals.

»Vorsichtig«, wiederholte Jake. »Versuch, dir das Wort einzuprägen, Nick.«

»Am Arsch«, wiederholte Nick, immer noch kichernd.

Jake seufzte und ging rasch weiter am Schaufenster von Marks & Spencer vorbei, den Hügel hinauf nach Hause; Nick blieb an seiner Seite. Jake tastete nach den Zigaretten – seine erste Schachtel seit Wochen, dank Mr. Ostrowskys Vorschuss. Er steckte sich eine zwischen die Lippen. Jetzt konnte er sich mit den Selbstvorwürfen befassen, die in seinem Bauch rumorten. Erwartungsvoll sah er seinen Bruder an.

»Hast du Feuer, Nick?«

»Ich darf keine Streichhölzer haben«, sagte Nick ernst. »Das hast du gesagt.«

»Stimmt.«

»Und du hast gesagt, du hättest aufgehört. Du könntest dir das Rauchen nicht leisten, hast du gesagt.«

»Stimmt.« Jake steckte die Zigarette zurück in die Schachtel und warf sie auf einen Haufen Decken in einer Türöffnung, während er die Explosion und seinen Zusammenstoß mit dem Wachmann noch einmal vor Augen hatte.

»Wo ist *dein* Feuerzeug, Jake?«, fragte Nick.

Jake atmete tief aus und erinnerte sich an die wahnsinnige Wucht, mit der er sich auf den fetten Kerl gestürzt hatte, der ihm in den Weg getreten war, und wie die Hand, die das Feuerzeug gehalten hatte, aufging.

»Keine Ahnung.«

15

Mit einem Schaudern wurde Brook auf dem harten Stuhl seines winzigen Büros zu Hause wach. Draußen war es dunkel und totenstill – die schwere, fast beklemmende Stille, die es nur auf dem Land gab, nachdem die nächtlichen Räuber satt waren und sich in ihre Nester und Bauten zurückgezogen hatten und bevor der Chor zur Morgendämmerung den neuen Tag ankündigte.

Er setzte sich auf und massierte seinen schmerzenden Rücken, leicht verschwitzt in seinen Kleidern vom Vortag, das Gesicht stoppelig. Die Uhr zeigte kurz vor vier. Sein Blick fuhr zum Schachbrett, wo die schwarzen und weißen Figuren mitten im Kampf verteilt waren. Brook hatte den Zug seines Gegners zwar vor zwei Wochen bekommen, doch das Spiel hatte seit einem Monat keine Fortschritte gemacht. Er sah zu dem ungeöffneten Briefumschlag mit dem Gambit. Das kindliche Gekritzel darauf ließ ihn schaudern. Dann zog er das Kuvert näher und schob den Daumen unter eine Ecke der Klappe. Er hatte einem geschlagenen Gegner, der für den Rest seiner Tage im Gefängnis schmachtete, ein Versprechen gegeben, und es war an der Zeit, seinen Teil des Handels einzulösen und sich in seinen nächsten Zug zu versenken, während er den Angriff auf seinen Seelenfrieden zu ignorieren versuchte.

Bauer auf Königsturm 4, Inspector. Unser Spiel scheint sich zu verlangsamen. Sind meine Züge so gut? Oder erinnere ich Sie daran, was Sie getan haben? Die Toten sind immer bei uns. Sehen Sie sie schon?

Brook knüllte die handschriftliche Notiz zusammen und warf sie in Richtung des verrußten Holzofens. Er zögerte, bevor er mit dem schwarzen Bauern vorrückte, dann ging er in die Küche, um den Wasserkocher einzuschalten.

»Lass den«, befahl Jake, fegte durch die Wohnung und warf Klamotten in einen Koffer.

Nick blickte auf den schmuddeligen Plüschbären in seiner Hand. »Ich kann Mr. Ted nicht dalassen.«

»Du musst.« Jake vermied Blickkontakt, denn sonst griff seine Anweisung nicht.

»*Warum?*«

Jake schloss den Koffer und stellte ihn an die Tür, dann packte er sämtliche Konservendosen, die er am Vorabend gekauft hatte, in einen Karton. »Hier ist er sicherer.« Nachdem er das Schrankfach leer geräumt hatte, öffnete er eine Schublade und warf laut klappernd Besteck und einen Dosenöffner in den Karton. Er schmiss die Schublade zu Boden und sah sich genervt um. »Wo zum Teufel sind die verdammten Schlüssel?«

»Sicherer?«, fuhr Nick fort, kurz davor, in Gejammer auszubrechen. »Wieso ist er denn bei mir nicht sicher?«

»Weil …« Jake schloss den Deckel des Kartons und betrachtete seinen Bruder. Seine Wut über die Situation kochte allmählich über. Er riss Nick Mr. Ted aus den Händen und machte sich daran, ihm ein ausgestopftes Bein nach dem anderen auszureißen.

»Neeeeeeein!«, schrie Nick, ging Jake an die Kehle und fuchtelte in der Luft herum, um sich seinen Freund zu schnappen.

»Halt's Maul!«, schrie Jake und hielt den Plüschbären außer Reichweite.

»Gib ihn mir!«, schrie Nick, der immer noch danach haschte. »Gib ihn mir zurück!«

»Hör auf zu schreien!«

»Dann gib mir Mr. Ted.«

Aufgebracht stieß Jake seinen Bruder rückwärts über den Couchtisch zu Boden. Das Jammern wurde lauter. Jake ließ den Kopf hängen, schloss die Augen und wünschte sich weit weg. Schließlich ließ der Lärm ein wenig nach, doch nur, weil Nick zu der lautlosen, atemlosen Trauer übergegangen war, die echter Verzweiflung entsprang.

»Oh, Jesus.« Jake ließ Mr. Ted in Nicks gierige Hände fallen, und dieser drückte ihn fest an sich, um ihn vor seinem bösen Bruder zu beschützen.

Jake ließ sich auf den Tisch plumpsen. »Okay, wir nehmen Mr. Ted mit. Aber … Nick, sieh mich an.« Er betrachtete Nicks tränenverschmiertes Gesicht und wählte seine Worte mit Bedacht. »Böse Menschen sind hinter uns her. Wir müssen schnell sein und ganz leise. Wir gehen nicht weit, aber es darf niemand wissen, dass wir dort sind. Hast du mich verstanden?« Nick schluckte und nickte ob des Ernstes in Jakes Stimme. »Dort haben wir weder Fernsehen noch Radio, denn wir dürfen keinen Lärm machen, und wir müssen lange dort bleiben, sonst sind wir …« Er suchte nach den richtigen Worten.

»Am Arsch?«, schlug Nick vor, der sich an die Formulierung erinnerte.

Jake lächelte, und Nick kicherte hämisch in die gelöste Spannung. »Ja, am Arsch«, wiederholte Jake. Er zog Nicks Kopf an sich, umarmte ihn und strich ihm zärtlich über die fettigen Haare.

»Hast du die Schlüssel gesehen, Nick? Den großen Schlüsselbund? Vor ein paar Wochen waren sie noch in der Schublade da.«

»Was für Schlüssel, Jake?«, murmelte Nick an der Brust seines Bruders.

Jake blickte von oben auf Nicks Kopf. *Irgendwas in seiner Stimme …* »Ach, egal.« Er sprang auf, um fertig zu packen, zog seinen Mantel an und hob den Karton mit Dosen hoch. Schließlich wählte er aus dem Durcheinander an Küchenutensilien auf dem Boden einen Schraubenzieher. »Komm. Wir haben nicht viel Zeit.«

Brook konnte nicht einschlafen und ging mit einem frischen Pott Tee hinaus in den dunklen Cottagegarten. Wenn das Wetter es erlaubte, machte er das regelmäßig. Es half ihm, mit dem Gedankenwust fertigzuwerden, der ihm durch den Kopf ratterte wie ein Hamster in seinem Rad und ihm bis auf kurze Schlummerphasen den Schlaf raubte. Die Träume hatten wieder angefangen, wie immer, wenn er sich in einen Fall stürzte – Träume von verwesenden Leichen und Ratten, die sich daran gütlich taten.

Er wärmte sich die Hände an dem Becher und setzte sich auf die harte Gartenbank. Aus dem Baum war ein Rascheln zu hören, und als er sich umwandte, blinzelten ihn zwei Katzenaugen an, die wie übernatürlich das Licht reflektierten. Tigerbob, der getigerte Kater seines Nachbarn, lag reglos auf dem Ast, bis Brook leise schnalzte und das Tier sich zu Boden gleiten ließ und herüberkam, um sich an Brooks Hand zu schmiegen.

»Was hast du doch für ein schönes Leben«, sagte Brook und kraulte sein weißes Kinn. Er nahm einen Schluck Tee und wandte das Gesicht dem Himmel zu. Die Sterne verschwanden langsam hinter einer rasch heraufziehenden grauen Wolkendecke, aus der jetzt ein leichter Sprühregen fiel. Sie rückte auf den buttergelben Mond zu, bis er ganz verdeckt war.

Sein alter Chef bei der Met, DCI Charlie Rowlands, hatte ihn einmal davor gewarnt, den Nachthimmel zu betrachten, wenn die Dunkelheit das Licht verschlang. »Das nennt man auch einen Todesmond, Brooky. Daraus wächst nichts Gutes hervor, also am besten nicht hinsehen.« Brook breitete die Hände aus und suchte im Dunkeln nach dem Kater, doch der hatte sich davongeschlichen.

Ein unwillkommenes Geräusch drang durch die allumfassende Stille, und Brook ging in die Küche, um ans Telefon zu gehen. Nur seine Tochter und Noble riefen ihn zu Hause an, und Terri schlief um diese Zeit.

»John?«

»Sie sind wach«, erklärte Noble am anderen Ende der Leitung.

Brook sah auf seine Uhr – kurz vor fünf. Am östlichen Horizont kündigte sich allmählich die Morgendämmerung an. »Grad mal so«, sagte er, denn er wollte nicht erklären, dass er die ganze Nacht wach gewesen war.

»Wir haben einen Mord.«

»Wo?« Brook kannte den Ort, den Noble herunterleierte, und überlegte schon, wie er am besten dort hinkam. »Schon identifiziert?«

»Nein«, antwortete Noble leise. »Und es wird nicht einfach.«

Brooks Herzschlag beschleunigte sich ein wenig. »Okay.« Er fragte nicht weiter nach, denn er machte sich ungern ein Bild von einem Tatort, den er noch nicht gesehen hatte. »Das war's dann wohl mit unserem alten Fall.«

»Da wäre ich mir nicht so sicher«, sagte Noble. »Das Opfer ist eine junge Frau – um die zwanzig, wie es aussieht.«

Brook drückte das Telefon näher ans Ohr. »Caitlin?«

»Schwer zu sagen.«

»Ich komme, so schnell ich kann.«

»Keine Eile. Wie Sie sagten, die Toten gehen nirgendwohin.«

Jake öffnete die Tür und spähte in den dunklen Durchgang. Alles war still, selbst die Nachbarwohnung, in der es oft bis in die frühen Morgenstunden hoch herging, wenn die junge Mutter ihre Kinder oder ihren neuesten Lover anschrie.

Mit dem Karton mit Konservendosen unter dem Arm und einer Reisetasche in jeder Hand ging er in Richtung Treppenhaus. Er drehte sich halb um und bedeutete Nick, aus der Wohnung zu kommen. »Mach leise die Tür zu«, zischte er. »Abschließen ist nicht nötig.«

Diesmal schloss die Tür ohne Lärm, und Nick sah ihn erwartungsvoll an. Jake nickte anerkennend, und Nick schwellte stolz die Brust. Die beiden bewegten sich rasch und leise zur Treppe und gingen hinunter, Jake voran.

Ein paar Minuten später standen die Brüder im Erdgeschoss und keuchten unter der Last ihres Gepäcks.

»Ich bin müde, Jake«, sagte Nick. »Ich will ins Bett.«

»Leise«, zischte Jake und ging zur Haustür, die zum Glück im Dunkeln lag. Die Birne der Lampe mit Bewegungsmelder an der Decke war so oft mutwillig zerstört worden, dass sie irgendwann nicht mehr ersetzt worden war. Ängstlichere Bewohner blieben hinter ihren Wohnungstüren, sobald die Sonne unterging.

Er folgte einem Durchgang, der auf die Rückseite des Gebäudes führte, wo der Parkplatz mit der schäbigen Ansammlung rostiger, verbeulter Fahrzeuge lag. Von den Wagen, die hier standen, war keiner jünger als zehn Jahre. Die Autos verrieten entweder, wie mickrig das Einkommen ihrer Besitzer war oder wie wenig Lust sie hatten, sich ihr Eigentum klauen oder mutwillig beschädigen zu lassen. Neue Autos zogen in Milton Flats die Kleinkriminellen geradezu an, folglich besaß hier niemand eines.

»Klauen wir ein Auto?«, fragte Nick.

Jake stellte seine Taschen und den Karton mit den Dosen ab, zog den großen Schraubenzieher aus der Tasche und wedelte seinem Bruder damit vor der Nase herum.

16

Brook lenkte seinen ramponierten BMW im bleichen Morgenlicht durch das Gewirr von Einbahnstraßen und versuchte sich zu orientieren. Er kannte die Gegend um die Exeter Bridge und das Stauwehr ziemlich gut – dort war vor etwa einem Jahr ein Tatort im Fall Abgott gewesen, als man einen vermissten Studenten aus dem Derwent geborgen hatte –, doch Brook hatte eine Gehirnerschütterung gehabt, und deswegen hatte Terri ihn an dem Tag zum Tatort gefahren.

Er machte die Unterführung unter der Exeter Street ausfindig und fuhr an einer Reihe von Autos vorbei, die auf ganzer Länge an der doppelten gelben Linie parkten, dann bog er an einem kleinen Kreisverkehr rechts ab und ließ das Meadow-Lane-Busdepot, dessen Vorplatz ebenfalls mit Autos zugestellt war, links liegen. Zu seiner Rechten passierte er einen knallbunt angestrichenen Pub namens Smithfield und hielt kurz darauf am Polizeiabsperrband. Eine uniformierte Polizeibeamtin, die Autos und Fußgänger vom Tatort fortdirigierte, kniff die Augen zusammen, als sie Brook erkannte, und hob das Absperrband, damit er durchfahren und parken konnte.

»Morgen, Constable«, sagte Brook, als er den Wagen abschloss, und versuchte nicht einmal, sich an ihren Namen zu erinnern, falls er ihn überhaupt je gekannt hatte. Wie immer trieb er ohne Noble, der ihm die Information zuflüsterte, in einem Meer von anonymen Gesichtern.

»Inspector«, erwiderte die Polizistin seinen Gruß.

»Alles unter Kontrolle?«, fragte Brook und riskierte ein wenig Small Talk.

»Die Busfahrer haben sich schon auf den Weg zu ihren Strecken gemacht, also sind die meisten Kollegen vom Ordnungsdienst vor dem *Telegraph*-Gebäude.«

Brook ging auf, dass er sich in all den Jahren bei der Polizei in Derby niemals gefragt hatte, wo der *Derby Telegraph* und sein größter Peiniger, Polizeireporter Brian Burton, wohl residierten. Auf der Suche nach seinem vertrauten verkniffenen Gesicht ließ er den Blick über die Menschenmenge schweifen. Vielleicht zwangen der kühle Morgen und die schlechte Sicht Burton, seiner Neugier hinter getönten Scheiben zu frönen.

»Und die Autos?«

»Mitarbeiter des *Telegraph*, die nicht auf ihren Parkplatz können.«

Brook nickte, unsicher, wie er fortfahren sollte. Schon in guten Zeiten war er kein besonders eloquenter Gesprächspartner. »Machen Sie weiter«, sagte er über die Schulter und kam sich dabei ziemlich blöd vor.

Er ging an dem gedrungenen Gebäude vorbei und blickte über den angeschwollenen Fluss in Richtung der Polizisten und Kriminalbeamten, die rund hundert Schritte weiter an einer Fußgängerbrücke standen. Ähnlich wie bei einem Kricketspiel konnte man auch an einem Tatort im Vorbeifahren glauben, es würde niemals überhaupt irgendetwas geschehen. Und wenn die Tatortermittler und die Streifenbeamten nicht wären, würde tatsächlich nicht viel passieren.

Brook überflog rasch die wenigen Zuschauer, verwundert, wie sehr die Handytechnik das Verhalten der Schaulustigen in den letzten zehn Jahren verändert hatte. Früher hatten sie den Blick auf die sich abspielenden Ereignisse gerichtet; jetzt waren die Gesichter hinter Handykameras versteckt und tauchten nur hervor, um Bilder an aufgeregte Freunde oder desinteressierte soziale Medien zu schicken. Noble löste sich aus dem Gedränge und kam auf ihn zu. »Er hat Urlaub«, sagte er, denn Brooks suchender Blick war ihm nicht entgangen.

»Wunderbar.« Brooks Lächeln kam von Herzen. »Ist zur Abwechslung mal schön, unserer Arbeit nachzugehen, ohne dass er sein Gift versprüht. Was haben wir, John?«

»Eine Frau, IC 1, also helle Europäerin, um die zwanzig. Sie wurde im Laderaum eines ausgebrannten Lieferwagens gefunden. Nicht identifiziert.«

»Todesursache?«

»Unbekannt, aber wahrscheinlich nicht der Brand.«

»Wissen wir, wie lange sie tot ist?«, fragte Brook.

»Higginbottom schätzt, so um die achtundvierzig Stunden.«

»Zwei Tage«, murmelte Brook und überlegte, was das bedeuten konnte.

»Wenn es Caitlin ist …«

»Dann ist sie über einen Monat irgendwo gefangen gehalten worden, bis der Mörder keine Verwendung mehr für sie hatte.«

»Die Mörder«, korrigierte Noble ihn. »Zwei Männer in einem Lieferwagen. Genau wie bei Valerie G.«

Brook zog eine Augenbraue hoch. »Wir haben Zeugen?«

»Ein Wachmann hat sie gestört, als sie sich der Leiche entledigen wollten. Wir haben auch Filmaufnahmen.« Noble zeigte auf die Kameras über dem leeren Parkplatz.

»Brauchbar?«, fragte Brook.

»Immerhin so gut, dass sie uns verraten, dass wir es mit zwei Verdächtigen zu tun haben. Sie werden rübergeschickt.«

»Hervorragend«, sagte Brook ohne jede Begeisterung. Er sah sich um. »Komischer Ort, um eine Leiche loszuwerden – so nah am *Telegraph*-Gebäude.«

»Besser, als er aussieht, besonders nachts«, sagte Noble und deutete mit einer Kopfbewegung auf die Fußgängerbrücke, an der sie gerade vorübergingen. »Normalerweise ist es hier vollkommen verlassen, und es gibt einen schnellen Fluchtweg in einen leeren Park. Von dort gelangt man direkt ins Stadtzentrum.«

»Lassen Sie sämtliche Überwachungskameras überprüfen«, sagte Brook, ohne seinen DS anzusehen oder eine Antwort abzuwarten. Noble wusste, was er zu tun hatte. Im Näherkommen richtete er den Blick auf die ausgebrannte Karosserie des Lieferwagens. »Könnte es sie sein?«

»Möglich«, antwortete Noble. »Ich habe grob gemessen, bevor Sie kamen. Wegen der Muskelschrumpfung durch die Hitze ist es schwer zu sagen, aber von der Größe her kommt es einigermaßen hin. Keine anderen Hinweise. Sie ist auch nackt, sodass Kleidung oder deren Inhalt keine Rückschlüsse auf die Identität zulassen, und wegen des Feuers gibt es wahrscheinlich keine Fingerabdrücke.«

»Haben wir Caitlins DNA?«

»Wir haben eine Zahnbürste und eine Haarbürste sichergestellt.«

»Gut«, sagte Brook. »Wem gehört der Lieferwagen?«

»Die Nummernschilder werden gerade überprüft.«

Da Brook eine erwachsene Tochter hatte, war er entsprechend ernst, als sie an den verkohlten Lieferwagen traten. Die Hecktüren hingen schief in den Angeln. Brook hatte keine Zeit, zu fragen, ob sie von Beamten aufgestemmt oder von dem explodierenden Kraftstofftank losgerissen worden waren, denn in dem Augenblick stand der Polizeiarzt auf und sah die beiden Detectives an. Als er sich aufrichtete, schlug Brook der Geruch von verbranntem Fleisch entgegen. Ein Geruch, bei dem er niemals gelassen bleiben würde.

»Brook«, sagte Dr. Higginbottom. »Sie sind endlich da.«

Brook seufzte. »Was haben Sie für uns, Doc?«

»Freut mich auch, Sie zu sehen«, erwiderte Higginbottom und warf Noble mit hochgezogenen Augenbrauen einen Blick zu. Er trat vom Lieferwagen weg und kramte in einer Tasche, holte ein kleines Glas heraus und warf es Brook zu. »Davon tragen Sie besser was auf. Gekochtes Menschenfleisch ist nicht jedermanns Sache. Zumindest nicht ohne einen Klecks Würzsoße.«

Brooks Miene wurde, falls das überhaupt möglich war, noch müder. »Lassen Sie diese Bemerkung aus Ihrem Bericht raus«, meinte er, drehte den Deckel auf und schmierte sich ein wenig von der Kampfer-Erkältungssalbe unter die Nase, bevor er die PVC-Handschuhe nahm, die Noble ihm hinhielt. »Ich höre.«

»Viel kann ich Ihnen hier nicht erzählen, Inspector«, fuhr Higginbottom fort. »Junge weiße Frau, zwischen achtzehn und fünfundzwanzig Jahre alt. Sie wurde in stabile Plastikfolie eingewickelt, vermutlich um sie leichter transportieren zu können. Darunter ist sie nackt, folglich ist das Plastik an ihre Haut geschmolzen, was heißt, dass ich im Augenblick nur an Kopf und Hals komme. Ich habe ein kleines Haarbüschel mit Wurzeln gefunden, das darauf hindeutet, dass sie brünett war. Sehen Sie dort.«

»Was für eine Haarfarbe hatte Caitlin?«, fragte Brook und betrachtete mit zusammengekniffenen Augen den Bereich des verkohlten Schädels, auf den der Polizeiarzt zeigte.

»Wasserstoffblond«, sagte Noble. »Aber von Natur aus brünett.«

Als Brook näher trat, um einen besseren Blick auf die Leiche zu haben, schlug der Geruch von verbranntem Fleisch hart gegen den Kampfer an. Die junge Frau lag auf dem Rücken, Arme und Beine eng zusammen in der immer noch leicht dampfenden Plastikhülle, die sich wie eine zweite Haut um das gelegt hatte, was von ihrer Gestalt noch übrig war. Ihr Mund war geschlossen, die Zähne fest zusammen, zum Teil dadurch entblößt, dass Fett und Gewebe unter großer Hitzeeinwirkung geschrumpft waren. Zwei Vorderzähne waren zerbrochen.

»John hat gesagt, sie wäre nicht bei dem Brand ums Leben gekommen«, sagte Brook.

»Wollen Sie mich arbeitslos machen, Sergeant?«, witzelte Higginbottom. »Eine Blutuntersuchung auf Kohlenmonoxid wird es definitiv klären, aber ich kann keine verräterischen Verletzungen in den Luftwegen entdecken. Außerdem scheint die Blasenbildung der Haut post mortem stattgefunden zu haben.«

»Wie können Sie das sagen?«

»Wenn sie bei lebendigem Leib verbrannt wäre, hätten die Abwehrmechanismen des Körpers die verletzte Stelle mit Blutkörperchen bombardiert, um die Heilung in Gang zu setzen. Das führt zu einer Entzündung und Bläschen voller Flüssigkeit …«

»Und die Bläschen, die Sie sehen können, enthalten wenig oder gar keine Flüssigkeit, weil ihre Abwehrmechanismen nicht mehr arbeiteten«, schloss Brook und starrte auf den rußgeschwärzten Kopf. Die Augen waren geschlossen und tief eingesunken, das Nasengewebe war zum Teil verbrannt und hatte den Knorpel bloßgelegt.

»Exakt. Zudem hat sie die Zähne zusammengebissen, was darauf hindeutet, dass ihr Mund geschlossen war, als sie starb. Man sieht genug Feuertote, dass man deren verzerrte Glieder so schnell nicht mehr vergisst. Die Hände ballen sich zu Fäusten, der Mund reißt auf, um nach Luft zu schnappen.«

»Oder um im Todeskampf zu schreien.« Brook war einen Augenblick lang weit weg, denn eine Erinnerung stieg auf, die ihn aus dem Takt brachte. »Dann diente der Brand nur dem Verwischen von Spuren.«

»Das entspricht meiner Einschätzung«, sagte Higginbottom.

»Und sie ist woanders gestorben.«

»Mit allergrößter Wahrscheinlichkeit.«

»Woran?«

»Sie ist zusammengeschlagen worden. Oben und seitlich am Kopf sind Verletzungen durch stumpfe Gewalteinwirkung. Die abgebrochenen Zähne sind auch frisch, genau wie der ausgerenkte Kiefer. Könnte ein schwerer Gegenstand gewesen sein, oder sie ist mit großer Wucht gegen etwas gestoßen worden. Vielleicht wurde sie sogar von einem Auto erwischt oder ist aus einem Fenster geworfen worden. Schwer zu sagen in diesem Zustand.«

»Doch die stumpfe Gewalteinwirkung war nicht die Todesursache?«

Higginbottom hob eine Augenbraue. »Sie vergeuden Ihre Talente bei der Kriminalpolizei, Inspector.«

»Das sagen alle.«

»Man kann allgemein sagen, dass es schwer ist, jemanden zu Tode zu prügeln. Solche Angriffe enden oft mit Erstechen oder Erwürgen«, sagte Higginbottom. »Hier war kein Messer im Spiel, also tippe ich auf Erwürgen. Doch mit Gewissheit kann ich das erst nach der Obduktion sagen.«

»Seit ungefähr achtundvierzig Stunden tot?«, fragte Brook.

Higginbottom zögerte. »Es ist zu früh …«

»Ich brauche nur etwas, womit wir arbeiten können«, beharrte Brook. »Bis zur Obduktion.«

»Meinetwegen. Durch das Plastik kann ich eine Verfärbung des Bauchs erkennen, was heißt, dass die Verwesung eingesetzt hat. Mit diesem Input würde ich nicht mehr als achtundvierzig Stunden schätzen. Aber zitieren Sie mich nicht. Ich bin dann hier fertig. Sie bekommen meinen Bericht schnellstmöglich.« Er verabschiedete sich und ging zu seinem Wagen, während Noble einem übergewichtigen Mann in einer Kapuzenjacke und einem Trainingsanzug zunickte, der neugierig hinter dem Absperrband wartete. Er kam herüber, eine weiße Plastiktüte in den schlaffen Händen.

»Norman Stansfield«, stellte der Mann sich vor, bevor Noble etwas sagen konnte. »Es ist mir eine Ehre, Sie kennenzulernen, Inspector.«

»Norman ist Wachmann …«, setzte Noble an.

»Security-Concierge der Nachtschicht«, unterbrach Stansfield ihn. »Nur ein Job, um die Rechnungen zu bezahlen, bis ich zur Polizei kann. Ich weiß, was Sie denken …« Grinsend packte er einen kleinen Teil seines schlaffen Bauchs zwischen Finger und Daumen. »Meine Drüsen. Aber da kriege ich Hilfe, und sobald ich ein bisschen abgespeckt …«

»Sie haben also gesehen, wer den Lieferwagen abgestellt hat, Mr. Stansfield?«, fragte Brook.

»Noch besser«, versetzte Stansfield strahlend, »ich hab den windigen Scheißkerl gestellt.« Brown runzelte die Stirn, und

Stansfield sah schuldbewusst zu Noble. »Oh. Sie haben gesagt, keine Kraftausdrücke.«

»Es geht mir nicht um Ihre Wortwahl«, sagte Brook. »Ihre Aufgabe ist es, das Grundstück zu bewachen, nicht, Kriminelle zu stellen, Mr. ...«

»Norman«, beharrte Stansfield. »Und es tut mir leid, aber man kann doch nicht danebenstehen und tatenlos zusehen. Da musste was passieren, und deswegen habe ich den Mistkerl zu Boden geworfen ... Tut mir leid«, sagte er mit einem weiteren entschuldigenden Blick auf Noble. »Den Verdächtigen, meine ich.« Er hielt Brook die weiße Tüte hin. »Da. Er lag eine Minute lang auf mir, als wir gekämpft haben.«

»Was ist das?«, fragte Brook.

»Meine Uniform. Die brauchen Sie für die DNA. Spuren und Proben, wie Polizisten sagen. Ich konnte nicht mit den Fingernägeln unter seine Haut, weil ich Handschuhe trug, aber ich wette, da ist DNA dran und Fasern von seinen Kleidern ...«

Brook reichte die Tüte an Noble weiter. »Können Sie den Mann beschreiben?«

»Es waren zwei«, sagte Stansfield und blickte nach oben, um sich zu erinnern. »Einer groß, einer mittelgroß, beide schlank, beide mit Kapuzenjacken. Beide Männer, beide IC 1«, fügte er hinzu und grinste erst Brook und dann Noble an. »So heißt das richtig. Mit anderen Worten, sie waren hellhäutig.«

»Ja, das bedeutet es.« Noble nickte.

»Alter?«

»Einer war jung«, sagte Stansfield. »Nicht ganz zwanzig vielleicht. Der andere war älter, der, den ich zu Boden geworfen hab. Aber immer noch jung. Mitte zwanzig, höchstens dreißig.«

»Ist auf dem Film was drauf?«, fragte Brook. »Irgendwas Charakteristisches?«

»Sie meinen ...«

»Tätowierungen, Narben, fehlende Gliedmaßen, zwei Köpfe.«

»Es war dunkel, Inspector«, sagte Stansfield, plötzlich nicht mehr ganz so munter. »Ich hatte meine Taschenlampe, aber der Ältere von den beiden ist auf mich losgestürmt und hat mich umgerannt. Hat mich einfach umgehauen, der Scheißkerl. Ich habe ihn zu Boden gebracht, und wenn die Explosion nicht gewesen wär, hätt ich ihn vielleicht gehabt.«

»Wo war der Jüngere währenddessen?«, fragte Brook.

»Er war schon an der Fußgängerbrücke, als ich rauskam, aber den anderen hätt ich mir beinahe geschnappt.« Stansfield strahlte die beiden Polizeibeamten an.

»Norman«, sagte Noble geduldig.

»Ach ja, richtig«, haspelte Stansfield entschuldigend. »Der an der Brücke hat versucht, den anderen, der den Brand gelegt hat, zu warnen. ›Pass auf, Jake‹, hat er gerufen.«

»Sie sind sich ganz sicher, dass es Jake war?«, fragte Brook.

»Eindeutig.« Stansfield grinste. »Ich meine, wie blöd sind diese Arschlöcher eigentlich?«

»Haben Sie einen Akzent rausgehört?«

»Von hier, würde ich sagen«, antwortete Stansfield. »Ja, eindeutig.«

»Vielen Dank, Norman.«

Noble winkte DC Cooper herbei, der im Näherkommen den Blick nicht von dem Lieferwagen löste.

»Dave, bringen … Geht es Ihnen gut?«

Cooper nickte. »Es ist der Gestank. Ich glaub nicht, dass ich je wieder was Gegrilltes esse.«

»Schade«, sagte Noble. »Bringen Sie Mr. Stansfield bitte aufs Revier und sagen Sie DC Smee, er soll seine Aussage aufnehmen und schauen, ob er einen Zeichner auftreiben kann. Und dann machen Sie sich an den Film, der rübergeschickt wird.«

»Ich heiße Norman«, sagte Stansfield zu DC Cooper, als sie davongingen. Plötzlich drehte er sich noch einmal um und kam zu Brook zurück. »Inspector, wenn ich mich bewerbe, kann ich Sie dann als Referenz nennen?«

Noble tat, als studierte er seine Notizen, während Brook zögerte. Schließlich ließ er sich erweichen. »Warum nicht?«

Stansfield ging mit DC Cooper davon und lächelte von einem Ohr zum anderen. »Dave, nicht wahr?«

Brook wandte sich wieder dem Lieferwagen zu, ohne auf Nobles spöttisches Lächeln zu achten. »Sparen Sie sich's, John.«

»Ich hab nichts gesagt.«

»Das war auch nicht nötig. Aber seien wir ehrlich, wenn Ford es bis zum DI schafft, warum zum Teufel dann Norman nicht?«

»Eifrig ist er jedenfalls.«

»Allerdings«, pflichtete Brook ihm bei.

Ein Tatortermittler in Schutzanzug und Maske näherte sich ihnen mit einem Beweismittelbeutel in der Hand. »Wir haben das hier gefunden, Inspector. Sieht aus, als wären Flecken dran und vielleicht sogar Blut.«

Die Polizisten betrachteten das billige Plastikfeuerzeug in der Tüte. »Das Wunder des Feuers. Lassen Sie es untersuchen …« Brook zögerte.

»Gute Arbeit, Col«, sagte Noble, um Brook rasch einen Namen zu liefern. »Fingerabdrücke, falls vorhanden, zuerst, bitte.«

»Danke, Col«, rief Brook mit einem matten Lächeln hinter dem Beamten her, bevor er den Blick wieder auf den Lieferwagen richtete, in dem noch die Leiche der jungen Frau lag. Die Tatortermittler hatten sich, sobald Higginbottom fertig war, wieder darum versammelt, und Brook ging an dem ausgebrannten Wrack vorbei, um sich das Gebüsch näher anzusehen. »Eine Sackgasse.«

»Wir haben den Film und womöglich auch Fingerabdrücke«, erwiderte Noble mit ausdrucksloser Miene.

»Ich meine den Feldweg hier …« Brook drehte sich zu ihm um.

»Tut mir leid. Ich sollte keine blöden Witze reißen, wo da drin doch eine tote junge Frau liegt.«

»Sie wird sich nicht beschweren, John, also verarbeiten Sie

es, wie Sie wollen, es sei denn, Sie möchten so enden wie ich. Kennen Sie die Ecke hier?«

»Ich war noch nie hier unten«, antwortete Noble. »Aber der Feldweg führt ja auch nirgendwohin. Wer die Leiche hier abgeladen hat, muss ihn gekannt haben.«

»Genau das denke ich auch.« Brook ließ den Blick zum *Telegraph*-Gebäude schweifen. »Und wer von seiner Existenz gewusst hat, muss irgendwann mal einen Grund gehabt haben, hierherzukommen.«

»Glauben Sie, unsere Täter sind Journalisten?«

»Ich hätte es nicht so formuliert, und in dem Gebäude arbeiten ja bei Weitem nicht nur Schreiberlinge«, sagte Brook. »Setzen Sie sich mit der Personalabteilung in Verbindung und fragen Sie nach allen Jakes zwischen zwanzig und fünfunddreißig, die in irgendeiner Funktion in dem Gebäude arbeiten. Auch ehemalige Mitarbeiter. Gehen Sie mindestens fünf Jahre zurück ...«

»Was ist mit dem Busdepot? Vielleicht war Jake Busfahrer.«

»Gute Idee.« Brook sah sich um. »Und überprüfen Sie auch den Pub.«

Sie gingen auf beide Seiten des Lieferwagens. Fahrer- und Beifahrertür waren geschlossen, doch die Fensterscheiben und die Windschutzscheibe waren bei der Explosion herausgeflogen. Brook und Noble traten über die rußigen Scherben, um in die Fahrerkabine zu spähen. Viel zu sehen gab es nicht.

»Nicht kurzgeschlossen«, sagte Noble mit Blick auf die Lenksäule.

»Und kein Schlüssel im Zündschloss.«

»Können wir rein, Col?«, rief Noble von der Beifahrerseite.

»Noch nicht«, antwortete Col hinter der Schutzmaske.

»Und hinten? Irgendwas gefunden?«

»Neben der Leiche liegt eine Segeltuchtasche mit Werkzeug, irgendein Handwerker. Oh, und ein großer Schlüsselbund«, sagte Col.

»Für den Lieferwagen?«

»Negativ«, sagte Col. »Im Gebüsch haben wir einen leeren Kanister gefunden. Benzin«, fügte er hinzu, bevor er gefragt wurde.

»Ist in der Werkzeugtasche irgendetwas, womit man stumpfe Gewalt hätte ausüben können?«

»Ein Zimmermannshammer lag neben der Leiche und nicht in der Segeltuchtasche.«

Brook nickte. »Ins Labor. Mit Eilvermerk.«

17

Irgendwann am Vormittag sah sich Brook bei einem Pott Tee zum zweiten Mal die Videoaufzeichnung an, wie der Lieferwagen abgestellt worden war. Brook und Noble hatten einen großen Besprechungsraum als Einsatzzentrale für die Mordermittlung reserviert, doch da das Opfer noch nicht identifiziert worden war, befand sich das ganze Material dazu noch in dem kleineren Raum.

Brook saß auf einem gepolsterten Stuhl zwischen den Tischen, Computerbildschirmen und Telefonen und blickte auf die Weißwandtafel, die als Leinwand diente. Noble, DS Rob Morton und die DCs Cooper, Read und Smee sahen sich das Material mit ihm zusammen an. Sie saßen schweigend da und notierten sich die eine oder andere Frage an die Kriminaltechniker. Norman Stansfield hatte den Film schon gesehen. Er war nach dem ersten Durchlauf, bei dem er unablässig geredet hatte, abgeholt worden, um Angaben für die Erstellung der Phantombilder zu machen.

»Geht das noch schärfer, Gavin?«, fragte Noble den Kriminaltechniker.

»Das bezweifle ich«, antwortete Gavin.

»Was ist mit den anderen Kameras?«, fragte Brook.

»Andere Kameras?«

»Sie sind über die Fußgängerbrücke gelaufen«, erklärte Noble. »Und wir wissen, wann, also können wir eventuell ihren Weg durch das Stadtzentrum nachverfolgen.«

»Wenn sie durchs Zentrum sind«, sagte Morton.

»Ich kümmere mich darum.« Gavin und stand auf. »Sämtliche Kameras an Geschäften und auf öffentlichen Plätzen befinden sich im Stadtzentrum, *falls* sie da durch sind, finden wir sie. Aber vermutlich können wir kaum mehr als eine ungefähre Richtung aus der Stadt raus angeben – die meisten Leute wohnen nicht im Zentrum.«

»Manche schon«, sagte Brook, der in einer heruntergekommenen Mietwohnung im Stadtzentrum gewohnt hatte, bevor er raus nach Hartington gezogen war.

»Vielleicht hatten sie irgendwo auf einem Parkplatz in der Stadt noch einen zweiten Wagen stehen«, schlug Gavin vor.

»Danke, Gavin«, sagte Brook und schenkte dem Kriminaltechniker sein höflichstes Lächeln. »Wir machen hier die Ermittlungsarbeit. DC Cooper wird sich mit Ihnen in Verbindung setzen.«

Nachdem der geknickte Kriminaltechniker gegangen war, sagte Morton: »Wenn die auch nur das kleinste bisschen Verstand besitzen, haben sie keinen zweiten Wagen auf einem kameraüberwachten Parkplatz abgestellt.«

»Und seit wann besitzen Straftäter Verstand?«, versetzte Cooper.

»Mit oder ohne Verstand, bei *zwei* Verdächtigen ist es unwahrscheinlich«, sagte Brook. »Die Leiche in der Stadt abzulegen war riskant. Wenn sie ein zweites Auto gehabt hätten, wären sie mit beiden Fahrzeugen irgendwo in eine abgelegene Gegend gefahren, hätten den Lieferwagen abgestellt und wären in den Sonnenuntergang entschwunden.«

»In dem Fall Sonnenaufgang«, warf Noble ein.

»Vorausgesetzt, der Jüngere kann fahren«, gab Morton zu bedenken.

Brook gab ihm mit einem Heben seiner müden Augen recht. »Das sehen wir, wenn wir sie identifiziert haben.«

»Kann nicht lange dauern«, sagte Noble. »Wir haben deutliche Fingerabdrücke auf dem Feuerzeug, und ich wette, die zwei sind im System.«

»Ich kenne die Fußgängerbrücke«, sagte Morton. »Die beiden hätten von da genauso gut vom Stadtzentrum weggehen können – auf den Pride-Park-Radweg oder sogar zum Bahnhof.«

»Um halb drei in der Nacht fahren keine Züge«, sagte Noble. »Wenigstens keine Personenzüge.«

»Überprüfen Sie das«, sagte Brook. »Aber ein Zug würde auf Auswärtige deuten, während der verlassene Feldweg jemanden von hier nahelegt. Wer nicht aus Derby ist, kennt diesen Feldweg nicht und weiß auch nicht, wie er im Einbahnstraßengewirr da hinkommt. Ich hatte Mühe, ihn zu finden.«

Es gab ein kurzes Schweigen, in dem früher womöglich jemand darauf hingewiesen hätte, dass Brook auch nicht von hier stammte.

»Wie lange dauert die Untersuchung des Feuerzeugs?«

»Ich hab's mit Eilvermerk an EMSOU geschickt«, sagte Noble. »Sollte nur ein paar Stunden dauern, es sei denn, die haben eine weitere Ballerei in Nottingham.«

»Und der Lieferwagen?«

»Ein Ford Transit 350 Jumbo, das Modell von 2012. Laut Datenbank sind im ganzen County im letzten Monat nur drei gestohlen worden. Aber ich habe gerade eine frische Meldung reinbekommen – ein Lieferwagen mit diesem Nummernschild und dieser Beschreibung wurde heute Morgen in der Arboretum Street als gestohlen gemeldet.«

»Zeit?«, fragte Brook.

»Der Besitzer hat gegen halb sieben heute Morgen bemerkt,

dass er weg war, und eine halbe Stunde später angerufen«, sagte Noble.

»Eine halbe Stunde?«, hakte Smee nach.

»Viele Leute vergessen, wo sie ihr Auto am Vorabend geparkt haben, und gehen erst mal durchs Viertel«, sagte Brook. »Besonders wenn sie was getrunken hatten. Haben wir ein Zeitfenster?«

»Viel besser.« Noble kniff die Augen zusammen und sah auf ein Blatt. »Um dreiundzwanzig Uhr einundzwanzig ist ein anonymer Anruf eingegangen. Ein aufrechter Bürger hat gesehen, wie jemand sich an den Türen des Lieferwagens zu schaffen machte, und hat bei der Polizei angerufen. Leider war gerade Sperrstunde, und als der Streifenwagen eine Stunde später hinkam, war der Lieferwagen weg.«

»Was haben die Beamten gemacht?«

»Sie konnten nichts machen«, sagte Noble. »Sie fanden weder Scherben noch sonst etwas, was auf einen Einbruch hindeutete. Der Lieferwagen war auf eine Adresse in Pride Park registriert, also haben sie angenommen, dass der Besitzer ihn weggefahren hat. Sollen Rob und ich der Sache nachgehen?«

Brook sah auf seine Uhr. »Nein, das machen wir, während wir auf die Auswertung der Fingerabdrücke und anderer forensischer Beweise warten. Wissen wir schon, wann die Obduktion ist?«

»Gleich morgen früh als Erstes.«

Brook nickte und wünschte sich augenblicklich, er hätte es gelassen. Nach einer Nacht mit wenig Schlaf fühlte sein Kopf sich an, als würde er eine Tonne wiegen. »Lassen Sie die Einsatzzentrale vorbereiten, Rob«, sagte er zu Morton. »Und wenn Sie damit fertig sind, geben Sie die Phantombilder an die Regionalnachrichten, für die Mittagssendung, falls das möglich ist, und dann an die Presse. Der *Derby Telegraph* hat bestimmt schon Fotos vom Gebäude aus gemacht, die wollen dazu sicher ein paar Fakten.«

»Sollen wir das Interpol-Material aus dem kleinen Raum rüberbringen?«, fragte Noble. Als einige Köpfe verdutzt hochfuhren, erklärte er: »Eine mögliche Verbindung zu einer anderen Ermittlung.«

»Damit machen wir ohne Identifizierung erst mal nicht weiter«, sagte Brook. »Im Augenblick ist es eine simple Großfahndung. Die Vermissten können warten.«

»Müde?«, fragte Noble, als er Brook dabei erwischte, wie der ein Gähnen unterdrückte.

»Müde von dämlichen Verbrechen, begangen von dämlichen Kriminellen, John.«

»Also ich frage mich, ob die beiden unsere Täter sind«, sagte Noble und verlangsamte die Geschwindigkeit, um die Gebäude entlang der Friargate zu betrachten. »Eine Leiche abzulegen und dann abzuhauen kommt mir doch ein wenig panisch vor für zwei, die Caitlin ohne jede Spur entführt und über Wochen gefangen gehalten haben.«

»Unter Druck verhalten Menschen sich nicht immer logisch.« Brook warf Noble einen Blick von der Seite zu. Er nahm die Sache persönlich. »Vielleicht ist es auch gar nicht Caitlin.«

»Im richtigen Alter ist das Mädchen«, sagte Noble.

Brook zog eine Augenbraue hoch. »*Das Mädchen?* Jetzt ist es eine Leiche, John. Und was immer sie *war*, nun ist es vorbei.«

Noble wandte sich ihm halb zu, um etwas zu erwidern, überlegte es sich aber noch einmal.

»Da.« Brook zeigte auf ein leeres Ladenlokal, dessen Fensterscheiben weiß angemalt waren, damit man nicht hineinsehen konnte. »Wer ist der Besitzer?«

Noble parkte davor und griff nach dem frisch ausgedruckten Packen Papier auf dem Rücksitz. Er blätterte darin und zog eine Kopie des Protokollbuchs heraus, die zu dem Bericht über den Fahrzeugdiebstahl gehörte.

»Ein Mr. Grzegorz Ostrowsky«, sagte er vorsichtig. »Ein polnischer Geschäftsmann Anfang vierzig.«

»Damit ist wohl ausgeschlossen, dass er den Spitznamen Jake trägt«, witzelte Brook.

»Wie gut, dass ich kein Halskrächzen habe. Der Lieferwagen ist auf eine Adresse in Pride Park registriert, aber Ostrowsky lebt in Quarndon. Hübsch.«

»Warum stand sein Lieferwagen in der Arboretum Street?« Während Noble den Kopf schüttelte, überlegte Brook einen Augenblick. »Wir sagen nichts von der Leiche und auch nicht, dass wir den Wagen gefunden haben. Schauen wir mal, was er so meint.«

Brook und Noble standen vor dem leeren Lokal. Irgendwo hinter der Glasfassade waren Bauarbeiten im Gange, doch durch die weiß getünchten Scheiben war schwer zu erkennen, wo. Noble drückte gegen eine Glastür.

»Abgeschlossen.«

Noble trat ein paar Schritte zurück und las das große Transparent, das über der Fensterfront hing.

BAR POLSKI – GROSSE ERÖFFNUNG 5. JUNI

Im ersten Stock entdeckte er ein offenes Fenster und rief: »Hallo!« Nachdem er noch einmal noch lauter gerufen hatte, ging das Fenster weiter auf, und das Hämmern und Sägen wurde lauter. Ein gut aussehender Mann mit durchdringend blauen Augen streckte den Kopf heraus.

»Bauinspektor, ja?«, rief er nach unten.

»Halb richtig«, murmelte Brook und nickte energisch. Der Kopf verschwand, und dreißig Sekunden später tauchte auf der anderen Seite der Glastür ein Schatten auf.

»Willkommen in der Bar Polski.« Der Mann war groß und schlank und hatte ein braun gebranntes Gesicht und kurz geschnittenes blondes Haar mit einem Ansatz von Grau an den Koteletten. Er trug einen dezenten, teuer aussehenden grauen Anzug und hatte ein Smartphone in der Hand.

»Mr. Grzegorz Ostrowsky?«, fragte Brook.

»Sie haben es perfekt ausgesprochen.« Er strahlte Brook eifrig an. »Bitte, kommen Sie herein. Die Pläne sind drinnen. Sie werden sehen …«

»Wir sind Polizeibeamte«, unterbrach Noble ihn und zückte seinen Dienstausweis.

»Ich dachte …«

»Detective Inspector Brook, Sergeant Noble«, erklärte Brook. »Tut mir leid wegen der kleinen Verwechslung.«

Ostrowsky starrte Brook an und machte verdächtigerweise keine Anstalten, zur Seite zu treten. »Was wünschen Sie?«

»Wir haben einen Bericht über einen gestohlenen Lieferwagen, der Ihnen gehört.«

»Was für einen Lieferwagen?«

»Ein Mr. Ostrowsky hat ihn vor einigen Stunden als gestohlen gemeldet«, sagte Noble. »Nicht Sie?«

»Mein Bruder Max benutzt einen meiner Lieferwagen für seine Arbeit. Gestohlen, sagen Sie?«

»Das haben Sie nicht gewusst?«

»Nein«, sagte er langsam. »*Mich* ruft Max nicht an. Aber Sie haben ihn gefunden?«

»Wir haben einen Lieferwagen gefunden, der der Beschreibung und dem Modell entspricht«, sagte Brook. »Aber wir haben Probleme, das Nummernschild zu entziffern.«

»Probleme?«

»Der Lieferwagen wurde …«

»In Brand gesteckt.« Ostrowsky nickte. »Kein Problem. Ich habe Versicherung …«

»Woher wissen Sie, dass er in Brand gesteckt wurde?«, fragte Brook.

»Inspector, ich bin aus Osteuropa, aber ich bin überzeugt,

dass es hier genauso läuft. Man stiehlt Auto, und wenn man es nicht mehr braucht, zündet man es an, um Fingerabdrücke loszuwerden, nicht wahr?«

»Vermutlich.«

Er zuckte die Achseln. »Also, wo muss ich unterschreiben?«

»So einfach ist das nicht«, erwiderte Brook. »Wir brauchen weitere Einzelheiten über den Diebstahl – in wessen Besitz der Wagen war, wann er zuletzt gesehen wurde und so weiter. Reine Routine.«

»Reine Routine«, wiederholte Ostrowsky und sah Brook an. »In meinem Land machen sich Kriminalbeamte die Hände nicht mit gestohlenen Autos schmutzig.«

»Nicht?« Brook lächelte nur, statt weitere Erklärungen abzugeben, wie der Geschäftsmann gehofft hatte.

»Sie kommen besser mit hoch«, sagte Ostrowsky.

Brook und Noble folgten ihm durch das entkernte Erdgeschoss die breite Treppe hinauf in einen ähnlichen Raum, dessen Vollendung schon viel weiter vorangeschritten war. Trotzdem war hier an jeder Ecke etwas los. Ein halbes Dutzend Männer in staubigen, fleckigen Overalls hämmerten, sägten und bohrten, was das Zeug hielt. Einer blaffte einen Kollegen auf Polnisch an.

Ein jüngerer Mann in modischer Kleidung stand hinter einem mit einer Plane abgedeckten Tresen und stapelte Kartons. Unaufgefordert richtete sich sein beflissener Blick auf Ostrowsky.

»Espresso«, sagte der und drehte sich zu Brook und Noble um. »Und was die Herren wünschen.« Brook und Noble lehnten mit einem kurzen Kopfschütteln ab, und der Barkeeper ging zu einer Tür hinter dem Tresen. »Wo gehst du hin, Ashley?«, blaffte Ostrowsky.

Der Barkeeper zögerte. »Den Espresso machen.«

»Wo ist …?« Ostrowsky fuhr genervt mit einer Hand durch die Luft.

»Er ist noch nicht aufgetaucht, Sir«, murmelte Ashley.

»*Sukinsyn!*«, brüllte Ostrowsky. »Verdammte britische Arbeiter«, fuhr er fort, ohne auf die Empfindlichkeit des nervösen Barkeepers zu achten.

»Möchten Sie den Kaffee noch, Mr. O?«, fragte Ashley zaghaft.

Ostrowsky nickte, und der Barkeeper verschwand pflichtbewusst. Der Geschäftsmann nahm eine brennende Zigarette aus einem Aschenbecher und drückte sie aus. Daneben standen eine Flasche Wodka und ein halb volles Glas. Er trank einen Schluck und betrachtete die beiden Kriminalbeamten, während er sich wieder beruhigte.

»Ich hoffe, Sie haben nicht vor, Auto zu fahren, Sir«, sagte Noble.

Ostrowsky sah auf das Glas. »Ich fahre nie, Sergeant – einer der Vorteile des Erfolgs. Entschuldigen Sie mich. Tymon«, rief er über das Getöse der Handwerker und winkte einen großen, kahlköpfigen Mann herbei, der eindeutig kein Bauarbeiter war, denn er trug einen schlechtsitzenden Anzug, der aussah, als wäre er in der Wäsche eingelaufen. Nicht dass der Anzug billig gewesen wäre, der Mann darin war vielmehr so muskulös, dass der Stoff an seinem Körper klebte wie eine zweite Haut und ihm auf der Suche nach einem kleineren Mann über Handgelenke und Fußknöchel rutschte.

Tymon kam herüber, unfähig, mit seinen dicken Beinen, die in ihren Gelenken rotierten, eine gerade Linie zu beschreiben. Sein stechender Blick maß Brook und Noble kurz voller Abneigung von oben bis unten.

»*Gdzie jest makszi?*« Ostrowsky zeigte auf Brook. »*Policji.*« Brook hob diskret eine Augenbraue. *Policji* – Polizei.

Tymon, dessen Hals über den engen Kragen quoll wie ein Gummiring, sah Ostrowsky zur Antwort nur achselzuckend an. Der machte die internationale Geste für ein Telefon, und Tymon holte sein Handy heraus, drückte einen fetten Daumen auf den Touchscreen und ging in einen ruhigeren Bereich des Raums.

»Max ist Elektriker. Wir rufen ihn an.«

»Aber Sie sind als Halter registriert«, warf Noble ein.

Ostrowsky streckte die Hände aus. »Ich bin Geschäftsmann. Ich importiere Waren. Ich habe Fahrzeuge.«

»Wo stand der gestohlene Lieferwagen normalerweise?«

»Bei Max.«

Tymon kehrte zurück und blaffte Ostrowsky auf Polnisch etwas zu. »*Huj w dupe policji.*«

Ostrowsky verzog mit theatralischem Bedauern das Gesicht und sah Brook an. »Ich fürchte, Max geht nicht ans Telefon.«

»Wissen Sie, wo er ist?«, fragte Noble.

Der Geschäftsmann setzte wieder sein strahlendes Lächeln auf. »Wahrscheinlich auf irgendeiner Baustelle. Ich würde ihn ja bitten, Sie anzurufen, aber sein Englisch ist nicht besonders gut.«

»Und wie konnte er dann der Polizei den Wagen als gestohlen melden?«, hakte Brook nach.

»Er kennt seinen Namen und die Straßennamen, die er braucht«, sagte Ostrowsky ohne das geringste Zögern.

»Arboretum Street«, sagte Noble. »Wohnt er da?«

»Kann auch eine Baustelle sein, wo er arbeitet.« Ostrowsky zuckte die Achseln. »Ich weiß nicht. Er ist auf Wohnungssuche. Er ist noch nicht lange im Land.«

»Sie haben also noch andere Fahrzeuge«, sagte Brook. »Wo stehen die?«

»Sie werden zu meinem Lagerhaus in Pride Park gebracht, und meine Fahrer holen sie dort ab.«

»Da waren wir zuerst«, sagte Brook. »Was haben Sie außer Lieferwagen, die Sie nicht fahren, noch in Ihrem Lagerhaus?«

Ostrowsky bemerkte den Wechsel im Tonfall. »Ich importiere polnische Waren für meine Bar. In einem Container. Zweimal im Monat. Ich besitze auch drei polnische Lebensmittelläden. Ich kann Ihnen morgen Rechnungen und Papiere für die Lieferwagen zeigen, wenn das hilft.« Er zog eine Visitenkarte aus einer Gesäßtasche und reichte sie Brook.

»Vielen Dank«, sagte Brook, ohne sie eines Blickes zu würdigen. »Aber zunächst müssen wir mit Ihrem Bruder sprechen. Wo arbeitet er?«

»Wer weiß? Er sagt es mir nicht. Viele verschiedene Häuser.«

»Irgendwo muss er wohnen.«

»Lassen Sie mich nachsehen«, sagte Ostrowsky und sah sich theatralisch um.

»Wir brauchen auch seine Handynummer«, sagte Noble.

»Selbstverständlich.« Ostrowsky drehte sich um und kramte in einem Stapel Papiere auf dem hohen Tresen, zog eine Visitenkarte heraus und reichte sie Noble. »Max hat in dieser Pension gewohnt, während er Wohnung suchte. Er ist ein guter Arbeiter, falls Sie mal etwas … verkabeln müssen.«

»Telefonnummer?«

»Tymon.« Ostrowsky streckte, ohne den Riesen anzusehen, die Hand nach seinem Handy aus und drückte darauf, um die Nummer vorzulesen. Noble notierte sie. Brook war in Versuchung, das Telefon zu verlangen, um sich zu vergewissern, doch er widerstand ihr. Das war leicht zu überprüfen.

»Ist das ein polnisches Netz?«, fragte Noble. Die Mine seines Bleistifts brach.

»In England gekauft.« Ostrowsky lächelte. »Hier ist alles billiger. Außer Strom. Aber das liegt nur daran, dass Sie Ihre Bergbauindustrie dichtgemacht haben und polnische Kohle importieren.« Er brach in schallendes Gelächter aus, das so plötzlich wieder aufhörte, wie es angefangen hatte. »Ihr Engländer.« Er nahm einen Stift und reichte ihn Noble. »Ein Bar-Polski-Kugelschreiber, mit den besten Empfehlungen.«

»Normalerweise bevorzugen wir Bleistifte«, sagte Brook. »Da lassen sich unsere Notizen später leichter abändern.«

»Ah, verstehe, Sie haben beim PRP gedient«, sagte Ostrowsky grinsend. »In Polen sind die Beweise erst gesichert, wenn Geld geflossen ist.«

»Darf ich einen nehmen, falls ich mal einen Tisch reservieren will?«

»Selbstverständlich, Inspector.« Ostrowsky reichte ihm rasch einen Kugelschreiber, und Brook steckte ihn in eine Brusttasche. »Und selbstverständlich geht Ihr erstes Essen mit Ihrer Freundin auf Kosten des Hauses.«

»Das ist sehr freundlich«, sagte Brook, ohne auf Nobles heimlichen Blick zu achten. »Sagen Sie mir, Mr. Ostrowsky, wie sagt man *Die Polizei kann mich mal* auf Polnisch?«

Ostrowskys Lächeln verblasste, und er sah Brook nachdenklich an. Er wollte gerade antworten, da rief ein Handwerker etwas und zeigte auf einen unauffällig gekleideten Mann, der eine ramponierte Aktentasche trug und aufmerksam die Decke betrachtete. Der Barbesitzer setzte wieder sein Lächeln auf.

»Das ist der Bauinspektor. Verzeihen Sie mir, meine Herren, aber ich habe Wichtigeres zu tun.« Mit kaltem Blick streckte er einen Arm aus, um sie wegzuscheuchen. »Sie wissen, wie Sie mich erreichen, wenn Sie mich brauchen.«

»Besonders hart sind Sie ihn aber nicht angegangen«, sagte Noble, der das Handy ans Ohr gehoben hatte, sobald sie das Gebäude verließen. Brook holte sein eigenes antiquiertes Handy heraus, schaltete es mit einem festen Daumendruck ein und rief die Nummer auf Nobles Notizblock an.

»Bei dem B & B meldet sich niemand«, sagte Noble.

»Hab ich auch nicht erwartet. Max wohnt in der Arboretum Street.«

»Dann sollten wir da hin und die Hausnummer herausfinden«, sagte Noble.

»Irgendwas in den Unterlagen?«

Noble blätterte in der Aktenmappe. »Der Beamte, der die Sache aufgenommen hat, hat die Adresse in Pride Park notiert. Ostrowskys Bruder hat es entweder nicht verstanden oder wollte nicht, dass wir wissen, wo er wohnt.«

»Die Handynummer existiert nicht«, sagte Brook und ließ das Handy sinken.

»Ein Fehler?«

»Ausgeschlossen«, antwortete Brook.

»Um fair zu sein, ich weiß auch nicht, ob ich einem Polizeibeamten im Ausland die Adresse und Telefonnummer meines Bruders geben würde.«

»Sie haben keinen Bruder.«

»Aber wenn ich einen hätte. Gehen wir noch mal rein?«

»Aus welchem Grund?«

»Aus dem Grund, dass wir angelogen worden sind«, antwortete Noble.

»Alle lügen uns an, John.«

»Okay. Aus dem Grund, dass eine junge Frau auf einer stählernen Fahrtrage liegt, die in einem seiner Lieferwagen entsorgt werden sollte.«

»Der gestohlen wurde.« Brook fasste einen Entschluss. »Er ist weder unter dreißig noch wird er Jake gerufen, und er schien sich keine großen Sorgen wegen des gestohlenen Lieferwagens zu machen, also hat es Zeit.«

»Ich mag's trotzdem nicht, wenn ich angelogen werde.«

»Sie sollten sich daran gewöhnen.«

»Tue ich ja. Aber das heißt nicht …« Noble hob eine Hand, als sein Handy klingelte. »Nein, fahren sie fort«, sagte er ins Handy. Er sah Brook bedeutungsvoll an.

»Fingerabdrücke?«, fragte Brook.

Noble nickte. »Haben Sie eine aktuelle Adresse?« Er sah Brook an und hielt den Daumen hoch. »Milton Flats. Wir sind nur zehn Minuten von da.«

Der Mann von der Bauaufsicht schüttelte Ostrowsky die Hand. »Sieht alles gut aus, aber ich weiß nicht, ob Sie nach Plan eröffnen können, Mr. …«

»Das werden wir, wenn wir keine britischen Arbeiter mehr

beschäftigen«, erwiderte Ostrowsky kalt und führte den Inspektor zur Treppe. »Sie finden den Weg, nicht wahr?«

Als der Mann fort war, brüllte Ostrowsky auf Polnisch durch den Raum. »Geh Max suchen und schaff ihn her, Tymon. *Doraźnie!*«

Max trank noch einen kräftigen Schluck Wodka und wischte sich mit dem Handrücken über die Lippen. Er knallte die fast leere Flasche auf das von Zigarettenkippen versengte Schreibpult neben dem Bett. Für diese Großtat musste er aufhören, unter dem dünnen Nylonbezug, der jedes Mal, wenn er mit seinen rauen Händen darüberstrich, knisterte, seine Genitalien zu streicheln.

Er schob sich hoch, lehnte sich an das wackelige, samtbezogene Kopfbrett und sah der mageren jungen Frau beim Anziehen zu. Dabei kratzte er sich den nackten Bauch. Sie war kaum der Schule entwachsen und hatte kein bisschen Fleisch auf den Rippen. Ihre Brüste waren wenig mehr als Beulen und ihre Arme und Beine dünn wie Ästchen. Ihre Haut war weiß – bis auf die dunkelroten und blauen Flecken, die sich von der Schulter zum Handgelenk zogen.

»Wie dein Name?«, fragte Max in gebrochenem Englisch.

Die junge Frau lächelte nervös. »Bist du ’n Bulle oder was?«

Max lachte schallend und nickte amüsiert. »Du glaubst, wenn ich ein Bulle bin, bezahl ich auch, *cipa. Idiota.*«

Mach mit, hatte ihre Mutter ihr beigebracht. Red einfach weiter, aber kümmer dich ums Geld und sieh zu, dass du wieder rauskommst.

»Sag«, beharrte Max.

Die junge Frau stieg in ihren Jeansrock, zog ihn bis zu ihrer schmalen Taille hoch und knöpfte ihn zu, bevor sie ihn richtig herum drehte und mit den Händen glatt strich. Sie schlüpfte in ihre Schuhe. Keine Strumpfhose, im Auto war das unmöglich. »Lola, wenn du’s unbedingt wissen willst.«

»Lola?« Max lachte wieder. »Du lügst, *cipa.*«

Sein Blick durchbohrte sie, und sie holte eine Zigarette aus ihrer Unterarmtasche. »Wenn du meinst, Freier.«

»Schneid dir die Haare«, sagte Max leise und betrachtete sie weiter.

»Was?«, erwiderte sie heiser und sah ihn mit toten Augen an, während sie nach dem Feuerzeug kramte.

»Schneid dir die Haare.« Betrunken langte er wieder nach der Flasche und nahm noch einen Schluck. »Und dann. *Ssij suko*.«

»Komm wieder?«

»Genau«, lallte Max und nickte, während seine Augen blitzten. »Dann kannst du meinen Schwanz lutschen, Hure.«

Sie lächelte nervös. Ihre Zähne hatten dem Ansturm von Drogen, Alkohol und Nikotin nicht standgehalten und faulten schon. Sie wandte sich wieder dem gesprungenen Spiegel zu, um ein letztes Mal zu kontrollieren, wie sie aussah, und vielleicht wurden ihre Bewegungen dabei unmerklich schneller. »Na, du bist mir ja einer«, sagte sie möglichst unbekümmert.

»Du willst meinen Schwanz nicht lutschen?«, fragte Max kläglich und schwang zur Musik uralter Sprungfedern die Beine unter dem billigen Federbett raus.

Die junge Frau dachte an das Geld, das schon in ihrer Handtasche steckte, neben dem Tütchen mit Speedball, um den Schmerz zu betäuben. Der Typ hatte fünfzig für anal rausgerückt, und in seinem dreckigen Overall und seinen abgestoßenen Stiefeln sah er nicht aus wie ein Bulle. Aber wenn sie noch dreißig bekam, blieb vielleicht genug übrig, um den Kindern Fritten zu kaufen … »Das macht noch mal dreißig. Hast du das verstanden, Freier?«

»Klar.« Max lächelte, ging nackt vom Bett zu ihr, während sein bester Freund sich schon auf die Aufmerksamkeit freute. Trotz seines untersetzten Körperbaus packte er schnell wie der Blitz ihren Arm.

»Du musst ihn zuerst waschen«, sagte Lola. »Was weiß ich denn, wo der war.«

Max grinste sie an, seine Augen kalt und schwarz. »Oh, das weißt du ganz genau«, flüsterte er. Er führte sie über den abgewetzten Teppich, wo sich widerliche Substanzen an seine Fußsohlen hefteten, und blieb vor dem Stuhl stehen. Er griff nach seiner Ledertasche, holte die Brieftasche heraus und entnahm ihr einen Schein. »Hier hast du fünfzig.«

Lola betrachtete gierig das Geld, dann schnappte sie sich den Schein, flitzte damit zu ihrer kleinen Handtasche und stopfte ihn tief hinein. Als wäre er umso sicherer ihrer, je tiefer sie ihn hineinsteckte.

Dann wandte sie sich wieder Max zu und setzte zu einer koketteren Pose an, doch beim Anblick der Schere in seiner Hand erstarrte sie zu Stein.

»Was machst du?«

»Zuerst Haare schneiden. Kurz, wie Junge.«

»Was?«

»Damit ich packen kann.« Er genoss die Macht über die schwache, von Drogen benebelte junge Frau und machte vor seinem Penis grinsend eine Faust, um zu verdeutlichen, was er meinte.

»Ich verzichte auf den Haarschnitt, wenn's dir nichts ausmacht.« Lola bemühte sich um ein Lächeln, doch ihre Angst wuchs. Sie war Schläge gewohnt. Manchmal wurde sie auch durchgeprügelt, aber mit einer Klinge war ihr noch keiner gekommen. Niemand hatte sie je geritzt – außer sie sich selbst, damals in der Schule. Sie zog sich langsam zurück, ihr vorgespieltes Begehren löste sich auf wie flimmernde Hitze über der Straße.

Max' Grinsen verschwand, und er folgte ihr im gleichen Tempo. »Nicht gut«, knurrte er. »Ich hab dir was extra gegeben. Die kurzen Haare kriegst du umsonst.«

»Ich will sie aber nicht geschnitten haben«, versetzte sie trotzig. »Mein Alter …«

»Zum Teufel mit deinem Alten«, schnauzte Max. »Und zum Teufel mit dir. Halt still, sonst schneid ich dich noch richtig.«

Lola schluckte, ihre Atemzüge gingen schneller. An der Wand konnte sie nicht weiter ausweichen, und sie öffnete den Mund und wollte schreien, doch es kam nichts heraus. Nicht dass ihr in dieser armselig möblierten Absteige jemand zu Hilfe eilen würde, wo regelmäßig Geschrei, Gewalt und Streitereien durch die Flure hallten.

Max drückte sich gegen sie, rieb gierig den Schwanz an ihrem Bauch und ergötzte sich an ihrer Angst, als er die Schere nah an ihr Gesicht hob. Lola schloss die Augen, der einzige Verteidigungsmechanismus in ihrem jämmerlichen Repertoire. Wenn sie es nicht sah, ging es wenigstens schneller. Das hatte sie gelernt. Schau weg, damit sie deinen Schmerz nicht sehen. Dann geht es schneller, denn sie können sich nicht auch noch daran aufgeilen.

»Du willst nicht zusehen«, sagte er und schlug ihren Kopf leicht gegen die Wand.

Sie stieß ein leises Wimmern aus und glitt an der Wand hinunter, doch Max zerrte sie grob an den Haaren hoch und drückte sie wieder an die stockfleckige Tapete.

»Halt still«, sagte er und betrachtete aufmerksam ihre Kopfhaut. Er schloss die Faust um ihr strähniges braunes Haar, hob die Schere, schnitt ein ordentliches Büschel dicht am Kopf ab und ließ es auf den fadenscheinigen Teppich fallen. Er packte eine weitere Strähne und riss ihren Kopf zu sich heran.

In der Ecke des Zimmers plärrte eine blecherne Version des Walkürenritts los – sein Bruder rief an. Fluchend ließ Max Lolas Haare los und ging zum Schreibpult am Bett, um nach seinem Handy zu sehen.

Als Lola allen Mut zusammennahm und zur Tür lief, lenkte ihn das ab, und er warf das Handy auf die Matratze und sprang hinter ihr her.

»Wo willst du hin, *cipa?*«, schrie Max.

»Lass mich gehen!«, schrie Lola. Sie hatte die Tür schon halb geöffnet, als Max sich ihr in den Weg stellte und sie zurück ins Zimmer schubste.

Keuchend und wutentbrannt stand er vor ihr, während seine Erektion schon nachließ. Er fuchtelte mit der Schere herum, die er noch in der Hand hielt, und wollte sich grinsend daranmachen, die Tür wieder zu schließen, doch eine starke, dickliche Hand hinderte ihn daran.

»Tymon!«, fuhr Max auf und ließ die Tür los.

»Du machst dich ja wirklich rar«, sagte Tymon auf Polnisch und trat über die Schwelle. Angewidert sah er sich in dem schäbigen Zimmer um. »Zieh dich an. Dein Bruder will dich sehen.« Er sah Lola in einer Ecke kauern. »Verschwinde, Hure«, sagte er, ebenfalls auf Polnisch, und zeigte mit dem Daumen zur Tür.

Langsam, wie ein in die Ecke getriebenes Tier, akzeptierte Lola ihre Begnadigung. Sie sammelte ihre Siebensachen zusammen und ging vorsichtig durch das Zimmer zur Tür, wobei sie reichlich Abstand zu Max hielt. Als sie der Tür näher war als ihr nackter Kunde, schoss sie auf ihn zu, spuckte ihm ins Gesicht, schrie »Verdammter Freak!«, und lief hinaus.

Max wollte sie packen, doch Tymon trat ihm in den Weg, tippte auf seine Armbanduhr und sah ihn mit einem breiten Grinsen an. »Zieh dich an.«

18

Im eleganten Anzug sah Brook zu, wie die Tatortermittler ihrer Arbeit nachgingen, untersuchten, fotografierten und die wenigen mit bloßem Auge sichtbaren Spuren in der Drei-Zimmer-Wohnung eintüteten und etikettierten. Die eigentliche Suche galt Unsichtbarem – DNA, Haare und Hautproben, Fasern und Blut. Wenn die junge Frau gestorben war, bevor man sie in den

Lieferwagen geworfen hatte, war jeder Ort, der mit den Verdächtigen in Verbindung zu bringen war, ein potenzieller Tatort, und nirgends konnte man so leicht Beweise für einen Mord finden wie in der Wohnung des Mörders. Die Staatsanwaltschaft nannte so etwas einen Matchtreffer. Die zogen sich einfach viel zu viele amerikanische Fernsehkrimis rein.

Brook ließ den Blick systematisch über die Möbel schweifen. Es gab ein schmuddeliges Sofa und einen fleckigen Couchtisch aus Spanplatte, gegenüber einen riesigen Fernseher auf einem Ständer – witzig, wie sehr die Armut die Größe des Fernsehbildschirms in einem Haushalt bestimmte. Die Benachteiligteren konnten es sich nicht leisten auszugehen, also hielten sie eine anständige Investition ins Heimkino wohl für gerechtfertigt. Eine scheußliche schmiedeeiserne Stehlampe ohne Schirm vervollständigte die Einrichtung.

Das war das ganze Wohnzimmer. In der Küchenzeile hinter einer eher symbolischen Abtrennung stand ein sehr klappriger Herd mit Ofen, der aussah, als wäre darin seit Jahrzehnten kein Hühnchen mehr gebraten worden. Ein schmutziger Topf und eine bekleckerte Bratpfanne auf dem Kochfeld deuteten auf die Existenz von gebratenem Fleisch mit Bohnen, auch wenn im Schrank keine Vorräte waren, die es bestätigt hätten, und es auch keinen Kühlschrank gab. Die Edelstahlspüle war kaum sauberer, und die uralte Arbeitsplatte darum herum faulte vor sich hin.

Viel mehr gab es nicht zu sehen. Der Raum war sauber, doch Brook führte das eher darauf zurück, dass es kaum Möbel gab, und weniger auf eine weibliche Hand. Nur das Durcheinander auf dem Boden zeugte von einem hastigen Aufbruch – Unterwäsche, eine Socke, eine herausgezogene Besteckschublade.

»Sie haben gepackt«, sagte Brook. »Und das heißt, dass sie einen Plan hatten.«

»Verzeihung?«, sagte einer der Tatortermittler.

Brook schüttelte den Kopf.

»Man muss sich mal vorstellen, in so einer Absteige zu leben«, sagte Noble, der aus dem einzigen Schlafzimmer kam.

Brook glaubte, um Nobles Lippen die Andeutung eines Lächelns zu entdecken, reagierte aber nicht. Es war schon ein paar Jahre her, dass Brook gleich nach seinem Umzug aus London in einem ähnlichen Loch gelebt hatte, doch ab und zu konnte Noble sich eine Anspielung darauf nicht verkneifen.

Brook hatte damals die erste Wohnung genommen, die man ihm anbot, denn es scherte ihn nicht, ob sie behaglich oder schön war, nur dass sie Wände hatte, hinter die er sich zurückziehen konnte, wenn sein Arbeitstag zu Ende war. Wände, die er blind anstarrte, als die Anforderungen seines neuen Lebens in einer fremden Stadt – nach dem Zusammenbruch – sich bemerkbar machten. Er hatte drei Jahre gebraucht, um seine Sucht nach der Einsamkeit einer solchen Wohnsituation zu überwinden. Nobles entsetzte Reaktion bei seinem ersten und einzigen Besuch hatte schließlich den Anstoß gegeben.

»Das muss man sich mal vorstellen«, erwiderte Brook trocken.

Nobles Lächeln bekam weiter Nahrung. Er wies auf das Fenster hinter sich. »Fantastische Aussicht.«

»Irgendwas im Schlafzimmer?«

»Nicht mal Vorhänge. Zwei einzelne Matratzen. Ein Stuhl.«

Brook nickte. »Man vergisst leicht, wie das Leben am Rand der Gesellschaft ist. Was wissen wir über die beiden?«

»Wir haben eine Gasrechnung auf den Namen Jake Tanner«, sagte Noble.

»Tanner?«, rief Brook aus.

»Wohnt zusammen mit seinem jüngeren Bruder Nick hier. Die Beschreibung entspricht unseren Phantombildern. Und seine Fingerabdrücke sind identisch mit denen auf dem Feuerzeug.«

»Woher kennen wir sie?«

»Jake ist vorbestraft, aber er war im offenen Vollzug. Ein kleiner Fisch. Jedenfalls bis heute. Verwarnungen wegen Diebstahl und Ladendiebstahl. Vor zwei Jahren hat er es zu einem kurzen Aufenthalt in Sudbury gebracht, weil er jemanden angegriffen hatte, aber er ist kein Moriarty.«

»Vom offenen Vollzug zu Entführung und Mord deutet zumindest auf Ehrgeiz«, sagte Brook. »Und der hätte sich längst schon mal zeigen müssen.«

»Sie hören sich an, als würden Sie ihn kennen.«

»Nicht so gut wie Sie, John. Sie sind ihm schon mal begegnet.«

»Was?« Noble schloss kurz die Augen, bevor ihm die Erleuchtung kam. »Jake Tanner war der Barkeeper im Flowerpot in der Nacht, in der Caitlin verschwand.«

»Das war er in der Tat. Das ist er vielleicht immer noch.«

»Nein«, sagte Noble. »Er hat dort nur ein oder zwei Tage ausgeholfen. Er übernimmt offensichtlich in der ganzen Stadt solche Aushilfsjobs.«

»Vielleicht hat er dann ja auch mal ein paar Schichten im Smithfield geschoben.«

Noble lächelte. »Und dann kannte er den verlassenen Feldweg. Ich bitte Cooper, es zu überprüfen.« Er zögerte, denn er hatte das Bedürfnis, sich zu erklären. »Ich hab bei Tanner nicht weiter nachgeforscht, weil er bei Caitlin nicht unter Verdacht stand. Er hat den Tresen erst bei Kneipenschluss verlassen.«

»Da wir nach zwei Verdächtigen suchen, müsste er das auch nicht unbedingt.«

»Natürlich.« Noble nickte. »Er könnte seinem Partner – vermutlich sein Bruder – Bescheid gesagt haben, als Caitlin die Kneipe verließ.«

Morton kam herein. »Die Nachbarn sagen, sie haben die beiden gestern gesehen. Kein Hinweis darauf, wann sie abgehauen sind.«

»Sobald sie den Lieferwagen in Brand gesteckt hatten, würde ich vermuten«, sagte Noble. »Als Jake bemerkte, dass er das

Feuerzeug fallen gelassen hatte, war ihm sicher klar, dass sie die Beine in die Hand nehmen mussten.«

»Die Beschreibungen passen zu den Gestalten auf den Filmaufnahmen und der Beschreibung des Wachmanns«, sagte Morton. »Sie sind es.«

»Niemand weiß etwas über ihr Privatleben oder wohin sie sein könnten.«

»Frauen? Besuch?«

»Alle, mit denen ich gesprochen habe, haben ausgesagt, dass die beiden unzertrennlich waren«, antwortete Morton. »Und niemand hat sie je mit Besuch oder Freundinnen gesehen. Jake war immer sehr fürsorglich zu seinem Bruder. Er hat ein Handicap.«

»Im elften Stock sind die wohl eher psychischer Natur als körperlicher«, meinte Brook.

»Richtig«, sagte Morton. »Nebenan hieß es, der Bursche sei nicht besonders helle, dabei aber recht umgänglich.«

»Irgendwelche Klagen?«

»Ich hab niemanden gefunden, der ihnen grollt. Alle sagen, sie waren ruhig, höflich und hilfsbereit und sind für sich geblieben. Da schwingt nichts mit, was darauf hinweisen würde, dass sie Mörder sein könnten.« Als Brook etwas sagen wollte, erklärte Morton seine Bemerkung. »Ja, ich weiß, das sagen die Leute immer über den Mörder von nebenan.«

»Auto?«, fragte Brook.

»Cooper sagt, Jake hat seinen Führerschein vor fünf Jahren gemacht, aber er hat nie ein Auto besessen«, antwortete Noble.

»Was nicht heißt, dass er nicht irgendwo eine unversicherte Karre stehen hat. Aber die Nachbarn wussten nichts davon«, sagte Morton.

»Kann Nick fahren?«, fragte Brook.

Noble schüttelte den Kopf. »Er hat jedenfalls keinen Führerschein.«

»Überprüfen Sie den Parkplatz. Und setzen Sie sich mit den

hiesigen Taxiunternehmen in Verbindung«, sagte Brook. »Sie sind überstürzt weg, wahrscheinlich mit Gepäck; weit sind sie zu Fuß nicht gekommen.«

»Vielleicht haben sie den Wagen eines anderen Anwohners gestohlen«, schlug Noble vor.

»Das lässt sich leicht herausfinden«, pflichtete Brook ihm bei und sah Morton mit hochgezogener Augenbraue an. »Setzen Sie die Streifenkollegen darauf an und bringen Sie die Namen unserer Verdächtigen in Umlauf. Hier sind keine Fotos, also hat das in Nicks Fall Priorität. Überprüfen Sie, ob er ebenfalls vorbestraft ist, und dann geben Sie sein Bild zusammen mit dem seines Bruders raus. Wenn wir darüber nicht weiterkommen, suchen Sie Verwandte und fragen sie nach Fotos. John, sagen Sie Cooper, dass ich alles über die beiden wissen will.«

»Schon passiert«, sagte Noble. »In zwei Stunden wissen wir, was sie zum Frühstück gegessen haben.«

»Ich bezweifle, dass sie dazu Zeit hatten«, sagte Brook und sah auf seine Uhr. Es wurde allmählich dunkel. »Chief Super?«

»Ist informiert«, sagte Noble.

»Er wird die Lokalpresse informieren wollen«, sagte Brook. »Cooper soll sich mit der Pressestelle in Verbindung setzen und eine Pressemitteilung aufsetzen. Wir haben keine Zeit.«

»Charlton wird es nicht gefallen, wenn Sie sich vor den Presseterminen drücken«, frotzelte Noble.

»Ich weiß, was Charlton nicht gefällt, John.«

»Wir sind hier fertig, falls Sie sich noch einmal genauer umsehen wollen, Inspector«, sagte ein Tatortermittler hinter seiner Schutzmaske.

Brook und Noble bewegten sich rasch durch das kleine Zimmer, öffneten Schubladen und Küchenschränke, nahmen Gegenstände mit Handschuhen auf, untersuchten sie und stellten sie wieder weg. Brooks Blick verweilte auf den alten Zeitungen, mit denen die Schränke ausgelegt waren. Sie wiesen kreisrunde Markierungen von Konservendosen auf. Er nahm den Abfalleimer und leerte den Inhalt in die Spüle. Mit einem Bleistift schob er alles auseinander, um es genauer in Augenschein zu nehmen – mehrere leere Dosen gebackene Bohnen einer Billigmarke, eine Würstchenverpackung, Toastkrümel. Er musterte einen fleckigen Kassenzettel, bevor er den leeren Mülleimer wieder auf den Boden stellte und weitere Schubladen aufzog und aufmerksam das Besteck durchging.

Er rief einen der Tatortermittler. »Können wir einen Blick ins Bad werfen … ähm …«

»Ben Shaw«, sagte der Beamte und hielt ihm die Kordel mit seinem Dienstausweis hin. Brook eilte der Ruf voraus, sich keine Namen merken zu können, was ihn bei den Beamten nicht gerade beliebt machte.

»Selbstverständlich.« Brook lächelte dämlich. »Tut mir leid. Langer Tag.«

»Bei mir auch«, erwiderte er, »Inspector Brook.«

Nobles amüsierter Blick entging Brook nicht. »Ich habe nach dem Bad gefragt.«

»Da ist nichts drin«, antwortete Shaw.

»Gar nichts?«

»Nur eine Badewanne, ein Stück Seife und ein Handtuch.«

»Keine anderen Toilettenartikel?«, hakte Brook nach, der einem Beweis erst dann traute, wenn er ihn mit eigenen Augen gesehen hatte. »Sachen, die eine Frau vielleicht benutzt«, fuhr er fort und versuchte, sich an die Unzahl von Produkten zu erinnern, die seine Tochter nach einem Besuch in Hartington zurückgelassen hatte. »Tampons, Shampoo, Wattepads, Gel, Handcreme …«

»Handcreme?«, rief Shaw aus und hob aufgeregt einen Finger.

»Ja?«, sagte Brook.

»Nein«, fuhr Shaw in trockenem Ton fort. »Da ist eine Badewanne, ein Stück Seife und ein Handtuch«, wiederholte er, als hätte er es mit einem Debilen zu tun. »Kann ich jetzt weiterarbeiten?«

Brook nickte und sah den lächelnden Noble an. »Ich hab nicht viel Schlaf bekommen, John.«

»Sie könnten auch nicht delegieren, wenn Sie schlafen würden wie ein Murmeltier«, bemerkte Noble mit einem Grinsen. Brook widersprach ihm nicht. »Aber da ist eindeutig nichts, was darauf hinweist, dass im letzten Monat hier eine Frau war. Keine Kleidung, keine Toilettenartikel …«

»Elf Etagen und der Aufzug außer Betrieb«, sagte Brook und nickte. »Festgehalten haben sie sie hier nicht.«

»Ich würde noch einen Schritt weiter gehen«, sagte Noble. »Klingt vielleicht herablassend, aber wenn ich mir die Wohnung so ansehe, kommt es mir nicht so vor, als wären sie fähig und organisiert genug, um eine junge Frau vom Erdboden verschwinden zu lassen und sie über vier Wochen zu verstecken.«

»Einverstanden.« Brook gab sich geschlagen. »Und sich darauf verlassen, dass der behinderte kleine Bruder eine Teenagerin entführt, während man selbst Drinks serviert …« Den Rest ließ er ungesagt. »Aber zwei Dinge sind sicher, John. Jemand hat die junge Frau umgebracht, und die Tanners haben den Lieferwagen in Brand gesteckt, in dem wir sie gefunden haben, also legen wir unsere Vorbehalte beiseite, denn die beiden sind alles, was wir haben.«

»Vielleicht kann Cooper rausfinden, ob sie eine Garage oder einen Schuppen haben«, schlug Noble vor. »Irgendwo abgelegen, wo sie sich Zeit mit ihr lassen konnten. Und wo sie jetzt auch sind.«

»Es müsste irgendwo in der Nähe sein. Sie sind zu Fuß unterwegs, und sie haben gepackt – na ja, was man so packen nennen kann. Ein paar Klamotten, glaube ich, und Vorräte für einen längeren Aufenthalt.«

»Vorräte?«

»Die Speisekammer ist leer«, sagte Brook und zeigte ihm den leeren Schrank. »Sie haben sämtliche Konservendosen mitgenommen. Und den Dosenöffner.«

»Vielleicht hatten sie gar keine Konservendosen.«

»Sie hatten gerade Nachschub gekauft«, sagte Brook und zeigte ihm den Kassenbon der Einkäufe vom Vorabend.

»Vielleicht halten sie sich ja versteckt, statt wegzulaufen«, meinte Noble und gähnte beim Sprechen.

»Vielleicht«, sagte Brook auf dem Weg zur Tür. »Kommen Sie. Wir brauchen Tee.«

»Geben Sie einen aus?«, fragte Noble, folgte ihm in den Flur und duckte sich unter dem Polizeiabsperrband durch. Brook sah ihn mit hochgezogener Augenbraue an. *Tue ich das nicht immer?*

Sie stapften die marode Betontreppe elf Etagen hinunter und atmeten flach, um den allgegenwärtigen Uringestank nicht zu sehr zu riechen. Es war fast dunkel, als sie den Wohnblock verließen, und ein leichter Nieselregen legte sich auf ihre Gesichter.

»Jake Tanner«, schnurrte Chief Superintendent Mark Charlton, als hätte er den Fall eigenhändig aufgeklärt. Noble und Brook wechselten einen müden Blick. Charlton strich sich übers Kinn und drehte sich auf seinem Chefsessel, während er über den Dokumenten in seiner Hand brütete. »Wie alt ist dieses Foto von Nick Tanner?«

»Er war fünfzehn, als es aufgenommen wurde«, antwortete Brook.

»Ein Schulfoto? Wie alt ist er jetzt?«

»Neunzehn.«

»Ein Mordverdächtiger, und mehr kriegen wir nicht zustande?«

»Wir arbeiten daran, Sir«, sagte Noble. »Er ist zwar erwachsen, aber er ist allen Aussagen zufolge weitestgehend unselbstständig.«

»Keine Vorstrafen? Kein Führerscheinfoto? Kein Ausweis?« Brook bog die Lippen zu einem Lächeln zur Verneinung. Charlton schwang Nicks Foto. »Damit kriegen Sie ihn nie.«

»Wir überprüfen die sozialen Netzwerke, ob sich da etwas Aktuelleres findet.« Brook sah auf die Uhr hinter Charltons Kopf. »Aber wie John schon sagte, er ist unselbstständig. Es scheint, als hätten sie keinen Computer besessen, und das heißt keine E-Mails, kein Facebook …«

»Und keiner von beiden hat ein Handy mit Vertrag«, fügte Noble hinzu.

»Wenn wir Nick finden, finden wir auch seinen Bruder«, schloss Brook. »Sie sind unzertrennlich.«

»Und nicht unbedingt die hellsten Lichter im Hafen«, sagte Charlton. »Die haben wir innerhalb von zwölf Stunden.«

Ein weiterer Blick von Brook zu seinem DS. Bei einem schnellen Ergebnis hieß es immer *wir*, aber wenn die Sache nicht rund lief, wurde aus der gemeinsamen Verantwortung schnell ein *Sie*.

Charlton stand auf und sah ebenfalls auf die Uhr. Die Pressekonferenz war in fünfzehn Minuten. »Ist das alles?«

»Ja, Sir.«

»Die Leiche ist noch nicht identifiziert?«

»Nein, Sir.«

»Kann sein, dass wir dafür den Zahnstatus brauchen«, fügte Noble hinzu.

»Doch die erste Kandidatin ist diese Caitlin Kinnear.«

»Sie wird vermisst und ist im gleichen Alter«, räumte Brook ein.

»Und sie ist am Abend ihres Verschwindens Jake Tanner begegnet, Sir«, fügte Noble hinzu.

»Irgendwas am letzten bekannten Aufenthaltsort der Tanners?«

»Leer geräumt, Sir«, sagte Brook müde. »Die Spurensicherung ist dran, aber es gibt keine Anzeichen dafür, dass die junge Frau je dort war.«

»Und sie wurde nicht am Fundort umgebracht?«

»Nein, Sir«, antwortete Noble. »Die Ergebnisse der Obduktion bekommen wir morgen.«

Charlton nickte und überprüfte in dem hohen Spiegel in seinem Büro sein Erscheinungsbild. Er zog seine Uniformjacke glatt und wandte sich nach links und nach rechts, um sicher zu gehen, dass sie gut saß. Am Oberschenkel entdeckte er einen Fussel und wischte ihn fort. »Besser, Sie erinnern mich an Caitlin Kinnear, falls ich gefragt werde.«

Ostrowsky saß auf einem Hocker in der schummrigen Bar, die nur von den Lampen hinter den Schnapsportionierern beleuchtet wurde, vor sich eine frische Flasche Wodka und ein volles Glas. Er zündete sich eine Zigarette an und fasste seinen Bruder ins Auge. Tymon ragte hinter Max auf, ein Riese im Halbdunkel.

»Sieh dich an«, sagte Ostrowsky auf Polnisch und maß seinen ungepflegten Bruder voller Abscheu von oben bis unten.

»Ich brauch was zu trinken«, sagte Max und beäugte die Flasche.

»Du brauchst eine Dusche, kleiner Bruder.«

»Ich hab gearbeitet.«

»Du hast rumgehurt«, fuhr Ostrowsky auf und erhob sich. Er schaute kurz auf Tymons unbewegte Miene, ob der ihm widersprach. Tat er nicht. Er zog seine Jacke aus, hängte sie über den Barhocker, löste seine Seidenkrawatte und trat dicht vor seinen Bruder. Max wandte den Blick ab, und Ostrowsky beugte sich vor, um sich seiner ungeteilten Aufmerksamkeit zu vergewissern. »Und während du dein Geld den Huren hinterherwirfst, hatte ich die Polizei hier.«

»Hier?«

»Und keinen Geringeren als einen Detective Inspector …«

»Ist das etwa meine Schuld?«, höhnte Max und verzog bockig das Gesicht.

Ostrowsky sah Tymon an, der Max von hinten an den Schultern packte, um in für den Schlag in Position zu bringen, der knapp über dem Zwerchfell traf. Max kippte vor Schmerz nach vorn und ließ sich zu Boden sinken, um weiteren Schlägen zu entkommen, doch Tymon zog ihn hoch, für den Fall, dass weitere Sanktionen erwünscht waren.

»Du bist so blöd, dass es wehtut, kleiner Bruder«, sagte Ostrowsky leise, untersuchte seine linke Hand und massierte sie. Ein Knöchel war aufgerissen. »Jetzt sieh dir an, wozu du mich treibst.« Aus der Hosentasche zog er einen Schlagring und streifte ihn behutsam über die Finger.

»Nicht noch mal, Grzegorz«, flehte Max. »Ich bin dein Bruder.«

»Manchmal kommen mir da Zweifel.«

»Es ist nicht meine Schuld, dass der Lieferwagen gestohlen wurde.«

»Aber es ist deine Schuld, dass der Diebstahl gemeldet wurde«, fuhr Ostrowsky auf. »Es ist deine Schuld, dass die Polizei meinen Namen hat.«

»Den hätten sie doch eh erfahren, oder?«, flehte Max. »Was hätte ich denn machen sollen?«

Ostrowsky konnte es nicht glauben. »Was du hättest machen sollen? Hast du die Nachrichten gesehen? Jemand hat in meinem Lieferwagen eine Leiche entsorgt. In *meinem* Lieferwagen. Und was machst du? Kommst du zu mir, damit ich mich um das Problem kümmern kann, oder sprichst du mit Fremden?«

»Hätte ich den Wagen als gestohlen gemeldet, wenn ich gewusst hätte, dass eine Leiche drin ist?«, erwiderte Max säuerlich.

»Vielleicht hast du es getan, um von dir abzulenken. Um den Dieb als Mörder hinzustellen.«

»Nein, Bruder …«

»Vielleicht hast du ja wieder Probleme mit Frauen, wie in Warschau?«

»Nein. Das ist vorbei.«

»Bist du dir sicher, *braciszek*?«

»Ich lüg dich doch nicht an.«

»Und trotzdem gehst du zu Huren.« Beschämt senkte Max

den Kopf. Ostrowsky betrachtete ihn mit unversöhnlicher Miene, doch dann wurden seine Züge weicher. Er gab dem Riesen mit einer Geste zu verstehen, ihn loszulassen. Max sank in seinen schäbigen Arbeitsklamotten auf ein Knie, rieb sich den Bauch und stöhnte mehrmals unter Schmerzen.

»Aber du hast recht«, sagte Ostrowsky. »Es ist meine Schuld. Ich war zu nachsichtig. Hab's dir überlassen, dich allein durchs Leben zu schlagen, wo ich doch weiß, dass du das nicht hinkriegst. So viel Freiheit, so viel Geld in einem fremden Land. Ich hätte es kommen sehen sollen.«

Er kehrte an den Tresen zurück und trank noch einen Schluck Wodka. »Du begreifst hoffentlich, dass ich nur streng mit dir bin, weil ich dich liebe, Max. Du bist alles, was ich an Familie habe. Ich hätte mich besser um dich kümmern sollen. Aber jetzt habe ich deinetwegen der britischen Polizei eine Lüge über deinen Verbleib aufgetischt. Und ich glaube, sie haben gewusst, dass ich lüge. Aber dieser Polizist, dieser Inspector Brook, hat nichts gesagt. Er hat die Munition in der Kammer gelassen, weil er sich nicht sicher war, ob meine Lüge wichtig war, während ich ...« Aufgebracht holte er Luft. »Während ich mich bloßgestellt habe mit dieser Lüge. Und ich will mich in einem fremden Land gegenüber der Polizei nicht bloßstellen.«

»Ich brauch was zu trinken«, winselte Max.

»Was zu trinken?«, wiederholte Ostrowsky. »Hast du mich nicht gehört? Die Polizei hat in meinem Lieferwagen eine Leiche gefunden.« Max senkte den Blick wieder auf die Füße. »Wer war das?« Max schüttelte den Kopf, nicht bereit, seinem älteren Bruder in die Augen zu sehen. »Weißt du es?«

»Woher soll ich das wissen, Bruder?«

Ostrowsky schnaubte verächtlich. »Weil es dein Lieferwagen ist!«

»Weiß die Polizei nicht, wer es war?«

»Wenn, dann sagen sie es nicht«, antwortete Ostrowsky. »Dieser Inspector Brook war in den Nachrichten. Er muss heute

Morgen gewusst haben, dass in meinem Lieferwagen eine Leiche war. Aber er hat nichts gesagt. Er hat mich beobachtet, ob ich mich verrate. Das ist ein Kluger. Er hat mich belauert und gewartet, ob ich mich verrate. Zum Glück weiß ich nichts, denn mein Bruder spricht lieber mit Fremden als mit seinem eigenen Fleisch und Blut. Und zum Glück konnte dieser Polizist das sehen, als er mich beobachtete, glaube ich. Und er hat andere Verdächtige, also hat er mir meine Lügen durchgehen lassen und mir nicht auf den Zahn gefühlt.« Er leerte sein Glas und schenkte nach. »Aber das wird er noch.«

»Das ist doch gut, oder?«, sagte Max. »Die Scheißkerle, die den Lieferwagen geklaut haben … die müssen die junge Frau umgebracht haben.«

»Junge Frau?«, fuhr Ostrowsky auf. »Ich hab nichts von einer jungen Frau gesagt, oder?«

»Nein …«, wehrte Max sich lauthals.

»Tymon?« Der große Mann schüttelte den Kopf.

»Ich hab's in den Nachrichten gesehen, Bruder.« Max nickte. »Wie du. Sie glauben, es war eine junge Irin.«

»Und doch tust du so, als wüsstest du von nichts, wenn ich dich nach einer Leiche frage.«

»Nein, Grzegorz«, sagte Max hastig. »Ich verstehe nicht alles in den Nachrichten. Mein Englisch … Aber sie haben ein Foto einer vermissten jungen Frau gezeigt. Einer Studentin.«

Ostrowsky zündete sich noch eine Zigarette an und betrachtete Max nachdenklich. »Dann hast du auch Bilder von den beiden Verdächtigen gesehen, die meinen Lieferwagen gestohlen haben.«

Max senkte den Kopf. »Es war Jake, der neue Barkeeper.«

Ostrowsky nickte mit zusammengekniffenen Lippen. »Das ist richtig, *braciszek*.« Er wies auf die großen Flachbildschirme an der Wand. »Sie suchen Jake Tanner. Und *seinen* kleinen Bruder. Und weil Jake für mich arbeitet, haben sie noch einen Grund, herzukommen und mich zu befragen.«

»Tut mir leid.« Max rappelte sich hoch. »Es ist nicht meine Schuld.«

»Willst du etwa sagen, es wäre *meine* Schuld?«

»Nein, Bruder. Es ist Jakes Schuld. Er hat den Lieferwagen geklaut. Er muss auch die junge Frau umgebracht haben.«

»Ja, muss er. Aber was ich nicht verstehe, Bruder, warum stiehlt er *meinen* Lieferwagen, um ihre Leiche reinzutun? Erklär mir das. Dann hab ich was, was ich diesem Inspector Brook sagen kann, wenn er zurückkommt, um mich zu fragen.«

Max schüttelte den Kopf. Er sah sich nach einer Sitzgelegenheit um und ließ sich daraufplumpsen. »Ich brauch was zu trinken«, wiederholte er. Ostrowsky erlaubte es mit einem kurzen Blick auf Tymon, und einen Augenblick später reichte der Max einen kräftigen Schluck Wodka. Er kippte ihn in einem Zug runter und kramte dann nach einer Zigarette. Ostrowsky warf ihm sein Päckchen rüber, das ihn an der Brust traf. Max schnappte es und zündete sich eine an.

»Also?«

»Ich weiß nicht.« Mit einem erleichterten Seufzer atmete Max den blauen Dunst aus. »Ich weiß nur, dass der Wagen gestern Abend vor meiner Wohnung stand, und heute Morgen war er weg.«

»Ich frage noch einmal. Warum stiehlt Jake *meinen* Lieferwagen?«, sagte Ostrowsky. »Habe ich ihn nicht fair behandelt? Sag's mir.«

»Warum zum Teufel fragst du mich das?«, wollte Max wissen. »Frag *ihn*.«

Ostrowsky atmete scharf ein, überlegte einen Augenblick und betrachtete seine Hand. »Das habe ich vor.« Er stand wieder auf und drückte seine ungerauchte Zigarette aus. »Du hast meinen Knöchel verletzt, Max. Aber um unseres Vaters willen – Gott hab ihn selig – habe ich den Schmerz gern ertragen. Normalerweise würde ich Tymon bitten, denen Schaden zuzufügen, die mich erzürnt haben, aber ich habe an unseren Vater gedacht und an unsere vor Langem verstorbene Mutter …« Er bekreuzigte sich, drückte einen Kuss auf seine Finger und berührte damit ein kleines Kruzifix unter seinem Hemd. »So habe ich die Last auf mich genommen, damit du nicht die gewaltige Wucht von Tymons Kraft spürst.« Schweigen breitete sich aus, während Ostrowsky seinen jüngeren Bruder zutiefst enttäuscht maß. Er warf Tymon den Schlagring zu, der ihn feixend auffing. »Aber jetzt …«

Tymon schob den Schlagring so weit über seine kräftigen Knöchel, wie es ging, und dehnte den Nacken.

»Warte!«, schrie Max.

Auf einen Wink seines Chefs hin hielt Tymon inne.

Max zog noch einmal an der Zigarette und versuchte, ruhig zu sprechen, sah aber nervös zu dem Bodyguard. »Es gab ein Problem. Mit Jakes kleinem Bruder.«

Ostrowsky runzelte die Stirn. »Jakes Bruder?« Er zeigte auf den Fernseher, um sich an den Namen zu erinnern.

»Nick«, sagte Max.

»Nick.« Ostrowsky nickte. Er machte eine kreisende Bewegung mit dem Zeigefinger an der Schläfe. »Der *idiota*?« Max bestätigte es mit einem Blinzeln. »Was für ein Problem?«

»Die Putzfrau«, fuhr Max fort. »Die aus Warschau. Die, die nicht zur Arbeit erscheint.«

Ostrowsky sah zu Tymon. »Kassia. Was ist mit ihr?«

»Ich glaube nicht, dass sie krank ist, Bruder«, sagte Max. »Sie war sauer wegen Nick.«

»Das verstehe ich nicht.«

»Als Jake die Bar eingeräumt hat, hat Nick im Lagerraum im Keller gesessen. Du erinnerst dich? Jake hat ihm Comics zum Lesen gegeben. Er konnte ihn nicht allein daheim lassen.«

»Na und?«

»Also, Nick … er hat Sachen gemacht, wenn Kassia in der Nähe war. Hat es jedenfalls versucht.«

»Sachen?«, hakte Ostrowsky nach.

Max zögerte. »Er hat sich vor ihr angefasst.«

»Er hat sich angefasst? Und was hat Kassia gemacht?«

»Zuerst hat sie gelacht, aber es ist schlimmer geworden. Er hat den Schwanz rausgeholt und ihr gesagt, sie soll ihn anfassen.«

»Und?«

»Und sie hat Nein gesagt zu dem *struntz*«, erwiderte Max empört.

»Hast du das gewusst?« Tymon schüttelte den Kopf.

»Das ging so weit, dass Kassia Angst hatte, da reinzugehen«, sagte Max, der sich langsam für seine Geschichte erwärmte. »Er hat ihre Brüst angefasst, wollte sie küssen …«

»Woher weißt du das alles?«

»Sie hat es mir erzählt«, sagte Max, wich dem Blick seines Bruders aber aus.

Ostrowsky zündete sich eine neue Zigarette an und betrachtete Max nachdenklich. »Und was hast du gemacht?«

»Ich hab ihm gesagt, er soll damit aufhören«, sagte Max. »Dann habe ich Jake gesagt, dass Nick nicht mehr mit in die Bar Polski kommen kann.«

»Und *deswegen* ist Kassia nicht mehr zur Arbeit gekommen?« Ostrowsky sah skeptisch zu Tymon. »Bist du dir sicher, kleiner Bruder? Vielleicht hat sie Heimweh gekriegt und ist zurück nach Polen.«

»Ich weiß nur, was mit Nick passiert ist. Ich bin letzte Woche in den Lagerraum gegangen, um das Kabel für das neue Haus zu holen, und da hat sie geweint.«

»Warum ist das Mädchen nicht zu mir gekommen? Warum bist du nicht zu mir gekommen?«

Max breitete die Arme weit aus. »Ich weiß. Aber der Kerl ist wie ein verdammtes Baby und fängt an zu flennen, wenn man mit ihm schimpft.«

»Und du glaubst, Jake hat den Lieferwagen geklaut, um dir eins auszuwischen«, sagte Ostrowsky und nickte.

»Nick hat ihm wohl ’ne Geschichte erzählt, Kassia und ich würden ihn böser Sachen beschuldigen.«

»Wo war ich?«

»Ich glaube, im Lagerhaus.« Max zuckte die Achseln. »Von dem Augenblick an hatte Jake mich auf dem Kieker. Deswegen hat er den Lieferwagen geklaut. Hey, vielleicht ist das in dem Lieferwagen ja Kassias Leiche.« Er nickte. »Ja. Vielleicht hat er sie umgebracht, damit sie den Mund hält. Und hat sie in den Lieferwagen gelegt, um mich ...« Auf der Suche nach den richtigen Worten rang er die Hände.

»Um dich zu belasten«, sagte Ostrowsky und trank sein Glas leer. »Und ich erfahre das alles erst, wenn die Polizei vor meiner Tür steht.«

Max sah zu Boden. »Ich hätte längst was sagen sollen. Aber was machen wir in unserem Land mit solchen, die andere verpfeifen, Bruder?« Er nahm sein Glas, und Tymon füllte es auf Ostrowskys Wink hin wieder auf.

»Du hättest den Lieferwagen nicht als gestohlen melden sollen«, sagte Ostrowsky ernst. »Komm immer zu mir. Ich kümmere mich um Probleme. Jetzt gibt es eine Verbindung zwischen dir und dem Lieferwagen. Ich hätte sagen können, er wäre aus dem Lagerhaus gestohlen worden und nicht in deiner Straße.«

»Aber die Versicherung ...«

»Zum Teufel mit der Versicherung!«, schrie Ostrowsky. »Sind wir arm?«

Max kippte seinen Wodka hinunter. »Du hast recht, Grzegorz. Tut mir leid.«

Ostrowsky beäugte seinen Bruder. »Schon gut.«

»Und jetzt?«

»Jetzt?« Ostrowsky sah zu Tymon. »Kassia war nicht angemeldet?«

Tymon schüttelte den Kopf. »Nur die englischen Kräfte sind angemeldet.«

»Gut. Dann existiert sie nicht. Hat Ashley sie gekannt?« Tymon nickte. »Dann sieh zu, dass du ihn loswirst.«

Tymon wirkte einen Augenblick unsicher und zog fragend einen Finger über die Kehle.

Zum ersten Mal lächelte Ostrowsky. »Wir sind hier nicht in Hongkong, mein alter Freund. Nein. Schaff ihn aus der Bar und streich ihn still und leise von der Gehaltsliste. Zahl ihn aus – bar. Zweitausend. Dann biete ihm einen Job im Lagerhaus an, mehr Lohn, aber selbstständig. Nichts in unseren Büchern.«

»Ja, Chef«, sagte Tymon.

»Eins noch«, sagte Ostrowsky. »Hast du eine Adresse von dieser Kassia?«

»Ja, Chef«, antwortete Tymon.

Ostrowsky sah zu Max. »Geh da hin und schau dir an, wie's dort aussieht.«

»Ist das eine gute Idee, Grzegorz?«, fragte Max. »Vielleicht ist die Polizei dort.«

»Überlass die Sorgen um die Polizei mir.« Er maß seinen ungepflegten Bruder von Kopf bis Fuß. »Geh nach Hause, wasch dich und zieh dir was Anständiges an. Die Polizei will mit uns reden.«

»Was ist mit Nick und Jake?«, fragte Max.

»Um die kümmere ich mich«, sagte Ostrowsky und sah Tymon lange an. Der große Mann quittierte es mit einem Senken seines Blicks. »Und jetzt geh, kleiner Bruder.« Max wandte sich ab. »Und, Max!« Der richtete seine rot geränderten Augen auf ihn. »Schluss mit den Huren.«

»Such Jake und seinen Bruder und bring sie zu mir, bevor die Polizei sie findet«, sagte Ostrowsky zu Tymon, sobald Max weg war. »Überprüf die Personalunterlagen. Es bei Jakes Adresse zu versuchen ist wahrscheinlich zwecklos, aber vielleicht findest du in seinem Lebenslauf was. Eins noch. Max lügt. Ich weiß nicht, was er im Schilde führt, aber halt Augen und Ohren offen.«

Tymon nickte und eilte dann, so schnell ihn seine Beine trugen, die Hintertreppe hinunter. Ostrowsky schenkte sich noch ein Glas Wodka ein und schaltete einen an der Wand montierten Fernseher ein. Er wechselte von dem auf stumm geschalteten Fußballspiel auf einen lokalen Nachrichtensender. Abrupt hielt er inne, als er Brooks Gesicht auf dem Bildschirm sah, und drehte die Lautstärke auf. Brook saß reglos neben einem kleinen Mann in Uniform. Der kleine Mann sprach und wirkte dabei sehr selbstzufrieden. Der Inspektor wirkte gelangweilt. Es war eine Wiederholung des früheren Beitrags, doch Ostrowsky sah es sich trotzdem an.

»Ja, die Fingerabdrücke wurden an EMSOU geschickt, das ist die East Midlands Special Operations Unit, die eigens gegründet wurde, um die forensischen Kräfte in Derbyshire, Nottinghamshire und Lincolnshire zu bündeln, wodurch wir obendrein viele Millionen Pfund sparen, wenn ich das noch hinzufügen darf.« Brook hüstelte, und Charlton kam zum Thema zurück. »Der Verdächtige ist vorbestraft, also hatten wir innerhalb von drei Stunden ein Ergebnis. Der Mann, den wir suchen, ist Jake Tanner …«

Ostrowsky richtete einen aufgebrachten Blick auf das Fahndungsfoto seines ehemaligen Mitarbeiters, und auf seinem Gesicht breitete sich ein Lächeln aus. Er hob das Glas. »Na dann bis bald, Jake.«

19

»Ich habe alle Aufnahmen zusammenmontiert, angefangen bei der Cock Pitt, wo sie den Park verlassen haben«, sagte DC Cooper in der abgedunkelten Einsatzzentrale. »Da.« Er stand auf und zeigte auf die beiden Gestalten, die auf der Leinwand erstarrt waren. »Das ist ein paar Minuten, nachdem sie über die Fußgängerbrücke gelaufen sind.«

»Das passt in den zeitlichen Ablauf«, pflichtete Morton ihm mit Blick auf die Digitalanzeige bei.

Sechs Kriminalbeamte sahen zu, wie der Film weiterlief und die beiden männlichen Gestalten aus dem Dunkeln des Bass's Recreation Ground auftauchten und vom Fluss weg in Richtung Intu-Einkaufszentrum gingen. Die nächste Filmsequenz zeigte, wie sie mit scharfem Schritt die Traffic Street in Richtung Marks & Spencer hinuntergingen, am Rand des Ladenviertels.

Der jüngere, kleinere Mann bewegte sich völlig sorglos, während der ältere – Jake Tanner – unablässig auf der Hut war, sich ängstlich umblickte und seinen Bruder antrieb, wenn der langsamer wurde, um sich Schaufenster anzusehen. An einem Punkt schien er seinen Bruder kurz zu packen, und sie schienen sich über irgendetwas zu streiten, bevor sie ihren Weg fortsetzten. Schließlich zeigte eine dritte Aufnahme, wie sie den Kreisverkehr an der London Road überquerten, bevor sie den Bradshaw Way hinaufgingen in die Richtung, wo ihr Wohnblock lag.

»Das war's«, sagte Cooper und schaltete das Deckenlicht ein.

»Sie sind, nachdem sie den Lieferwagen in Brand gesteckt hatten, direkt nach Hause gegangen«, sagte Morton.

»Und später?«, fragte Brook.

»Später?«, wiederholte Cooper.

»Es deutet alles darauf hin, dass sie nur kurz zu Hause waren und bald das Weite gesucht haben.«

»Und Sie glauben, sie sind wieder durch die Innenstadt«, sagte Cooper.

»Keine Ahnung«, warf Noble ein. »Aber wir müssen uns sicher sein.«

»Wäre ein bisschen dämlich, sich noch mal filmen zu lassen«, sagte DC Smee.

»Ich bezweifle, dass sie zu dem Zeitpunkt daran gedacht haben«, entgegnete Noble. »Jake wusste, dass er sein Feuerzeug fallen gelassen hatte, als Inspector Gadget ihn zu Boden warf …«

»Und dass wir ihnen auf der Spur sein würden, sobald wir seine Fingerabdrücke abgeglichen hatten.« Smee nickte. »Die dämlichsten Kriminellen der Welt.«

»Die noch nicht in U-Haft sind«, gab Noble zu bedenken.

»Aber wie sind sie weggekommen?«, fragte Brook.

»Von den hiesigen Taxiunternehmen hat sie keins gefahren«, antwortete Morton. »Und es ist auch nirgendwo in der Gegend ein Auto gestohlen worden, soweit wir das nach der Tür-zu-Tür-Befragung sagen können.«

»Dann sind sie zu Fuß weg«, sagte Cooper. »Aber mit Gepäck?«

»Sie haben Panik bekommen und sich geschnappt, was sie tragen konnten«, sagte Read.

»Das wissen wir nicht«, wandte Brook ein. »Kann sein, dass sie einen Plan hatten und auch schon wussten, wohin, aber wenn sie wirklich in Panik sind, macht sie das verzweifelt und gefährlich, wenn sie zu Fuß unterwegs sind.« Er sah Cooper an.

»Sie haben keine Familie, weder in Derby noch sonst irgendwo«, fuhr Cooper fort. »Ihre Mutter ist vor acht Jahren an einer Überdosis gestorben. Vater unbekannt …«

»Mag ja sein, dass er uns unbekannt ist, Dave«, warf Brook ein.

»Aber nicht ihnen«, pflichtete Cooper ihm bei und machte sich eine Notiz. »Ich überprüfe noch den Freundeskreis, aber sie scheinen keinen zu haben. Sie haben sich ziemlich abgeschottet.«

»Dann überprüfen Sie es noch einmal«, sagte Brook. »Hören Sie sich an Jakes Arbeitsstellen um. Und organisieren Sie einen gründlicheren Durchgang durch Milton Flats. Die uniformierten Kollegen sollen mit allen Bewohnern sprechen. Sämtliche Etagen.« Er wandte sich an Read und Smee. »Es besteht die Chance, dass sie noch in Derby sind, also warnen Sie die Wachleute an den Busbahnhöfen und den Bahnhöfen. Sie wissen, was nötig ist.«

»Was ist mit dem East Midlands Airport?«, fragte Smee und bedeutete Read aufzustehen.

»Die Tanners haben keine Ausweispapiere«, sagte Morton. »Jedenfalls keine legalen.«

»Und zwei gefälschte Ausweise können sie sich vermutlich nicht leisten«, sagte Noble.

»Sehe ich auch so«, meinte Brook. »Informieren Sie den Flughafen, aber bleiben Sie vorerst bei Bus und Bahn und tragen Sie alle relevanten Filmaufnahmen der Überwachungskameras zusammen.«

»Busbahnhof zuerst«, schlug Noble vor. »Können sie sich eher leisten, und die fahren auch eher noch mitten in der Nacht. Überprüfen Sie National Express und Megabus, ob Fernfahrten gebucht wurden.«

»Nachtbusse in der Nähe der Wohnung?«, fragte Read.

»Damit wären sie nicht aus Derby rausgekommen, aber gehen Sie dem trotzdem nach«, sagte Noble.

»Und wenn sie getrampt sind?«, schlug Morton vor. »Ich weiß, dass sie Gepäck hatten, aber …«

»Geben Sie das an die Verkehrspolizei weiter, Rob«, sagte Brook. »Aber sie waren sehr früh unterwegs. Wenn sie es bis zur Autobahn geschafft haben, sind sie weg. Wir übrigen konzentrieren uns auf die Gegend um die Milton Flats. Die uniformierten Kollegen sollen in einem Umkreis von anderthalb Kilometern um den Wohnblock von Haus zu Haus gehen. Dave, wenn sie noch in Derby sind, müssen wir in Erfahrung bringen, ob es irgendwas in der Nähe gibt, wo sie hin sein können, oder ob sie jemanden kennen, der bereit ist, sie zu verstecken. Überprüfen sie Jakes Mitinhaftierte in seiner Zeit im Gefängnis Sudbury. Und erhöhen Sie die Zahl der Streifenwagen in der Gegend. Ich will, dass alle Nebengebäude überprüft werden, vor allem leere, verlassene Gebäude.«

»Hoffen wir, dass sie nicht genug Mumm haben, jemanden zu Hause zu überfallen«, sagte Cooper.

»Sicher nicht, das sind doch nur Kleinkriminelle«, meinte Morton.

»Eine junge Frau ist tot«, versetzte Brook. »Was hat das mit Kleinkriminalität zu tun?«

»Fünf Pfund, dass die Verkehrspolizei sie aufgreift, wie sie an der M1 den Daumen raushalten«, sagte Smee.

»Dann sorgen Sie dafür, dass die Kollegen alle Details bekommen«, sagte Noble und wies mit einem Nicken zur Tür. Smee und Read verschwanden und schnappten sich beim Rausgehen noch jeder ein Funkgerät aus dem Fach.

Brook sah Cooper an. »Gibt's noch mehr Hintergrundinformationen über die beiden, Dave?«

»Ich war im Flowerpot«, sagte er. »Jake ging, kurz nachdem Caitlin verschwand. Er war nur zur Aushilfe da und hatte Referenzen von Pubs und Bars in der ganzen Stadt …«

»Scheint es nirgends lange auszuhalten«, bemerkte Morton. »Macht er Schwierigkeiten?«

»Anscheinend genau das Gegenteil«, antwortete Cooper. »Der Geschäftsführer des Flowerpot sagte, Jake könne nicht Vollzeit arbeiten, vermutlich wegen seines Bruders. Er sagte, Jake sei höflich und leiste gute Arbeit und man habe sich im Guten getrennt.«

»Wusste er, dass Jake vorbestraft war?«

»Er hat es nicht angegeben.«

»Wie sicher sind wir, dass unsere Jane Doe Caitlin Kinnear ist?«

»Jane Doe?«, wiederholte Brook und sah ihn an.

»Sind Sie Amerikaner, Rob?«, erkundigte sich Noble und kam Brook damit zuvor.

»Sicher sind wir uns erst, wenn wir die Tote identifiziert haben«, sagte Brook und warf ihm von der Seite einen Blick zu. »Aber Caitlin ist nach einem Abend im Flowerpot verschwunden, wo Tanner sie bedient hat.«

»Da ist noch was«, sagte Cooper. »Jake hat sich um einen anderen Job beworben, während er im Flowerpot war. Der Geschäftsführer sagte, er sei um Referenzen gebeten worden.«

»Wo?«

Cooper kramte nach einem Zettel. »Eine Adresse in Pride Park.«

»Hat er den Job bekommen?«

»Ist nicht bekannt«, antwortete Cooper.

»Ein Pub?«, fragte Noble.

»Komischerweise nicht«, sagte Cooper. »Ein Laden namens Warschau Import-Export. Sie beliefern polnische Lebensmittelläden.«

Brook und Noble sahen einander an. »Kennen Sie irgendwelche polnischen Barbesitzer, John?«

»Die Zufälle häufen sich. Die Firma gehört einem gewissen Grzegorz Ostrowsky«, erklärte Noble. »Er ist auch der Besitzer der Bar Polski, die demnächst in der Friargate eröffnet. Ich lasse ihn durch Interpol und die polnische Polizei überprüfen, denn er ist auch der Eigentümer des ausgebrannten Lieferwagens, auch wenn sein Bruder Max ihn für die Arbeit benutzt hat.«

»Was für Arbeit?«, fragte Morton.

»Er ist Elektriker«, sagte Noble. »Die Kriminaltechniker haben in dem Lieferwagen eine Tasche mit Werkzeug gefunden, Arbeitsstiefel und Handschuhe – nichts Ungewöhnliches. Ich habe eine Auflistung gemailt.«

»Interessant«, sagte Cooper mit Blick auf den Monitor.

»Was?«

»Ich sehe gerade, dass Jake hinter dem Tresen gearbeitet hat, als wir vor neun Jahren das Cream dichtgemacht haben. Einer seiner ersten Bar-Jobs und eine seiner längsten Arbeitsstellen.«

»Das Cream?«, fragte Brook.

»Nur hundert Meter von da, wo Tanner wohnt«, erklärte Noble. »Am Kreisverkehr.«

»Warum ist das von Bedeutung?«, fragte Brook.

»Also, es steht seither leer, und Jake hat in der Nacht, als es geschlossen wurde, gearbeitet«, sagte Cooper. »Es ist ein verlassenes Gebäude.«

»Könnte ein guter Ort sein, um unterzutauchen«, sagte Morton.

»Und wenn er damals Verantwortung trug, hatte er womöglich auch die Schlüssel.« Brook nickte. »Zweigen Sie ein paar Kollegen vom Milton Wohnblock ab und bitten Sie sie, Türen und Fenster zu überprüfen und nachzusehen, ob etwas darauf hindeutet, dass sich in letzter Zeit dort jemand Ingress verschafft oder sich dort aufgehalten hat.«

Während Morton sich auf seinem Stuhl zum Tisch drehte und nach dem Telefon griff, tauschte er ein Lächeln mit Noble. *Ingress?*

»Sie haben das Smithfield gar nicht erwähnt, Dave«, sagte Brook.

»Dazu wollte ich gerade kommen«, erwiderte Cooper. »Woher wissen Sie das?«

»Wer den Lieferwagen auf dem Feldweg abgestellt hat, brauchte Ortskenntnisse.«

»Richtig. Jake hat vor fünf Jahren dort vier Monate lang gearbeitet«, sagte Cooper. »Ziemlich lange für seine Verhältnisse.«

»Da ging sein Bruder wahrscheinlich noch zur Schule.«

»Für einen Kriminellen arbeitet er ziemlich hart«, bemerkte Noble.

»Noch ein Mythos, den wir zu Grabe tragen können«, bemerkte Brook.

»Ist trotzdem in Schwierigkeiten geraten«, fügte Morton hinzu und drehte sich auf seinem Stuhl wieder zu den anderen um. »Die Uniformierten haben noch im Wohnblock zu tun. Aber zwei sind schon los, um einen Blick auf das Cream zu werfen.«

Brook sah auf seine Uhr und bemerkte, dass Morton gähnte. Zwanzig Minuten vor Mitternacht. Die anderen drei Kollegen taten es Morton nach. »Langer Tag.« Niemand widersprach. »Um wie viel Uhr ist die Obduktion morgen früh, John?«

»Um neun.«

Brook nickte. »Gehen Sie nach Hause und ruhen Sie sich aus. Für heute Abend haben wir alles getan, was wir tun konnten. Wir machen morgen weiter, vielleicht haben wir dann schon einen Namen für unser Opfer.«

Morton stand auf, doch Cooper rührte sich nicht. »Ich will mir noch ein paar Filme ansehen«, sagte er. »Mal schauen, ob die Brüder Tanner durch die Stadt geflüchtet sind.«

»Ich glaube, das läuft nicht weg«, sagte Brook. »Wenn sie durch die Stadt sind, dann sind sie am ehesten zum Busbahnhof, und dort können Read und Smee ihre Spur aufnehmen.«

Cooper fuhr den Computer runter und stand auf, um zu gehen. »Okay, aber die restlichen Filmaufnahmen überprüfe ich zu Hause.« Da er das Bedürfnis hatte, sich zu erklären, fügte er hinzu: »Die beiden Scheißkerle haben eine junge Frau getötet und Gott weiß, was sie vorher noch mit ihr gemacht haben.«

»Das wissen wir nicht«, wandte Morton ein.

»Wir wissen, dass sie tot ist, Rob«, sagte Cooper und trat an der Tür zu ihm. »Und Sie haben sie nicht gesehen.«

»Dave«, sagte Brook, und die beiden hielten inne. Brook zögerte, unsicher, was er sagen sollte, doch er wusste, dass er etwas sagen musste. »Ich schlafe meistens sowieso nicht gut. Sie sind ein junger Mann. Nehmen Sie meinen Rat an und trainieren Sie, sich nicht vorzustellen, was einem Opfer zugestoßen ist, solange es nicht unbedingt sein muss.« Einen Augenblick herrschte Schweigen, und er wünschte sich schon, er hätte nichts gesagt. Er rang sich eine abschließende Bemerkung ab. »Das war gute Arbeit heute.«

Die beiden gingen in ernster Stimmung. Brook sah Noble an. »Das lief doch gut.«

Noble lächelte. »Die beiden sind den neuen Brook nicht gewohnt.«

»Den neuen Brook?«

»Entspannter, selbstbewusster, jetzt, da Sie bei Charlton nicht mehr in Ungnade stehen. Sie haben sich sogar an Coopers Vornamen erinnert.«

Brook knurrte amüsiert. »Das hält nicht lange.«

»Das glaub ich gern. Apropos der neue Brook, wäre es nicht an der Zeit, damit aufzuhören, die Leute zu fragen, ob sie Amerikaner sind?«

»Ich dachte, das hätten Sie gefragt.«

»Ich wollte nur demonstrieren, wie dämlich es klingt.«

»Es gibt ein paar Sachen, die kann ich nicht durchgehen lassen«, sagte Brook, nachdem er einen Augenblick überlegt hatte. Er sah zur Tür. »Und was Cooper angeht, ich hatte ja keine Ahnung, dass ich zu einer solchen Arbeitsethik inspiriere.«

»Das liegt daran, dass Sie nicht so karriereorientiert sind wie alle anderen.«

»Das heißt?«

»Das heißt, dass durch Janes Beförderung die Stelle eines DS frei geworden ist.«

»Das ist aber sehr zynisch.« Brook schaltete den Wasserkessel ein. »Ich vermisse Jane. Was ist aus positiver Diskriminierung geworden?«

»Es gibt sehr viele weibliche CIDs in der Abteilung.«

»Aber nicht in meinem Team«, sagte Brook. »Und ich hätte gern welche. Sie besitzen Fertigkeiten, mit denen männliche CIDs nicht dienen können.«

»Sie meinen, sie können Tee kochen«, schlug Noble vor und wandte den Blick ab.

Brooks Züge verhärteten sich. »Das werde ich keiner Antwort würdigen.«

»Sie sind längst nicht mehr so leicht zu provozieren wie früher«, meinte Noble grinsend. »Entmutigend.«

»Der neue Brook«, versetzte Brook und goss heißes Wasser in einen Pott.

»Ich dachte, wir gehen nach Hause, um ein bisschen zu schlafen.«

»Ich schlafe nicht, schon vergessen?« Brook griff nach dem Telefon.

Noble holte seine Zigaretten heraus und ging zur Tür, wo er noch einmal stehen blieb. »Ich war nicht zynisch. Cooper ist in Ihrer Einheit, und er ist in der engeren Wahl zur Beförderung zum DS.«

»Was hat das mit irgendwas zu tun?«

»Es bedeutet, dass Sie nicht überrascht sein sollten, wenn Detectives in Ihrem Team einen Gang zulegen«, sagte Noble. »Die wissen einfach, dass es Ihnen auffällt und dass Sie ihnen helfen, noch besser zu werden.«

Brook blickte von Ostrowskys Visitenkarte auf. »Ist das nicht die Aufgabe eines DI?«

»Erzählen Sie das mal Frank Ford.«

Brook runzelte die Stirn. »Ich dachte, Ford wäre bei seinen Leuten beliebt.«

»Ja, bei den DCs, die gern Dienst nach Vorschrift machen«, erwiderte Noble. »Sie verstehen es nicht, oder? Es ist kein Zufall, dass Jane zur DI befördert wurde und ich vermutlich der Nächste bin. Haben Sie gedacht, das wäre Zufall? Was meinen Sie, warum Stechuhrfetischisten wie Ford und Hendrickson Sie hassen? Allen voran DI Greatorex.«

»Weil ich nicht von hier bin«, meinte Brook und fügte mit einem Lächeln hinzu: »Und weil ich psychisch instabil bin.«

»Bei allem Respekt, aber das ist Blödsinn!«, sagte Noble. »Es liegt daran, dass Sie sie mit der Qualität Ihrer Arbeit in Verlegenheit bringen – deswegen wollen alle ehrgeizigen DCs mit Ihnen arbeiten und sind auch bereit, Überstunden zu machen. Sie wissen, dass sie dann eher befördert werden.«

In der darauffolgenden Stille blickte Brook in seinen Tee, unsicher, was er sagen sollte. Als seine Verwirrung sich gelegt hatte und er aufsah, war Noble hinausgegangen, um eine zu rauchen.

Brook wandte sich wieder der Visitenkarte mit Ostrowskys Adresse in Pride Park zu. In Gedanken formulierte er schon eine Nachricht für den Anrufbeantworter, doch sein Anruf wurde beim ersten Klingeln entgegengenommen.

»Warschau Import-Export.«

Brook zögerte. »Mr. Ostrowsky?«

»Inspector Brook«, sagte der Geschäftsmann ruhig.

»Sie arbeiten noch.«

»Ich warte auf eine Lieferung«, sagte Ostrowsky. »Das ist so, wenn man selbstständig ist. Aber Sie sind Staatsdiener mit sicherer Futterkrippe. Sie sollten zu Hause bei Ihrer Familie sein und sich an meinen Steuergeldern erfreuen.« Brook hörte die Schärfe in seiner Stimme, als wüsste Ostrowsky, dass er kein Familienmensch war. »Deswegen habe ich nicht gleich angerufen, als ich die Nachrichten gesehen habe.«

»Was meinen Sie damit?«

»Ich war gerade dabei, die Papiere des Lieferwagens zusammenzusuchen, da habe ich Ihre Pressekonferenz gesehen. Ich wünschte, ich hätte heute Morgen gewusst, wie ernst die Sache ist. Sehen Sie, Jake Tanner hat kürzlich bei mir gearbeitet, um die Bar Polski einzuräumen, bevor wir eröffnen.«

Brook lächelte. *Erzähl mir was, was ich schon weiß, um mein Vertrauen zu erringen.* »Das ist uns bekannt.«

»Das ist Ihnen bekannt? Ich bin beeindruckt«, komplimentierte Ostrowsky ihn. »Woher?« Es war wohl eher unwahrscheinlich, dass Brook ihn in seine Ermittlungsmethoden einweihte, doch der polnische Geschäftsmann beantwortete sich die Frage selbst. »Die Referenzen. Natürlich. Schnelle Arbeit.«

»Und alles, ohne dass Geld geflossen ist.«

Kurz und harsch dröhnte Ostrowskys schallendes Lachen durchs Telefon. »Ich fürchte, Jake ist heute Morgen nicht zur Arbeit erschienen«, fuhr er fort. »Jetzt weiß ich auch, warum. Schockierend. Er schien mir nicht der Typ zu sein. Und sein Bruder war so ein netter Kerl.«

»Sie kennen Nick?«

»Ein paar Tage lang hat Jake ihn, wenn er zur Arbeit kam, mit in die Bar gebracht. Ich bin ihm nur einmal begegnet, aber er schien nett zu sein. Was soll ich jetzt machen, Inspector?«

»Ich muss morgen mit Ihnen und Ihrem Bruder sprechen«, sagte Brook.

»Max hat mir gesagt …«

»Nein«, versetzte Brook resolut. »Ich will keine Informationen aus zweiter Hand, und ich will sie nicht am Telefon.«

»Gut. Wann?«

»Ein Uhr morgen Mittag. Das Polizeipräsidium am St. Mary's Wharf. Wissen Sie, wo das ist?«

»Das findet mein Fahrer schon«, sagte Ostrowsky, bevor er das Gespräch beendete.

Tief in Gedanken trank Brook seinen Tee.

Die Tür ging auf, und Noble kam herein. »Am Empfang ist jemand, der Sie sprechen will.«

»Um diese Zeit?«, rief Brook aus. »Wer ist es?«

»Das haben sie mir nicht gesagt. Ich war auf dem Parkplatz eine rauchen.«

»Ich dachte, ich hätte Ihnen gesagt, Sie sollten nach Hause fahren«, sagte Brook. Verführerischer Tabakduft wehte von Noble herüber.

»Ich muss an meine Beförderung denken«, versetzte Noble trocken und schaltete seinen Computer wieder ein. »Abgesehen davon dachte ich, Sie wollten ein wenig Hintergrund über Ostrowsky.«

Brook nahm seine Jacke von der Rückenlehne des Stuhls. »Ich hatte ihn gerade am Telefon. Er hat die Nachrichten gesehen. Jake Tanner hat tatsächlich in der Bar Polski gearbeitet, aber er ist heute Morgen nicht erschienen. Als Ostrowsky Jakes Gesicht in den Nachrichten sah, hat er zwei und zwei zusammengezählt.«

»Und hat sich die Mühe gemacht, uns zu informieren«, spottete Noble. »Sehr gemeinsinnig.«

»Das sehe ich auch so.«

»Wir sollten ihn für den Bürgerpreis vorschlagen.«

Tymon beobachtete die Aktivitäten um den Milton-Wohnblock aus der Sicherheit des Parkplatzes einer Boutique am Intu-Einkaufszentrum. Überall standen Polizeifahrzeuge, die meisten leer, während ihre Besatzung in den umliegenden Straßen an Wohnungs- und Haustüren klopfte. Gelegentlich ging ein Kriminaltechniker, die Schutzmaske vom Gesicht gezogen, mit Beweismitteln oder Ausrüstungsgegenständen zu dem Laborwagen, bevor er zum Wohnblock zurückkehrte, um mühsam die elf Etagen wieder hinaufzusteigen.

Tymon musterte die Fotokopie von Jakes Lebenslauf in seinen kräftigen Händen. Sein Chef hatte die Anschrift unterstrichen und sämtliche vorherigen Arbeitsstellen, denn mit Tymons Englischkenntnissen war es nicht weit her. Er überflog die Liste, da fiel ihm etwas ins Auge.

»Cream«, sagte er laut, überprüfte noch einmal die Adresse auf der Liste und blickte zu dem eindrucksvollen cremefarbenen Gebäude am Kreisverkehr. Keine fünfzehn Meter weiter standen unzählige Polizeifahrzeuge, doch um die aufgelassene Bar war es still.

Tymon öffnete die Autotür. Ein verlassenes Gebäude. Guter Platz zum Verstecken.

20

24. April

Police Constable Anka Banach stapfte den Korridor hinunter und leuchtete mit der Taschenlampe in die dunklen Ecken. Ihr Magen grummelte vor Hunger, und vom Betonboden, auf den niemals ein Sonnenstrahl fiel, stiegen Kälte und Feuchtigkeit auf. Es war spät, und sie hätte liebend gern Schluss gemacht, wäre nach Hause gefahren und hätte sich ins warme Bett gelegt.

»Was bin ich froh, dass mein Bett nicht hier irgendwo steht«, murmelte sie angesichts der feuchten Wände. Die abblätternde Farbe, der bröckelnde Beton und die fehlende Beleuchtung wirkten nicht gerade einladend. Sie richtete den Lichtkegel auf ihr nächstes Ziel. Noch zwei Wohnungen.

Banach klopfte an die vorletzte Tür und trat einen Schritt zurück. Dabei überkam sie ein Schwindel, und sie stolperte nach vorn und musste sich mit einer behandschuhten Hand am Türrahmen abstützen. Sie hatte das Gefühl, sich übergeben zu müssen. Niemand reagierte auf ihr Klopfen, und sie nahm sich eine Sekunde, um das Gleichgewicht wiederzufinden. Einen Augenblick später war die Übelkeit vorbei.

Bin wohl hungriger, als ich dachte.

Ein Blick den dunklen Flur hinunter verriet ihr, dass die Kollegen ihr Taumeln nicht mitbekommen hatten, also weiter mit der Arbeit. Sie notierte sich die Wohnungsnummer, zeichnete dahinter ein Kreuzchen und wollte sich der letzten Tür zuwenden. Kaum war sie einen Schritt von der Tür weg, ging diese auf, und eine alte Frau spähte vorsichtig heraus. Banach machte ein Häkchen neben das Kreuz. »Mrs. Potter?«

»Miss«, sagte die weißhaarige Frau, deren trübe Augen kurzsichtig blinzelten.

»Tut mir leid«, sagte Banach fröhlich. »Also, meine Liebe, ich weiß, dass es spät ist, und wir möchten Sie nicht beunruhigen, aber wir haben ein paar Fragen über zwei Brüder, die im elften Stock wohnen. Jake und Nick Tanner.«

»Deswegen die Aufregung. Nicht, dass ich schlafen kann, wegen Annie und allem. Was haben sie gemacht?«

»Kennen Sie sie?«

»Nein, Liebes«, antwortete sie traurig. »Ich war noch nie da oben, und ich würde sie nicht erkennen. Ich komme nicht viel raus, außer nach nebenan zu Annie für eine Tasse Tee und ein Schwätzchen.« Sie nickte traurig in Richtung der Nachbarwohnung.

»Sie waren noch nie oben im elften Stock?«

»Warum sollte ich, Liebes? Der Aufzug ist immer außer Betrieb, und das nächste Mal, wenn ich so hoch komme, bin ich, so Gott will, auf dem Weg in den Himmel.«

Banach lächelte. »Und Sie kennen sie auch nicht vom Sehen?«

»Meine Augen sind nicht die besten«, sagte sie und schwang die Brillenkette zwischen Finger und Daumen. »Und in meinem Alter gehe ich auch im Dunkeln nicht mehr raus. Man weiß nie, wer sich draußen rumtreibt.« Sie lächelte. »Sie sehen ein bisschen blass aus, Liebes. Ist Ihnen kalt?«

»Mir geht's gut.«

»Möchten Sie eine Tasse Tee zur Stärkung?«, sagte sie. »Um sich ein bisschen zu wärmen bei dem kalten Wetter? Eigentlich ist ja schon Frühling.«

»Nein, vielen Dank«, sagte Banach lächelnd. »Und Sie gehen jetzt wieder rein ins Warme.«

»Viel Glück, dass Sie die Jungen finden. Die Straßen sind heutzutage nicht mehr sicher. Ich habe nur die Tür aufgemacht, weil ich dachte, es wäre Annie. Wie dumm von mir.«

»Gut, meine Liebe, dann sage ich jetzt gute Nacht.« Banach ging weiter zur Nachbarwohnung.

»Das ist Annies Wohnung«, rief die alte Frau und streckte eine klauenartige Hand aus. »Sie ist fort.«

Schwere Schritte kamen näher, und eine Männerstimme rief aus dem Dunkeln nach Banach. »Wir werden gebraucht.«

Brook betrat den Empfangsbereich, wo Cooper und ein Constable, dessen Namen Brook nicht wusste, sich gegenseitig aufzogen. An den Glastüren stand eine junge Frau von ihrem Stuhl auf.

»Inspector Brook.«

»Laurie! Was machen Sie hier?« Er musterte sie. Sie sah anders aus, ihre Haare waren länger, und sie hatte Sorgenfalten auf der Stirn, die sich allmählich tiefer eingruben. Sie hatte geweint.

»Ist es Caitlin?«, fragte sie und trat näher. »Die Nachrichten. In dem Lieferwagen.« Sie brachte die Worte nur unter Schwierigkeiten heraus und rang mühsam um Fassung. Sie konnte jeden Moment zusammenbrechen, und Brook trat vor, für den Fall, dass die Beine unter ihr nachgeben sollten. Sie stürzte auf ihn zu, und er fasste sie an den Schultern, um sie zu halten. Da konnte sie mit ihren Gefühlen nicht mehr an sich halten und lehnte den Kopf an seine Brust.

Zögernd schlang Brook die Arme um die junge Frau und legte eine Hand auf ihren Kopf, während sie schluchzte und etwas Nasses und Unverständliches in sein Hemd murmelte. Er sah zu Cooper hinüber, wie um ihn in die Umarmung mit einzubeziehen – Brook war nicht gut bei so etwas –, doch da er nun einmal in der Situation war, tätschelte er mit der freien Hand tröstend ihre zitternde Schulter.

»Alles okay, Sir?«, fragte Cooper.

Brook nickte, und Cooper ging, mit einem Laptop unterm Arm, leise zum Ausgang.

»Setzen Sie sich«, sagte Brook, löste die junge Frau von seinem feuchten Hemd und führte sie zurück zu den Stühlen. Er sah den namenlosen jungen Constable an, der ihm zusah. »Können Sie ihr eine Tasse Tee machen? Jetzt gleich? Viel Zucker.«

Ein paar Minuten später hatte Laurie sich so weit gefangen, dass sie den Kopf heben und an dem heißen Tee schlürfen konnte.

»Es ist Caitlin, nicht wahr?«, sagte sie nach dem ersten Schlückchen. »Es kann keine andere sein.«

»Das wissen wir nicht«, sagte Brook wahrheitsgemäß.

»Ich weiß es. Ich habe ihn erkannt«, sagte sie. »Jake war an Caitlins letztem Abend im Flowerpot hinter der Bar.« Brook sagte nichts. »Hat er sie umgebracht?«

»Das wissen wir nicht«, wiederholte Brook. »Wenn wir mit ihm sprechen …«

»Die ganzen Wochen habe ich mich gefragt, wo sie hin ist«, fuhr Laurie fort. »Ich dachte an die Orte, wo sie sein könnte, die Menschen, bei denen sie sein könnte, und hab mir vorgestellt, dass sie mit einem neuen Freund an einem griechischen Strand in der Sonne liegt und ein neues Leben lebt.«

»Kann sein, dass sie dort ist«, wandte Brook ein.

»Quatsch!«, versetzte Laurie, stand abrupt auf und verschüttete den Tee. »Kommen Sie mir nicht von oben herab. Sie ist tot. Sie hat Derby nie verlassen, haben Sie gesagt. Sie lebt überhaupt kein Leben, denn der Scheißkerl hat sie umgebracht!« Die letzten Worte schrie sie, und wieder liefen die Tränen. Entsetzt sah sie Brook an, der demselben verderbten Geschlecht angehörte wie Jake Tanner. Der junge Constable schaute herüber, um zu sehen, ob der ältere Detective Hilfe brauchte, doch Brook beruhigte ihn mit einer Geste und stand auf, doch er konnte die junge Frau nicht ansehen.

»Kommen Sie, ich bringe Sie nach Hause.«

»Warum?«, flehte Laurie und schüttelte den Kopf. »Warum ist das passiert? Kittys Leben, einfach so ausgelöscht. Für immer. Wer gibt dem Scheißkerl das Recht?«

Brook fand, es sei genug des tröstlichen Tonfalls und der lahmen Plattitüden. »Nichts und niemand hat ihm dieses Recht gegeben, Laurie«, sagte er leise. »Der Mensch, der das getan hat, hat sich dieses Recht genommen, ohne an den Schmerz anderer zu denken. Was auch immer er mit Caitlin vorhatte – falls *sie* die Tote im Leichenschauhaus ist –, was auch immer sie für ihn machen musste, *mit* ihm oder *an* ihm ...« Sein Blick bohrte sich in Lauries Augen, und sie öffnete schockiert den Mund. »Es war ihm klar, dass er um jeden Preis verhindern musste, dass sie davon erzählt, denn er war so schwach und sein Selbstbewusstsein so mickrig, dass er es nicht riskieren konnte, dass andere von seinen tiefsten, finstersten Sehnsüchten erfuhren. Die Abscheu normaler Menschen für die Handlungen, zu denen es ihn trieb, hätte er nicht ertragen. Er hat sie nicht gehasst, Laurie. Er hat sich selbst gehasst, und das tut er wahrscheinlich immer noch.«

Es herrschte Schweigen, während die beiden über Brooks Worte nachsannen, Laurie verdutzt und stumm, Brook atemlos, frühere und gegenwärtige Opfer vor Augen. Selbst der junge PC war wie gebannt, er rührte sich nicht an seinem Empfangstresen, saß nur mit offenem Mund da, sein Adamsapfel kurzzeitig vollkommen reglos.

Ein paar Sekunden später rührte sich Laurie wieder, und das Rascheln ihres Gore-Tex-Mantels brach den Bann. Sie schloss die Augen. »Ich möchte jetzt nach Hause, Inspector.«

Brook nickte, ein seltsames angedeutetes Lächeln um die Lippen. »Ich bringe Sie, Laura.«

Sie sah zu ihm auf, als er voranging. »Ich heiße Laurie.«

Brook kam ganz leicht aus dem Tritt, als er auf die Rauchglastüren zuschritt. »Das habe ich gesagt«, murmelte er über die Schulter.

PC Mitchell Ryan zog an den Brettern, mit denen die Fenster der verlassenen Cream Bar vernagelt waren. Sie hielten.

»Sieht ziemlich tot aus«, sagte Banach, die von der Vorderseite des Gebäudes kam. »Witzig ist allerdings, dass das Schloss der Eingangstür anscheinend frisch geölt ist.«

»Hast du mal geklopft?«

»Ja, hab ich tatsächlich.«

»Es weist nichts auf einen Einbruch hin.« Ryan sah, dass Banach gähnte. »Komm. Wir haben Doppelschicht gearbeitet und sind schon fünfzehn Minuten drüber.«

»Kommt mir länger vor.«

»Für dich ist jetzt Feierabend. Wenn ich das nächste Mal vorschlage, nach der Frühschicht noch eine dranzuhängen, um was Spannendes zu erleben, ignorier mich einfach.«

Banachs Lächeln gefror ihr auf den Lippen, als sie den Blick auf die erste Etage richtete.

»Was?«

»Ich dachte, ich hätte da oben gerade Licht gesehen.« Sie blickte hoch und machte sich dann auf den Weg zur Rückseite des Gebäudes. »Komm. Hinten sind ein ungeschütztes Fenster und ein paar Kisten, auf die wir uns stellen können.«

»Vielleicht war es nur die Reflexion eines Autoscheinwerfers«, zischte Ryan. »Immer langsam, Angie.«

Einen Augenblick später stand Banach auf der Rückseite des verrammelten Gebäudes und schätzte die Höhe des Fensters im ersten Stock ab. Sie betrachtete den Stapel Paletten, die an der Wand lehnten. »So sind sie reingekommen.«

»Glaubst du, da ist jemand hochgeklettert?«

»Wie denn sonst?«

»Du hast gesagt, das Schloss war geölt. Vielleicht hat alles seine Ordnung und es ist einer, der einen Schlüssel hat oder so.«

Banach hob eine Augenbraue. »Um die Zeit? Das Gebäude ist verlassen, Mitch.«

»Du willst doch wohl nicht da rein.«

Der verkniffene Gesichtsausdruck, mit dem sie sich ihm zuwandte, war ihm vertraut. *Dann pass mal auf.*

»Wir sollten es melden. Auf Anweisungen warten.«

Banach setzte den Fuß auf die erste Palette. »Unsere Anweisung lautete zu ermitteln, oder? Und das machen wir.«

»Ich glaube nicht, dass der Sergeant das so gemeint hat.« Banach war schon den halben Stapel Paletten hinaufgeklettert und sah auf ihn runter. »Verdammt, Angie, sei vorsichtig.«

»Bin ich doch immer«, ächzte Banach und stemmte sich auf die oberste Palette, von wo sie sich auf den Fenstersims im ersten Stock hieven konnte. Die Scheibe war kaputt, und sie tastete innen nach dem Griff, sorgsam darauf bedacht, sich nicht an den Scherben zu schneiden. Eine Sekunde später drückte sie das Fenster auf und schwang die Beine hinein, dann streckte sie den Kopf raus und winkte Ryan.

»Wart auf mich«, zischte er und machte sich an den Aufstieg, doch sie war schon fort.

Banach leuchtete mit ihrer Taschenlampe über nackte Wände. Der Lichtkegel strich über etwas im Raum gegenüber, und sie überquerte den Flur, vorsichtig auf die nackten Dielen tretend. Sie kniete sich hin und nahm einen Schlafsack in Augenschein. Er war sauberer, als sie erwartet hätte. Darunter lag sogar ein Kissen, das neu aussah.

»Komisch.« Sie strich mit der Taschenlampe über den Boden und fand eine leere Bonbontüte, hob sie auf und ließ sie eine Sekunde später wieder fallen. »Hier war jemand.«

Hinter sich hörte sie etwas. »Hier drin, Mitch!«, rief sie und leuchtete mit der Taschenlampe kurz über die Schulter. Sie stand auf, um ihre Suche fortzusetzen, da hörte sie direkt hinter sich eine Diele knarren und wandte sich um. In dem Moment traf sie ein kräftiger Schlag an der Schläfe, und sie keuchte auf vor Schock und Schmerz, plumpste wie ein Sack Kartoffeln um und landete auf dem Schlafsack.

Brook und Laurie fuhren schweigend, den Blick auf die Straße gerichtet. Einen Augenblick später spürte Brook Lauries Unbehagen und sah sie von der Seite an. Als er ihrem Blick folgte, sah er, dass sie gerade am Flowerpot vorbeifuhren und den Weg nehmen würden, den Caitlin als letzten eingeschlagen hatte. Auf Höhe der Ampel an der Brücke über die A 38 ergriff sie das Wort.

»Ich war seitdem nicht mehr in dem Pub. Nicht mal in der Nähe.«

Brook nickte, während er in Gedanken seine eigenen Fragen formulierte, praktische Fragen, die mit dem Fall zusammenhingen, mit der Jagd nach einem Mörder. Er hielt den Mund. In diesem Augenblick wäre jede Frage zudringlich. Doch als links groß und dunkel der Markeaton Park auftauchte, hatte er das Gefühl, Laurie wollte reden.

»An dem Abend«, sagte er, »hat Tanner da irgendetwas gemacht oder gesagt, als Sie und Caitlin im Pub waren? Irgendetwas Seltsames oder etwas, was Ihnen komisch vorkam?«

»Seltsames?«

»Hat er Caitlin ungebührlich viel Aufmerksamkeit geschenkt oder den Eindruck erweckt …«

»Er wäre auf sie fixiert?« Sie schüttelte den Kopf. »Nein, ehrlich nicht. Er hat Drinks serviert wie ein ganz normaler Barkeeper.«

Brook lenkte den BMW in die Seitenstraße und hielt vor Lauries Bungalow, bevor er sich ihr zuwandte. »Dann haben Sie ihn aber schon bemerkt?«

»Ja. Caitlin hat ziemlich zugelangt. Sie hatte ja eine Weile keinen Alkohol getrunken. Wegen der Schwangerschaft hatte sie den St. Patrick's Day ausfallen lassen. Und sie ist Irin.« Sie senkte den Kopf. »Sie war Irin.«

»Stellen Sie keine Vermutungen an, bevor wir die Leiche nicht identifiziert haben«, beharrte Brook. »Wodurch ist Tanner Ihnen aufgefallen?«

»Er hat gesehen, dass sie zu schnell getrunken hat, und hat gemeint, sie solle es langsamer angehen.«

»Was hat er gesagt?«

»Zuerst war es nur ein Blick, ein leichtes Zögern, bevor er ihr nachschenkte, als wollte er sagen: *Bist du dir ganz sicher? Du hattest schon reichlich.* Dann sagte er, sie könne noch ein Glas haben, wenn sie sein Namensschild lesen könne.«

»Hat sie?«

»Ja, aber er wusste, dass sie blau war.«

»Aber er hat ihr trotzdem nachgeschenkt.«

»Der Gast hat immer recht«, sagte Caitlin. »Doch das hatte sie nicht. Das war ihr letzter Drink, bevor sie auf die Toilette gerannt ist. Sie hat so getan, als ginge es ihr gut, aber mir war klar, dass sie sich übergeben musste. Aber ich habe nicht geahnt, dass sie einfach so verschwinden würde.« Ihre Stimme brach, als ihr klar wurde, was sie da gesagt hatte, doch sie riss sich zusammen. »Ich hab sie nie wiedergesehen.«

»Haben Sie Tanner noch gesehen, nachdem Caitlin weg war?«

»Sie meinen, ob er ihr nachgegangen ist? Ich bin mir nicht sicher. Ich glaube, er hat meinen Freund bedient, als der kam.« Sie sah unglücklich drein. »Es tut mir leid, ich erinnere mich nicht besonders gut. Ich hatte auch getrunken …«

»Keine Sorge«, tröstete Brook sie. »Wir sind uns ziemlich sicher, dass er noch geblieben ist.«

»Vielleicht hat er sie sich später geschnappt«, sagte Laurie. »Wenn Caitlin allein zu Hause war, könnte er auch nach Kneipenschluss zu ihr sein.«

»Aber wenn er ihr nicht gefolgt ist, konnte er ihre Adresse nicht wissen«, sagte Brook. »Es sei denn, er hat sich ihren Ausweis zeigen lassen.«

»Oh, Mist, ja. Ich habe ihm meinen Studentenausweis gezeigt.« Sie kniff verwirrt die Augen zusammen. »Aber da steht nur mein Geburtsdatum drauf.«

»Was ist mit Caitlin?«, fragte Brook. »War auf ihrem Ausweis ihre Adresse?«

»Kann sein. Ich hab nicht drauf geachtet.«

Brook lächelte als Zeichen, dass er genug Fragen gestellt hatte, und schickte sich an, die Fahrertür zu öffnen.

»Ich wohne nicht mehr hier«, murmelte Laurie und sah ihn schuldbewusst an. »Ich konnte nicht. Nicht nachdem … Tut mir leid, ich wollte es eigentlich sagen. Ich bin ins Studentenwohnheim gezogen.«

»Kein Problem.« Brook wendete den BMW für das kurze Stück zum Campus. »Das liebe ich an Derby. Es ist alles nur fünf Minuten weg.«

Als Brook seinen Wagen nach Hause lenkte, setzte Regen ein. Sein motorisches Gedächtnis oder Müdigkeit veranlassten ihn, den Zigarettenanzünder reinzudrücken, als er über die schmale Landstraße in den Norden von Markeaton Park rollte, von wo er die A 53 nehmen würde. Es war hart, sich nach so wenig Schlaf auf die nasse Straße zu konzentrieren, und er verlangsamte das Tempo und öffnete das Fenster, um die süße feuchte Frühlingsluft hereinzulassen.

Bevor er an der Kreuzung rechts in Richtung Ashbourne und die Peaks abbiegen konnte, vibrierte sein antiquiertes Handy in der Tasche.

»John.« Er hörte einen Augenblick zu. »Bin unterwegs.«

Zehn Minuten später parkte Brook so nah an der Cream Bar wie möglich. Gerade fuhr ein Krankenwagen los, um ins nahe gelegene Royal Derby zu fahren. Sieben Polizeifahrzeuge waren vor Ort und blockierten die Verkehrsinsel, überragt von dem verfallenen Pub, der nach einer Reihe gewalttätiger Vorfälle im Jahr 2006 dichtgemacht worden war.

Noble löste sich aus einer kleinen Gruppe Polizisten und warf eine Zigarette weg. Brook hielt schnurgerade auf ihn zu. Er entdeckte eine Beamtin, die mit gesenktem Kopf auf den steilen, unkrautüberwucherten Stufen zum Vordereingang der Bar hockte. Ein Kollege stand daneben, ein Notizbuch in der Hand. Die Eingangstür stand offen, festgekeilt, dahinter gähnte das dunkle Innere.

Noble folgte Brooks Blick. »Wir haben die Ramme eingesetzt. Um uns Ingress zu verschaffen«, fügte er hinzu, und die

Andeutung eines Lächelns verschwand so schnell, wie sie erschienen war. »Cooper hatte recht«, fuhr er in ernsterem Ton fort. »Jake muss die Schlüssel behalten haben. Wir mussten die Tür zwar gewaltsam öffnen, aber das Schloss ist gut in Schuss gehalten worden. Es wurde erst kürzlich geölt. Jemand hat das Gebäude genutzt.«

»Der perfekte Ort, um sich ein paar Tage zu verstecken«, sagte Brook und blickte an dem verfallenen Gebäude rauf und runter. »Was ist passiert?«

»Zwei uniformierte Beamte, die hier waren, um das Gebäude zu überprüfen, wurden aus dem Hinterhalt überfallen. Einer ist gerade ins Royal gebracht worden. Möglicher Schädelbruch. Ungefähr sechzig Kollegen klappern die Straßen ringsum ab. Bis jetzt nichts.«

»Wie ernst?«

»Mögliche Verletzung des Gehirns«, sagte Noble. Brook wies mit einem Nicken auf die angeschlagene Beamtin auf den Eingangsstufen. »PC Banach, Kopfschmerzen und mögliche Gehirnerschütterung.«

»Warum ist sie nicht mit ins Krankenhaus?«

»Sie hat darauf bestanden, hierzubleiben und zu helfen.«

Der Beamte, der Notizen machte, klappte sein Buch zu und trat zur Seite, als Brook und Noble näher kamen.

»Was ist passiert, Constable?«, fragte Brook den gesenkten Kopf und die Hand, die ein nasses Handtuch in den Nacken drückte. Blut konnte er keins sehen.

Banach blickte hoch und wollte aufstehen, und Brook erkannte die weibliche PC, die am *Telegraph*-Gebäude beim Ordnungsdienst dabei gewesen war. »Sir, ich …«

»Nein, bleiben Sie sitzen«, sagte Brook und streckte eine Hand aus. »Was können Sie uns über den Angreifer sagen?«

Banach wollte den Kopf schütteln, zuckte aber vor Schmerz zusammen. »Ich habe kein Gesicht gesehen, Sir. Constable Ryan und ich sind hergeschickt worden, um das Gebäude zu überprüfen. Ich hab im Fenster im ersten Stock Licht gesehen. Eine Taschenlampe, glaube ich. Das wollten wir uns genauer ansehen. Alle Türen waren verschlossen, also bin ich auf der Rückseite des Gebäudes durch ein Fenster reingeklettert. Da waren alte Paletten aufgestapelt, über die man in den ersten Stock kam, und die Fensterscheibe war eingeschlagen …«

»Eingeschlagen?«, unterbrach Brook sie. »Von dem, der schon hier war?«

Banach machte eine Pause. »Nicht bekannt. Könnten auch Vandalen gewesen sein. Das Fenster war aber zu. Ich musste reingreifen und es von innen öffnen, um einzusteigen.«

»Fahren Sie fort.«

»Ich hab meine Taschenlampe eingeschaltet und sah, dass der Raum leer war, also bin ich nach gegenüber, und da wurde ich von hinten niedergeschlagen. Ich verlor das Bewusstsein, und als ich zu mir kam, bin ich Mitch suchen gegangen, und …« Ihre Lippe zitterte, ihr Blick suchte den Boden. »Er lag auch am Boden.« Bei dem Gedanken an ihren verletzten Kollegen wurden ihre Augen glasig.

»Wie lange?«

»Nicht mehr als fünfzehn Minuten nachdem ich angegriffen wurde, habe ich Hilfe gerufen.« Ihre Augen füllten sich mit Tränen. »Die Sanitäter haben gesagt, Mitch hat womöglich einen Hirnschaden erlitten.«

»Das wissen wir nicht«, sagte Noble.

»Bringen Sie PC Banach ins Krankenhaus, John«, sagte Brook.

»Sir, mir geht's gut«, unterbrach Banach ihn und stand mühsam auf.

»Das ist erfreulich, aber jetzt übernehmen wir.«

»Ich möchte helfen …«

»Sobald Sie untersucht worden sind«, sagte Brook und bedeutete Noble mit einer Geste zum Gebäude.

»Nein«, beharrte sie. »Das bin ich Mitch schuldig …«

Brook drehte sich leicht verärgert um. »Seien Sie still, Constable«, fuhr er sie an. »Wenn das Schuldgefühle sind, weil Sie's irgendwie vermasselt haben, dann sind sie unangebracht. In diesem Zustand nützen Sie mir nichts. Sie gehen ins Krankenhaus, und zwar jetzt.«

»Aber, Sir …«

»Und bitte entschuldigen Sie, falls es vorhin wie eine Bitte klang.« Er begegnete ihrem Blick, um abzuwarten, ob sie seiner Anweisung Folge leisten würde, bevor er sich an den anderen Beamten wandte. Überraschenderweise fiel ihm sein Name ein. »PC Stone. Sie bringen sie hin. Und wenn Sie schon dort sind, tüten Sie PC Banachs Uniform für die Kriminaltechnik ein …« Er verdrehte die Augen, denn er wollte in Banachs Gegenwart nicht *für den Fall, dass das hier komplett umschlägt* hinzufügen.

»Mach ich, Sir. Komm, Angie«, sagte Stone wie zu einem Kind und fasste sie am Arm. Banach ging gehorsam mit, doch ihr Blick war feindselig auf Brook gerichtet, musste sie sich die Bemerkung, die ihr auf der Zunge lag, doch verkneifen.

Brook näherte sich einem halben Dutzend uniformierter Beamter, von denen einige mit unangezündeten Zigaretten herumspielten, andere auf die Uhr schauten, um zu sehen, wie lange sie eigentlich schon Feierabend hatten. Doch in allen Gesichtern stand die Entschlossenheit, gegen die Täter vorzugehen. »Zwei Beamte sollen das Gebäude am Vordereingang sichern. Die übrigen sehen sich bitte in der Nachbarschaft um. Seien Sie wachsam. Wenn unsere Verdächtigen da draußen sind, sind sie zu Fuß unterwegs und verzweifelt, also passen Sie auf.

Gärten und Garagen. Wo Licht ist, klopfen Sie an Türen und bitten die Bewohner, ihre Nebengebäude aufzuschließen. Jeder, der um diese gottlose Stunde zu Fuß auf der Straße unterwegs ist, wird angehalten und befragt.« Er unterbrach sich, um dem Folgenden mehr Nachdruck zu verleihen. »Ich will keine Verhaftungen, die nicht im Zusammenhang mit der Sache hier stehen, falls jemand alkoholisiert ist oder Ihnen mit dummen

Sprüchen kommt. Ich brauche Augenzeugen, die etwas gesehen haben, oder die, die Ryan und Banach angegriffen haben.« Er wartete, um sicherzugehen, dass ihn alle verstanden hatten. »Und sagen Sie allen, sie sollen darauf achten, ob in der Nachbarschaft plötzlich jemand übernervös ist. Wenn sie gewaltsam bei jemandem eindringen, haben wir eine Geiselnahmesituation, und das Letzte, was wir brauchen, ist, dass noch mehr Menschen in Gefahr geraten.«

»Und um Himmels willen, Leute«, fügte Noble hinzu, »zwei von unseren Leuten sind verletzt, aber das entschuldigt nichts. Wenn Sie also einen Treffer landen, flippen Sie nicht gleich aus. Spielen Sie dem Anwalt des Angreifers nicht in die Hände, um ihn am Ende ungeschoren rauszuhauen.«

»Und sagen Sie allen, die eigentlich schon Feierabend haben, sie sollen sich die Überstunden aufschreiben«, sagte Brook schließlich, was mit zustimmendem Gemurmel quittiert wurde und – trotz der verletzten Kollegen – hier und da mit einem Lächeln.

»Passen Sie bloß auf«, sagte Noble, als die Beamten sich eilig zerstreuten, »sonst machen Sie sich noch beliebt.«

»Das wird mir ein großer Trost sein, wenn Charlton sieht, was der Einsatz hier kostet«, erwiderte Brook und steuerte den Eingang des Gebäudes an. Als er gerade drinnen verschwinden wollte, wurde er vom Knattern eines tief fliegenden Hubschraubers abgelenkt und blickte in den grauen Himmel, um dem Lichtstrahl zu folgen, der die Straßen ringsum absuchte. »Unserer?«

»Ich hielt es für angebracht«, sagte Noble. »Hundestaffel ist auch unterwegs.«

Brook nickte. »Und wenn wir eh darüber bankrottgehen, können Sie dem Viertel für die nächsten paar Stunden auch gleich noch mehr Streifenwagen zuteilen und die Verkehrspolizei bitten, ein paar Straßensperren einzurichten. Falls sie es nicht schon getan haben, haben unsere Verdächtigen vielleicht jetzt den Wunsch, ein Auto zu klauen. Alle Hauptstrecken bis zum morgendlichen Berufsverkehr.«

»Wenn das Jake und Nick sind, dann stecken sie jetzt mächtig in der Tinte«, sagte Noble.

»Hoffen wir, dass sie damit klarkommen«, versetzte Brook. »Sonst wächst sich das hier leicht zum Gemetzel aus.«

Da noch keine Scheinwerfer aufgestellt worden waren, mussten die beiden Kriminalbeamten auf Taschenlampen zurückgreifen, um nacheinander die Räume zu untersuchen. Der untere Barbereich war ein Meer aus Glasscherben, die bei jedem Schritt knirschten. Ohne hier aufzuräumen war dieser Bereich praktisch unbewohnbar. Eine Toilette hinter der Bar schien zu funktionieren, Toilettenschüssel und Spülkasten waren intakt, und das Wasser war nicht abgestellt.

»Zimmer mit Bad«, witzelte Noble, was Brook nur ein Knurren entlockte.

Oben war es gastlicher, wenn auch zugemüllt. Leere Dosen und Flaschen, einige verrußt vom Erhitzen von Crack, waren auf dem Fußboden verstreut. Ein Haufen staubiger Klamotten, ein paar abgetretene Stiefel, verdreht und voller Schimmel. Ein Blecheimer, in den jemand Löcher gebohrt hatte, um ihn als provisorisches Kohlenbecken zu benutzen. Der Geruch von feuchter Asche drang ihnen in die Nase.

Im nächsten Raum lag ein Schlafsack mit einem Kissen in der Ecke, beides relativ sauber. Auf dem Schlafsack lag eine leere Bonbontüte. Die Beamten gingen über den Flur in den Raum mit dem zerbrochenen Fenster. Brook beugte sich hinaus, um einen Blick auf das eingehegte Grundstück unten zu werfen, sorgfältig darauf bedacht, den Fensterrahmen nicht zu berühren. Sobald sich seine Augen an das schwache Mondlicht gewöhnt hatten, entdeckte er auf dem Beton unten eine kleine schwarze Pfütze.

»Sehen Sie das Blut?«, sagte Noble, der zu ihm ans Fenster

getreten war, und zeigte auf den Palettenstapel. »Da ist Banach hochgeklettert – ein ziemliches Kunststück im Dunkeln.«

»Was war mit Ryan?«

»Weiß ich nicht so genau. Banach sagt, sie sei an der Tür angegriffen worden und dann ohnmächtig geworden. Ryan muss ihr gefolgt sein ...«

»Und dann hat jemand ihn runtergestoßen«, schloss Brook.

»Sieht so aus.« Noble nickte.

»Aber die Eingangstür mussten Sie aufstemmen.«

»Ging nicht anders. Als wir kamen, war sie zugeschlossen.«

»Banach hat also über Funk Bescheid gegeben und ist dann auf dem Weg, auf dem sie gekommen war, wieder runtergeklettert, um sich um Ryan zu kümmern.«

»Das hat sie gesagt.«

»Weil sie die Tür nicht aufschließen konnte«, murmelte Brook.

Jetzt war Noble neugierig. »Ich bin mir nicht sicher, ob sie es überhaupt versucht hat, aber sie war verschlossen und ohne Schlüssel unmöglich zu öffnen.«

»Haben Sie Ryan gesehen?«

»Kurz. Er hat nicht gut ausgesehen, aber bei so viel Blut sieht es immer schlimmer aus. Die Sanitäter haben gesagt, er habe eine Schwellung, die auf innere Blutungen und Druck aufs Gehirn deuten könnte. Andererseits meinten sie, sie hätten schon Schlimmeres gesehen, und da wären die Verletzten vollkommen genesen.«

»Das ist doch schon mal was«, murmelte Brook. »Setzen Sie sich mit Cooper in Verbindung und geben Sie ihm den Zeitrahmen für die Durchsicht neuer Überwachungsvideos. Und warnen Sie Smee und Reed. Wenn es die Tanners waren, dann suchen sie jetzt womöglich nach einem Transportmittel, um die Stadt zu verlassen, und das müssen wir unbedingt verhindern.«

»Schon erledigt«, sagte Noble. »Da draußen sollten sie leichter zu kriegen sein. Besteht überhaupt Zweifel daran, dass es die Tanners sind?«

»Zweifel bestehen so lange, bis man Gewissheit hat, John«, antwortete Brook.

»Es deutet alles auf die beiden hin«, sagte Noble. »Sie haben den Lieferwagen in Brand gesteckt, sie sind auf der Flucht, sie wohnen in der Nähe, und Jake hat hier mal gearbeitet.«

»Klingt plausibel.«

Noble hörte einen leisen Zweifel. »Aber?«

»Irgendetwas passt nicht ganz. Wenn Jake die Schlüssel hatte und sich hier mit Nick versteckt hat, warum greift er zwei Polizeibeamte an, die sich über den ersten Stock Zutritt verschaffen, wo er doch nur die Eingangstür hätte aufschließen und weglaufen müssen?«

»Vielleicht haben sie das gemacht, nachdem sie Banach und Ryan angegriffen hatten.«

»Aber warum sie überhaupt angreifen?«, fragte Brook. »Wenn sie einen Schlüssel hatten, waren sie nicht in die Enge getrieben, und der Angriff ergibt keinen Sinn.«

»Vielleicht haben sie geschlafen. Sie wurden überrascht und haben reagiert. Wenn sie einmal getötet haben, ist die Schwelle zur Gewaltanwendung niedriger.«

»Möglich«, gestand Brook ein. »Aber warum Ryan angreifen, der nicht mal im Gebäude war?«

»Na gut, vielleicht wurden sie auch nicht überrascht«, sagte Noble aufgebracht. »Aber seit wann brauchen Exknackis einen Grund, um die Polizei anzugreifen?«

Brook nickte, tief in Gedanken. »Sie greifen also Banach an und stoßen Ryan von den Paletten. Und dann?«

»Dann fliehen sie zur Eingangstür raus.«

»Und schließen hinter sich ab«, fuhr Brook fort. »Warum? Das Versteck ist aufgeflogen.«

Noble wusste nicht weiter. »Keine Ahnung.«

Brook trat mit einem Zeh gegen eine verrostete Dose. »Noch

was. Wo sind die Gegenstände, die darauf hindeuten, dass hier in letzter Zeit jemand gewohnt hat?«

»Länger als vierundzwanzig Stunden können sie nicht hier gewesen sein.«

»Genau«, sagte Brook. »Wenn sie sich hier verkriechen wollten, müsste alles, was sie mühselig von der Wohnung hergeschleppt haben, noch da sein. Also, wo ist es? Wo sind die Konservendosen?«

»Vielleicht haben sie sie versteckt.«

»Wo?«, wollte Brook wissen. »Und warum?«

»Also gut, sie haben sie mitgenommen.«

Brook verzog das Gesicht. »Nachdem sie zwei Polizeibeamte angegriffen hatten?«

»Dann haben sie die Konservendosen aus der Wohnung vielleicht nicht mit hergebracht.«

Brook schüttelte den Kopf. »Jake wusste, dass sie ein paar Stunden Aufschub hatten, nachdem sie den Lieferwagen in Brand gesteckt hatten. Sie hatten kein Auto, und sie haben, soweit wir wissen, auch keins gestohlen. Sie sind in Eile weg, doch Jake war klar, dass sie mitten in der Nacht zu Fuß nicht weit kommen würden. Aber er kennt einen Ort ganz in der Nähe. Also haben sie eilig ein paar Sachen zusammengepackt und sind abgetaucht. Vor allem etwas zu essen. Wenn sie etwas zu essen in der Wohnung hatten, mussten sie es mitnehmen. Sie haben den Dosenöffner mitgenommen, also, wo sind die Dosen?«

Noble überlegte, bevor er einlenkte und sich in Brooks Überlegungen hineindachte. »Und wenn man auffliegt und zwei Polizeibeamte schwer verletzt, wird es ganz schnell ganz eng. Man gerät in Panik. Jeden Augenblick kann es hier von Polizisten nur so wimmeln …«

»Und dann haut man so schnell wie möglich ab, ohne viel mitzunehmen«, fuhr Brook fort.

»Okay. Wenn es nicht die Tanners waren, wer dann? Drogenabhängige? Penner? Und wenn Jake und Nick nicht hier waren, wo zum Teufel sind sie dann?«

»Vielleicht sollten wir den dämlichsten Kriminellen der Welt doch ein wenig mehr zutrauen«, sagte Brook. »Er mag keinen höheren Schulabschluss haben, der es bescheinigt, aber allmählich denke ich, dass Jake Tanner klüger ist, als wir gedacht haben.«

»Lohnt es sich, hier noch mal durchzugehen?«, fragte Noble und sah sich um.

»Es ist unmöglich zu sagen, wie viele sich im Laufe der Zeit hier aufgehalten haben. Aber lassen Sie das Gebäude auf jeden Fall versiegeln. Und holen Sie den Schlafsack und das Kissen. Sie sehen neu aus. Vielleicht kriegen wir DNA-Spuren, die wir mit denen von Jake abgleichen können.«

Noble wies mit einem Nicken auf das kaputte Fenster. »Und den Fensterrahmen einstauben. Man weiß nie.«

Stumm gingen die beiden die Treppe hinunter und durch die dunkle, mit Scherben übersäte Bar, wo ihnen schon die kühle Frühlingsluft entgegenwehte. Brook blieb stehen, um eine Flasche zu betrachten, die nicht so alt und schwarz war wie die übrigen. Eine Wodkaflasche – dieselbe Marke, die Ostrowsky am Morgen getrunken hatte. Ein Fingerbreit Flüssigkeit war noch darin.

»Polnischer Wodka.« Mit behandschuhten Händen holte er einen Beweismittelbeutel heraus, tat die Flasche hinein und reichte sie Noble. »Fingerabdrücke, bitte.«

»Bei dem Tempo wird Charlton unser Gehalt bald mit seiner Kreditkarte bezahlen.«

Brook lächelte. »Was bin ich froh, dass *Sie* den Hubschraubereinsatz angeordnet haben.«

Ein steifer Wind erhob sich, und draußen schlugen ihnen kalte Regentropfen ins Gesicht. Es war drei Uhr, und den Männern war klar, dass sie, wenn überhaupt, höchstens auf einem Stuhl ein wenig Schlaf kriegen würden.

21

Banach wachte mit einem Ruck auf. Augenblicklich durchzuckte sie der Schmerz. Der ganze Rücken tat ihr weh, ihr Kopf pochte, und ihre Hände waren zornig zu Fäusten geballt. Doch der schlimmste Schmerz war kein körperlicher. Ein Unbekannter hatte ihren Partner überfallen, und sie hatte ihn davonkommen lassen und sich vor ihren Kollegen blamiert. Voller Selbstverachtung hob sie eine blutleere Hand an den Kopf.

»Ich muss wieder da raus.« Sie schwang die Beine vom Bett.

»Nein, das müssen Sie nicht«, sagte eine weibliche Stimme, und eine geübte Hand hob ihre Beine behutsam, aber entschlossen wieder auf die Matratze. »Sie gehen nirgendwohin. Ärztliche Anweisung.«

Banach wollte sich aufsetzen. »Wo ist Mitch? Ich will Mitch sehen.«

»Wenn Mitch Ihr Kollege ist, dann geht es ihm bald wieder gut.«

Erleichtert ließ Banach sich wieder ins Kissen sinken. »Gott sei Dank.«

Die Ärztin holte eine Taschenlampe aus ihrer Brusttasche, setzte sich auf die Bettkante und legte eine Hand unter Banachs Kinn, damit sie den Kopf nicht bewegte. Mit der Taschenlampe leuchtete sie in ihr rechtes Auge und wies sie an, in verschiedene Richtungen zu sehen, und wiederholte das Ganze dann mit dem linken Auge.

»Kann ich ihn sehen?«

»Er ist gerade aus dem OP gekommen und wird noch ein paar Stunden schlafen. Bis Sie entlassen werden, ist er bestimmt wieder bei Bewusstsein. Sie sollten sich jetzt noch ein bisschen ausruhen.«

»Aber er wird wieder gesund?«

»Vollkommen.« Die Ärztin lächelte. »Versprochen.«

Beschwichtigt entspannte Banach sich auf den weichen Kissen und betrachtete die attraktive Frau in dem weißen Kittel, die etwas in ihr Krankenblatt eintrug. Ihr dunkles Haar war zu einem Pferdeschwanz gebunden, sodass die glatte, helle Haut an ihrem Hals zu sehen war. An ihrem Revers entdeckte Banach ein Namensschild – »Dr. Cowell«.

Ein großer Mann mittleren Alters im typischen weißen Kittel und mit einem Stethoskop um den Hals kam um den Paravent herum. Er hielt den Kopf hoch und war umgeben von einer strengen, vornehmen Aura.

»Das ist Dr. Fleming, Anka«, sagte Dr. Cowell. »Er ist ein Facharzt.«

»Anka«, wiederholte Fleming. »Slowenisch?«

»Polnisch, väterlicherseits«, erwiderte Banach. »Aber ich bin Engländerin. Ich ziehe Angie vor.«

Fleming stieß mit verschlossenen Lippen ein unergründliches Knurren aus. »Hochziehen, bitte«, sagte er und wies mit einem Nicken auf ihren Patientenkittel. Verdutzt gehorchte Banach, und Flemings Stethoskop landete auf ihrem Bauch. Nachdem er drei Stellen abgehört hatte, trat er zurück und nickte, sie könne den Kittel wieder herunterziehen.

»Nun, Ms. Banach«, sagte er offiziös. »Der Ultraschall war okay, und der Bauch ist unverletzt. Sobald Dr. Cowell sagt, dass Ihre Kopfwunde nicht weiter versorgt werden muss, können Sie gehen. Das Kind ist in guter Verfassung.« Er lächelte Banach in Erwartung von Dankbarkeit an.

»Und Sie haben nur Prellungen am Kopf, keine Gehirnerschütterung«, sagte Cowell. »Sie werden ein oder zwei Tage Kopfschmerzen haben, und in Ihrem Zustand sollten Sie sich ein paar Tage ausruhen.«

»Kind«, wiederholte Banach, als wäre ihr das Wort vollkommen fremd. »Ich bin schwanger?«

»Ah«, sagte Fleming und sah seine Kollegin an. »Ihre Patientin, Dr. Cowell.«

»Sie haben es nicht gewusst.« Cowell nickte. »Das ist so früh nicht ungewöhnlich.«

»Ich kann nicht schwanger sein«, murmelte Banach, die kaum ein Wort herausbrachte. Ihr Mund war trocken, ihr Herz pochte wild. »Ausgeschlossen.«

»Eine unbefleckte Empfängnis?«, warf Fleming ein und lächelte zum ersten Mal. »Ich rufe die *Times* an.«

»Es gibt keinen Zweifel«, sagte Cowell. »Sie sind ungefähr in der achten Woche. Ist Ihnen nicht aufgefallen, dass Ihre Periode ausgeblieben ist?«

»Ich ... ich dachte, ich wäre bloß spät dran. Ich hatte so viel zu tun.« Banach blickte ins Leere. »Sind Sie sich ganz sicher?«

»Zweifelsfrei.«

»Und dem Fötus geht es gut«, sagte Fleming. »Allerdings würde ich Ihnen raten, eine Weile keine bösen Buben mehr zu jagen.«

»Aber ich kann kein Kind bekommen.« Banach schüttelte den Kopf. »Das geht nicht.«

»Das empfinden viele Frauen bei einer ungeplanten Schwangerschaft zunächst so«, sagte Cowell. »Nehmen Sie sich ein paar Tage Zeit, darüber nachzudenken, mit dem Vater zu sprechen ...«

»Und für eine viel beschäftigte Karrierefrau wie Sie gibt es immer Möglichkeiten«, fügte Fleming hinzu.

»Das ist jetzt nicht der richtige Zeitpunkt, Doktor«, sagte Cowell, deren Miene schon leicht säuerlich wurde. »Angie braucht die Chance, die Neuigkeit erst einmal zu verdauen.«

»Bitte behandeln Sie Patienten nicht von oben herab«, sagte Fleming. Er legte eine Visitenkarte auf den Nachttisch und tippte mit dem Finger darauf. »Meine Klinik.«

»Das ist jetzt nicht der richtige Zeit...«

»Bitte«, sagte Banach, hob beide Hände und schloss die Augen. »Würden Sie mich jetzt bitte allein lassen? Beide?«

Fleming lächelte. »Selbstverständlich. Ich gratuliere«, fügte er ohne Wärme hinzu. »Guten Tag.«

Nachdem er fort war, atmete Cowell tief durch. »Tut mir leid, das mit Dr. Fleming. Ich fürchte, männliche Ärzte in einem gewissen Alter neigen dazu, Gott zu spielen.«

»Kein Problem«, sagte Banach. »Ich bin ein großes Mädchen. Also, wann kann ich gehen?«

»Ich warte nur noch auf ein paar Laborergebnisse.« Cowell nahm Flemings Visitenkarte. »Ruhen Sie sich noch ein wenig aus, und bevor Sie sich's versehen, plaudern Sie wieder mit Ihrem Kollegen.«

»Danke. Und, Dr. Cowell«, fügte sie hinzu, als die Ärztin sich abwandte, um zu gehen, »ich würde gern wissen, was für Möglichkeiten ich habe.« Sie machte eine Pause, um sicherzugehen, dass sie verstanden wurde. »Alle.«

Cowell sah ihr ein paar Sekunden lang in die Augen, dann nickte sie kurz und legte Flemings Visitenkarte wieder auf den Tisch. »Was auch immer Sie brauchen.«

Brook wachte zu Kaffeeduft auf und hob den Kopf vom Tisch.

Noble kaute an einem Schokoriegel, in der anderen Hand einen Kaffeebecher. Morton rührte gerade Zucker in seine Tasse. Er schaltete für Brook den Wasserkessel wieder ein.

»Irgendwas Neues?«, krächzte Brook, richtete sich im Stuhl auf und verzog das Gesicht, als er den Rücken durchdrückte.

»Nichts«, sagte Noble. »Weder von den Tanners noch von sonst jemandem.«

»Die Tür-zu-Tür-Befragung läuft noch?«

Noble schob sich den Rest des Schokoriegels in den Mund und kaute energisch. »Vorerst.« Er trank einen kräftigen Schluck Kaffee. »Immer noch Sorge, sie könnten jemanden zu Hause überfallen haben?«

»Verzweifelte Männer, verzweifelte Taten.« Brook stand auf und reckte sich. »Die sind noch irgendwo im Viertel. Ich bin mir sicher.«

»Aber Sie sind nicht überzeugt, dass die Tanners Ryan und Banach überfallen haben.«

»Ich bin überzeugt, dass sie auf der Flucht sind und gefährlich, wer auch immer unsere Beamten angegriffen hat«, sagte Brook und drückte das heiße Wasser aus einem Teebeutel. Einen Augenblick später nahm er einen belebenden Schluck. »Gibt's was Neues über Ryan?«

»Stone sagt, er ist bewusstlos, aber stabil. Sie sind guter Dinge.«

»Gut«, sagte Brook und machte ein paar Schritte, um den Kreislauf in Gang zu bringen. »Dabei fällt mir ein ... War ich gestern Abend ein bisschen schroff zu ... wie heißt sie noch?«

»Banach? Ich glaube nicht«, sagte Noble. »Sie hätte nicht da hochklettern sollen, wo auf der anderen Straßenseite Verstärkung bereitstand. Da hat sie wenig Urteilsvermögen bewiesen.«

Brook nahm noch einen kräftigen Schluck Tee. »Aber reichlich Schneid.«

»Schneid?«, fragte Morton nach.

»Sie hat nicht gezögert«, erklärte Brook. »Sie ist als Erste ins Gebäude, ohne an ihre eigene Sicherheit zu denken.«

»Ist das was Gutes?«

»Es ist zumindest bewundernswürdig«, antwortete Brook. »Banach. Klingt osteuropäisch.«

»Ich glaube, ihr Vater ist Pole«, sagte Noble.

Brook hielt mitten im Schluck inne. »Tatsächlich?«

Die Tür ging auf, und Charlton marschierte herein, die Zornesröte im Gesicht. Selbst vor sieben Uhr am Morgen war seine Uniform tadellos und sein Gesicht sorgfältig rasiert. Er erstarrte angesichts der Überzahl und zügelte sich ob seiner geringen Körpergröße neben den drei groß gewachsenen Detectives. »Hektische Nacht.«

Brook lächelte über Charltons Drumherumgerede und war versucht, gleich zur Sache zu kommen, um Zeit zu sparen. »Ja, Sir.«

»Fortschritte?«

»Wir tun, was wir können«, sagte Brook. »Bis jetzt noch nichts.«

»Verstehe.« Charlton konnte ihm nicht in die Augen sehen. »Wie geht es Ryan?«

»Immer noch bewusstlos, Sir«, sagte Brook ernst. »Aber stabil.«

»Gut.« Charlton zögerte. Die Kosten der Ermittlungen waren in diesem Augenblick wohl kein angemessenes Gesprächsthema.

Brook witterte eine Gelegenheit. »Ich fürchte, ich habe gestern Abend in dem Versuch, die Angreifer dingfest zu machen, das Budget arg belastet. Das geht auf meine Kappe, Sir. Unsere Beamten in so einem Zustand zu sehen …« Er schüttelte den Kopf, seine Bestürzung kam wohl gut rüber. Noble wollte etwas sagen, doch Brook brachte ihn mit einem warnenden Blick zum Schweigen.

Charlton nickte, er war mindestens ebenso frustriert wie Brook. »Einer von uns«, schloss er. »Halten Sie mich auf dem Laufenden.« Als er ging, hing Niedergeschlagenheit wie eine schwere Wolke über seinem Kopf.

»Auf meine Kappe?«, sagte Noble. »Sie müssen gegenüber dem Boss nicht für mich den Kopf hinhalten.« Brook zog eine Augenbraue hoch. »Warum haben Sie das getan?«

»Weil ich im Moment bei Charlton gut angeschrieben bin, John, und so unbehaglich ich mich dabei auch fühle, ich werde Wasser aus dieser Quelle schöpfen, bis sie knochentrocken ist.«

»Aber es war meine Entscheidung.«

»Und Sie haben exakt das getan, was ich auch getan hätte. Kommen Sie. Ein Bacon-Sandwich ruft nach uns.«

»Vor dem Leichenschauhaus?«

»Ach, Leichenschauhaus!«, sagte Brook. »Eine Unterredung mit Charlton finde ich viel heikler.«

»Brook. Sergeant Noble.« Tief im Bauch des ausgedehnten Komplexes des Royal Derby Hospital drehte Dr. Ann Petty den Wasserhahn zu und wandte sich von dem Edelstahlwaschbecken ab. Sie riss einen Meter Papierhandtuch vom Spender und trocknete sich sorgfältig die Hände ab, bevor sie desinfizierendes Gel auf ihre Handteller gab und zwischen den Fingern verrieb. »Es stört Sie hoffentlich nicht, wenn wir auf das Händeschütteln verzichten?«

»Wir werden's überleben«, sagte Brook geistesabwesend, ohne sich der in seinen Worten liegenden Beleidigung bewusst zu sein. Petty sann einen Augenblick über seine Antwort nach und warf Noble einen flüchtigen Blick zu.

»Wir arbeiten seit zwei Tagen durch«, erklärte Noble und blickte nervös durch das kleine Vorzimmer in den seelenlosen Obduktionssaal dahinter, um zu checken, ob auf den Fahrtragen aus gebürstetem Stahl menschliche Überreste lagen. Auf einer befand sich eine Männerleiche, die Brust aufgeschlagen wie ein ungemachtes Bett.

»Das wird's wohl sein«, sagte Petty und schob ihre Notizen zusammen. »Das ganze Theater im Fernsehen, nehme ich an. Freut mich zu hören, dass Sie genauso überarbeitet und unterbezahlt sind wie ich.«

Brook sah sich in dem fensterlosen, hohen, nur von gelblichem künstlichen Licht erhellten Raum um. »Wie überleben Sie ohne Tageslicht, Doktor?«

Petty schüttelte ihre blond gefärbten Haare unter ihrer Einweghaube auf. »Ich bin nicht hier eingesperrt, Inspector. Zwischen den Untersuchungen kann ich mich durchaus unter die Lebenden mischen. Abgesehen davon gibt es hier unten Sachen, die mir mehr Kopfzerbrechen bereiten als eine natürliche Lichtquelle.«

»Vermutlich.«

»Und es freut mich zu sehen, dass Sie wieder unter den Lebenden weilen«, sagte Petty. »Das Letzte, was ich hörte, war, dass Sie zu den alten ungelösten Fällen verbannt wurden. Strafe umgewandelt?«

»Sagen wir mal, ich habe sie abgearbeitet«, antwortete Brook.

»Und plötzlich öffneten sich die Gefängnistüren«, versetzte Petty grinsend, bevor sie ein ernstes Gesicht aufsetzte. »Ich bin froh, dass Sie den Fall bearbeiten, Brook. Eine junge Frau, brutal aus dem Leben gerissen, das doch gerade erst anfing. Wenn der Scheißkerl gefasst wird, können alle Frauen ruhiger schlafen, und auch wenn wir noch nicht lange zusammenarbeiten, weiß ich, dass Sie sich richtig ins Zeug legen.«

Brook war ziemlich verblüfft über dieses Lob. Mehr als »Mach ich« fiel ihm nicht ein.

»Beachten Sie mich gar nicht weiter«, sagte Petty. »So eine Arbeit macht sich leichter, wenn man seine Gefühle rauslässt.«

»An manche Sachen gewöhnt man sich einfach nie«, schloss Brook.

»Da widerspreche ich Ihnen nicht. Und ein Fötus im Bauch einer toten Mutter steht ganz oben auf meiner Liste.«

»Fötus?«, fragte Brook und sah Noble an. »Das Opfer war schwanger?«

»Unmöglich«, sagte Noble.

Petty sah ihn von der Seite an und erwog eine stichelnde Antwort, doch am Ende entschied sie sich, professionell damit umzugehen. »Lassen Sie sich gesagt sein, Sergeant, das Opfer, das von Ihrem Tatort zu mir gebracht wurde, hat ein Kind erwartet.«

»Tut mir leid«, sagte Noble benommen. »Ich wollte nicht … Aber wir wissen, dass unsere Vermisste vor Kurzem eine Abtreibung hatte.«

»Ist das die junge Irin vom Titelblatt der Zeitung gestern Abend?«, wollte Petty wissen. »Caitlin …«

»Kinnear.«

»Das Alter kommt hin«, sagte Petty. »Ihr Opfer war ungefähr zwanzig Jahre alt. Aber wenn Sie sich sicher sind, dass diese Caitlin Kinnear nicht schwanger war, dann ist sie nicht die Tote nebenan. Tut mir leid, wenn ich Ihnen damit das Leben schwerer mache.«

»Es ist, wie es ist«, sagte Brook. »Wenn wir es mit einer Leiche zu tun haben, fangen wir mit den Ermittlungen sowieso ganz von vorn an, um Fehlinterpretationen zu vermeiden.«

»Fehlinterpretationen?«

»Bei Vermissten jagen wir Schatten …«

»Sie nehmen Ihre Informationen, wo Sie sie kriegen können«, sagte Petty und nickte. »Verstehe.«

»… und bei einer Leiche jagen wir harte Fakten«, sagte Brook. »Bei einer Mordermittlung gehen wir mit wissenschaftlichen Methoden vor.«

»Dann lebt Caitlin noch«, sagte Noble und bemühte sich, nicht erleichtert zu klingen, dass die Tochter eines anderen Vaters gerade ihren Platz eingenommen hatte.

»Sie wird immer noch vermisst, John«, sagte Brook. »Und sie kann trotzdem tot sein. Tut mir leid, Doc, wir stehlen Ihnen die Zeit.«

»Gut zu wissen, dass es Fortschritte gibt«, sagte Petty lächelnd. »Auch wenn es mir leidtut, dass ich Ihnen Sand ins Getriebe streue.«

»Das haben Sie nicht«, widersprach Brook. »Es mangelt uns traurigerweise nicht an anderen Kandidatinnen. Wie weit war die Schwangerschaft vorangeschritten?«

»Ich würde sagen, zwischen der zehnten und der zwölften Woche.«

Brook nickte. »Todesursache? Die Mutter, meine ich.«

»Sie ist nicht bei dem Brand umgekommen. In ihrem Blut war kein Kohlenmonoxid, und sie hat weder Versengungen noch Verletzungen in Kehle und Lunge. Der Brand wurde nach ihrem Tod gelegt, vermutlich um Spuren zu verwischen. Aber wir haben andere Spuren.« Sie zog Fotos aus einem großen braunen Umschlag und zögerte. »Es sei denn, Sie wollen die Leiche sehen … Wir haben alles Wichtige fotografiert. Es ist ein bisschen wie ein verkohltes Brathähnchen.«

»Ich hatte mich schon so darauf gefreut.« Brook streckte die Hand nach dem ersten Foto aus, einer farbigen Großaufnahme des Kopfs.

»Das Opfer hat schwere Schläge gegen den Kopf erlitten«, setzte Petty an. »Zuerst mit den Fäusten, dann mit einem stumpfen Gegenstand – obwohl das auch post mortem gewesen sein kann war. Kein Hinweis darauf, was es war, dazu wären weitere Analysen bei der EMSOU notwendig.«

»Hammer?«, fragte Noble.

»Falls Sie am Tatort einen gefunden haben, würde ich anhand der Dellen im Schädel sagen, es könnte sehr gut sein. Das können die für Sie bestimmen. Doch die Verletzungen sind erheblich. Schläge post mortem sollten vermutlich ihre Identifizierung erschweren. Man kann den gerissenen Nasenknorpel sehen, was auf Schläge hinweist. Der Kiefer ebenfalls. Beide Kiefergelenke sind ausgerenkt, klassisches Zeichen für Traumata der unteren Gesichtshälfte. Sehen Sie die Zähne?«

»Sämtliche Verletzungen sind auf der rechten Seite«, sagte Brook.

»Korrekt«, sagte Petty. »Gepaart mit der Richtung der Knorpelrisse und der überwiegenden Zahl der Schläge auf der rechten Kopfseite suchen Sie also wahrscheinlich einen Linkshänder.«

»Wahrscheinlich?«

»Man kann nie mit Sicherheit sagen, wie ein Angreifer einen stumpfen Gegenstand eingesetzt hat«, erklärte Petty mit einem Achselzucken. »Wenn es nur Fäuste wären …«

»Aber eindeutig ein Mann?«, hakte Noble nach.

»Angesichts der Statistiken über Gewalt gegen Frauen und

der Kraft, die man braucht, um solche Schäden zuzufügen, mit sehr hoher Wahrscheinlichkeit«, sagte Petty. Noble nickte in trauriger Missbilligung seines Geschlechts.

»Sexuelle Aktivität?«

»Keine – ob einvernehmlich oder nicht –, also ist da auch keine DNA, fürchte ich.«

Brook zuckte die Achseln. »Sie wurde wenigstens nicht vergewaltigt. Ist es möglich, die Vaterschaft festzustellen?«

»Falls Sie DNA haben, die Sie mit den Zellen des Fötus abgleichen können«, antwortete Petty. »Die Marker des Vaters sind alle vorhanden. Haben Sie?«

»Noch nicht, schließlich wissen wir ja nicht, wer sie ist«, sagte Brook.

»Higginbottom hat angedeutet, sie sei erwürgt worden«, sagte Noble.

»Er hat recht. Der Mörder hat sich auf sie draufgesetzt und ihr dabei drei Rippen gebrochen. Kann sein, dass sie sich gewehrt hat und geschlagen wurde, um sie zu bändigen. Sie hat Druckmale am Hals, und das Zungenbein ist gebrochen, was die Luftröhre verschloss.« Sie zog ein zweites Foto heraus, eine Nahaufnahme eines Auges, auf der punktförmige Einblutungen zu erkennen waren.

»Petechialblutung«, sagte Noble.

»Geplatzte Kapillare aufgrund von Ersticken. Sie hatte auch punktförmige Blutungen und Verfärbungen im ganzen Gesicht, doch die hat der Brand zerstört. Vermutlich hat der Wagen nicht lange gebrannt, sonst wären die Augäpfel vollständig verkocht.«

»Wie lange war sie tot?«, fragte Brook.

Petty zog ihre Notizen zurate. »Dem Grad der Verwesung nach zu urteilen würde ich sagen, zwischen sechzig und zweiundsiebzig Stunden ...«

»Getötet sechsunddreißig bis achtundvierzig Stunden, bevor ihre Leiche in dem Lieferwagen abgelegt und dieser angezündet wurde«, sagte Noble langsam.

»Kommt hin«, sagte Petty.

»Sie haben gesagt, sie hat sich gewehrt«, warf Brook ein.

»Nicht, um Ihnen großen Hoffnungen zu machen«, versetzte Petty. »Sich auf die Brust zu setzen ist eine klassische, sehr wirkungsvolle Technik, um ein Opfer zu fixieren. Keine Haut unter ihren Fingernägeln, und falls Haare an ihr hafteten, sind sie beim Brand zerstört worden.« Sie holte einen Asservatenbeutel hervor. »Allerdings bin ich mir ziemlich sicher, dass der Täter feuerhemmende Handschuhe trug, denn wir haben ein paar verwendbare Fasern in ihrem Mund und unter der Zunge gefunden. Sie haben sich wahrscheinlich gelöst, als er sie würgte.«

»Feuerhemmend?«

»Ich habe die Probe zur Bestätigung an EMSOU geschickt. Sieht so aus, als suchten Sie nach jemandem, der strapazierfähige Arbeitshandschuhe braucht – ein Handwerker, Gärtner, Feuerwehrmann …«

»Elektriker?«, warf Brook ein.

»Gut möglich.« Petty nickte.

»Selbst wenn wir nachweisen können, dass die Fasern von den Handschuhen im Lieferwagen stammen, der Lieferwagen wurde gestohlen«, sagte Noble. »Wer Zugang zu ihm hatte, hatte auch Zugang zu den Handschuhen.«

»Stimmt. Was ist mit Fingerabdrücken, Doktor?«

»Ihre Fingerabdrücke sind fort, und ich könnte wetten, dass sie versengt wurden, bevor sie in Brand gesteckt wurde, denn sie weisen im Vergleich zu dem Rest ihrer Hände und Arme eine extreme Blasenbildung auf.« Sie zeigte Brook und Noble ein weiteres Foto. »Sie sehen hier, dass die rechte Hand zum Teil vor den Flammen geschützt war, und trotzdem sind die Fingerspitzen verbrannt.«

»Post mortem?« Brook kniff die Augen zusammen.

»Zweifellos.« Petty nickte. »Ich schätze mal, er hatte Zeit.«

»Gründlich«, sagte Brook.

»Eiskalt wäre ein passenderer Begriff.«

»Lötlampe? Säure?«, wollte Noble wissen.

»Da müssen Sie weitere Untersuchungen abwarten, doch wenn wir beim Handwerkerthema bleiben …« Den Rest sagte ein Achselzucken.

»Lötlampe«, sagte Noble und sah Brook mit hochgezogenen Augenbrauen an.

»Das Beste habe ich mir bis zum Schluss aufgehoben.« Petty ging mit ihnen zu einem Computerbildschirm. »Das Opfer hatte eine Tätowierung am rechten Oberarm. Wer auch immer sie getötet hat, muss davon ausgegangen sein, dass sie darüber zu identifizieren ist, und statt sich auf den Brand zu verlassen, hat er diese ebenfalls rausgebrannt.« Sie drückte auf eine Taste, um eine weitere Nahaufnahme von der Haut des Opfers aufzurufen. »Können Sie etwas erkennen?«

»Verbrannte Haut«, sagte Noble.

»Verbrennungen dritten Grades, um genau zu sein«, sagte Petty.

»Also nicht oberflächlich«, sagte Brook.

»Nein. Alle Schichten der Dermis sind betroffen. Doch unser Täter hat nicht mit den neuesten forensischen Spielzeugen gerechnet.« Petty drückte auf eine Taste, und das nächste Foto erschien. »Das ist eine Aufnahme mit einem Video-Spektral-Komparator.«

»Ich kann Linien erkennen.« Noble zeigte darauf. »Und darunter sind Buchstaben.«

»Richtig.«

»Darüber habe ich etwas gelesen«, sagte Brook. »Verschiedene Pigmente reagieren bei unterschiedlichem Licht unterschiedlich.«

»Und lumineszieren trotz oberflächlicher Versuche, sie auszulöschen, unter verschiedenen Bereichen des Lichtspektrums«, fuhr Petty fort.

»Sogar wenn die Haut verbrannt ist?«, fragte Noble.

»Solange noch Tinte im Gewebe ist, ja. Man muss ein bisschen mit den Filtern herumspielen. Einige Pigmente reagieren am besten auf Infrarot, andere auf Ultraviolett ...«

»Mit allen Schikanen.«

»Wir helfen gern. Passen Sie auf.« Petty drückte eine weitere Taste, und das Bild auf der verbrannten Haut veränderte sich leicht.

»Eine Flagge«, sagte Noble.

»Und das ist rote Tinte, und ich glaube, das soll ein weißer Adler sein.« Petty zeigte darauf.

»P-O-L-S-K-I«, las Brook die sechs Buchstaben unter der rechteckigen Flagge vor.

»Polen«, flüsterte Noble. »Interpol hatte recht.«

»Interpol?«, fragte Petty.

»Vor dem aktuellen Fall haben wir an einer Reihe von Vermisstenfällen gearbeitet«, erklärte Brook.

»Ich hoffe, die Tätowierung grenzt es ein.«

»Nicht eng genug«, meinte Brook mit einem Seufzer und ging in Gedanken schon sämtliche Möglichkeiten durch, die er bis dato hatte ausschließen können. Die Entführung und Ermordung junger Ausländerinnen war keine müßige Spekulation mehr.

»Wir haben drei vermisste junge Polinnen im System«, erklärte Noble. Dr. Petty ließ den Kopf sinken. Die Lust, ein wenig damit zu prahlen, wie gut sie war, war ihr vergangen.

»Und jetzt ein polnisches Opfer«, sagte Brook.

»Muss man Polin oder Pole sein, um sich die Landesflagge auf den Arm tätowieren zu lassen?«, fragte Noble. »Ich meine, die Hells Angels laufen mit der Konföderiertenflagge auf der Jacke herum. Was nicht heißt, dass sie Dixie pfeifen.«

»Da ist was dran.« Petty holte noch weitere Fotos aus dem Umschlag. »Vielleicht hat sie im Urlaub einen Polen kennengelernt und sie sich stechen lassen.« Brook und Noble betrachteten ein Bild der Mundhöhle des Opfers, die kaum Brandspuren aufwies. »Aber ich mache seit zwanzig Jahren Zahnaufnahmen, und normalerweise erkenne ich britische Arbeit, wenn sie mir unterkommt. Und ich glaube, das hier ist nicht bei uns gefertigt worden.«

»Vielen Dank«, sagte Brook und machte Anstalten zu gehen. »Schicken Sie uns den Bericht per E-Mail? Könnte sein, dass wir eine grobe Einschätzung der Gesichtszüge brauchen, um sie mit den Fotos der vermissten jungen Frauen zu vergleichen. Vielleicht gibt uns das einen Stups in die richtige Richtung.«

»Kriegen Sie heute noch.« Petty lächelte mitfühlend. »Sie sehen müde aus, Sie beide. Ruhen Sie sich ein bisschen aus.«

Zwei rot geränderte Augenpaare quittierten das ausdruckslos, bevor Brook und Noble den Raum verließen.

Draußen im hellen Tageslicht sah Brook auf seine Uhr. »Nehmen Sie ein Taxi zurück ins Präsidium, John ...«

»Sie kommen nicht mit?«

»Noch nicht. Gehen Sie Ihrer Interpol-Anfrage nach Ostrowsky nach und dehnen Sie sie auf seinen Bruder aus. Die zwei kommen heute Nachmittag aufs Revier, und falls da was ist, was wir wissen sollten, würde ich es gern wissen, bevor wir mit ihnen sprechen. Vor allem Verhaftungen und Vorstrafen. Und wenn Sie dazu kommen, gehen Sie die Profile der drei vermissten Polinnen durch, ob irgendwo eine Tätowierung erwähnt wird. Vergleichen Sie Körpergröße und Haarfarbe mit Dr. Pettys Bericht, sobald er da ist.«

»Die Profile könnten älter sein als die Tätowierung«, wandte Noble ein.

»Ich weiß«, sagte Brook. »Überprüfen Sie es trotzdem. Und bitten Sie Cooper, sich um die Zahnarztunterlagen zu kümmern.«

»In Europa?«, sagte Noble. »Das kann Wochen dauern.«

Brook machte ein *Ich-weiß*-Gesicht. »Tun Sie es für alle vermissten Frauen. Bei den beiden jungen Irinnen sollte es zumindest leicht sein. Apropos. Die erste Irin …«

»Bernadette Murphy?«

»War ihre Tante nicht hier Krankenschwester?«

»Mary Finnegan?«, sagte Noble. »Ja, vor drei Jahren. Was mache ich mit Caitlins Familie? Und Laurie Teague?«

»Was meinen Sie damit?«

»Das Opfer da drin ist nicht Caitlin«, sagte Noble. »Das ist das Einzige, was wir mit Sicherheit wissen, und ich denke, man sollte es ihnen sagen.«

Brook schwieg einen Augenblick. »Ja, da haben Sie recht, John. Aber noch nicht. Die schriftliche Bestätigung dürfen wir noch abwarten. Die Ostrowskys kommen heute Nachmittag, und wenn die Nationalität des Opfers *kein* Zufall ist, wollen wir nicht, dass sie noch mehr in die Defensive gehen als eh schon.«

»Wir lassen sie also in der Annahme, wir hätten Caitlins Leiche.« Noble nickte.

»Verzeihung, Doktor. Ich suche die beiden Polizeibeamten, die letzte Nacht eingeliefert wurden.«

Die Frau in dem weißen Kittel drehte sich um. »Und Sie sind?«

»DI Brook, Kriminalpolizei Derby.« Brook zückte seinen Dienstausweis und senkte den Blick auf ihr Namensschild. Er kannte den Namen. »Sie sind Dr. Cowell. Sie haben an der Universität gearbeitet.«

»Kenne ich Sie?«

»Ihr Name ist im Zusammenhang mit einer Ermittlung gefallen.« Eiseskälte senkte sich über ihre attraktiven Züge, und Brook lächelte, um sie zu beruhigen. »Sie waren letztes Jahr Daniela Cassettis Campusärztin.«

»Daniela Cassetti«, wiederholte Dr. Cowell langsam. »Ich erinnere mich an sie. Was ist mit ihr?«

»Das ist jetzt ein wenig aus dem Stegreif, aber was können Sie mir über sie sagen?«

Cowell sah Brook finster an. »Nichts. Haben Sie noch nie etwas von ärztlicher Schweige…«

»Sie wird vermisst.«

»Vermisst? Seit wann?«

»Das wissen wir nicht genau«, gestand Brook. »Doch sie hat zwei Trimester an der Derby University studiert und ist zum Sommertrimester nicht wiedergekommen.«

»Ja, ich weiß«, sagte Dr. Cowell. »Ich glaube, sie ist zurück nach Italien.«

»Das mag sie vorgehabt haben, doch ihrer Familie zufolge ist sie dort nie angekommen«, sagte Brook. »Interpol hat sie ein Jahr später als vermisst erklärt.«

»Ein Jahr?«, rief Cowell aus.

Brook zuckte die Achseln. »Menschen, die ins Ausland reisen, werden nicht unbedingt sofort vermisst. Wenn Sie also irgendetwas über ihre Gesundheit oder ihren Seelenzustand sagen können, wäre es …«

»Tut mir leid«, wandte Cowell ein. »Aber es gibt Regeln, und Sie brauchen eine richterliche Verfügung. Und selbst wenn ich Ihnen helfen wollte: Ich habe meine Akten nicht hier.«

Brook begegnete ihrem Blick einen Moment. Da er in Zeitnot war, beschloss er, nicht zu streiten, und die Ärztin machte Anstalten weiterzugehen. »Was ist mit meinen Beamten?«

Cowell drehte sich um und wies mit einem Nicken hinter Brook. »Letzte Kabine rechts. Die Kopfverletzung ist nicht mehr kritisch und wird wieder vollkommen genesen.«

»Eins noch. Ich weiß, dass das hier ein großes Krankenhaus ist, aber Sie kennen nicht zufällig eine Schwester Finnegan?«

»Mary Finnegan?«

»Genau die.«

»Sie hat uns vor zwei oder drei Jahren verlassen«, sagte Cowell.

»Sie wissen nicht zufällig, wo sie …?«

»Stimmt«, sagte Cowell kurz angebunden, schon im Weggehen. »Das weiß ich nicht. Aber Sie können sich jederzeit an die Personalabteilung wenden.«

22

Caitlin erwachte mit einem Schock, als kaltes Wasser sie traf. Sie lag in der Scheune auf dem rauen Betonboden und wurde mit einem Schlauch abgespritzt. Das Wasser war eiskalt, und sie konnte sich kaum bewegen, so stramm war sie gefesselt, doch sie wusste, dass sie den kräftigen Wasserstrahl, der sie zu ersticken drohte, stoppen musste, sonst würde sie an Ort und Stelle sterben. Sie merkte, dass sie mit den Füßen ein wenig Hebelkraft ansetzen konnte, und schaffte es, ihren klatschnassen Körper ein paar Grad zu drehen, sodass das Wasser sie mit voller Wucht im Nacken traf.

Ein paar Sekunden später versiegte der Strahl.

»Na, ist dein Kopf endlich zurechtgerückt?«

Sie keuchte so nach Luft, dass sie kein Wort herausbrachte, und nickte nur, so gut es ging. »Ich rück …«, stotterte sie. Der Strahl setzte wieder ein.

Ein paar Minuten später hörte der Beschuss auf, und das Scheunentor wurde auf seinen glatten Schienen zugeschoben und das Licht ausgesperrt. Ihr ganzer Körpers schrie vor Schmerz vom Zusammenprall mit dem Lieferwagen. Schlimmer noch war, dass sie ihre Lage nicht verändern konnte, um ihre schmerzenden Muskeln zu entspannen.

»Ich rück mir den Kopf zurecht!«, schrie sie.

Doch nicht nur mit ihrem Kopf stimmte gewaltig etwas nicht, mit ihr stimmte gar nichts mehr. Ihre linke Seite war voller blauer Flecken und Prellungen, ihre Füße waren eiskalt, ihr Haar war feucht, die Kopfhaut juckte, und sie stank zum Himmel, obwohl sie jeden Tag abgespritzt wurde. Sie war nicht überrascht, dass sie angefangen hatte zu niesen, ihre Nase lief und ihr Hals rau war. Sie hatte jedes Zeitgefühl verloren und fühlte sich einsam und machtlos.

Das war der Augenblick, da sie sich den Tod herbeiwünschte. Und warum auch nicht? Ihr Gott hatte sie verlassen, war rachsüchtig gewesen und hatte sie ihrem Entführer wieder vor die Füße geführt, und es war nicht schwer zu erraten, warum.

»Töte mich jetzt«, flüsterte sie.

Schwach vor Hunger, Mund und Lippen so ausgetrocknet, dass sie wie versiegelt waren, erwachte Caitlin wie üblich vom Schock des kalten Wassers, das sie traf. Mühsam löste sie die Lippen und schluckte in dem Wasserstrahl, um ihren ausgedörrten Mund zu befeuchten. Doch etwas war anders. Als sie instinktiv versuchte, sich mit den Händen vor dem Strahl zu schützen, stellte sie fest, dass sie sie bewegen konnte. Auch die Beine.

»Steh auf!«, blaffte eine bellende Stimme.

Sie war so benommen und hatte sich so lange nicht bewegen können, dass sie nur unter großen Schwierigkeiten gehorchen konnte. Schockiert stellte sie fest, dass sie nur noch BH und Slip trug, ihre Kleider waren ihr vom Leib geschnitten worden und lagen in einem Haufen am Boden. Sie war, während sie bewusstlos war, losgebunden und entkleidet worden, und sie war blind vom eiskalten Wasser, das ihr in die Augen gespritzt war.

Etwas traf auf ihren Bauch, und sie sah an sich hinunter. Ein großes Stück Seife.

»Waschen!«, sagte der Mann.

Caitlin nahm die grobe Seife und fuhr sich damit über den Körper, langsam zuerst, doch dann mit wachsender Begeisterung – über ihr Haar, ihr Gesicht, ihre klebrigen Unterarme und das, was ihre Mutter gern »untenrum« nannte. Sie riss das dreckige Pflaster ab und wusch behutsam ihren verletzten Arm, dann wandte sie dem Schlauch den Rücken zu und reinigte dankbar ihren schmutzigen Schritt.

Als sie fertig war, drehte sie sich zu ihrem Entführer um und warf die Seife hinter sich. Wenn sie nur einen Strumpf hätte, um sie zu schwingen, würde sie einen ordentlichen Totschläger abgeben.

»Dreh dich um.«

Caitlin gehorchte, und nach einem Trommelfeuer zwischen die Schulterblätter versiegte der Wasserstrahl ein paar Sekunden später. Ein Handtuch traf ihren Kopf, und sie schnappte es begierig, trocknete sich ab, scheuerte ihre Haut mit dem rauen Stoff. Als sie fertig war, drückte sie das Gesicht hinein und schwelgte in dem sauberen Duft.

Sie hörte, dass das Scheunentor zugeschoben wurde, und drehte sich um, als es gerade abgesperrt wurde. Ihr Gefängniswärter war fort. An einem Haken an der Wand hingen ein Frotteebademantel und eine Plastiktüte.

Caitlin zog den Bademantel über. In jeder Tasche steckte ein Päckchen Papiertaschentücher. Sie riss eins auf und putzte sich die Nase. Dann leerte sie die Plastiktüte: Wasser und noch mehr gekochtes Huhn. Sie trank einen Schluck Wasser und riss dann das Huhn auseinander und aß bewusst langsam, denn nach Tagen ohne einen Bissen würde sie sich übergeben müssen, wenn sie zu hastig aß. Sie aß alles auf und trank noch einen erfrischenden Schluck Wasser. Innerhalb von Sekunden spielten ihre Augen ihr Streiche. Es war, als wäre die Welt aus schmelzendem Wachs gemacht, das in eine sehr tiefe, sehr dunkle Schachtel gegossen wurde.

Caitlin hielt die Flasche hoch, und das Letzte, was sie noch sah, war der weiße Bodensatz.

»Scheißkerl«, murmelte sie, ließ die Flasche fallen und taumelte benommen auf die Verschläge zu, um weich zu landen. Sie schaffte es nicht.

Ihr Stuhl stand unweit des Betts, in dem Mitch lag, den Kopf in einem dicken Verband, am Arm einen Infusionsschlauch. Er atmete rhythmisch, was sie genauso tröstete wie der hochgereckte Daumen und die kurzen Worte, die er zu ihr gesagt hatte, bevor er wieder im Medikamentennebel versunken war.

Angie Banach beendete ihr Gebet und bekreuzigte sich. Dann legte sie die Hände auf ihren Bauch, überwältigt von dem Gedanken an das junge Leben, das in ihr wuchs. Sie schloss die Augen und seufzte schwer. *Dabei lief doch gerade alles so gut.*

»Das erklärt wenigstens die Übelkeitsanfälle«, murmelte sie und reckte sich.

Als sie die Augen wieder aufschlug, war sie schockiert zu sehen, dass DI Brook auf der anderen Seite der Kabine stand.

»Geht's Ihnen besser?«

Banach musterte ihn eindringlich, ob in seiner Frage eine Andeutung mitschwang. Sie entdeckte keinen Hinweis darauf, dass er es wusste. *Wie dumm von mir. Wieso sollten die Ärzte es ihm sagen? Es gibt Vorschriften. Ohne meine Zustimmung geben sie keine medizinischen Informationen preis.*

»Vielleicht noch ein wenig schwindlig«, antwortete sie, um Unauffälligkeit bemüht.

»Aber keine Gehirnerschütterung.«

»Nein, Sir.«

»Der Chirurg hat gesagt, Constable Ryans Prognose ist gut.« Brook richtete den Blick auf den verletzten Polizeibeamten.

»Das hat er nicht mir zu verdanken, Sir.« Banach fühlte sich in dem dünnen Patientenkittel und mit nackten Füßen sehr unbehaglich. Brook sah sie an und lächelte.

»Was ist daran so witzig?«, wollte sie wissen und erinnerte sich an ihre Meinungsverschiedenheit vom Vorabend.

Brook blieb unbeeindruckt, sein Lächeln wurde eher noch breiter. »Menschen sind witzig.«

»Meinen Sie mich?« Sie merkte, dass ihre Stimme vor Wut brach.

»Ja, ich meine Sie«, versetzte Brook, eine leichte Schärfe in seiner müden Stimme.

»Freut mich, dass Sie was zum Lachen haben«, wagte sie zu erwidern, doch sie konnte ihn nicht ansehen, denn sie rechnete mit einem Rüffel.

»Mich auch.«

Sie suchte nach den richtigen Worten. »Wenn es darum geht, dass ich in das Gebäude geklettert bin, bevor ich …«

»Sehen Sie das?«, sagte Brook und hielt ihr seine rechte Hand hin.

Banach betrachtete Brooks ausgestreckte Hand und richtete den Blick dann auf sein Gesicht. »Das verstehe ich nicht.«

»Hauttransplantation«, erklärte Brook. »Nach einem Vorfall mit einem brennenden Auto war ich fünf Monate außer Gefecht gesetzt. Ich dachte, meine Tochter wäre darin, deswegen habe ich versucht, es zu öffnen.«

»Und, war sie drin?«

»Nein, zum Glück nicht. Aber ich habe mich trotzdem im Dienst verletzt. Genau wie Sie.«

»Okay«, sagte sie unsicher.

»Wenn ich nicht gedacht hätte, sie wäre in dem brennenden Auto, wäre ich gar nicht in dessen Nähe gegangen. Doch Sie sind ohne einen Gedanken an Ihre eigene Sicherheit und ohne persönlich etwas davon zu haben in dieses Gebäude geklettert.« Banach senkte den Blick auf ihre nackten Füße. »Sie haben sich eingesetzt, Constable, und dafür achte ich Sie.« Sie hob den Blick und sah dem Inspector in die Augen. »*Huj w dupe policiji*«, sagte Brook und verzog das Gesicht über seine jämmerliche Nachahmung von Ostrowskys bulligem Bodyguard.

Banachs angedeutetes Lächeln verschwand. »Die Polizei kann mich mal?«

»Sie sprechen Polnisch«, sagte Brook.

»Sie auch. Fast.«

»Nur eine Phrase, die ich irgendwo aufgeschnappt habe.« Er

betrachtete sie von oben bis unten. »In Ihrer Personalakte steht, dass Sie irgendwann zur Kriminalpolizei wollen.«

»Vielleicht.«

»Wann sind Sie wieder dienstfähig?«

»Meine Uniform wurde eingetütet.«

»Aber Sie haben Zivilkleidung in Ihrem Spind.«

»Ja, meine Mutter hat mir gestern was gebracht.«

»Gut. Wann werden Sie entlassen?«

»Vor zwei Stunden«, sagte sie. »Aber ich wollte hier bei …«

»Constable Ryan geht es gut«, sagte Brook. »Holen Sie Ihre Sachen, und dann gehen wir eine anständige Tasse Tee trinken.«

»Wohin?«

»Bis Sie neu zugeordnet werden, arbeiten Sie in meiner Einheit mit.« Brook wartete ihre Reaktion ab. »Falls es Ihnen zusagt.«

Sie brauchte einen Augenblick, um zu antworten. »Okay«, sagte sie unsicher.

»Brechen Sie sich bloß kein Bein, wenn Sie sich vor Begeisterung überschlagen.«

»Tut mir leid.« Zum ersten Mal in seiner Gegenwart lächelte sie. »Ich bin natürlich geschmeichelt, aber die letzten zehn Stunden waren … heftig.«

»Das kann ich mir vorstellen. Ich hoffe, Ihre Kleidung ist angemessen.« Brook unterbrach sich, denn sie betrachtete seinen formlosen abgetragenen Anzug und seinen ausgeblichenen Mantel. Sie zog eine Augenbraue hoch.

»Wir könnten unterwegs schnell in einem Wohltätigkeitsladen reinschauen«, murmelte sie und verließ die Kabine.

»Sie und DS Noble werden sich blendend verstehen«, murmelte Brook.

»Mir ist langweilig.«

Nicks monotones Jammern nervte Jake, doch er sah nicht

auf. »Lies ein Buch.« Er saß auf dem mit Quasten verzierten Sofa und hatte die Füße hochgelegt, fand aber auf der billigen Schaumstoffpolsterung keine bequeme Position.

»Ich kann nicht lesen.«

»Du bist jetzt nicht in der Schule, Nick.«

»Was soll das heißen?«

»Es soll heißen, dass ich weiß, dass du lesen *kannst*, wenn es dir passt.«

»Nein, kann ich nicht.«

Jake sah auf. *Ich werde mich nicht mit dir streiten.* »Da sind Zeitschriften.«

»Ja, über Handarbeiten und die Royals«, fuhr Nick auf.

»Mach, was du willst.«

»Ich will ins Intu, bisschen durch die Läden streifen.«

»Sprich leise.«

»Ich will ins Intu«, sagte Nick lauter. Wütend starrte er auf die Kordel um Jakes Hals, an der der Schlüssel baumelte.

»Du verlässt diese Wohnung nicht, um dir Mist anzusehen, den du weder brauchst noch dir leisten kannst«, versetzte Jake, klopfte auf sein T-Shirt und sah Nick eindringlich an. *Und ich will dieses Gespräch nicht noch einmal führen müssen.*

»Ich hab Geld«, hielt Nick mit saurem Gesicht dagegen.

»Ja, und Schweine scheißen Specksandwiches«, murmelte Jake.

Nick lachte und wiederholte den Satz. »Schweine scheißen Specksandwiches.« Er lachte noch ein bisschen und vergaß seine Unzufriedenheit für den Augenblick. »Was liest du?«

Jake betrachtete den Umschlag des Buchs, als wüsste er es nicht. »Agatha Christie. *Tod auf dem Nil*.«

»Um was geht's da?«

»Um einen Haufen reicher Leute auf einem Schiff, die meinen, sie wären nicht reich genug. Sie sind alle ein bisschen zwielichtig und denken darüber nach, eine reiche Alte umzubringen, um ihr das Maul zu stopfen und an ihr Geld zu kommen.

Das Problem ist, dass ein Detektiv an Bord ist, so ein Scheißfranzose, der hinter ihnen her ist wie der Teufel.«

»Gut?«

»Nicht schlecht.« Jake blickte ins Leere und lächelte.

»Was?«

»Das verstehst du nicht.«

»Erzähl.«

Jake sah sich in dem kargen Raum um – der alte Lampenschirm, die wenigen tristen Möbel, der Schimmel, die vergilbte Tapete, die sich hier und da schon von der Wand löste. »Ich dachte, es wäre neu, aber dieses Buch wurde schon 1937 geschrieben.«

»Wow. Wann war das?«

»Vor langer Zeit. Aber die reichen Wichser haben auch damals schon den Hals nicht vollgekriegt.«

Nick kicherte. »Reiche Wichser.«

»Ja, du lachst«, meinte Jake lächelnd. »Wenn man sich ansieht, wo wir sind, ist es das Einzige, was einem bleibt.« Blind starrte er auf den verblichenen Teppich. »Wo wir immer waren.« Er sah Nick an und schüttelte den Kopf. »Ich hatte Pläne, Nick. Es tut mir leid, dass ich dir kein besseres Leben geben konnte.«

Nick lächelte. »Reiche Wichser. Sind das die, die uns am Arsch haben?« Jake lachte, was bei Nick einen hysterischen Lachanfall auslöste.

»Immer.«

»Reich wie Mr. … Mr. Ost…« Nick verstummte, denn er bekam das schwierige Wort nicht über die Lippen.

Jakes Fröhlichkeit war rasch dahin. »Ja, genau wie Ostrowsky.«

»Und wie Max?«

Jake bedachte Nick mit einem bösen Blick, und der jüngere Bruder senkte den Kopf. Er hatte etwas Falsches gesagt. Schmollend griff er nach seiner inaktiven PS 2, spielte an den Knöpfen herum und sah mit einer Miene vollkommener Unschuld zu seinem Bruder hinüber.

»Nein«, sagte Jake, ohne aufzublicken.

»Ich hab nichts gesagt.«

»Du wolltest mich nach dem Akku fragen.«

»Wollte ich nicht.« Pause. »Aber kann ich es haben?«

»Nach dem Abendessen«, antwortete Jake.

Nick seufzte frustriert. »Wieso ist hier kein Fernseher?«

»Wahrscheinlich gab's mal einen, aber jemand hat ihn mitgenommen.«

»Wie spät is'n?«

»Du hast die Uhr«, sagte Jake.

»Die ist stehen geblieben.«

»Tut mir leid. Ein billiges Ding.«

»Wenn ich rausdürfte, könnt ich rausfinden, wie spät es ist.«

Jake atmete tief durch. »Ich hab dir gesagt, dass das nicht geht. Die Polizei sucht uns.«

»Wir können ganix machen.«

»*Gar* nichts. Wir können *gar* nichts machen.« Jake lächelte seinen schmollenden Bruder an. »Warum liest du nicht ein Buch?«

»Kann nicht lesen.«

Jake zog eine Grimasse und ging ans Fenster, um durch den Vorhangspalt zu linsen. »Die sind immer noch im Cream zugange. Das haben sie bestimmt in meinem Lebenslauf gefunden.« Er drehte sich um und schüttelte den Kopf. »*Scheiß* sei Dank, dass ich die Schlüssel nicht gefunden hab.«

Nick kicherte. »*Scheiß* sei Dank.«

Jake lächelte, doch dann sah er wieder zum Fenster. »Wüsst zu gern, wo die abgeblieben sind.« Er richtete den Blick wieder auf Nick, der urplötzlich eine alte Ausgabe von *Majesty* zur Hand nahm und darin blätterte.

Brook hörte sich die Aufzeichnung noch einmal an und klappte dann seinen Laptop zu. Er trank den letzten kalten Schluck seines Tees, rieb sich die Augen und versuchte, den muffigen Geruch, der ihn allmählich umgab, nicht zu beachten. Er hätte nichts lieber getan, als nach Hause zu fahren und sich eine Stunde in die Badewanne zu legen, doch er wusste, dass sie noch eine ganze Weile keine Ruhe und Erholung bekommen würden. Wenigstens war die Situation nicht eskaliert und hatte sich zu einem Gemetzel ausgewachsen. Die Gefahr bestand immer, wenn Verdächtige auf der Flucht waren.

Er schrieb sich ein paar letzte Stichpunkte für die Vernehmung auf und machte sich Notizen für die Einsatzbesprechung am Nachmittag. Dann lehnte er sich auf seinem Stuhl zurück und sah sich in der Einsatzzentrale um. Ein plötzlicher Frühlingssonnenstrahl beschien die zahllosen Staubpartikel, die in der Luft schwebten wie ferne Galaxien auf einem Foto der NASA, was das Gefühl aufgeschobener Zeit noch verstärkte.

Cooper druckte fleißig Fotos von der Obduktion aus und heftete sie an die Stellwände. Den Ehrenplatz bekam die Tätowierung vom Oberarm des Opfers. DC Read jagte Daniela Cassettis Krankenakte von der Universität hinterher. Morton und Smee hatten die Stellwände aus dem kleineren Besprechungsraum herübergebracht, denn jetzt kannten sie die Nationalität des Opfers und hatten eine Verbindung zu Brooks und Nobles Interpol-Anfrage herstellen können.

Banach stellte mithilfe der Datenbank des Finanzamts eine Liste aller Mitarbeiter der Bar Polski zusammen, und Noble brütete im Wettlauf mit der Zeit über seinem Computer, um möglichst viele Informationen von ausländischen Polizeibehörden zusammenzutragen, bevor die Brüder Ostrowsky zur Vernehmung kamen.

Wenn man den Aufruhr der letzten sechsunddreißig Stunden bedachte, war es in dem Büro schaurig still, als würde die Welt für ein paar Sekunden innehalten. Brook fand, dass es bei jeder

Ermittlung einen solchen Augenblick gab, wo die Zeit sich verlangsamte und er die Stille im Auge des Sturms spürte. Meist geschah es nach dem ersten Schub an Aktivitäten, wenn sich der Fall gesetzt hatte und sie sich daranmachten, den Spuren penibel nachzugehen. In so einem Augenblick fragte Brook sich oft, was passieren würde, wenn er seinem Instinkt folgen und dem Wahnsinn einfach den Rücken kehren würde, um ein paar Stunden in der Sonne spazieren zu gehen.

Ein Blick auf die fröhlichen Gesichter der jungen Polinnen an der Fotowand brachte ihn zurück. Eine von ihnen war tot.

»Sir.« Morton störte Brook in seinen Gedanken, indem er ihm ein Blatt unter die Nase hielt. »Die Kriminaltechniker, die den Lieferwagen untersucht haben, haben in einem Arbeitshandschuh einen Fingernagel gefunden. Sie bereiten die DNA auf, um sie mit der von Jake Tanner abzugleichen.«

»Könnte auch von Max stammen«, sagte Brook.

»Was nicht viel nützen würde, denn es ist sein Lieferwagen.«

»Ich weiß. Wäre aber trotzdem gut, seine DNA in den Akten zu haben. Und die von seinem Bruder.«

»Wir könnten sie um eine Probe bitten, wenn sie herkommen«, warf Noble ein.

»Die sind nicht so dumm, freiwillig damit rauszurücken«, sagte Brook. »Wenn wir Max aus irgendeinem Grund verhaften könnten …«

»Wir könnten sie fragen, ob sie was trinken wollen, wenn sie kommen«, schlug Morton vor. »Würde uns ziemlich viel Bürokratie und Arbeit ersparen.«

»Das wäre ein wenig hinterhältig«, sagte Brook. »Haben sie die Handschuhe mit den Fasern im Hals des Opfers abgeglichen?«

»Volltreffer.«

»Und der Hammer?«

»Sehr wahrscheinlich. Sie haben Blut darauf gefunden, das gleichen sie gerade mit dem des Opfers ab.«

Das Telefon unterbrach Brook in seinem Gedankengang. Er griff zum Hörer. »Vernehmungszimmer drei. Wir kommen.« Er legte auf. »John.«

Noble rollte sich auf seinem Bürodrehstuhl mit Schwung ein Stück vom Schreibtisch weg wie ein Kind, das sich mit einem Einkaufwagen amüsiert. Er stand auf, während der Stuhl noch rollte, und schob seine Notizen zusammen.

»Grzegorz Ostrowsky.« Wieder hatte er Mühe mit der Aussprache. »Geschäftsmann. Dreiundvierzig Jahre alt. Heirat in Warschau, 1995. Frau und Kind sind drei Jahre später bei der Geburt gestorben. Seither alleinstehend. Betreibt seit vierzehn Jahren eine Import/Export-Firma, man kann sich also leicht vorstellen, wieso er den Behörden bekannt ist.«

»Schmuggel?«, tippte Brook.

»Richtig. Er war in China und Hongkong tätig, arbeitet aber jetzt exklusiv im Vereinigten Königreich, wo er drei polnische Lebensmittelläden betreibt, einen in Derby und zwei in Nottingham. Dem PSTD, dem polnischen Ableger der Interpol-Datenbank, zufolge hat die polnische Polizei ihn 2002 verhaftet, als bei der Routine-Inspektion eines seiner Container, der von Hongkong in Danzig ankam, eine Ladung Heroin mit einem Straßenverkaufswert von zwei Millionen Pfund entdeckt wurde.«

»Aber er ist aus der Sache rausgekommen.«

»Warum sagen Sie das?«

»Wenn er länger gesessen hätte, hätte er sich wohl kaum im Vereinigten Königreich niederlassen können, ohne dass man uns über seine Vorgeschichte informiert hätte.«

»Kann sein, dass Sie eine zu hohe Meinung vom Innenministerium und der Grenzschutzagentur haben, aber Sie haben recht«, sagte Noble. »Er wurde zwei Wochen später freigelassen, weil ein Mitarbeiter von ihm in Hongkong gestand, das Paket ohne sein Wissen in dem Container versteckt zu haben.«

»Sehr praktisch.«

»Allerdings«, pflichtete Noble ihm bei. »Der Angestellte

wurde zu zwanzig Jahren in einem Gefängnis in Hongkong verurteilt, doch er hat nur die Hälfte abgesessen.«

»Zwei Millionen Pfund?«

»Vom Gewicht her nicht viel«, sagte Noble. »Bei den heutigen Preisen nicht mal fünfzig Kilo, und es ist billiger geworden. Was den Schmuggel angeht, ein Tropfen im weiten Ozean. Aber das ist das Clevere. Ich hatte einen Freund beim Rauschgiftdezernat in Liverpool, und der hat ausgerechnet, dass Schmuggler, wenn sie wollten, Zeug im Wert von über einer Milliarde Pfund in einen Container packen könnten. Aber das machen sie nie. Teils, weil der Verlust zu groß wäre, wenn der Container inspiziert wird, und teils, weil sie es bei kleineren Chargen leicht so aussehen lassen können, als wäre es die Arbeit von ein oder zwei Leuten ...«

»Und nicht eines Kartells.« Brook nickte. »Klingt logisch.«

»Und vor Gericht leichter zu leugnen«, sagte Noble. »Leichter, den Schwarzen Peter einem verbrecherischen Mitarbeiter zuzuschieben, der in die eigene Tasche arbeitet. Auf Kosten des Mitarbeiters natürlich, der ist das eigentliche Opfer.«

»Sie glauben, Ostrowsky hat dieselbe Masche benutzt?«

»Könnte gut sein«, sagte Noble.

Brook wies mit einem Nicken auf die Fotos von Nicola Serota, Valerie Gliszczynska und Adrianna Bakula. »Gibt's in seinen Akten einen Hinweis auf Menschenhandel?«

»Sie wurden wohl kaum gehandelt«, sagte Noble. »Und Valerie und Adrianna können wir vorerst vergessen«, fügte er hinzu und tippte mit seinem Stift auf das erste Foto. »Nicola Serota ist unsere neue Favoritin. Gemäß Pettys Messung bei der Obduktion hat sie die richtige Größe. Die beiden anderen sind größer.«

»Dann sind ihre Zahnarztunterlagen am dringlichsten«, sagte Brook. »Aber wenn die Tote im Leichenschauhaus Nicola ist, dann heißt es, dass sie über ein Jahr lang irgendwo gefangen gehalten worden ist.« Er sah auf seine Uhr und griff nach seiner

Jacke. »Wir sollten sie nicht zu lange schwitzen lassen. Sie haben nichts über Max gesagt.«

»Ein paar Verhaftungen wegen Trunkenheit und Prügeleien und drei wegen sexueller Übergriffe«, sagte Noble. »Aber keine Verurteilungen.«

»Interessant.«

Angie Banach kam in ihrem schmal geschnittenen schwarzen Hosenanzug herüber und reichte Brook ein Blatt Papier. »Der einzige andere englische Mitarbeiter außer Jake ist der Barkeeper Ashley Devonshire. Sonst stehen nur noch Tymon Symanski und Max Ostrowsky auf der Lohnliste der Bar Polski. Keine weiblichen Mitarbeiter, jedenfalls nicht offiziell.«

»Danke«, sagte Brook. »Bereit?«

»Ich denke schon«, antwortete sie und atmete tief durch.

Brook ging neben ihr her, Noble folgte ihnen. »Sie sind keine DC, doch wegen der Zivilkleidung könnte man es annehmen. Ich stelle Sie also als Constable Banner vor. Sie sprechen, wenn Sie da reingehen, nicht mit den Befragten, Sie reagieren weder auf sie noch auf etwas, was sie sagen, und Sie machen sich keine Notizen. Sie hören nur zu und merken es sich.«

Als Brook weiterging, ging sie neben Noble her. »Warum Banner?«

»Die beiden sollen nicht wissen, dass Sie Polin sind«, sagte Noble. »Falls sie etwas Belastendes auf Polnisch sagen und später behaupten, sie wären hinters Licht geführt worden, kann er immer noch sagen, er hätte Ihren Namen falsch ausgesprochen.«

»Aber wenn wir es aufzeichnen, könnten wir es doch ganz leicht übersetzen lassen«, sagte Banach. »Warum sollten sie das Risiko eingehen, sich selbst zu belasten?«

»Wahrscheinlich tun sie es nicht«, erklärte Noble. »Aber es ist erstaunlich, wie viele Menschen vergessen, dass ein Tonband mitläuft.«

23

Caitlin nahm einen langen Atemzug, als wäre sie gerade aus einem tiefen See aufgetaucht, und öffnete die Augen. Sie blinzelte und versuchte, etwas zu sehen, doch alles lag im Dunkeln. Sie hatte den Knebel wieder im Mund, mit einem frischen Pflaster fixiert. Erst nach ein, zwei Sekunden merkte sie, dass ihr nicht mehr kalt und feucht war und dass ihre Umgebung nicht nach Dung und Stroh roch.

Sie war nicht in der Scheune, sondern in einem Haus, warm und gemütlich, gestützt von weichen Kissen. Und sie trug Kleider. Ihre linke Seite schmerzte noch von dem Aufprall auf den Lieferwagen, doch es fühlte sich besser an, jetzt, wo sie nicht mehr auf dem Betonboden lag. Ja, wenn ihre Fesseln nicht wären, die sie wieder schnürten wie ein Hühnchen, hätte sie es beinahe behaglich. Dabei hatte sie sich vor Kurzem noch den Tod gewünscht.

Sie versuchte, ihre Situation ruhig einzuschätzen. Ihre Hände wurden vor dem Körper von steifen Lederriemen fest und unnachgiebig gegen die Beine gedrückt. Beine und Füße waren ebenfalls festgebunden, sie konnte sie kaum ein paar Zentimeter bewegen, doch wenigstens konnte sie sich mit dem rechten Ellbogen auf die Armlehne des Sessels oder Sofas stützen.

Sie testete ihre Fesseln und versuchte, mehr Spielraum für die Beine zu gewinnen, doch von dem Reiben taten ihr bald die nackten Knöchel weh. An der rechten Hand trug sie einen steifen Handschuh, der viel zu groß war. Sie spürte, dass etwas in ihrem Handteller lag, doch sie sah weder, was es war, noch konnte sie es durch den Stoff des Handschuhs ertasten.

In Hintergrund waren Geräusche zu hören – das Rauschen von Wasserleitungen, ein elektrisches Summen und die abgekapselte Stille von Innenräumen. Da fiel ihr etwas auf. Sie rutschte ein paar Zentimeter über das Sofa, und ihr war, als stimmte mit ihrer Kleidung etwas nicht. Als sie noch einmal herumrutschte, spürte sie etwas Seltsames an den Pobacken und in der Leiste. Ihr Schritt fühlte sich feucht und verschwitzt an. Man hatte sie in eine Art Windel gesteckt. Jemand hatte ihr den Slip ausgezogen und ihr einen Rock und darunter eine Windel angezogen. Warum? Ihr Gehirn ratterte, und Bilder, wie man sie entkleidete, schossen ihr durch den Kopf.

Ihr wollte übel werden, und ihre Atemzüge gingen schneller. Was, wenn sie mit dem Knebel im Mund würgen musste? Dann würde sie noch mehr Panik bekommen. Und wenn sie sich übergeben musste, konnte das tödlich enden.

Reiß dich zusammen, Mädchen. Reiß dich zusammen. Kann gut sein, dass es jetzt so weit ist, dass du gefickt wirst.

Seltsamerweise beruhigte der Gedanke Caitlin. Es wäre wenigstens etwas Normales an dem Perversen, denn es würde zeigen, dass der Kerl auf dasselbe aus war, was auch die ganzen anderen sabbernden Wichser von ihr gewollt hatten.

Sie dehnte die Schulter, so gut es ging, und spürt die tröstliche Reibung des Stoffs auf der Haut, den Druck des BHs. Wer auch immer ihr den Slip ausgezogen hatte, hatte nicht ihre Brüste sehen wollen. Sie erinnerte sich an einen Witz darüber, die Hand eines neuen Lovers vom Slip weg hoch zum BH zu lenken. *Stopp! Zuerst die Titten! Ich bin doch kein Flittchen.*

Ihr Lächeln erstarb rasch, und sie ließ den Kopf so weit hängen, wie der Riemen, mit dem er festgebunden war, es erlaubte. Blicklos sah sie im Dunkeln auf ihre nackten Beine, spürte den Baumwollrock auf ihren Oberschenkeln. Irgendetwas wollte ihr ins Bewusstsein dringen, doch sie wusste nicht, was.

Bevor sie sich den Kopf darüber zerbrechen konnte, wurde sie plötzlich von einem Vibrieren abgelenkt. Es war das kleine Objekt in dem Handschuh. Sie drehte die Hand. Ein aufgeregtes Keuchen entfuhr ihr, als ihr Blick auf das leuchtende Display eines altmodischen klobigen Handys fiel.

Wenn sie das Handgelenk drehte, konnte sie den hellgrünen Schein auf ihre Umgebung richten. Es dauerte nur eine Sekunde. Sie saß auf einem Sofa in einem großen Zimmer. Die Möblierung war karg und auf das Nötigste beschränkt. Holzfußboden. Offener Kamin. Ein großer Fernseher an einer Wand und hinter schweren Vorhängen vermutlich ein Fenster.

Sie war in einer Konstruktion aus dicken Lederriemen gefesselt, die mit gewöhnlichen Gürtelschnallen geschlossen waren, nur größer. Das Ganze erinnerte sie an Inhaftierte im Todestrakt, die an den elektrischen Stuhl geschnallt wurden. Als sie das Kabel sah, das um ihre Taille geschlungen war, löste die Analogie ein ängstliches Flattern aus.

Sie hielt das Handy so nah wie möglich und packte es mit aller Kraft, während ihr Daumen in dem steifen Handschuh die Tasten suchte. Im Licht des LCD-Displays konnte sie erkennen, dass die untere Hälfte des Handys so oft mit Klebeband umwickelt war, dass alle unterscheidbaren Konturen des Tastenfelds darunter verschwanden. Mit dem Klebeband war das Telefon an dem dicken Gärtnerhandschuh aus Wildleder befestigt, in dem ihre Hand steckte. Sie wollte an dem Rand des Klebestreifens pulen, um an die Tasten zu kommen, doch das dicke Leder machte das unmöglich.

In einem heftigen Anfall wurden alle Sehnen starr, als ein elektrischer Strom sie durchfuhr, und sie biss auf den Knebel und auf ihre Zunge. Als der Strom einen Sekundenbruchteil später nachließ, öffnete sie ihre tränenden Augen und las die Botschaft auf dem Display.

Lass das, Flidchen sonst setzt es was könnens dir auch an die Hand taggern wenn dir das lieber iss.

Sie ließ den Kopf auf die Brust sinken. Das Handy vibrierte wieder.

Dass sind die Regeln.

1. Sprich nie in diesem Raum. Niemals. Du wirst gebritzelt und schlimmer, wenn du was sakst.

2. Wenn er da ist, lächelst du. Bist nett.

3. Wenns zum Essen läutet sitzt du aufrecht wie jetzt. Das ist die Essposition. Sitz still und lächel.

4. Wenn er dich küssen oder deine Titten anfassen willst, lächelst du, als würds dir gefalln.

Später mehr. PS Hübsche Muschi Kitty. LOL

Caitlin schloss die Augen und schluchzte leise im Dunkeln.

»Detective Inspector Brook, Sergeant Noble und Constable Banner im Raum«, sagte Brook. Er richtete den Blick auf Ostrowsky, der sich mit übergeschlagenem Bein auf seinem Stuhl zurücklehnte, Banach ansah und dann hoch zur Kamera in einer Ecke des Raums blickte. »Bitte identifizieren Sie sich für die Aufzeichnungen, meine Herren.«

Ostrowsky sah Brook ruhig an. »Grzegorz Ostrowsky.« Er sah seinen Bruder an, sagte kurz etwas auf Polnisch und wies mit einem Nicken auf das Aufnahmegerät.

»Makszi Ostrowsky«, sagte der jüngere Mann und erhob sich halb, um sich zu dem Gerät vorzubeugen. Er war nervös und wirkte, als fühlte er sich in Anzug und weißem Hemd nicht wohl. Seine geröteten, mit kleinen Blutkrusten gesprenkelten Wangen deuteten auf eine frische Rasur.

Ein uniformierter Beamter kam mit einem Tablett mit heißen Getränken und stellte es auf den Tisch, damit sich alle etwas nehmen konnten. Beide Brüder blickten auf die Tassen, machten aber keine Anstalten, sich zu bedienen.

»Jeremy Patterson, Anwalt beider Parteien«, sagte der geschniegelte Mann auf dem Stuhl am Rand. Er öffnete eine Aktentasche, holte einen Plastikschnellhefter heraus und streckte ihn Brook hin. Der hielt die Arme verschränkt. »Ich übergebe

Inspector Brook die Dokumente betreffend das gestohlene Fahrzeug von Mr. Ostrowsky, während es im Besitz seines Bruders Max war.« Schließlich nahm Noble den Schnellhefter und überflog dessen Inhalt, während Brook zwischen Ostrowsky und Patterson hin- und herblickte. Max war zu unbehaglich zumute, um Blickkontakt aufzunehmen.

»Ich würde die Einzelheiten des Diebstahls gern von Mr. Ostrowsky hören«, sagte Brook.

»Max spricht schlecht Englisch«, sagte Ostrowsky.

»Wenn ich für meinen Mandanten fortfahren darf«, fuhr Patterson mit einem kritischen Blick auf Brook fort. »Sie sehen die anschließende Meldung an die Versicherung des Fahrzeugs, die die Angelegenheit im Augenblick bearbeitet. Der Fahrzeugbrief und der Versicherungsschein waren leider im Lieferwagen, doch sie finden eine Kopie von beidem im Schnellhefter sowie die Diebstahlsmeldung an den diensthabenden Beamten.«

Patterson hatte sich auf seinem Stuhl Noble zugewandt, wo er auf höflichere Aufnahme hoffte. Er nahm sich einen Becher Tee. »Wie Sie dem Polizeibericht entnehmen können, hat er den Lieferwagen am Abend des 22. April gegen achtzehn Uhr auf der Straße abgestellt, in der Nähe seiner Wohnung in der Arboretum Street, und er ist erst um halb sieben am nächsten Morgen dorthin zurückgekehrt. Der Diebstahl kann also in diesen gut zwölf Stunden passiert sein. Ich muss Sie sicher nicht daran erinnern, dass die Diebstahlsstatistiken zeigen, dass Firmenwagen eine sehr viel höhere Anziehungskraft ausüben als Privatfahrzeuge.«

Brook warf einen Blick auf Patterson, sagte aber nichts.

»Ich habe mir auch die Freiheit genommen zu notieren, wann mein Mandant sich am fraglichen Abend wo aufgehalten hat. Reine Formalität. Mr. Ostrowsky hat …«

»Was ist passiert, als Sie entdeckten, dass der Lieferwagen gestohlen worden war?«, fragte Brook Max direkt.

Der jüngere Bruder schaute auf Brook, während ihm langsam dämmerte, dass er angesprochen worden war. »*Nie rozumiem.*« Er holte ein Päckchen Zigaretten heraus und klopfte seine Jacke vergeblich nach einem Feuerzeug ab.

»Er versteht Sie nicht«, sagte Patterson. »Bitte sprechen Sie mit mir, Inspector …«

Max wies auf Nobles Feuerzeug auf dem Tisch.

»Hier wird nicht geraucht«, sagte Noble.

»*Nie rozumiem*«, wiederholte Max.

»Er versteht dich nicht, John«, sagte Brook. Er nahm Nobles Feuerzeug und warf es Max in einem leichten Bogen zu. Dessen linke Hand schoss hoch, um es aufzufangen, dann machte er sich daran, die Zigarette anzuzünden.

Grzegorzs dünnes Lächeln verschwand, als er seinem Bruder das Feuerzeug aus der Hand riss, ihm die Zigarette wegnahm und zwischen Zeigefinger und Daumen ausdrückte. Er holte ein Zigarettenpäckchen aus seiner Tasche, schob Max' Zigarette hinein und wandte sich an seinen Bruder. »*Idiota. Zakaz palenia.*« Er wandte sich an den Anwalt. »Sehen Sie zu, dass wir hier fertig werden. Ich muss mich um meine Firma kümmern.«

»Inspector Brook«, sagte Patterson, »in Ihrer Pressekonferenz über die ermordete junge Frau wurden die Männer, die den Lieferwagen meines Mandanten gestohlen haben, eindeutig identifiziert.«

»Einer von ihnen ist ein Mitarbeiter Ihres Mandanten«, sagte Brook.

»Exmitarbeiter«, versetzte Patterson.

»Nicht zum Zeitpunkt des Diebstahls«, sagte Brook. »Im Augenblick möchte ich wissen, was passiert ist, als Ihr Mandant bemerkte, dass sein Lieferwagen weg war.«

»Er hat die Polizei angerufen und das Fahrzeug als gestohlen gemeldet«, sagte Patterson ungeduldig.

»Bevor er seinen Bruder anrief?«

Patterson zögerte, ahnte ein Problem. »Das ist richtig.«

»Mit seinem schlechten Englisch.« Niemand sprach. Ostrowsky hielt Blickkontakt mit Brook. Er wirkte entspannt. Brook klappte seinen Laptop auf und klickte auf das Touchpad, dann sah er Ostrowsky wieder an.

»Notrufzentrale. Wen möchten Sie bitte sprechen?«

»*Polizei*«, antwortete eine Männerstimme mit einem deutlichen ausländischen Akzent. Als er zum Polizeinotruf durchgestellt wurde, antwortete er auf die Eröffnungsfrage mit »*Mein Lieferwagen ist gestohlen worden, in der Arboretum Street*«.

»*Wie heißen Sie, Sir?*«

»*Ich heiße Max Ostrowsky.*«

»Das beweist nichts, Inspector«, unterbrach Ostrowsky ihn, der immer noch lächeln konnte. »Ich habe Ihnen gesagt. Max spricht ein wenig Englisch. Er kennt den Namen seiner Straße.«

»Er kann Verben konjugieren«, sagte Brook. »Und es freut mich zu hören, dass Sie jetzt wissen, wo Ihr Bruder wohnt.«

»Inspector Brook …«, setzte Patterson an.

»Nein«, sagte Ostrowsky und streckte die Hand nach dem Anwalt aus. »Lassen Sie mich sprechen. Inspector Brook, mein Bruder und ich sind Immigranten. Es tut mir leid, dass ich wegen Max' Wohnung gelogen habe …«

»Und bei der Handynummer«, warf Noble ein.

»Das stimmt«, pflichtete Ostrowsky ihm bei. »Ich war auf der Hut. Mein Bruder und ich arbeiten in einem fremden Land, und wir sind hier nicht erwünscht. Die Leute werfen uns böse Blicke zu, wenn sie uns sprechen hören. Wir nehmen ihnen die Arbeit weg, sagen sie, obwohl ich nicht viele Briten sehe, die so hart arbeiten. Und wir kennen die Polizei nicht und wissen nicht, wie sie ihre Arbeit tut.« Er sah Banach an, die an der Seitenwand stand. Sie ging zu der Wand hinter den Befragten.

»Sie meinen also, um einen Mordfall aufzuklären, würden wir ihn schnell dem nächsten Einwanderer anhängen?«, fragte Noble.

»Ich weiß nicht«, sagte Ostrowsky. »Aber als Sie in die Bar Polski kamen, waren Sie nicht ehrlich mit mir.«

»Wir haben Ihnen vielleicht nicht alles gesagt, was wir wussten, aber das ist ganz normal, und wir haben Sie nicht angelogen«, widersprach Noble.

»Ich denke, sich als Bauinspektor auszugeben ist schon eine gewisse Täuschung«, sagte Patterson.

Brook hob beschwichtigend die Hand. »Das Fazit des Ganzen ist doch wohl, dass Ihr Bruder für sich selbst sprechen kann.«

»Max wird jetzt antworten«, sagte Ostrowsky. »Sag ihnen, warum du zuerst die Polizei angerufen hast statt mich.«

»Ja, ich rufe Polizei«, sagte Max.

»Der Anruf ging erst um sieben Uhr an dem Morgen ein«, sagte Noble. »Doch Sie behaupten, den Diebstahl schon eine halbe Stunde vorher bemerkt zu haben.«

Max wandte sich an seinen Bruder, der für ihn übersetzte. »Ja. Ich versuche, Lieferwagen zu finden. Ich denke, mein Bruder wird sauer. Und ich Sorge um Versicherung.« Er ließ den Kopf sinken. »Ich lassen Werkzeug drin. Ich soll rausholen, aber ich müde.«

»Sehen Sie«, sagte Ostrowsky.

»Als Sie das Fahrzeug am Abend zuvor geparkt haben, war da eine Leiche hinten drin?«, fragte Noble.

»Ist das eine ernsthafte Frage?«, mischte Patterson sich ein.

Noble lächelte. »Für das Protokoll.«

»Nein«, sagte Max und schüttelte den Kopf. »Keine Leiche.«

»Was genau *war* denn im Lieferwagen?«

Max legte den Kopf in den Nacken, um nachzudenken. »Werkzeug für Elektriker. Benzin. Stiefel. Handschuhe.«

»Eine Lötlampe«, sagte Brook.

»Ja.«

»Warum braucht ein Elektriker eine Lötlampe?«, fragte Noble.

»Manchmal legen wir Kabel in Wand und finden alte Rohre«, erklärte Max. »Wir müssen rausholen.«

»Ein Hammer?«

Max nickte. »Ja. In Werkzeugtasche.«

»Ein Schlüsselbund.«

Max zögerte und überlegte. »Ja.«

»Und wann haben Sie Ihrem Bruder von dem Diebstahl erzählt?«

»Später«, sagte Max. »Weiß nicht, welche Zeit.«

»Ich habe Max am Nachmittag erreicht, nach Ihrem Besuch in der Bar Polski«, sagte Ostrowsky zu Brook. »Dann kam Max in die Bar, um mit mir zu sprechen.«

»Sie haben also erst von dem Lieferwagen erfahren, als DS Noble und ich es Ihnen erzählten.«

»Das wissen Sie doch.«

»Wir wissen nur, dass Sie den Diebstahl recht gelassen aufgenommen haben«, sagte Noble.

Ostrowsky zuckte die Achseln. »Es ist ein Lieferwagen. Ich hatte offensichtlich keine Ahnung, dass jemand getötet worden war. Oder dass Jake etwas damit zu tun hatte. Sie haben nichts davon gesagt, sonst hätte ich es nicht so gelassen genommen.«

»Kannten Sie Jake Tanner, den neuen Barkeeper Ihres Bruders?«, fragte Noble Max.

Max schüttelte den Kopf. »Nicht sprechen, aber sehen. Ich kann hallo sagen. Mehr nicht. Ich gehe nicht in Bar. Ich arbeite hart.«

»Jake war keine zwei Wochen in der Bar Polski. Ich brauchte einen erfahrenen Mann, der mir die Bar bestückt«, sagte Ostrowsky. »Jake hat sich beworben. Er war klug, kannte sich aus mit Drinks. Ich habe ihm den Job gegeben.«

»Hat er Referenzen vorgelegt?«

»Zeugnisse? Ja, ein paar. Er war präsentabel, höflich im Ausdruck. Ich hab ihn eingestellt.«

»Hat er erwähnt, dass er Vorstrafen hat?«

»Er war im Gefängnis?« Ostrowsky wirkte ehrlich überrascht.

»Das heißt wohl nein«, sagte Brook.

Ostrowsky schüttelte den Kopf. »Was hat er gemacht?«

»Eine kleinere Geschichte«, sagte Brook, der einem Verdächtigen keine Informationen geben wollte. »Eine kurze Haftstrafe.«

»Nicht zufällig Autodiebstahl?«, warf Patterson ein.

»Und wie hat Jake sich in seinem neuen Job gemacht?«, fragte Brook, ohne auf Pattersons spöttische Bemerkung einzugehen.

»Gut«, sagte Ostrowsky. »Er hat hart gearbeitet und bis zu dem Morgen, an dem Sie da waren, keinen Tag gefehlt.«

»Er hat versucht, Eindruck zu machen?«

»Vermutlich.«

»Max' Lieferwagen zu stehlen kann Sie nicht besonders beeindruckt haben«, sagte Brook.

»*Meinen* Lieferwagen«, verbesserte Ostrowsky ihn. »Max hat ihn sich für seine Arbeit ausgeliehen.«

»Hätte Jake diese Unterscheidung gemacht?«

»Verzeihung?«

»Hat Jake gewusst, dass es Ihr Lieferwagen war und nicht Max'?«

»Kann sein. Kann nicht sein. Sie müssen ihn fragen.«

»Das haben wir vor«, sagte Noble.

»Zwei Wochen ist nicht lange, um einen Groll aufzubauen«, sagte Brook.

»Groll?«

»Na ja, er hat Ihren Lieferwagen gestohlen, um eine Leiche darin loszuwerden. Warum macht er so was?«

»Ich kann nur wilde Vermutungen anstellen, Inspector, aber nachdem er einen Mord begangen hatte, könnte ich mir vorstellen, dass Mr. Tanner verzweifelt war«, sagte Patterson. »Er kannte meine Mandanten, hat herausgefunden, wo der Lieferwagen über Nacht parkte, und hat ihn genommen. Scheint mir offensichtlich.«

»Wer weiß schon, warum Menschen tun, was sie tun?«, fügte Ostrowsky hinzu, und sein kalter Blick bohrte sich in Brooks Augen. »Vielleicht hat Jake nicht gewusst, dass der Lieferwagen mir gehört. Vielleicht hat er ihn gestohlen, weil er ihn gesehen hat und weil er ein Dieb ist. Er und sein Bruder wohnen keine dreihundert Meter von der Arboretum Street entfernt.«

Brook sah auf. »Sie wissen, wo Jake und sein Bruder leben.«

»Selbstverständlich weiß mein Mandant das«, warf Patterson hochmütig ein. »Die Adresse war auf den Arbeitszeugnissen, und sie brauchten sie für die Lohnabrechnung.«

»Es ist eine Sache, die Adresse von jemandem zu haben«, sagte Brook. »Eine ganz andere, genau zu wissen, wo sie liegt, besonders wenn man neu in Derby ist.«

»So neu bin ich nicht, aber Sie haben recht«, sagte Ostrowsky. »Ich wusste es bis gestern Abend auch nicht. Aber als ich sah, dass Jake in die Sache verwickelt ist, war es plötzlich meine Angelegenheit, es zu wissen, also habe ich auf dem Stadtplan nachgesehen.«

»Als wir Sie also gestern Morgen in der Bar Polski aufgesucht haben und Sie sich über das Nichterscheinen eines Mitarbeiters echauffiert haben«, sagte Brook, »da ging es um Jake.« Ostrowsky nickte.

»Sie hatten einen ziemlichen Wutanfall«, sagte Noble. »Haben Sie ihn schlecht behandelt?«

»Er war neu.« Ostrowsky zuckte die Achseln. »Er schien seine Arbeit gut zu machen. Das ist alles. Meine Wut ist nur Show, mehr nicht. Ich bin Geschäftsmann, und ich zeige den Leuten, dass ich es ernst meine, damit sie hart arbeiten, für mich, aber auch für sich.« Er beugte sich vor und drohte mit einem Finger. »Und ich bezahle gutes Geld für gute Leute. Sie können fragen.«

»Ich glaube Ihnen«, sagte Brook. »Ich habe gehört, dass Sie

Leute zu großer Loyalität beflügelt haben, als Sie Handel in Südostasien betrieben haben.«

Ostrowsky Miene wurde zu purem Eis. Kurz erwog er, etwas darauf zu sagen, beließ es dann aber bei einem kurzen Blick auf seinen Anwalt.

»Hat die Bemerkung irgendeine Relevanz für die vorliegende Angelegenheit, Inspector?«, fragte Patterson. »Falls Sie auf irgendwelche vergangenen Unrechtmäßigkeiten anspielen wollen, muss ich energisch Widerspruch einlegen. Meine Mandanten sind EU-Bürger, und die Tatsache, dass sie in diesem Land leben, ist Beweis ihres guten Charakters.«

»Ich bin gerührt.«

»Ihr Tonfall gefällt mir nicht«, sagte Patterson.

»Nehmen Sie auf jeden Fall ein Beschwerdeformular mit, wenn Sie gehen«, erwiderte Brook.

»Schon gut«, sagte Ostrowsky und bedeutete Patterson mit einer Geste zu schweigen. »Wir sind erwachsene Männer. Und der Inspector steht unter Druck, Ergebnisse zu liefern. Sind wir fertig?«

»Sprechen wir über Jakes Bruder Nick«, sagte Noble. »Quellen haben uns berichtet, dass sie unzertrennlich waren. Ja, Jake hatte Probleme, Jobs auf Dauer zu halten, weil er Nick oft mitnehmen musste.«

Ostrowsky nickte. »Ja. Das habe ich Ihrem Kollegen gestern Abend gesagt. Er schien ein netter junger Mann zu sein. Ein oder zwei Tage ist er mitgekommen, als Jake bei uns anfing, aber ich habe nie mit ihm gesprochen.«

»Was ist mit Ihnen?«, fragte Brook und sah Max an.

Max schüttelte den Kopf. »Ich gehe nicht in Bar. Ich arbeite.«

»Sie stehen auf der Lohnliste.«

»Bitte?«

»Max hat die Elektrik gemacht«, sagte Ostrowsky. »Die meiste Arbeit ist erledigt, aber er kriegt Vorschuss.«

»Muss nett für Sie sein, in einer Bar zu arbeiten«, sagte Noble.

»Was soll das heißen?«, fragte Patterson.

»Unsere polnischen Kollegen haben uns zu verstehen gegeben, dass Max nach einem harten Tag gern das eine oder andere Gläschen trinkt«, sagte Noble.

»Wenn Sie keine vernünftigen Fragen mehr zu stellen haben, gehen wir jetzt«, sagte Patterson.

»Schon gut«, sagte Max und starrte Noble kalt an, bevor er ein breites Grinsen aufsetzte. »Klar. Aber ich kann es mir nicht leisten, in Bar Polski zu trinken. Wenn ich trinken will, ich gehe in Pub.«

»Liegt das daran, dass die Bar Polski keine weiblichen Mitarbeiter beschäftigt?«, fragte Brook.

»Weibliche Mitarbeiter?«, erkundigte sich Patterson.

»Junge Frauen«, sagte Brook trocken. »Man hat uns auch zu verstehen gegeben, dass Max, wenn er ein paar Gläschen intus hat, eine Vorliebe für junge Frauen hat.«

»Den Akten zufolge, in die wir Einblick hatten, Frauen um die zwanzig«, fügte Noble hinzu und richtete den Blick auf ein Dokument.

Max sah seinen Bruder an, damit der für ihn übersetzte, doch Ostrowsky lächelte nur leise Brook an.

»Kann ich das sehen?«, fragte Patterson. Noble schob ihm die Akte hin.

»Schnelle Arbeit, Inspector«, sagte Ostrowsky. »Aber diese … Situationen waren sehr unbedeutend, und mein Bruder wurde ohne Anklage entlassen.«

»Ein Glück, dass Sie da waren, um ihm zu helfen«, sagte Brook. »Ist da zufällig irgendwo Geld geflossen?«

»Diese Bemerkung ist unangebracht!«, fuhr Patterson auf und schob die Akte von sich. »Diese Verhaftungen entbehrten eindeutig jeglicher Grundlage.«

»Woher wissen Sie das?«

»Weil keiner meiner Mandanten vorbestraft ist«, sagte Patterson. »Und offen gestanden finde ich Ihre Anspielungen beleidigend.«

»Warum beschäftigen Sie keine weiblichen Mitarbeiter?«, fragte Brook Ostrowsky.

»Warum fragen Sie?«, fragte Patterson.

»Ich bin neugierig«, sagte Brook. »Wenn man eine polnische Bar mit Restaurant eröffnet, scheint es doch vernünftig, Polen einzustellen – um der Authentizität willen.«

»Bar Polski ist noch nicht eröffnet«, sagte Ostrowsky. »Wenn die Küche fertig ist, werden wir nächste Woche Anzeigen für Köche und Kellnerinnen schalten. Dann stellen wir auch Mädchen ein.«

»Haben Sie Reinigungskräfte?«, fragte Noble.

»Noch nicht«, antwortete Ostrowsky.

»Wo noch so viel gebaut wird?«, sagte Brook. »Das gibt doch sicher sehr viel Dreck.«

»Die Handwerker sind Polen, keine Briten.« Ostrowsky grinste. »Die können hinter sich sauber machen.«

»Vielleicht hatte Jake eine polnische Freundin, die ihn dort besucht hat«, schlug Noble vor.

»Ich habe Jake nicht mit einem Mädchen gesehen«, sagte Ostrowsky. »Oder Nick.«

»Und die Handwerker?«

»Die haben schon für mich gearbeitet und wissen genau, dass sie Arbeit und Vergnügen auseinanderzuhalten haben.«

»Was ist mit Ihnen?«

»Mit mir?«

»Sie sind ein erfolgreicher Geschäftsmann und alleinstehend«, sagte Brook. Ostrowsky kniff die Augen zusammen. »Es wäre doch ganz natürlich, wenn Sie eine Beziehung mit einer attraktiven jüngeren Frau suchen würden.«

»Dazu habe ich keine Zeit«, sagte Ostrowsky. »Mein Bruder und ich arbeiten zu hart.«

»Das Opfer war Polin, nicht wahr?«, erkundigte sich Patterson. »Wozu sonst diese Fragen nach Freundinnen und weiblichen Mitarbeitern?«

»Wir ermitteln in alle Richtungen«, sagte Brook.

»Und nach allem, was wir über Jake und seinen Bruder wissen, scheinen Frauen keine Rolle in ihrem Leben zu spielen«, sagte Noble.

»Wir suchen also danach, wo Jakes Weg den des anderen Geschlechts gekreuzt haben könnte.«

»Ist Ihnen je in den Sinn gekommen, dass er sie vielleicht einfach auf der Straße aufgelesen hat, Inspector?«, schlug Patterson vor. »Vielleicht war der Lieferwagen dafür gedacht.«

»Ja, allerdings«, sagte Brook. »Aber das ist wirklich eine üble Sache. Haben wir schon erwähnt, dass das Opfer schwanger war?«

Max blickte auf und sah zu seinem Bruder, bevor er weiter den Fußboden musterte, während Ostrowsky in Gedanken versunken den Kopf schüttelte. »Tragisch«, sagte er. »Ich hatte keine Ahnung.« Er sah Patterson an.

»Ich denke, wir sind hier dann so weit fertig, Inspector«, sagte Patterson und stand auf.

»Eins noch«, sagte Brook. »Wir haben im Fahrzeug genetische Spuren gefunden und brauchen Kontrollproben, um Ihre Mandanten von unseren Ermittlungen ausschließen zu können.«

»Das wird nicht passieren«, sagte Patterson und schloss seine Aktentasche. »Gewiss nicht auf freiwilliger Basis, nachdem Sie in diesem Gespräch so einen feindseligen Ton angeschlagen haben. Gleichen Sie die Probe doch zunächst einmal gegen Jake Tanners DNA ab, die Sie in den Akten haben. Und falls sie nicht übereinstimmen, besorgen Sie sich einen richterlichen Beschluss.

Mr. Ostrowsky hat mir gesagt, dass er Ihnen deutlich gemacht hat, dass er nicht fährt und folglich niemals einen Fuß in einen seiner Lieferwagen gesetzt hat, also ist die Bitte um seine DNA lediglich ein Fischen im Trüben. Was Max angeht, so ist davon auszugehen, dass *seine* DNA im Fahrzeug ist. Wenn Sie also eine zweite Probe finden, fragen Sie ruhig noch einmal. Ansonsten halten Sie den Dienstweg ein. Guten Tag, meine Herren.«

Ostrowsky war der Letzte, der ging, und als er an Banach vorbeikam, murmelte er ihr etwas auf Polnisch zu.

»Vielen Dank, dass Sie hier waren, Sir«, sagte Banach hinter ihm her.

»Was war das?«, fragte Brook sie, als die Ostrowskys fort waren.

»Er hat gesagt: ›Nur eine Hure Satans würde daran mitwirken, ihrem eigenen Volk zu schaden.‹«

»Klug«, sagte Brook. »Hat versucht, eine Reaktion zu provozieren.«

»Und Sie haben sich dumm gestellt«, sagte Noble.

»Ja. War gar nicht so einfach.«

»Meinen Sie, er hat's gewusst?«, fragte Noble.

»Ich wüsste nicht, wie«, sagte Banach. »Er hat nur gestochert. Vermutlich ist er bei solchen Sachen ein alter Hase.«

»Da könnten Sie recht haben«, sagte Brook. »Was meinen Sie?«

»Greg ist eiskalt«, sagte Noble. »Sie haben den Tee nicht getrunken, nicht mal die Tassen angefasst. Und ist Ihnen aufgefallen, dass er Max' unangezündete Zigarette eingesteckt hat? Clever.«

»Constable?«

»Ganz Ihrer Meinung«, sagte Banach, überrascht, dass sie gefragt wurde. »Er ist charmant und skrupellos, doch eines konnte er nicht verbergen. Als Sie sagten, dass das Opfer schwanger war, ist ihm die Röte am Hals hochgekrochen. Da kam Unbehagen auf. Bei beiden.«

24

Eine Stunde später brummte die Einsatzzentrale vor Stimmen, angeheizt durch die Erschöpfung einiger Anwesenden. Brook, Noble, Cooper und Morton, die zwei Nächte nicht geschlafen hatten, tränten die Augen, doch ihr Verstand war so messerscharf, wie es perverserweise bei Übermüdung zuweilen passiert. Irgendwann würde der Zusammenbruch kommen, doch vorerst wurde er mittels Koffein, Nikotin und leeren Mägen aufgeschoben. Smee und Read, die noch relativ frisch waren, verglichen ihre Notizen, während Banach still hinten saß und die Stellwände mit den Fotos und den zusammengetragenen Geschichten der sechs vermissten Frauen betrachtete.

Die Tür zur Einsatzzentrale ging auf, und herein kam die untersetzte Gestalt von Chief Superintendent Mark Charlton, der unsicher auf Brook und Noble zuschritt und geflissentlich ignorierte, dass der Lärmpegel augenblicklich um einiges sank.

»Die Tanners?«, wollte Charlton wissen.

»Wir tun, was wir können«, sagte Noble, dessen Miene verriet, dass sie keinen Schritt vorangekommen waren.

»Und PC Ryan?«

»Wird wieder genesen«, sagte Brook.

»Gut zu wissen«, erwiderte Charlton und stieß vor versammelter Mannschaft einen ostentativen Seufzer der Erleichterung aus. »Doch das sollte uns in unseren Anstrengungen nicht …«

»Nein«, sagte Brook mechanisch.

»Es ist ein versuchter Mord gegen einen der Unseren«, fuhr Charlton fort und übte schon für die Abendnachrichten, wo er sich vor dem Krankenhaus in feierlichem Tonfall auslassen würde.

Brook nickte Noble zu, und der dimmte das Licht und drückte auf eine Fernbedienung, worauf die versammelten Detectives verstummten. Die Gesichter von Nick und Jake Tanner starrten sie an, der jüngere Bruder in Schuluniform, das Gesicht zu einem dämlichen Grinsen verzogen, der ältere mit glasigem, finsterem Blick für die Polizeikamera nach seiner Verhaftung.

»Links Jake Tanner, achtundzwanzig, keine Berufsausbildung, doch er scheint über die Jahre regelmäßig gearbeitet zu haben, meistens als Aushilfsbarkeeper in Pubs im Stadtzentrum, darunter auch in der ehemaligen Cream Bar. Nick Tanner, der jüngere Bruder, neunzehn, ist noch nie einer Arbeit nachgegangen. Er hat ein Handicap und ist vollkommen von Jake abhängig, der auch sein Vormund ist. Nach allem, was man hört, sind die beiden unzertrennlich.«

»Sollte es uns leichter machen, sie aufzugreifen«, sagte Charlton.

»Sollte man meinen«, warf Noble ein. »Aber sie wurden kein einziges Mal auf der Straße oder in einem Bahnhof gesehen, wo sie wohl hingehen würden, wenn sie Derby verlassen wollten. Wir haben auch keine Berichte über gestohlene Fahrzeuge in der Umgebung des Milton-Wohnblocks, und bei den hiesigen Taxiunternehmen ebenfalls Fehlanzeige.«

»Und wie sind sie weggekommen?«

»Wir gehen davon aus, dass sie gar nicht weg sind«, sagte Brook, »sondern dass sie irgendwo in der Nähe untergetaucht sind.«

»Oder dass jemand sie versteckt«, schlug Charlton vor.

»Möglich«, sagte Noble. »Aber wenn, wissen wir nicht, wer. Sie haben keine Familie in Derby, und wir konnten auch keine Freunde oder Bekannten auftreiben.«

»Und wo zum Teufel sind sie dann?«

»Nicht bekannt«, antwortete Noble.

»Wie sicher sind wir, dass sie nach Hause gegangen sind, nachdem sie den Lieferwagen in Brand gesteckt hatten?«, fragte Charlton.

»Ihre Wohnung war zum Teil leer geräumt«, sagte Noble.

»Nachdem sie den Brand gelegt hatten, haben sie den Tatort um einundzwanzig Minuten nach zwei gestern Morgen verlassen, und die Überwachungskameras zeigen, dass sie fünfzehn Minuten später durchs Stadtzentrum gingen, grob in die Richtung ihres Wohnblocks.«

»Warum sind sie zurückgegangen?«, fragte Banach. »Wenn sie jemanden umgebracht haben, warum haben sie ihre Flucht nicht vorbereitet, bevor sie sich der Leiche entledigt haben?«

»Und wenn sie kein anderes Transportmittel haben, warum sind sie nicht mit dem Lieferwagen dahin gefahren, wo sie hinmussten, und haben ihn dort abgefackelt?«, fragte Morton.

»Vielleicht Panik«, sagte Noble. »Wir wissen auch nicht, wohin sie mussten. Sie haben keine Verbindungen außerhalb von Derby und kein offensichtliches Ziel. Ihr Leben ist hier. Aus diesem Grund glauben wir, dass sie ein paar Klamotten gepackt und einige Lebensmittel in eine Tüte gesteckt haben, bevor sie weggelaufen sind.«

»Warum Lebensmittel mitnehmen?«, fragte Charlton.

»Damit sie etwas zu essen haben«, antwortete Brook, was Gelächter auslöste, in das Charlton nicht einstimmte.

»Bei der Durchsuchung ihrer Wohnung haben wir eine Quittung über Lebensmittel im Wert von zwölf Pfund gefunden, hauptsächlich gebackene Bohnen, am Vorabend gekauft«, erklärte Noble. »Doch in der ganzen Wohnung gab es keinerlei Vorräte. Sie sind jung und stark, aber trotzdem können sie damit zu Fuß nicht weit gegangen sein. Wir haben DC Cooper gebeten, mögliche Verstecke ausfindig zu machen …«

»Moment mal«, sagte Charlton verwirrt. »Ich dachte, sie wären zur Cream Bar. Jake hat dort gearbeitet, als sie dichtgemacht wurde. Sie haben gesagt, er habe vermutlich die Schlüssel.«

»Er hat dort gearbeitet, und es ist *möglich*, dass er die Schlüssel hatte«, räumte Brook ein.

»Ist möglich?«, fragte Charlton. Mit einem Nicken wies er auf Banach. »Zwei Polizeibeamte wurden dort angegriffen.«

»Wir können uns nicht sicher sein, dass das Jake und Nick waren«, sagte Brook leise, wohl wissend, dass er Charlton alle Gewissheit unter den Füßen wegzog.

»Das verstehe ich nicht.«

»Jemand hat Paletten an die Wand gestapelt und ist durchs Fenster eingestiegen. *Vor* Banach und Ryan«, sagte Brook. »Warum sollten die Tanners das tun, wenn Jake die Schlüssel hatte?«

»Und als wir kamen, war die Tür abgeschlossen«, fügte Noble hinzu. »Wenn sie Schlüssel gehabt hätten, wären Jake und Nick durch die Eingangstür rein und auch wieder raus. Und wenn man gerade zwei Polizisten angegriffen hat, hält man sich nicht damit auf, die Tür hinter sich abzuschließen …«

»Wer dann?«, wollte Charlton wissen.

»Das wissen wir nicht«, sagte Brook.

»Damit kann ich nicht in die Lokalnachrichten«, sagte Charlton. »Es sind Tanner und sein Bruder. Sie müssen es sein.«

»Wir haben die Cream Bar durchsucht und nichts von den Lebensmitteln und den Klamotten gefunden, die die Tanners aus der Wohnung mitgenommen haben.«

»Die Sachen können sie nach dem Angriff doch mitgenommen haben«, sagte Charlton.

»Wären Sie so ruhig, dass Sie das könnten, oder würden Sie einfach die Beine in die Hand nehmen?«, fragte Brook.

»Und warum sollten sie mich angreifen?«, eilte Banach Brook zu Hilfe. »Ich bin durch ein Fenster im ersten Stock eingestiegen. Warum sind sie nicht einfach zur Tür raus?«

»Dann hatte Jake die Schlüssel nicht«, sagte Charlton, nachdem er einen Augenblick überlegt hatte. »Die Brüder sind ebenfalls durch dieses Fenster geklettert und haben Sie und Ryan angegriffen, weil Sie ihnen den Fluchtweg abgeschnitten haben.«

»Das würde bedeuten, dass sie ihr Gepäck und schwere Konservendosen durch ein Fenster im ersten Stock rein- und nach dem Angriff wieder rausgetragen haben«, sagte Brook.

»Dann haben sie das eben gemacht«, beharrte Charlton.

»Vorausgesetzt, sie hatten überhaupt Taschen dabei, was ich ernsthaft bezweifle.« Brook schwieg. »Also, Leute, mit diesen ganzen … Mutmaßungen kann ich unmöglich in *East Midlands Today* das Live-Interview bestreiten.«

»Möchten Sie sich lieber auf Fakten festlegen, die jeglicher Grundlage entbehren?«, erkundigte Brook sich.

Charlton atmete tief durch. »Okay, lassen wir den Angriff beiseite. Wo stehen wir bei der Suche nach den beiden?«

»Die Straßensperren haben wir vor dem morgendlichen Berufsverkehr aufgehoben, Sir«, antwortete Noble. »Wenn sie Zugang zu einem Fahrzeug gehabt hätten, hätten sie die Stadt inzwischen verlassen.«

»Keine Spur von ihnen am Bahnhof Derby Midland oder am Busbahnhof Morledge?«

»Nicht die geringste«, warf DC Smee ein. »Aber wir haben dort jemanden, falls sie aus der Deckung kommen.«

»Hundeführer gehen immer noch von Tür zu Tür, bis heute Abend, aber danach sind wir auf telefonische Hinweise angewiesen«, sagte Noble.

Charlton wies mit einem Nicken an die Stellwand. »Wenn wir wollen, dass die Bevölkerung sich telefonisch meldet, brauchen wir ein aktuelleres Foto von Nick.«

»Danach wird fieberhaft gesucht«, sagte Cooper, »aber Nick ist weder auf Facebook noch auf anderen sozialen Medien. Und Jake auch nicht.«

»Das ist ungewöhnlich«, sagte Charlton.

»Da spielt sicher die Armut eine Rolle«, sagte Cooper. »Und weil Nick behindert ist, war er weder auf dem College, noch hatte er je einen Job. Er hat kein Handy und kein Bankkonto und hat nie einen Pass oder Führerschein oder irgendetwas beantragt, wofür man ein Foto braucht.«

»Ein Neunzehnjähriger ohne Handy?«, sagte Read. »Krass.«

»Sie könnten Handys mit Guthabenkarte haben«, schlug Smee vor.

»Aber darüber gibt es dann keinen Nachweis.«

»Sie haben gesagt, keine Familie?«, hakte Charlton nach.

»Mutter verstorben«, sagte Cooper. »Drei Verhaftungen wegen öffentlichen Sichanbietens. Eine wegen Drogen. Keine Verurteilungen. Vater unbekannt, kein Männername auf den Geburtsurkunden …«

»Klingt, als hätte die Mutter die Väter auch nicht gekannt«, sagte Banach.

»Väter?«, hakte Charlton nach.

Banach zeigte mit einem Nicken auf die beiden jungen Männer. »Sie sehen sich nicht besonders ähnlich. Bei ihrem Beruf und angesichts des Altersunterschieds scheinen mir verschiedene Väter wahrscheinlich zu sein.«

»Jake muss doch wenigstens Arbeitskollegen gehabt haben«, beharrte Charlton.

»Er springt mal hier, mal da als Barkeeper ein«, sagte Cooper. »Er bleibt nirgends lange genug, dass die Leute ihn wirklich kennenlernen. Und dass er sich rund um die Uhr um Nick kümmern muss, ist auch nicht gerade förderlich.«

»Sozialamt?«

»Minimal involviert.«

»Gefängnis?«

»Dasselbe«, sagte Cooper. »Keine Freunde, weder in Jakes Akte, noch in seinen Berichten. Er ist für sich geblieben, und der Gefängnisdirektor hat ihm einen makellosen Rapport geschrieben.«

»Weswegen war er drin?«

»Schwere Körperverletzung. Zu sechs Monaten verurteilt, nach dreien wieder draußen. Es war ein schwerer Angriff, aber seine erste Straftat, also ist er glimpflich davongekommen. Bis dahin war er in Anbetracht des sozialen Umfelds ein Musterknabe – ein paar Verwarnungen als Teenager und eine Geldstrafe wegen Ladendiebstahls.«

»Wissen wir mehr über diesen Angriff?«, fragte Brook.

»In der Akte steht, es war ein Streit auf der Straße, der eskaliert ist«, sagte Cooper. »Das Opfer war ein dreiunddreißigjähriger Beamter namens Aaron Robertson. Anständig. Keine Vorstrafen. Aber Robertson ist schwul, und es gab Andeutungen, es könnte ein Hassverbrechen gewesen sein, doch Tanners Anwalt konnte das abschmettern, sonst wäre das Urteil sehr viel härter ausgefallen.«

»Keine gemeinsame Geschichte mit dem Opfer?«

»Nein«, sagte Cooper. »Es war ein willkürlicher Angriff.«

»Noch was, was keinen rechten Sinn ergibt«, sagte Brook. »Aber es bedeutet, dass wir wenigstens seine DNA haben.«

»Um sie womit abzugleichen?«, wollte Charlton wissen.

»An einem Paar Handschuhe im Lieferwagen wurden DNA-Spuren gefunden«, sagte Brook. »Wenn sie nicht Tanner gehören, könnten sie dem Besitzer des Lieferwagens gehören oder eher seinem Bruder Max, der den Wagen genutzt hat, doch von denen haben wir noch keine Kontrollprobe.«

Charlton schüttelte den Kopf. »Die Tanners scheinen mir nicht besonders helle zu sein. Wieso zum Teufel sind die immer noch auf freiem Fuß?«

»Sie haben nur sehr beschränkte Möglichkeiten«, sagte Noble. »Ohne Freunde und Familie suchen wir nach einer Garage oder einem Schrebergarten. Wenn wir da nichts finden, bleiben noch verlassene Gebäude und besetzte Häuser. Bis jetzt nichts.«

»Haben Sie einen Überfall auf jemanden zu Hause in Betracht gezogen?«, sagte Charlton.

»Wir haben es nicht ausgeschlossen«, sagte Noble, »aber wir waren überall von Tür zu Tür, und kein einziger Anwohner hat irgendwas erkennen lassen.«

»Ich bin nicht davon überzeugt, dass die beiden eine Familie in Schach halten könnten«, warf Read ein.

»Nicht davon überzeugt?«, rief Charlton aus. »Die Tanners haben eine junge Frau umgebracht und ihre Leiche verbrannt. Oder entbehren diese Fakten auch jeglicher Grundlage?«

Brook beugte sich vor und sprach zum Fußboden. »Wir können sie zweifelsfrei mit dem Lieferwagen in Verbindung bringen. Wir haben Filmaufnahmen und einen Zeugen.«

»Was brauchen Sie denn noch?«, wollte Charlton wissen und ließ sich erschöpft auf einen Stuhl fallen. »Wenn Sie bestätigen können, dass das Opfer Caitlin Kinnear ist, ist die Sache hieb- und stichfest.«

Brook bedachte Noble mit einem müden Blick.

»Die Obduktion hat Caitlin Kinnear ausgeschlossen«, sagte Noble. »Sie war nicht das Opfer.«

»Nicht das Opfer?«, hakte Charlton nach. »Ich dachte, Sie hätten eine Verbindung zwischen Jake Tanner und Caitlin hergestellt in der Nacht, in der sie verschwand?«

»Das haben wir auch«, sagte Noble. »Das Opfer ist im richtigen Alter, aber Caitlin Kinnear hatte ein paar Wochen zuvor eine Abtreibung, und die Tote war zwischen der zehnten und zwölften Woche schwanger.«

Brook sah zu Banach, die den Kopf mitfühlend gesenkt hatte, sich bekreuzigte und das Kruzifix an ihrem Hals berührte – die instinktive Reaktion einer polnischen Katholikin auf den Tod eines ungeborenen Kindes. Sie hob den Blick auf die Fotografien der vermissten jungen Frauen.

»Ein ungeborenes Kind«, wiederholte Charlton gequält. »Gott hab es selig. Haben wir die Mutter schon identifiziert?«

»Im Augenblick noch nicht«, sagte Noble. Er nahm die Fernbedienung und ging mehrere Tatortfotos der geschmolzenen Plastikfolie mit der verkohlten und entstellten Leiche darin durch. »Ihre Fingerabdrücke wurden zerstört, also arbeiten wir mit dem Zahnstatus. Aber das ist nicht so einfach.«

»Warum?«

»Deswegen.« Noble blätterte auf der Suche nach der besten Aufnahme die Bilder des versengten Arms des Opfers durch.

»Das ist eine Tätowierung der polnischen Flagge«, sagte Banach. Ihr blieb der Mund offen stehen.

»Die Tote war Polin?«, fragte Charlton.

»Wahrscheinlich«, sagte Noble. Er sah zu Brook, doch der war ganz auf die Fotos von Daniela Casseti, Caitlin und den anderen konzentriert.

»Irgendwelche potenziellen Kandidatinnen auf den Vermisstenlisten?«, fragte Charlton.

»Mehrere Möglichkeiten, Sir«, sagte Noble. Er drückte wieder auf die Fernbedienung, um ein anderes Foto aufzurufen. »Aber das ist im Augenblick unsere Favoritin, denn sie entspricht am ehesten der Beschreibung der Toten. Nicola Serota. Eine Polin aus Posen…«

»Ich erinnere mich an sie«, sagte DC Read. »Da habe ich Nachforschungen angestellt. Sie war zu Besuch bei ihrer Schwester in Derby, als sie verschwand …« Er schnippte mit den Fingern.

Noble sprang ihm bei. »Veronika.«

»Veronika, richtig«, sagte Read. »Aber …«

»Aber was?«, wollte Charlton wissen, als Read zögerte.

»Sie verschwand … das muss achtzehn Monate her sein«, antwortete Read.

»Nicht ganz«, sagte Noble und fügte leiser hinzu: »3. 1. 2014.«

»Sechzehn Monate!«, rief Charlton aus. »Ist das eine der jungen Frauen aus der Interpol-Anfrage?« Noble nickte und sah Brook hilfesuchend an, doch der war tief in Gedanken. »Sie erklären mir, Nicola Serota wurde vor sechzehn Monaten entführt und am Leben gehalten und vor Kurzem tot aufgefunden.«

»Ich erkläre es Ihnen nicht, denn wir wissen es nicht, Sir«, sagte Noble. »Aber sie hat an dem Tag die Wohnung ihrer Schwester in Derby verlassen und wurde seither nicht mehr gesehen. Sie ist Polin, sie hat die richtige Größe …«

»Warum weiß ich nicht mehr über ihr Verschwinden?«, wollte Charlton wissen.

»Sie haben es gesagt, als wir diesen Fall übernahmen, Sir«, beteiligte Brook sich wieder an dem Schlagabtausch. »Sie ist

Ausländerin. Ihre Schritte waren von Anfang an schwer nachzuvollziehen. Und selbst ihr Verschwinden hätte sich am Ende als vollkommen harmlos erweisen können.«

»Und ihre Familie hatte vermutlich über Monate keine Ahnung, dass sie vermisst wurde«, schloss Charlton.

»Genau«, warf Noble ein. »Sie dachten, sie wäre auf Reisen, bis es zu spät war, ihre Spur aufzunehmen.«

»Die Sache ist erst Monate später auf meinem Schreibtisch gelandet«, sagte Read. »Sie hatte sich zu Hause nicht gemeldet, seit sie Polen verlassen hatte, doch ihre Eltern hatten keine Ahnung, dass es Probleme gab. Da niemand sie gesehen hatte, konnte ich nicht mehr tun, als ihr Rückflugticket vom Flughafen East Midlands zu überprüfen. Es war nicht benutzt worden.«

»Und?«

»Das war's, Sir«, antwortete Read. »Sie war nur eine Woche in Großbritannien. Ich habe eine Gefährdungsbeurteilung durchgeführt und ihre Akte an das Dezernat für Vermisstenfälle weitergegeben. Das normale Prozedere.«

»Damit ich das richtig verstehe«, sagte Charlton. »Wir haben zwei Flüchtige, die eine Verbindung zu der vermissten Caitlin Kinnear haben und die eine Frau töten, die nicht Caitlin ist, und sich ihrer Leiche in einem gestohlenen Lieferwagen entledigen.«

»Außer dass wir keinen direkten Beweis dafür haben, dass sie die Frau getötet haben, sondern nur, dass sie versucht haben, die Leiche zu beseitigen.«

»Gott behüte, wir könnten *eine* verlässliche Tatsache haben«, knurrte Charlton.

»Es wird noch komplizierter«, sagte Brook. »Jake hat kürzlich einen Job in einer neuen Bar angenommen, die demnächst in der Friargate eröffnet – Bar Polski.«

Charlton kniff die Augen zusammen. »Klingt polnisch.«

Brook rang sich ein anerkennendes Lächeln ab. »Der gestohlene Lieferwagen gehörte dem Besitzer, Grzegorz Ostrowsky, einem polnischen Geschäftsmann mit einer düsteren Vergangenheit in Südostasien.«

»Wie düster?«

»Drogenhandel«, sagte Noble. »Obwohl man ihm am Ende nichts nachweisen konnte.«

»Irgendeine Verbindung zu dieser …?« Charlton wies mit einer Handbewegung auf das Foto von Nicola Serota.

»Nicht dass wir wüssten, doch da wir sie noch nicht eindeutig identifiziert haben, konnten wir ihn noch nicht danach fragen.«

»Sie haben aber schon mit ihm gesprochen?«

»Wir fühlen uns gegenseitig auf den Zahn«, sagte Brook. »Sein Bruder Max ist Elektriker, er hat den gestohlenen Lieferwagen zur Arbeit benutzt. Er war gerade in eine Wohnung in der Arboretum Street gezogen, nur einen Steinwurf von dem Hochhaus entfernt, in dem Jake und Nick leben, und dort wurde der Lieferwagen auch als gestohlen gemeldet.«

»Dann gab es vielleicht eine Verbindung zwischen dem Opfer und diesen Brüdern«, sagte Charlton.

»Möglich.«

»Aber wenn Jake für diesen Ostrowsky gearbeitet hat, dann hätte er auch eine Verbindung zu dem Opfer gehabt«, sagte Charlton und wirkte dabei äußerst selbstzufrieden.

»Das stimmt«, räumte Brook ein.

»Die Sache verdichtet sich.« Charlton sah auf seine Uhr. »Und was kann ich den Medien sagen?«

»Dass wir Jake und Nick Tanner suchen.«

»Was ist mit Caitlin?«

Brook schüttelte den Kopf. »Wir würden es vorziehen, wenn die Familie es nicht aus den Medien erfahren würde, selbst wenn es gewissermaßen eine gute Nachricht ist.«

»Gewissermaßen?«

»Sie wird immer noch vermisst.«

»Nicola Serota kann ich nicht erwähnen, richtig?«

Brook seufzte. »Nicht, solange wir uns nicht sicher sind. In ihrer Biografie wird keine Tätowierung erwähnt. Vielleicht ist sie es auch gar nicht.«

»Dann müssen wir diese Tätowierung öffentlich bekannt machen«, sagte Charlton.

»In diesem Stadium halten wir das besser zurück, bis es bestätigt wurde, Sir«, sagte Noble.

Charlton nickte. »Vermutlich.« Müde stand er auf, um zu gehen. »Ich werde dastehen wie ein absoluter Trottel.« Er sah aufgebracht zu Brook hinüber, und endlich machte sich auf seinem Gesicht ein Lächeln breit. »Aber wenigstens werden Sie direkt neben mir sitzen.«

»Etwas verrät mir, dass Sie den Rest Ihres Wohlwollens gerade das Klo runtergespült haben«, sagte Noble und blickte Charlton hinterher.

»Dann bin ich ja wieder da angekommen, wo ich mich am wohlsten fühle.«

»Und jetzt?«, fragte Noble.

Brook sah Banach an und winkte sie zu sich. »Mir ist da ein Gedanke gekommen. Ich will einen Durchsuchungsbeschluss für die Rutherford Clinic, John. Wir müssen einen Blick in deren Patientenakten werfen. Constable, Sie sind Katholikin.«

Banach grinste. »Ich komme aus Polen, dem katholischsten Land in ganz Europa.«

»Katholischer als Italien oder Irland?«

»Absolut, fast neunzig Prozent der Bevölkerung.«

»Ist das relevant?«, fragte Noble.

»Was können katholische junge Frauen aus diesen Ländern in England bekommen, wozu sie in Polen, Irland und Italien nicht so leicht Zugang haben?«, fuhr Brook fort.

Während Noble noch auf dem Schlauch stand, machte Banach große Augen. »Oh mein Gott.«

25

Grelles Licht strömte ins Zimmer. An so viel Helligkeit nicht gewöhnt, hielt Caitlin die Augen noch ein wenig geschlossen, damit sie sich daran anpassen konnten. Dann setzte Musik ein, Zeug, wie es ihre Oma an einem verschlafenen Sonntagnachmittag hörte, wenn das Gaelic-Football-Spiel vorbei war – entspannte, leicht zu konsumierende Instrumentalmusik, die ihr ein Schaudern über den Rücken jagte. Das Handy in ihrer Hand summte.

Regel 5. Wenn du angesprochen wirst, kannst du sagen: Wie war dein Tag, Schatz? Nicke, wenn du das verstehst.

Caitlin nickte. Angst stieg in ihr auf.

Über den satten Streichinstrumenten hörte sie in ihrem Rücken eine Tür zugehen, und als sie sich reckte, sah sie einen älteren Mann, der eintrat und dessen Augen bei ihrem Anblick strahlten. Fältchen bildeten sich um seine Augen, als er zu lächeln versuchte.

Voller Entsetzen starrte Caitlin auf sein Gesicht, dessen eine Seite vollkommen entglitten war, als wäre sein Kopf ein Gemälde, das zum Teil draußen im Regen gestanden hatte, bis die rechte Hälfte zerflossen war. Wenn er lächelte, bog sich die linke Hälfte seines Munds nach oben, während die rechte noch weiter in Richtung Kiefer sackte und die Zunge unkontrolliert zwischen seinen feuchten, verzogenen Lippen hervorschoss und hin und her pendelte.

Er hatte dichtes weißes Haar, das nach hinten über den Schädel gekämmt war, und dicke struppige Augenbrauen. Unter einer Smokingjacke aus dunkelgrünem Samt trug er ein weißes Hemd mit einer grünen Fliege, und er hatte ein Tablett in seinen leberfleckigen Händen. Während er näher kam und dabei den rechten Fuß ein wenig nachschleifte, sah es aus, als könnte das Tablett jeden Augenblick dem zittrigen Griff entrutschen. Er setzte es so behutsam, wie es ihm möglich war, auf ihrem Schoß ab und trat noch näher, um an Caitlins Haar zu riechen. Dabei stieg ihr von der sauberen Seite seines Gesichts ein scharfer Aftershaveduft in die Nase. Die rechte Seite war struppig und unrasiert, doch jemand – sie bezweifelte, dass es der alte Mann selbst gewesen war – hatte den Versuch unternommen, den spärlichen Bart mit einer Schere zu trimmen.

Caitlin schrak vor seinen schnüffelnden Nasenlöchern zurück, doch ihr Blick war fest auf das Essen gerichtet, und ihre eigenen Nasenlöcher fingen an zu beben. Es sah aus wie Hühnerbrust in einer Art Sahnesoße mit Kartoffelpüree und grünen Bohnen – in ihrem trockenen Mund lief der Speichel zusammen, und sie merkte, dass sie am Verhungern war.

Der Mann ließ das Tablett los, und das volle Aroma von heißem Essen schlug Caitlin entgegen. Ihr wurde schwindlig, beinahe übel. Irgendwo hatte sie gelesen, dass man den Amerikanern, als sie im Zweiten Weltkrieg zufällig auf ein Konzentrationslager gestoßen waren, verboten hatte, den Insassen etwas zu essen zu geben, da man fürchtete, feste Nahrung könnte ihnen mehr schaden als nützen.

Der alte Mann schüttelte eine blutrote Serviette aus und trat hinter sie. Dabei summte er die Musik mit, so gut sein entstellter Mund es ihm erlaubte, was die Melodiebögen in eine Reihe von Keuchlauten übersetzte.

Er bewegte sich aus ihrem Gesichtsfeld, und Caitlins Puls ging schneller, als sie seinen Atem im Nacken spürte. Sie zitterte und schloss die Augen, als er die Serviette tief in den Ausschnitt ihrer Bluse schob und dabei zu lange an der Rundung ihrer Brüste verharrte. Nah an ihrem Ohr versuchte der alte Mann, ein paar Worte zu formulieren, und sie spürte seinen Atem am Hals. Sie konnte sich nicht sicher sein, doch es klang wie »unser Lied«, und sie zitterte ob des Zusammenspiels seiner Worte mit dem Spuckeregen auf ihrer Haut.

Sie schlug die Augen auf, richtete sie fest auf das Essen und versuchte, sich ganz auf die Mahlzeit zu konzentrieren, und bei dieser Aussicht musste sie wieder kräftig schlucken.

Als der Mann ihr den Stoff um den Hals gelegt hatte, spürte sie seine rauen Hände auf der Haut. Sie zitterten, doch wahrscheinlich eher aus Gebrechlichkeit denn aus Angst. Seine Finger strichen über ihre weiche Haut, die Nägel hart wie Diamanten, und er bemerkte ihre Gänsehaut. Wieder zitterte sie und atmete schneller.

»Du frierst«, keuchte er ihr – kaum verständlich – ins Ohr und drückte ihr einen zarten Kuss aufs Ohrläppchen, wobei die Spitze seiner trockenen Zunge ihre Haut berührte, dann zog er seine knorrigen Klauen durch ihr Haar. Sie spürte, wie er einzelne Strähnen zwischen Finger und Daumen nahm wie der Läusearzt in der Schule, von dem ihre Mutter ihr erzählt hatte.

»Schatz?« Der Mann machte eine Pause, damit sie antworten konnte. Caitlin wollte ihn nach seinem Tag fragen, doch die Worte wollten ihr einfach nicht über die Lippen. So fuhr der alte Mann fort. »Du hast was mit deinen Haaren gemacht.«

Mit meinen Haaren? Die Erkenntnis sickerte in Caitlins fieberhaft arbeitenden Kopf. *Gütiger Himmel! Ich bin nicht die Erste.* Sie ertrug es nicht mehr und schüttelte die Hand des Mannes ab. Dann versuchte sie sich hochzudrücken, doch dabei stieß sie das Tablett runter, und Teller und Besteck gingen klappernd zu Boden.

Der alte Mann fing an zu heulen wie ein kleines Kind und schlug sich die zitternden Hände vor den unwillfährigen Mund. »Neeeeeeein«, jammerte er, doch Caitlin bekam weder das noch etwas anderes mit, denn rasch und heiß schoss Strom durch ihren Körper. Und als sie das Bewusstsein verlor, spürte sie nur noch die tröstliche Wärme, die in ihre Windel sickerte.

Banach saß auf der Rückbank von Brooks BMW. Als er auf den kleinen Parkplatz der Rutherfield Clinic fuhr, wuchs ihre Unsicherheit. In ihrer Tasche steckte noch die Visitenkarte der Klinik, die Dr. Fleming ihr gegeben hatte, und wenn sie ihm in Brooks Gegenwart begegnete, konnten Dinge ausgeplaudert werden, die ihrer Karriere schaden würden. Wenn jemand am St. Mary's Wharf von ihrer Schwangerschaft erfuhr, wusste es kurz darauf die ganze Dienststelle. So war es einfach. Vor Kollegen, auf die man sich in einer lebensbedrohlichen Situation verlassen musste, Geheimnisse zu haben wurde nicht gern gesehen, und die reviereigene Gerüchteküche tat ihr Bestes, um alle gleichermaßen dieser Politik zu unterwerfen.

Brook fuhr neben einen glänzenden neuen Audi – personalisiertes Nummernschild TOPP-DR01 –, der in der für Dr. Fleming reservierten Parkbucht stand. Auf einem Schild stand nicht nur der Name des Arztes, sondern darunter in zwei Zeilen auch seine medizinischen Qualifikationen.

Kaum stiegen die Detectives aus, schlug ihnen das Geschrei von rund zwanzig Menschen entgegen, die den geteerten Fußweg zum Haupteingang der Klinik blockierten. Die Meute johlte und feixte, während eine tränenüberströmte magere junge Frau in einem Trainingsanzug ihrem Hohn zu entkommen versuchte. Als die Polizeibeamten näher kamen, verließ gerade eine wohlbeleibte Krankenschwester das lang gezogene, flache Gebäude und kam aus der anderen Richtung auf den Mob zumarschiert, um ihm Einhalt zu gebieten.

»Vater O'Toole, Sie wissen, dass Sie nicht das Recht haben, auf diesem Weg hier zu stehen«, übertönte sie die Zwischenrufe.

»Wir machen nur von unserem Versammlungsrecht Gebrauch«, erwiderte der Priester, dessen weißer Kragen unter einem Wollschal verborgen war. Ein vielstimmiges »Amen« goutierte seine schlagfertige Erwiderung.

»Gibt es ein Problem, Vater?«, fragte Brook. Alle Köpfe wandten sich ihm zu.

»Jetzt nicht mehr«, sagte Vater O'Toole und blickte glückstrahlend in den Himmel. »Ein Sünder bereut, und des Herrn Wille geschehe.« Wieder wurde »Amen« gemurmelt.

»Darüber zu befinden müssen Sie schon mir überlassen«, sagte die Krankenschwester und verschränkte die Arme.

»Ich habe gefragt, ob es ein Problem gibt«, sagte Brook und hielt seinen Dienstausweis hoch.

»Kein Problem, Inspector Brook«, sagte der Priester, betrachtete den Ausweis mit zusammengekniffenen Augen und reichte ihm die Hand. Überrumpelt griff Brook reflexartig zu. Die Hand des alten Mannes war kalt und feucht, seine Finger knochig. Er drückte den Daumen auf Brooks Knöchel, ein Schimmern in den Augen. »Wir tun Gottes Werk, indem wir dagegen protestieren, dass unschuldiges Leben geraubt wird.«

»Sie missbrauchen dieses Recht, Vater, und das wissen Sie ganz genau«, versetzte die Krankenschwester. »Sie haben nicht das Recht, den Fußweg zur Klinik zu blockieren und unsere Patientinnen einzuschüchtern.«

»Patientinnen nennen Sie die«, knurrte eine ältere Frau, die in teure Pelze gehüllt war, und trat vor. Ihr amerikanischer Akzent erweckte Brooks Aufmerksamkeit. »Das sind keine Patientinnen. Was mit denen nicht stimmt, könnte leicht dadurch geheilt werden, dass sie ihre Herzen dem Herrn öffnen.«

»Amen«, murmelten die Übrigen wie mit einer Stimme.

Der Priester strahlte zu Brook auf, immer noch seine Hand haltend. »Ich sollte erwähnen, dass ich ein guter Freund von Chief Superintendent Charlton bin. Manchmal beten wir zusammen, und ich unterstütze die Abteilung stets gern in meinem Gemeinderundbrief.«

Brook zog seine Hand fort und erwiderte mit eisigem Lächeln: »Ich bin sehr erfreut, dass Sie das erwähnen, Vater. Constable, bringen Sie diese guten Leute von hier fort, in eine angemessen sichere Entfernung von diesem Durchgang.«

»Mit Vergnügen«, antwortete Banach.

»Vielen Dank, Inspector«, sagte die Krankenschwester, drehte sich um und starrte den Priester triumphierend an. Brook las den Namen Moran auf einem Namensschild an ihrer Brust.

»Dafür werden Sie in der Hölle schmoren«, fuhr die Amerikanerin Brook an.

»Hab meinen Platz schon gebucht«, erwiderte Brook. »Aber wenn Sie zuerst da sind, reservieren Sie mir ein Zimmer mit Aussicht, ja?«

»Was glauben Sie eigentlich, mit wem Sie reden?«

»Mrs. Trastevere, lassen Sie mich das klären«, sagte der Priester. »Inspector, ich glaube, Sie verstehen nicht …«

»Nein, Sie sind derjenige, der nicht versteht«, sagte Brook. »Die Patientinnen und das Personal dieser Klinik haben das Recht, frei von jeder Belästigung ihren Angelegenheiten nachzugehen, und daran werden auch sämtliche Freimaurer-Handschläge der Welt nicht rütteln.«

»Wir gehorchen einem höheren Gesetz«, zischte Mrs. Trastevere. »Notieren Sie den Namen des Inspectors.« Die alte Frau starrte Brook aufgebracht an, während ein junger Mann ein iPad herausholte. Brook sah zu, wie er darauf herumtippte, und gab Banach ein Handzeichen, die sich daraufhin hinter die Protestierenden schob.

»Sie machen einen Fehler, Inspector«, sagte Vater O'Toole, das Gesicht missbilligend verzogen.

»Es wäre nicht der erste«, versetzte Brook. »Constable, notieren Sie die Namen und nehmen Sie jeden, der sich zur Wehr setzt, fest. Rufen Sie, wenn es sein muss, einen Mannschaftswagen zur Verstärkung.«

»Sir.« Banach riss dem jungen Mann das Gerät aus den behandschuhten Händen.

»Hey, geben Sie mir das zurück!«, bellte er.

Banach streckte einen Arm aus, um ihm zu zeigen, wohin die Reise ging. »Hier entlang, bitte.«

Der stämmige junge Mann schien sich auf sein iPad stürzen zu wollen, doch die ältere Frau legte ihm eine behandschuhte

Hand auf den Arm. »Reich ihnen auch noch die andere Wange, Gabriel.«

»Wenn Sie so freundlich wären, sich in diese Richtung zu wenden«, sagte Banach und zeigte auf zwei Bänke etwas abseits. »Sobald Sie den Weg frei gemacht haben, gebe ich Ihnen Ihre schwarze Liste zurück.« Schweigen. Niemand rührte sich.

Vater O'Toole lächelte in Brooks müde Augen. »Nun, vielleicht ist unsere Mission für heute Abend vollbracht, Brüder und Schwestern.« Er bedeutete, sie mögen die Anweisungen der jungen Frau befolgen, und der Trupp gab den Weg frei.

»Mein iPad«, grollte der stämmige junge Mann und streckte die Hand danach aus.

Banach drückte die Ausschalttaste und hielt es dem jungen Mann hin. Er öffnete den Mund, um sich noch einmal zu beschweren, doch Mrs. Trastevere drückte wieder seinen Bizeps. »Ich bete für Ihre Seele, Officer …« Sie zog eine Augenbraue hoch.

Banachs Lächeln verflüchtigte sich. »Danke.«

»Ich bin Ihnen sehr verbunden, Inspector«, sagte Schwester Moran und ging Brook und Noble voraus durch die automatische Schiebetür. »Ein Glück, dass Sie gerade vorbeigingen.«

»Wir sind nicht vorbeigegangen«, sagte Noble. »Wir sind hier, um mit Dr. Fleming zu sprechen.«

»Es geht sicher um die arme Caitlin?«, sagte Moran mit grimmiger Miene.

»Sie erinnern sich an sie?«, fragte Brook.

»Als ich ihr Bild in den Zeitungen sah … schrecklich«, antwortete Moran in ihrem weichen irischen Akzent. »So eine junge Frau, das ganze Leben noch vor sich.«

»Die jungen Irinnen fallen Ihnen vermutlich besonders auf«, sagte Brook.

»Ja, und sie war ja erst vor Kurzem hier«, sagte Moran. »Wir haben es hier öfter mit verzweifelten Frauen aus Dublin zu tun, wie Sie sich bei den Direktflügen nach East Midlands und allem sicher vorstellen können.«

»Caitlin ist aus Belfast«, sagte Noble. Moran wirkte verdutzt über seinen Gebrauch der Gegenwartsform.

»Sie *war* aus Belfast, Sergeant«, verbesserte Brook ihn, denn er fand, Irreführung sei leichter als Erklärungen.

»Ja.« Moran nickte. »Aber trotzdem Katholikin. Und sie ragte deutlich aus der Menge heraus.«

»Ehrlich? Inwiefern?«

Moran überlegte. »Caitlin war anders als die meisten jungen Frauen, dic durch unsere Tür kommen. Selbst die reiferen Damen, die sich wegen einer Abtreibung an uns wenden, sind zumindest ein wenig …«

»Uneins?«, schlug Brook vor.

»Uneins«, pflichtete Moran ihm bei. »Nicht so Caitlin. Für eine so junge Frau war sie sehr selbstsicher. Sie sagte, sie wolle ihr Leben nicht damit vergeuden, *Nachwuchs zu werfen*. So hat sie es formuliert. Manche hätten sie vielleicht kaltschnäuzig genannt, aber, ganz ehrlich, das ist mir lieber als die schreckliche Verletzlichkeit der meisten. Klar, da war wahrscheinlich schon ein bisschen Show dabei, aber es bewies Stärke und Charakter.« Moran lächelte. »Hat den Fanatikern da draußen ordentlich Paroli geboten, das kann ich Ihnen sagen … die hatte eine Schnauze.« Ihr Lächeln verblasste. »Ich hatte nicht mal eine Ahnung, dass das arme Mädchen vermisst wurde.«

»Das wusste niemand«, sagte Noble.

»Kann sein, dass wir noch ein paar Fragen an Sie haben«, sagte Brook.

»Heute Abend?«, fragte Moran.

Brook bemerkte die Erschöpfung und das Entsetzen auf Nobles Gesicht. »Wir melden uns.«

»Sie wissen ja, wo Sie mich finden«, sagte Moran und näherte sich dem Empfangstresen, um die schmallippige Frau dahinter anzusprechen. »Sally, ist er frei?«

Tymon sah sich um, um sicherzugehen, dass er unbeobachtet war. Er untersuchte die Tür, holte knallgelbe Spülhandschuhe aus einer schwarzen Reisetasche und streifte sie über, dann nahm er die Schlüssel hervor, mit denen er sich an der Haustür Zugang verschafft hatte. Er drehte einen Yale-Schlüssel in dem abgenudelten Zylinderschloss, drückte die Tür auf und tastete nach dem Lichtschalter. Sobald es hell war, suchte er die Wohnung ab, ein kleines, funktionales Apartment, das den Charakter seiner Bewohnerin recht gut widerspiegelte. Der scharfe Geruch des Todes hing wie ein Nebel in der Luft, und Tymon stellte die Reisetasche auf den Boden und öffnete rasch das hohe Fenster in der Dachschräge, um frische Luft hereinzulassen. Dann holte er zwei Flaschen Reinigungsmittel heraus, eine große Flasche extrastarke Bleiche und eine Packung Wischtücher.

Nachdem er einen elektrischen Lufterfrischer ausfindig gemacht hatte, riss er die Packung auf und steckte das Ding in eine Steckdose, bevor er sich rasch durch den Raum bewegte und alles einsammelte, woran Fingerabdrücke oder DNA-Spuren sein konnten – eine Flasche billigen Parfüms, einen sauberen Aschenbecher voller billiger Ohrringe, einen Bilderrahmen mit einem Foto eines jungen Mädchens mit seinen Eltern, die Mutter eine ältere Version von ihr, der stolze Vater in Tarnkleidung. Tymon erkannte die Abzeichen der polnischen Spezialeinheit, hielt jedoch kaum inne, bevor er den Bilderrahmen in die Reisetasche warf.

Er drehte den Verschluss von einer halb leeren Wodkaflasche, die auf einem Schrank stand, nahm einen kräftigen Schluck und musterte das Etikett, während die feurige Flüssigkeit seine Kehle hinunterrann. Auf dem weißen Etikett war ein Blutfleck. Er drehte die Flasche wieder zu und legte sie vorsichtig in die Tasche.

Als Nächstes leerte er die Abfalleimer in eine Tragetasche, ohne sich den Inhalt anzusehen, verknotete diese und warf sie ebenfalls in die Reisetasche. Er schüttelte einen großen Müllsack auf und rollte das blutbeschmierte Bettzeug zusammen, stopfte Federbett und Kopfkissen in den Sack und stellte ihn an die Tür. In einen weiteren Müllsack leerte er die wenigen Kleider und Schuhe aus dem Kleiderschrank und warf die Toilettenartikel am Waschbecken und in der Dusche obendrauf.

Schließlich machte er sich mit den Reinigungsflüssigkeiten daran, sämtliche Oberflächen sowie Lichtschalter und Türgriffe abzuwischen, um Fingerabdrücke und alle sichtbaren Blutspritzer zu entfernen. Bis es am Ende so aussah, als hätte Kassia Proch nie einen Fuß in diese Wohnung gesetzt.

»Wie ich schon sagte, gab es keine Komplikationen, Inspector Brook. Alles ging glatt, und Ms. Kinnear hat die Nacht bei uns verbracht, bevor sie am nächsten Morgen ging.« Lächelnd reichte Dr. Fleming Brook seinen Dienstausweis zurück.

»Was ist so witzig?«

»Haben Sie noch nie etwas von den Brook Beratungszentren gehört?«, fragte Fleming. »Die beraten und informieren über Sexualhygiene.«

»Jetzt, wo Sie es erwähnen«, sagte Brook ungerührt.

»Hatte Caitlin Besuch, während sie hier war?«, fragte Noble.

Fleming hob die Brille, die ihm an einer Kette um den Hals hing, an die Nase und sah auf den Bildschirm. »Besucher werden nicht immer vermerkt, aber laut unseren Aufzeichnungen war eine junge Dame namens Laurie Teague bei ihr.«

»Keine Männer?«

»Nein.« Fleming zuckte die Achseln. »Das ist normal. Selbst Männer, die ihre Partnerinnen unterstützen, fühlen sich in der Klinik nicht wohl.«

»Wie war Caitlins Stimmung, während sie hier war?«, fragte Noble.

»Man kann nicht erwarten, dass ich mich an alle Patientinnen erinnere, die ich behandle, Sergeant«, sagte Fleming. »Ich habe eine Arbeit zu erledigen, und meine Patientinnen würden es mir nicht danken, wenn ich mir Sorgen darum machte, wie es ihnen geht. Und die Patientinnen bekommen Narkotika – manche eine Lokalanästhesie, manche Vollnarkose, je nach Schwangerschaftswoche –, was ihre Stimmung, selbst wenn sie bei Bewusstsein sind, durchaus beeinflussen kann.«

»Gibt es nicht einen Vorabtermin, um mit der Patientin vor dem Eingriff alle Details zu besprechen?«, fragte Brook.

»Selbstverständlich«, erwiderte Fleming. »Dabei führen wir eine Blutuntersuchung auf Anämie durch und untersuchen auf sexuell übertragbare Krankheiten und bitten sie um die Unterzeichnung der Einverständniserklärung. Und manchmal ist eine vaginale Untersuchung oder ein Ultraschall notwendig, also ist es wünschenswert, wenn eine Krankenschwester diesen Termin übernimmt. Die Patientinnen sind oft jung und fühlen sich nicht wohl, wenn ihr Körper von einem Mann angefasst wird, der nicht ihr Sexualpartner ist.« Um seine Augen bildeten sich amüsierte kleine Fältchen.

»Führt die Klinik auch Beratungen durch?«, fragte Noble.

»Auch das kann ich bejahen, aber das ist, wie ich offen zugebe, nicht meine starke Seite«, sagte Fleming. »Meine Schwestern sind hinreichend erfahren und mitfühlend, um den Patientinnen zu erklären, welche Möglichkeiten sie haben, und sie entsprechend zu beraten.«

»Und Sie nicht?«

»Ich bin Chirurg, Inspector«, antwortete Fleming mit einem Anflug von Gereiztheit. »Und ein verdammt guter. Das ist mein Job. Ein Fehler, und Menschen sterben, also halte ich Gefühle aus dem Spiel, denn am Ende liegt der Schwarze Peter bei mir.«

»Schwester Moran sagt, Caitlin sei sehr selbstsicher gewesen«, sagte Noble. »Das fand sie ungewöhnlich.«

»Das ist mir nicht aufgefallen, aber wenn sie Ihnen das gesagt hat, hat sie sicher recht«, sagte Fleming. »Die meisten

Patientinnen sind bestenfalls nachdenklich. Was zu erwarten ist.«

»Besonders bei einer Katholikin«, sagte Brook.

»In der Tat.«

»Wussten Sie, dass Caitlin katholisch war?«

Fleming überlegte eine Sekunde, bevor er mit einem Nicken auf den Bildschirm wies. »Es steht hier in ihrer Akte.«

»Ist es Standard, die Religionszugehörigkeit zu dokumentieren?«

»Wir fragen nach der Konfession, denn es hat zuweilen Einfluss auf die Beratung«, antwortete Fleming. »Wenn ich meine Arbeit tue, ist die Tatsache, dass sie katholisch war, ohne jeden Belang.«

»War?«, fragte Noble.

Fleming war verwirrt. »In der Zeitung hat gestanden, sie sei tot. In dem Lieferwagen am Fluss.«

»Wir haben das Opfer noch nicht identifiziert«, sagte Brook.

»So etwas braucht sicher seine Zeit«, sagte Fleming. Er reichte ihnen die Hand, um anzuzeigen, dass das Gespräch für ihn beendet war. »Also. Es tut mir leid, dass ich Ihnen nicht weiterhelfen kann.«

»Es muss Ihnen nicht leidtun, wir sind noch nicht fertig«, sagte Brook und sah Noble an. »Wir haben noch andere Namen.«

»Das verstehe ich nicht«, sagte Fleming. »Was für andere Namen?«

»Haben Sie auch eine junge Frau namens Daniela Cassetti operiert?«, fragte Noble. »Vor etwa einem Jahr.«

Fleming blickte zwischen Noble und Brook hin und her. »Was hat das zu bedeuten?«, fragte er und beugte sich auf seinem Stuhl vor.

»Sie wird vermisst.« Den Rest ließ Brook ungesagt.

Fleming runzelte die Stirn und tastete sich an das heran, was das implizierte. »Wollen Sie andeuten, es gibt eine Verbindung zwischen der Rutherford Clinic und dem Verschwinden von Caitlin Kinnear und dieser …?«

»Daniela Cassetti«, wiederholte Noble. »Und wir wollen nichts andeuten, wir fragen.«

»Das ist ungeheuerlich«, schmetterte Fleming und erhob sich so aufgebracht, dass der ledergepolsterte Schreibtischstuhl unter ihm wegschoss. »Ich möchte Sie jetzt bitten zu gehen.« Die beiden Detectives machten keine Anstalten. »Haben Sie mich gehört, Inspector?«

Brook konnte sich ein Lächeln nicht verkneifen – eine automatische Reaktion auf Verdächtige und Zeugen, die sich zu sehr bemühten, Kontrolle über eine Situation zu behalten, die ihnen zu entgleiten drohte. Kontrolle, die Brook hatte. Kontrolle, die sein Gegenüber haben wollte.

Er sprach sanft, denn er hielt es nicht für notwendig, den Knüppel aus dem Sack zu lassen. »Glauben Sie, wir sind wegen unserer Gesundheit hier, Doktor? Ich ermittle in einem Mordfall. Außerdem suche ich nach mehreren jungen Frauen, die in den letzten drei Jahren verschwunden sind, alles Katholikinnen aus Ländern, in denen der Zugang zu Diensten, wie Sie sie anbieten, entweder beschränkt ist oder inexistent. Im Augenblick ist es nicht mehr als eine Theorie, und Sie können sie vom Tisch wischen, indem Sie einen Blick in Ihre Patientenakten werfen. Also wäre ich dankbar für ein bisschen weniger Drama und deutlich mehr Kooperation, für die wir – nur um Sie daran zu erinnern – einen richterlichen Beschluss haben.«

Fleming sah ihn herausfordernd an, doch ihm dämmerte bald, dass er geschlagen war, und er zog den Stuhl wieder unter sich und holte die Tastatur heran. »Daniela …?«

»Cassetti.«

Einen Augenblick später starrte Fleming mit großen Augen auf den Bildschirm. »O Gott.« Er senkte den Blick und drehte den Bildschirm zu den beiden Kriminalbeamten, und Brook und Noble beugten sich vor, um die Einzelheiten zu lesen.

Noble holte seinen Bar-Polski-Kugelschreiber heraus und notierte das Wichtigste auf einer neuen Seite seines Notizbuchs.

»Hier steht, sie war Privatpatientin, aber es werden keine weiteren Rechnungen erwähnt.«

Fleming drehte den Bildschirm wieder zu sich. »Richtig.« Er seufzte. »Sie hat eine kleine Vorauszahlung geleistet und war zur Eingangsuntersuchung und zur Blutabnahme hier und um einen Termin für den Eingriff zu machen, aber sie ist nicht wiedergekommen.«

»Warum?«

»Wer weiß?«, erwiderte Fleming, jetzt auf sichererem Grund. »Wir haken nicht nach. So etwas passiert. Die Frauen überlegen es sich anders oder werden von ihrem Kurs abgebracht. Besonders Katholikinnen, nehme ich an.«

»Und ich schätze mal, gezwungen zu sein, an der demonstrierenden Meute da draußen vorbeizumüssen, ist da nicht gerade hilfreich«, sagte Brook.

»Wohl wahr«, pflichtete Fleming ihm erbittert bei. »Wir erdulden das schon viel zu lange, und ich habe mich oft genug bei Ihren Vorgesetzten beschwert. Die kosten mich ein Vermögen.« Er zögerte, als ihm aufging, dass das wohl die falsche Priorität war. »Und sie spielen den Patientinnen, die sich zu dem Eingriff entschließen, natürlich übel mit.«

»Da Sie so entgegenkommend sind, Dr. Fleming«, sagte Brook lächelnd, »erinnern Sie mich doch daran, Ihnen einen besonderen Handschlag zu zeigen, der Ihnen dabei helfen könnte.«

Fleming lächelte nervös zurück, bevor er Noble zunickte. »Ich zögere zu fragen, aber Sie haben noch andere Namen erwähnt.«

Noble zog seine Notizen zurate. »Nicola Serota?«

Die Empfangsdame hielt ihr die Karte mit dem Termin und eine Informationsbroschüre hin, doch Banach nahm sie nicht, sondern sah sich verstohlen um, ob ihre Kollegen schon zurückkamen.

»Miss Banach«, sagte die Frau und wedelte ihr mit den Papieren vor der Nase herum.

Banach drehte sich um, riss sie ihr fast aus der Hand und schob sie eilig in eine Tasche.

»Ihr erster Termin ist ein Vorgespräch mit einer Krankenschwester«, erklärte die Empfangsdame.

»Ja, vielen Dank«, antwortete Banach, die jetzt nur noch wegwollte.

»In der Broschüre steht, worum es bei dem Gespräch geht, welche Informationen wir brauchen und welche Kleidung Sie an dem Tag des Eingriffs tragen sollten.«

»Verstehe«, sagte Banach und zog sich schon in Richtung der Schiebetür zurück. Sie hörte in dem Flur, in dem Dr. Flemings Arztzimmer lag, eine Tür aufgehen.

»Ihre Kollegen sind gleich fertig.«

»Vielen Dank.« Der Mechanismus der Schiebetür wurde ausgelöst, bevor Banach im Bereich des Bewegungsmelders war, und sie spähte gerade noch rechtzeitig hinaus in die Dunkelheit, um eine undeutliche Gestalt in einer Kapuzenjacke zu erkennen, das Gesicht hinter einem Smartphone verborgen. In der nächsten Sekunde blitzte die Kamera auf, und die Gestalt wandte sich ab und lief davon.

»He!«, schrie Banach und setzte an, ihr hinterherzulaufen. An der Tür blieb sie stehen und versuchte, die Person zu identifizieren, die jetzt schon fast außer Sichtweite war. Schwester Moran trat an ihre Seite, hob eine Hand über die Augen und sah der geheimnisvollen Gestalt ebenfalls nach. Sie blickte in die Ferne, dann lächelte sie unsicher und ging über die grasbewachsene Böschung in Richtung Parkplatz.

Banach folgte ihr, um an Brooks Wagen zu warten, froh, dass sie einen Termin vereinbart hatte, ohne dass ihre Kollegen etwas mitbekommen hatten. Sie sah zu der Bank, wo sie die Demonstranten hingeführt hatte. Die Versammlung hatte sich aufgelöst. Ihr war ein wenig schwindlig, und sie hob eine Hand an den Mund, weil ihr plötzlich übel wurde. Nachdem sie sich beruhigt hatte, tastete sie unter ihrer Bluse nach dem Kruzifix und hielt es kurz zwischen den Fingern.

Brook und Noble durchquerten raschen Schrittes den hell erleuchteten Empfangsbereich der Klinik, Noble eine Mappe mit noch warmen Ausdrucken in den Händen.

»Und jetzt?«

Brook sah auf eine Uhr an einer pastellfarbenen Wand. »Jetzt werde ich den Chief Super bei der Pressekonferenz babysitten und dafür sorgen, dass er so wenig wie möglich sagt. Und Sie finden so viel über die neue junge Frau heraus, wie Sie nur können.«

»Kassia Proch?«, fragte Noble, indem er den Namen vom obersten Blatt ablas.

»Richtig. Überprüfen Sie die Adresse, die sie in der Klinik angegeben hat, und wenn sie nicht falsch ist, dann schicken Sie Leute hin, die sich die Wohnung vornehmen. Ich komme, so schnell ich kann. Wenn sie unser Opfer ist, dann ist es nicht unwahrscheinlich, dass sie dort ums Leben gekommen ist.«

»Dem Himmel sei Dank«, sagte Noble mit einem müden Grinsen. »Ich habe mir schon Sorgen gemacht, ich müsste nach Hause, um zu duschen und zu schlafen.«

»Kein Durchhaltevermögen«, zog Brook ihn auf. »Als Nächstes wollen Sie noch was zu essen.«

»Vergessen Sie etwas zu essen«, sagte Noble. »Aber noch ein Tag in diesem Hemd, und Sie müssen es mir vom Körper sandstrahlen.« Sein Handy klingelte, und er hob es ans Ohr.

Als Brook durch die Schiebetür ging, entdeckte er Banach, die am Wagen stand, eine Hand vor dem Mund. »Alles in Ordnung?«, fragte er im Näherkommen.

»Ich mochte Krankenhausgeruch noch nie.« Sie lächelte beruhigend.

»Was ist aus dem Priester und seiner fröhlichen Schar geworden?«

»Ich hab ihnen meinen gegabelten Schwanz gezeigt«, antwortete Banach.

»Namen haben Sie wohl keine aufgeschrieben?«, fragte Brook.

»Das war nicht nötig«, antwortete Banach. »Warum?«

»Im Nachhinein wäre es vielleicht nützlich gewesen«, sagte Brook. Banach neigte den Kopf. »Wir haben unsere Verbindung. Die Klinik ist das Verbindungsglied zwischen den vermissten jungen Frauen. Wir werden den Hintergrund aller Mitarbeiter beleuchten müssen.«

»Und Sie wollen auch die Namen der Demonstranten«, schloss sie. »Was soll ich tun?«

»Gehen Sie in die Einsatzzentrale und geben Sie Cooper diese Mitarbeiter- und Patientenlisten, damit er sie für die Einsatzbesprechung morgen früh fotokopiert, dann besorgen Sie uns die Adresse von Vater O'Toole und der alten Frau …«

»Mrs. Trastevere«, sagte Banach.

»Sie können uns hoffentlich eine Liste von Gemeindemitgliedern und anderen Aktivisten geben, die sich an den Demonstrationen beteiligen.«

»Nach heute Abend würde ich darauf keine großen Hoffnungen setzen.« Banach lächelte.

Noble beendete das Gespräch. »Das war Rob. Die DNA in dem Handschuh stammt nicht von Jake Tanner.«

»Machen Sie die Papiere fertig, damit wir uns Max Ostrowskys DNA holen können«, sagte Brook. »Ich will, dass der Antrag dem Richter so bald wie möglich vorliegt.«

Brook kam unversehrt aus der Pressekonferenz. Brian Burton hatte noch Urlaub, und so hatte er sich nicht seiner hinterhältigen, als journalistisches Interesse verkleideten Kritik stellen müssen. Und Charlton hatte die meisten Fragen gekontert und sich ans Skript gehalten. Er hatte die Öffentlichkeit beschworen, sich zu melden, falls Jake und Nick Tanner irgendwo gesehen wurden, und war rasch darüber hinweggegangen, dass die offizielle Identifizierung der Leiche als die von Caitlin Kinnear noch ausstand, *bis die Familie des Opfers informiert worden ist*.

»Der Gebetskreis trifft sich heute Abend, falls Sie sich uns anschließen möchten, Brook?«, sagte Charlton nach der Pressekonferenz. »Ich weiß nicht, wie es Ihnen geht, aber ich könnte ein wenig göttliche Führung gebrauchen.«

Brooks Handy vibrierte, und er zog ein so verzweifeltes Gesicht, dass er schon fürchtete, er hätte es übertrieben. »Sergeant Noble«, sagte er leise. »Was gibt's, John?«

»Ich bin in Kassia Prochs Wohnung in der Vernon Street. Das ist im Stadtzentrum, um die Ecke der Friargate.«

»Praktisch für die Bar Polski. Sagen Sie mir, dass Sie eine Verbindung gefunden haben.«

»Keine Verbindung zur Bar, aber es ist auf jeden Fall ihre Wohnung. Ich habe gerade mit der Hausverwaltung telefoniert.«

»Wurde sie dort umgebracht?«

»Ich glaube schon«, sagte Noble. »Die Spurensicherung ist hier, sie haben Blutspritzer an der Wand hinter dem Bett abgenommen, aber abgesehen davon wurde die Wohnung von A bis Z sehr gründlich gereinigt. Sämtliche Oberflächen. Sie haben Luminol gebraucht, um das Blut zu finden. Das Bettzeug wurde entfernt, und es gibt hier weder Kleidung noch irgendetwas Persönliches. Wenn wir nicht wüssten, dass es ihre Wohnung war, könnten wir kaum sagen, ob sie sie je betreten hat.«

»Ausgezeichnete Nachrichten, John«, sagte Brook laut. »Wie lautet die Adresse?«

»Nummer sechsunddreißig«, antwortete Noble. »Aber Sie müssen nicht herkommen. Ich lasse die Spurensicherung ihre

Arbeit machen, aber ich bezweifle, dass sie sonst noch etwas finden. Der Rest hat Zeit. Ich gehe nach Hause, schlafen.«

»Gut. Bin schon unterwegs«, sagte Brook und legte auf, bevor Noble ihn fragen konnte, ob er ihn nicht verstanden hatte.

»Entwicklungen?«, fragte Charlton.

Brook ging rasch rückwärts davon. »Wir haben womöglich die Identität unseres Opfers.« Er bedeutete ihm mit einer Geste, dass er es eilig hatte.

»Ja, ja«, sagte Charlton. »Gehen Sie.«

Brook sah sich in Kassia Prochs Wohnung um und sah den Tatortermittlern dabei zu, wie sie ihrer Arbeit nachgingen. Noble hatte recht gehabt. Mit bloßem Auge war fast nichts zu sehen. Die Blutspritzer waren weggewischt worden, doch Chemikalien hatten ihren Flug an die Wand hinter dem Bett wieder sichtbar gemacht. Sie zeigten eindeutig, dass auf das Opfer mehrfach mit Gewalt eingeschlagen worden war, während es auf dem Bett lag.

Nachdem er ein paar Worte mit dem Einsatzleiter der Spurensicherung gesprochen hatte, ging Brook die Treppe hinunter und klopfte nacheinander an alle Türen. Im Eingangsbereich blieb er stehen und überflog die Namen der Bewohner, die auf einem Kartonstreifen neben einem Klingelknopf notiert waren. Bis auf das Opfer im obersten Stock des Hauses waren die anderen Mieter Kleinunternehmer – ein Druckereibetreiber, eine Literaturagentin und ein Spieleentwickler –, die das Haus an diesem Tag längst verlassen hatten. Es war möglich, dass Kassia Proch von ihrer Wohnung aus ebenfalls eine Firma betrieb, doch es gab keine Spur für irgendetwas, außer dafür, dass sie professionell gereinigt worden war. Keinerlei Beweismittel und bisher weder Fingerabdrücke noch DNA-Spuren. Selbst der Duschabfluss war auseinandergenommen und mit Bleiche gereinigt worden.

Vierzig Minuten später stand Brook unter seiner eigenen

Dusche zu Hause in Hartington und ließ das heiße Wasser die Anspannung der vergangenen achtundvierzig Stunden fortspülen. Später setzte er sich mit einer Tasse Tee vor den glühenden Holzofen und sann über seinen kurzen Besuch in der Vernon Street nach.

Die Brüder Tanner haben Kassias Wohnung nicht geputzt, hatte er Noble vom Tatort gesimst. ***Zu gründlich. Wissen Sie noch, wie's bei denen daheim aussah?***

Wer dann?, antwortete Noble. ***Ostrowsky?***

Darauf würde ich tippen. Sie ist Polin. Da gibt's irgendeine Verbindung. Ich vermute, Max hat sie umgebracht, und Greg vertuscht es wieder für ihn.

Ja, er hat eine gewalttätige Geschichte. Dachte, Sie würden heimfahren und schlafen :-(

»Das möchte ich mal erleben«, murmelte Brook, bevor er in sein Büro ging, um sich einige Webseiten von Abtreibungsgegnern anzusehen.

»Denen ist es wirklich ernst«, bemerkte er, als er sich schließlich ausloggte. Er kehrte zu den fast verloschenen Resten seines Feuers zurück und tippte eine weitere SMS an Noble. ***Foto und Zahnstatus von KP haben Priorität.***

Sein Kopf sank nach vorn, und seine Augenlider schlossen sich. Beim Vibrieren von Nobles Antwort rührte er sich kurz. ***Jaaaaa. Und jetzt lassen Sie mich in Ruhe.***

Brook legte sich aufs Sofa, um noch ein paar Gedanken für den nächsten Morgen zu formulieren, doch er schaffte es nicht mehr, sie der digitalen Sphäre anzuvertrauen, bevor er in einen tiefen Schlaf sank.

26

25. April

Jake wachte stöhnend auf. Er hatte noch lange in die Nacht hinein gelesen, weil er auf den schwammigen Schaumstoffpolstern keinen Schlaf fand. Von dem stinkenden Luftzug, der unter der schlecht schließenden Wohnungstür hereinzog, hatte er einen steifen Nacken. Doch der war ihm allemal lieber als der Geruch nach alter Frau – Zerfall und billiges Parfüm –, der ihm im Hals steckte.

Nick hatte im Zimmer nebenan bestimmt wie ein Baby geschlafen. Er fand auch noch auf einem Nagelbett Schlaf. Da er das wusste, hatte er Jake angeboten, ihm die erste Runde in dem bequemen Bett zu überlassen, doch das hatte Jake abgelehnt, denn er war sich sicher, dass die alte Frau auf der Matratze gestorben war. Selbst zehn Jahre nach seinem Job in der Krankenhauswäscherei war ihm der Geruch des Todes noch präsent. So hatte er an jenem letzten Morgen auch – quasi noch bevor er ihre Schlafzimmertür geöffnet hatte – gewusst, dass seine Mutter tot war. Der scharfe, ätzende Geruch von verbranntem Crack, überlagert vom Fäkalgeruch unkontrollierter Darm- und Blasenentleerung – die ersten Malheure, wenn das tote Gehirn die Muskelfunktionen nicht mehr kontrollieren konnte.

Er drückte sich hoch und überlegte, warum er Nick nicht leise herumhantieren hörte wie ein Kind am Weihnachtsmorgen. Wie jeden Morgen. Abends schlief er wie ausgeknipst, und am Morgen war er immer als Erster auf, nervte ihn, weil er Frühstück wollte oder einen Mitspieler an der PlayStation. Als Jake einen Fuß auf den Boden setzte, spürte er, dass sich die Kordel um seinen Hals löste. Sie war durchgeschnitten worden, der Schlüssel war weg.

»Nick!«

Mit einem Satz war er an der Wohnungstür. Sie war nicht abgeschlossen, und der Schlüssel steckte innen. Er öffnete die Tür und spähte vorsichtig nach draußen. Der rutschige Flur mit seiner ständigen Feuchtigkeit lag verlassen. Er ging zurück in die Wohnung und schloss die Tür, dann lief er ins Schlafzimmer, um sich von dem zu überzeugen, was er schon wusste. Nick war fort.

Während er sich anzog, ratterte sein Kopf. Wo? Die Antwort ließ nicht lange auf sich warten – das Intu-Einkaufszentrum. Da ging Nick für sein Leben gern hin. Das geschäftige Treiben. Die hellen, bunten Läden, wo er sich die Nase an den Scheiben plattdrückte und japsend all die Sachen betrachtete, die er sich nicht leisten konnte, weil sein Bruder nur Aushilfs-Barkeeper war und nicht mal Lotto spielen wollte.

Jake schloss den Reißverschluss seiner Jacke, zog die Kapuze weit über das Gesicht und schlang sich einen Schal um den Mund. Zum ersten Mal seit Tagen trat er hinaus in den kühlen Morgen und schloss die Tür hinter sich ab. Als er an der Nachbarwohnung vorbeiging, erhaschte er noch einen Blick auf die ängstliche Miene einer alten Frau, bevor die Tür zuging.

Nick aß den großen Chocolate-Chip-Cookie auf, ohne den braunen Schokoladenrand um seinen Mund zu bemerken. Beim Gehen spähte er glücklich in die Läden, lächelte die sauber gewaschenen Gesichter an, die vorbeihasteten, und freute sich, dass er sich Zeit lassen konnte, während andere es eilig hatten.

Zum dritten Mal ging er an dem Handyladen vorbei und versuchte, nicht hineinzusehen. Die Technik rief nach ihm, doch Nick musste der Versuchung widerstehen, sonst drohte ein ordentlicher Rüffel. Er hatte genug Geld – er hatte seinen Vorrat in Mr. Ted überprüft –, aber Jake würde Verdacht schöpfen und wissen wollen, wieso Nick sich ein neues Handy leisten konnte.

Am Arsch, erinnerte Nick sich ausgelassen an frühere Rüffel und schüttelte, staunend darüber, wie viel Vergnügen eine Handvoll harter Konsonanten machen konnte, den Kopf.

Er ging an der Buchhandlung vorbei zur Rolltreppe in den ersten Stock, wo der Food Court lag. Es entging ihm nicht, dass mehr als ein Passant ihn im Vorbeigehen anstarrte. Geschickt trat er auf die rollenden Stufen, und als er sich umdrehte, sah er, dass ihm eine Frau folgte.

Nick zog die Kapuze seines Parkas über, seine Stimmung verfinsterte sich. *Jake hat gesagt, wir dürfen nicht raus. Er ist bestimmt stocksauer.* Er schob die Hand in die Tasche und fühlte das tröstliche Knittern der Banknoten, die er in seinen Teddybären gestopft hatte, und lächelte. Seine Besorgnis war vergessen. Zeit für einen Hamburger.

Noble und Brook hatten der gedrängt vollen Einsatzzentrale gerade erklärt, worin die Verbindung zwischen den vermissten jungen Frauen bestand.

»Jetzt sagen Sie also, dass die junge Frau in dem Lieferwagen *weder* Caitlin Kinnear war *noch* Nicola Serota«, sagte DC Smee.

»Die Tote war schwanger«, sagte Noble. »Wir haben gestern Abend bestätigt bekommen, dass Caitlin vor Kurzem eine Abtreibung hatte. Nicola Serota haben wir noch nicht ausgeschlossen, aber wir haben eine neue Favoritin.« Noble drückte auf die Fernbedienung, und die jungen Frauen von Interpol verschwanden, abgelöst vom Konterfei einer einzigen jungen Frau. »Das ist Kassia Proch. Sie stammt aus Warschau und ist seit etwa einem Jahr im Vereinigten Königreich, laut Einwanderungs…«

»Wieder Interpol?«, fragte Charlton.

»Nein, diese Spur haben wir selbst aufgenommen«, antwortete Brook. »John.«

»Kassia hatte seit sechs Monaten eine kleine Wohnung in der Vernon Street gemietet. Wir haben mit dem Hausmeister gesprochen, der ihr alles gezeigt hat. Kassia hat die Kaution bar bezahlt, woraus wir schließen, dass sie ein regelmäßiges Einkommen hatte, aber wir haben keinerlei Vermerke darüber gefunden.«

»Es hat also niemand für sie Abgaben gezahlt.«

»Nein.«

»Prostituierte?«

»Möglich ist alles.«

»Sozialhilfe?«, erkundigte sich Charlton.

»Keinen Penny beantragt«, sagte Noble.

»Bar auf die Kralle«, schloss Charlton mit geschürzten Lippen. »Deswegen kommen sie her. Schwarzarbeit. Zu viele Schlupflöcher …«

»Sir«, warf Brook ein, und Charlton verstummte.

»Der Hausmeister erinnert sich daran, dass Kassia auf dem Oberarm eine Tätowierung der polnischen Flagge trug«, fuhr Noble fort. »Es ist nicht definitiv, und wir warten auf die Zahnarztunterlagen und die Blutuntersuchungen zur offiziellen Bestätigung, aber …« Den Rest brachte er mit einem Achselzucken zum Ausdruck.

»Wie lange dauert das mit den Zähnen?«

»Es braucht seine Zeit, aber jetzt haben wir wenigstens einen Namen.«

»In ihrer Wohnung getötet?«, fragte Charlton.

»Ja«, antwortete Brook. »Obwohl die Wohnung gründlich gereinigt worden war, hat die Spurensicherung zahlreiche Blutspritzer gefunden. Laken und Bettzeug wurden entfernt, sämtliche Oberflächen abgewischt, geschrubbt und, wo notwendig, mit Bleiche behandelt. Bis jetzt keine Fingerabdrücke oder verwertbaren DNA-Spuren. Die Kriminaltechniker arbeiten noch daran, und wir sondieren, aber die Zeitachse ist ein wenig vage, und von den Nachbarn haben wir bis jetzt nichts.«

»Nichts?«

»Es ist kein Wohnhaus«, sagte Noble. »Die meisten Einheiten sind an Kleinunternehmer vermietet, da ist spätestens ab sechs niemand mehr, also hatte sie das Haus am Abend für sich.«

»Wenn sie Prostituierte war, waren die Tanners vielleicht Kunden«, spekulierte Charlton.

»Auch das ist möglich.«

»Überwachungskamera an der Haustür?«, hakte Charlton nach.

»Keine installiert und keine Aufzeichnungen über Besucher. An der Klingel ist allerdings eine Wechselsprechanlage«, sagte Cooper. »Da sind Dutzende von Fingerabdrücken drauf, aber die Kollegen versuchen, irgendetwas Nützliches zu isolieren.«

»Gibt es in der Straße eine Kamera?«

»Die Vernon Street ist abseits der Hauptverbindungsstraßen, also sind keine Kameras auf das Gebäude gerichtet. DC Cooper überprüft, ob der gestohlene Lieferwagen in den Straßen irgendwo in der Nähe auftaucht, aber ohne Zeitfenster ist das wie die Suche nach der Nadel im Heuhaufen.«

»Nehmen wir mal an, Kassia Proch ist die Tote in dem Lieferwagen«, fuhr Charlton vorsichtig fort, »warum haben Sie uns alles über Caitlin und die jungen Frauen von Interpol erzählt?«

»Weil wir eine Verbindung gefunden haben«, sagte Brook.

Charlton schloss kurz die Augen. »Ein Serientäter?«

»Da wir nur eine Leiche haben, geht das zum jetzigen Zeitpunkt zu weit«, sagte Brook.

»Zwei Tote, wenn man den Fötus mitzählt«, erwiderte Charlton.

Brook senkte zustimmend den Kopf. »Mir ist der Zusammenhang während der Einsatzbesprechung klar geworden, als ich erwähnte, dass das Opfer schwanger war. Constable Banach hat an ihr Kruzifix gefasst, und da fiel es mir wie Schuppen von den Augen. Bernadette Murphy ist Irin, Daniela Cassetti ist Italienerin, und die anderen drei jungen Frauen sind Polinnen. Sie stammen alle aus streng katholischen Ländern, wo man Familienplanung missbilligt und wo eine Abtreibung zu erhalten sehr schwer bis unmöglich ist.«

»Caitlin Kinnear ist aus Nordirland«, hielt Read dagegen.

»Aber sie kommt aus der katholischen Gemeinde.«

»Sie glauben also, diese jungen Frauen waren Abtreibungstouristinnen?«, fragte Charlton.

»Nicht alle sind eigens aus diesem Grund nach Großbritannien gekommen«, sagte Noble. »Valerie Gliszczynska war achtzehn Monate im Land, bevor sie verschwand.«

»Und wie …?«

»Wir haben gestern Abend der Rutherford Clinic einen Besuch abgestattet«, sagte Noble, »und mit einem Dr. Fleming gesprochen. Vier junge Frauen aus der ursprünglichen Interpol-Anfrage haben bei der Klinik eine Patientinnenakte. Mit Caitlin Kinnear und Kassia Proch zusammen sind das sechs. Sie haben alle einen Termin für eine Abtreibung gemacht. Einige, wie Valerie und Caitlin, wurden schwanger, während sie im Land waren, andere sind einzig aus dem Grund nach England gekommen, um eine Abtreibung vornehmen zu lassen.«

»Nicola Serota«, sagte Read.

»Richtig«, pflichtete Noble ihm bei. »Sie war erst zwei Tage hier, als sie die Klinik aufsuchte, um einen Termin zu vereinbaren.«

»Warum hat ihre Schwester mir nicht gesagt, dass sie schwanger war?«, fragte Read.

»Wahrscheinlich hat sie es nicht gewusst«, sagte Banach. »Über ungeplante Schwangerschaften spricht man in Polen nicht. Ich habe gehört, wenn es bekannt wird, werden die jungen Frauen auch schon mal zu Verwandten in einen anderen Teil des Landes geschickt. Und manche kommen nie wieder. Für Nicola war es das Sicherste, es niemandem zu sagen.«

»Da stimme ich Ihnen zu«, sagte Brook. »Deswegen haben auch alle jungen Frauen das Geld zusammengekratzt, um den Eingriff in einer Privatklinik durchführen zu lassen – damit möglichst wenig Menschen von ihrem Zustand erfuhren.«

»Aber wenn Kassia Proch nicht auf der Interpol-Liste war«, sagte Charlton, »wie sind Sie dann auf sie gekommen?«

»Wie Sie ganz richtig betont haben, ist Nicola Serota vor sechzehn Monaten verschwunden«, sagte Brook. »Das ist sehr lange Zeit in Gefangenschaft, also habe ich Fleming nach jungen Frauen aus katholischen Ländern gefragt, die vor Kurzem einen Termin in der Klinik verabredet haben, dann aber zum Eingriff nicht erschienen sind. So ist Kassia Prochs Name aufgetaucht.«

»Sie hat die Klinik sechsunddreißig Stunden, bevor wir ihre Leiche fanden, aufgesucht«, sagte Noble. »Am Abend war ihr Termin für die Abtreibung, aber sie ist ausgestiegen. Anscheinend hatte sie es sich anders überlegt, was so ungewöhnlich nicht ist bei katholischen Frauen.«

Charlton war nachdenklich. »Und Sie glauben, in dieser Klinik ist jemand, der es aus religiösen Gründen auf diese jungen Frauen abgesehen hat?«

»Könnte auch einen ausländerfeindlichen Hintergrund haben«, warf Morton ein. »Gesundheitstouristen sind nicht gerade beliebt.«

»Das schließen wir aus«, sagte Brook. »Bis auf Kassia waren alle jungen Frauen in den Unterlagen der Klinik bereit, das Geld selbst aufzubringen, um sich Diskretion zu sichern.«

»Dann ist die Staatsangehörigkeit nicht von Bedeutung?«, wollte Charlton wissen.

»Nur insofern, als derjenige, der es auf die jungen Frauen abgesehen hat, weiß, dass Ausländerinnen nicht so schnell vermisst werden und es dann zu spät ist, um ihre Spur aufzunehmen.«

»Und wir denken, es ist jemand mit einer Verbindung zur Klinik?«

»Entweder jemand vom Personal oder aus dem Kreis der Demonstranten«, sagte Noble.

»Demonstranten?«

»Die Frauen, die die Klinik aufsuchen, müssen an einer Phalanx von Abtreibungsgegnern vorbei Spießruten laufen, die sie überreden wollen, es sich noch einmal zu überlegen.«

»Wozu sie jedes Recht haben«, erwiderte Charlton.

»Da sie keine streikenden Bergleute sind, ja«, versetzte Brook. Charlton warf ihm einen Blick zu. Manchmal vergaß er, dass Brook unweit der Kohlengruben um Barnsley aufgewachsen war. »Aber als wir dort waren, war Überreden längst in Einschüchterung umgeschlagen, was, wie Dr. Fleming sich beklagte, für Mitarbeiter *und* Patientinnen zum täglichen Ritual geworden ist. Wir mussten dazwischengehen.«

Charlton suchte nach den richtigen Worten. »Manchen fällt es schwer, die Vernichtung eines menschlichen Lebens zu verzeihen.«

»Und manche finden den Gedanken, Verantwortung für ein anderes menschliches Leben zu übernehmen, schier unerträglich, wenn das eigene Leben außer Kontrolle trudelt«, erwiderte Brook.

»Dann sollten diese Frauen dafür sorgen, dass sie nicht schwanger werden.«

»Ich werde daran denken, es zu erwähnen, wenn das nächste Mal ein Notruf wegen Kindesmisshandlung eingeht.«

Schweigen machte sich im Raum breit, und die versammelten Detectives blickten zwischen Brook und Charlton hin und her wie die Zuschauer bei einem Tennisspiel.

Cooper verzog das Gesicht, während er nachrechnete. »Moment mal. Das sind dann insgesamt sieben vermisste junge Frauen. Eine fehlt.«

Brook nickte Noble zu, der das Bild der ersten jungen Frau noch einmal aufrief. »Die erste, Bernadette Murphy, haben wir ausgeschlossen. Sie war nicht in der Datenbank der Rutherford Clinic.«

»Und das heißt?«

»Sie hatte keine Abtreibung, es könnte sich also um einen davon unabhängigen Fall handeln«, sagte Brook.

»Dann hat sie am Ende vielleicht doch einfach ihre Reise fortgesetzt«, sagte Charlton.

»Möglich.«

»Und jetzt?«

»Wir haben eine Liste der Mitarbeiterinnen und Mitarbeiter der Klinik zusammengestellt, vom Direktor bis runter zum Reinigungspersonal«, sagte Noble. »Da sind auch Leute drauf, die die Klinik inzwischen verlassen haben, aber noch dort waren, als vor zwei Jahren Valerie Gliszczynska verschwand. Ich habe die Namen aufgeteilt. Wir suchen nach allem, was irgendwie auffällig ist – extreme religiöse Ansichten, Vorstrafen, das Übliche. Wir haben es hauptsächlich mit Angehörige pflegerischer Berufe zu tun, nach anderen Leichen müssen wir womöglich tief graben.«

»Was für andere Leichen?«, fragte Smee.

Brook zuckte die Achseln. »Menschen mit moralischen und religiösen Bedenken gegen die Klinik werden vermutlich nicht dort arbeiten, aber es könnte jemand sein, der zum Beispiel ein Kind verloren hat und, ob aus religiösen oder anderen Gründen, nicht erbaut ist über die Tötung gesunder Ungeborener.«

»Aber mit so einer Einstellung wird man Schwangere wohl eher nicht töten«, sagte Banach.

»Das stimmt«, räumte Brook ein. »Kassia könnte also auch ein separater Fall sein. Doch laut Dr. Fleming hat sie ihre Meinung geändert und die Abtreibung in letzter Minute abgesagt.«

»Vielleicht hat der Mörder das nicht gewusst«, sagte Banach.

»Wer weiß, aber da tappen wir im Dunkeln.«

»Gleichen wir die Namen mit der Liste der Sexualstraftäter ab?«, fragte Smee.

»Vom Personal ist niemand auf der Liste«, sagte Brook. »John und ich haben schon darüber diskutiert, ob es zwei Vergewaltiger sind, die da am Werk sind, aber wir glauben nicht, dass diese Verbrechen sexueller Natur sind. Kassia hatte vor ihrem Tod keinen Sex.«

»Zwei?«, fragte Charlton.

»Bei Caitlin und Valerie haben wir in diese Richtung ermittelt«, erklärte Brook. »Entführung ist viel einfacher, wenn man zu zweit ist.«

»Sie meinen wie die Brüder Tanner«, warf Charlton trocken ein. Brook hatte schon eine Erwiderung auf der Zunge, verkniff sie sich aber.

»Ich habe keine Mitarbeiterliste«, sagte Banach.

»Nein«, sagte Brook. »Ich möchte, dass Sie und Rob noch einmal zur Klinik fahren, um die Demonstranten zu überprüfen. Die sind bestimmt nicht erpicht darauf, mit uns zu kooperieren, aber tun Sie Ihr Bestes. Wir brauchen eine Liste derer, die sich regelmäßig an den Demonstrationen beteiligen, und wenn Sie die Namen haben, geben Sie sie an Dave weiter, damit er die Leute überprüft.«

»Wir haben ein schwangeres Mordopfer«, sagte Banach zu Morton. »Das können wir benutzen.«

»Gute Idee«, sagte Brook. »Fangen Sie mit Vater O'Toole an. Er schien das Sagen zu haben und kennt wahrscheinlich alle.«

»Vater Patrick O'Toole?«, rief Charlton aus.

Brook beäugte ihn. »Er hat erwähnt, dass er Sie kennt.«

Charlton nickte. »Wir … sind uns mal begegnet.«

»Dann wissen Sie ja, wo wir ihn finden können«, sagte Brook, »Sir.«

Charlton forschte ein paar Sekunden lang nach einer Kränkung in Brooks Tonfall. »Sobald wir hier fertig sind, hole ich mein Adressbuch.«

»Ein Letztes noch, etwas, was wir nicht vergessen dürfen«, sagte Noble in ernstem Ton. »Bis jetzt haben wir nur eine Leiche.«

»Zwei«, beharrte Charlton streng ob dieses zweiten Versäumnisses.

»Und die Sache ist kompliziert«, sagte Brook leise, »weil nicht alle jungen Frauen zur selben Zeit entführt wurden.«

Charlton starrte Brook an. »Das sehe ich an der Zeitachse.«

»Was Inspector Brook meint, ist, dass die drei Polinnen und

Daniela Cassetti – im Gegensatz zu Caitlin – entführt wurden, bevor der Abbruch durchgeführt wurde«, sagte Noble.

»Und?«

»Wenn diese Frauen von Abtreibungsgegnern entführt wurden ...« Den Rest ließ Banach ungesagt.

Charlton brauchte eine Sekunde, um zu begreifen, was das bedeuten konnte. »Mein Gott. Sie glauben, diese Frauen ...«

»Es ist möglich, dass eine von ihnen oder alle gezwungen wurden, das Kind auszutragen, ja«, schloss Brook. »In dem Fall suchen wir auch nach mindestens vier Kindern.«

»Erzwungene Geburt?«, fragte Read.

»Das ist beispiellos«, sagte Charlton.

»Es ist ungewöhnlich, doch in den USA hat es solche Fälle schon gegeben«, sagte Brook.

»So etwas ließe sich nicht leicht geheim halten«, sagte Read. »Sie bräuchten sehr viel Privatsphäre und viele Zimmer.«

»Nicht wenn die Mütter nach der Geburt umgebracht und die Kinder illegal adoptiert wurden«, sagte Cooper. Alle Köpfe wandten sich ihm zu. »Sie wurden eine nach der anderen entführt.« In einigen Gesichtern spiegelten sich Einwände, doch seiner Logik konnte niemand widersprechen. »Ich sag ja nur.«

Die Türen der Einsatzzentrale flogen auf, und der wohlbeleibte Sergeant Grey steckte den Kopf zur Tür herein. »Nick Tanner ist gesehen worden. Dachte, das sollten Sie wissen.«

»Wo?«

»Spaziert durchs Intu, als wollte er Weihnachtseinkäufe machen.« Grey grinste. »Drei Einheiten sind auf dem Weg. Ich habe die Security des Intu informiert; vielleicht nützt's ja was.«

Brook nickte Noble zu, der aus dem Raum eilte und Smee und Read winkte, ihm zu folgen.

Nick wischte sich die Hände an ein paar Servietten ab und warf sie in die leere Hamburgerschachtel. Er rülpste glücklich und schob sich aus der Sitzbank, um zur Rolltreppe zu gehen. Er hatte für Jake ein paar Kekse gekauft, falls der ihn suchen kam. *Dann ist er vielleicht nicht so sauer.*

Als er bei Starbucks um die Ecke bog und eine vertraute Gestalt vor ihm stand, blieb er stehen, lächelte und hob grüßend eine Hand.

»Hi, Max.«

Max überlegte einen Augenblick, bevor er sein Lächeln erwiderte.

27

Caitlin erwachte vom Pochen des Bluts in ihren Ohren. Alles war schwarz. Sie tat einen Atemzug und atmete Stoff ein, und nach einem kurzen Augenblick der Panik riss sie sich einen dicken Beutel vom Kopf und sog gierig Sauerstoff ein.

Sie musterte den schwarzen Baumwollbeutel. Ein Fetzen Papier war daran festgetackert. *Neue Regel. Beutel übern Kopf, wenn du rübergebracht wirst. 3x Klopfen, um dich zu warnen. Vergis es nicht, Schlampe.*

»Scheißkerle«, fauchte Caitlin und sah sich in ihrem engen und düsteren neuen Gefängnis um. Sie lag auf dem Rücken, die Beine angezogen, die Knie unterm Kinn, Kopf und Hals verdreht, weil es so eng war, die Wange gegen etwas Kaltes gedrückt. Ihre Hände waren vor dem Körper mit Plastikfesseln geschnürt, wie sie schon in Kinofilmen welche gesehen hatte, doch das waren die einzigen Fesseln, auch der schwere Handschuh mit dem Handy war fort.

Langsam streckte sie ihre schmerzenden Beine an die kalte gekachelte Wand und drückte sich hoch, bis sie sich an eine andere Wand lehnte, fest zwischen der Wand und kaltem, hartem Porzellan eingezwängt. Sie war in einer engen Toilette mit einer altmodischen Toilettenschüssel eingesperrt. Von hoch oben an der Wand drang das Tröpfeln des Wasserbehälters an ihr Ohr.

Sie bog die Beine durch wie ein neugeborenes Füllen. Auf dem Boden stand eine kleine Plastiktüte mit Essen, die mit etwas Cremigem verschmiert war. Sie untersuchte es mit Widerwillen, bis ihr aufging, dass es die Hühnerbrust von ihrer abrupt beendeten Mahlzeit mit dem entstellten alten Mann war.

Sie riss die Tüte auf. Das Huhn war voller Teppichfusseln, doch das war Caitlin egal, und nachdem sie den schlimmsten Dreck abgepult hatte, riss sie das Fleisch auseinander und verschlang es in Sekunden, bevor sie mit einem Finger durch die Tüte fuhr, um die cremige Soße aufzulecken.

Im blassen Licht entdeckte sie einen Karton, der auf der anderen Seite zwischen Toilette und Wand klemmte. Oben drin war eine kleine Flasche Wasser. Sie drehte den Deckel ab und trank die ganze Flasche leer, ohne einen Gedanken daran, es sich einzuteilen. Als die Flasche leer war, behielt sie sie bei sich, um sie wieder aufzufüllen, und las die Aufschrift auf dem Karton.

Inkontinenzwindeln für Senioren.

»Gütiger Himmel.«

Im selben Augenblick bemerkte sie die matschigen Exkremente in ihrer Windel, und ihre Augen füllten sich mit Tränen. Sie blinzelte sie rasch fort.

»Nein«, fuhr sie auf. »Ich hab genug geweint«, fügte sie schnell hinzu und atmete tief und ruhig weiter. »Die Genugtuung gönne ich euch perversen Schweinen nicht.«

Sie stand mit so viel Würde wie möglich auf und langte unter ihr Kleid, um die schmutzige Windel zu entfernen. Mit gefesselten Händen war es knifflig, doch schließlich löste sich das Teil mit einem unheiligen Glucksen, und sie knüllte es fest zusammen, um den Gestank darin einzuschließen, bevor sie es fortspülte.

Sie ließ den Sitz hochgeklappt, setzte sich auf das kalte weiße

Porzellan der Toilettenschüssel und blickte hinunter ins Wasser. Es schien frisch zu sein. Sie zog eine Grimasse, langte mit beiden Händen unter sich und wusch sich, so gut es ging. Schließlich war sie zufrieden, ihr Bestes getan zu haben, und tupfte sich mit Toilettenpapier trocken, das immerhin weich war.

Nachdem sie abgezogen hatte, kniete sie sich über die Schüssel, um sich so gründlich wie möglich die Hände zu waschen. Die kreuzförmige Brandwunde an ihrem Unterarm fing an zu brennen, und so badete sie den Arm in dem frischen Wasser. Diesmal trocknete sie die Haut nicht ab. Dann langte sie zögernd in den Karton und holte eine frische Windel heraus.

Im matten Licht las sie die Broschüre aus dem Windelkarton. »Geeignet für Harn- und Stuhlinkontinenz.« *Elektroschocktherapie wird hier nicht erwähnt. Vielleicht sollte ich sie verklagen.* Sie warf die Broschüre und die Windel zurück in den Karton. »Unten ohne«, murmelte sie.

Als sie an ihrem Kleid hinunterschaute, verzog sie verwirrt das Gesicht. »In der Scheune habe ich Jeans getragen. Dieses Kleid war in meinem Rucksack, in meinem Zimmer«, sagte sie langsam, und ihre Augen wurden riesengroß. »Wenn mein Rucksack hier ist … Mist! Dann werde ich nicht mal vermisst. Meine Freunde denken, ich bin in Belfast, und Mairead denkt, ich bin in Derby.«

Sie ließ den Kopf hängen. »Kitty. Die haben meinen Spitznamen gekannt und wussten, wo ich wohne. Himmel. Die haben mich abgefangen. Die wollten *mich.*« Ihre Lippen zitterten, doch Tränen wollten nicht kommen. Sie erinnerte sich an den alten Mann, der ihr übers Haar strich. »Ich bin nicht die Erste.« Sie hob den Kopf zum Himmel und schrie: »Laurie! Haben sie dich auch gekriegt? Bist du hier? Kannst du mich hören?« Keine Antwort. »Sieht so aus, als wärst du auf dich gestellt, Mädchen.«

Sie sank auf den Toilettensitz und blickte an den hohen, weiß getünchten Wänden hinauf. Schmale Sonnenstreifen fielen durch ein Lüftungsgitter hoch oben in der Wand auf den rostigen Wasserbehälter. Es war ein altmodisches, ins Mauerwerk eingelassenes Ding, und leises Vogelgezwitscher drang herein, was plötzlich die starke Sehnsucht weckte, draußen zu sein.

Sie kletterte auf den Toilettendeckel, doch selbst im Stehen konnte sie das Gitter nicht erreichen. Sie lauschte und meinte Verkehrslärm zu hören. Nicht das alles durchdringende Brummen der Stadt, sondern das gelegentliche Motorgeräusch eines Autos, das mit hoher Geschwindigkeit vorbeibretterte. Der Bauernhof musste in der Nähe einer Hauptstraße liegen.

Ich bin von der Straße weggelaufen. Warum bin ich nicht nach links abgebogen? Himmel, wenn der Teufel zur Rechten des Herrn gesessen hätte, hätte ich es geschafft.

Sie hob das Gesicht zu dem fernen Lüftungsgitter.

»Hilfe!«, schrie sie und zog das Wort so lange in die Länge, wie ihr Atem es ihr erlaubte. »Kann mich jemand hören?«

Nach zehn Minuten immer verzweifelterer Schreie sprang sie hinunter, kniff den Mund fest zusammen und rang ihre Verzweiflung nieder. »Du hockst in der Falle, Kitty. Sieh zu, wie du klarkommst.«

Sie wandte ihre Aufmerksamkeit der stabilen Holztür zu und drückte, schob und tastete sie methodisch ab, um eine Schwachstelle zu suchen. Doch sie rührte sich keinen Millimeter, und auf der Innenseite war nichts, was Caitlin hätte packen können, um daran herumzuhantieren – kein Griff, kein Riegel, nichts.

Das Einzige, was sie fand, war ein Astloch, doch von der anderen Seite war etwas hineingestopft worden, sodass sie nicht rausgucken konnte. Plötzlich überkam sie eine solche Wut, dass sie gegen die Tür schlug und trat und um Hilfe schrie, bis ihre Stimme unter der Anstrengung brach. Nach zwei Minuten vergeblicher Kraftanstrengung mit Füßen und gefesselten Händen setzte sie sich wieder und taxierte die Wände ihres Gefängnisses.

Es war wie eine öffentliche Bedürfnisanstalt, doch Caitlin war überzeugt, wenn die Toilette in einem separaten Außengebäude läge, müsste es darin kälter sein, und sie erinnerte sich auch nicht, dass man sie nach draußen getragen hätte. Andererseits war sie bewusstlos gewesen. Bei der Erinnerung, wie der Strom durch sie hindurchgeschossen war, fuhr sie zusammen und fuhr mit der Zunge über die Zähne, bis sie die Stelle fand, wo sie hineingebissen hatte.

»Wartet bloß, bis ich euch an eine Steckdose anschließe, ihr Schwanzlutscher. Dann ist im Netz aber nicht mehr genug Saft, um Teewasser zu kochen.«

Sie hockte auf der Toilette, blickte zornig zur Tür. Durch das Astloch blinzelte sie ein Auge an, und Caitlins Lächeln gefror. »Na, siehste was, was deinem verkümmerten Schwanz gefällt, du Wichser?« Sie war in ihren breitesten irischen Akzent zurückgefallen, denn sie wusste, dass er auf manche einschüchternd wirkte.

Sie stand auf, legte die gefesselten Hände unter ihre Brüste und hob sie in Richtung des Astlochs. »Und hübsche Titten obendrein, ihr Perversen. Hey, Freakshow!«, schrie sie und sprang hoch, um mit den gefesselten Händen an die Tür zu donnern. »Versucht's mal im Internet. Da kriegt ihr alles kostenlos zu sehen und müsst nicht im Stehen wichsen.«

»Du hast meinem Pa Angst gemacht, Schlampe!«, schrie eine Männerstimme auf der anderen Seite der Tür.

Caitlin lehnte sich an das Holz. »Das kann doch nicht dein Ernst sein. Und was ist mit mir?«

»Was soll mit dir sein, du Schlampe? Du hast dich den Männern doch einfach so weggegeben, du kindermordende Hure, während mein Pa ganz allein ist.«

»Wenn hier einer allein ist, dann ja wohl *ich*«, knurrte Caitlin.

»Dann seid ihr füreinander gemacht«, erwiderte der Mann. »Und er hätte dich nicht so benutzt wie die anderen Männer. Ein bisschen Händchenhalten und ein Kuss auf die Wange. Und später kann man sehen, was sich entwickelt. War das zu viel verlangt?«

»Sehen, was sich entwickelt?« Caitlins Hirn ratterte. »Ihr habt mich entführt. Ihr habt mich gefoltert. Und da glaubt ihr wirklich, ich würd mich in euren Pa verlieben? Ihr denkt, wir würden Sex haben?«

»Nicht Sex«, sagte der Mann. »Liebe.«

»Liebe?«, schrie Caitlin. »Er ist ein verdammter Wasserspeier.«

»Du kindermordende Hure. Wenn ich mit dir fertig bin, flehst du mich an, dich zu meinem Pa zu bringen.« Das Auge verschwand, und das Astloch schloss sich.

»Warte. Wo gehst du hin? Gib mir noch 'ne Chance.« Keine Antwort. »Bist du da? Bitte. Gib mir noch 'ne Chance.«

Caitlin wachte auf dem kalten Boden auf und reckte ihre steifen Glieder. Sonnenlicht strömte durch das Lüftungsgitter hoch in der Wand. Es musste Morgen sein. Nachdem sie den Hals gedehnt hatte, fing sie an zu toben. Sie brauchte etwas zu essen, und sie musste sich bewegen. Sie führte ein paar einfache Dehnübungen aus, um sich zu beschäftigen, was nicht leicht war, denn vom Toilettensitz aus konnte sie alle vier Wände der Kammer berühren. Und natürlich hatte sie nach der körperlichen Betätigung noch mehr Hunger.

»Hey, wie wär's mit was zu essen hier drin?« Frustriert trat sie gegen die Tür.

Irgendwann setzte sie sich keuchend hin, sah sich um und suchte ihre Zelle nach Schwachpunkten ab. Innen an der Tür war mal ein Riegel gewesen – sie konnte die vorgebohrten Löcher der Schrauben erkennen. Es hatte auch einen altmodischen runden Lichtschalter gegeben, doch auch der war entfernt worden, das verriet ihr der Kreis und der zur Decke führende Streifen in einem anderen Wandfarbton. Dort war sicher das Kabel entlanggelaufen. Die Deckenrosette war noch da, aber sie war viel zu hoch, um dranzukommen, und eine Birne war auch nicht drin.

Caitlin kletterte auf den Toilettensitz und stellte sich auf die Zehenspitzen, um sich den Wasserkasten genauer anzusehen. Statt des gewohnten Griffs mit Kette hing hier ein strapazierfähiges Stück Nylonschnur herunter. Der Kasten selbst war unerreichbar. Caitlin überlegte, wie sie die Schnur einsetzen könnte, falls es ihr gelang, sie aus der Befestigung zu lösen. Sie packte die Schnur und versuchte, sich daran hochzuziehen, ließ es aber sofort wieder. Wenn die Schnur ihr Gewicht nicht trug, machte sie noch den Wasserkasten kaputt, und wenn sie die Toilettenspülung ruinierte, bevor sie einen Plan hatte, hatte sie womöglich kein sauberes Wasser mehr.

Also tastete sie das alte Bleirohr ab, das dicht an der Wand hinauf zu dem bauchigen Wasserkasten lief. Es war in den Verputz eingelassen, sodass es unmöglich war, irgendwo anzusetzen oder gar die Hände darumzulegen. Doch als sie schon runterspringen wollte, strichen ihre Finger über etwas Metallisches, das zwischen Wand und Rohr steckte. Ein rostiger Nagel. Er gehörte nicht zur Befestigung des Rohrs, also musste ihn jemand aus irgendeinem Grund dort hineingezwängt haben. Vielleicht hatte ihn jemand dort versteckt, obwohl Caitlin kein Grund einfiel. Trotzdem zog sie ihn hinter dem Rohr heraus und untersuchte ihn.

Der Nagel war rostig, außer an der Spitze, die glänzte, als wäre sie regelmäßig benutzt worden. Aber wofür? Sie versuchte, ihn in ihre Plastikhandfessel zu stoßen, doch sie kriegte ihn nicht hinein, und so gab sie auf und steckte den Nagel wieder hinter das Rohr, bis sie eine bessere Verwendung dafür hatte. Frustriert sprang sie vom Toilettensitz, kam aus dem Gleichgewicht und stürzte rücklings gegen den hölzernen Toilettenpapierhalter, der sich von der Wand löste und zwei weiße Kacheln mitriss.

»Mist.«

Sie sank auf die Knie, um eine Kachel aufzuheben. Sie war zerbrochen, und die Bruchkante der weißen Glasierung schnitt ihr in die Haut. Sie lutschte an ihrem Finger, dann nahm sie die kaputte Kachel und machte sich an die Arbeit. Sie klemmte sie zwischen die Knie und zog ihre gefesselten Hände über die messerscharfe Kante.

Nach einigen Fehlversuchen fielen die Plastikfesseln auseinander, und Caitlin kniete sich in einer Mischung aus Stolz und Erleichterung hin, um die wunden Handgelenke im sauberen Wasser der Toilette zu kühlen. Derweil wanderte ihr Blick zu dem Loch in den Kacheln. In den Putz war in der Art eines steinzeitlichen Kalenders eine Reihe von Markierungen geritzt – primitive Zeitrechnung, wie sie Häftlinge benutzen mochten, um ihre Gefangenschaft zu dokumentieren.

»Der Nagel.«

Sie zählte insgesamt zwanzig Zählpäckchen – je sechs kleine senkrechte Kratzer im Putz, quer darüber ein diagonaler Strich. Der Mut verließ sie. Wenn ein Zählpäckchen einer Woche entsprach, dann hatte hier jemand zwanzig Wochen Gefangenschaft in diesem winzigen Kabuff dokumentiert.

Zwanzig Wochen. Fünf Monate! Sie schob sich näher an den primitiven Kalender, drückte die Handteller an die Wand und tastete nach weiteren Ritzungen. Mit zusammengebissenen Zähnen löste sie noch eine Kachel von der Wand, erleichtert, dass darunter nicht noch mehr Zählpäckchen waren. Doch sie entdeckte dort etwas, was genauso niederschmetternd war – Buchstaben. Jetzt konnte Caitlin der Frau, die vor ihr hier gefangen gehalten worden war, einen Namen geben. Um sicherzugehen, fuhr sie alle Buchstaben mit dem Zeigefinger nach.

D-A-N-I-E-L-A.

»Daniela.« Caitlin wurde ernst. »Was haben die Scheißkerle mit dir gemacht, Mädchen?« Sie sah hinauf zu den blassen Sonnenstrahlen und wurde von einer schier unermesslichen Sehnsucht übermannt, draußen im Licht zu sein.

»Sei dankbar für das, was du hast, Kitty«, sagte sie und schob den Unterkiefer vor. »Daniela hat fünf Monate hier drin überlebt. Und wenn sie das konnte, kann ich das auch. Und eins versprech ich dir, Mädchen: Wenn ich die Gelegenheit kriege, dann zahle ich es diesen Schwanzlutschern so richtig heim.«

Nick würde nicht in einem Laden rumhängen, der Klamotten für alte Leute verkaufte, also durchquerte Jake rasch das Marks & Spencer an der Ecke des Intu-Einkaufszentrums. Er wollte die Kapuze nicht absetzen, doch ihm war klar, dass er nur Verdacht erregte, wenn er den Kopf bedeckt hielt. Ein Wachmann hatte ihn schon bemerkt und folgte ihm in diskretem Abstand, während er in ein Funkgerät an seinem Schulterstück sprach.

Eilig verließ Jake den Laden und tauchte in die Anonymität der vollen Gänge ein, wo Horden von Samstagsbummlern ziellos herumspazierten, und klapperte die Läden ab, an denen sein Bruder mehr Spaß hatte. Als er in keinem der Handyläden eine Spur von Nick entdeckte, ging er in den Food Court, wo sein Bruder sich stundenlang vollfutterte, sooft Jake Geld hatte. Auch dort keine Spur.

Er wollte eben in einen Sportartikelladen gehen, als er draußen auf dem Gehweg zwei vertraute Gestalten entdeckte. Eine hielt die Tür eines langen, schnittigen Mercedes auf, dessen Motor im Leerlauf trudelte, während die andere, eine Tüte Kekse in der Hand und im Gesicht ein glückliches Grinsen, gerade einstieg.

»Nick!«, schrie Jake und stürmte auf die Rauchglastüren zu, durch die sein Ruf nicht nach draußen dringen konnte. »Nick!«, wiederholte er, als der Wagen schon losfuhr. Er rannte raus und hielt auf das Fahrzeug zu, das in die Eisen ging. Die Fahrertür ging auf, und ein Mann sprang heraus.

Jake erkannte Ostrowskys Bodyguard, der ihn angrinste, blieb wie angewurzelt stehen und sah ihn an, bevor er den Blick auf Nick richtete, der auf der Rückbank fröhlich kaute. Er atmete tief durch und bewegte sich zögernd auf den wartenden Wagen zu.

In dem Augenblick hielt hinter dem Mercedes ein Polizeifahrzeug, und vier Uniformierte stiegen aus und steuerten darauf zu. Jake erstarrte mitten in der Bewegung, drehte sich auf dem Absatz um und lief zurück zum Einkaufszentrum. Er zog im Gehen die Kapuze tiefer und lauschte auf ein Zeichen, dass man ihn erkannt hatte.

Tymons Lächeln verblasste, als er sich ruhig wieder auf den Fahrersitz setzte und langsam losfuhr, bis er sich in die Deckung anderer gemächlich fahrender Autos einreihte, die auf der Traffic Street in Richtung Pride Park krochen.

»Das war Jake«, sagte Nick vom Rücksitz, den Mund voller Kekskrümel.

»Ja«, sagte Ostrowsky, der neben ihm saß. Er entspannte sich auf dem lohbraunen Leder und betrachtete Nick.

»Warum ist er nicht eingestiegen?«

»Vielleicht will er nicht nach Hause gefahren werden«, sagte der Geschäftsmann lächelnd.

»Na ja, weit ist es nicht …« Nick verstummte, denn ihm ging auf, dass er schon zu viel gesagt hatte.

»Nicht weit?«, wollte Max barsch vom Beifahrersitz wissen. »Wo wohnst du jetzt, Nick?«

»Das darf ich nicht sagen«, antwortete Nick ein wenig verwirrt. »Jake sagt, dann hätten sie uns *am Arsch*.« Er grinste über den Klang der Worte und sah sich Anerkennung heischend um. Ostrowsky lächelte ermutigend.

»Er hat recht«, knurrte Max und streckte den Arm über die Sitzlehne, um Nick zu packen.

Sein Bruder schnappte sich sein Handgelenk und hielt es wie im Schraubstock. »Ganz ruhig, kleiner Bruder«, sagte Ostrowsky. Er lächelte, doch seine Augen waren wie Stein. Er bellte Tymon einen Befehl zu, schleuderte Max' Hand von sich und sprach ihn auf Polnisch an. »Wir sind zivilisierte Männer, Max. Gewalt ist das letzte Mittel.«

»Wir müssen Jake kriegen, bevor die Polizei ihn schnappt«, erwiderte Max. »Wir wissen nicht, was er denen sagt.«

»Ganz im Gegenteil, ich weiß genau, was er der Polizei sagt«, versetzte Ostrowsky.

Max drehte sich um und sah seinen Bruder an. »Ja?«

Ostrowsky erwiderte seinen Blick mit unergründlicher Miene. »Manchmal frage ich mich, ob wir wirklich aus derselben Familie stammen, *braciszek*.«

Charlton reichte DS Morton einen Zettel. »Das ist seine Privatadresse. Direkt neben Our Lady of Lourdes.« Morton nahm den Zettel und bedeutete Banach, ihm zur Tür zu folgen. »Sergeant!«, sagte Charlton, und die Detectives verharrten mitten im Schritt. »Er ist Geistlicher. Gehen Sie behutsam vor.« Morton sah zu Brook, der dem nicht widersprach.

»Teilnehmer am Gebetskreis der Dienststelle?«, fragte Brook, als Morton und Banach gegangen waren.

»Nein«, antwortete Charlton gereizt. »Aber das können Sie ja nicht wissen, nicht wahr, da Sie nie daran teilgenommen haben.«

»Ich würde ja, wenn ich könnte«, sagte Brook.

»Ja, ja«, feixte Charlton. »Sie sollten die Daumen drücken, dass derjenige, der hinter diesen Entführungen steckt, religiös ist.«

»Warum?«

»Weil der, der an den Herrn glaubt, das menschliche Leben schätzt«, sagte Charlton und ging zur Tür. Brook sah davon ab, die vielen Kriege aufzuzählen, die gekämpft worden waren, um den eigenen Glauben zu verteidigen oder anderen aufzuzwingen. »In jedem anderen Szenario«, fuhr Charlton wichtigtuerisch fort, »gehe ich davon aus, dass diese Kinder tot sind.«

Brook wandte sich dem Foto zu. Das Lächeln der toten jungen Frau strahlte immer noch voller Hoffnung von der Stellwand. »Und warum ist Kassia Prochs Kind dann tot?«

»Das weiß ich nicht«, versetzte Charlton. »Sie etwa?«

»Lass mich mit ihm reden«, sagte Max. »Ich kenne ihn besser als du.«

»Ich dachte, du kennst ihn nur vom Hallosagen«, versetzte Ostrowsky und zündete sich eine Zigarette an.

»Das ist mehr als du.«

Ostrowsky überlegte kurz und schüttelte den Kopf. »Nein.« Er wandte sich an Tymon. »Ich erwarte einen Container. Halt die Augen auf.« Tymon schob sich durch die schweren Plastikvorhänge hinaus auf den Platz, wo die Lieferungen abgeladen wurden, ein Stück abseits der kleinen Reihe von Büros und dem Lagerhaus dahinter. Ostrowsky warf Max die Zigarettenschachtel zu. »Du auch.« Max rührte sich nicht. Erst als sein älterer Bruder ungeduldig eine Augenbraue hob, drehte er sich um und folgte Tymon. Der hielt den Plastikdurchgang offen, bis Max ihm voraus zum Ladeplatz ging.

Ostrowsky betrat das unabgeschlossene Büro. Nick saß am Computer, vollkommen vertieft in ein Online-Billardspiel.

»Du magst Spiele, Nick.«

»Jaaa«, sagte Nick und löste kaum den Blick vom Bildschirm. »Besonders an so einem geilen Bildschirm wie dem hier.«

Ostrowsky lächelte. »Hast du ein Handy, Nick? Ich würde Jake gern Bescheid sagen, dass es dir gut geht.«

»Handy nicht erlaubt«, sagte Nick. Er setzte zum nächsten Stoß an.

Ostrowsky betrachtete Nick und kam zu dem Schluss, dass er die Wahrheit sagte. Der Junge war wie ein Kind, und Täuschung fiel ihm sicher schwer. Er schlug eine andere Taktik ein, holte seine Geldbörse heraus, entnahm ihr einen Fünfzig-Pfund-Schein und hielt ihn Nick hin. Der löste endlich den Blick vom Bildschirm. »Dann lass mich dir doch ein Taxi rufen. Gib mir deine Adresse und nimm den, um es zu bezahlen.«

»Das ist zu viel«, sagte Nick vorsichtig, beäugte den Schein und dachte an die schwindenden Vorräte in seinem Teddybären.

»Das ist okay.« Ostrowsky lächelte. »Kauf dir was Schönes.«

Nick streckte die Hand nach dem Geld aus und nahm es. Er nickte und sah sich im Büro um. »Haben Sie ein Kissen?«

Brook arbeitete sich durch seine Liste von Mitarbeitern der Rutherford Clinic, fand aber nirgendwo etwas, was gründlichere Nachforschungen erfordert hätte. Er und Cooper waren die Einzigen, die noch in der Einsatzzentrale waren und Namen mit verschiedenen Datenbanken abglichen. Als IT-Experte der Dienststelle hatte Cooper die längste Liste mit den prominentesten Namen bekommen, doch das Schweigen hinter Coopers Bildschirm verriet Brook, dass ihm noch niemand besonders ins Auge gefallen war.

Auf dem Weg zum Wasserkocher reichte Cooper ihm seine Erkenntnisse über Dr. Fleming. Das Kopfschütteln hatte Brooks Stimmung nicht gehoben.

Brook las, was er zusammengetragen hatte. Rafe Fleming war ein wohlhabender Chirurg und Facharzt, und neben seinem hohen Verdienst und seinem ausgezeichneten Ruf war er – wenn man danach ging, wie oft er auf den Gesellschaftsseiten von *Derbyshire Life* auftauchte – auch noch eine Säule der gesellschaftlichen Elite des Countys. Verheiratet mit einer zwanzig Jahre jüngeren Frau, genoss er die schönen Dinge des Lebens, wohnte in einem großen Haus am Rand von Ashbourne und besaß eine Urlaubsvilla in der Provence. Er hatte zwei Söhne im Teenageralter, die die Queen Elizabeth's Grammar School besuchten, eine der besten Schulen des Countys. Wenn Fleming ein Motiv hatte, seine Patientinnen zu entführen, dann erschloss es sich weder Cooper noch Brook.

Um sich zu beschäftigen, klickte Brook auf ein Icon auf seiner Toolbar, um sich noch einmal die letzte Abtreibungsgegner-Webseite anzusehen, die er geöffnet hatte. Am Abend zuvor hatte er über Dutzenden von Seiten von mehr oder weniger extremen Gruppen aus der ganzen Welt gebrütet. Besonders ein Artikel war ihm ins Auge gefallen. Eine amerikanische Gruppe, die sich Abolish All Abortions nannte, befürwortete die Entführung von »abtreibungswilligen Frauen«, um sie festzuhalten und darüber aufzuklären, was für eine schwere Sünde sie im Begriff waren zu begehen. Nach einer angemessenen Zeit der »Umerziehung« wurden sie wieder freigelassen und an einer Kirche abgesetzt.

Brook machte sich eine Tasse Tee, öffnete sein E-Mail-Programm und ging die Ergebnisse der kriminaltechnischen Untersuchungen durch. Sein Handy auf dem Tisch vibrierte.

»John.«

»Wir haben ihn verpasst«, sagte Noble. »Anscheinend hat er bei Burger King gegessen und ist ganz unbekümmert herumspaziert, als hätte er nicht die geringsten Sorgen.«

»Vielleicht hat er die ja auch nicht«, sagte Brook. »Irgendeine Spur von Jake?«

»Nein. Die Brüder haben sich, wie es scheint, getrennt.«

»Was ist mit den Wachleuten?«

»Die haben aufgepasst. Ihnen ist ein Typ in einer Kapuzenjacke aufgefallen, der sich bei Marks & Spencer verdächtig benommen hat, aber sie haben ihn im Gedränge verloren.«

»Inspector Gadget wäre entsetzt«, sagte Brook. »Die sollen die Aufzeichnungen ihrer Videokameras rüberschicken. Dann haben wir wenigstens ein aktuelles Bild. Übrigens hat EMSOU bestätigt, dass der Hammer der stumpfe Gegenstand war, post mortem eingesetzt.«

»DNA?«

»Sie haben Tanners DNA mit dem Fötus abgeglichen. Kein Treffer. Und an den Handschuhen auch keine DNA-Spuren von ihm.«

»Das beweist nicht, dass er sie nicht getragen hat, um Kassia Proch umzubringen«, sagte Noble.

»Aber wir haben nur Max Ostrowskys DNA im Handschuh.«

»Was wir erst offiziell bestätigen können, wenn er uns freiwillig eine Probe gibt.«

»Ich weiß.« Brook seufzte. »Wie lange dauert das noch mit dem richterlichen Beschluss?«

»Ich kann noch mal ein bisschen Dampf machen, aber selbst wenn wir beweisen, dass es Max' DNA ist, wird sein Anwalt sagen, das sei absolut zu erwarten: Max' Handschuh, Max' Lieferwagen. Wir brauchen einen Treffer aus Kassias Wohnung oder von der Leiche.«

»An der Leiche war nichts, und die Wohnung ist sauber. Was ist mit der Wodkaflasche?«

»Aus der Cream Bar?«, fragte Noble. »Die wurde nicht vorrangig untersucht. Schwer zu sagen, wie lange sie dort lag und wer sie …«

»Haben Sie diese Wodkamarke schon mal sonst irgendwo gesehen?«

»Nur in der Bar Polski.«

»Dann ist es vielleicht ihre Exklusivmarke, und jemand, der eine Verbindung zu Ostrowsky hat, hat sie dort gelassen.«

»Das ist aber ziemlich an den Haaren herbeigezogen«, sagte Noble.

»Testen Sie sie trotzdem, John. Wenn entweder Max oder Ostrowskys Bodyguard dort war, hätten wir eine Spur, wer Banach und Ryan angegriffen hat.«

»Max oder der Bodyguard? Mit anderen Worten, Sie haben keinen Schimmer«, sagte Noble. »Charlton wird Sie lieben, wenn er die Rechnung kriegt.«

Darauf wusste Brook nichts zu sagen, und er legte auf. »*Max*' Handschuh«, murmelte er. »*Max*' Lieferwagen.« Er kramte auf seinem Schreibtisch herum, entdeckte das Blatt, das er suchte, und überflog die Liste. »Werkzeugtasche, Schlüsselbund. In Max' Lieferwagen.« Er ging zu Nobles Schreibtisch und kramte in der Hoffnung, dass sein Sergeant noch nicht die Zeit gehabt hatte, alle Fundstücke zu den Beweismitteln zu geben, in den Schubladen.

Er holte die versiegelte Plastiktüte mit dem großen Schlüsselbund heraus, rußgeschwärzt und voll silbergrauem Fingerabdruckpulver, aber immer noch erkennbar.

Er zog seine Jacke an und winkte Cooper. »Wenn jemand mich braucht, ich trink irgendwo was und hab danach einen Termin bei einem Mann wegen Gott.«

Ostrowsky trat hinaus auf den Ladeplatz, klopfte eine Zigarette aus der Packung und zündete sie an. Seine Miene war streng. »Tymon, hol Ashley ins Büro, er soll sich um den Jungen kümmern. Er soll dafür sorgen, dass er hierbleibt, aber er ist kein Gefangener, mach ihm das klar. Er soll ihn bei Laune halten. Lass ihn am Computer spielen und gib ihm aus dem Verkaufsautomaten, was er will. Wir fahren in die Bar Polski und warten.«

»Was hat er gesagt?«, fragte Max, als Tymon davonging.

Ostrowsky betrachtete den blutroten Himmel, der mit jedem Augenblick dunkler wurde. »Nichts.« Er lächelte Max beruhigend an. »Er ist nur ein Kind.«

»Lass mich mit ihm reden«, sagte Max und wollte sich schon auf den Weg nach drinnen machen.

Ostrowsky packte ihn am Arm. »Nicht nötig. Wir haben ihn, und Jake weiß, dass wir ihn haben.« Er legte Max eine Hand an den Hinterkopf, um sich seiner Aufmerksamkeit zu vergewissern. »Und wenn er tut, was ein älterer Bruder tun sollte, dann sehen wir ihn sehr bald.«

Max nickte. »Ich brauch was zu trinken.«

Ostrowsky lächelte ihn an, doch wie üblich hatten seine Augen Mühe, es seinen Lippen gleichzutun. Er ging zu einem geöffneten Karton und holte eine volle Wodkaflasche heraus. »Hier, *braciszek*.«

»*Dzieki*.« Max grinste und öffnete das Siegel.

Ostrowsky legte eine Hand über den Flaschenhals. »Nein. Der ist für die Fahrt.«

»Fahrt? Wohin?«

»Nach Hause, nach Polen«, antwortete Ostrowsky. Max wollte widersprechen, doch Ostrowsky redete einfach weiter. »Nur bis die Dinge sich beruhigt haben und das tote Mädchen vergessen ist. Heute Abend geht eine Fähre von Harwich. Tymon fährt dich.«

»Wie lange?«

»Einen Monat, vielleicht zwei.«

Max nickte. »Wenn du meinst, dass es das Beste ist, Bruder.«

»Ja. Geh heim und pack. Warte auf Tymon, dass er dich abholt. Wir sehen uns in einem Monat.« Max wandte sich ab. »Kleiner Bruder«, sagte Ostrowsky und breitete die Arme aus. Max trat näher, und Ostrowsky umarmte ihn und drückte ihn fest an sich, dann hielt er ihn ein Stück von sich weg und sah ihm zärtlich in die Augen.

Jake entfernte sich vom Intu-Einkaufszentrum, doch er lief nicht, denn damit hätte er nur Aufmerksamkeit auf sich gezogen. Aber er atmete erst auf, als er unter der feuchten Dunstglocke um den Wohnblock war. Er hatte etliche Umwege gehen und immer wieder kehrtmachen müssen, um aus dem Intu zu kommen, in dem es inzwischen vor Polizei nur so wimmelte. Zum Glück gab es sehr viele Ausgänge, und Jake hatte den Komplex über das Portal in der East Street verlassen können, das am weitesten von den Milton Flats weg lag. Sobald er aus dem hell erleuchteten Einkaufszentrum auf die wimmelnde Straße getreten war, hatte er sich mit jedem Schritt unsichtbarer gefühlt.

Er schloss die Tür der Erdgeschosswohnung auf und ging zum Sofa, setzte sich schweigend darauf und blieb eine gefühlte Ewigkeit so sitzen. Er bewegte sich kaum und atmete flach. Schließlich schob er eine Hand unter das Schaumstoffpolster, um ein Handy herauszuholen. Er zog die SIM-Karte aus seiner Tasche und machte das Handy wieder funktionstüchtig, schaltete es ein und scrollte bis zu der Nummer. Mit dem Daumen drückte er die Wahltaste und hielt das Telefon ans Ohr.

Ein barscher polnischer Akzent schlug ihm an die Ohren. »Bar Polski.«

»Hier ist Jake.«

Keine Antwort, doch das Telefon wurde weitergereicht, dann eine vertraute Stimme. »Jake. Wie geht's dir?«

»Wo ist Nick?«

»In Sicherheit«, sagte Ostrowsky.

»Wo?«

»Du vergeudest nur seine Zeit und meine«, sagte Ostrowsky. »Die Uhr läuft. Wann kann ich dich erwarten?«

Jake atmete tief durch, um es zu überschlagen.

Brook holte den Schlüsselbund aus der durchsichtigen Plastiktüte und verglich die Schlüssel mit dem Schloss an der Eingangstür zur Cream Bar. In der Nacht, da Banach und Ryan überfallen worden waren, war die Tür gewaltsam geöffnet worden, und dabei war das Schließblech am Türpfosten kaputtgegangen. Doch Brook sah keinen Grund, warum der Schließmechanismus nicht funktionieren sollte.

Er wählte einen Schlüssel und versuchte, ihn ins Schloss zu stecken, doch er passte nicht. Der nächste, ein schmalerer Schlüssel, ging zwar hinein, ließ sich aber nicht drehen. Beim dritten Versuch klappte es, und der rechteckige Riegel schob sich aus dem Gehäuse. Um ganz sicherzugehen, betrat er das Gebäude und probierte andere Schlüssel an anderen Türen. Sie funktionierten alle.

»Trink was, Jake.« Ostrowsky schenkte eifrig Wodka in zwei Schnapsgläser, ohne eine Antwort abzuwarten. »Du siehst aus, als könntest du einen vertragen. Und diesmal musst du ihn nicht stehlen.« Er reichte Jake das Glas, setzte sich ihm gegenüber und lehnte sich vollkommen entspannt zurück, bevor er den Wodka im Mund rollen ließ.

»Ich klau keinen Alkohol von Arbeitgebern«, erwiderte Jake,

der krumm auf der Stuhlkante hockte, den unberührten Wodka in der steifen Hand. Ab und zu warf er einen Blick nach hinten zu Tymon, der außerhalb seines Blickfelds stand, was seine Unsicherheit noch verstärkte. Draußen vor den großen Fenstern der noch nicht geöffneten Bar Polski im ersten Stock hatte sich die Dunkelheit herabgesenkt.

»Weißt du, ich bin geneigt, dir zu glauben«, sagte Ostrowsky. »Also trink.«

Jake schnupperte an dem Glas, seine Hand zitterte. Er nahm einen winzigen Schluck, keuchte ob der Hitze und ließ sich in etwas hineinsinken, was man beinahe Erleichterung nennen konnte. Was er gefürchtet hatte, war eingetreten. Das Warten war vorbei. Er konnte sogar über seine Situation witzeln, wenn auch nervös. »Geht es hier um die zwanzig Pfund?«

Ostrowsky kicherte leise. Er sah zu Tymon hoch, um Jakes Worte für ihn zu übersetzen, und der große Kerl grinste anerkennend. Ostrowsky trank seinen Wodka aus und schenkte sich aus der Flasche neben seinem Stuhl nach. »Du scherzt. Das ist gut. Entspann dich, fühl dich wohl.« Sein Lächeln verschwand. »Erzähl mir, warum du meinen Lieferwagen gestohlen hast.«

»Wo ist Nick?«

»In Sicherheit.«

»Hier?«

»Irgendwo.«

»Ich will ihn sehen.«

Ostrowsky warf einen ungeduldigen Blick zu Tymon und murmelte etwas auf Polnisch.

»Wenn ich ihn nicht sehen …« Bevor Jake den Satz zu Ende sprechen konnte, stürzte er zu Boden, griff sich mit der Hand an den Rücken und krümmte sich vor Schmerz. Er bekam keine Luft.

Ostrowsky sah ungerührt zu, dann bückte er sich, um Jakes heruntergefallenes Schnapsglas aufzuheben und ihm nachzuschenken. Einen Augenblick später nickte er Tymon zu, der Jake eine Hand hinhielt und ihn wieder auf den gepolsterten Stuhl zog, wo er ihm half, wieder zu sich zu kommen, indem er ihm den Rücken rieb und ihm die nassen Augen trocknete.

»Trink«, sagte Ostrowsky und hielt ihm das Glas hin.

Jake nahm es, und diesmal kippte er den Inhalt mit geschlossenen Augen hinunter. Ein rauer Husten schüttelte ihn, und es dauerte ein wenig, bis er wieder Luft bekam. Schließlich sah er zu Ostrowsky auf. »Ich hab nicht gewusst, dass es Ihrer war. Ich dachte, es wäre bloß irgendein Lieferwagen …« Ostrowsky sah Tymon an, der die Faust nach hinten zog. »Schon gut, schon gut«, schrie Jake. »Ich dachte, er gehört Max, nicht Ihnen. Ich hab seine Adresse im Büro gefunden und bin da hin, um den Lieferwagen zu demolieren.«

»Warum wolltest du den Lieferwagen meines Bruders demolieren?«, fragte Ostrowsky mit ausdrucksloser Stimme, bar jeder Neugier.

»Um ihm eins auszuwischen.«

»Warum?«

»Sie sind sein Bruder«, sagte Jake mit einem ungläubigen Feixen, »und Sie wissen es nicht?«

Tymon hob erwartungsvoll einen Arm, doch Ostrowsky schüttelte den Kopf. Der große Mann ließ die dicke Faust sinken.

Diesmal war es an Ostrowsky, den Blick zu senken. Er nickte stumm. »Aber dann hast du ihn geklaut.«

»Nur weil der dösige Idiot ihn nicht abgeschlossen hatte.« Ostrowsky sah Tymon an. »Ich dachte, ich fahr über ein paar Radarfallen und schramm an ein paar parkenden Autos vorbei. Reite ihn so richtig in die Scheiße.«

Ostrowskys Miene war ernst. »Und du hast Nick mitgenommen, um meinen Lieferwagen zu stehlen? Was ist das für ein Beispiel von einem älteren Bruder?«

Jake war überrascht. »Ich kann ihn nicht Tag und Nacht in der Wohnung lassen. Nicht allein. Sie haben ihn doch gesehen. Er ist nur ein Kind.«

»Dann solltest du ihn einschließen, um ihn zu schützen.«

»Machen Sie das mit Max so?«, fragte Jake.

Ostrowsky sah kurz zu Tymon, und ein Schlag traf Jake in der Nierengegend. Ostrowsky trank einen Schluck Wodka und wartete darauf, dass Jake aufhörte zu japsen und zu keuchen. »Und das Mädchen?«

Jake erinnerte sich an das verzerrte Gesicht, den verdrehten Körper, brachte aber kaum ein Wort heraus. »Was soll mit ihr sein?«, presste er schließlich hervor.

»Wer war sie?«

»Kassia.«

»Kassia?«

»Ihre Putzfrau.«

»Ganz sicher?«

Jake nickte. »Im Gesicht hatte sie ordentlich Schläge abbekommen. Aber ich glaub schon.«

Ostrowsky kippte seinen Wodka herunter und schenkte sich nach. »Warum hast du sie umgebracht?«

»Was?«

»Warum hast du sie umgebracht? Ich muss das wissen.«

»Ich hab sie nicht umgebracht. Das war Max.«

»Warum sagst du das?«

»Es war sein Lieferwagen, oder?«

Ostrowsky musterte ihn, bevor er einen weiteren kräftigen Schluck Wodka trank. »Es war mein Lieferwagen. Jetzt will ich die Wahrheit hören. Fangen wir noch mal von vorn an.«

»Das ist die reinste Zeitvergeudung.«

»Warum bist du dann gekommen?«

»Um meinen Bruder zu holen.«

»Dann nenn mir einen Grund, den ich glauben kann. Um Nicks willen.«

Jake lachte bitter. »Meinen Sie, ich wüsste nicht, wie das hier endet? Töten Sie mich einfach, bringen wir es hinter uns.«

»Dich töten?« Ostrowsky lachte. Doch seine Fröhlichkeit verschwand schnell wieder, und seine hellen Augen bohrten sich in Jakes. »Ich töte dich nicht.«

»Das glaub ich Ihnen nicht.«

»Es stimmt.« Ostrowsky zuckte die Achseln. »Ich werde dich nicht beleidigen, indem ich sage, dass ich dein Leben achte, aber ich werde dich nicht töten.«

Jake starrte ihn an. »Warum?«

»Weil ich es nicht brauche. Aber ich bin neugierig. Du rechnest damit, dass du sterben wirst, und trotzdem sagst du nichts. Ich muss dir Schmerzen zufügen, um Antworten zu kriegen. Die meisten Leute würden stundenlang reden und alles sagen, um das zu vermeiden. Aber du nicht.«

»Schlüpfen Sie mal eine Woche lang in mein Leben«, sagte Jake. »Und dann sagen Sie mir, dass es sich zu leben lohnt.«

»Ah, du überzeugst mich, dass du dir den Tod wünschst, damit ich dich nicht töte«, sagte Ostrowsky anerkennend. »Sehr klug. Aber es funktioniert nicht. Wenn man jung ist, ist das Leben gut. Ich weiß das. Ja, du bist arm, aber ich war auch schon da, wo du bist.«

»Sie vergessen, dass die Polizei wegen Mordes hinter mir her ist.«

»Und doch bist du hier. Entweder ist die Polizei dumm, oder du bist klug.«

»Klug?« Jake lachte freudlos. »Wenn ich klug wäre, würde ich nicht mit einem Bruder leben …«

»Fahr fort.«

»Vergessen Sie's.«

»Verstehe. Du willst nicht schlecht über Nick sprechen, weil er ein Kind ist. Aber er ist trotzdem dein Bruder. Und es ist schwer. Ich verstehe das sehr gut. Ich habe auch so einen Bruder, der mir große Sorgen bereitet. Und manchmal tust und sagst du aus lauter Frust das Falsche. Aber vergiss nie, dass du es aus Liebe tust.«

»Bringen Sie mich einfach um«, sagte Jake. »Sie tun mir einen Gefallen.«

»Es ist eine Todsünde, sich den Tod zu wünschen, bevor Gott bereit ist«, sagte Ostrowsky und drohte mit dem Finger.

»Es gibt keinen Gott.«

»Wie kannst du das sagen?«, fragte Ostrowsky schockiert. »Er ist überall, hilft uns, leitet uns.« Er streichelte das Kruzifix um seinen Hals. »Du musst ihm dein Herz öffnen.«

»Warum?«

»Weil er dich liebt.«

»Liebt er Max?«, wollte Jake wissen. »Denn so ein Gott kann mir gestohlen bleiben.«

Ostrowsky seufzte. »Du bist ein intelligenter Bursche. Ich wünschte, die Umstände wären anders, aber die Zeit drängt.« Mit einem Blick zu Tymon stand er auf, und der riss Jake hoch. »Du lässt mir keine Wahl.«

Jake duckte sich. »Was haben Sie vor?«

Ostrowsky nickte zufrieden. »Du wolltest doch sterben. Nicht mehr ganz so leicht, wenn der Augenblick da ist, was?«

»Nein«, gestand Jake kaum hörbar.

Ostrowsky machte eine dramatische Pause, bevor er fortfuhr. »Du kennst den Weg nach draußen. Du kannst gehen.« Er wandte sich ab und bedeutete Tymon, Jake von seinem Bärengriff um die Schultern zu erlösen.

»Warten Sie!«, schrie Jake. »Wo gehen Sie hin? Was ist mit Nick?«

»Was soll mit ihm sein?«

»Er weiß nichts«, flehte Jake. »Sie brauchen ihm nichts zu tun.«

»Brauchen? Es ist lange her, seit ich etwas getan habe, weil ich es gebraucht habe. Aber du hast das verändert, Jake, denn jetzt brauche ich *dich*.« Ostrowsky spitzte die Lippen, als dächte er über etwas nach, was ihm gerade in den Sinn gekommen war. »Deinen Bruder dagegen brauche ich nicht. Wenn ich also einen töte, um zu kriegen, was ich will, dann töte ich ihn.«

»Mr. Ostrowsky, bitte.« Jake atmete schneller. »Ich weiß nicht, was ich sagen kann, damit Sie es sich anders überlegen.«

»Oh doch.« Ostrowsky lächelte. »Sag mir genau, was ich wissen will, dann bleibt ihr beide am Leben.« Er unterbrach sich und wartete auf Jakes Weigerung. Als die nicht kam, kehrte er zu seinem Platz zurück. »Gut. Fang damit an, warum du das Mädchen umgebracht hast.«

28

Ein lautes Klopfen weckte Caitlin aus ihrem kurzen Schlaf. Es klopfte noch zweimal.

Sie wollen mich holen.

Sie sah zur Tür. Ein ungerührtes Auge beobachtete sie, doch ihre von den Fesseln befreiten Hände hatte sie gut versteckt zwischen die Beine geschoben. Sie bewegte sich im Blickfeld ihres Entführers und hielt die Hände so, als wären sie noch gefesselt.

»Bitte, ich hab Hunger«, sagte sie in unterwürfigem Tonfall. Wieder wurde dreimal geklopft. »Tasche auf den Kopf«, sagte Caitlin. »Richtig, tut mir leid.« Sie zog sich den schwarzen Baumwollbeutel über den Kopf, sorgsam darauf bedacht, den Nagel in der Hand gut festzuhalten, dann setzte sie sich steif auf den Toilettendeckel, die Hände zwischen den Oberschenkeln.

Sie hörte, wie zwei Riegel zurückgeschoben wurden, und bückte sich schnell, um die zerbrochene Kachel aufzuheben und auf den Sitz hinter sich zu legen. Die Tür ging knarrend auf. Durch den dicken Stoff konnte sie nichts sehen, also wartete sie, reglos wie eine Raubkatze, auf einen Schritt oder die Berührung einer Hand an ihrer Schulter, während sie den Nagel so verschob, dass er zwischen Mittel- und Zeigefinger herausschaute, und ihn mit der linken Hand verdeckte.

»Ich bin bereit«, sagte sie durch den Beutel. »Und es tut mir leid wegen letztem Mal. Ich will noch eine Chance.« Immer noch keine Befehle, doch Caitlin stieg der unverkennbare Moschusgeruch von jemandem in die Nase, der es mit dem Waschen nicht so genau nahm.

»Hoch«, sagte eine Männerstimme.

Sie sprang auf die Füße, stürzte sich auf die Stimme und schwang die Faust mit dem Nagel, den sie mit eiserner Hand gepackt hatte. Sie spürte den Kontakt, als der Kopf des Nagels in ihren Handteller gedrückt wurde, und hörte den befriedigenden, überraschten Schmerzesschrei ihres Entführers.

Eine Sekunde später packten raue Hände ihre Kehle. Sie holte noch einmal aus, und während sie wieder zustieß, zerrte sie mit der anderen Hand an dem Beutel über ihrem Kopf, riss ihn herunter und sah eine Faust, die zum Schlag ausholte, dahinter ein untersetztes Gesicht. Sie duckte sich, um dem Schlag auszuweichen, und machte einen kleinen Schritt zur Seite. Der Mann traf in die Luft und stolperte auf die Toilettenschüssel zu. Schnell schnappte sie sich die kaputte Kachel.

»Hure«, fauchte der Mann und trat nach Caitlin, als sie an ihm vorbei zur Tür schoss.

Sie stolperte über sein Bein, fiel und stieß sich den Kopf am Türrahmen. Der Mann richtete sich auf, das Gesicht puterrot vor Zorn, eine kleine Stichwunde am Kinn, aus der Blut am Hals hinunterrann. Er ballte die Fäuste und pumpte sich auf, als er über ihr aufragte, doch sie stürzte sich auf ihn und zog ihm die Kachel über die Wange. Eine blutrote Linie verriet ihr, dass sie Erfolg gehabt hatte.

Der Mann schrie, und Caitlin nutzte das Überraschungsmoment, stieß den Kopf in seinen weichen Bauch und zwang ihn so runter auf die Toilette. Im selben Zug stemmte sie sich rückwärts durch die Tür, schlug sie zu und tastete hektisch nach den Riegeln. Es kam ihr vor wie eine Ewigkeit, bis sie den obersten vorschob, doch bevor er richtig drin war, erbebte die Tür und Caitlin wurde nach hinten geschleudert. Noch ein Schubs, und das Fangblech bog sich durch und eine starke Hand schob sich durch den schmalen Spalt.

Caitlin warf sich gegen die Tür, und es knackte widerlich, als sie auf die tastende Hand krachte. Der Mann jaulte vor Schmerz, konnte seine eingeklemmte Hand aber nicht befreien, und sie löste den Druck auf die Tür ein wenig und zog gleichzeitig die Kante der Kachel über seine Fingerknöchel.

Weitere Schreie, doch sie zögerte nicht, den kaputten Riegel vorzuschieben, sobald die Hand zurückgezogen wurde, und bückte sich, um unten dasselbe zu tun. Keuchend sank sie an die Tür.

»Du verdammte Schlampe!«, schrie der Mann und warf sich mit seinem ganzen Gewicht gegen die Tür. Sie erbebte, aber sie hielt. »Du bist tot. Hast du gehört? Tot.«

Caitlin zog den Stöpsel aus dem Astloch und rief, immer noch keuchend: »Regel Nummer eins, du taube Nuss. Leg dich nicht mit einer Kinnear an.«

Sie schloss das Astloch und sah sich um, um sich zu orientieren. Ein düsterer Flur schien tief ins Haus hineinzuführen, also wandte sie sich einer schweren Tür zu, die in derselben Außenmauer sein musste wie der Lüftungsschlitz der Toilette. Sie öffnete sämtliche Riegel, doch die Tür rührte sich trotz aller Mühe nicht. Ihr Blick fiel auf das robuste Schloss, doch es steckte kein Schlüssel darin, und er hing auch nicht in der Nähe an einem Nagel.

»Wo ist der Schlüssel zu der Tür hier?«, schrie sie in Richtung Toilettentür.

»Fick dich«, lautete die gedämpfte Antwort, doch der Tonfall verriet, dass die Verletzungen dem Mann zu schaffen machten. »Hier drin. Komm und hol ihn dir.«

»Mist.« Caitlin hatte keine eine andere Wahl, als sich weiter ins Haus hineinzuwagen, und so schlich sie vorsichtig den dunklen Flur mit seinen kalten Steinfliesen hinunter. Bald stand sie vor einer Tür, die einen Spalt offen stand.

Sie drückte sie auf und betrat eine helle Küche. Ein Topf mit etwas Braunem, Fleischigem köchelte auf kleiner Flamme auf dem Herd, obendrauf hatte sich Schaum gebildet. Sie war schockiert, als sie sah, dass der alte Mann auf einem Eckstuhl saß, die Hände im Schoß. Langsam wandte er ihr sein entstelltes Gesicht zu und unternahm mühsam den Versuch, sich zu erheben.

»Bleib sitzen, Opa«, befahl Caitlin und schwang die blutbefleckte Kachel. Mit ausdruckslosem Gesicht sank der Mann wieder auf den Stuhl. »Wo bin ich?«, fuhr sie ihn an. Keine Reaktion.

Sie marschierte zu der schweren Küchentür, zog die beiden Riegel zurück und drückte die Klinke, um sie zu öffnen. Doch auch diese Tür rührte sich nicht. Sie war abgeschlossen, und das Fenster über dem Spülbecken war vergittert und zusätzlich mit einem Vorhängeschloss gesichert. Sie sah sich nach einem Schlüssel um, konnte jedoch keinen entdecken.

»Wie komme ich hier raus?« Keine Antwort. Sie ging aggressiv auf den alten Mann zu, um seine Zunge zu lösen, doch er schien die Bedrohung entweder nicht zu spüren oder er begriff nicht, was sie von ihm wollte. Ja, er schien zu lächeln, soweit das überhaupt möglich war.

Er krächzte ein paar unverständliche Silben, die Caitlin als *hübsche Haare* interpretierte. Eine zitternde Hand, die sich nach ihrem Kopf ausstreckte, schien das zu bestätigen. In dem Augenblick sah sie die Kolonne von Tabletten auf einem kleinen Tisch neben dem Lehnstuhl. Sie hielt inne, sah in die leeren, schwarzen Augen des Alten und ließ die Kachel sinken.

»Die Schlösser sind nicht nur für mich, oder? Du bist krank. Wie komme ich hier raus?«, fragte sie noch einmal und zeigte auf das Fenstergitter. Er summte die Melodie von ihrem abrupt beendeten Abendessen.

Caitlin gab auf. Eine gefaltete Zeitung lag auf dem Tisch, und sie stürzte sich darauf, den Blick auf das Datum.

»25. April«, sagte sie. »So kurze Zeit. Kommt mir vor wie ein ganzes Leben.« Sie überflog die Überschriften, ob irgendwo von ihrem Verschwinden berichtet wurde. Nichts.

Sie warf die Zeitung beiseite und machte sich daran, Küchenschubladen herauszuziehen und sie auf der Suche nach den Schlüsseln auf dem Steinfußboden auszuleeren. Beim Klimpern des Bestecks fing der alte Mann an zu wimmern, doch sie beachtete es nicht, sondern kramte in den Besteckhaufen. Erfolglos. Frustriert stapfte sie ans Fenster und spähte hinaus in einen ummauerten Hof, wo ein weißer Lieferwagen parkte. Alles war still. Sie hatte es bald geschafft. Ein Knarren aus dem ersten Stock erregte ihre Aufmerksamkeit, und sie schoss zu dem altem Mann herum.

»Wer ist da oben?«

Er stöhnte ob ihres aggressiven Tonfalls und senkte verwirrt den Kopf. Caitlin richtete den Blick auf eine Zimmertür über einer Holzstufe. Sie zog sie auf und wich zurück, in Erwartung eines möglichen Angreifers. Dahinter lag eine polierte Holztreppe, die nach links bog und dann außer Sichtweite führte. Einen Augenblick lang blieb sie stehen und überlegte, was für Möglichkeiten sie hatte. Sie sah nach dem schwindenden Tageslicht draußen, wandte sich dem Besteckdurcheinander zu und fischte ein Fleischermesser heraus, bevor sie zum Fuß der dunklen Treppe ging.

Zögernd linste sie um die Ecke, und im trüben Licht sah sie, dass ihr Rucksack im Treppenhaus an der Wand lehnte. Sie packte das Messer fester, schlich auf Zehenspitzen hinüber und zuckte beim Knarren der Treppenstufen, die nicht mit Teppich belegt waren, zusammen. In dem Rucksack waren noch ihre Sachen, sie holte Strümpfe, Turnschuhe und einen Slip heraus und zog die Sachen schnell an. Die Turnschuhe fühlten sich wunderbar ungewohnt an ihren Füßen an. Sie ließ den Rucksack stehen, wo sie ihn gefunden hatte, und ging auf das matte Tageslicht am oberen Ende der Treppe zu, und dabei verriet jede Stufe ihr Vorankommen mit einem Knarren.

Oben stand sie vier Türen gegenüber, alle geschlossen. Am hinteren Ende tanzte die Abendsonne durch ein Fenster mit Tüllgardinen. Sie lief hin und riss den Vorhang zur Seite. Das Fenster war verschlossen, aber es hatte wenigstens kein Gitter. Sie blickte hinaus in die Freiheit. Der Boden war aufgewühlt und matschig, und sie sah, dass es ein Pferch voller fetter Schweine war, die im Boden wühlten. Dahinter markierte eine große Wellblechscheune das Ende des Grundstücks, und in der Ferne wurde ein dichter Wald von einem Feldweg durchschnitten.

Sie sah sich nach etwas um, womit sie das Fenster einschlagen konnte, doch im Flur lag nur ein abgewetzter Teppich. Also versuchte sie es bei der Tür nebenan. Sie öffnete sich in ein freundliches, ganz normales Schlafzimmer mit Doppelbett. Es war sauber und schlicht und hatte einen großen begehbaren Kleiderschrank. Caitlin strich mit einer Hand über die Sachen – Männer- und Frauenkleidung. Ein Ruck durchfuhr sie beim Anblick eines Sweatshirts von ihr auf einem Kleiderbügel. Sie schnappte es sich und zog es rasch über den Kopf. Im Hinausgehen schloss sie die Tür.

Das nächste Zimmer war ein absoluter Schock. Es war eingerichtet wie ein Krankenzimmer, ein verstellbares Bett mit makellosen gestärkten Laken und Kissen. Daneben stand ein Nachttisch mit einer leeren Obstschale, einem Wasserkrug und einem Glas und einem Klapptisch, den man über das Bett schieben konnte, um einen Bettlägerigen zu versorgen.

Auf beiden Seiten des Betts waren Lederriemen mit kleinen verstellbaren Manschetten am Ende. Zweifellos um unwillige Patienten zu fixieren. Komisch. Unter dem vergitterten Fenster entdeckte sie ein Waschbecken, daneben eine Toilette. An einer

Wand war eine Kleiderstange, auf der hauptsächlich Strickjacken und Nachtwäsche hingen. Sie ging hinaus und schloss leise die Tür.

An der nächsten Tür musste Caitlin einen Riegel zurückschieben. Instinktiv packte sie das Messer fester, als sie die Tür aufstieß. Im Gegensatz zu den vorigen Räumen lag dieser im Dunkeln, weil die Vorhänge vorgezogen waren, doch sie flatterten leicht, was hieß, dass ein Fenster offen stand – ein Weg nach draußen. Auf einer Matratze auf dem Fußboden gab eine formlose Gestalt unter einer Decke pfeifende Atemgeräusche von sich. Da schlief jemand. Ein wirrer Knoten schwarzer Haare schaute unter der Decke heraus.

Caitlin ging zum Fenster und zog den Vorhang auf. Das Fenster war vergittert, doch der kleine obere Teil war offen. Das Messer vor sich haltend drehte sie sich zu der Matratze um und zog in einer einzigen fließenden Bewegung die Decke von der schlafenden Gestalt. Angewidert wich sie zurück. Die junge Frau auf der Matratze war bis auf einen Slip und ein winziges Negligé, das ihr über den Bauch bis zu den Brüsten hochgerutscht war, nackt. Sie war dünn, und ihre Haut wies das blasse, kränkliche Schimmern einer Gelbsucht auf. An ihren Fußknöcheln und Fersen waren blutende Schrunden, vermutlich wund gelegen. Doch noch viel schlimmer war der linke Knöchel, wo die Haut von dem ständigen Reiben des Lederriemens dunkellila verfärbt war. An den Handgelenken hatte sie weitere Wunden, die Caitlin an ihren eigenen Kampf gegen die Plastikfesseln erinnerten.

»Daniela?«, fragte Caitlin, als ihr ein Licht aufging. Sie trat näher. »Daniela!«

Die schlafende Gestalt, die wie ein Fötus gekrümmt auf der Seite lag, rührte sich, und Augen wurden blinzelnd aufgeschlagen. »Adrianna«, stöhnte die junge Frau, kaum fähig, die ausgedörrten Lippen zu öffnen. Sie rollte sich auf den Rücken, als stünde sie unter starken Beruhigungsmitteln. »Bist du das?« Ihr italienischer Akzent war nicht zu überhören.

Caitlin sank auf die Knie und legte der jungen Frau eine Hand auf die nackte Schulter. »Daniela.«

Verwirrt verzog sie das Gesicht, als sie ihre benommenen dunklen Augen auf Caitlin richten wollte. Sowie sie die Frage verstanden hatte, antwortete sie mit einem matten Nicken. »Si, Daniela.«

»Du bist Italienerin«, sagte Caitlin.

»Si. Ja. Wer bist du?«

»Ich bin Caitlin.«

»Du musst hier weg, Caitlin.«

»Das habe ich vor. Kannst du dich aufsetzen?« Caitlin fasste die zarte Hand der jungen Frau. Ihre Haut war wie Papier, und Daniela zuckte bei ihrer Berührung zusammen. »Das könnte wehtun.«

»Nein«, sagte die junge Frau und zog ihre verletzte Hand weg. »Die dürfen dich nicht hier finden. Du musst gehen.«

»Die? Wie viele sind es?«

»*Tre*. Drei. Ein alter Mann, ein jüngerer Mann und eine Frau.«

»Eine Frau? Wo ist sie?«

»Ich weiß es nicht.«

»Egal, wir haben genug Zeit vergeudet. Wir gehen.«

»Wenn die dich hier finden …«

»Hör zu«, zischte Caitlin. »Willst du hierbleiben?« Danielas einzige Antwort war, den Blick zu senken, und so schnitt Caitlin die Fesseln an ihren Beinen mit dem Messer durch und untersuchte die Verletzungen an ihren Hand- und Fußgelenken. »Kannst du aufstehen?«

»Ich weiß nicht.«

Caitlin fasste Danielas dünne Arme und half ihr möglichst behutsam auf. Sie war wackelig auf den Füßen und hielt sich an ihr fest.

»Mach einen Schritt.« Caitlin zuckte mit Daniela zusammen, als die versuchte, das Gewicht auf die offene Ferse zu verlagern.

Daniela nickte, um sie zu beruhigen, doch sie sah sich um, als wäre ihr schwindlig.

Caitlin löste sich vorsichtig von ihr und sah, während sie ein paar Schritte nach hinten machte, zu, wie die jämmerliche Gestalt versuchte, sich aufrecht zu halten. »Warte da«, befahl sie ihr überflüssigerweise und schoss aus dem Zimmer. Erschrocken streckte Daniela eine Hand aus und stolperte nach vorn, keuchte vor Schmerz auf, doch Caitlin achtete nicht darauf, sondern lief die Treppe hinunter und schnappte sich unterwegs ihren Rucksack.

Sie steckte den Kopf in die Küche, um sich zu vergewissern, dass der alte Mann noch da saß, wo sie ihn verlassen hatte. Er war eingeschlafen. Caitlins Blick fiel auf ein schweres Gewicht hinter der Küchentür, mit dem diese wohl offen gehalten wurde, wenn sie aufgeschlossen wurde. Es war schwer zu heben, doch sie hievte es hoch und schleifte es die Treppe hinauf.

Sie stellte das Gewicht draußen vor dem Zimmer ab, dann ließ sie den Rucksack zu Boden plumpsen, stützte die gebrechliche Daniela und ermutigte sie zu einem schmerzhaften Schritt. Dann noch einen und noch einen, bis Caitlin einigermaßen sicher war, dass sie sich allein aufrecht halten konnte, während sie sich dem Inhalt ihres Rucksacks zuwandte. Sie zog eine Jeans heraus, doch der Stoff würde sicher zu sehr reiben. Sie wählte eine khakifarbene Shorts und half Daniela, sie anzuziehen. Die Italienerin legte ihr die dünnen Arme um den Hals. Die Hose war ein wenig weit, doch sie hatte einen Gürtel, und Caitlin schloss ihn im engsten Loch.

Als Nächstes holte sie aus ihrer Toilettentasche eine Tube Canesten – besser als nichts. Sie gab etwas davon auf Danielas Ferse, ohne auf deren Schmerzensstöhnen zu achten, steckte ihre Füße behutsam in ein Paar dünne Baumwollsocken und Stoffturnschuhe und schnürte diese ordentlich fest, damit sie nicht scheuerten. Sie warf Daniela ein T-Shirt zu, doch die sah sie nur hilflos an. Da sah Caitlin die wund gelegenen Stellen an

Danielas Ellbogen. Resolut schnitt sie ihr mit dem Fleischermesser das billige Nylonneglige vom Körper und half ihr, das T-Shirt unter Schmerzen über den Kopf zu ziehen.

»Gehen wir.«

Daniela machte vorsichtig einen Schritt, dann noch einen und trat in den Flur, wo sie sich keuchend an die Wand lehnte. Sie lächelte und schüttelte den Kopf und hob eine Hand an den Mund. »Ich schaff das nicht. Mir ist schlecht. Schwindlig.«

»Du kannst nicht hierbleiben.«

»Dann geh. Hol Hilfe.«

Caitlin senkte den Kopf und akzeptierte das Unvermeidliche. Sie hob den Türstopper auf, ging damit ans Fenster am Ende des Flurs und warf ihn durch die Scheibe. Dann lief sie zurück ins Schlafzimmer, um das Laken zu holen und so viel Glas wie möglich rauszuschlagen, bevor sie das Laken über das Fensterbrett hängte. Sie hob ein Bein über den Fensterrahme und sah Daniela an, die sich an der Wand festhielt. Die erschöpfte junge Frau hob einen matten Arm und bedeutete Caitlin zu gehen. Caitlin schwang auch das zweite Bein über den Fensterrahmen und blickte hinunter.

In dem Augenblick zerriss Babygeschrei die Luft, und Daniela taumelte in Richtung der einzigen Tür, die Caitlin nicht geöffnet hatte. »Mein Baby!« Sie stolperte und fiel auf die Knie, kratzte an der Tür.

»Dein Baby?«, rief Caitlin und sprang wieder herein. »Daniela. Warte.«

Doch Daniela tastete schon nach der Türklinke und drückte die Tür auf, rappelte sich mühsam auf die Füße und wankte hinein.

»Daniela!« An der Tür verharrte Caitlin wie vor den Kopf geschlagen. Das Zimmer war wunderschön in Hellrosa eingerichtet, mit einem weichen, dicken Teppich und bestickten Vorhängen. Ein kleiner blonder Junge, zwei oder drei Jahre alt, sah die beiden aus einem Laufstall neugierig an. Er hatte helle Haut und helle Augen und hielt eines der vielen Spielzeuge im Laufstall an den Mund. Seine winzige Shorts und sein T-Shirt waren sauber und von guter Qualität.

Daniela beachtete den Jungen nicht, sondern stolperte zu einem spitzenbesetzten Kinderbettchen mitten im Zimmer, vor dem sie auf die Knie fiel und in Tränen ausbrach. Sie gurrte dem Kind mit der olivfarbenen Haut auf Italienisch ein paar zärtliche Worte zu und langte hinein, um es von seinen Wickeln zu befreien, was mit einer weiteren Salve von verängstigtem Geschrei quittiert wurde. Nach der durchdringenden Stille in ihrem Gefängnis klingelten Caitlin dabei die Ohren.

»Nimm meinen Kleinen«, drängte Daniela und hielt ihr das Kind hin.

»Was zum Teufel geht hier ab?«, fragte Caitlin und blickte auf den dunklen Haarschopf, der aus den Stoffwickeln ragte. Sie suchte eine Möglichkeit, Daniela die schlechte Nachricht schonend beizubringen, doch es misslang. »Lass es, Daniela«, sagte sie. »Es ist sicher. Jemand kümmert sich um es.«

Es. Zwei Mal hatte sie jetzt *es* gesagt. Schuldgefühle überkamen sie. Mit »es« hatte sie auch ihr eigen Fleisch und Blut verdinglicht, die Saat, die in ihrem Körper Wurzeln geschlagen hatte, bevor sie sie vernichten würde – doch es war die einzige Möglichkeit, zu rationalisieren und das Ganze durchzustehen.

»Nimm meinen Kleinen mit«, flehte Daniela, während ihre Augen sich an ihrem Sohn weideten, den sie an die Brust drückte. »Bitte«, flehte sie Caitlin an, die hohlen Wangen fest entschlossen. Dann klappte ihr vor Entsetzen der Mund auf.

Caitlin drehte sich um und folgte Danielas Blick. Kurz nahm sie noch einen roten Haarschopf wahr, da wurde ihr auch schon der Kopf nach hinten gerissen und ein Messer fuhr über ihre Kehle.

Brook ging den Mittelgang der Kirche hinunter, und seine Schritte dröhnten wie Kanonendonner in dem winzigen Backsteingebäude mit seinem funktionalen rechteckigen Mittelschiff und den engen Bankreihen. Brook kam es eher vor wie ein Umspannwerk denn wie ein Haus Gottes.

Aus einem angrenzenden Raum kam ein Priester mit einem Stapel Gebetbüchern, die er unter dem Kinn festgeklemmt hatte. Darüber ragte ein kurz geschorener graumelierter Kopf heraus. »Damen«, ächzte er und setzte die Bücher auf der ersten Bankreihe ab.

»Vater Christopher.« Brook schüttelte ihm die Hand.

»Wollen Sie beichten?«

»Keine Zeit.«

»Ich kann sie Ihnen im Schnellverfahren abnehmen, wenn Sie möchten«, sagte Christopher. »Sie in den wichtigsten Punkten freisprechen.«

»Witzig«, erwiderte Brook und verkniff sich ein Lächeln.

»Was möchten Sie dann?«

»Ich hätte ein paar Fragen. Vater Patrick O'Toole.«

Vater Christopher seufzte. »Was hat er denn jetzt schon wieder gemacht?«

»Noch nichts«, antwortete Brook ein wenig überrascht. »Ich nehme gerade die Demonstranten vor der Rutherford Clinic genauer unter die Lupe, und die organisiert er.«

»Wichtige Arbeit«, sagte Christopher, »für die Heiligkeit des menschlichen Lebens zu werben.«

»Können Sie mir etwas über die Gruppe sagen?«

»Warum fragen Sie nicht Vater O'Toole?«

»Das werden wir.«

»Aber Sie gehen davon aus, dass er lügt.«

Brook zögerte. »Ich gehe davon aus, dass er das Positive besonders hervorhebt.«

»Ich habe Sie in den Nachrichten gesehen«, sagte Christopher. »Steht es im Zusammenhang mit der jungen Frau in dem ausgebrannten Lieferwagen?«

»Das kann ich nicht beantworten«, sagte Brook knapp.

»Aber ich kann sagen, dass wir eine Reihe von vermissten jungen Frauen aus katholischen Ländern haben, die alle ihr gesetzlich verbürgtes Recht auf eine Abtreibung wahrgenommen haben und alle Patientinnen in der Rutherford Clinic waren.«

»Und Sie glauben, Patricks Bande religiöser Eiferer hat sie im Visier.«

»Ein Aspekt, dem wir nachgehen.«

»Sie sind seit über fünfzig Jahren Katholik«, sagte Christopher. »Sie können die Leerstellen sicher selbst ausfüllen.«

»Meine Erstkommunion ist lange her«, erwiderte Brook. »Und ich komme nicht mehr mit bei Aspekten der Kirchendoktrin, die …« Er unterbrach sich, denn auf einmal fiel ihm nicht das richtige Wort ein.

»Spinnert sind?«, schlug Vater Christoph trocken vor.

»Ich wollte eher etwas wie ›extrem‹ sagen«, räumte Brook ein. »Einigen wir uns doch auf leidenschaftlich.«

Vater Christopher bedeutete ihm, sich mit ihm in eine Kirchenbank zu setzen. »Meine einzige Rolle ist die des Ratgebers, falls Sie in Konflikte zwischen Ihrer Arbeit und Ihrem Glauben geraten.«

»Ich habe wenig Glauben, Vater«, sagte Brook.

»Und warum kommen Sie dann zu mir?«

»Wir haben Gesetze …«

»Das sind menschengemachte Gesetze, Damen, nicht Gottes.«

»Gott hat den Menschen erschaffen«, hielt Brook dagegen.

»Sie kennen die Haltung der Kirche zum freien Willen. Unser Glaube macht deutlich …«

»Es war ein Fehler herzukommen«, sagte Brook und stand abrupt auf. »Ich hätte Sie nicht in so eine Situation bringen sollen. Es tut mir leid.« Er ging zur Tür.

»Constance Trastevere«, sagte Christopher zu Brooks Rücken.

Brook drehte sich um. »Ich kenne sie. Sie hat gesagt, ich würde in der Hölle schmoren.«

»Da könnte sie recht haben«, erwiderte Christopher halb im Scherz. »Eine wohlhabende Italoamerikanerin aus Arizona, verwitwet, wie man mir zu verstehen gegeben hat. Trastevere ist ihr Familienname – ein Vorort von Rom. Sie finanziert die Gruppe und hat Kontakte zum amerikanischen Bibelgürtel. Sie nennen sich CRI – Citizens Resisting Infanticide. Sie vertreten eine extreme Position, selbst nach Auffassung der Kirche, gegen Empfängnisverhütung, gegen Homosexualität …«

»Inwiefern unterscheidet sich das von der Kirche?«

»Der Papst tritt nicht für die chemische Kastration von Schwulen und das Einsperren alleinstehender Mütter ein, Damen.« Der Priester sah sich in der Kirche um, als könnte Gott sich in die Debatte einmischen. Er winkte Brook in eine kleine Seitenkapelle, wo die Statue des heiligen Franziskus auf sie herablächelte, staubige Waldtiere um seine nackten Füße.

»Ich habe Patrick gewarnt, aber er will kein Wort gegen sie hören. Sie ist hart wie Granit. Diese Frau besitzt kein Gramm Mitgefühl, und sie buttert ihn gnadenlos unter.«

»Wie ist sie an ihr Geld gekommen?«

»Sie hat es geheiratet und von ihrem dritten Ehemann geerbt, Oliver Portland. Er war Engländer. Sie hat ihn in den Staaten kennengelernt und ist nach der Heirat mit ihm nach Derbyshire gezogen, hat ihren Namen aber aus geschäftlichen Gründen behalten. Er hatte schon ein Vermögen an Grundbesitz im ganzen Land angehäuft, bis runter nach London, glaube ich. Hat ihr ein großes Haus in Duffield hinterlassen und zu viel freie Zeit zu ihrer Verfügung, wenn Sie mich fragen. Mehr weiß ich nicht.«

»Danke, Vater.«

»Sie können sich bei mir bedanken, indem Sie Patrick nicht zu sehr zusetzen«, sagte Christopher. »Seine Schwägerin ist bei der Geburt verblutet. Man hatte ihr aus medizinischen Gründen abgeraten, das Kind zu bekommen. Er bewirbt sich also nicht um ein Bischofsamt, er empfindet es persönlich.«

»Schade, dass sie sich nicht für eine Abtreibung entscheiden konnte«, sagte Brook.

»Sie hatte die Wahl«, sagte Christopher. »Eine Abtreibung wäre legal gewesen. Es ist nur so, dass einige von uns Prinzipien haben und begreifen, dass man persönlich Opfer bringen muss.«

»Lassen Sie mich raten: Vater O'Toole hatte die Prinzipien, und seine Schwägerin hat das Opfer gebracht«, sagte Brook und ging zum Ausgang.

»Nehmen Sie sich Zeit für Ihre Seele, Damen«, rief Christopher hinter ihm her, »sonst finden Sie nie Frieden.«

Brook hob eine Hand zum Zeichen, dass er ihn gehört hatte, und holte schon sein Handy und einen Zettel heraus. Er wählte eine Nummer und warf den Zettel weg. So sehr es ihn auch schmerzte, er würde DS Mortons Nummer eine Schnellwahltaste zuweisen müssen.

»Rob«, sagte er. »Constance Trastevere.«

»Wir sind unterwegs«, antwortete Morton und verbarg seinen Schock darüber, dass der Inspector ihn direkt anrief.

»Fragen Sie sie nach CRI – Citizens Resisting Infanticide«, sagte Brook. »Eine Gruppe von Abtreibungsgegnern, bei der sie sich stark engagiert. Cooper soll eine Mitgliederliste oder Mailingliste organisieren, aber versuchen Sie, so viel Hintergrund aus erster Hand zu bekommen wie möglich. Vater O'Toole ist vielleicht offener.«

»Ich habe schon mit ihm gesprochen, und CRI war das Erste, was er erwähnte«, sagte Morton. »Er ist sehr stolz auf ihre Arbeit. Er sagt, Mrs. Tras… na, wie auch immer, beschafft das Geld, und sie leiten die Organisation gemeinsam. Ich hab ihn nach anderen Mitgliedern gefragt, aber da hat er dichtgemacht.«

»Also doch nicht ganz so stolz.« Brook legte auf, und das Handy vibrierte sofort wieder. »John.«

»Sie kommen besser zurück aufs Revier. Es geht um Jake

Tanner«, sagte Noble am anderen Ende der Leitung. Brook hörte zu und ging rasch zu seinem Auto.

Constance Trastevere schob Banach und Morton in ihr Wohnzimmer, das ringsum mit dunkler, fast schwarzer Eiche getäfelt war. Der Kontrast zu den plüschigen, mit Quasten versehenen Polstermöbeln hätte nicht stärker sein können – ein männlicher Raum, ausgestattet von einer älteren Dame in einem teuren Blümchenkleid. Einzige Lichtquelle war eine reich verzierte Stehlampe hinter einem Lehnstuhl.

»Möchten Sie sich setzen?«, fragte Mrs. Trastevere und trat vor die Lampe, die einen ätherischen Schein auf ihre strenge Miene warf. Als die beiden Beamten das ablehnten, blieb sie ebenfalls stehen, die Hände locker vor dem Körper verschränkt.

»Wir sind hier …«, setzte Morton an.

»Vater O'Toole hat mich angerufen.« Sie lächelte, ohne den Blick von Banachs Gesicht zu lösen. »Sie hätten sich die Fahrt sparen können. Ich bin, genau wie Vater O'Toole, ungeheuer stolz auf unsere Arbeit, aber ich werde weder die Namen unserer Unterstützer preisgeben noch Ihnen Zugang zu unserer Mailingliste gewähren.«

»Klingt mehr nach Schuldgefühlen denn nach Stolz«, bemerkte Banach.

Es schien kaum möglich, doch Mrs. Trasteveres Miene wurde noch eisiger. »Spricht die kleine Hure.«

»Verzeihung?«, sagte Banach.

»Sie haben mich schon verstanden«, erwiderte die alte Frau.

»Mrs. Trastevere«, sagte Morton, »wir …«

»Sie haben Nerven herzukommen, nach Ihrer Vorstellung in der Klinik, junge Dame, das muss ich zugeben«, sagte Mrs. Trastevere zu Banach.

»Ich tue nur meine Arbeit«, erwiderte Banach.

»Und ist Ihre Arbeit wichtiger als das Leben, das in Ihnen wächst?«, fuhr die alte Frau auf.

Banach riss schockiert den Mund auf, und Morton wandte sich seiner verdutzten Kollegin zu. Trastevere lachte. »Mein liebes Mädchen, was meinen Sie denn, wofür unsere Organisation da ist? CRI mischt sich weder in einen Arbeitskampf, noch sind wir ein Debattierclub. Wir engagieren uns in einem Kampf zwischen Leben und Tod. Der Kampf gegen Abtreibung ist ein Krieg gegen den Teufel, und Wissen ist Macht. Informationen, wenn Sie möchten.«

Banach bemerkte, dass Morton sie anstarrte. »Ich weiß nicht, wer Ihnen erzählt hat, ich wäre schwanger, aber derjenige täuscht sich.«

»Sie nennen mich also eine Lügnerin, Constable«, feixte Trastevere. »Leeren Sie Ihre Taschen. Wenn Sie keine Broschüre mit einem Termin zur Voruntersuchung bei sich tragen, werde ich mich entschuldigen.«

Banach senkte den Kopf. »Woher …?«

»Woher ich das weiß? Von Ihnen höchstpersönlich, Constable Banach. Sie haben es mir in dem Augenblick gesagt, in dem Sie den Termin in der Klinik verabredet haben.«

Banach erinnerte sich daran, dass im Empfangsbereich ein Blitzlicht aufgeschienen war. »Jemand hat mich fotografiert.«

»Einer unserer Unterstützer fotografiert alle mörderischen Huren, die sich an uns vorbeischleichen«, sagte Mrs. Trastevere. »Glauben Sie, wir zucken nur mit den Achseln und ringen die Hände, wenn so ein Flittchen wie Sie beschließt, ein Kind zu töten? Damit gewinnt man keinen Krieg.«

Banach konnte Trastevere nicht mehr ansehen. Ihr schwindelte. Die Worte der alten Frau waren wie Geschosse, die sie mit wachsender Gehässigkeit auf sie abfeuerte, dass die Silben in ihrem Kopf explodierten.

»Und wir wussten schon, bevor Sie das Gebäude verließen, wer Sie sind, Anka Banach. Wir haben Ihr Foto an unsere Anhänger geschickt, und Mitglieder Ihrer Gemeinde haben Sie identifiziert«, fuhr sie fort. Sie erwärmte sich immer mehr für ihre Sperrfeuer. »Dass Sie als polnische Katholikin die Tötung Ihres Kindes erwägen … schämen Sie sich! Aber mit Scham kennen Sie sich ja aus.«

»Seien Sie still«, murmelte Banach.

»Sie schämen sich ja sogar Ihres Erbes«, fuhr Trastevere fort. »Wollen den Namen nicht tragen, den Ihr Vater Ihnen bei der Taufe gegeben hat. Sie tun mir leid. Und Ihre Familie tut mir leid, wenn unser Newsletter erscheint.«

»Ich muss gehen«, sagte Banach und hob eine Hand an den Kopf.

»Geht es dir gut, Angie?«, fragte Morton.

»Es geht ihr selbstverständlich *nicht* gut, Sergeant«, warf Trastevere lachend ein. »Sie trägt ein Kind unter dem Herzen, das sie nicht will, weil ihr Leben ohne es viel reicher ist.«

Draußen übergab sich Banach lange und geräuschvoll, während Morton danebenstand und an einer Zigarette zog. »Morgenübelkeit?«, wagte er sich mit einem kleinen Späßchen vor. Doch seine geistreiche Bemerkung gefror ihm unter Banachs Medusenblick auf den Lippen.

»Gib mal her«, befahl sie ihm und wies mit einem Nicken auf die Zigarette.

»Meinst du wirklich?«

»Ach, verpiss dich«, sagte sie, riss sie ihm aus der Hand, zog kräftig daran und stieß den Rauch mit geschlossenen Augen aus.

»Du weißt, dass ich rangmäßig über dir stehe, Ange?«, sagte Morton in dem Versuch, ihr ein Lächeln zu entlocken.

Sie wollte ihm die Zigarette zurückgeben, doch er bedeutete ihr, sie wegzuwerfen. »Dann bringt's wohl nichts, wenn ich dir befehle, den Mund zu halten?«

Morton lachte, doch er wusste, dass er ihrer Bitte nicht nachkommen konnte. Was Mrs. Trastevere gesagt hatte, konnte für die Ermittlungen wichtig sein.

»Dachte ich mir schon.«

»Komm, Angie. Ich fahr dich nach Hause.«

»Nein«, sagte Banach. »Setz mich an meinem Auto ab. Ich brauche Zeit zum Nachdenken.«

Fünfzehn Minuten später waren sie am Präsidium am St. Mary's Wharf, und Banach verließ ohne ein Wort Mortons Wagen, stieg in ihren dunkelblauen Peugeot und bretterte vom Parkplatz.

29

»Zeke, bist du da?«, rief die junge Frau.

Der Angesprochene sprang auf die Füße und schlug mit der unverletzten Hand an die Toilettentür. »Ich bin hier drin. Mach die Riegel auf. Ich hab eine gebrochene Hand.«

Das Geräusch, mit dem steife Riegel aufglitten, kündigte das Öffnen der Tür an.

»Mist«, sagte Red, als sie sein verletztes Gesicht sah. »Was ist denn mit dir passiert?«

»Die Schlampe hat mich geschnitten«, sagte Zeke und schob sich an ihr vorbei, die linke Hand mit der rechten haltend. »Wir müssen sie finden …«

»Ich hab ihr den Hals durchgeschnitten«, sagte Red und zeigte ihm das blutbeschmierte Messer in ihrer Hand, unsicher, wie er reagieren würde. »Ich glaub, ich hab sie umgebracht.«

»Du hast sie umgebracht?«

»Ich weiß nicht genau. Sie wollte weg, Zeke. Sie haben mein Baby genommen.«

»Wo?«

»Sie ist doch bloß eine mörderisches Schlampe«, sagte Red und setzte ihr letztes Argument ein.

»Wo?«, schrie er. Sie hob den Blick zur Decke. Zeke nickte

und legte ihr die Hand auf die Schulter. »Mach dir keine Sorgen, Red. Das hast du gut gemacht.«

Daniela hockte über Caitlin, die keuchend am Boden lag, und versuchte, sie in den Flur zu ziehen, doch an der Tür gab sie auf und kniete sich hin, um sie zu trösten. Caitlins Brust bewegte sich, doch ihr Hals war blutüberströmt, und aus der Schnittwunde in der Luftröhre blubberte bei jedem mühsamen Atemzug Blut. Doch es war Caitlins schockierte Miene, angesichts derer selbst in Danielas chronisch trockenen Augen Tränen aufstiegen.

»*Mi dispiace*«, sagte Daniela, drückte Caitlin die Hand und blickte voller Panik in ihre Augen. »*Mi dispiace.*«

Sie schnappte sich Caitlins Fleischermesser und hob das Kind auf, dann schlurfte sie mühsam unter Schmerzen zu dem eingeschlagenen Fenster. Als sie hinter sich auf der Treppe donnernde Schritte hörte, versuchte sie, die verletzte Ferse zu heben, doch sie kriegte den Fuß nicht auf die Fensterbank.

»Wo willst du hin, Schlampe?«, rief Zeke, Red in seinem Windschatten. Sie blieben bei Caitlin stehen, deren Blut in den abgewetzten Teppich auf dem Treppenabsatz sickerte. »Himmel, was für eine Sauerei.« Zeke stieg über die wachsende Blutpfütze und ging zu Daniela, die zur Selbstverteidigung das Messer hob, die Zähne entschlossen zusammengebissen.

»Sie hat mein Baby, Zeke«, rief Red. »Mach was.«

»Nein«, schrie Daniela, und die Stärke der Gefühle täuschte über die Schwäche ihres Körpers hinweg. »Er gehört mir.«

»Du verdienst ihn nicht, du Schlampe«, geiferte Red. »Du wolltest ihn umbringen.«

Zeke streckte den Arm aus, um sie zum Schweigen zu bringen. »Wo willst du hin, Daniela?« Er sprach beruhigend auf sie ein, während er mit kleinen, aber unaufhaltsamen Schritten auf sie zuging. »Du kannst nirgendwohin.«

War Daniela eben noch wild entschlossen gewesen, überkam

sie jetzt große Angst. Ihr Blick schoss aus dem Fenster, dann zurück auf Zeke.

»Wenn du springst, bringst du auch das Kind um«, flehte Zeke und rückte noch ein wenig näher. »Das willst du doch nicht, oder?«

Das Baby wand sich in Danielas Armen, und ihre Züge erweichten sich zu einem Lächeln. Zeke war nur fünf Meter von ihr weg.

»Gib mir das Baby«, sagte er und streckte die Arme nach dem Kind aus.

Danielas Lächeln erstarb, und sie hielt dem Kind das Messer an den Hals. »Geh weg«, schrie sie und wies mit einem Nicken zur Treppe.

Red wollte sich auf Mutter und Kind stürzen. »Mein Baby!«

»Red!« Zeke trat ihr in den Weg. »Lass mich das machen.« Er lächelte Daniela an und hob die leeren Hände, um friedliche Absichten anzuzeigen. »Du wirst nicht dein Kind umbringen, Daniela. Das haben wir beim ersten Mal nicht zugelassen, und das werden wir auch jetzt nicht zulassen.«

»Zurück!«, befahl Daniela.

Zeke hielt inne, wich aber nicht zurück. »Das tust du nicht. Der Herr hat ihn dir geschenkt. Uns. Er hat deinem Herzen Liebe zu dem Kind eingeflößt. Wir sind eine Familie.«

Hilflos sah Daniela sich zum Fenster um. Die Dunkelheit draußen wurde immer dichter, und Resignation überkam sie. Sie wandte sich wieder Zeke zu, und ein bitteres Lächeln zuckte um ihre aufgesprungenen Lippen, als sie das Baby ans Gesicht hob und ihm einen Kuss auf die Stirn drückte.

»*Ti voglio molto bene.*« Tränen strömten ihr übers Gesicht. »*Molto bene.*« Zitternd nahm sie einen tiefen Atemzug und legte das gewickelte Kind auf den Boden, und bevor Zeke noch etwas tun konnte, setzte sie sich einen tiefen Schnitt über ihr linkes Handgelenk. Blut schoss aus der Wunde, was sie jedoch nicht daran hinderte, das Messer in die andere Hand zu nehmen und sich auch das andere Handgelenk aufzuschneiden, auch wenn ihre Kraft nur noch für ein leichtes Ritzen reichte, bevor sie an der Wand zu Boden glitt.

Zeke machte einen großen Schritt über das Baby und trat das Messer fort, während Red sich auf das Kind stürzte und es mit Tränen in den Augen an die Brust drückte. Während sie mit dem Kind rasch zurück ins Kinderzimmer ging, setzte sich Zeke neben Daniela und untersuchte ihre Wunden. Er legte einen Arm um sie. Sie hatte ergeben den Kopf gesenkt, und ihr Atem ging flach, doch als er sie umarmte, schlug sie die Augen auf und tastete mit blutiger Hand nach dem Kruzifix um ihren Hals, das nicht mehr dort war.

»Hier«, sagte Zeke, löste seine eigene Halskette und legte sie ihr in die Hand, die sich kurz um das Kreuz schloss. »Schscht. Deine Arbeit ist getan. Du hast dein Kind nicht getötet. Du wirst an der Seite des Herrn sitzen. Er vergibt dir.«

Mit leeren Händen kam Red aus dem Kinderzimmer zurück. »Wie geht es ihr?«

Zeke schüttelte den Kopf. »Da ist nichts mehr zu machen.«

Red fing an zu singen. *»Amazing grace, how sweet the sound.«*

»Geh zu ihm«, flüsterte Zeke Daniela ins Ohr. »Er wartet.«

»That saved a wretch like me.«

Zeke löste sich von der immer schwächer werdenden Daniela und fiel in das Lied ein.

»I once was lost, but now am found.« Er schlang ihr die Arme um den Hals und redete weiter beruhigend auf sie ein, während er versuchte, mit der verletzten Hand ordentlich zuzupacken.

»Was blind but now I see.«

Er drehte ihr den Kopf mit einem Ruck herum, bis es knackte, dann stand er auf und senkte kurz den Kopf zum Gebet. »Sie ist von uns gegangen.«

»Und jetzt?«, fragte Red.

Zeke schlug die Augen auf und sah sie mit einem Achselzucken an. »Jetzt ist sie bloß noch Fleisch.«

»Der Schlachtraum?«

»Ja, der Schlachtraum«, pflichtete Zeke ihr bei. »Ich zerleg und verarbeit' sie, und dann geht's morgen ab in den Schweinetrog.«

»Die reicht doch kaum als Vorspeise«, sagte Red.

Zeke packte Danielas offene Fersen und zog den ausgemergelten Leib über den Flur. Als er auf Caitlins Höhe war, wies er auf die junge Irin.

»Also, wenn Kitty hier es nicht schafft, kriegen sie danach auch noch einen Hauptgang.«

Zeke kam die Treppe von der Küche wieder heraufgepoltert. »Nimm ihre Beine, Red«, befahl er und schob die gebrochene Hand behutsam unter Caitlins Achsel. »Die hat mehr Fleisch auf den Rippen.«

»Sie atmet noch.«

»Vielleicht, aber sie wird's nicht schaffen.«

»Vielleicht will Gott, dass sie lebt«, sagte Red. »Wir sollten was machen.«

Zeke grinst. »Soll ich den Krankenwagen rufen?«

»Im Ernst.«

»Was dann?«

»Wir schaffen sie in die Scheune«, sagte Red. »Ich hab 'ne Idee.«

Zeke hob Caitlins Schultern. »Ist es das wert? Du hast gesehen, wie sie auf Pa reagiert hat. Wir hätten sie gar nicht erst nehmen sollen. Wenn mein Onkel rausfindet …«

»Das wird er nicht«, erwiderte Red. »Abgesehen davon ist sie eine Kindermörderin und Hure, richtig?«

»Und?«

»Je länger sie lebt, desto mehr leidet sie. Und wenn wir deinen Pa durch Gottes Gnade dazu bringen, sie zu besamen, kann dein Onkel nichts mehr sagen.«

Zeke warf ihr eine Kusshand zu. »Ich liebe dich, Red.«

Sie trugen die blutüberströmte Caitlin die Treppe hinunter, durch das Haus und hinaus in die mondbeschienene Nacht. Als sie sich dem Schweinepferch näherten, erhob sich lautes Quieken, und mehrere fette Tiere warfen sich gegen den stabilen Zaun, kauten aggressiv an den Pfosten und stiegen übereinander. Sie rochen das Blut. »Die Jungs kriegen Hunger.«

Der helle Mond verschwand hinter einer Wolke. An der Scheune legte Red einen Schalter um, und das große Gebäude wurde von fahlem Licht durchflutet. Sie legten Caitlin neben Daniela. Zeke untersuchte seine Hand und drückte mit einem Finger seine blutige Wange.

»Mach das Brandeisen heiß«, sagte Red.

»Wozu?«

Sie wies auf Caitlin. »Ich will die Wunde ausbrennen.«

Noble reichte Jake Tanner und Janet Gillstrap, der Pflichtverteidigerin, Tee und Kaffee, während Brook für die Tonbandaufzeichnung die Namen der Anwesenden laut nannte.

»Sie hatten Gelegenheit, sich mit Ihrer Anwältin zu besprechen«, sagte Brook. Tanner nickte. »Sagen Sie bitte Ja oder Nein für die Aufnahme.«

»Ja«, sagte Tanner und beugte sich zu dem Tonbandgerät vor, einen Anflug von Schnoddrigkeit in der Stimme.

»Eine junge Frau ist tot«, sagte Brook.

Beschämt senkte Tanner den Kopf und blickte ins Leere. Brook sah zu Noble, der es mit einem Heben der Augenbraue quittierte. Das war nicht die desinteressierte Miene eines hartgesottenen Killers, der womöglich für den Tod von sechs jungen Frauen verantwortlich war. Eine vielleicht. Wenn der Druck groß genug war, war jeder fähig, jemanden zu töten.

»Und ich habe Sie umgebracht«, sagte Tanner.

»Ich wusste, dass Sie irgendwann einknicken würden«, erwiderte Brook.

Tanner zuckte die Achseln. »Ich will's bloß hinter mich bringen.«

»Mord ist ein ziemlicher Sprung für jemanden, der sich bis dato nur für einen einzigen tätlichen Angriff zu verantworten hatte.«

Tanner ließ noch einmal ein wenig Aggression aufflackern. »Vielleicht hab ich ja die ganze Zeit Leute kaltgemacht, und Sie haben's nicht gemerkt.«

»Begreift Ihr Mandant den Ernst seiner Lage?«, fragte Brook Gillstrap, nicht ohne ihre müde Miene zu bemerken.

»Mr. Tanner, das haben wir schon besprochen«, sagte sie mit einem Seufzer. »Wenn Inspector Brook Ihnen eine Frage stellt, können Sie antworten, falls ich Ihnen nicht davon abrate. Aber tappen Sie dem Inspector nicht brav hinterher und machen überflüssige Bemerkungen, die es mir schwer machen, Sie zu verteidigen.«

»Ich brauche keine Verteidigung«, sagte Tanner. »Ich hab sie umgebracht. Was soll ich denn noch sagen?«

»Warum, wo und wie wäre hilfreich«, sagte Noble.

»Und Sie können damit anfangen, das Opfer beim Namen zu nennen«, fügte Brook hinzu.

»Beantworten Sie das nicht«, sagte Gillstrap.

Tanner war überrascht. »Sie wissen nicht, wer sie ist?«

»Wir haben eine Vermutung«, sagte Brook. »Und wir haben die Bestätigung bald auf dem Tisch, mit oder ohne Ihre Hilfe.«

»Ohne wäre mir recht«, sagte Gillstrap. »Mein Mandant ist nicht hier, um Ihnen die Arbeit abzunehmen, Inspector.«

»Sie hieß Kassia«, sagte Tanner leise. Gillstrap seufzte frustriert.

»Nachname?«

»Ich hab sie erst an dem Abend kennengelernt. Sie ist – war – aus Polen.« Er schien noch mehr sagen zu wollen, überlegte es sich aber und lächelte. »Gibt's was zu gewinnen?«

»Für den Anfang einen lebenslangen Urlaub«, sagte Gillstrap.

Tanner schnaubte. »Ich hab doch gesagt, ich hab sie umgebracht. Was geht Sie das überhaupt an?«

Gillstrap verschränkte die Arme, was Tanner in seiner Einschätzung bestätigte.

»Warum?«

»Sie war heiß, und ich war scharf auf sie.« Er zuckte die Achseln. »Und dann stellte sich raus, dass sie 'ne Nutte ist, und ich hatt keine Lust zu bezahlen.«

»Sie war eine Prostituierte?«

»Richtig.«

»Sie haben sie also umgebracht. Wo?«

»In ihrer Wohnung.« Brook forderte ihn mit einem Heben der Augenbrauen auf fortzufahren. »In der Vernon Street.« Als Brook und Noble ihn weiter anstarrten, sagte Tanner: »Sie hat mich dahin mitgenommen. Die Hausnummer weiß ich nicht. Großes Haus, oberste Etage.«

»Aber Sie hatten Sex mit ihr, bevor Sie sie erstochen haben, richtig?«, fragte Brook.

»Nein«, sagte Tanner leise und sah sie ruhig an. »Ich hab sie nicht erstochen, und wir hatten keinen Sex.«

»Warum nicht?«

»Ich habe kein Messer, also hab ich sie erwürgt.«

»Nein, warum hatten Sie keinen Sex mit ihr?«, fragte Noble. »Ich dachte, Sie wären scharf auf sie gewesen …«

»Ich wollte nicht bezahlen.«

»Wer spricht von Bezahlen?«, sagte Brook.

»Sobald Sie sie zusammengeschlagen haben, können Sie sich gewaltsam nehmen, was Sie wollen«, fügte Noble hinzu. »So führt normalerweise doch eins zum anderen.« Tanner reagierte nicht.

»Wo haben Sie sie kennengelernt?«

»In einer Bar.«

»Bar Polski?«

»Nein.«

»Aber da haben Sie gearbeitet, nicht wahr?«

»Ja. Ich hab den Tresen bestückt.«

»Dann haben Sie sie dort kennengelernt.«

»Nein. Die Bar Polski ist noch nicht eröffnet. Wie soll ich sie denn da treffen?«

»Sie hat auch da gearbeitet.«

»Ausgeschlossen«, rief Tanner aus. »Daran würde ich mich doch wohl erinnern.«

»Aber wir haben mit Ihrem Arbeitgeber gesprochen, und er hat gesagt, dass Kassia dort gearbeitet hat«, fuhr Noble fort.

»Sie lügen.«

»Das ist rein akademisch«, sagte Brook. »Wir besorgen uns einen richterlichen Beschluss, um uns die Aufzeichnungen der Überwachungskameras anzusehen.«

»Viel Glück«, versetzte Tanner. »Das System ist noch nicht installiert. Ich hab da gearbeitet, schon vergessen?«

Brook nickte. »Sie haben an alles gedacht. Oder jemand anderes.«

Das ließ Gillstrap aufhorchen. »Was soll das bedeuten, Inspector? Wer ist dieser *jemand anderes*?«

»Kassia war keine Prostituierte, nicht wahr?«, fuhr Brook fort, ohne die Anwältin zu beachten. »Keine Einstiche am Arm, keine Anzeichen von Alkoholmissbrauch, keine Fummel in ihrem Schrank, wie sie Prostituierte tragen.« Er wartete, die Falle war gestellt. Jemand hatte Kassias Wohnung ausgeräumt und geputzt und sämtliche Kleider mitgenommen, für den Fall, dass DNA-Spuren daran hafteten. Wenn Jake Tanner sie umgebracht hatte, musste er das wissen.

»Das liegt daran, dass ich die Bude geputzt habe und ihre ganzen Klamotten und ihren Kram und das Bettzeug mitgenommen hab. Sind Sie jetzt zufrieden?«

»Was haben Sie damit gemacht?«

»In den Müll.«

»Wo?«

»Irgendwo in einen Container. Hab ich vergessen.«

»Sie lügen«, sagte Noble.

»Es ist die Wahrheit.«

»Wir sind Polizeibeamte, Jake«, sagte Brook. »Alle lügen. Also, wo haben Sie Kassia kennengelernt?«

»In einer Bar. Wir haben ein paar Gläser zusammen getrunken, und dann ging's so weiter.«

»Hat sie ihre Drinks selbst bezahlt?«

Tanner zögerte. »Nein, ich hab bezahlt.«

»Sie wohnen mit Nick zusammen in einem Dreckloch«, höhnte Noble, »und sind arm wie eine Kirchenmaus, und da wollen Sie uns erzählen, Sie hätten Kassia Drinks spendiert und sie für Sex bezahlt …«

»Ich hab nicht für Sex bezahlt, darum ging's doch. Und ich hatte einen Vorschuss bekommen – genug für ein paar Drinks.«

»Welche Bar?«, wollte Brook wissen.

»Ich erinnere mich nicht.«

»Wie praktisch.«

Tanner sprang nicht auf den Sarkasmus an. »Eine Studentenkneipe in einer Seitenstraße der Ashbourne Road. Da gibt's billige Drinks, okay. Ich kann mich nicht erinnern, welche, weil ich da vorher noch nie war. Muss ich nicht irgendwo unterschreiben?«

»Haben Sie noch was vor?«, fragte Noble. Tanner schloss frustriert die Augen. »Dachte ich mir doch.«

»Wann haben Sie den Pub verlassen?«

»Als die dichtgemacht haben. Wir sind zu ihr gewankt, und sie hat sich drangemacht, mich anzuheizen.«

»Und da hat sie dann Geld verlangt.«

»Richtig.« Er warf Brook einen gehässigen Blick zu. »Und ich bezahl nicht für so was – jedenfalls nicht, solange ich nicht in Ihrem Alter bin.«

Brook hob eine Augenbraue über Nobles plötzliches Lächeln. »Was ist passiert, als sie Geld verlangt hat?«

Tanner konzentrierte sich. »Ich … ich war vor den Kopf geschlagen. Ich dachte, sie mag mich. Da hat sie mich ausgelacht, und ich bin in die Luft gegangen. Ich war betrunken. Als Nächstes hatte ich schon die Hände um ihren Hals.«

»Sie haben Sie also erwürgt?«

»Am Ende«, sagte Tanner und leckte sich nervös die Lippen. »Zuerst hab ich sie ein bisschen verprügelt.«

»Ein bisschen?«

»Ein paarmal geschlagen«, sagte Tanner und wich den Blicken aus.

»Wie oft?«, fragte Noble.

»Bis sie sich nicht mehr gerührt hat. Dann hab ich sie gewürgt, um sicherzugehen.« Endlich sah er auf.

»Haben Sie dabei eine Erektion bekommen?«, knurrte Noble.

Tanner verzog das Gesicht. »Sie sind widerlich.«

»Das sagt der Richtige.«

»Wo war die Tote?«, fragte Brook.

»Auf dem Bett.«

»Bekleidet?«

»Zum Teil.«

»Hände.« Brook wies auf Tanner, und der streckte ihm seine Hände hin.

»Ich sehe keine Verletzungen«, sagte Noble.

»Ich hatte Handschuhe an«, sagte Tanner.

»Handschuhe?«, hakte Brook nach. »In ihrer Wohnung?«

»Wir waren grad erst reingekommen. Erst haben wir ein bisschen im Stehen rumgemacht, und dann hat sie Geld verlangt.«

»Wie lange waren Sie in der Wohnung, bevor Sie anfingen, sie zu würgen?«

»Ungefähr fünf Minuten.«

»Wie viel hat sie verlangt?«

»Fünfzig Pfund.«

»Hübsche runde Zahl«, höhnte Noble. »Leicht zu merken.«

»Es ist die Wahrheit.«

»Was für Handschuhe trugen Sie?«, fragte Brook.

»Leder.«

»Sind Sie Rechts- oder Linkshänder?«

»Rechts.«

»Wo sind die Handschuhe jetzt?«

»Im Fluss«, antwortete Tanner. »Da war Blut dran.«

»Im Fluss«, sagte Brook trocken. »Weil der Container, in den Sie ihre Kleider schmeißen mussten, nachdem Sie ganze fünf Minuten in ihrer Wohnung verbracht hatten, voll war, ja?« Er betrachtete Tanner, trank seine Tasse aus und sah zu Noble hinüber, der eine Hand hob, Finger gespreizt. Brook stimmte ihm mit einem kaum wahrnehmbaren Neigen des Kopfes zu. Die Fasern in Kassias Hals stammten nicht von Lederhandschuhen, sondern von schwer entflammbaren Arbeitshandschuhen im Lieferwagen.

»Und der Lieferwagen?«

»Ich hab ihn geklaut, um die Leiche wegzubringen.«

»Warum?«

»Hab ich doch grad gesagt.«

»Nein, warum wollten Sie die Leiche überhaupt woandershin bringen?«, wollte Brook wissen. »Sie töten in einem möblierten Zimmer in einem leeren Haus eine Ausländerin – eine junge Frau ohne Familie, die kaum Verbindungen in Derby hat.«

»Worauf wollen Sie hinaus?«

»Ich will darauf hinaus, dass sie tage-, ja wochenlang in dieser Wohnung hätte liegen können, ohne entdeckt zu werden. Warum haben Sie sie nicht da gelassen, wo Sie sie umgebracht haben? Die Büros waren alle geschlossen. Niemand hat Sie kommen oder gehen sehen. Stattdessen gehen Sie ein unnötiges Risiko ein.«

Tanner nahm sich Zeit zum Antworten. »Ich hab überlegt, sie in der Wohnung liegen zu lassen, aber ich konnte es nicht riskieren. Falls ich Spuren hinterlassen hatte. Ich bin vorbestraft.«

»Aber Sie trugen Handschuhe«, warf Noble ein.

»Ja, aber vielleicht andere Spuren. Haare oder so. Vom Kampf.« Tanner kam wieder in Fahrt. »Sie haben doch meine DNA in den Akten.«

»Haben Sie deswegen geduscht, bevor Sie gingen?«, fragte Noble. »Um Blut und DNA abzuwaschen?«

»Ich hab nicht geduscht«, sagte Tanner. »Dazu war ich zu nervös.«

Brook und Noble tauschten noch einen Blick. »Warum Max Ostrowskys Lieferwagen?«

»Weil ich Max aus der Bar kannte. Er ist der Bruder des Besitzers. Ich kannte seine Adresse. Ich wusste, dass der Lieferwagen da irgendwo stehen musste. Ich wusste nicht, dass da eine Lötlampe drin war, aber sie war praktisch, um ihre Fingerabdrücke wegzusengen.«

»Nur die Fingerabdrücke?«

»Nein. Sie hatte auch eine Tätowierung. Polnische Flagge. Die hab ich auch weggebrannt.«

»Sonst noch was?«

»Ich hab ihr mit 'nem Hammer das Gesicht zerschlagen. Damit Sie sie nicht identifizieren können.«

»Warum wäre es so schlimm, wenn wir sie identifizierten?«, fragte Brook. »Sie behaupten, Kassia war eine Fremde ohne Verbindung zu Ihnen.« Er starrte auf Tanners gesenkten Kopf. »Keine Antwort?«

»Wussten Sie, dass Kassia schwanger war?«, fragte Noble.

Tanner konnte nicht verhindern, dass sich der Schock in seiner Miene zeigte. »Nein«, krächzte er schließlich.

»Keine Sorge«, sagte Noble. »Sie sind nicht der Vater. Das haben wir überprüft.«

»Wie denn auch?«, murmelte Tanner. »Ich hatt sie doch grad erst kennengelernt.«

Wenn Antworten außerhalb seiner vorbereiteten Geschichte gefragt waren, konzentrierte Tanner sich mit aller Macht, und das forderte allmählich seinen Tribut. Er hatte während des Gesprächs kaum einen Muskel gerührt, so sehr versuchte er, sich an Einzelheiten zu erinnern, die ihm fremd waren. Das nannte man kognitive Überlastung. Je mehr man log, desto weniger bewegte man sich, um jede Ablenkung zu vermeiden und das Gehirn bei der Stange zu halten.

»Was ist passiert, nachdem Sie sie entstellt hatten?«

»Ich hab sie in den Lieferwagen gelegt, bin runter ans *Telegraph*-Gebäude gefahren und hab den Wagen in Brand gesteckt. Hinten drin war'n Benzinkanister.«

»Warum haben Sie denn ihre Kleider in irgendeinen Container getan, wo Sie sie doch im Lieferwagen hätten verbrennen können?«, fragte Noble.

»Ich hab nicht nachgedacht.«

»Wo haben Sie die Putzsachen geholt?«, fragte Brook.

»Die waren in der Wohnung.«

»Für jemanden, der behauptet, er wäre ausgeflippt, klingen sie ziemlich ruhig«, bemerkte Brook. »Einerseits behaupten Sie, Sie wären betrunken gewesen und könnten sich nicht an Einzelheiten erinnern, andererseits kriegen Sie es hin, die Wohnung leer zu räumen und zu putzen. Dann gehen Sie quer durch die Stadt in die Arboretum Street, um Max' Lieferwagen zu stehlen und Ihren Bruder abzuholen, damit er Ihnen hilft, die Tote in den Lieferwagen zu laden und sie irgendwo loszuwerden. Klingt das für Sie ruhig, John?«

»Eiskalt«, bestätigte Noble.

»Sie können sagen, was Sie wollen, ich hab gezittert wie Espenlaub«, beteiligte Tanner sich wieder am Gespräch. »Aber in einem haben Sie recht, Inspector. Nachdem ich sie umgebracht hatte, hab ich Panik bekommen und nicht gewusst, was ich machen soll. Ich hab die Wohnungsschlüssel aus ihrer Tasche genommen und abgeschlossen und bin irgendwie nach

Hause. Am nächsten Morgen war mir klar, was ich tun musste, und alles, was Sie gesagt haben, ist so passiert, wie Sie's gesagt haben.« Er starrte Brook kalt in die Augen. »Nur später.«

»Sie haben sie also am 21. umgebracht«, sagte Noble. »Was war das für ein Tag?«

Tanner sah auf, verdutzt über diese simple Frage. »Ich … Dienstag«, sagte er nach einer Pause, um es auszurechnen.

»Und am nächsten Abend, dem 22., haben Sie sich ihrer entledigt.«

»Richtig.« Tanner nickte. »Obwohl es weit nach Mitternacht war, also war es wohl schon der 23.«

»Und wie hat Nick geholfen?«

»Gar nicht. Er hat die ganze Zeit im Lieferwagen gesessen und am Radio rumgespielt, während ich sauber gemacht und die Leiche geholt habe. Ich hab ihn bloß mitgenommen, weil ich ihn nicht die ganze Nacht allein lassen kann. Er kriegt Angst.«

»Das überrascht mich nicht. Wann haben Sie ihn abgeholt?«

»Wir haben meine Wohnung kurz nach Mitternacht verlassen, um in die Arboretum Street zu gehen. Das sind zu Fuß nur fünf Minuten.«

»So spät?«

»Ich hab gearbeitet«, sagte Tanner.

»In Kassias Wohnung, wo haben Sie sauber gemacht?«

»Ich habe das ganze Blut abgewaschen, das ich sehen konnte, hab den Teppich gesaugt …«

»Die Dusche?«

»Die habe ich auch sauber gemacht.«

Brook lächelte dünn. »Warum? Wo Sie doch nicht geduscht haben.«

Tanner erkannte seinen Fehler und blickte stur auf seine Hände. »Ich hab's einfach gemacht.«

»Ist Ihnen nie in den Sinn gekommen, dass Sie die Polizei, wenn Sie Max' Lieferwagen stehlen, um damit eine Leiche loszuwerden, automatisch zur Bar Polski führen?«, fragte Gillstrap. »Wo Sie gearbeitet haben?«

»Ich bin nicht besonders klug«, erklärte Tanner.

»Klug genug, um einer Großfahndung zu entgehen«, sagte Noble. Tanner zuckte die Achseln. *Reines Glück*. »Wo haben Sie sich überhaupt versteckt? Aus reinem Interesse. In der Cream Bar? Wir wissen, dass Sie die Schlüssel hatten.«

»Woher?«, fragte Tanner überrascht.

»Wir sind erfahrene Kriminalbeamte, Jake.«

Tanner zuckte noch einmal die Achseln. »Ich hatte die Schlüssel, als der Laden dichtgemacht wurde. Na und? Ich hab sie verloren.«

»Sie werden froh sein zu hören, dass wir sie gefunden haben«, sagte Brook, der bemerkte, dass Noble in seine Richtung sah. Er hatte noch keine Zeit gehabt, es ihm zu sagen.

»Wo?«, wollte Tanner wissen. »In der Wohnung waren sie nicht, da hab ich überall gesucht.«

»Hören Sie auf zu lügen«, sagte Noble. »Nachdem Sie Kassias Leiche losgeworden waren, sind Sie damit in die Cream Bar und haben dort zwei Polizeibeamte angegriffen.«

»Was?«, rief Tanner aus. »Niemals.«

»Sie hatten die Schlüssel«, beharrte Noble. »Wir wissen, dass Sie dort waren.«

»War ich nicht.«

»Er hat einen Mord gestanden, Sergeant«, sagte Gillstrap. »Warum sollte er einen tätlichen Angriff leugnen?«

»Genau«, fügte Tanner hinzu. »Ich war nicht dort. Ich war seit Jahren nicht da drin. Wenn ich die Schlüssel nicht verloren hätt, ja, dann hätt ich vielleicht versucht, mich da zu verstecken.«

»Wenn Sie möchten, dass wir Ihnen glauben, dann sagen Sie mir jetzt, wo Sie sich versteckt haben«, sagte Brook. Tanner schwieg beharrlich. »Ist Nick jetzt dort?«

»Nein.«

»Warum sagen Sie es uns dann nicht? Sie gehen nicht dorthin zurück, oder?«

»Jake«, redete Gillstrap ihm gut zu.

»Wohnung drei«, antwortete Tanner schließlich. »Im Erdgeschoss des Mietshauses.«

»Unmöglich«, sagte Noble. »Wir haben sämtliche Wohnungen überprüft.«

»Nicht die Wohnung der alten Frau, die nicht. Annie soundso.«

Noble drückte sich von der Wand ab. »Geht es ihr gut?«

»Nein, sie ist tot«, sagte Tanner.

Die beiden Detectives erschraken. »Sie haben sie umgebracht?«

»Natürlich nicht. Sie ist vor zwei Wochen gestorben«, sagte Tanner. »Das können Sie überprüfen. Ich hab gesehen, wie sie weggebracht wurde. Als wir abhauen mussten, wusste ich, dass die Bude noch leer war, und bin eingebrochen.«

»Und haben Ihr Gepäck mitgenommen?«, fragte Brook.

»Ja.«

»Und Ihre Bohnen«, fügte Noble hinzu.

Tanner war verdutzt über die Bemerkung, sah aber keinen Grund, es zu leugnen. »Ja.«

»Sie sagen, Nick ist nicht dort.«

»Würde ich es verraten, wenn er dort wäre?«

Noble sah seinen Kollegen fragend an. »Schicken Sie einen Wagen hin«, sagte Brook. Noble verließ den Raum.

»Der Schlüssel von der Alten ist bei meinen Sachen«, rief Tanner hinter ihm her. »Dann brauchen Sie die Tür nicht aufzubrechen«, erklärte er Brook.

Brook dokumentierte Nobles Verlassen des Raums auf dem Tonband. »Die ganze Zeit, während Ostrowsky und die Polizei Sie gesucht haben …«

»Mr. Ostrowsky hat damit nichts zu tun«, beharrte Tanner. »Ich hab mich vor Ihnen versteckt.«

»Klar«, sagte Brook. »Skrupellose Geschäftsmänner wie Ostrowsky regen sich ja auch nicht auf, wenn irgendein unbedeutender Niemand ihnen was klaut, besonders wenn sie durch den Diebstahl in den Fokus der Polizei geraten.«

»Ich hab mich versteckt, weil ich das Mädchen umgebracht hab«, beharrte Tanner. »Warum glauben Sie mir nicht?«

»Weil Sie, nachdem Sie tagelang Hunderten von Polizeibeamten aus dem Weg gegangen sind, aufs Revier spaziert kommen und einen Mord gestehen«, sagte Brook. »Also, was ist in der Zwischenzeit passiert?«

»Gar nichts.«

»Es geht um Nick, nicht wahr?«, sagte Brook, dem der Zusammenhang dämmerte. »Ostrowsky hat sich ihn geschnappt.«

»Das hat nichts mit Mr. Ostrowsky zu tun«, wiederholte Tanner.

»Wir wissen, dass Ihr Bruder durchs Intu spaziert ist. Was ist passiert? Ist er ausgeflippt, so lange in der Wohnung eingesperrt? Er hat es nicht mehr ertragen und ist Ihnen ausgebüchst. Ostrowskys Leute haben es spitzgekriegt und haben ihn einkassiert.« Tanner widersprach nicht. »Und sobald er Nick hatte, hat Ostrowsky Ihnen ein Angebot gemacht, das Sie nicht ausschlagen konnten. Sie gestehen den Mord an der jungen Frau, und Nick kann gehen.«

»Nein. Ich hab Kassia umgebracht. Das hab ich Ihnen doch gesagt.«

»Das glaube ich nicht«, entgegnete Brook. »Sie wurden zu einem Geständnis gezwungen, um die Aufmerksamkeit von den Brüdern abzulenken. Max hat Kassia umgebracht. Es ist sein Lieferwagen, sein Hammer, seine Lötlampe – er hat eine Vorgeschichte von sexueller Gewalt unter Alkoholeinfluss …«

»Ich sag Ihnen doch, ich hab sie umgebracht.«

»Und wo ist dann Nick?«, wollte Brook wissen. »Sagen Sie mir, wo er ist, und ich schreibe Ihnen Ihr Geständnis.«

»Nick hat damit nichts zu tun«, sagte Tanner und sank auf seinem Stuhl zusammen. »Er ist nur ein Kind.«

»Ein Kind? Wir haben einen Zeugen und Filmaufnahmen von Ihnen beiden, wie Sie den Lieferwagen mit der Toten abgestellt und in Brand gesteckt haben.«

»Nick hat nicht gewusst, dass hinten drin eine Tote liegt«, versetzte Tanner mürrisch.

»Jetzt aber.«

»Er hat es nicht gewusst.«

»Dafür ist er aber ziemlich fix vom Tatort weggelaufen. Also, wo ist er?«

»Ich weiß es nicht.«

»Hat Ostrowsky ihn irgendwo versteckt, bis Anklage gegen Sie erhoben wird?«

»Nein.«

»Jake, ich glaube, Inspector Brook versucht gerade, Ihnen zu helfen«, sagte Gillstrap schließlich. »Er gibt Ihnen die Gelegenheit, sich etwas Gutes zu tun.«

»Dann lassen Sie mich ein Geständnis unterschreiben«, verlangte Tanner. »Ich habe Kassia umgebracht. Ich weiß nicht, wo mein Bruder ist, und es ist mir egal. Er ist volljährig. Er kann gehen, wohin er will. Und jetzt geben Sie mir einen Stift. Ich will es hinter mich bringen und schlafen.«

Brook blickte zu dem roten Punkt der Kamera an der Zimmerdecke hoch.

Das hier würde Charlton schwer zu verkaufen sein, der sich nebenan sicher schon nervös vor dem Monitor wand. Brook hatte halb damit gerechnet, er würde hereinstürmen und die Vernehmung unterbrechen. Von seinem Chef zu erwarten, ihm zu glauben, dass Tanners Geständnis falsch war, war sehr viel verlangt.

»Vernehmung unterbrochen um zweiundzwanzig Uhr vierzig.« Er beugte sich vor, um das Tonbandgerät abzuschalten. »Jake, ich mache Ihnen jetzt ein Angebot, und ich möchte, dass

Sie sehr gründlich darüber nachdenken. Nehmen wir mal an, Ostrowsky hat Ihren Bruder in seiner …«

»Hat er nicht.«

»Lassen Sie mich ausreden. Wenn Nick festgehalten wird, sagt mir das, dass Sie Kassia nicht getötet haben. Wenn Sie das verbal bestätigen, gebe ich eine Erklärung raus, dass Sie festgenommen und dem Haftrichter vorgeführt wurden, und Sie werden in einer Zelle festgehalten, bis wir Ihren Bruder wohlbehalten gefunden haben. Was sagen Sie dazu?«

»Jake?«, sagte Gillstrap. »Wenn DI Brook recht hat, dann sprechen Sie jetzt.«

Tanner sah zu Brook. »Ich möchte ein Geständnis unterschreiben, und zwar jetzt.«

In der Einsatzzentrale ging Brook schnurstracks auf DC Cooper zu. »Haben wir was?«

Cooper klickte dreimal mit der Maus. »Sehen Sie selbst.« Noble kam herein, und Brook winkte ihn näher. Sie sahen auf Coopers Computerbildschirm zu, wie Nick Tanner durchs Intu-Einkaufszentrum spazierte, begleitet von einem kräftigen, ungepflegten Mann in einem staubigen Overall. Nick schien nicht unter Zwang zu handeln, als das Paar sich zum Ausgang bewegte.

»Die Kamera ist ein Stück weg …«, setzte Cooper an.

»Das ist Max Ostrowsky«, unterbrach Brook ihn und sah Noble an.

»Ich glaube, Sie haben recht.«

»Schicken Sie einen Wagen zu seiner Wohnung und verhaften Sie ihn wegen Entführung.«

Noble griff zum Telefon. »DNA?«

»Als Allererstes. Wohin sind sie gegangen, nachdem sie das Intu verlassen haben, Dave?«

»Brook. Sind Sie verrückt geworden?« Charlton kam quer durch den Raum gestürmt. »Ich habe für morgen früh schon eine Pressekonferenz einberufen. Das ist ein guter Abschluss.«

»Er war es nicht.«

»Sie vergessen, dass ich zugesehen habe«, sagte Charlton. »Jake Tanner hat gestanden, so sehr sie es ihm auch auszureden versucht haben.«

»Sir …«

»Wir haben Filmaufnahmen, wie er sich der Leiche entledigt«, sagte Charlton und zählte an den Fingern ab. »Wir haben einen Zeugen, der sie weglaufen sah, und wir haben ein Geständnis. Das nennen wir hier ein Ergebnis. Also, wann wollen Sie ihn dem Haftrichter vorführen?«

»Sein Bruder wird vermisst, und Jake wurde zu einem Geständnis genötigt«, sagte Brook. »Es gibt Unstimmigkeiten in seiner Aussage …«

»Von wem genötigt?«

»Grzegorz Ostrowsky.«

»Der Barbesitzer?«

»Ostrowsky beschützt seinen Bruder. Ich glaube, Max hat Kassia umgebracht. Er hat in Polen eine Vorgeschichte von Gewalt und sexuellen Übergriffen.«

»Mit Vorgeschichte meinen Sie Verurteilungen«, sagte Charlton, indem er Brooks Wortwahl aufgriff.

Brook zögerte. »Einige Verhaftungen.«

»Verstehe. Können Sie beweisen, dass Max Ostrowsky Kassia Proch umgebracht hat?«

»Noch nicht«, sagte Brook leise.

»Also nein.«

»Sir, Nick Tanner ist in allem von Jake abhängig. Sie waren zusammen, als sie den Lieferwagen angezündet haben. Sie hätten sich nie freiwillig getrennt.«

»Vielleicht versteckt er sich in der Wohnung, in die sie eingebrochen sind«, sagte Charlton sarkastisch.

»Ich habe eben den Anruf bekommen«, sagte Noble und trat zu Brook. »Sie ist leer.«

»Sie waren da?«

Noble sah zögernd Brook an. »Es sieht so aus.«

Charltons Benehmen verfinsterte sich. »Und wie zum Teufel konnte das übersehen werden?«, bellte er. »Im selben Wohnhaus.« Schweigen machte sich breit, und alle Köpfe im Raum wandten sich ihnen zu, um das Blutvergießen mitanzusehen.

»Mein Fehler«, antwortete Brook kalt. »Ich habe mich darauf verlassen, dass die Streifenbeamten die Lauferei erledigen.« Falls eine Stecknadel fiel, hörte niemand sie, und in der Stille knisterte unausgesprochene Wut. Doch Brooks Worte hatten Charlton alles andere als den Wind aus den Segeln genommen, vielmehr kochte ein explosiver Zorn in ihm hoch, und er stieß Brook den Finger in die Brust.

»Wir haben ein Geständnis. Ich will, dass Tanner angeklagt wird. Und zwar zügig! Sie bringen ihn morgen früh als Erstes vor den Haftrichter und verbuchen es als Erfolg. Dann vernehmen wir ihn zu Caitlin und den anderen. Verstanden?«

Brook sah in Charltons erhitztes Gesicht und wusste, dass er nichts hatte als eine Theorie, um ein unterzeichnetes Geständnis anzufechten. »Es gibt keine Verbindung zwischen dem Mord an Kassia Proch und den anderen vermissten jungen Frauen. Das hätte ich früher begreifen sollen.«

»Das wissen Sie nicht«, höhnte Charlton.

»Ich weiß, dass Tanner im Gefängnis war, als Valerie Gliszczynska verschwand.«

Einen Augenblick lang war Charlton in der Defensive, bevor er sich auf sichereres Terrain begab. »Sie haben meine Frage nicht beantwortet. Bringen Sie Tanner vor den Haftrichter, oder muss ich es tun?«

Brook senkte den Blick. »Ich mach's«, sagte er leise, doch Charlton stürmte, den Sieg vorwegnehmend, schon davon. Als die Tür zur Einsatzzentrale zuknallte, sah sich Brook unsicher unter seinen Leuten um, deren Gesichter ihm zugewandt waren und die auf eine Reaktion warteten. »Das ist doch ganz gut gelaufen.« Die versammelten Detectives lachten, bevor sie zu ihrer

Arbeit zurückkehrten und das normale Stimmengewirr wieder einsetzte.

Cooper trat zu Brook. »Nick ist vor dem Eingang Traffic Street in einen schwarzen Mercedes gestiegen. Er gehört Ostrowsky. Sah nicht nach Nötigung aus. Ich arbeite an ihrer Fahrtroute.«

30

26. April

Banach spürte, dass eine Hand sie sanft an der Schulter berührte, um sie zu wecken.

»Geht es Ihnen gut, Angie?«, fragte Helen Cowell.

Banach gähnte und reckte sich im Stuhl. »Ja, danke.«

»Sie haben geweint.«

Banach hob die Hand an die halb eingetrockneten Tränen auf ihren Wangen. »Nur müde.« Sie stand auf, um das Gefühl in den Beinen zurückzubekommen, und sah zu Mitch, der friedlich schlief. Die Infusion war fort, ein frischer Verband um seinen Kopf war der einzige Hinweis auf die Verletzung. »War 'ne harte Woche.«

Cowell lächelte. »Es ist nach zwei. Sie sollten gehen.«

»Ich würde gern noch ein bisschen bleiben«, sagte Banach. »Ich will nicht nach Hause.« Cowell erlaubte es ihr mit einem Seufzer. »Danke.«

»Wie läuft … alles?«

Banach lachte. »Sie sollten sich beim diplomatischen Dienst bewerben. Noch keine Entscheidung.«

»Haben Sie mit dem Vater gesprochen?«

Banach verdrehte die Augen in Richtung des schlafenden

Polizisten. »Er weiß es noch nicht. Aber ich habe einen Termin in der Rutherford Clinic gemacht.«

»Verstehe«, sagte Cowell. »Constable Ryan wird morgen früh entlassen, falls das hilft.«

»Doktor …«

Cowell lächelte. »Sie wollen es ihm selbst sagen. Das verstehe ich. Von mir wird er nichts erfahren.«

Banach quittierte die Worte mit einem Nicken.

Brooks und Nobles Schritte hallten über die nackten Fußbodendielen. Nach einer Minute war ihnen klar, dass Max Ostrowsky seine Dreizimmerwohnung in Eile verlassen hatte.

»Ich habe Tanners Wohnung ja schon für spartanisch gehalten«, sagte Noble und sah sich um.

Im Wohnzimmer gab es nur einen Lehnstuhl – weder einen Teppich noch Vorhänge –, und der Boden war mit halb leer gegessenen Fast-Food-Verpackungen, vollen Aschenbechern, zerknüllten Zigarettenschachteln und leeren Wodkaflaschen übersät. Im Schlafzimmer lag nur ein Schlafsack, der Müll hier bestand aus randvollen Aschenbechern und Styroporbechern.

»Das ist der gleiche Schlafsack wie im Cream«, sagte Brook, der das Etikett studierte.

»DNA sollte also kein Problem sein.«

In der Tür tauchte ein uniformierter Beamter auf, der einen Mann mit Backenbart vor sich herschob.

»Sie haben Informationen über Max?«, fragte Noble.

»Heißt er so?«, sagte der alte Mann und ließ den Blick durch den Raum schweifen. »Fick mich! Was für ein Dreckloch. Man würd nicht denken, dass er jemanden mit einem Mercedes kennt.«

»Haben Sie ihn wegfahren sehen?«

»Ja, mit Reisetasche.«

»Und er ist in einen Mercedes gestiegen?«

»Mit einem kahlen Typ wie ein Schrank. Ich hab die Tür zugelassen, das kann ich Ihnen sagen.«

»Wann war das?«

»Vor ein paar Stunden. Vielleicht sechs.«

Brook winkte Noble hinaus auf die Arboretum Street, wo die Lichter der Streifenwagen blitzten. »Umkreis- und Von-Haus-zu-Haus-Suche können wir vergessen, John. Wenn Ostrowsky auch nur ein bisschen Verstand besitzt, schafft er Max schleunigst außer Landes. Das wäre ein kluger Schachzug.«

»Häfen und Flughäfen.« Noble nickte.

Zeke legte ein Ohr an Caitlins Lippen. »Sie atmet noch.«

»Gut.« Red zog das weiß glühende Eisen aus der Flamme der Lötlampe. »Halt ihren Kopf.«

Zeke drückte Caitlins Kopf zu Boden, während Red das heiße Eisen zu der blubbernden Wunde bewegte. Mit einer raschen Bewegung drückte sie es auf das verletzte Gewebe und hielt es dort ein paar Sekunden, ohne auf das Zischen zu achten, mit dem Blut verdunstete und Gewebe verbrannte.

»So«, sagte sie und warf das Eisen auf den Beton. »Jetzt liegt es in Gottes Hand.«

Das ferne Läuten eines Telefons lenkte sie ab.

»Um die Zeit?«

Red lief ins Haus, während Zeke seine gebrochene Hand in einen Eimer mit Eiswasser tauchte und sich die blutverschmierte Wange abwusch. Dann öffnete er die Edelstahltür zum Schlachtraum und zog am Griff eines Trennschalters. Schlafende Maschinen erwachten summend zum Leben. Mit der unverletzten Hand packte er Daniela an ihren langen Haaren und zerrte sie in den dunklen Raum.

Er bekam nicht mit, dass Caitlin, als das Schleifen, mit dem die tote Daniela weggezerrt wurde, an ihr Ohr drang, kurz die Augen aufschlug. Er war ganz darauf konzentriert, den Fleischwolf in Gang zu setzen.

Ein paar Minuten später tauchte er in einer blutbeschmierten Gummischürze wieder auf, von der in der kalten Luft ein wenig Dampf aufstieg. Er trug einen großen Edelstahltopf mit Deckel.

»Das war der Doc«, rief Red. »Mach dich sauber. Wir kriegen eine Neue.«

Zeke grinste. »Der Herr sorgt für die Seinen. Wann?«

»Jetzt.«

»Jetzt?«, fragte Zeke, stellte den Topf ab und zog die Schürze aus. »Aber ich hab sie noch nicht ausgeleert. Wer ist es?«

»Weiß ich nicht, aber der Doc hat sie an der Angel und sagt, es ist ein Notfall.«

»Das gefällt mir nicht.«

»Mir auch nicht, aber wir müssen ein Ungeborenes retten, also tun wir, was man uns sagt, richtig?«, sagte Red.

»Wo holen wir sie ab?«

»Der Doc sagt, es ist perfekt. Niemand weiß, dass sie dort ist.«

»Wo?«

»Sag ich dir unterwegs.«

»Tut mir leid, Jungs«, rief Zeke zum Schweinepferch. »Bis morgen müsst ihr euch mit Rosskastanien zufriedengeben.«

»Es ist voller Lücken«, sagte Noble, der eine Kopie von Tanners Geständnis las.

Müde schlug Brook eine Seite des Originals um. »Sie sollten nach Hause gehen, bevor Sie noch eine Nacht keinen Schlaf kriegen, John.«

»Zur Abwechslung folge ich Ihnen nach draußen«, erwiderte Noble, ohne den Blick von Tanners Geständnis zu heben. »Jake weiß jedenfalls genug, um sich für schuldig zu erklären – das Putzen der Wohnung, die Todesursache. Ist es nicht vielleicht doch möglich, dass er es war?«

»Er wurde gut vorbereitet«, sagte Brook. »Er hat nicht geduscht, also warum hat er den Abfluss sauber gemacht, und warum ist er das Risiko eingegangen, die Leiche von dort wegzubringen? In dem Augenblick, in dem er Max' Lieferwagen gestohlen hat, hat er sich in unser Visier begeben. Das ergibt keinen Sinn.«

»Sie glauben also …«

»Ich glaube, er hat den Lieferwagen gestohlen, ohne zu ahnen, dass eine Leiche darin war.«

Noble konzentrierte sich. »Okay. Aber dann verstehe ich Folgendes nicht: Wenn Max Kassia umgebracht hat … in ihrer Wohnung … warum sollte *er* die Leiche von dort fortbringen? Für ihn wäre es doch genauso logisch, Kassia dort zu lassen.«

»Das ist eine sehr gute Frage.«

»Ich habe noch eine viel bessere: Nachdem er beschlossen hat, die Leiche wegzubringen, warum zum Teufel hat er sie im Lieferwagen liegen lassen?«

Brook blätterte in Tanners Aussage. Ein paar Augenblicke später schlug er beide Hände vors Gesicht. »Himmel! Was für ein Idiot.«

»Wer?«

»Ich! Hören Sie sich das an: ›Der Lieferwagen war nicht abgeschlossen, also bin ich eingestiegen. Der Zündschlüssel lag auf dem Boden vor dem Fahrersitz. Ich hab Nick gewunken, er soll einsteigen, und wir sind davongefahren.‹«

»Max hatte den Lieferwagen nicht abgeschlossen?«

Brook sank nach vorn und rieb sich die Augen. Er nahm sich eine Minute, um alles zu durchdenken. »Ich war blind. Er war uns die ganze Zeit mindestens zwei Schritte voraus.«

»Wer?«

»Sie haben recht«, sagte Brook. »Max würde Kassia nicht umbringen und die Tote in einem unabgeschlossenen Lieferwagen in seiner Straße stehen lassen – so blöd ist niemand.«

»Wenn Max die Leiche nicht aus der Wohnung geschafft hat …«

»… dann hat er sie auch nicht umgebracht.«

»Und die Sache mit dem Hammer und der Lötlampe?«, sagte Noble.

»Derselbe Einwand, den ich bei Jake vorgebracht habe«, sagte Brook. »Warum sich so viel Mühe damit machen, die Tätowierung und die Fingerabdrücke wegzubrennen und sie zu entstellen, wo sie doch eh schon unsichtbar ist?«

»Es wurde nicht gemacht, um ihre Identität zu verbergen?«

Brook schüttelte den Kopf. »Es wurde gemacht, um auf eine Identität *hinzudeuten*, nämlich auf die des Mörders.«

»Max.«

»Genau. Max' Lötlampe und Max' Hammer und Max' Lieferwagen wurden benutzt, um ihn in die Sache reinzuziehen. Und das Opfer wurde entkleidet, damit es aussieht wie eine sexuell motivierte Tat, was auf Max' Vorgeschichte verweist.«

»Aber Kassia hatte keinen Sex.«

»Weil es nicht um Sex ging, John. Es war ein Verbrechen aus Leidenschaft – das verraten uns ihre Kopfverletzungen. Aber es war keine Leidenschaft für Kassia.«

»Sondern?«

»Leidenschaft für das, was sie unter dem Herzen trug.«

»Das Ungeborene?«

»Das Ungeborene«, wiederholte Brook. »Verdammt, ich hätte es kapieren müssen, als wir überprüft haben, ob eine oder einer der Mitarbeiter der Rutherford Clinic ein Kind verloren hat.«

»Ostrowskys Frau und sein Kind starben bei der Geburt«, warf Noble ein.

»Und er hat danach nicht mehr geheiratet«, sagte Brook.

»Er ist alleinstehend, gut aussehend und erfolgreich«, fuhr Noble fort und nickte. »Er hat Kassia kennengelernt, und sie hat sich in ihn verliebt. Warum auch nicht, ganz allein, in einer schäbigen Wohnung, in einem fremden Land, weit weg von zu Hause? Sie hatten eine Affäre.«

»Wohl kaum eine Affäre, John. Vermutlich ging es dabei

hauptsächlich um Sex. Aber als Kassia schwanger wurde, hat sich Ostrowsky in die Vorstellung verliebt, das Kind zu ersetzen, das er verloren hatte …«

»Aber Kassia will eine Abtreibung.«

»Als sie es ihm erzählt, bemerkt sie nicht, was das für einen Schmerz in ihm auslöst«, sagte Brook. »Ein zweites Kind zu verlieren nach dem Tod eines ersten. Es ist gegen seine Religion und gegen seinen Instinkt, doch noch endlich Vater zu werden.«

»Er hat bestimmt versucht, es ihr auszureden …«

»Zweifellos. Vielleicht hat er ihr sogar gedroht, aber Kassia muss erkannt haben, dass er sie nicht liebte. Sie weigerte sich, und als sie die Klinik an dem Abend verlässt, an dem sie den Termin für den Eingriff hatte, bringt er sie um.«

»Aber sie hatte das Kind nicht abgetrieben«, hielt Noble dagegen.

»Aber das weiß er nicht«, sagte Brook. »Entweder sagt sie es ihm nicht, oder er gibt ihr, blind vor Rage, keine Gelegenheit dazu.«

»Sein eigenes Kind umzubringen.« Noble schüttelte den Kopf. »Er kann einem beinahe leidtun.«

»Nein. Er war so clever, zu warten, bis sie wieder in der Wohnung war, und so kaltblütig, ihren Körper zu entstellen und den Mord seinem Bruder unterzuschieben.«

»Aber er konnte nicht verbergen, wie schockiert er war, als wir ihm sagten, dass Kassia schwanger war«, sagte Noble.

»Unter den Umständen bin ich überrascht, wie gut er sich beherrscht hat.«

»Es fügt sich nahtlos zusammen. Aber warum reitet er seinen Bruder rein?«

»Weil auf Max kein Verlass ist und weil er immer wieder sexuell motivierte Straftaten begeht.«

»Das wissen wir nicht«, sagte Noble. »Er wurde nie angeklagt.«

»Nur weil Greg ihn über die Jahre immer wieder rausgehauen hat.«

»Und warum jetzt nicht mehr?«

»Ostrowsky betrachtet sich als gläubigen Menschen«, sagte Brook. »Und für einen gläubigen Menschen ist Max' Verhalten in letzter Zeit nicht nur peinlich, sondern ein Affront gegen Gott.«

»Sein Verhalten in letzter Zeit?«

»Max ist bisexuell.«

»Was? Sind Sie sicher?«

»Ziemlich sicher. Das Zynische an der Sache ist nur, dass das, was zwischen Nick und Max passiert ist, sowohl für Ostrowsky als auch für Jake der Tropfen war, der das Fass zum Überlaufen brachte.«

»Zwischen Nick und Max?«, wiederholte Noble.

»Wissen Sie noch, als Jake in der Bar Polski anfing, hat er Nick mit zur Arbeit genommen. Ich schätze, Max hat Nick von dem Augenblick an, da er ihn zum ersten Mal sah, umworben. Mit seiner Behinderung war Nick sicher geschmeichelt über die Aufmerksamkeit, und vielleicht kamen auch Geld und Geschenke hinzu. Wer weiß? Vermutlich ist er leicht beeinflussbar; er macht Sachen, die er nicht versteht, um sich damit beliebt zu machen.«

»Und Jake schöpft Verdacht und nimmt seinen Bruder nicht mehr mit zur Arbeit«, sagte Noble.

»Und überlegt, wie er es Max heimzahlen kann.«

»Indem er seinen Lieferwagen stiehlt.«

»Ich bezweifle, dass er einen Plan hatte, aber als er feststellt, dass der Lieferwagen nicht abgeschlossen ist, ist es schier unmöglich, ihn nicht zu stehlen«, sagte Brook. »Was Jake nicht weiß, ist, dass er Ostrowsky in die Quere kommt, der seinen Bruder reinreiten will. Wir müssen uns nur Jakes Vergangenheit ansehen: der Angriff gegen einen Homosexuellen, der ihn ins Gefängnis gebracht hat – der einzige tätliche Angriff in seiner

Akte. Da hat er seinen Bruder beschützt, der nicht versteht, was Zustimmung zu einer sexuellen Handlung bedeutet, und nicht begreift, was manche Leute von einem attraktiven jungen Burschen wie ihm wollen. Denken Sie an den Schlafsack in der Cream Bar ...«

»Max'?«

Brook nickte. »Genau wie der Wodka.«

»Aber wie hat Max sein Zeug in die Cream Bar geschafft?«, fragte Noble.

»Ich habe die Schlüssel gefunden. Ich bin nur noch nicht dazu gekommen, es Ihnen zu sagen.«

»Wo?«

»In Ihrem Schreibtisch. Sie hatten sie noch nicht zu den Beweismitteln gegeben.«

»Die Schlüssel aus dem ausgebrannten Lieferwagen?« Das verstand Noble nicht. »Dann hat Jake sie verloren, als er den Lieferwagen gestohlen hat.«

»Die Spurensicherung hat sie hinten im Lieferwagen gefunden, John.« Brook zog eine Augenbraue hoch. »In Max' Lieferwagen. Wenn Jake sie beim Autoklauen verloren hätte, hätten sie sicher irgendwo beim Fahrersitz gelegen. Max hatte die Schlüssel.«

»Wie das denn?«

»Wahrscheinlich hat Nick sie genommen und ihm gegeben, damit sie sich irgendwo zum Sex treffen konnten.«

»Aber wenn die Schlüssel in dem ausgebrannten Lieferwagen waren, kann Jake nicht im Cream gewesen sein.«

»Nein.«

»Es sei denn, er ist reingeklettert.«

»Gibt den Mord zu, leugnet aber einen tätlichen Angriff? Nein. Er hat die Wahrheit gesagt.«

»Aber wer hat denn dann Ryan und Banach angegriffen? Max?«

»Warum sollte er?«, fragte Brook.

»Vielleicht war er dort, um Nick zu suchen.«

»Aber Max wusste, dass die Schlüssel zur Cream Bar in seinem Lieferwagen waren, der inzwischen bei der Kriminaltechnik stand. Und es gab jemanden, der Jake und Nick mindestens genauso dringend finden wollte.«

»Ostrowsky.« Noble nickte.

»Und als er durch die Pressekonferenz erfuhr, dass Jake und Nick seinen Lieferwagen gestohlen hatten, hat er seine Leute auf sie angesetzt. Seinen Bodyguard …« Brook schnippte mit den Fingern.

»Tymon.«

»Tymon ist in die Cream Bar, um Jake zu suchen«, sagte Brook. »Und Tymon ist auch in die Arboretum Street, um den Lieferwagen zu holen, nachdem Max ihn am Abend geparkt hatte. Er gehört Ostrowsky, er hat also sicher einen Ersatzschlüssel. Genau genommen hat Tymon ihn nicht mal gestohlen. Dann fährt er zu Kassias Wohnung und nimmt Max' Hammer und Lötlampe aus dem Lieferwagen, um die Tote zu entstellen. Er wickelt die Tote in eine Plastikfolie …«

»Warum nicht einfach in die Bettlaken?«

»Die sind nicht durchsichtig, John. Bei Plastik sieht jeder, der einen Blick in den Lieferwagen wirft, sofort, dass da eine Leiche drin ist. Vergessen Sie nicht, er will seinen Bruder reinreiten. Deswegen legt Tymon das Werkzeug wieder in den Lieferwagen und fährt mit Kassias Leiche zurück in die Arboretum Street. Er lässt den Wagen unverschlossen und kehrt später in die Wohnung zurück, um dort sauber zu machen.«

»Kassias Wohnung so gründlich zu putzen diente also dazu, *Ostrowskys* Spuren zu beseitigen.«

»Seine DNA war überall. Dusche, Kleidung …«

»Eins muss man Ostrowsky lassen: Es war brillant.«

»Er muss den Schock seines Lebens bekommen haben, als wir aufgetaucht sind, um ihm zu sagen, dass sein Lieferwagen gestohlen worden war. Sein Plan war dahin, und er brauchte einen neuen, und zwar schnell. Zum Glück hat er Jake – einen verurteilten Kriminellen. Der perfekte Sündenbock. Er brauchte nur ein Druckmittel.«

»Nick.« Noble nickte. »Was glauben Sie, wo sie ihn festhalten?«

»Am ehesten im Lagerhaus in Pride Park.«

»Wir sollten …«

»Charlton würde niemals eine Razzia unterschreiben«, sagte Brook. »Und selbst wenn wir Nick dort finden, haben wir nicht genug in der Hand, um Ostrowsky etwas nachzuweisen.«

»Wenigstens hätten wir Nick«, sagte Noble. »Dann würde Jake vielleicht kooperieren und aussagen, dass Ostrowsky ihn präpariert hat.«

»Das Einzige, was uns das bringt, ist der Beweis, dass er Max beschützt«, sagte Brook.

»Ostrowsky einer Lüge zu überführen wäre wenigstens ein Anfang. Und mit Jakes Aussage könnten wir die Verbindung zwischen Kassia und der Bar Polski herstellen …«

»Was sie nur noch dichter an Max oder Jake bringt«, hielt Brook dagegen. »Wir brauchen Max und Tymon.«

»Und deswegen will Ostrowsky sie außer Landes wissen«, sagte Noble. »Warten Sie. Warum brauchen wir Beweise dafür, dass Ostrowsky Kassia umgebracht hat, wo wir ihn wegen der Entführung von Nick einbuchten könnten?«

»Vorausgesetzt, Nick weiß, dass er entführt wurde.«

»Jake weiß es.«

»Aber Jake sagt nichts. Er scheint etwas anderes vorzuhaben.«

»Er hat Angst um seinen Bruder.«

»Vielleicht. Aber auch als ich ihm angeboten habe, ihn in U-Haft zu nehmen, bis wir Nick gefunden haben, hat er sich geweigert, alles auszupacken. Da ist noch was anderes im Gange.« Brook stand in dem düsteren Büro auf und zog seine Jacke an.

»Das war's dann? Wir gehen nach Hause und überlassen Nick Ostrowskys Gnade?«

»Das ist der eine Vorteil an Jakes Geständnis. Wenn Ostrowsky Nick etwas tut, ist Jake frei, einen Rückzieher zu machen – zumindest bis zum Prozess.«

»Kann sein.« Noble klemmte sich einen Stapel Papier unter den Arm, um ihm zu folgen.

Brook wies mit einem Nicken darauf. »Wo wollen Sie denn damit hin?«

»Ich bin noch nicht dazu gekommen, die Klinikliste durchzugehen.«

»Gehen Sie nach Hause und schlafen Sie ein paar Stunden, John.«

»Nach Ihnen«, sagte Noble und holte seine Zigaretten heraus. Brook verließ das Büro, und sie gingen zur Treppe. »Eins noch.« Brook richtete ein müdes Auge auf ihn. »Ich habe verstanden, dass Tymon den Lieferwagen unverschlossen lässt, damit Kassias Leiche schneller entdeckt wird.«

»Richtig.«

»Aber wie kann er sicher sein, dass nicht Max sie findet?«

Brook hielt mitten im Schritt inne und sah Noble an. Eine Sekunde später lief er zurück ins Büro und blätterte hektisch in Tanners Aussage. »Nach Mitternacht. Nach Mitternacht.« Er warf die Blätter auf den Tisch. »Wo ist der Bericht über den Fahrzeugdiebstahl?«

Noble nahm einen Schnellhefter von seinem Tisch. Brook schnappte ihn sich, zog sämtliche Dokumente heraus und las aufgeregt. Ein breites Lächeln machte sich auf seinem Gesicht breit.

»John, Sie sind ein Genie.«

Banach zog ihren Mantel an, um die Station zu verlassen. Ihre Schritte hallten durch die verlassenen Flure des Krankenhauses. Sie bezahlte ihr Parkticket und ging über die Zufahrtsstraße, die um das Krankenhaus herumführte, zum Parkplatz. Der helle Mond warf einen unverdienten Glanz auf die hellen Betonmauern des neuen Krankenhauses, und der Boden schimmerte unter ihren Füßen.

Sie kam an einem schweren Audi vorbei, der ihr bekannt vorkam. Im selben Augenblick bemerkte sie eine Gestalt unter einer schwarzen Kapuze, die am Türgriff ihres Peugeot herumhantierte, der vollkommen allein an der Hecke stand.

Du frecher Scheißer. Banach beschleunigte ihre Schritte, schob leise die Hand in die Handtasche nach der Pfefferspray-Pistole und langte nach den Handschellen an ihrem Rücken. Der Dieb wirkte kaum größer als sie, doch Banach wollte kein Risiko eingehen. Immer öfter betätigten sich Drogenabhängige als Autoknacker. Zur Finanzierung ihrer Sucht brachen sie Autos von Krankenhausmitarbeitern auf in der Annahme, der Kofferraum sei voller Narkotika. Da waren sie zwar im Irrtum, aber sie waren verzweifelt und oft genug auch gewalttätig.

Als Banach nur noch wenige Meter entfernt war, kniete sich der Dieb hin, um ins Auto zu spähen, während er weiter an der Tür arbeitete, einen halben Tennisball in der Hand, mit dem er so viel Saugwirkung erzeugen wollte, dass das altmodische Schloss aufging.

Im Näherkommen erhaschte Banach, dass sich die Gestalt des Diebs im Seitenspiegel auf der Fahrerseite spiegelte, und da ging ihr auf, dass auch der Dieb sie sehen könnte. Und tatsächlich ließ die schmächtige Gestalt den zerfetzten Tennisball fallen und schoss zu ihr herum, die Arme zur Selbstverteidigung gehoben. Obwohl die Polizeiarbeit Banach gelehrt hatte, mit dem Unerwarteten zu rechnen, war sie schockiert, als sie sah, dass es eine junge Frau war.

»Polizei. Gesicht zum Wagen, Hände aufs Dach«, befahl sie in aggressivem Tonfall, wie sie es in der Ausbildung gelernt hatte. »Gesicht zum Wagen!«, bellte sie noch einmal.

Das Gesicht der jungen Frau im Oval der Kapuze war verzerrt vor Hass, ihre Augen loderten. Sie wirkte ganz und gar nicht wie eine gewöhnliche Drogenabhängige oder Autodiebin.

»Letzte Chance«, sagte Banach und schwang die Pfefferspray-Pistole. Nach einem Augenblick drehte die junge Frau sich um und stützte die Hände aufs Auto. Banach trat näher und setzte einen Fuß zwischen die Füße der jungen Frau, damit diese die Beine spreizte, bevor sie sie rasch abtastete. Dann zog sie den rechten Arm der jungen Frau nach hinten und schloss eine Handschelle, bevor sie dasselbe mit dem anderen Arm machte.

Sie holte ihr Handy heraus und drehte die Frau um. »Pech gehabt, meine Liebe. Sie haben sich das falsche Auto ausgesucht.«

»Das kannst du laut sagen, Bulle.«

Banach betrachtete das sommersprossige Gesicht der jungen Frau, und eine Erinnerung nagte an ihr. »Ich kenne Sie.« Sie streckte eine Hand aus, um ihr die Kapuze vom Kopf zu ziehen, und der jungen Frau fiel langes rotes Haar über die Schultern. »Mein Gott. Sie sind Bernadette Murphy.«

Ihre Widersacherin starrte sie böse an. »Na, was bist du doch für ein schlaues Mädchen, Constable Banach.«

»Sie kennen mich?« Aus dem Augenwinkel registrierte Banach einen dunklen Schemen am Fahrerfenster, doch sie reagierte zu spät, um dem Schlag von hinten auszuweichen. Die Beine gaben unter ihr nach und zuckten, bevor sie zu Wackelpeter wurden und sie in die wartenden Arme fiel.

»Sie is 'n Bulle, Zeke«, zischte Bernadette.

»Was?« Er hielt Banach aufrecht.

»Du hast mich schon verstanden. Sie war neulich Abend in der Klinik. Ich hab ihr Foto für den Newsletter gemacht.«

»Mist. Was machen wir jetzt?«

Die junge Frau überlegte ein paar Sekunden. »Wir haben keine Wahl. Sie kennt mich.«

»Du meinst doch nicht …«

»Sie trägt ein Kind, oder? Nimm den Schlüssel und mach mir die Dinger hier ab.«

Zeke hob die Schlüssel vom Boden und schloss die Handschellen auf, bevor er sich die Polizeibeamtin über die Schulter warf.

Sobald sie befreit war, lief Bernadette los, um die Türen des Lieferwagens zu öffnen, dann nahm sie Banachs Autoschlüssel aus deren Handtasche und warf die Handschellen und die Tasche in den Lieferwagen. Zeke legte Banach behutsam hinein und schloss die Türen.

»Sehr viele Kameras«, sagte er und wies mit einem Nicken auf ein Gebäude in der Nähe.

»Ja, aber wenn niemand weiß, dass sie hier war, hat auch niemand Grund, sich die Aufzeichnungen anzusehen«, sagte Bernadette. »Du nimmst den Lieferwagen. Ich fahr dir in ihrem Auto nach.«

Brook kam in den frühen Morgenstunden nach Hause und schleppte sich müde in die Dusche, um die Strapazen des Tages abzuwaschen. Er schlief eine Stunde, bevor ein knurrender Magen ihn weckte. Er konnte sich nicht erinnern, wann er das letzte Mal etwas gegessen hatte, doch er wusste, dass er Energie tanken musste, also ging er um fünf Uhr nach unten und aß vier Scheiben Toast.

Während er seinen Pott Tee trank, drang ein gedämpftes Summen aus seiner Manteltasche. Es war eine SMS von Noble, die der eine halbe Stunde vorher geschickt hatte.

Anrufen Sie mich dringend wenn Sie wach werden.

»Würde es Sie umbringen, korrekte Grammatik zu benutzen?«, murmelte er, auch wenn er den Verdacht hatte, dass Noble das extra machte, um ihn zu ärgern. Er wählte, und Noble ging sofort dran. »Was gibt's?«

»Ich bin in der Mitarbeiterliste der Rutherford Clinic auf etwas gestoßen. Alle vermissten jungen Frauen hatten dieselbe Krankenschwester.«

»Was meinen Sie damit?«

»Genau das. Die Vorgespräche mit den Patientinnen werden von einer Oberschwester geführt. Und wenn die Patientin sich für einen Abbruch entscheidet, wird sie bis zur Entlassung dieser Krankenschwester zugeteilt.«

»Klingt sinnvoll.«

»Genau, wegen der Kontinuität«, sagte Noble. »Das ist es. Alle vermissten jungen Frauen hatten einen Termin bei derselben Krankenschwester. Selbst Kassia Proch.«

»Bei wem?«

»Mary Moran. Wir haben sie neulich abends getroffen, sie hat sich über dic Dcmonstranten beschwert ...«

»Ich erinnere mich«, sagte Brook und trank noch einen Schluck Tee. »Wie viele Schwestern führen diese Gespräche?«

»Vier.«

»Könnte Zufall sein.«

»Ich würde Ihnen zustimmen, wenn da nicht noch etwas wäre«, fuhr Noble fort. »Ich habe in den Personalunterlagen Morans Adresse nachgeschlagen. Sie wohnt in der Stratham Street.«

»Und?«

»Mary Finnegan, die Schwester, die früher im Royal gearbeitet hat – Bernadette Murphys Tante ...«

»Die erste junge Frau, die verschwand«, sagte Brook.

»Richtig. Die Finnegans haben sich kurz nach Bernadettes Verschwinden getrennt, und Mary ist in die Stratham Street gezogen. Mary Finnegan ist Mary Moran.«

»Nur arbeitet sie jetzt unter ihrem Mädchennamen in der Rutherford Clinic«, sage Brook. »Interessant.«

»Ja, aber im Hinblick auf die Patientinnendatenbank der Klinik ergibt es keinen Sinn. Da taucht weder Bernadette auf noch dass sie je schwanger war. Falls Bernadette eine Abtreibung hatte, dann nicht dort.«

»Kann gut sein, dass genau das der Punkt ist, John.«

Zwei Stunden später fuhren Brook und Noble durch Derby, während aus einem grauen Himmel sanfter Regen fiel. Es war noch nicht ganz Hauptverkehrszeit, und so kamen sie gut durch. Die beiden Detectives schwiegen, bis Noble zu einem gewaltigen Gähnen ansetzte.

»Schlafstörungen?«, fragte Brook amüsiert.

»Sie sind der Experte«, erwiderte Noble. »Irgendwas aus der Notrufzentrale?«

»Sie schicken einen Mitschnitt des Anrufs per E-Mail. Was ist mit Max?«

»Nichts Neues. Als hätte er sich in Luft aufgelöst.« Noble lenkte den Wagen in die Stratham Street, um vor Mary Finnegans/Morans Haus zu parken. »Vielleicht sollten wir doch die Umgebung durchkämmen.«

»Nein. Ostrowsky hat ihn zurück nach Polen geschickt.«

»Woher wissen Sie das?«

»Weil Max für ihn eine Belastung ist. Er ist der Einzige, der Ostrowskys Geschichte über Kassias Ermordung widersprechen könnte.« Brook zeigte auf einen Wagen, der vor ihnen parkte, und öffnete die Tür. »Da ist Jane.«

»Guten Morgen«, sagte Gadd mit müden Augen. »Ich hatte vergessen, wie früh Sie loslegen.«

Brook lächelte. »Vielen Dank hierfür.«

»Wie Sie sagten, es ist mein Fall«, erwiderte Gadd. »Wie wollen Sie es machen?«

»Sie wird misstrauisch sein, wenn sie Sie sieht, also werfen Sie so früh wie möglich Caitlins Namen ein«, sagte Brook. »Kann sein, dass sie das eine Weile von der richtigen Spur abbringt.«

Mary Moran zog den dicken Frotteemorgenmantel fest um die Brust, um den Zentimeter Hals, der noch zu sehen war, zu bedecken. »Konnte das nicht warten?«, beschwerte sie sich zum dritten Mal. »Ich hatte Dienst bis Mitternacht.« Sie hob den hastig aufgebrühten Becher Kaffee an die Lippen, starrte die drei

Detectives der Reihe nach entrüstet an und registrierte das tief eingegrabene Bedauern in ihren Gesichtern.

Tut uns leid, dass wir Sie so früh aus dem Schlaf reißen.

»Wir möchten uns noch einmal entschuldigen«, sagte Jane Gadd besänftigend. »Aber wir wären nicht hier, wenn es nicht wichtig wäre, Mrs. Finnegan …«

»Moran«, fuhr die wohlbeleibte Frau auf. »Ich habe mich von meinem Mann getrennt.«

»Aber Sie sind nicht geschieden«, warf Brook ein.

»Ich bin Katholikin«, erwiderte sie, als genügte das als Erklärung. »Was wollten Sie mich wegen der armen Caitlin fragen?«

»Was können Sie uns über ihren Besuch in der Klinik erzählen?«, fragte Gadd.

»Geht das auch genauer?«

»Wir würden gern wissen, ob an ihrem Eingriff irgendetwas ungewöhnlich war«, sagte Brook.

»Ihre Abtreibung verlief routinemäßig«, sagte Moran. »Das habe ich doch neulich Abend schon alles gesagt. Caitlin hat das gut gepackt, was an sich schon ungewöhnlich war. Irgendwann kippt bei allen ein bisschen die Stimmung. Für die meisten jungen Frauen ist es eine emotionale Achterbahnfahrt, selbst wenn sie nicht gläubig sind. Für Katholikinnen ist es zehnmal schlimmer.« Sie trank ihren Becher leer. »Soll ich Ihnen wirklich keinen machen?«

»Nein, danke«, sagte Noble. »Hat Caitlin etwas erzählt, was nichts mit dem Klinikaufenthalt zu tun hatte?«

»Sie hat über ihren Freund gesprochen, dieses Großmaul. Ronald, oder?«

»Roland«, korrigierte Noble sie.

»Hat Gift und Galle gespuckt, sooft ihr sein Name über die Lippen kam, aber sie war mehr genervt als sauer. Sie hat gesagt, sie würd's ihn büßen lassen. Als ich sie fragte, was sie damit meinte, sagte sie: ›Ganz wörtlich. Das wird er mir büßen.‹ Ich hab angenommen, sie redet über Geld.«

»Was hielt sie von Dr. Fleming?«, fragte Noble.

»Ich glaube nicht, dass sie eine Meinung über ihn hatte, weder in die eine noch in die andere Richtung«, antwortete Moran und sah Gadd nachdenklich an.

»Und Sie?«, fragte Brook.

Moran lächelte. »Wie viele Chirurgen kennen Sie? Lassen Sie sich von mir gesagt sein, die haben vor allem ein Laster.«

»Eitelkeit?«

Sie grinste. »Er verbirgt es nicht besonders gut, nicht wahr? Dr. Fleming hat Eis in den Adern. Und im Umgang mit Personal und Patientinnen ist er nicht besonders geschickt.« Sie senkte die Stimme. »Aber wenn man bewusstlos auf diesem Tisch liegt, sind das genau die, in deren Händen man gut aufgehoben ist, glauben Sie mir.«

Verlegenes Schweigen machte sich breit, in dem mehr nachhallte als der Nachklang von Morans Meinung. Brook sah Gadd mit hochgezogenen Augenbrauen an, doch Moran bekam es mit und richtete den Blick auf sie.

»Können wir ein wenig über Bernadette sprechen?«, fragte Gadd.

Moran sah Brook und Noble an, dann schaute sie wieder zu Gadd. »Was ist passiert? Haben Sie sie gefunden?«

»Nichts dergleichen«, sagte Gadd. »Wir würden gern Ihre letzte Begegnung mit ihr vor ihrem Verschwinden noch einmal mit Ihnen durchgehen.«

»Auch darüber habe ich bereits ausführlich Auskunft gegeben«, sagte Moran.

»Bitte«, redete Gadd ihr gut zu. »Für meine Kollegen.« Moran drehte den Kopf zu Brook und Noble. »Sie würden gern helfen.«

Sie überlegte einen Augenblick. »Ich kann dazu nichts Neues sagen. Bernie kam zu mir, um eine Weile zu bleiben. Am Morgen war sie noch da. Am Abend hatte sie ihre Taschen gepackt und war fort. Das war am 4. Juli vor fast drei Jahren.«

»Warum so plötzlich?«, fragte Gadd. »Und warum ist sie weg, ohne sich zu verabschieden?«

Moran blickte ins Nichts. »Das haben sie mich damals auch schon gefragt, und ich weiß es immer noch nicht. Warum sollte ich es jetzt beantworten können?«

»Weil drei Jahre vergangen sind und Bernadette immer noch vermisst wird«, sagte Brook. »Und weil Sie jetzt womöglich denken, dass Ihr Streit mit ihr doch bedeutsamer gewesen sein könnte, als Sie damals dachten.«

Moran starrte ihn entrüstet an, die Lippen zornig geschürzt. Dann sah sie mit stumpfem Blick in ihren leeren Becher. »Bernie ist meine Nichte«, sagte sie leise. »Wir standen auf gutem Fuß miteinander.«

»Das würde ich über meinen Bankberater sagen«, bemerkte Brook, »aber nicht über eine Verwandte.«

»Sie ist eine Verwandte meines Mannes«, sagte Moran. »Barrys Blut, nicht meins.«

»Und Barrys Seite der Familie sieht Dinge anders als Sie.«

»Ich muss mich für die Arbeit fertig machen«, sagte Moran.

»Haben Sie in der Klinik Zugang zur Patientinnendatenbank?«, fragte Noble.

»Was soll das heißen?«, fuhr Moran auf. »Selbstverständlich habe ich Zugang. Ich lege andauernd neue Patientinnenakten an und ergänze alte. Warum?«

»Wenn Sie wollten, könnten Sie also auch eine Patientinnenakte löschen?«, fragte Brook.

»Was reden Sie da?«

»Zum Beispiel wenn eine Verwandte schwanger würde und nicht nur eine Abtreibung in einer Privatklinik wollte, sondern auch, dass alle Aufzeichnungen über die Schwangerschaft und den Eingriff gelöscht werden.«

Moran sprang mit wutverzerrtem Gesicht auf. »Was wollen Sie damit andeuten? Warum sind Sie hier?«

»Bitte setzen Sie sich, Mary«, sagte Gadd.

Moran beachtete sie nicht, sie schnaubte vor Wut. »Wie können Sie es wagen anzudeuten, ich würde die Akten manipulieren?«

»Wir wissen, dass das harte Fragen sind«, fuhr Gadd fort. »Aber wir sind hinter jemandem her, der junge Frauen umbringt, und gehen allen möglichen Ermittlungsansätzen nach.«

»Bitte«, sagte Brook und wies auf den Sessel. Er nickte Noble zu, der einen Stapel Fotos herausholte und sie auf den Couchtisch vor der aufgeregten Krankenschwester legte. Das neue Foto von Kassia Proch lag zuoberst, darunter die Porträts von Caitlin Kinnear, Daniela Cassetti, Adrianna Bakula und den anderen. Moran schlug die Hand vor den Mund und ihre Augen füllten sich mit Tränen, als Bernadette Murphys fröhliches Gesicht sie vom letzten Foto ansah. Sie fing an zu zittern.

»Da inzwischen beide Familien informiert worden sind, kann ich Ihnen sagen, dass wir die tote junge Frau in den Zeitungen als Kassia Proch identifiziert haben«, sagte Brook und tippte mit dem Finger auf ihr Bild.

Moran erkannte sie und stieß ein Wimmern aus. Eine Träne rollte über ihre Wange. »Kassia. Die arme Kleine.«

»Aus den Unterlagen der Klinik geht hervor, dass sie ein paar Tage, bevor sie starb, zur Vorbesprechung bei Ihnen war, um einen Termin für den Eingriff zu verabreden«, sagte Noble.

Moran nickte, unfähig, den tränennassen Blick von Kassias Gesicht zu lösen. »Ja, aber an dem Abend, an dem der Eingriff sein sollte, hat sie es sich anders überlegt.«

»Das wissen wir.« Brook senkte den Kopf.

Moran wandte den Blick kurz ab und richtete ihn dann auf Caitlins Foto. »Dann ist Caitlin …«

»Vielleicht noch am Leben, ja.« Brook bemerkte, dass sie die Reihe der Fotos überflog. »Erkennen Sie die anderen jungen Frauen?« Moran nickte und sah die beiden Detectives fragend an. »Sie werden alle vermisst. Einschließlich Ihrer Nichte.«

»Gütiger Himmel«, flüsterte sie.

»Mary, Sie sind das Bindeglied zwischen diesen jungen Frauen«, sagte Gadd. »Sie haben alle untersucht, bis auf Bernadette. Den Akten zufolge.«

»Aber Akten können lügen«, sagte Noble.

»Oder manipuliert sein«, fügte Gadd hinzu.

»Stehe ich unter Verdacht?«, fragte Moran.

»Solange Sie uns nicht erzählen, was zwischen Ihnen und Bernadette vorgefallen ist, ja.« Brook wartete. Schweigen reichte hier als Druckmittel vollkommen aus.

Schließlich nickte Moran. »Sie haben recht.«

»Sie haben an ihren Akten herumgepfuscht?«

Moran sah ihn ungläubig an. »Nein. Nicht das. So etwas würde ich nie tun.« Sie machte eine Pause, um sich zu sammeln. »Aber an dem Abend, bevor sie ging, hatten wir einen schrecklichen Streit. Sie quatschte irgendeinen Blödsinn über die Abtreibungsgesetzgebung in diesem Land, und ich machte den Fehler, ihr zu widersprechen und ihr ein paar Fakten darzulegen.« Sie lachte freudlos. »Großer Fehler. Barrys Familie lebt, was das angeht, im tiefsten Mittelalter. Gegen solche religiösen Dogmen kommen Sie mit allen Fakten der Welt nicht an. Das kann ich Ihnen sagen.«

»Bernadette lehnte Ihre Arbeit in der Rutherford Clinic also ab.«

»Damals habe ich noch im Royal gearbeitet. Es hatte gerade eröffnet, und ich war drei Monate vorher vom City Hospital dorthin gewechselt. Doch in dem Monat, bevor Bernie kam, war dort etwas vorgefallen, und ich hatte mich schon bei der Rutherford Clinic um eine Stelle beworben.«

»Was?«

»Eine Patientin«, sagte Moran, »Clare. Dreizehn Jahre alt, mager, kaum in der Pubertät und vollkommen unschuldig. Keine von der Sorte, von der man erwartet, in der zehnten Woche schwanger zu sein.« Sie atmete tief durch. »Sie war wegen innerer Blutungen eingeliefert worden, und ich fand später heraus, dass sie von ihrem älteren Bruder sexuell missbraucht worden war. Der Vater – der Familie, meine ich – war strenger Katholik. Er entschied, sie müsse das Kind austragen, und damit war die Sache geklärt. Ohne einen einzigen Gedanken an Clare oder die Zukunft des Kindes reimten sich die Eltern eine Geschichte über Clares lockere Moral zusammen, die erzählt werden sollte, wenn die Zeit kam. Und natürlich drohten sie ihr mit Hölle und Verdammnis, wenn sie nicht den Mund hielt.«

»Und hat sie den Mund gehalten?«

»Sie hat keiner Menschenseele ein Wort davon anvertraut, was ihre Familie ihr angetan hatte. Ich musste es ihr aus der Nase ziehen. Wie sie schwanger geworden war und bald erkannte, dass sie auf sich gestellt war. Sie beschloss, eine Fehlgeburt herbeizuführen.« Moran blickte zu Boden. Als sie fortfuhr, war sie kaum zu verstehen. »Eine Schulfreundin hatte ihr erzählt, das mache man mit Stricknadeln.« Sie schüttelte den Kopf, und eine weitere Träne rollte ihr über die Wange. »Wir konnten sie mit mehreren Bluttransfusionen retten. Aber sie wird nie ein Kind der Liebe empfangen können. Einen Tag nach ihrer Entlassung habe ich mich bei der Rutherford Clinic beworben.«

»Und Sie haben Bernadette von Clare erzählt.«

»Nur um dem Mist, den ihre Familie ihr eingetrichtert hatte, etwas entgegenzusetzen. Als das nicht funktionierte, habe ich ihr gesagt, dass ich mich an der Klinik beworben hatte, ja. Ich hätte genauso gut sagen können, ich hätte Jesus eigenhändig ans Kreuz genagelt. Barrys Familie war immer unglaublich leidenschaftlich und absolut kompromisslos. Ich fühlte mich immer noch schrecklich, als sie ging. Unsere letzten Worte waren im Streit gefallen.«

»Sie haben nichts falsch gemacht«, sagte Gadd.

»Ich weiß. Aber bei dem Streit hat Bernie mir erklärt, sie könne keine Kinder bekommen – eine Infektion, als sie jünger gewesen war – und werde ein Kind adoptieren müssen … Und sie liebte Kinder. Deswegen ist sie Lehrerin geworden.«

»Was glauben Sie, was aus ihr geworden ist?«

Moran senkte den Blick in ihren Schoß. »Ich weiß es nicht. Aber vor Kurzem habe ich gedacht, ich hätte sie gesehen … oder jemanden, der ihr sehr ähnlich sah.«

»Wo?«

»Es war dunkel. Ich kann es nicht mit Sicherheit sagen …«

»Wo?«, hakte Brook nach.

»Vor ein paar Abenden. Sie war vor der Klinik. An dem Abend, an dem Sie da waren. Da hat sie eine junge Frau fotografiert, die einen Termin gemacht hat …«

31

Noble bretterte auf den Parkplatz des Polizeipräsidiums am St. Mary's Wharf, kam mit quietschenden Reifen in der nächsten Parkbucht zum Halten und sah hinüber zu Brook, dessen Ohr am Telefon klebte. Brook erwiderte seinen Blick und schüttelte den Kopf, bevor er auflegte.

»Versuchen Sie es bei Rob«, sagte Noble. Er sprang aus dem Wagen und lief zum Eingang. Brook kam hinter ihm her. »Warten Sie. Da ist er.«

»Bin froh, dass ich Sie gefunden habe, Sir«, sagte Morton.

»Wo ist Banach?«, fragte Brook rasch.

»Wahrscheinlich auf dem Weg.«

»Ihr Handy ist nicht zu erreichen«, sagte Brook. »Haben Sie Ihre Festnetznummer?«

»Nein.« Moran zögerte. »Sie wollte nicht, dass ich was sage, aber ich glaube, sie macht ein oder zwei Tage krank. Also …«

»Wir wissen, dass sie schwanger ist«, fiel Brook ihm ins Wort. »Erkundigen Sie sich bei der Personalabteilung nach ihrer Festnetznummer. Dann simsen Sie die Adresse ihrer Mutter an DI Gadd. Sie ist auf dem Weg zu Banachs Wohnung. Haben Sie sie gestern Abend zu Hause abgesetzt?«

»Nein, an ihrem Wagen«, sagte Morton. »Was ist los?«

»Wir wissen, wie die vermissten jungen Frauen ins Visier geraten sind«, sagte Noble. »Und wir befürchten, Angie ist die Nächste.«

»Woher wissen Sie von ihrer Schwangerschaft?«, fragte Brook. Charlton kam den Flur herunter auf sie zu.

»Diese Trastevere wusste Bescheid«, sagte Morton.

»Tatsächlich?« Brook nickte, seine Züge wurden hart. »Wie hat Banach es aufgenommen?«

»Schlecht. Sie hat mich beschworen, nichts zu sagen.«

»Also, jetzt ist die Katze aus dem Sack«, sagte Brook. »Aber das könnte ihr geringstes Problem sein. Cooper soll die Fahrzeugbeschreibung ihres Wagens an die Verkehrspolizei geben. Beeilen Sie sich.« Morton hastete davon. »John, schicken Sie zwei Wagen los, die Constance Trastevere und Vater O'Toole abholen sollen, und beantragen Sie einen Durchsuchungsbeschluss für sämtliche Immobilien. Und ich meine alle. Trastevere besitzt zahlreiche Liegenschaften, Cooper soll beim Grundbuchamt eine detaillierte Auflistung besorgen und sich darum kümmern, dass sie alle unter den Durchsuchungsbeschluss fallen. Los.«

»Bereit für die Pressekonferenz, Brook?«, fragte Charlton verdutzt, als zuerst Morton und dann Noble an ihm vorbeiliefen und ihn nur mit einem kurzen Nicken grüßten. »Stimmt was nicht?«

Banach hörte Vogelgezwitscher und öffnete die Augen. Ihr Blick fiel auf eine weiß getünchte Decke, was sie verdutzt zur Kenntnis nahm, weil sie ihr nicht bekannt vorkam. Ihr Kopf pochte, und sie wollte mit den Händen danach tasten, doch die gehorchten ihr nicht.

Als sie an sich hinunterblickte, sah sie, dass sie im Bett lag, ein sauberes weißes Laken bis zum Hals gezogen. Mit den Zähnen zog sie das Laken beiseite und entdeckte, dass ihre Handgelenke mit zwei Lederriemen ans Bett gebunden waren. So sehr sie sich auch bemühte, sie konnte die Arme nicht bewegen, und sie trat aus, um sich davon zu überzeugen, dass ihre Beine nicht gefesselt waren. Sie waren nackt, was ihr seltsam vorkam, aber wenigstens konnte sie sie bewegen. Jemand hatte ihr das Kostüm ausgezogen und ihr ein steifes weißes Baumwollnachthemd übergestreift.

»Was zum Teufel … Wo bin ich?«

Sie rief »Hallo« in das geräumige Zimmer, doch niemand kam herbeigelaufen. An einer Wand war ein Gestell mit verschiedenen Frauenkleidern auf Kleiderbügeln. Ihr Kostüm hing ordentlich am Ende. Regale an der gegenüberliegenden Wand enthielten frisch gewaschene weiße Handtücher und Bettwäsche. An der Außenwand unter dem Fenster war ein Waschbecken und in der Ecke zurückgesetzt seltsamerweise eine Toilette. Spuren an Wand und Decke wiesen darauf hin, dass jemand die Wand zur Toilette eingehauen hatte, um sie ins Zimmer zu integrieren. Abgesehen davon waren in dem Raum nur das Bett und ein Nachttisch. Auf dem Nachttisch lag eine Bibel, daneben standen ein Wasserkrug und eine Schale mit Äpfeln und Orangen, an die sie nicht drankam. Krankenhaus oder Gefängnis?

»Wo ist sie dann?«, wollte Brook wissen.

»Nicht bekannt«, sagte Noble. »Sie ist weder zu Hause noch bei ihrer Mutter, und ihr Auto wurde auch noch nicht gesichtet.«

»Gestern Abend war sie ziemlich fertig«, sagte Morton. »Vielleicht ist sie ein paar Tage irgendwohin gefahren, um den Kopf klar zu kriegen.«

»Und vielleicht ist sie entführt worden wie die anderen«, hielt Noble dagegen. »Sie ist ins Visier der Entführer geraten, als sie in der Rutherford Clinic einen Termin gemacht hat, Rob.«

Morton schüttelte den Kopf. »Was ist mit ihrem Vater? Hat sie Kontakt zu ihm?«

Noble schüttelte den Kopf. »Vor zehn Jahren geschieden. Ist zurück nach Polen gezogen.«

»Vater«, sagte Brook leise.

»Was ist?«

»Der Vater des Kindes«, fuhr Brook, tief in Gedanken, fort. »Constable Ryan …«

»Das Royal«, sagte Noble und lief zur Tür.

Neunzig Minuten später stand Brook vor der Stellwand mit den Fotos der Vermissten. Die versammelten Detectives waren ernst und still. Charlton sah ängstlich drein, nachdem er die Pressekonferenz abgesagt hatte, auf der er hatte erklären wollen, dass Jake Tanner dem Haftrichter vorgeführt worden sei.

Brook vergeudete keine Zeit. »Im Laufe der Ermittlungen sind DS Noble und ich zu der Überzeugung gelangt, dass zwei Menschen für die Entführung von sechs Frauen verantwortlich sind – Valerie Gliszczynska, Nicola Serota, Adrianna Bakula, Daniela Cassetti, Caitlin Kinnear …« Brook zeigte der Reihe nach auf die Fotos, bevor er eine Pause machte, um die Kolleginnen und Kollegen anzusehen. »Und jetzt Constable Anka Banach.«

Gemurmel ging durch den Raum, als Morton auf den Lichtschalter drückte. Cooper hantierte mit der Maus, und die versammelten Kolleginnen und Kollegen sahen auf den Aufnahmen aus Überwachungskameras, wie Banach, als sie in den frühen Morgenstunden zu ihrem Wagen zurückkehrte, auf dem Parkplatz des Royal Derby Hospital entführt worden war. Nachdem zwei Angreifer sie attackiert und in einen weißen Lieferwagen verfrachtet hatten, waren beide Fahrzeuge davongefahren.

»Wissen Sie, wohin sie gefahren sind?«, fragte Charlton, als das Licht anging.

»Kurz gesagt: nein«, erwiderte Cooper. »Lange Antwort: Wir arbeiten daran.«

»Bleiben Sie dran. Und ziehen Sie alles und jeden heran, wenn es sein muss.«

»Danke, Sir.«

»Sie haben Kassia Proch nicht erwähnt.«

»Kassia Proch gehört nicht in die Reihe«, sagte Brook.

»Jung, Ausländerin, nur vorübergehend im Land …«, beharrte Charlton.

»Sie entspricht dem Profil in allen Aspekten dieses Falls, bis auf den entscheidenden, worauf Constable Banach selbst hingewiesen hat«, antwortete Brook. »Kassia Proch war schwanger, als sie ermordet wurde. Die anderen jungen Frauen, die sich wegen eines Schwangerschaftsabbruchs an die Rutherford Clinic wandten, wurden nicht umgebracht. Und das ist der Schlüssel. Sie gerieten ins Visier und wurden entführt, *weil* sie schwanger waren.«

»Und wurden gegen ihren Willen festgehalten, bis die Kinder auf der Welt waren«, sagte Charlton. »Meinen Sie das ernst?«

»Todernst«, erwiderte Brook. »Kassia entschied sich, ihr Kind zu behalten. Und ihrer Krankenschwester Mary Moran zufolge hat die Gruppe von Abtreibungsgegnern, die meiner Meinung nach diese Frauen ins Visier nimmt, davon erfahren. Aus diesem Grund war sie für sie nicht mehr von Interesse.«

»Jetzt mal langsam«, rief Charlton. »Sie wollen doch wohl nicht andeuten, Vater O'Tooles Gruppe wäre für diese Entführungen verantwortlich?«

»Nicht die ganze Gruppe«, räumte Brook ein. »Aber jemand, der mit CRI in Verbindung steht, nutzt deren rechtmäßigen Protest als Deckung, um eine Liste von schwangeren Frauen aufzustellen, sie ins Visier zu nehmen und zu entführen. Constable Banach hat kürzlich einen Termin in der Klinik gemacht und sich damit auf diese Liste gesetzt.«

Charlton schnaubte. »Sie müssen sehr vorsichtig sein mit solchen Anschuldigungen …«

»Wir haben erst gestern Abend erfahren, dass Constable Banach schwanger ist«, unterbrach Brook ihn. »Aber Schwester Moran wusste es schon, denn sie hat mitbekommen, dass Banach einen Termin zur Voruntersuchung in der Klinik gemacht hat. Sie hat auch bemerkt, dass jemand ein Foto von Banach gemacht hat. So wurden die jungen Frauen ins Visier genommen. Rob.«

»Gestern Abend haben Angie und ich Mrs. Trastevere befragt, die diesen CRI-Mob finanziert«, sagte Morton. »Sie hat zugegeben, dass ihre Gruppe Fotos von allen schwangeren Frauen macht, die die Klinik aufsuchen, um sie zu identifizieren. Dann setzen sie sie unter Druck, indem sie sie bei ihren Eltern und Priestern anschwärzen. Mrs. Trastevere wusste, dass Angie schwanger war, und sagte, am nächsten Tag werde es die ganze polnische Gemeinde wissen. Wie Sie sich leicht vorstellen können, war Angie danach ziemlich fertig.«

»Nach diesem Gespräch fuhr Banach zum Royal, um an PC Ryans Bett zu sitzen«, sagte Brook. »Als sie das Krankenhaus verließ, wurde sie, wie Sie gesehen haben, von den beiden Angreifern überfallen, von denen einer uns unbekannt ist.«

»Wir kennen einen der beiden?«, fragte DC Read.

Brook hielt ein Foto hoch. »Bernadette Murphy.«

Wieder erhob sich aufgeregtes Murmeln.

»Eine der vermissten jungen Frauen?«, fragte Charlton. »Sind Sie sich sicher?«

»Nicht hundertprozentig«, antwortete Brook. »Aber wie es scheint, hat Schwester Moran sie unter den Demonstranten vor der Rutherford Clinic gesehen. Sie ist Bernadettes Tante.«

»Dann ist es kein Zufall, dass Bernadette Patientinnen der Klinik ins Visier nimmt«, sagte Cooper.

»Ganz im Gegenteil«, sagte Brook. »Am Abend vor ihrem Verschwinden hatten Bernadette und ihre Tante einen erbitterten Streit über Abtreibung, weil Moran sich an der Klinik beworben hatte. Und alle vermissten jungen Frauen waren Morans Patientinnen. Ich schätze, damit wollte sie es ihrer Tante heimzahlen. Doch woher Bernadette wusste, welche Patientinnen ihrer Tante zugeteilt waren, weiß ich noch nicht.«

»Vielleicht steckt die Tante mit drin«, warf Morton ein.

»Wir haben es noch nicht ausgeschlossen.«

»Ein bisschen jung, oder?«, sagte DC Smee. »Bernadette, meine ich … entspricht nicht gerade dem Profil der typischen religiösen Fanatikerin.« Brook zuckte die Achseln.

»Aber Caitlin Kinnear war nicht schwanger, als sie verschwand, wie passt sie also in die Reihe?«, wollte Charlton wissen.

»In Caitlins Fall glaube ich, waren die Prioritäten andere, auch wenn ich nicht weiß, wieso oder inwiefern«, sagte Brook. »Vielleicht hat sie, als sie an den Demonstranten vorbeiging, nicht schuldbewusst genug gewirkt, und ich tippe darauf, dass sie ihnen ordentlich die Meinung gegeigt hat. Ich weiß es nicht. Aber das sind Fanatiker, und das ist ihr Schwachpunkt. Sie glauben, Gottes Werk zu verrichten, und das mache sie unverletzlich. Diese Überheblichkeit lässt sie eine Polizeibeamtin entführen, selbst nachdem ihre Anführerin zugegeben hat, dass sie Angies Foto in ihrer Gemeinde herumgereicht hat.«

»Vielleicht bestrafen sie Caitlin für ihre Sünden«, schlug Morton vor.

»Möglich«, sagte Brook. »Und wenn dem so ist, ist Caitlin in allergrößter Gefahr.«

»Weil sie nicht schwanger ist«, warf Smee ein.

»Exakt«, sagte Brook. »Sie ist entbehrlich.«

»Sie glauben also, solange Banach schwanger ist, ist sie sicher«, sagte Gadd.

»Ich würde sagen ja«, sagte Brook. »Doch das bedeutet nicht, dass wir Zeit zu vergeuden haben.«

»Zu Hause keine Spur von Trastevere«, rief Noble, der die Einsatzzentrale betrat. »Vater O'Toole ist in Vernehmungszimmer eins.«

»Möchten Sie uns etwas sagen, Brook?«, wollte Charlton wissen.

»DC Cooper hat eine Liste von Liegenschaften zur Durchsuchung zusammengestellt ...«

»Durchsuchung?«, fragte Charlton.

»Vater O'Toole hat CRI mit Connie Trasteveres Geld gegründet«, sagte Brook. »Sie ist verwitwet und unterhält Verbindungen zu militanten Abtreibungsgegnern in den USA. Sie hat auch sehr viele Liegenschaften geerbt ...«

»Was hat denn das mit dem Fall zu tun?«

»Es ist davon auszugehen, dass diejenigen, die diese jungen Frauen entführt haben, Platz und Abgeschiedenheit brauchen«, sagte Noble.

»Das sind doch bestenfalls Spekulationen.«

»Es ist keine Spekulation, dass eine Kollegin von uns in Gefahr ist, Sir«, sagte Noble.

»Sie haben keinen Beweis dafür, dass irgendjemand, der in Verbindung zu CRI steht, ein Verbrechen begangen hat, Sergeant«, sagte Charlton. »Für eine solche Suche ins Blaue hinein wird Ihnen kein Richter einen Durchsuchungsbeschluss erteilen.«

»Dann gehen wir ohne«, versetzte Noble. »Möchten Sie eine weitere Entführung sehen, Sir?«, fuhr er mit einer solchen Vehemenz fort, dass Charlton ins Grübeln kam.

Ausnahmsweise betätigte Brook sich als Friedensstifter. »Sir«, sagte er und trat vor Noble. »Vielleicht können Sie Ihren Einfluss bei Vater O'Toole geltend machen, damit er mit uns kooperiert.«

»Steht er unter Arrest?«

»Er ist auf unsere Einladung hin hier, Sir.«

»Ist Ihnen klar, wie verrückt das klingt?«, protestierte Vater O'Toole. »Junge Frauen zu entführen und sie gefangen zu halten, bis sie ihre Kinder zur Welt gebracht haben.«

»Ja, Patrick«, sagte Charlton.

»Citizens Resisting Infanticide ist eine anerkannte Wohltätigkeitsorganisation«, fuhr O'Toole fort.

»Wir müssen fragen«, fuhr Charlton fort. »Eine Kollegin von uns wurde gestern Abend entführt. Constable Banach. Ich glaube, Sie haben sie kennengelernt.«

Brook und Noble sahen einander verzweifelt an.

»Gütiger Himmel«, sagte O'Toole ehrlich überrascht. »Ist das Ihr Ernst? Die nette junge Polizistin wurde entführt?«

»Wir haben es noch nicht offiziell bestätigt«, sagte Brook. »Und wenn wir einmal davon absehen, wie verrückt es klingt, können Sie uns sagen, ob Mrs. Trastevere je etwas Derartiges erwähnt hat, selbst beiläufig?« Brook sah, dass O'Toole zögerte. »Vater?«

»Ich glaube wirklich nicht, dass über etwas zu reden automatisch bedeutet, dass man es für richtig hält«, sagte O'Toole.

»Wenn Sie etwas zu sagen haben, dann spucken Sie es aus, Patrick«, flehte Charlton.

Schweigen machte sich breit, während O'Toole mit sich rang. Charlton wollten noch etwas sagen, doch Brook schüttelte ganz leicht den Kopf.

Einen Augenblick später sah O'Toole aus, als sei er zu einer Entscheidung gekommen.

»Und?«, fragte Brook.

»Sie hat mir einmal von einer Gruppe in Amerika erzählt, mit der sie vor Jahren in Verbindung stand, den Children of the Lord Jesus Christ. Sie haben Frauen entführt, die in die Klinik gingen. Doch eigentlich war es keine Entführung, mehr eine Intervention. Viele dieser jungen Frauen werden von Freunden, Eltern, ja selbst einer Gesellschaft unter Druck gesetzt, die Mutterschaft gering achtet …«

»Patrick!«

O'Toole atmete tief durch. »Connie sagte, sie würden die jungen Frauen … für ein paar Stunden abfangen, sie an einen geheimen Ort bringen und die relevanten Bibelstellen mit ihnen durchgehen. Sie beteten mit ihnen, bis sie ihre Fehler einsähen.« Er senkte den Blick. »Oder auch nicht. Dann würden sie sie nach Hause bringen oder in eine Kirche.«

»Hat Connie das gutgeheißen?«, fragte Charlton. O'Tooles Lippen waren fest verschlossen. »Patrick.«

»Im Großen und Ganzen ja, aber das heißt nicht …«

»Wo ist sie jetzt?«, fragte Noble.

»Wenn sie nicht zu Hause ist, weiß ich es nicht«, antwortete O'Toole.

»Wissen Sie irgendetwas über Mrs. Trasteveres Liegenschaften?«

»Ich weiß, dass Sie welche hat«, sagte O'Toole. »Mehr nicht.«

»Aber Sie wissen nicht von einem Ort, wo sie besonders gern ist? Irgendwo auf dem Land, weit weg von allem?«

»Soweit ich weiß, verbringt sie ihre Zeit in ihrem Haus in Duffield. Es ist relativ ländlich, hübsche Gegend, sehr schöner Garten. Ihre anderen Liegenschaften sind alle vermietet.«

»Besitzen Sie Häuser, Vater?«, fragte Noble.

»Nein.«

»Nicht einmal eine Wohnung?«

»Die Gemeinde stellt mir ein Heim zur Verfügung«, sagte O'Toole. »Ein kleines Haus in Littleover, hinter der Kirche. Es entspricht meinen Bedürfnissen.«

»Hat die Kirche Immobilien oder Grundbesitz irgendwo im County, zu dem Sie Zugang haben?«, fragte Brook.

»Ich sehe wirklich nicht den Zusammenhang, Brook«, sagte Charlton. Brooks Blick sprach Bände.

»Vater«, drängte Brook, indem er sich wieder dem Priester zuwandte.

»Es gibt einen kleinen Saal auf dem Kirchengelände«, sagte O'Toole. »Den nutzen wir für den Jugendclub.«

»Nichts weiter draußen?«, fuhr Brook fort. »Etwas Größeres, weiter abgelegen.«

»Nein.«

Brook sah zu Noble, der ein Foto von Bernadette Murphy auf den Tisch legte. »Kennen Sie diese junge Frau?«

O'Toole betrachtete das Foto. »Sollte ich?«

»Sie heißt Bernadette Murphy«, sagte Charlton. Brook schlug sich die Hand vors Gesicht, während Noble Charlton mit offenem Mund anstarrte. »Wir sind uns ziemlich sicher, dass sie …«

»Sir«, fuhr Brook auf. »Auf ein Wort?« Er schaltete das Tonbandgerät aus und schob Charlton zur Tür hinaus.

»Ja?«, fragte Charlton, sobald sie draußen waren.

Brook schloss die Tür hinter sich, hielt die Klinke aber fest. »Bitte warten Sie hier.«

»Verzeihung?«

»Oder gehen Sie in Ihr Büro«, sagte Brook. »Aber kommen Sie nicht mehr rein.« Er wandte sich wieder dem Vernehmungszimmer zu, aber Charltons hielt ihn empört auf.

»Würden Sie mir das bitte erklären?«

Brook drehte sich zu Charlton um und wählte seine Worte mit Bedacht. »Es ist mein Fehler, Sir. Sergeant Noble und ich sind ausgebildete Kriminalbeamte. Sie nicht. Ich hätte Ihnen nicht erlauben dürfen, an der Vernehmung teilzunehmen.« Charlton wurde rot, und Brook spürte, dass er jede Sekunde einen Wutanfall bekommen würde, also schlug er einen betont ruhigen und vernünftigen Tonfall an. »Wenn wir Zeugen oder Verdächtige befragen, fragen wir nach Information. Wir geben Informationen, die wir haben, nicht preis, denn das könnte Einfluss darauf haben, was wir zu hören kriegen.«

»Ich habe ihn nur gefragt, ob er sie kennt«, sagte Charlton.

»Nein, Sie haben ihm gerade verraten, dass wir wissen, wer

sie ist. Und jetzt weiß Vater O'Toole, dass er keinen Grund hat zu lügen.«

»Lügen?«, fuhr Charlton auf. »Er ist Priester. Warum sollte er lügen?«

»Jeder lügt«, sagte Brook. »Und wir ermutigen die Leute sogar noch dazu, denn wenn wir sie beim Lügen erwischen, haben wir sie an der Angel.«

»Wollen Sie andeuten, dass Vater O'Toole verdächtig ist?«

»Das muss ich nicht andeuten. Das ist er definitiv.«

»Das verstehe ich nicht.«

»Ich weiß«, erwiderte Brook. »Deswegen sollten Sie das hier uns überlassen.« Rasch schlüpfte er wieder hinein.

»Ja, ich erkenne das Gesicht«, sagte O'Toole. »Ich habe sie ab und zu schon mal unter den Demonstranten gesehen, aber ich habe nie mit ihr gesprochen. Was sagten Sie noch, wie sie heißt?« Brook schaltete die Aufzeichnung von O'Tooles körperloser Stimme aus und sah Noble an.

»Da hat der Chief Super ihm eine hübsche Vorlage geliefert«, bemerkte Noble.

»Allerdings.«

»Was haben Sie zu Charlton gesagt?«, fragte Noble mit einem Grinsen.

»Im Wesentlichen, dass er sich vom Vernehmungszimmer fernhalten und die Befragung den Profis überlassen soll.«

»Autsch.«

»Ja, autsch«, sagte Brook. »Vermutlich ist mein Vorrat an Wohlwollen inzwischen komplett aufgebraucht.« Er sah Noble an. »Setzen Sie jemanden auf Vater O'Toole an, John.«

»Der ihm folgt?« Noble zog eine Augenbraue hoch. »Sie wissen aber schon, dass er Priester ist.«

»Fangen Sie nicht auch noch an! O'Toole hat uns angelogen. Er weiß, wo Trastevere ist, und es besteht die Chance, dass er uns zu ihr führt.«

»Okay«, sagte Cooper und klickte auf die Maus. Brook und Noble sahen sich Banachs Entführung noch einmal an. Die junge Beamtin näherte sich ihrem Auto und schlich sich an die Gestalt unter der Kapuze heran, die, wie es schien, ihren Wagen stehlen wollte.

»Sie hat alles richtig gemacht«, sagte Noble.

»Sie hätte Verstärkung rufen sollen«, sagte Brook.

»Würden Sie danebenstehen und zusehen, wie so ein Schwein Ihren Wagen klaut?«, fragte Noble. »Das macht doch keiner.«

Brook gab ihm mit einem Achselzucken recht. »Warten Sie. Halten Sie an, Dave.«

»Ich habe den Lieferwagen noch nicht«, sagte Cooper.

»Ein Stück zurück«, sagte Brook. Cooper tat es. »Da.« Brook schob den Kopf dichter an den Bildschirm. »Noch ein Auto.«

»Ein Teil von einem Auto«, sagte Noble, der sich ebenfalls bemühte, es zu erkennen. »Sieht aus wie ein Audi. Dr. Fleming?«

»Dr. Fleming«, pflichtete Brook ihm bei. »Das ist sein personalisiertes Kennzeichen.«

»Na ja, er arbeitet dort.«

»Das da ist ein gebührenpflichtiger Besucherparkplatz, John. Fleming ist Facharzt, er hat seinen eigenen Parkplatz.«

Cooper ließ den Film weiterlaufen, und sie sahen zu, wie der stämmigere der beiden Angreifer Banach über die Schulter nahm und zu dem großen weißen Lieferwagen trug, während die schmächtigere Gestalt vorauslief, um die Hecktüren zu öffnen. Eine Minute später bretterte der Lieferwagen über die Ringstraße um das Krankenhaus zum Haupteingang, dicht gefolgt von Banachs Peugeot.

»Sagen Sie mir, dass Sie wissen, wo sie hingefahren sind«, sagte Brook.

»Die grobe Richtung kenne ich«, sagte Cooper. »Sie sind die A 38 nach Norden und haben dann die A 52 in Richtung Ashbourne genommen. Wir können uns nicht hundertprozentig sicher sein, aber ich glaube nicht, dass sie an Ashbourne vorbei sind. Die Kameras, die den Verkehrsfluss überwachen, haben sie hinter Shirley erfasst. Die schlechte Nachricht ist, dass die Kamera vor Ashbourne defekt ist …«

»Wo?«

»Osmaston. Aber ich habe die Kameras auf allen Abfahrten von Ashbourne in der entsprechenden Zeit überprüft, und da sind der Lieferwagen und das Auto nicht drauf.«

»Also lag ihr Ziel irgendwo diesseits von Ashbourne.«

»Das ist immer noch ein recht großes Gebiet«, wandte Noble ein. »Sie könnten sich sogar in Ashbourne selbst verkriechen.«

»Nummernschilder am Lieferwagen?«, fragte Brook.

»Gefälscht«, antwortete Cooper.

»Was ist mit Mrs. Trasteveres Liegenschaften?«, fragte Brook.

»In der Gegend hat sie nichts«, sagte Cooper.

»Verdammt.«

»Da war noch etwas«, sagte Cooper. »Ich habe gesagt, *sie* hat da nichts.«

»Und das heißt?«

»CRI ist eine Wohltätigkeitsorganisation, richtig?«

»Behauptet Vater O'Toole.«

»Also, er hat recht«, sagte Cooper. »Er ist einer der Treuhänder. Nun ist es so, dass man, um die Anerkennung als Wohltätigkeitsorganisation zu erhalten, nachweisen muss, dass man etwas zum Wohl der Öffentlichkeit tut.«

»Fahren Sie fort.«

»Zu diesem Zweck hat Mrs. Trastevere der Organisation eine kleine Liegenschaft in der Nähe von Rodsley überschrieben …«

»Dicht an der A 52«, sagte Noble. »Das könnte es sein.«

»Was ist es?«

»Den Akten zufolge war es früher ein Bauernhof, der aber zu so was wie einem Seminarzentrum umgebaut wurde«, sagte Cooper. »Möchten Sie die Adresse?«

»Allerdings«, sagte Brook und sah Noble an.

»Na dann los«, sagte Noble und nahm seine Jacke von der Rückenlehne des Stuhls. »Kommen Sie nicht mit?«, fragte er, als Brook sich nicht rührte.

»Nehmen Sie Charlton mit.«

»Sie machen Witze.«

»Weit gefehlt. Wir werden da nicht beide gebraucht, und er braucht einen Erfolg, um unser aller willen.«

»Aber …«

»Es wird ihm guttun«, sagte Brook. »Und der Abteilung. Ich gehe zu Fleming.« Noble hätte gern noch weitere Einwände vorgebracht, doch ihm fiel nichts mehr ein, und so nickte er nur zögernd und nahm sich zwei von den Funksprechgeräten, die an der Tür auf einem Gestell aufgeladen wurden, und verließ die Einsatzzentrale.

»Dr. Fleming bitte«, sagte Brook in sein Handy.

»Er ist im Augenblick nicht in der Klink«, antwortete die Empfangsdame der Rutherford Clinic. »Kann ich Sie zu Dr. Simons durchstellen?«

»Schon gut. Ich erwische ihn im Royal.«

»Da werden Sie kein Glück haben«, sagte die Empfangsdame. »Er macht ein paar Tage frei, um in den Peaks zu wandern.«

»Wo in den Peaks?«

»Ich fürchte, diese Information kann ich Ihnen nicht geben, Sir.«

»Hier ist DI Brook, Kriminalpolizei Derby.«

»Ich habe strikte Anweisungen …«

»Und ich ermittle in einem Mordfall.«

Eine Pause am anderen Ende. »Das muss ich abklären. Lassen Sie mich kurz mit …«

Brook legte auf und tippte eine SMS an Noble. ***Fleming könnte in Rodsley sein. Viel Glück.***

»Erzählen Sie mir mehr über CRI, Dave.«

»Viel zu erzählen gibt es nicht«, sagte Cooper. »Gegründet 2012 …«

»In dem Jahr, in dem Bernadette verschwand. Wie viele Treuhänder?«

»Nur drei. O'Toole, Constance Trastevere und eine Dr. Cowell.«

Brook starrte ihn an. »Helen Cowell?«

Brook lief den Flur von Cowells Station hinunter. Er kramte seinen Dienstausweis heraus und hielt ihn der nächsten Krankenschwester vor die Nase. »Dr. Cowell. Wo ist sie?«

»Ich fürchte, Sie haben sie eben verpasst«, sagte die Schwester. »Sie ist vor ungefähr fünfzehn Minuten weg.«

»Was für ein Auto fährt sie?«

»Ich weiß nicht, ob ich Ihnen das …«

»Es geht um Leben und Tod«, sagte Brook.

»Ihr Auto ist letzte Woche kaputtgegangen«, rief eine andere Schwester. »Sie hat sich für ein paar Tage Dr. Flemings Auto geliehen, solange er in Urlaub ist. Einen Audi …«

Brook rannte hinaus zum Parkplatz, das Handy am Ohr. »Glück gehabt, Dave?«, bellte er, als Cooper ranging.

»Die Kollegen von der Streife sagen, Cowell ist nicht zu Hause.«

»Sagen Sie ihnen, sie sollen dort bleiben. Und dann geben Sie die Details an die Verkehrspolizei. Sie fährt einen schweren Audi, der Fleming gehört, das Kennzeichen haben Sie. Und finden Sie heraus, ob sie sonst noch irgendwo Liegenschaften hat.«

»Das habe ich schon überprüft. Sie hat nur das Haus in Ockbrook.«

»Was ist mit O'Toole?«

»Er steht im Wählerverzeichnis, aber nicht als Hausbesitzer, und er hat keine Immobilien auf seinen Namen.«

Brook kam ein Gedanke, und er schlug gegen das Dach seines Wagens. »Schwägerin«, murmelte er.

»Was soll das bedeuten?«, fragte Cooper.

»Vater O'Tooles Schwägerin starb bei der Geburt.«

»Und?«

»Also muss er irgendwann mal einen Bruder gehabt haben.«

»Samuel O'Toole«, las Cooper eine Minute später von seinem Bildschirm ab. »Lebt noch und wohnt in Derbyshire.«

»Haben Sie eine Adresse?«

32

Als sie hörte, dass der Riegel zurückgeschoben wurden, drehte Banach den Kopf. Bernadette Murphy erschien mit einem Tablett. Sie stellte es auf den Klapptisch des Nachtschranks und schob diesen mit einem strahlenden Lächeln über das Bett. »Wie geht es der Patientin?«

»Was glauben Sie wohl?«

»Aufgeregt, vermute ich«, sagte die Rothaarige. Sie schlug das Laken zurück und löste nicht ohne Mühe eine der steifen Schnallen an den Lederriemen, mit denen Banachs linkes Handgelenk gefesselt war.

Banach tastete mit der freien Hand nach der Beule an ihrem Kopf.

»Zeke hat's ein bisschen übertrieben, was? Das tut mir leid. Er ist ein Schatz, aber er weiß einfach nicht, wie stark er ist.«

»Sie müssen mich gehen lassen. Ich bin Polizeibeamtin.«

Bernadette lächelte. »Das wird nicht passieren. Die Eingewöhnung braucht Zeit, aber Sie kriegen das hin. Ich hoffe, Sie haben Lust aufs Mittagessen.« Sie stopfte Banach ein zweites Kissen in den Rücken und hob mit Schwung die Servierglocke vom Teller. »Bitte sehr. Heute gibt es zu Ehren Ihrer Ankunft ein T-Bone-Steak. Gute Proteine.« Banach blickte auf das Steak, das bereits in mundgerechte Happen geschnitten war. »Dazu haben wir Kartoffelpüree, Erbsen und Soße und ein Glas Apfelsaft, um alles runterzuspülen.«

»Wie wäre es mit einem Glas Wein?«

Bernadette hob eine Augenbraue. »Von jetzt an keinen Alkohol mehr, Anka. Sie tragen Verantwortung.«

»Warum machen Sie das, Bernadette?«

»Nicht zu fassen, dass Sie wissen, wer ich bin. Suchen die wirklich immer noch nach mir?«

»Verschwunden am 4.7.2012.«

»Ich sollte wohl geschmeichelt sein«, sagte Bernadette. »Die Garda würde nach einer Woche im Pub die Achseln zucken.«

»Was zum Teufel ist mit Ihnen passiert?«

»Ich habe Zeke kennengelernt und einen anderen Weg eingeschlagen. Jetzt folge ich dem Herrn.«

»Ist es Ihnen egal, dass Ihre Familie sich Sorgen macht? Ihre Tante …«

»Meine Tante ist eine mörderische Fotze!«, fuhr Bernadette auf. »Sie bringt für Geld Ungeborene um. Verstehen Sie? Das ist mit mir passiert. Als meine Tante beschloss, in einer Abtreibungsklinik zur Mörderin zu werden, war mir klar, dass ich etwas tun musste.«

»Ihre Tante arbeitet in der Rutherford Clinic?«

Bernadette lächelte. »Haben Sie das nicht gewusst? Sie haben sie kennengelernt. Ich habe Sie mit ihr gesehen.«

Banach überlegte. »Schwester Moran?«

»Moran!«, höhnte Bernadette. »Die Schlampe hat nicht mal ihren Ehenamen behalten. Noch ein heiliges Versprechen gegenüber Gott gebrochen.«

»Sie macht nur ihre Arbeit.«

»Und Zeke und ich tun unsere. Gott steht über der Familie. Ein Werk, das der Herr uns bestimmt hat. Ungeborene retten.«

»Sie meinen, Sie wollen mein Kind retten?«

»Nichts zu danken. Und jetzt essen Sie, solange es warm ist.«

»Das ist viel zu viel«, sagte Banach.

»Nicht mehr.«

»Verstehe. Für zwei essen.« Banach nickte. »Und wenn ich dieses Kind nicht will?«

Bernadettes Züge wurden hart. »Zum Glück für Ihr Kind steht das nicht zur Debatte.«

»Aber ich habe eine Karriere.«

»Zur Hölle mit Ihrer Karriere«, versetzte Bernadette. »Gott hat Ihnen ein Geschenk gemacht, und in diesem Haus brüskiert man Gott nicht.«

»Aber ...«

»Gar nichts aber«, sagte Bernadette. »Seien Sie froh, dass Sie schwanger sind, denn wenn Sie es nicht wären, garantiere ich Ihnen, dass Sie gestürzt würden wie die Hure Babylon, und dann wäre Ihr Leben keinen Pfifferling mehr wert.«

Banach starrte sie an. »Wie Caitlin Kinnear?«

Bernadette wandte den Blick ab. »Caitlin war ein Fehler.«

»Ein Fehler?«

»Vergessen Sie's. Essen Sie.«

»Nein.«

»Essen Sie!«

»Sonst?«, sagte Banach. »Schlagen Sie mich. Töten Sie mich.« Sie sah die Unsicherheit in Bernadettes Miene. »Das tun Sie natürlich nicht. Nicht solange ich schwanger bin.«

»Wir könnten Sie zwangsernähren.«

»Ich habe eine bessere Idee«, sagte Banach. »Erzählen Sie mir von Caitlin. Dann esse ich. Ich kann hier schließlich nicht weg, also ist es doch egal, oder?« Sie griff zur Gabel und hob eine Portion Kartoffelpüree an den Mund. »Riecht gut.«

Bernadette starrte sie mürrisch an und senkte dann den Blick. »Na gut. Zekes Vater hat seine Frau bei seiner Geburt verloren. Der arme Mann ist mit der Einsamkeit und der Trauer nicht zurechtgekommen und hatte einen Schlaganfall. Es war alles sehr tragisch.« Sie zögerte und starrte auf die Gabel in Banachs Hand.

Banach nahm den Bissen und fing an zu kauen. »Mhm, lecker.«

»Vor ein paar Monaten hat Zeke rumgealbert, wir sollten seinem Vater eine junge Frau suchen, die ihm Gesellschaft leisten kann. Eine, der es egal sei, wem sie sich hingebe, eine, die nicht schwanger sei und ihm eine richtige Frau sein könne.« Bernadette grinste, dann flüsterte sie so leise, als pustete sie eine Kusshand: »Körperlich.«

»Und Sie haben Caitlin ausgewählt«, sagte Banach und schluckte ihre Abscheu herunter.

»Nein, die Hure hat uns ausgewählt.« Bernadette blickte auf den Teller, und Banach zwang sich, ein Stück Fleisch in den Mund zu nehmen. »Zeke war eines Abends unter den Demonstranten vor der Rutherford …«

»Und hat Fotos von zukünftigen Opfern gemacht?«

»Sie haben's kapiert. Sehr clever. Also, wenn man ein bisschen Zeit dort verbringt, weiß man, dass alle Frauen, die diesen gottverlassenen Ort aufsuchen, Schuldgefühle haben. Selbst Sie. Das brauchen Sie gar nicht zu leugnen. Doch als Zeke und die anderen diese Kinnear ansprachen, trafen sie auf eine, die nicht die geringsten Schuldgefühle empfand. Ja, schlimmer noch, sie hatte nur Obszönitäten übrig für Gott und unser Werk.«

»Vielleicht war sie der blasphemischen Ansicht, ihr Körper gehöre ihr.«

»Dann hätte sie ihn kontrollieren sollen, bevor sie schwanger wurde.«

»Dann sind Sie für Empfängnisverhütung?«

»Selbstverständlich«, fuhr Bernadette auf. »Wir sind keine Fanatiker. Benutzen Sie, was Sie wollen, wenn Sie ein egoistisches Leben leben wollen. Aber werden Sie nicht schwanger, denn sobald die Frucht in Ihnen wächst, gehört dieses Leben Gott. Nicht Ihnen.«

»Sie haben Caitlin also entführt, obwohl sie bereits nicht mehr schwanger war.«

»Zeke wollte Gesellschaft für seinen Vater. Und um ihr eine Lektion in Demut zu erteilen. Wir haben es mit einer der anderen jungen Frauen versucht …«

»Anderen jungen Frauen?«

»Einer der Mütter … aber sie schrie, sobald er in ihre Nähe kam. Nicht dass ich ihr daraus einen Vorwurf machen könnte.«

»Und jetzt ist diese andere junge Frau tot«, sagte Banach.

»Nein, das ist sie natürlich nicht.«

»Und wo ist sie dann? *Gestürzt wie die Hure Babylon.*«

»Sie ist auf dem Weg in ihr neues Leben in Amerika.«

Banach brachte ein Lachen zustande. »Leck mich.«

»Es stimmt. Wir haben Geld. Eine reiche Gönnerin.«

»Sie meinen Mrs. Trastevere?«, fragte Banach. Bernadette hob eine Augenbraue. »Und die anderen jungen Frauen? Daniela, Adrianna, Nicola, Valerie?«

Bernadette glotzte sie mit offenem Mund an. »Sie sind gut.«

»Antworten Sie.«

»Die sind alle in Amerika. Einige haben ihre Kinder mitgenommen. Andere haben sie für einen kleinen Anteil der Gebühr zur Adoption durch reiche kinderlose Paare freigegeben. Das trägt zu unserer Finanzierung bei.«

»Und das wird man mir auch anbieten?«

»Ja.«

Banach grinste. »Glauben Sie wirklich, ich schluck den Scheiß? Das Ding hier stinkt doch hundert Meter gegen den Wind nach einer linken Masche.«

»Es ist keine …«

»Ich bin Polizeibeamtin, Bernadette. Sie wissen so gut wie ich, dass Sie nicht das Risiko eingehen können, mich wieder gehen zu lassen.«

»Vertrauen Sie mir«, sagte Bernadette und machte sich daran, die Laken glatt zu streichen. »Wenn wir Ihnen Ihr Kind in die Arme legen, ändert sich alles. Bis dahin sorgen wir für Sie wie für eine Göttin. Das beste Essen, die beste Behandlung …«

»Behandlung?«, schnaubte Banach.

»Wir haben eine Ärztin im Team«, sagte Bernadette und sah auf die Uhr. »Ihr sind Sie auch schon begegnet.« Sie lächelte neckisch. »Hat natürlich ein paar Wochen dort als Vertretung gearbeitet und das Entsetzen mit eigenen Augen gesehen. Sie ist wieder gegangen, hat aber ihr Passwort behalten, sodass wir Zugang zu den Patientinnenakten derer haben, die wir wollen …«

»Was?«, rief Banach aus. »Etwa Dr. Cowell?«

»Sie muss jeden Moment hier sein. Sehen Sie! Wir überlassen bei Ihrem Baby nichts dem Zufall.«

»Mein Gott.«

»Amen, Schwester.«

»Aber wir haben uns eine Liste der in der Rutherford Clinic Beschäftigten geben lassen«, sagte Banach verwirrt. »Dr. Cowell war nicht darunter.«

»Das ist das Schöne, wenn man Zugang zur Datenbank hat«, sagte Bernadette. »Dann kann man seine eigenen Akten löschen.« Ihr Lächeln wurde boshaft. »Und dafür sorgen, dass man nur die Patientinnen der eigenen mörderischen Hure von einer Tante entführt.«

»Hübsch.« Banach schaute kurz auf sie. »Warum erzählen Sie mir von Dr. Cowell?«

»Weil Sie jetzt zur Familie gehören«, sagte Bernadette. »Wir vertrauen einander.«

»Dann lösen Sie die Fesseln.«

»Eins nach dem anderen, Anka – sobald Sie den Wert unserer Arbeit begreifen. Und auf das geringe Risiko hin, dass Sie … dass Sie Ihr Kind nicht annehmen können, wird es einem Paar angeboten, das sich verzweifelt ein Kind wünscht, das es lieben kann.« Unwillkürlich fuhr Bernadette mit der Hand über ihren Bauch.

»Wie Sie?«

Bernadettes Lächeln verschwand. »Ihr Essen wird kalt.« Unglücklich sah Banach zu dem vergitterten Fenster. »Sie können schreien, so viel Sie wollen.«

»Woher haben Sie das gewusst?«

»Das machen alle. Zuerst. Aber das Zimmer ist schallisoliert, also sparen Sie sich Ihren Atem. Außerhalb dieser vier Wände kann Sie niemand hören.«

Beklommen senkte Banach den Blick auf das Tablett. Sie begriff, dass sie alle Kraft brauchen würde, um hier rauszukommen, und so spießte sie noch ein Stück Fleisch auf.

Das Klingeln eines Telefons drang von irgendwo im Haus durch die offene Tür, und Bernadette verließ das Zimmer. Sekunden später wurden die Riegel vorgeschoben, und Banach ließ die Gabel sinken, nahm den Knochen vom Teller und riss mit den Zähnen an dem Fleisch.

In einem plötzlichen Regenguss bog Brook am Mackworth-Kreisel links auf die A52 in Richtung Ashbourne. Er fuhr dieselbe Strecke, die Noble und Charlton am Nachmittag – mit Read, Morton und DI Gadd im Schlepptau – genommen hatten, sobald der Durchsuchungsbeschluss ergangen war.

Der Himmel hing tief und dunkel, die Straßen waren nass. Brook richtete den Blick kurz auf sein Handy und fluchte innerlich, dass er aus der Einsatzzentrale kein Funkgerät mitgenommen hatte. Er hatte eigentlich zum Krankenhaus fahren wollen und war davon ausgegangen, sein Handy würde genügen, doch als das Handysignal draußen auf dem Land immer schwächer wurde, bemerkte er seinen Fehler.

Fünf Minuten später bog der Wagen vor ihm ab, und Brook hatte einen Audi vor sich. Schlagartig wurde ihm bewusst, dass es Flemings Wagen war. Das personalisierte Kennzeichen ließ keinen Zweifel. Er nahm das Handy vom Beifahrersitz – immer noch kein Signal.

»Verdammt. Auf dem Weg nach Rodsley, wie ich hoffe«, sagte er.

Zehn Minuten später ließ der Audi die erste Abfahrt in das Dorf Shirley, die durch Rodsley geführt hätte, links liegen. Als Cowell auch an der zweiten Zufahrtsstraße vorbeifuhr, ging Brook auf, dass es noch eine dritte Möglichkeit gab. Er hielt sich die Wegbeschreibung zur Jobs Wood Farm vors Gesicht.

»Die nächste rechts, Doktor?«

Und tatsächlich bog der Audi in eine enge kleine Straße, die Rough Lane hieß. Brook verlangsamte, um ebenfalls abzubiegen, und fuhr gemächlich, um ein wenig Abstand zwischen den Audi und sich zu bringen. Wenn Cowell zu Samuel O'Tooles Bauernhof fuhr, würde sie dort sein, wenn er ankam, und er wollte sie nicht verscheuchen.

Bernadette sah zu, wie Zeke den Deckel von dem dampfenden Topf nahm. Das Wasser war so weit abgekühlt, dass er einen großen Schaumlöffel unter den Kopf schieben, ihn aus der milchigen Flüssigkeit heben und in einen Eimer plumpsen lassen konnte. Danach holte er zwei Hände und zwei Füße heraus.

»Ähm«, sagte eine Stimme hinter ihm.

Zeke drehte sich um und lächelte den Wasserspeier mit seiner verdrehten rosa Zunge auf dem Eckstuhl an. »Nein, das ist für die Schweine, Dad.« Er zwinkerte Bernadette zu. »Italienischer Schweinefraß.«

»Sehr witzig«, erwiderte sie ohne Freude. »Was hast du mit dem Geschlinge gemacht?«

»Die gehackten Innereien und Organe habe ich heute Morgen in den Trog getan. Du hättest das Palaver hören sollen. Der reinste Schweinehimmel.« Mit einem Nicken wies er auf den Eimer. »Jetzt, wo die weichgekocht sind, kommen sie mit den Beinen und dem Rumpf in den Wolf.«

»Gut. Sorg dafür, dass bis morgen alles im Trog landet.«

»Kein Problem«, antwortete Zeke, ohne den Blick von ihr zu wenden. »Was ist los, eh?«

»Mrs.T war am Telefon. Die Polizei war bei ihr. Sie meint, wir müssen verduften.«

»Die Polizei?«

Bernadette legte die flachen Hände auf den Küchentisch. »Wir haben eine Polizistin entführt, Zeke.«

»Ich weiß, aber wie kommen die denn auf Mrs.T?«

»Scheint, als hätten sie eine Weile daran gearbeitet«, sagte Bernadette. Sie nickte zur Decke. »Die Superschlaue weiß, wer ich bin und von einigen der anderen jungen Frauen auch.«

Zeke nahm ihre Hände. »Es war nicht deine Schuld, Red. Cowell hätte sie niemals auswählen dürfen.«

»Das ändert leider nichts. Die Polizei wird keine Ruhe geben, bis sie sie gefunden haben.«

»Sollen sie es doch versuchen«, sagte Zeke und zog sie an sich. »Wir stehen unter Gottes Schutz.«

Sie lehnte den Kopf an seine Schulter, und eine Träne fiel auf ihre Wange. »Das ist nicht alles. Mrs.T sagt, sie nimmt die Jungen mit.«

»Unsere Jungen?«

»Es sind nicht unsere Jungen, Zeke.«

»Aber sie hat gesagt, wir könnten sie haben.«

Bernadette lächelte unter Tränen. »Ich weiß. Aber sie sind Beweise.« Jetzt war es an Zeke, eine Träne wegzudrücken. Sie rieb seinen Arm, bis er sie ansah. »Wenn das hier sich beruhigt hat, kommen wir wieder zusammen. Mit den Jungen.«

»Ein neues Leben in Amerika?« Bernadette lachte, und Zeke rang sich ein trauriges Lächeln ab.

Sie berührte die Narben auf seiner Wange. »Na komm. Mach das hier fertig, und dann musst du die Kinnear-Hure verarbeiten. Sie hat es nicht besser verdient.«

»Was machen wir mit …?« Er beendete den Satz nicht, sondern hob nur den Kopf in Richtung der Decke.

»Ist noch nicht entschieden.«

»Sie trägt einen Teil von Gottes Plan in ihrem Leib.«

»Ich weiß.« Ein Wagen, der auf den Hof fuhr, lenkte Bernadette ab, und sie spähte aus dem vergitterten Fenster. Ängstlich winkte sie Zeke zu sich. »Kennst du den Wagen?«

Zeke schüttelte den Kopf. »Das ist ein Audi.«

»Sieh nach, wer es ist.« Er schloss die Küchentür auf, öffnete die Riegel und wollte gerade nach draußen gehen. »Zeke!« Mit einem Nicken wies Bernadette auf den Eimer. Zeke deckte ihn mit einem Küchenhandtuch zu.

»Es ist die Ärztin«, rief er vom Hof.

Bernadette sah, dass in dem Topf mit dem dampfendem Kochwasser ein Fingernagel schwamm, und tat den Deckel darauf.

»Wie geht es der Patientin?«, hörte sie die Ärztin fragen.

»Gut«, antwortete Zeke und trat wieder über die Schwelle. Helen Cowell folgte ihm in die Küche.

»Neues Auto?«, fragte Bernadette.

»Habe ich euch Angst gemacht?«, fragte Cowell mit einem Lächeln.

»Ja, wenn ich ehrlich bin«, antwortete Bernadette, ohne ihr Lächeln zu erwidern. »Wo wir doch gestern Abend eine Polizeibeamtin entführt haben.«

»Probleme mit dem Auto. Musste mir eins von einem Kollegen borgen.«

»Hast du gehört, was ich gesagt habe?«

Cowell öffnete ihre Arzttasche. »Das übliche Zimmer?«

»Hast du gewusst, dass sie Polizistin ist?«, hakte Bernadette nach. »Die Neue?«

Cowell sah sie abwesend an. »Ja.«

»Himmel. Was zum Teufel hast du dir dabei gedacht?«

»Ich habe gedacht, dass sie eine Abtreibung vornehmen lassen will.« Cowell sprach jedes Wort laut und deutlich aus, als hätte sie es mit einer Debilen zu tun.

»Das ist kein Grund, vom üblichen Vorgehen abzuweichen.«

»Was tun wir denn hier anderes, als ein unschuldiges Leben zu retten?«

»Ja, toll«, feixte Bernadette. »Du gibst uns grünes Licht, und jetzt ist die Kacke am Dampfen. Ich hatte schon Mrs.T am Telefon.«

»Was wollte sie?«

»Sie ist ausgerastet, als ich es ihr erzählt habe.«

»Sonst noch was?«

Bernadette tauschte einen scharfen Blick mit Zeke. »Sie hat gesagt, wir sollen vorsichtig sein.«

»Guter Rat«, sagte Cowell und ging zur Treppe.

»Eins noch«, sagte Bernadette. »Sie ist Britin.«

»Na und?«

»Ausländerinnen zu überzeugen, sie könnten nach der Geburt das Land verlassen, mag ja noch angehen, aber eine Britin ... Sie hat es sich in den Kopf gesetzt, dass wir sie umbringen, sobald ihr Kind auf der Welt ist.«

»Ich rede mit ihr«, sagte Cowell und verschwand die Treppe hinauf. Zeke sah Bernadette auffordernd an, und sie eilte hinter der Ärztin her. »Es ist okay. Ich kenne den Weg.«

»Ich muss das Essenstablett holen.«

»Hast sie schon dazu gekriegt zu essen.« Cowell lächelte. »Ich bin beeindruckt. Hätte gedacht, sie wäre sturer.« Am oberen Treppenabsatz betrachtete sie den Flur – das zugenagelte Fenster, den nackten Fußboden. »Was ist aus dem Teppich geworden?«

»Der war ein bisschen schmuddelig«, sagte Bernadette und öffnete die Riegel an Banachs Tür.

»Und das Fenster?«

»Kids, die vorbeikamen«, antwortete Bernadette, ohne ihrem Blick zu begegnen. Sie zuckte die Achseln, als Cowell ungläubig eine Augenbraue hob. »Langeweile.«

»So viel zur ländlichen Idylle«, witzelte Cowell und trat durch die Tür.

An einer Abzweigung hielt Brook sich rechts und fuhr dann über eine Kreuzung. Es wurde dunkel, und er schaltete das Licht ein. Zu seiner Rechten ragten die Bäume von Jobs Wood auf, und nachdem er an einem kleinen Teich vorbeigekommen war, hielt er an einem vermoderten Holzschild – Jobs Wood Farm. Er schaltete die Scheinwerfer aus und lenkte den Wagen von der Straße zwischen die Bäume auf einen Feldweg, holperte über ein Kuhgitter und durch einen Bach.

Durch die Bäume konnte er einen Blick auf das Bauernhaus werfen. Es war recht groß, wenn auch nicht so groß wie die moderne Scheune dahinter. Beide Gebäude lagen leicht erhöht über den umgebenden Feldern, von dort hatte man einen guten Blick auf alles, was sich auf dem Feldweg näherte.

Brook hielt, bevor der Wagen aus der Deckung kam, und versuchte noch einmal das Handy, doch er kam dreimal nicht durch. »Verdammt«, murmelte er. Die Vorschrift besagte, auf Verstärkung zu warten, doch er empfand so etwas wie väterliche Verantwortung für Banach, nachdem er sie in seine Einheit geholt hatte. Er legte den ersten Gang ein, hielt aber inne, als er die Scheinwerfer eines weiteren Wagens die Straße herunterkommen sah. Rasch fuhr er rückwärts vom Feldweg unter die Deckung riesiger überhängender Farne, machte den Motor aus und schob sich in einer Bewegung aus der Fahrertür.

Er lief zurück zum Feldweg und kauerte sich gerade noch rechtzeitig hinter einige Sträucher, um zuzusehen, wie ein eleganter schwarzer Land Rover kurzen Prozess mit der holprigen Landstraße machte und zum Haus hin wieder beschleunigte. Hinter dem Lenkrad saß eine vertraute Gestalt.

»Sie nehmen es gut auf, Angie«, sagte Cowell und wischte sich die Hände mit einem Desinfektionstuch ab. Banach schwieg.

»Anka ist der Name, den Gott ihr gegeben hat«, sagte Bernadette.

»Ja«, sagte Cowell. »Tut mir leid, das mit dem Kopf, Anka,

aber in Ihrem Zustand können wir keine starken Medikamente riskieren.« Banach saß vollkommen reglos auf dem Bett und folgte mit dem Blick Cowells Bewegungen durchs Zimmer.

»Ordentlicher Appetit«, sagte Bernadette und entfernte das Tablett. Banach sah zu, wie sie den Teller nahm, und hoffte, dass ihr nicht auffiel, dass zwischen den knorpeligen Resten des Steaks etwas fehlte. Um ihre Entführerin abzulenken, legte sie die Hand gehorsam in den offenen Lederriemen, und Bernadette stellte das Tablett ab, um die Schnalle zu schließen.

»Reicht eine Hand nicht?«, fragte Banach.

»Nein«, antwortete Bernadette.

»Sie hat recht«, sagte Cowell. »Wir haben das alles schon besprochen. Ihr müsst die Patientinnen herumlaufen lassen, damit ihr Kreislauf auf Trab bleibt. Raus kann sie ja nicht, und dann müsstet ihr auch nicht dauernd hochkommen, um sie auf die Toilette zu lassen.«

Bernadette zog den Riemen so eng, wie sie konnte, bis Banach zusammenzuckte. »Sie ist Polizistin, vergiss das nicht.«

»Was habe ich gerade gesagt?«, fuhr Cowell auf und trat ans Bett. »Du drückst ihr das Blut ab.«

»Sie sorgen sich um meinen Kreislauf«, sagte Banach mit zusammengebissenen Zähnen, »aber in sechs Monaten, sobald ich auf die Welt gebracht habe, womit Sie ordentlich Reibach machen können, lassen Sie zu, dass diese Fanatiker mich schlachten.«

»Halt das Maul, Hure!«, fuhr Bernadette auf.

»Anka«, sagte Cowell kopfschüttelnd und warf Bernadette einen aufgebrachten Blick zu. »Darum geht es hier nicht. Sobald Ihr Kind sicher und wohlbehalten auf der Welt ist, bieten wir Ihnen ein neues Leben. Mrs. Trastevere ist eine wohlhabende Frau, und Sie können gehen, wohin …«

»Blödsinn«, sagte Banach. »Das Märchen hat vielleicht bei Caitlin und ein paar von den anderen gezogen, aber ich bin Polizeibeamtin. Für wie naiv halten Sie mich eigentlich?«

Cowells Gesicht zeigte Verwirrung. »Caitlin? Das war die junge Frau in dem ausgebrannten Lieferwagen, nicht wahr?«

»Aaah.« Banach lächelte, als ihr ein Licht aufging. »Sie erfahren also auch nur, was Sie wissen müssen. Caitlin war nicht schwanger, also brauchten Sie von ihr nichts zu wissen.«

»Was reden Sie da?«

»Ich spreche davon, dass Ihre Gruppe Caitlin Kinnear entführt hat«, sagte Banach.

»Sind Sie fertig hier drin, Doc?«, fragte Bernadette. »Ich hab noch zu tun.«

»Sie tun besser, was Bernadette sagt, Doc«, sagte Banach. »Bevor Sie noch mehr erfahren.«

»Gehen wir«, befahl Bernadette.

»Oder bleiben Sie und erkundigen sich nach Caitlin und dass man sie zur Ersatzfrau für Zekes Vater machen wollte.« Banachs heller Blick war die reinste Herausforderung.

Cowell wandte sich Bernadette zu. »Was redet sie da, Bernie?«

Bernadette zögerte. »Sie ist Polizistin. Sie will dich provozieren.«

»Fragen Sie sie, was sie mit ihr gemacht haben«, sagte Banach.

»Das muss ich nicht«, sagte Cowell. »Caitlin Kinnear ist in einem brennenden Lieferwagen in Derby ums Leben gekommen. Zwei Brüder haben sie entführt und den Wagen in Brand gesteckt. Es war in den Nachrichten und in allen Zeitungen.«

»Das dachten alle«, sagte Banach. »Aber das war eine junge Polin namens Kassia. Inzwischen wurde Caitlin von dieser Bekloppten da und ihrem Freund, dem Psycho, entführt und hier als Konkubine für seinen verkrüppelten Vater gehalten.«

»Das reicht«, befahl Bernadette und marschierte ums Bett, um die Fesseln enger zu ziehen.

»Scheint, als hätte sie den Gotteskriegern vor der Klinik hübsch die Meinung gegeigt.« Banach verzog das Gesicht ob der Schmerzen.

»Ich hab gesagt, du sollst das Maul halten, Hure.«

»Hör auf, Bernie.« Cowell versuchte, die drahtige Rothaarige wegzuziehen. »Du verletzt sie noch.« Doch Bernadette schubste sie weg und zwängte den Dorn der Schnalle in das engste Loch.

»Das tut weh«, schrie Banach.

Ein schwerer Wagen fuhr dröhnend vor dem Haus vor, und Bernadette lief ans Fenster und sah hinunter in den düsteren, kopfsteingepflasterten Hof. Aus dem Land Rover stiegen Vater O'Toole und Mrs.Trastevere. Bernadette blieb der Mund offen stehen.

Als sie sich umdrehte, sah sie, dass Helen Cowell den Lederriemen um Banachs Handgelenk löste.

»Lass das!«, befahl sie ihr, marschierte zum Bett zurück und schob Cowell zur Seite. »Sie ist ein Bulle, du Idiotin.«

Sie beugte sich wieder über den losen Riemen, um ihn nochmals festzuzurren, doch Banach zog schnell wie der Blitz den schartigen Knochen in ihrer Faust heraus und stieß ihn Bernadette mit Wucht ins Auge. Die Knochensplitter, die Banach mit den Zähnen noch angespitzt hatte, drangen in die Höhle, und Bernadette stieß ein heilloses Schmerzensgeheul aus und taumelte, die Hände vors Gesicht geschlagen, nach hinten.

Schreiend stürzte sie sich wieder auf das Bett, wo Banach ihre ungefesselten Beine hochriss und Bernadette um den Hals schlang, sie aufs Bett zog und mit aller Kraft zudrückte.

Cowell eilte herbei, um Bernadette wegzuziehen, doch Banachs Umklammerung war zu fest. Also stürzte sie sich auf Banach, die den Knochen fallen ließ und die Ärztin an den Haaren packte und drehte, so fest sie konnte, während sie sich an den kläglichen Fausthieben der Ärztin nicht weiter störte. Bald schrie auch Cowell, doch Banach drehte nur noch fester und spürte voller Befriedigung, dass sich unter ihrem eisernen Griff die ersten Haarwurzeln lösten.

Irgendwann riss Cowell sich los und schoss auf ihre Arzttasche zu. Zurück blieb eine Faust voll glänzender schwarzer

Haare. Banachs rechte Hand war noch gefesselt, doch sie drückte weiterhin mit den Oberschenkeln den Hals der Rothaarigen zu, deren Widerstand schwächer wurde. Da sie aber gleichzeitig nicht mehr Cowell abwehren musste, konnte sie sich jetzt an dem Riemen an ihrer rechten Hand zu schaffen machen. Er war steif, aber nicht so fest gezurrt wie der linke, und als Cowell sich ihr mit einer Spritze näherte, konnte sie ihn öffnen und der Ärztin einen ordentlichen Kinnhaken versetzen.

Banach hörte den Kiefer knacken, und Cowell stand einen Augenblick reglos da, bevor ihre Arme sanken, ihre Augen nach hinten rollten und sie in sich zusammensackte wie ein Abrisshaus. Banach sprang auf die Füße, ließ Bernadette zu Boden sinken und stürzte sich dann mit einem Fausthieb auf sie, für den sie weit, weit ausgeholt hatte.

Beide Frauen lagen reglos am Boden, Banachs heftige Atemzüge waren das Einzige, was zu hören war. Barfuß trat sie über Bernadette, nahm Cowell die Spritze aus der Hand und stieß sie ihr unsanft in den Hals und drückte sie halb leer. Sie zog die Spritze wieder heraus und verpasste Bernadette den Rest.

»Schlaft schön, Mädels«, keuchte sie.

Nur in Nachthemd und Unterwäsche schlich sie auf Zehenspitzen ans Fenster. Viel Zeit zum Überlegen hatte sie nicht, und so kramte sie in Cowells Handtasche nach deren Handy, aber wenn die Ärztin eins dabeihatte, hatte sie es wohl im Auto gelassen.

Banach lief in den Flur, schloss die Tür und schob die Riegel vor. Sie öffnete sämtliche Türen im ersten Stock und war erleichtert, alle Zimmer leer vorzufinden bis auf das letzte.

Es war ein Spielzimmer, in dem zwei Kinder waren, eines erst wenige Monate alt. Es war deutlich zu sehen, dass sie von verschiedenen Müttern stammten.

»Hallo«, sagte der kleine Junge in dem Laufstall.

»Hallo«, sagte Banach. »Wie heißt du?«

»Sean.«

»Ich bin Angie«, sagte Banach. Sie machte einen Schritt auf den Laufstall zu, doch dann zog sie sich lächelnd wieder zur Tür zurück. *Ausgeschlossen, dass ich es mit zwei Kindern im Schlepptau schaffe. Und diese Kinder werden geliebt.* »Bis später.«

»Tschüss, Angie«, sagte Sean und winkte.

Banach schloss leise die Tür und ging zur Treppe. Von unten hörte sie Stimmen, und sie sah sich nach einem Fluchtweg um. Sie ging zu dem zugenagelten Fenster ganz am Ende des Flurs, löste die Bretter und sah durch das kaputte Fenster hinaus in die hereinbrechende Nacht.

33

Brook sah zu, wie der Land Rover zum Haus hinaufbretterte, und trat aus dem Gestrüpp, um ihm zu folgen. Er würde in zwei Minuten am Haus sein, und ohne Auto hatte er zumindest den Vorteil des Überraschungsmoments. Eine Sekunde später blieb er stehen, denn ihm war ein Gedanke gekommen. Er lief über das Weidegatter zurück zur Straße.

Fünfzig Meter weiter saß DC Smee in einem Zivilfahrzeug, hatte das Fenster heruntergekurbelt und sprach ins Funkgerät.

Als er Brook näher kommen sah, sprang er heraus. »Sir, ich habe gerade versucht, Sie zu kontaktieren.«

»Fahren Sie hier von der Straße runter und blockieren Sie den Weg zum Hof«, sagte Brook und setzte sich auf den Beifahrersitz. »Ohne Licht.«

Smee stieg wieder ein, fuhr auf den Feldweg und machte den Motor aus.

»Sagen Sie DS Noble und dem Chief Super Bescheid, sie sollen herkommen. Kann sein, dass sie noch in Rodsley sind. Und kontaktieren Sie auch die Kollegen in Ashbourne. Alle Mann.«

Er öffnete die Beifahrertür. »Und wenn Sie schon dabei sind, beordern Sie auch gleich noch zwei Krankenwagen her.«

»Wir sollten auf Verstärkung warten, Sir.«

»Machen Sie das. Lassen Sie niemanden hier weg, und sobald die Kavallerie da ist, soll sie zügig und entschlossen vorrücken.« Er drehte sich um und lief in Richtung des Bauernhofs.

»Mrs. T, Onkel Pat«, sagte Zeke und beäugte den Eimer, dessen Inhalt weiter unter einem Küchenhandtuch verborgen war. »Ich wollte gerade die Schweine füttern.«

»Zeke«, sagte O'Toole und wandte sich seinem entstellten Bruder zu, der auf seinem Eckstuhl saß. »Wie geht es dir, Sam?« Sam stand auf und trat näher, um ihn in die Arme zu nehmen, und seine Zunge schlenkerte zwischen seinem zerbrochenen Lächeln. »Hat Tri.« *Patrick.*

»Sind die Kinder fertig?«, fragte Mrs. Trastevere.

»Red kümmert sich wohl darum«, sagte Zeke, und seine Miene verdüsterte sich. »Also …«

»Wir haben das oft genug besprochen, Ezekiel«, sagte Trastevere. »Du wusstest, dass der Tag kommen würde.«

»Aber es sind jetzt unsere Kinder«, protestierte Zeke. »Du hast gesagt, wir könnten sie haben.«

»Es sind nicht eure Kinder«, sagte Trastevere mit strenger Miene.

»Wir lieben sie.«

»Hol sie runter!«, donnerte Trastevere.

Geschlagen ging Zeke zur Treppe. »Red!«

Die Höhe war gar nicht so schlimm, und der Boden sah matschig und weich aus. Banach erkannte auch, warum. Sie würde im Schweinepferch landen, und die Tiere kämpften in der entfernten Ecke um einen Platz am Trog und fraßen. Sie quetschte sich durch das kaputte Fenster, ignorierte das Schrammen der

Scherben über ihren nackten Oberschenkel, sprang und landete unsicher. Sie spürte, dass sie sich den Knöchel verdrehte, und stieß einen Schmerzensschrei aus, bevor sie aufstand und behutsam das Gewicht auf den verletzten Fuß verlagerte.

»Mist«, fluchte sie, als der Schmerz ihr durchs Bein schoss, und dann humpelte sie halb, halb hüpfte sie zum Zaun, während Blut ihr am Bein hinunterrann.

Sie hörte die Schweine jetzt deutlicher. Mit einem fürchterlichen Radau kletterten sie übereinander, um ans Futter zu kommen, und quiekten, wenn sie vom Trog weggedrängt wurden. Eine Sekunde später drang ein noch lauteres Schreien an ihre Ohren, und sie wandte sich um und sah zwei sehr große Schweine, die die Schnauzen nicht in den Trog bekommen hatten, auf sich zukommen. Das größere der beiden setzte zu einem flotten Schweinegalopp an, das andere folgte ihm mit donnernden Hufen.

Voller Entsetzen blickte sie auf das Blut, das in einem Rinnsal an ihrem Fußknöchel vorbei in den Matsch sickerte. Der Zaun war nur wenige Meter weit weg, doch ein rascher Blick über die Schulter verriet ihr, dass die Schweine sie fast erreicht hatten. Sie biss die Zähne zusammen, stemmte den verstauchten Knöchel in den Boden, verbiss sich den stechenden Schmerz und stürzte sich auf die stabile Holzkonstruktion.

Sie hatte sich kaum hinaufgezogen, da spürte sie auch schon, wie die schweren Tiere gegen den Zaun donnerten, der dadurch so ins Wanken geriet, dass sie auf der anderen Seite hinunterplumpste. Ihr Gesicht war nur wenige Zentimeter von einer Lücke zwischen zwei Zaunlatten entfernt, und eine Sekunde später schob sich ein behaarter rosafarbener Kopf durch das Loch, und Schnauze und Zähne schnappten nach ihr.

Das Schwein bekam eine Haarsträhne zu fassen, und Banach schrie, als sie spürte, wie es daran zog. Voller Panik schlug sie auf die kleinen rosafarbenen Augen, und das Schwein löste den Biss ein wenig, sodass sie sich befreien und in eine sichere Entfernung rollen konnte. Ein paar Sekunden blieb sie schwer keuchend auf dem Rücken liegen.

Einen Augenblick später stand sie mühsam auf und trat an den Zaun. Die Schweine wandten sich ab und beschnüffelten die Blutspur. »Wenn ich das hier lebend überstehe, komme ich persönlich zurück, um euch Bestien zu Specksandwiches und einem Riesentopf Bigos zu verarbeiten«, drohte sie. Die Schweine drehten sich um und glotzten ihr nach, als sie davonhumpelte.

Vater O'Toole führte seinen Bruder zum Sofa. »So, Sam.« Sein Blick fiel auf zwei ineinandergreifende Lederriemen, die über eine Armlehne des Sofas hingen. Er hob das schwere Leder auf, um sich die Riemen genauer anzusehen, und hob die Augenbrauen angesichts der nackten Drähte, die innen an mehreren Riemen klebten.

»Gütiger Himmel.«

Er legte sie wieder auf das Sofa und wandte sich zum Gehen.

»Hat Tri«, sagte Sam und hielt ihn auf, indem er mit einer Hand nach ihm grapschte.

O'Toole nahm die Hand seines Bruders, schaffte es, den Blick nicht von seinem entsetzlich entstellten Gesicht abzuwenden, und tätschelte ihm den Handrücken. »Ruh dich ein wenig aus, Sam. Ich seh bald wieder nach dir.« Er widerstand dem Drang, weiter nachzuforschen, und marschierte entschlossen zurück in die Küche, wo Mrs. Trastevere gerade das Küchenhandtuch wieder über einen großen Eimer legte.

»Ich weiß nicht, was zum Teufel hier los ist«, sagte er, »aber was ich sehe, gefällt mir nicht. Die sollen hier intervenieren, aber nicht foltern.«

Die ältere Frau wandte sich ihm mit starrer Miene zu. »Wo gehobelt wird, fallen Späne, Patrick.«

»Was soll das bedeuten?«

»Wir entführen junge Frauen gegen ihren Willen. Ist doch klar, dass die nicht alle mitspielen.«

»Fragst du ihn nach dieser Kinnear?«, wollte O'Toole wissen.

»Ich? Er ist dein Neffe.«

Darauf hatte O'Toole nichts zu erwidern. Er nickte. »Gut. Dann tu ich's.«

»Spielt eh keine große Rolle mehr.«

»Wir sprechen hier über ein Menschenleben«, hielt O'Toole fassungslos dagegen. »Wenn sie sie entführt haben, ohne es uns zu sagen, dann haben sie womöglich weiß Gott was sonst noch angestellt.«

»Spar dir dein Mitgefühl für jemanden auf, der es verdient hat«, schnaubte Trastevere. »Wir sprechen von einer Schlampe, die ihr Kind getötet hat.«

»Und was ist mit der Entführung einer Polizistin?«

»Da hat Cowell sich übernommen. Ich mache mir Vorwürfe. Ich hätte den Überblick behalten sollen.«

»Constance ...«

Zeke kam die Treppe herunter, die beiden Kinder auf den Armen. Er stellte den kleinen Jungen auf den Boden und reichte Mrs. Trastevere eine Reisetasche, während er das Baby noch wiegte.

»Gehen wir spazieren, Daddy?«, fragte Sean.

Zekes Augen füllten sich mit Tränen. »Nein, Sean«, sagte er mit heiserer Stimme. »Du machst eine Reise. Das wird lustig. Du wirst sehen.«

»Wo ist Bernadette?«, fragte Trastevere.

Zeke schüttelte den Kopf. »Ich dachte, sie wäre bei der Neuen, aber da sind die Riegel vorgeschoben.« Er schluckte weitere Tränen hinunter. »Sie ist wohl raus in die Scheune.« Er sah Trastevere aufgebracht an. »Erträgt es nicht, noch ein Kind zu verlieren.«

»Wegen der Neuen ...«

Zeke hob eine Hand. »Wir haben nicht gewusst, dass sie Polizistin ist. Cowell hat sie ausgesucht. Sie ...« Er kniff die Augen zusammen.

»Was?«, wollte Trastevere wissen.

»Cowell wollte auch zu der Neuen.« Er drückte O'Toole das Baby in die Arme und lief die Treppe hinauf.

»Bringen Sie die Kinder ins Auto«, bellte Trastevere.

»Ich muss ihn nach der Kinnear fragen«, sagte O'Toole.

»Mach schon!«, schrie sie und folgte Zeke die Treppe hoch.

O'Toole schloss den Land Rover auf, half Sean auf den Rücksitz und stellte die Babytragetasche auf den Sitz daneben. »Pass gut auf deinen Bruder auf, Sean. Ich bin gleich wieder da.« Er ließ das Fenster zwei Zentimeter hinunter, damit frische Luft hereinkam, und schloss die Tür.

Seine Hand hatte sich noch nicht vom Türgriff gelöst, als sich von hinten unsanft eine Handschelle um sein Handgelenk schloss. Dann wurde sein linker Arm hinter den Rücken gedreht und Handgelenk an Handgelenk gefesselt. Die Autoschlüssel wurden ihm aus der gefesselten Hand gerissen.

»Kinder der Verdammten, Vater?«, fragte Brook und drehte ihn um.

»Inspector Brook! Ich …«

»Halten Sie den Mund.« Brook packte seinen Unterarm und schob ihn hinter den Wagen, während er schon am Schlüsselanhänger friemelte. Die Heckklappe ging auf. »Hat Ihnen noch niemand gesagt, dass man Kinder nicht unbeaufsichtigt im Auto lässt?« Er schubste den Priester in den Kofferraum, schlug die Klappe zu und schloss das Fahrzeug ab.

»Sie leben«, sagte Zeke, der erst bei Bernadette, dann bei Dr. Cowell nach dem Puls tastete. »O mein Gott, Schatz«, sagte er angesichts von Bernadettes blutendem Auge. »Was hat sie mit dir gemacht?«

»Das ist jetzt nicht wichtig, eure Patientin ist fort«, sagte Mrs. Trastevere. »Du verdammter Idiot. Geh sie suchen!«

»Oh, die finde ich schon«, knurrte Zeke und ging zur Tür. »Und dann …« Als er an Mrs. Trastevere vorbeikam, packte sie ihn am Arm. Er war überrascht, wie stark sie war.

»Möchtest du mir sonst noch etwas sagen?«, fragte sie. Zeke ließ den Kopf hängen. »Ihr habt die Kinnear also entführt.«

»Du hast doch gehört, wie die mit uns geredet hat. Als wären wir im Unrecht.«

»Und ihr wolltet sie bestrafen.« Trastevere schüttelte den Kopf. »Wir haben jetzt keine Zeit zu streiten. Wo ist sie?«

»In der Scheune … das, was noch von ihr übrig ist.«

Sie ließ Zekes Arm los und schob ihn aus dem Geburtszimmer. Im Flur drehte Zeke sich um, weil er hörte, wie die alte Frau die Riegel vorschob.

»Was machst du da?«

»Wenn die Polizei herkommt, darf sie keine Beweise finden. Keine Leichen. Nichts.« Mit einem Nicken wies sie zur Tür. »Auch die gute Ärztin nicht. Verstanden?«

»Und die Polizistin?«, frage Zeke.

»Für den höheren Zweck müssen Opfer gebracht werden, Ezekiel.«

»Aber sie ist schwanger.«

»Der Herr wird es verstehen«, sagte Trastevere. »So wie er auch den Inhalt des Eimers unten versteht.« Zeke wandte den Blick ab, doch Trastevere packte ihn am Hemd und schüttelte ihn. »Such Banach. Sie kann noch nicht weit sein. Unsere Arbeit muss weitergehen, Ezekiel. Um jeden Preis. Der Wille des Herrn muss obsiegen.«

Zeke nickte mit entschlossener Miene. »Amen.«

Banach humpelte zu der großen Scheune, lehnte sich an die Wellblechverkleidung und überlegte. Auf einem Bein hatte sie kaum eine Chance, besonders angesichts ihrer wunden, blutenden Füßen. Wenigstens hatten sie keine Hunde.

Sie humpelte zum Eingang der Scheune – ein großes Schiebetor – und legte sich auf den Bauch, um durch den engen Spalt zwischen Tor und Betonboden zu spähen. Sie hoffte, wenigstens ein Fahrrad zu entdecken. Ihr Blick fiel auf eine Frau, die auf dem Beton lag, und sie erschrak. Rasch entriegelte sie das Tor und schlüpfte hinein.

»Caitlin«, zischte sie, als sie trotz des vielen Bluts, mit dem Gesicht und Hals überkrustet waren, die vermisste Studentin erkannte. Sie ließ sich auf die Knie nieder und hob sie an den Schultern an. »Caitlin! Können Sie mich hören?«

An Caitlins Hals war eine rußige Narbe in Form eines Kruzifixes, eine zweite auf ihrem Unterarm. Aus der Narbe am Hals blubberten Luft und Blut. Als Banach sich über Caitlin beugte, roch sie verbranntes Fleisch, dann entdeckte sie nicht weit weg auf dem Boden das kreuzförmige Brandeisen. Es sah so aus, als hätte man Caitlin die Kehle durchgeschnitten und jemand hätte dann versucht, die Wunde mit dem glühend heißen Eisen zu kauterisieren.

Da es ihr nicht gelang, sie aufzusetzen, ließ Banach Caitlins Schultern wieder zu Boden sinken und packte ihr Handgelenk, um nach dem Puls zu tasten. Er war sehr schwach.

»Caitlin«, sagte sie mit zusammengebissenen Zähnen. »Stirb mir bloß nicht weg. Nicht hier.« Sie hob das Sweatshirt der jungen Frau an, riss das Kleid darunter auf und versuchte, sie wiederzubeleben, indem sie zwischen Herzmassage und Mund-zu-Mund-Beatmung wechselte. Noch mehr Blut blubberte aus der Wunde in ihrer Luftröhre, doch nichts deutete darauf hin, dass Caitlin selbstständig atmete.

Beschämt kroch Banach zu Caitlins Füßen. Dieselbe Größe. Als sie ihr einen Turnschuh auszog, hörte sie ein Flüstern.

Sie kroch zum Gesicht der jungen Frau. »Caitlin?«

Caitlins Augen öffneten sich einen Schlitz. Sie bewegte die rechte Hand, und Banach sah, dass sie auf eine schwere Edelstahltür zeigte. Sie flüsterte wieder etwas, und Banach musste das Ohr an ihre Lippen halten, um sie zu verstehen.

»Daniela«, hauchte Caitlin. »Helfen Sie ihr.«

Banach sah Caitlin an, dann eilte sie zu der Edelstahltür.

»Angie«, sagte Brook an der Küchentür. »Sind Sie da?« Er eilte quer über den Steinboden zur Treppe und spähte das düstere Treppenhaus hinauf. Von hinten hörte er etwas, was ihn ablenkte, und als er sich umdrehte, sah er Mrs. Trastevere aus dem Dunkeln auf ihn zuschießen, die ein großes Fleischermesser über dem Kopf schwang.

»Sie Teufel!«, schrie sie. Er wollte der blitzenden Klinge ausweichen, doch dafür war kein Platz, und so hob er, um sich zu schützen, einen Arm und spürte, wie das Messer durch den Mantelstoff in die weiche Haut über dem Ellbogen drang.

Mehr aus Überraschung denn vor Schmerz stieß er einen Schrei aus, doch als er zu Boden ging, konnte er sie mitreißen, sodass sie nicht noch einmal zustechen konnte.

Sie war erstaunlich stark und schaffte es, wieder auf die Füße zu kommen und sich noch einmal auf ihn zu stürzen, und diesmal zielte sie mit dem Messer auf seine Augen. Brook riss den Kopf zur Seite, und das Messer ratschte über den Steinboden, dass die Funken stoben. Bevor sie ein weiteres Mal ausholen konnte, packte er ihre Hand, doch sie entwand sich seinem Griff, und seine Hand schloss sich um die Klinge.

Er schrie auf vor Schock über den scharfen Schmerz. Im Nu war sein Handteller nass vom eigenen Blut, doch er konnte sich nicht um die Wunde kümmern, denn schon stürzte sie sich wieder auf ihn. Brook schaukelte nach hinten, zog in der Luft beide Beine an und setzte die Füße auf ihre knochige Brust, um ihren Schwung abzufangen, während er das Messer vom Gesicht abwehrte. Dann drückte er die Beine mit aller Kraft durch, und sie schoss durch die Küche und donnerte unter dem Klappern durcheinanderfliegender Töpfe an die gegenüberliegende Wand.

Er stemmte sich hoch und stand kaum aufrecht, da stürzte

sich Trastevere erneut auf ihn. Den nächsten Messerhieb parierte Brook, indem er sich vom Herd einen warmen Topfdeckel schnappte und der alten Frau mit der Wucht eines Gladiators, der in einer römischen Arena seinen Schild schwang, ins Gesicht donnerte.

Die alte Frau blieb wie angewurzelt stehen, und aus ihren zusammengekniffenen, faltigen Lippen drang ein tiefes, schockiertes Stöhnen, doch sie ging nicht zu Boden. Brook schwang den Topfdeckel noch zwei Mal mit immer größerer Wucht, bis ihr das Messer aus der Hand fiel und er es außer Reichweite kicken konnte. Ihre Knie gaben nach, und aus dem linken Auge lief Blut, doch selbst als sie auf die Knie sackte, blieb ihr Oberkörper aufrecht, wie im Gebet. Schwer keuchend taumelte Brook zu ihr.

»Sie. Sind. Festgenommen. Alles …« Er tastete nach den Handschellen, doch da ging ihm auf, dass er die bereits anderswo gebraucht hatte. »Verdammt.« Da stellte er sich breitbeinig hin und schwang den Topfdeckel ein letztes Mal mit Wucht seitlich gegen Mrs. Trasteveres Kopf, und endlich fügte sie sich und plumpste mit dem Gesicht voran zu Boden.

Keuchend ließ Brook den Deckel fallen. Ohne recht zu begreifen, was er da sah, folgte sein Blick dem Fingernagel, der in dem schaumigen Wasser in dem Topf schwamm, und wanderte dann zu den bleich gekochten Körperteilen, die auf dem Boden verstreut waren, weil der Eimer umgekippt war. Entsetzt schloss Brook die Augen.

In der nächsten Sekunde durchfuhr ihn ein Ruck. Er wickelte sich ein Küchenhandtuch um seine blutende Hand und stolperte die Treppe hinauf. »Angie!«

Er schoss in drei unverschlossene Zimmer und wieder hinaus, dann zog er die Riegel des vierten Zimmers auf und stürzte hinein. Cowell und Bernadette Murphy lagen bewusstlos am Boden. Er schloss die Tür wieder und überlegte.

Der Luftzug von dem kaputten Fenster schlug ihm entgegen,

und er lief den Flur hinunter. Eine Schar aufgeregter Schweine sah zu ihm auf. Dahinter entdeckte Brook das offene Scheunentor.

Zeke sah, dass das Scheunentor einen Spaltbreit offen stand. Er berührte es mit dem elektrischen Viehtreiber und zog ihn unter einem Funkenregen wieder weg. »Ich weiß, dass du da drin bist, Bulle.« Er schob das Tor weiter auf und sah Caitlin reglos am Boden liegen, wo er sie zurückgelassen hatte. Dahinter stand die Edelstahltür zum Schlachtraum offen. Zeke grinste. »Vielen Dank, Officer – erspart mir das doch, Ihren jämmerlichen Kadaver zum Zerlegen reinzuschleifen.«

Mit dem elektrischen Viehtreiber in der Hand eilte er durch die dunkle Scheune. Er zog die Edelstahltür ganz auf, und kalte Luft aus dem Kühlraum schlug ihm entgegen, versüßt durch den Geruch nach geronnenem Blut und ausgekochten Eingeweiden. Davon bekam er nie genug.

»Komm raus, komm raus, egal wo du bist.« Er beugte sich in den dunklen Kühlraum, schaltete das Licht an und blinzelte in der Helligkeit, die von den nackten weißen Kacheln und der weiß getünchten Decke noch verstärkt wurde. »Blöder Ort, um sich vor dem Zorn Gottes zu verstecken, du gottlose Schlampe«, feixte er voller Vorfreude. »Falls du es noch nicht kapiert hast: Wenn du diesen Raum das nächste Mal verlässt, dann als Container voller Innereien und Hackfleisch. Und zwei oder drei Tage später bist du Exkremente auf dem Boden des Schweinepferchs.«

Er trat über die Schwelle, und sein Blick schoss von einem möglichen Versteck zum nächsten – weiß getünchte Backsteinsäulen, die Brühwanne, der Edelstahlfleischwolf, ein halbes Dutzend Abfallcontainer aus Fiberglas für das Blut und die Innereien frisch geschlachteter Tiere oder Hackfleisch aus dem Fleischwolf.

Mit einem breiten Grinsen blickte er zu dem kopflosen

Rumpf, der an einer Kette über einer Abflussrinne abhing. »Schau dir nur deine Vorgängerin hier an«, rief er. »So siehst du in ein paar Stunden auch aus, Flittchen.« Er duckte sich hinter eine Säule, doch dort war Banach nicht. »Erst schneid ich dich in kleine Stücke, dann koch ich deinen Kopf und deine Hände und Füße aus, und danach zerkleiner ich dich zu einer Pampe und verfütter dich an die Schweine.

Aber vorher schneid ich dir noch das wunderschöne Kind aus dem Leib, das du umbringen wolltest. Vielleicht lass ich dich ja sogar zusehen.« Die nächste Säule. Keine Banach. »Es wird mir das Herz brechen, aber du kannst versichert sein, dass das Kind – im Gegensatz zu dir – eine christliche Beerdigung bekommt. Hey, falls du dir schon einen Namen überlegt hast, krieg ich meinen Onkel vielleicht sogar dazu, es zu taufen.« Methodisch und langsam rückte er weiter vor. »Dein Baby wird in Gottes Licht baden, während das, was von dir übrig ist, aus dem Arsch eines Schweins plumpst.«

Er sprang hinter den Fleischwolf, den Viehtreiber bereit, doch vergeblich. »Ich sag dir was … Anka. Heißt du so? Genug Zeit vergeudet, komm jetzt raus. Ich töte dich schnell.« Er reckte sich auf die Zehen und entdeckte den Stoff eines Patientenkittels über einem reglosen Arm. Sie duckte sich in dem Abfallcontainer ganz hinten an der Wand, und er schlich auf sie zu und sprach derweil in die hohle Hand, um seine Stimme in die andere Richtung zu werfen. »Auf diese Art wird das Fleisch nicht gestresst. Ich will ja nicht, dass du ganz hart und faserig bist, wenn ich dich verarbeite.

Was ich noch fragen wollte«, fuhr er fort und schlich noch näher. »Die Deklarationsvorschriften für Nahrungsmittel sind die Hölle. Nur für den Fall, dass wir einen Anruf vom Landwirtschaftsministerium wegen unseres Futters kriegen … ist dein Herkunftsland Polen oder England?«

Er sprang auf, um Banach zu stellen, die in dem Abfallcontainer hockte, das Gesicht unter einem Arm versteckt, während das Nachthemd kaum ihre nackten Beine bedeckte. Sie rührte sich nicht, machte weder Anstalten, wegzulaufen, noch um Gnade zu flehen, und Zeke entspannte sich. Als sein Blick über den nackten Arm wanderte, entdeckte er das Kruzifix, das darin eingebrannt war, und einen Sekundenbruchteil runzelte er verwirrt die Stirn.

»Caitlin?« Sein Grinsen gefror, doch er drehte sich zu spät um.

Banach ließ das Brandeisen auf Zekes Kopf niedersausen. Er stöhnte, bevor er wie eine Lumpenpuppe nach vorn auf den Müllcontainer fiel und dann mit um sich schlagenden Armen und Beinen auf den feuchten Boden sank. Banach schob den Müllcontainer mit dem Fuß zur Seite und schlug noch einmal auf ihn ein, diesmal auf die Schläfe, und eine Wunde platzte auf, die an einen Topf frischer, warmer Marmelade erinnerte.

»Und was machst du jetzt, du Scheißkerl?«, schrie sie und schlug noch einmal auf ihn ein. »Was machst du jetzt?«

Das ferne Heulen von Sirenen drang an ihr Ohr, und als sie sich umdrehte, wurde ihr Blick wieder von der verstümmelten Toten angezogen, die an einem Fleischhaken hing. Sie lief hinüber und entwirrte eine der Winden, an denen die Fleischhaken baumelten, schlang zwei um Zekes Knöchel und ließ sie einschnappen, bevor sie seinen reglosen Körper über den Boden schleifte und zog. In einem sanften Bogen schwang er durch die Luft, während aus seinen Kopfverletzungen sehr viel Blut auf den gefliesten Boden tropfte. Banach sicherte die Kette und ging zu einer Hackbank, um ein Beil zu holen, mit dem sie sich Zeke näherte.

»Angie!«, schrie Brook von der Tür.

Banach erstarrte zu Stein und wandte Brook mit flehenden Augen das Gesicht zu. Sie bemerkte das Blut, das von seiner Hand tropfte. »Sir.«

»Das brauchen Sie nicht«, sagte Brook. Fast ein wenig überrascht sah sie auf das Hackbeil in ihrer Hand. »Angie.« Brook sah die schwerverletzte Studentin in dem Müllcontainer. »Lebt Caitlin noch?«

»Kaum. Nehmen Sie sie mit.«

»Wir gehen zusammen«, sagte Brook. »Helfen Sie mir, sie zum Krankenwagen zu bringen.«

Banach fing an zu zittern, ihr war, als schrumpfte sie in sich hinein. »Bitte.« Sie wollte einen Gedanken formulieren, doch sie war so durcheinander, dass sie nur auf Danielas Überreste zeigen konnte, um auszudrücken, was sie sagen wollte. »Sehen Sie das?«

Brook ging langsam auf sie zu. »Ja.«

Im Wirrwarr der aufsteigenden Gefühle bekam sie ihre Stimme wieder unter Kontrolle. »Er verdient zu sterben.«

»Zweifellos«, sagte Brook. »Aber Sie verdienen es nicht, damit zu leben, dass Sie ihn umgebracht haben.«

Ihre verzweifelten Augen füllten sich mit Tränen, und sie wischte sie mit dem Ärmel von Caitlins blutdurchtränktem Sweatshirt weg.

Brook streckte die Hand nach dem Hackbeil aus. »Denken Sie an Ihre Karriere.«

»Zum Teufel mit meiner Karriere«, sagte sie und packte das Beil noch fester.

Schritte kamen näher, und Banach erkannte Nobles Stimme.

»Okay, Angie«, sagte Brook und trat zurück. »Sie wollen seinen Tod? Tun Sie's. Aber seien Sie darauf gefasst, fortan jeden einzelnen Tag und jede einzelne Nacht damit zu leben.«

Sie starrte ihn an, als spräche er in fremden Zungen. Dann erlosch in ihren Augen etwas, und sie ließ das Beil fallen.

»Hier drin, John«, rief Brook, fasste mit der guten Hand den Müllcontainer und zog ihn zur Tür. Den verletzten Arm legte er um Banach und schob sie zu dem Müllcontainer, bis sie die Hände hob und ihm half.

34

27. April

Drei Stunden später sah Brook zu, wie der ausgekochte Kopf und die Hände und Füße fotografiert und eingetütet wurden. »Im Topf ist noch ein Fingernagel.«

»Das wissen wir«, sagte der Tatortermittler, ohne verärgert zu sein über Brooks Mikromanagement. Er hob die Kamera, um eine letzte Aufnahme des großen Topfes zu machen, bevor er einem Kollegen zunickte, der mit Gummihandschuh in das schlierige Wasser fasste und den Fingernagel herausholte. Er hielt ihn für ein paar Aufnahmen hoch und tütete ihn ein. »Wir kriegen das hin.«

»Das weiß ich, Col.«

Die Überraschung war ihm selbst hinter der Schutzmaske anzusehen, doch er sagte nichts. Er zog die Maske ab und zeigte auf die frischen Verbände an Brooks Hand und Arm. »Fahren Sie nach Hause, Inspector. Sie haben Ihren Teil getan.« Er hob die Kamera vor das Gesicht und ließ sie wieder sinken. »Und mehr als das.«

Brook stapfte zur Küchentür, erschöpft, jetzt da das Adrenalin der Jagd versiegt war. »Wenn sie Körperteile kochen, ist womöglich nicht viel übrig.«

»Schon klar.«

»Wir gehen von mehreren Opfern aus, also suchen Sie Nägel, Zähne und Haare.«

»Sind dabei«, sagte Col.

»Der Schweinepferch hat Priorität.«

»Inspector …«, setzte Col an und schloss die Augen, um sich in Geduld zu üben. Als er sich wieder im Griff hatte, lächelte er. »Machen wir.«

Brook ging hinaus; er bekam kaum die Füße hoch. Die Lichter des zweiten Krankenwagens bewegten sich auf die dunkle Landstraße zu. Caitlin Kinnear und Banach waren mit dem ersten Krankenwagen eilig ins Krankenhaus gebracht worden, im zweiten waren Ezekiel O'Toole und Constance Trastevere, begleitet von drei kräftigen Constables. Die blutüberströmte Bernadette Murphy und Helen Cowell saßen, vom Beruhigungsmittel benebelt, auf der Rückbank eines Streifenwagens. Cowell war in Tränen ausgebrochen, als man sie in Handschellen an den Körperteilen auf dem Küchenboden vorbeigeführt hatte. Noble schlug mit der Faust auf das Dach, und der Wagen setzte sich in Bewegung.

Samuel O'Toole hatten sie friedlich auf einem Sofa im Wohnhaus schlafend vorgefunden und in Gewahrsam genommen, bis seine geistige Zurechnungsfähigkeit und seine Beteiligung an den Vorfällen auf dem Hof geklärt waren. Schließlich war eine Mitarbeiterin des Jugendamts gekommen und hatte die beiden Jungen vorläufig in Obhut genommen. Brook war froh, als er sah, dass der ältere Junge von dem Entsetzlichen um ihn herum nichts mitbekommen hatte.

Brook ging quer über den Hof zu Charlton und Noble, die in unglaublich leisem Tonfall miteinander sprachen und einen Strom von Kriminaltechnikern organisierten, die in der Scheune ein und aus gingen. Hundeführer waren ebenfalls eingetroffen und machten sich daran, den Bauernhof mit aufmerksamen Schäferhunden abzusuchen, doch Brook war klar, dass die Suche nach weiteren menschlichen Überresten eine knifflige Angelegenheit war.

Hinter seinem Schreibtisch bekam Chief Superintendent Charlton selten etwas vom Ausmaß menschlicher Unmenschlichkeit gegen Menschen mit, und Brook nahm zufrieden zur Kenntnis, dass ihm angesichts des Entsetzlichen, das er gesehen hatte – und das normalerweise seinen Detectives vorbehalten war –, sämtliche Farbe aus dem Gesicht gewichen war. Als Brook näher kam, drehte er sich um.

»Sie gehören ins Krankenhaus.«

»Ich habe Schmerzmittel bekommen, und die Sanitäter haben mir eine Tetanusspritze gegeben«, sagte Brook.

»Können Sie wirklich fahren?«, fragte Noble. Brook hatte den leeren Blick, den er am Ende kräftezehrender Ermittlungen schon öfter bei ihm gesehen hatte.

»Ja.«

»Dann fahren Sie nach Hause«, sagte Noble.

»Das ist ein Befehl«, fügte Charlton streng hinzu. »Und einer, dem Sie Folge leisten werden.«

»DC Banach, Angie, sagte, die Schweine …«

»Wissen wir«, sagten Charlton und Noble gleichzeitig.

»Sie werden morgen geschlachtet und kommen am nächsten Tag ins Labor«, sagte Noble. »Fahren Sie um Himmels willen nach Hause. Wir haben das hier im Griff.«

Brook nickte und nahm seine blutbeschmierte Jacke von der Motorhaube von Dr. Flemings Auto. Sein Blick fiel auf die offene Tür des Land Rovers. O'Toole – den hatte er vollkommen vergessen. Vom Heck des Wagens hörte er einen unglückseligen Schrei.

»Ich kann nicht atmen.«

Er riss die Heckklappe auf, ohne an seine verletzte Hand zu denken. »Was haben Sie gesagt?«, wollte er wissen, als O'Toole sich aufsetzte, um die Nachtluft einzuatmen. Doch bevor der Priester Luft holen konnte, um zu antworten, zerrte Brook ihn aus dem Kofferraum und schleppte ihn quer über den Hof zum Wohnhaus. »Was haben Sie gesagt?«

»Bitte, ich …«

»Was haben Sie gesagt?«, schrie Brook.

»Ich kann nicht atmen«, keuchte der Priester.

Noble und Charlton drehten sich verdutzt um und liefen zu den beiden. O'Toole kam gar nicht richtig auf die Füße, da schubste Brook ihn auch schon durch die Küchentür. »Haben Sie gesagt, Sie können nicht atmen? Atmen. Falsch. *Sie* ist diejenige, die nicht mehr atmet«, brüllte Brook.

O'Toole wollte den Blick abwenden, doch Brook packte ihn grob an den Ohren und zwang ihn, den Blick auf die Körperteile am Boden zu richten. Der Tatortermittler sah sich um. »Sie hieß Daniela.« O'Toole wollte sich freiwinden, doch Brook verdrehte ihm die Ohren, bis er vor Schmerzen aufschrie. »Seht eure Werke, Mächt'ge, und erbebt! Ich hab gesagt, Sie sollen hinsehen.«

»Bitte. Ich habe das nicht gewusst.«

»Sie war die Mutter des Babys, nicht wahr?« Er schüttelte seinen Gefangenen kräftig. »War sie das?«

»Ja«, schluchzte O'Toole.

Noble trat hinzu, befreite den Priester aus Brooks Klammergriff und schob ihn zu Charlton, der ihn an einen Constable weiterreichte.

»Geht es Ihnen gut, Brook?«, fuhr Charlton auf.

»Ausgezeichnet«, murmelte Brook.

»Fahren Sie nach Hause! Das ist ein Befehl.«

Brook wankte hinaus in die Nacht, senkte den Kopf und stolperte den Feldweg hinunter zu seinem Wagen. Zwanzig Minuten später war er zu Hause, auch wenn er nicht wusste, wie er dorthin gekommen war. Er hockte sich an den Küchentisch, schenkte sich ein großes Glas Bruichladdich ein und trank den Whisky in mehreren kräftigen Schlucken, bevor er die Augen schloss und den Kopf auf den Tisch legte.

Er schlief den Rest der Nacht und den ganzen nächsten Tag bis in den Abend hinein und verließ das Bett erst, als die Schmerzen in Hand und Arm ihn weckten. Er nahm zwei Schmerztabletten, goss sich eine Thermoskanne Tee auf und fuhr nach Derby. Auf dem Weg machte er einen Abstecher auf die Jobs Wood Farm.

Der ganze Bauernhof war von Scheinwerfern hell erleuchtet, denn die Schatten wurden schon länger. Da Brook keine Kriminalbeamten entdeckte, sah er sich flüchtig im Wohnhaus um, bevor er die Armee von Tatortermittlern wieder ihrer Arbeit überließ. Auf dem Weg zurück zur Hauptstraße kam er an einem Kühl-LKW vorbei, der die Aufschrift eines örtlichen Schlachters trug.

Als Charlton die aktuellsten Berichte vom Bauernhof las, blies er die Wangen auf und schüttelte zum x-ten Mal den Kopf. Brook saß ihm glotzäugig gegenüber und blickte ins Nichts. Nur Noble schien normal zu funktionieren.

»Es besteht kein Zweifel?«

»Nicht der geringste«, antwortete Noble. »Der wie Schlachtvieh aufgehängte Rumpf und der Kopf gehörten Daniela Cassetti. Sie war während ihrer Zeit an der Uni beim Zahnarzt, und die Zahnarztunterlagen haben es bestätigt. Wir haben noch weitere Überreste gefunden, die wir den anderen vermissten Frauen zuordnen können, sobald wir deren Zahnarztunterlagen haben.«

»Ich dachte, sie hätten alles an die Schweine verfüttert«, sagte Charlton.

»Fleisch und Organe, ja«, sagte Noble. »Aber Zähne, Nägel und Haare sind unverdaulich.«

»Himmel.«

Brook machte Anstalten, etwas zu sagen, schwieg jedoch.

»Das Gute ist«, fuhr Noble fort, »dass wir bis jetzt keine Überreste von Kindern gefunden haben. Die Neugeborenen wurden also, wie es scheint, alle fortgebracht.«

»Wohin?«

»Das wenige, was ich aus Dr. Cowell rauskriege, lässt darauf schließen, dass sie an Familien in Nordamerika vermittelt wurden.«

»Finden wir sie?«

»Mit der Zeit sicher«, sagte Noble. »Und wenn wir nachvollziehen können, wie das Geld geflossen ist. Die Einzige, die überhaupt den Mund aufmacht, weiß nichts darüber.«

»Cowell?«

»Sie sagt, sie war nur insofern involviert, als sie potenzielle Mütter identifiziert hat. Wie es scheint, hatte sie Zugang zu den Patientinnenakten der Rutherford Clinic, weil sie kurze Zeit dort gearbeitet hat. Sie behauptet, sie habe es aus Prinzip getan, nicht wegen des Geldes. Sie habe gedacht, die Mütter würden in Amerika mit ihren Kindern zusammen einen Neuanfang machen.«

»Glauben wir ihr?«, fragte Charlton und sah Brook an, ob der noch ein Lebenszeichen von sich gab.

»Als wir ihr ein Foto der Überreste von Daniela Cassetti gezeigt haben, hat sie sich übergeben«, sagte Noble.

»Was ist mit dem Paar?«

»Bernadette Murphy und Ezekiel O'Toole haben kein einziges Wort gesagt noch irgendein Zeichen der Reue erkennen lassen.«

»Und Patrick … Vater O'Toole?«, fragte Charlton.

»Kein Wort zu uns«, sagte Noble. »Allerdings murmelt er ziemlich viel zu Gott.«

Charltons Züge verhärteten sich, und er wollte schon protestieren, besann sich dann aber eines Besseren.

»Beichte«, sagte Brook, ohne aufzusehen.

Beide Köpfe wandten sich ihm zu. »Was war das?«

Brook sah auf und dachte darüber nach, was er gerade gesagt hatte. »Sie müssen ihn zu einem anderen Priester bringen. Er ist im Augenblick sehr durcheinander, und er braucht jemanden, der ihm sagt, was Gott jetzt von ihm will. Ohne sein Geständnis werden wir außer bei Bernadette und ihrem Freund Mühe haben, Verurteilungen wegen Mordes zu erreichen.«

»Irgendjemanden im Sinn, Inspector?«

Brook deutete ein Nicken an. »Ich kümmere mich darum.«

»Wir können nicht zulassen, dass Trastevere davonkommt«, warf Noble ein. »Sie ist die treibende Kraft hinter dem Ganzen.«

»Wir können sie zumindest des versuchten Mordes anklagen«, sagte Brook und schwang seine verbundene Hand.

»Wie geht es Constable Banach?«, fragte Charlton.

Brook sah auf. »Einigermaßen.«

»Und Caitlin Kinnear?«

Noble lächelte. »Sie wird überleben.«

»Dank Ihrer Beharrlichkeit, John«, sagte Brook. »Und Banachs schnellem Kopf.«

»Sie sehen fertig aus«, sagte Noble, kaum waren sie aus Charltons Büro. Brook antwortete mit einem matten Lächeln. »Wollen Sie Ihren Priesterfreund auf O'Toole ansetzen?«

»Vater Christopher.«

»Wenn er O'Toole dazu bringt mitzuspielen, wäre das für die Staatsanwaltschaft ein Slamdunk gegen die anderen.«

Im ersten Augenblick verstand Brook nicht recht, was Noble gesagt hatte. »Sind Sie Amerikaner, John?«

»Ich wusste doch, dass Sie noch irgendwo da drin versteckt sind.«

»Sie haben mich gefunden.«

»Sie hatten übrigens recht.«

»Womit?«

»Wir haben die DNA-Ergebnisse bekommen. Ein Haar vom Schlafsack wies identische DNA auf wie in den Handschuhen. Max Ostrowsky war in der Cream Bar, beide stimmen mit DNA-Spuren aus seiner Wohnung überein.«

»Sonst noch etwas Neues?«

»Max und Tymon haben noch am selben Abend die Fähre von Harwich nach Amsterdam genommen. Sie sind fort.«

»Dann spielt die DNA keine große Rolle mehr. Max ist sicher in Polen, zumindest bis der Prozess vorüber ist.

»Wollen Sie das Ergebnis des Vaterschaftstests gar nicht wissen?«

»Spucken Sie's aus.«

»Max' DNA ergab keinen Treffer zu Kassias Fötus, aber es war so dicht dran, dass davon auszugehen ist, dass ein naher Verwandter der Vater war. Greg.«

Brook nickte. »Gut zu wissen, dass wir auf der richtigen Spur waren. Wenn es doch bloß ein Beweis wäre. Wenn wir nur mit Jake sprechen könnten …«

»Vergessen Sie's. Er ist in Untersuchungshaft, und sein Anwalt sagt, er lehnt jede Befragung ab. Wir müssten über Charlton gehen …«

»Und wie das ausgeht, wissen wir.«

»Darf es noch was sein, Inspector?«, fragte Mrs. Banach, die aufmerksam über dem vollgepackten Tisch stand.

»Ich bin pappsatt, Mum«, sagte Banach.

»Das ist mehr als reichlich, Mrs. Banach«, sagte Brook und zeigte auf seinen unberührten Teller mit *Piernik*, *Makowiec* und *Paczki*.

»Julianna, bitte«, sagte Banachs Mutter.

Brook nickte und trank seinen Tee. Mrs. Banach stellte die Tassen auf ein Tablett. »Sie müssen mehr essen, Inspector.«

»Ich habe reichlich gefrühstückt«, log Brook.

»Dann packe ich Ihnen die für später in eine Tüte.«

»Wie geht es Caitlin?«, fragte Banach, sobald ihre Mutter durch die Terrassentür ins Haus gegangen war.

»Sie wird plastische Chirurgie und Reha brauchen, aber sie wird sich wieder erholen. Zumindest körperlich.«

»Die Arme«, sagte Banach. »Was für ein Martyrium.«

»Sie lebt, und das verdankt sie Ihnen und John«, sagte Brook. Sie haben ihr das Leben gerettet.« Banach senkte bescheiden den Blick, doch Brook sah, dass sie sich freute. »Und wie geht es Ihnen?«

»Falls das ein abgefuckter Versuch war zu fragen, ob ich mein Kind behalte, dann lautet die Antwort Ja.«

»Das war es nicht«, sagte Brook. »Aber ich freue mich für Sie.«

»So leicht kommen Sie mir nicht davon.«

»Aha?«

»Ich möchte Sie als Paten, falls das okay ist.«

»Muss ich was machen?«

»Nein.«

»Dann ist es mir eine Ehre.«

»Ich habe die Unterlagen weggeschickt«, sagte Banach. »Die Prüfungen mache ich im Mutterschaftsurlaub. Und falls ... wenn ich bestehe, suche ich mir bei der Kriminalpolizei ein Team, wo ich auf Probe anfangen kann. Falls Sie jemanden kennen, der mich nimmt.«

Brook legte eine Hand ans Kinn und tat, als müsste er sich konzentrieren. »Ich kann es auf jeden Fall in Umlauf bringen. Es gibt sicher viele leitende Ermittlungsbeamte, die sich von ihren Leuten Amerikanismen wie *abgefuckt* gefallen lassen. Ich sag Ihnen Bescheid.«

Banach sah ihn erwartungsvoll an, doch er hatte ein ausdrucksloses Gesicht aufgesetzt. »Tatsächlich?«, sagte sie.

»Kommt ganz darauf an«, sagte Brook und erhob sich, immer noch mit unbewegter Miene, von dem Terrassenstuhl.

»Inspector.« Brook hob eine Augenbraue, während Banach die richtigen Worte suchte. »Ich wollte fragen. In der Scheune, als ich ...«

»Ja?«

»Da haben Sie mich gefragt, ob ich darauf gefasst sei, künftig damit zu leben, jemandem das Leben genommen zu haben. Erinnern Sie sich?« Brook sagte nichts. »Also, Sie haben das gesagt, als wüssten Sie, wie es ist.«

Brook sah ihr einen Augenblick lang in die Augen und lächelte dann. »Nein.«

»Was nein?«

»Ich erinnere mich nicht.«

35

Drei Monate später

Brook saß auf der harten Zeugenbank und wartete darauf, dass er aufgerufen wurde. Er bewegte die Hand, betrachtete die blasse Narbe im Handteller und genoss den Frieden und die Erhabenheit des Gerichtsgebäudes. Auf einer Bank gegenüber saß ein Mann, der eine überregionale Zeitung las, und Brook erhaschte einen Blick auf die Überschrift – FARM DER TIERE – und erkannte mehrere Porträts von jungen Frauen an prominenter Stelle auf der Titelseite. Angesichts der Häme, mit der die Weltpresse seine Wahlheimat in den kommenden Monaten überschütten würde, wurde ihm ganz flau.

Die Tür zu Gerichtssaal eins ging auf, und ein Mann ungefähr in Brooks Alter kam heraus und schloss sie hinter sich. Er hatte kurz geschnittenes graues Haar, war gut dreißig Zentimeter größer als Brook und schlank, seine Bewegungen waren geschmeidig und voller Selbstvertrauen. Er trug einen schwarzen Anzug und hatte einen Mantel über dem Arm. Zu Brooks Überraschung sah er ihn direkt an und kam dann auf ihn zu.

»Detective Inspector Brook, ja?«, fragte der Mann.

»Richtig«, antwortete Brook. Der Mann schüttelte ihm die Hand und holte dann eine Visitenkarte heraus. Brook nahm sie und las den Namen darauf, während der Mann weitersprach.

»Ich wollte Ihnen danken, Inspector. Dafür, dass Sie so rasch eingegriffen haben.«

Brook hob den Blick, um den Mann anzusehen, doch er brachte keinen Ton heraus.

»Und?«

Brook wurde aus seinen tiefen Gedanken gerissen und steckte die Visitenkarte ein. »Noch nicht.«

»Wer war das?«, fragte Noble.

Brook folgte Nobles Blick auf den großen Fremden, der auf den Ausgang zuschritt. »Ein Freund.«

Noble ließ sich neben ihn auf die Bank plumpsen. »Sie wissen, dass wir nicht aufgerufen werden, wenn Jake sich schuldig bekennt.«

»Ich weiß«, sagte Brook. »Wir müssen also schnell sein. Bereit?«

Noble klopfte auf seine Brusttasche. »Hier. Haben Sie die E-Mail der Staatsanwaltschaft gesehen?«

»Ja«, antwortete Brook und richtete den Blick wieder auf die Zeitung.

»Entführung, Freiheitsberaubung, Kindesmisshandlung«, schnaubte Noble. »Ist das zu fassen?«

»Es gab immerhin keine Lösegeldforderung«, sagte Brook.

»Aber es bedeutet, dass nur Zeke, Bernadette und Mrs. Trastevere des Mordes angeklagt werden.«

»Ist das ein Problem?«

»Allerdings«, erwiderte Noble. »Ich kann zwar glauben, dass Dr. Cowell so naiv war, dass sie nicht wusste, was da abging. Aber O'Toole …«

»Ohne seine Aussage würde Trastevere nicht verurteilt werden. Bernadette und ihr Freund weigern sich, sie zu belasten. Mehr konnte die Staatsanwaltschaft nicht tun. Vergessen Sie nicht, dass O'Toole gebraucht wird, um die Kinder zu finden, wenn Trastevere nicht kooperiert.«

»Vermutlich.«

»O'Toole wurde das Priesteramt entzogen und Cowell die Approbation.«

»Und das soll eine Strafe sein?«

»Ihr Leben ist vorbei, John. Und wenn man so sehr auf Selbstgerechtigkeit baut, dann macht so ein abruptes und öffentliches In-Ungnade-Fallen nicht nur die Zukunft zunichte, sondern wirft auch einen dunklen Schatten auf das bereits gelebte Leben, und das ist noch viel schlimmer.«

»Sie waren auf der Uni, nicht wahr?«, frotzelte Noble. »Vielleicht sollten wir sie freilassen.«

»So seltsam es vielleicht klingt, für sie wäre es vermutlich die schlimmste Strafe. Was die Familien der Opfer betrifft, sieht das allerdings ganz anders aus.«

»Nach neun Morden?«

»Wenn sie in den Knast gehen, ist das der erste Schritt zur Wiedergutmachung, John. Da bleibt ihnen nicht so viel Raum für Selbstverachtung.«

Noble schüttelte den Kopf. »Gott sei Dank sind Sie nicht der Richter.«

»Da kann ich Ihnen nur zustimmen.« Brook grinste. »Setzen Sie Ihr Vertrauen in die Vergeltung des Systems. Die werden richtig lange sitzen.«

Die Türen des Gerichtssaals gingen auf, und ein Strom von Menschen kam heraus, Charlton als Erster, ein Gesicht wie sieben Tage Regenwetter.

»Zwanzig Jahre«, schnaubte er und schüttelte den Kopf. »Zwanzig verdammte Jahre. In der Hälfte der Zeit kann Tanner wieder draußen sein. Und ich dachte, Richter Belvedere wäre einer, der gern noch zu Hängen und Auspeitschen verdonnern würde.«

Brook gab Noble einen Wink, und der entschuldigte sich und eilte davon. »Für einen Unschuldigen ist das immer noch eine lange Zeit.«

»Ich will das nicht hören, Brook«, sagte Charlton. »Er hat gestanden. Schlicht und ergreifend. Und glauben Sie nicht, ich wüsste nicht, dass Sie ihn besuchen wollten.«

»Seine Anwältin hat mich nicht in seine Nähe gelassen«, sagte Brook.

»Das weiß ich auch, sonst hätte ich Sie persönlich daran gehindert«, erwiderte Charlton.

Brook behielt den sich leerenden Gerichtssaal im Auge. Ostrowsky kam heraus, begleitet von Jakes Anwältin und einem gut aussehenden jungen Mann in einem eng sitzenden Designeranzug, der auf einem Tablet herumspielte. Brook entschuldigte sich bei Charlton und steuerte schnurstracks auf sie zu.

»Brook«, rief Charlton hinter ihm her. »Wenn ich im Lokalblatt anonyme Zitate über das Urteil entdecke, weiß ich, dass die von Ihnen stammen. Dann sind Sie erledigt.«

Brook verharrte und hatte schon diverse scharfe Retourkutschen auf der Zunge, die allesamt das Aus für seine Karriere bedeutet hätten. Am Ende sagte er nur: »Seit wann unterhalte ich mich denn mit dem *Telegraph*?«, was keinen Anlass zu Kontroversen gab, und ging weiter.

»Dann sorgen Sie dafür, dass das auch so bleibt«, versetzte Charlton säuerlich.

Die Anwältin schüttelte Ostrowsky die Hand und verließ das Gebäude.

»Mr. Ostrowsky«, sagte Brook und betrachtete neugierig den elegant gekleideten jungen Mann. Es war Nick Tanner.

»Inspector«, sagte Ostrowsky und zeigte auf Jakes Bruder, der vollkommen von dem Tablet in Beschlag genommen wurde. »Sind Sie Nicholas schon einmal begegnet?«

»Kurz«, sagte Brook. »Ihr Anwalt hat ihn zu uns gebracht, um uns zu sagen, dass Nicholas in der Nacht des Mordes unwissentlich Jakes Komplize war.«

»Ach ja«, sagte Ostrowsky. »Wie dumm von mir.«

»Dumm? Sie?« Brook wandte sich an Nick. »Tut mir leid wegen Ihres Bruders.«

»Nicholas, was machen wir, wenn wir Leuten begegnen?«

Nick ließ das Tablet sinken und reichte Brook die Hand. »Hallo, Sir«, sagte er wie ein Schauspieler, der seinen Text herunterleiert. »Wie geht es Ihnen?«

»Mir geht's gut, Nick. Und Ihnen?«

»Gut«, antwortete er.

»Haben Sie seit seiner Verhaftung mit Jake gesprochen?«

»Wir haben ihn im …« Nick sah Ostrowsky an, damit der ihm das Stichwort lieferte.

»Untersuchungsgefängnis«, sagte Ostrowsky.

Nick wiederholte das Wort konzentriert. »Kein schöner Ort.«

»Das ist die Strafanstalt auch nicht«, sagte Brook. »Und da wird Jake sehr lange sein.«

Nicks Züge verdüsterten sich. »Ich dachte, wenn er nett zu den Leuten ist, ist er bald wieder daheim, in …« Wieder suchte er Ostrowsky Unterstützung.

»Zehn Jahren«, sagte der Geschäftsmann. »So Gott will.«

»Warum hat Jake Kassia umgebracht, Nick?«, fragte Brook und beobachtete Ostrowskys Reaktion. Er hatte nicht erwartet, auf dessen Gesicht ein Lächeln zu sehen.

»Kassia?«, fragte Nick und wandte sich an Ostrowsky.

»Das ist lange her, Nicholas«, sagte der Geschäftsmann und lächelte Brook weiter an. »Aber dein Lehrer hilft dir, dein Gedächtnis zu trainieren, nicht wahr?«

»Ich kann das kleine Einmaleins bis zwölf«, sagte Nick stolz. »Möchten Sie es hören?«

»Der Inspector ist ein vielbeschäftigter Mann, Nicholas. So viel Zeit hat er nicht. Nicht wahr?«

Brook lächelte in Ostrowskys kalte blaue Augen und akzeptierte die nächste Niederlage. »Nein.«

»Nick, geh und warte bei Tymon.«

»Kann ich …?«, fragte Nick und wedelte mit dem Tablet durch die Luft.

Ostrowsky gab lächelnd die Erlaubnis und sah Nick hinterher. »Ein guter Junge.«

»Sie scheinen ihn adoptiert zu haben.«

»Er ist volljährig.«

»Und doch wie ein Kind«, fuhr Brook fort. »Hatten Sie nie eigene Kinder?«

Ostrowskys amüsierte Miene wurde zu Stein. Nach einer Sekunde, als Brook schon dachte, ihm drohte das gleiche Schicksal, bekreuzigte der Pole sich. »Das war mir nicht vergönnt.«

»Vielleicht hat Gott Ihnen einen anderen Weg bestimmt.«

»Vielleicht. Aber Nick gibt mir einen Sinn, neben der Arbeit. Ich kann ihm alles geben, was er sich nur wünscht, einschließlich der bestmöglichen Ausbildung. So wichtig in dieser wettbewerbsorientierten Welt.«

»Wie wahr«, antwortete Brook. »Ich habe von Max gehört. Ich kann Ihnen nicht sagen, wie leid mir das tut.«

Ostrowskys Blick verschleierte sich. »Vielen Dank. Ein tragischer Unfall.«

»Was ist passiert?«

»Er war auf der Fähre nach Amsterdam, wollte zurück nach Warschau. Er hat eine Flasche Wodka getrunken und ist über Bord gegangen.« Ostrowsky senkte einen Moment den Kopf. »Max war immer ein großer Trinker.«

»Und jetzt haben Sie einen kleinen Bruder, auf den Sie stolz sein können.« Mit einem Nicken wies Brook auf Nick.

»Was meinen Sie damit?«

»Das kann nicht leicht gewesen sein«, sagte Brook, »ein Mann von Ihrer religiösen Überzeugung, und dann ein Bruder mit Max' … Bedürfnissen.«

»Wir sind alle Sünder, Inspector.«

»War Max allein auf der Fähre?«

»Mein Assistent Tymon war bei ihm«, sagte Ostrowsky vorsichtig. »Er hat Alarm geschlagen.«

»Wie gewissenhaft.« Brook lächelte. »Eine solche Loyalität ist mit Geld nicht zu bezahlen. Aber Sie sind schließlich auch loyal, nicht wahr?«

»Inwiefern?«

»Nun, jemanden einzustellen, der einmal in Ihrem Frachtcontainer Drogen geschmuggelt hat. Sehr verständnisvoll von Ihnen.«

»Tymon hat einen Fehler gemacht«, sagte Ostrowsky. »Und es gibt ein Sprichwort darüber, denen zu vergeben, die Fehler machen.«

»Irren ist menschlich, vergeben göttlich.«

»Sie sind ein kluger Mann, Inspector Brook.« Der Geschäftsmann zog lächelnd eine Visitenkarte aus der Tasche. »Kommen Sie morgen in die Bar Polski. Wir eröffnen heute Abend.«

»Ich dachte, das wäre schon vor Wochen gewesen.«

»Wenn die britischen Arbeiter nicht wären.« Er grinste. »Bringen Sie so viele Freunde mit, wie Sie möchten. Aufs Haus. Tun Sie mir den Gefallen. Als Freund von Nick.«

Brook nahm die zweite Visitenkarte an diesem Tag und folgte Ostrowsky hinaus in die Sommersonne. Nick und Tymon gingen ihm voraus, wobei Letzterer ein schweinisch boshaftes Lächeln aufgesetzt hatte. Eine schlanke Gestalt erhob sich vom Fahrersitz eines dunklen Mercedes, um die Türen zu öffnen. Es war Ashley Devonshire, Jake Tanners ehemaliger Kollege aus der Bar Polski.

Sobald Ostrowsky auf dem gepolsterten Ledersitz saß, glitt Ashley wieder hinter das Lenkrad und lenkte den Mercedes in den Verkehr. Ein zweiter Wagen verließ den Parkplatz des Gerichtsgebäudes. Vom Beifahrersitz grüßte DS Morton Brook mit erhobener Hand, als sie die Verfolgung aufnahmen.

Brook eilte hinunter zu den Zellen, um Noble zu suchen, der dem Fahrer des Gefangenentransporters, der Tanner in die Justizvollzugsanstalt bringen sollte, gerade mächtig zusetzte.

»Hören Sie, Inspector Gadget, wir haben hier unsere Ermittlungen zu führen«, sagte Noble. »Ihr Zeitplan wird warten müssen, also trollen Sie sich und setzen Sie sich in Ihren Lieferwagen und sorgen dafür, dass er nicht von irgendwelchen Kids geklaut wird.«

Der Fahrer murmelte einen schweren Fluch und ging zur Tür zum Hof.

»Und?«

»Besser, als wir dachten«, sagte Brook. »Ashley war bei ihm.«

Eine Minute später zeigte Brook dem Gerichtsbeamten vor Jake Tanners Zelle seinen Dienstausweis. »Können wir eine Minute haben?«

Tanner wollte Einwände erheben, als er sie sah, doch Brook und Noble waren schon durch die Tür. »Ich habe meiner Anwältin gesagt, ich will kein…«

»Max Ostrowsky ist tot«, sagte Brook. Tanner reagierte nicht. »Sie haben gelogen, um ihn vor einer Mordanklage zu bewahren. Das ist jetzt nicht mehr nötig.« Keine Reaktion. »Und ich habe gerade Nick gesehen.«

Jetzt lächelte Tanner. »Ich auch. Ich hab ihn fast nicht erkannt.«

»Es ist noch nicht zu spät«, sagte Brook. »Wir haben uns an Ostrowsky drangehängt. Wir können Nick beschützen. Sagen Sie mir, Sie wollen Ihr Geständnis widerrufen, und ich spreche mit Ihrer Anwältin. Sie kann Rechtsmittel einlegen.«

Tanner lächelte unverändert. »Er hat einen Anzug getragen. Mein Bruder Nick in einem Anzug.«

»Hören Sie überhaupt zu?«, fragte Noble. »Max ist tot. Er ist ertrunken.«

»Max hat Kassia nicht umgebracht, Jake«, sagte Brook. »Das war Ostrowsky. Er war der Vater von Kassias Kind, das können wir beweisen. Er hat Ihr Geständnis gebraucht, um Max aus der Schusslinie zu bringen, denn Max war eine Bedrohung, doch jetzt ist er tot.«

»Sein Bodyguard hat ihn mit Wodka abgefüllt und dann von einer Fähre in die Nordsee geschubst. Seinen eigenen Bruder.«

Tanner war ungerührt, teilnahmslos.

»Doch da ist noch mehr.« Brook nickte Noble zu, der ein kleines Diktiergerät herausholte und auf Abspielen drückte.

»Hallo, Polizei. Ich wohne in der Arboretum Street. Da draußen macht sich jemand an der Tür eines weißen Lieferwagens zu schaffen. Ich glaube, der versucht, ihn zu stehlen.«

»Können Sie mir bitte sagen, wie Sie heißen?«

»Mein Name tut nichts zur Sache. Das Nummernschild lautet BD62 XZP. Sagen Sie denen, die sollen sich beeilen.«

Als die Aufnahme abgeschaltet wurde, sah Tanner Brook in die Augen.

»Erkennen Sie die Stimme?«, fragte Noble. Tanner verschränkte die Arme.

»Nicht?«, sagte Brook. »Das war Ashley Devonshire.«

»Ihr Kollege in der Bar Polski«, fügte Noble hinzu. »Wir haben seine Stimme nur ein Mal gehört, aber wir haben ihn erkannt.«

»Was war das?«, fragte Tanner.

»Das war die Aufzeichnung eines Anrufs bei der Polizei in der Nacht, in der Sie Max' Lieferwagen gestohlen haben«, sagte Brook. »Er ging um dreiundzwanzig Uhr einundzwanzig ein.« Keine Reaktion.

»Zu dem Zeitpunkt ging man davon aus, dass es jemand aus der Nachbarschaft war, der mitbekam, wie Sie den Lieferwagen checkten, bevor Sie ihn stahlen«, sagte Noble.

»Aber Sie haben uns gesagt, Sie hätten die Wohnung erst nach Mitternacht verlassen«, sagte Brook. »Das Ganze ergab erst Sinn, als wir uns den Anruf anhörten. Es war eine Falle, Jake.«

»Der Anruf sollte die Aufmerksamkeit der Polizei auf Max' Lieferwagen lenken, den Lieferwagen, in dem Ostrowskys Bodyguard Kassias Leiche abgelegt hatte, nachdem sein Chef sie umgebracht hatte«, sagte Noble.

»Einer wie Ostrowsky will nicht, dass die Polizei seine Stimme aufzeichnet. Er hat Ashley wahrscheinlich ein paar

Pfund zugesteckt und ihm gesagt, er müsse für ihn einen Anruf erledigen, denn sein Englisch sei nicht gut genug.«

»Der Lieferwagen war nicht abgeschlossen, Jake«, sagte Noble. »Die Schlüssel lagen drin. Haben Sie sich nie darüber gewundert? Die wollten es der Polizei leicht machen, wenn sie nachsehen kam. Die Streifenbeamten würden schauen, ob die Türen abgeschlossen waren, und die Tote finden. In Max' Lieferwagen. Daneben Max' Hammer, mit dem sie Kassia das Gesicht eingeschlagen hatten. Mit Max' Lötlampe, mit der sie ihr die Fingerkuppen und die Tätowierung weggebrannt hatten. Sie haben ihr Fasern von Max' Handschuhen in den Mund gesteckt. Und alles so arrangiert, dass wir es finden.«

»Und bei Max' Vorgeschichte von sexueller Gewalt ... verstehen Sie? Max sollte da sein, wo Sie jetzt sind. Wenn die Polizei nicht aufgehalten worden wäre, hätten Sie den Lieferwagen nicht stehlen können. Dann hätte es da von Polizei nur so gewimmelt.«

»Aber Sie haben ihn gestohlen und den schönen Plan verpfuscht.«

»Statt seinen Bruder hinter Schloss und Riegel zu bringen, musste Ostrowsky ihn töten.«

Tanner atmete tief durch. »Das spielt keine Rolle.«

»Sie hören nicht zu«, beharrte Brook. »Max ist tot.«

»Das haben Sie schon gesagt.«

»Dann reden Sie mit uns. Nach dem, was er mit Nick gemacht hat ...«

Endlich zeigte Tanner eine Reaktion. »Was ist mit Nick?«

»Wir können beweisen, dass Max sich in der Cream Bar aufgehalten hat, und wir wissen, dass er die Schlüssel hatte. Nick hat sie aus Ihrer Wohnung genommen und ihm gegeben.«

»Warum sollte er?«

»Weil Max Nick gesagt hat, er soll sie nehmen, als er erfuhr, dass Sie sie hatten«, sagte Brook. »Max brauchte einen abgeschiedenen Ort, wo er einen Schlafsack und eine Flasche Wodka deponieren und sich die Zeit nehmen konnte, die Sachen zu machen, die er machen wollte. Mit Nick.«

Tanners Augen loderten. »Nick ist kein verdammter Stricher …«

»Das weiß ich«, wandte Brook ein. »Er hat nicht begriffen, um was es ging. Er ist nicht in der Lage, seine Zustimmung zu …«

»Das reicht.«

»Aber er liebt Geld, nicht wahr?«, fuhr Brook fort. »Geld für Handys, die neuesten Spiele. Besonders da er bei einem Bruder lebt, der nicht genug …«

»Halten Sie den Mund.«

»Und Max hat ihm Geld für sexuelle Gefälligkeiten …«

»Ich muss mir das nicht anhören«, sagte Tanner, ging zur Zellentür und hämmerte dagegen. »Wache!«

»Muss sehr frustrierend sein«, fuhr Brook fort. »Sie landen einen Bombenjob in der Bar Polski, einen Job, bei dem Sie Nick mitnehmen können, um sich um ihn zu kümmern. Keine Teilzeitarbeit mehr. Kein Herumkrebsen mehr. Sie sind auf die Füße gefallen. Aber dann wirft einer wie Max, für den Sex und Gewalt sehr eng beieinanderliegen, einen Blick auf Nick und flötet ihm, was er ihm alles kaufen würde, wenn er Max ein paar Sachen mit ihm machen lässt. Sachen, die Nick nicht versteht. Die er aber trotzdem macht.«

»Ich höre Ihnen gar nicht zu.«

»Und es ist gut, dass er es nicht versteht«, sagte Noble. »Denn so entgeht er der Scham, die andere überkommen würde.«

»Aber so viel hat er doch gewusst, es Ihnen nicht zu erzählen«, sagte Brook. »Hat Ihnen auch nicht mit dem Geld vor der Nase herumgewedelt, denn sonst hätten Sie ja wissen wollen, woher er es hat.«

Tanner blickte in die Ferne, seine Augen füllten sich mit Tränen.

»Aber Nick musste es Ihnen gar nicht sagen, nicht wahr?

Denn so etwas ist schon einmal passiert, und Sie haben es gewusst.«

»Nur war Max kein Beamter«, sagte Noble. »Er war der Bruder Ihres Chefs, und er hat Ihnen den Job vermiest, den Sie unbedingt wollten. Sie konnten Nick nicht mit in die Bar nehmen und ihn mit ein paar Comics im Aufenthaltsraum sitzen lassen. Nicht wenn Max da rumhing.«

»Ich mein's ernst. Halten Sie das Maul.«

»Und Sie konnten ihn auch nicht guten Gewissens allein daheim lassen«, sagte Brook. »Sie machten sich Sorgen, Max könnte sich mit ihm in der Cream Bar treffen. Sie hätten es gern dem Chef gesagt, aber Sie hatten keine Ahnung, wie er reagiert. Wenn Sie Pech hatten, waren Sie den Job schnell wieder los.«

»Bitte …«

»*Irgendetwas* mussten Sie tun«, fuhr Brook stur fort. »Sie konnten nicht zulassen, dass Max Ihren kleinen Bruder missbraucht, ohne es ihm heimzuzahlen, also haben Sie seinen Lieferwagen gestohlen.«

»Aber als Sie damit wegfuhren, merkten Sie, dass hinten drin eine Leiche lag«, sagte Noble. »Sie würde nach zwei Tagen anfangen zu riechen.«

Tanner schüttelte mit verkniffenem Gesicht den Kopf. »Ich habe sie umgebracht. Okay.«

»Sie wussten, dass Sie in der Tinte steckten: Ein Exknacki, mitten in der Nacht in einem gestohlenen Lieferwagen mit einer Toten hinten drin, überall Ihre Fingerabdrücke.«

»Sie mussten den Lieferwagen loswerden, bevor man Sie erwischte«, sagte Noble.

»Doch dann fiel Ihnen die kleine Straße in der Nähe des *Telegraph*-Gebäudes ein, unweit des Pubs, wo Sie mal gearbeitet haben.«

»Sie konnten den Lieferwagen in Brand stecken, alle Spuren vernichten und in fünfzehn Minuten zu Hause sein.«

Tanner war ungerührt. »Fertig?«

»Wissen Sie, was die eigentliche Ironie an der Sache ist?«, fuhr Brook fort. »Wenn Sie Ostrowsky von Max' sexuellen Nachstellungen erzählt hätten, hätte er Ihnen zugehört. Er betrachtet sich als religiösen Menschen. Er hat jahrelang hinter seinem Bruder aufgeräumt und sich seine Ausreden angehört.«

»Aber er ist auch ein skrupelloser Mörder, der alles tut, um seinen Willen zu kriegen.«

»Und wir würden ihm gern das Handwerk legen, Jake.«

»Viel Glück.«

»Wir folgen just in diesem Augenblick Ostrowskys Wagen«, sagte Noble. »Ein Wort von Ihnen, und wir halten ihn an. Dann ist Nick in Sicherheit.«

Tanner schüttelte den Kopf. »Ich mache keinen Rückzieher. Ich habe einen guten Deal gekriegt. In zehn Jahren kann ich draußen sein.«

»Wenn wir Ostrowsky verhaften, sind Sie in zehn Tagen draußen«, sagte Brook.

»Dann steht mein Wort gegen seins.«

»Nicht mehr«, sagte Brook. »Ashley fährt den Mercedes. Wir nehmen ihn fest, und er sagt aus, dass er den Notruf abgesetzt hat.«

Tanner schüttelte den Kopf. »Glauben Sie, Ashley überlebt die Zeit bis zum Prozess?«

»Wir können ihn schützen«, beharrte Brook. »Genau wie Nick.«

Schweigen, während Noble und Brook ihr Gegenüber mit angehaltenem Atem ansahen und abwarteten. Was als Nächstes geschah, überraschte sie beide.

Jake Tanner setzte ein breites Grinsen auf. »Ich konnte Nick nicht vor Max schützen. Genauso wenig, wie Sie Ashley vor Ostrowsky schützen können. Nicht für immer. Aber das ist auch nicht nötig. Ich hab das alles geregelt. Ich hab mich auf einen Deal eingelassen, und jetzt wird Nick beschützt. Himmel, er ist so gut wie unantastbar. Sie haben ihn im Gerichtssaal gesehen.

Er hat einen Anzug getragen. Kapieren Sie das nicht?« Er sprach langsam und deutlich. »Diesen Lieferwagen zu stehlen war das Beste, was ich je getan habe, und Nick ist jetzt genau da, wo ich ihn haben will.«

Nach einem Augenblick des Schweigens stand Brook auf und bedeutete Noble, ihm zu folgen. »Sie haben recht, Jake. Sie haben einen sehr guten Deal abgeschlossen.«

»Ich verstehe das nicht«, sagte Noble.

»Sie sind clever, Brook«, sagte Tanner. »Es war ein guter Versuch.«

»Ich bin alles andere als clever. Ostrowsky und Sie waren uns die ganze Zeit einen Schritt voraus. War das mit Max Ihre Idee oder seine?«

Tanner zögerte. »Max war ein Perverser. Er hat bekommen, was er verdiente.«

»Und Kassia?«

»Für Kassia und ihre Familie tut es mir ehrlich leid, aber sie ist tot, und ich kann sagen, was ich will, daran ändere ich nichts mehr.«

»Ihr Geständnis im Tausch gegen Max' Leben«, sagte Brook zu Noble. »Die Polizei sucht nicht weiter nach Kassias Mörder, und Max stirbt bei einem tragischen Unfall, bevor er den guten Namen der Familie noch weiter in den Dreck ziehen kann.«

Tanner erlaubte sich ein kleines Auflachen. »Oh, das ist noch längst nicht alles. Haben Sie *Von Mäusen und Menschen* gelesen, Inspector?«

»Steinbeck«, sagte Brook.

»Ich habe es in der Schule durchgearbeitet.«

Brook nickte. »Sie denken, Sie und Ihr Bruder sind George und Lennie.«

»Wir *waren* George und Lennie«, versetzte Tanner.

»George hat versucht, Lennie zu beschützen, aber das konnte er nicht.«

»Und am Ende muss er ihn erschießen, um ihn vor dem Lynchmob zu bewahren«, sagte Tanner. »Aber …«

»Sie haben ein neues Ende ersonnen«, sagte Brook.

»Ich musste. Ich konnte Nick nicht vor Max schützen. Außerdem wusste ich, dass er nicht der Letzte sein würde. Also hab ich das Ende umgeschrieben, Inspector, mit freundlicher Genehmigung von Mr. O. Er hat gesehen, wie die Geschichte enden sollte, bevor ich es sah. Er hatte ähnliche Probleme mit Max, und zwar schon sehr viel länger.«

»Und jetzt hat Nick den älteren Bruder, den er braucht, und Ostrowsky hat den Schützling, den er sich immer gewünscht hat«, sagte Brook leise. »Jemanden, der zu ihm aufsieht und ihn als Vorbild betrachtet.« Er war ernst. »Nur schade, dass Sie Ihr Leben opfern mussten, um es zu erreichen, Jake.«

»Ich habe nicht mein Leben geopfert, Brook, denn ich hatte keins. Wegen Nick konnte ich nicht arbeiten, ich konnte nirgendwohin, ich konnte nichts tun. Er war achtzehn Stunden am Tag von mir abhängig, sieben Tage die Woche. Immer gelangweilt. Immer hungrig.

Ich war neun, als Nick auf die Welt kam«, fuhr er fort. »Das sind zwanzig Jahre, genauso lang wie meine Strafe. Da haben Sie Ihre verdammte Ironie. Sobald ich von der Schule nach Hause gekommen bin, hab ich mich jede Sekunde um ihn gekümmert, während meine Mutter sich durch Derby gesoffen und gehurt hat. Und als ich mit der Schule fertig war, wurde es zum Vollzeitjob – dem einzigen, den ich je hatte. Ich wär gern aufs College gegangen, aber das war unmöglich. Ich hatte Träume …«

»Der beste Plan, ob Maus, ob Mann?«

»Sie sagen es.« Tanner nickte. »Ich fand das Buch toll, bis ich von der Schule abging und mir klar wurde, dass genau so mein Leben aussah – außer dass niemand Nick eine Kugel in den Kopf jagen und mir die Freiheit schenken würde. Aber als ich diese Schwuchtel verprügelte und in den Knast ging … Himmel, was für eine Offenbarung. Ich wusste nicht, dass man im Gefängnis so frei sein kann. Begreifen Sie die Ironie?«

»Sie werden nicht im offenen Vollzug in Sudbury Gartenarbeit verrichten, Jake.«

»Und ich werde nicht jeden einzelnen Tag von Nick geweckt werden, der quengelt, weil er gebackene Bohnen will oder ein Handy oder eine PS2, wo ich doch nicht frei bin, das Geld zu verdienen, um so etwas zu bezahlen. Ein ganzes Leben lang babysitten. Nicht ausgehen können, es unerträglich finden, zu Hause zu bleiben. Keine Freundin, keine Frau, keine eigene Familie. Zur Abwechslung geht's hier jetzt nur um mich. Ich hab Frieden gefunden.«

Der Fahrer des Gefangenentransporters erschien mit dem Gerichtsbeamten.

Brook fiel es schwer, sich zu lösen, bis er einen Stups bekam. »Wir sind hier fertig«, sagte Noble und griff nach seinem Telefon. »Ich pfeif Morton zurück. Gehen wir.«

Als Brook nach Hause nach Hartington kam, setzte er sich vor das Schachbrett. Er notierte seinen letzten Zug auf einem Zettel, gefolgt von *Matt in vier Zügen*, und steckte ihn in einen Umschlag, auf den er dann die Adresse der Haftanstalt schrieb.

Nachdem er eine Briefmarke aufgeklebt hatte, holte er die zwei Visitenkarten heraus, die er an diesem Tag unabhängig voneinander bekommen hatte, und betrachtete erst die eine, dann die andere, bevor er zum Telefon griff.

Das Spiel war aus.

36

Noble trank einen Schluck aus seiner dritten Flasche Zywiec und sah sich in dem eleganten Restaurant im ersten Stock der Bar Polski um. »Das ist sehr schön geworden.«

Brook trank einen Schluck Wasser. »Wie war das Essen?«

»Gut«, sagte Noble. »Sie hätten auch was essen sollen.«

»Es käme mir nicht richtig vor, Ostrowskys Gastfreundschaft in Anspruch zu nehmen.«

»Und warum sind wir dann hier? Es war Ihre Idee.«

Brook stand kurz auf, als Banach mit Laurie und Caitlin von der Toilette zurückkam. »Will noch jemand was zu trinken?«

»Nein, danke«, sagte Caitlin. Ihre Stimme war kratzig und heiser. »Aber ich hatte einen schönen Abend.« Sie sah Laurie an.

»Wir sollten gehen«, sagte Laurie. »Caitlin soll's nicht übertreiben.«

»Das verstehen wir«, sagte Banach und richtete den Blick auf die heilende Wunde an Caitlins Hals. »Es sieht schon sehr viel besser aus.«

»Dank Ihnen, Angie.«

Laurie steckte die Hand in ihre Tasche. »Was sind wir ...«

»Wagen Sie es nicht«, sagte Brook mit einem Ernst, der sie augenblicklich innehalten ließ.

»Aber nach allem, was Sie getan haben«, beschwor sie ihn. Doch davon wollte Brook nichts hören, und so reichten die beiden jungen Frauen Brook und Noble zum Abschied die Hand, dann umarmte Caitlin Banach und legte ihr eine Hand auf den Bauch.

»Wie lange noch?«, krächzte sie.

»Vier Monate.« Banach und Caitlin bedachten einander mit einem bittersüßen Lächeln, bevor die beiden Studentinnen die Treppe hinuntergingen.

»Schön, Caitlin so munter zu sehen«, sagte Banach. »Laurie sagt, sie ist viel ruhiger als früher. Hat fast ein wenig Angst vor ihrem eigenen Schatten.«

»So etwas braucht Zeit«, sagte Brook ohne allzu große Zuversicht.

Banach trank ihr Mineralwasser aus. »Also, ich habe morgen Frühschicht.«

»Können Sie John absetzen?«, fragte Brook und winkte der Kellnerin wegen der Rechnung. »Ich will mein Wasser noch austrinken.«

Noble leerte sein Bierglas. »Sie schleppen uns hierher, Sie essen und trinken nichts, und jetzt können Sie sich nicht losreißen. Was führen Sie im Schilde?«

Brook hob in einer Geste der Unschuld die Arme. Banach und Noble verabschiedeten sich und gingen, wobei Noble ihn an der Treppe noch mit einem letzten misstrauischen Blick bedachte.

Brook überschlug rasch, zählte zehn Zwanziger ab und legte sie auf den Tisch, dann schob er sich durch die Doppeltür zur Hintertreppe der Bar Polski. Im Kellergeschoss traf er auf Tymon, der unbewegt vor einer Tür stand. Brook trat näher und zeigte seinen Dienstausweis vor, doch der kräftige Bodyguard rührte sich nicht.

»*Huj w dupe policji*«, sagte er.

»Nein, zum Teufel mit dir, du großer Affe«, sagte Brook, lächelte höflich und wollte an ihm vorbeigehen. Tymon hielt ihn mit ausgestrecktem Arm auf und sagte noch etwas auf Polnisch. Brook packte seinen Arm. Eine Sekunde später schlug er mit dem Rücken an die gegenüberliegende Wand und bekam kurzzeitig keine Luft. Doch er erholte sich schnell und schritt entschlossen wieder auf die Bürotür zu.

»Sie haben schon zwei meiner Beamten ins Krankenhaus gebracht«, sagte er, auch wenn er nicht sicher war, ob er verstanden wurde. »Wenn daraus drei werden, sorge ich dafür, dass Sie in den Knast wandern.«

Tymon lächelte und dehnte den Hals. Sobald Brook in Reichweite war, hob er den Arm, um ihm noch eine zu verpassen.

»Tymon!« In der offenen Tür stand Ostrowsky. Er bellte noch ein paar Befehle, und Tymon bedachte Brook mit einem letzten hasserfüllten Blick, bevor er die Treppe zur Bar hinaufstieg. »Inspector, treten Sie ein.«

Brook betrat das Büro. Bis auf den kleinen Lichtkegel einer Schreibtischlampe war der Raum unbeleuchtet.

»Entschuldigen Sie Tymon, Inspector. Er übertreibt es manchmal ein wenig mit seinem Eifer. Nehmen Sie Platz.« Ostrowsky kehrte zu seinem Schreibtisch zurück. Sein weißes Hemd stand offen, um seinen gebräunten Hals hing ein silbernes Kruzifix. »Sind Sie hier, um sich über das Essen zu beschweren?«

»Ich habe mir sagen lassen, dass das Essen gut war.«

»Sie haben nichts gegessen?«

»Ich hatte keinen Hunger«, sagte Brook. »Es ist dunkel hier drin.«

»Ich mag die *tenebrae*«, sagte Ostrowsky. Brook zog eine Augenbraue hoch. »Verzeihung. Das ist Latein und bedeutet …«

»Schatten«, sagte Brook. »Tenebrae ist ein katholischer Gottesdienst, bei dem sämtliche Kerzen eine nach der anderen gelöscht werden, bis es vollkommen dunkel ist. Die letzte Kerze steht im Verborgenen und wird, nachdem ein Gesangbuch zugeschlagen wurde, wieder hervorgeholt. Sie repräsentiert das Licht Christi, das in die Welt zurückkehrt.«

Ostrowsky lächelte. »Meine Quellen haben mir gesagt, dass Sie Katholik sind. Ich bin beeindruckt.«

»Seien Sie das nicht«, sagte Brook. »Ich bin genauso hin- und hergerissen wie die arme tote Kassia.«

Über Ostrowskys amüsiert-neugierige Miene zog für eine Sekunde etwas sehr viel Härteres und Gefährlicheres. »Dank Ihnen ist ihr Mörder jetzt im Gefängnis.«

»Sie wissen so gut wie ich, dass das nicht wahr ist«, versetzte Brook leise. »Jake hat nicht das Zeug dazu. So miserabel ich bei diesem Fall auch war, das war mir doch von Anfang an klar. Dann dachte ich, Max hätte sie getötet, und Sie würden ihn decken. Als ich endlich den Kopf aus dem Sand zog und dahinterkam, wie die Sache gelaufen war, war es zu spät. Sie waren der Vater von Kassias Kind.«

»Sie glauben, *ich* hätte diese junge Frau auf dem Gewissen?«, rief Ostrowsky aus. »Ihre Beschuldigung schmerzt mich …«

»Sie werden drüber wegkommen.«

»Der Herr hat gesagt: *Du sollst nicht töten.*«

»Dann ist das meines Wissens das dritte Mal, dass Sie Ihren Gott erzürnt haben«, versetzte Brook.

Ostrowsky zündete sich eine Zigarette an und taxierte Brook. »Können Sie beweisen, dass ich der Vater war?«

»Sicher. Auch wenn es mir nicht hilft, Sie hinter Schloss und Riegel zu bringen.«

Ostrowsky legte seine Zigarette in den Aschenbecher, blaubrauner Dunst waberte müßig in dem Lichtkegel. Er richtete seine kalten Augen auf Brook. »Das dritte Mal?«

»Kassia und ihr Kind«, sagte Brook. »Und Ihr Bruder sind drei.«

»Max' Tod war ein Unfall.«

»Keine Spielchen mehr«, sagte Brook. »Jake hat mir von Ihrem Deal erzählt. Und ich weiß alles über Max' Gewohnheiten. Alkohol, Prostituierte …« Er machte der Wirkung willen eine Pause. »Jungen.« Er sah zu, wie Ostrowskys Gesichtszüge unwillkürlich vor Widerwillen hart wurden. »*Es gibt keine größere Sünde, als wenn einer mit einem Mann schläft, wie man mit einer Frau schläft; dann sollen beide mit dem Tod bestraft werden.*«

»Leviticus.« Ostrowsky nickte.

»Sie haben es gewusst?«

»Ich wollte Nick Geld für ein Taxi geben. Da hat er mich nach einem Kissen gefragt. Er dachte, ich wollte …« Ostrowsky zog ein letztes Mal an seiner Zigarette, drückte sie aus und holte eine Wodkaflasche und ein Schnapsglas aus einer Schublade. Er hielt Brook die Flasche hin, doch der schüttelte den Kopf. So schenkte er sich ein Glas ein, kippte es hinunter und füllte es wieder. »Nick hat mir alles erzählt, und ich war fest entschlossen, Max die Hilfe zukommen zu lassen, die er brauchte. Deswegen war er auf dem Heimweg nach Polen, als Gott einschritt.«

Brook lächelte. »Wie? Indem er den Wodka erfand?«

Ostrowskys blaue Augen wurden hart. »Was wollen Sie hier, Inspector?«

Brook holte das Diktiergerät heraus und spielte den Notruf ab. »Sie erkennen Ashley Devonshires Stimme«, sagte er, als die Aufnahme zu Ende war.

»Nein.«

»Oh doch.«

»Ich erkenne wohl, dass es nicht meine Stimme ist.«

»Doch der Anruf wurde auf Ihre Anweisung hin unternommen, und zwar, um unsere Aufmerksamkeit auf Max zu lenken. Es ist der Beweis, der Sie wegen Mordes hinter Gitter bringt.«

»Die Aufzeichnung an sich beweist gar nichts.« Ostrowsky wirkte amüsiert, selbstbewusst.

»Mit Ashleys Aussage zusammen schon.«

»Dann will ich versuchen, ihn für Sie zu finden, damit ich meinen Namen reinwaschen kann«, sagte Ostrowsky. »Leider arbeitet er seit gestern nicht mehr bei mir.«

»Er kann sich nicht ewig verstecken«, sagte Brook. »Und wenn wir ihn finden, sind Sie erledigt.«

Ostrowsky schenkte sich einen Wodka ein, warf sein Jackett zu Boden und ließ sich auf das weiche Sofa plumpsen, um sich die italienischen Schuhe von den Füßen zu treten. Er sah durchs Fenster in den ausgedehnten dunklen Garten seines luxuriösen Hauses.

Tymon kam aus einem Nebenzimmer. »Möchten Sie was

essen, Chef?«, fragte er auf Polnisch und kaute seinen Bissen zu Ende.

»Nein. Hol sie.«

Ostrowsky hatte den Wodka fast ausgetrunken, als Nick und Ashley erschienen und sich zusammen auf ein anderes Sofa setzten. »Nicholas, wie war dein Tag?«

»Super, Onkel Greg«, sagte Nick. »Hab mit Ashley AC4 Black Flag gespielt und bin bis zu …«

»Hast du heute auch was gelernt?«

Nick holte tief Luft. »Heute Morgen habe ich eine Geschichte geschrieben. Und nach dem Essen habe ich was über verschiedene Chemikalien gelernt.«

»Erzähl mir etwas, was du über Chemikalien gelernt hast, Nicholas.«

Nick konzentrierte sich. »Also, hast du gewusst, dass Wasser ein Sauerstoff…«

»Atom«, half Ashley aus.

»Atom enthält«, wiederholte Nick, »und zwei Wasserstoffatome?«

»Das habe ich gewusst«, sagte Ostrowsky.

Nick grinste. »Aber wenn Wasser Sauerstoff enthält, warum können wir am Boden eines Schwimmbads dann nicht atmen?«

»Eine gute Frage, Nicholas. Du fängst an, logisch zu denken.« Ostrowsky sah auf seine Uhr. »Es ist spät.« Nick sprang vom Sofa auf. »Warte, ich hab noch was vergessen, dir zu sagen. Ich muss morgen Abend wegen dringender Geschäfte nach Polen fahren.«

»Polen?«

»Mein Heimatland«, sagte Ostrowsky. »Möchtest du hierbleiben und lernen, oder würdest du mich gern begleiten? Wir nehmen die Nachtfähre übers Meer nach Amsterdam. Wenn du mitkommen willst, kann ich Kabinen buchen, sonst schnarchen Tymon und ich im Sessel.«

»Das Meer?«, sagte Nick. »Ich hab noch nie das Meer gesehen.«

»Du hast noch nie das Meer gesehen?« Ostrowsky lächelte. »Dann sollst du es morgen sehen.«

»Kann Ashley mitkommen?«

»Also, vielleicht hat Ashley ja andere Pläne, Nicholas. Wir sollten nicht davon ausgehen, dass Ashley seine ganze Zeit mit dir verbringen will.«

»Kommst du mit, Ashley?«, flehte Nick. »Kommst du?«

»War noch nie in Polen«, sagte Ashley einfältig. »Klingt toll.«

»Ganz sicher?«, fragte Ostrowsky. »Dann buche ich zwei Außenkabinen, und ihr könnt aufs Meer schauen, bis ihr einschlaft.« Nick ballte triumphierend die Faust. »Unter der Bedingung, dass ihr heute Nacht ordentlich Schlaf bekommt. Dann ist es egal, wie lange ihr morgen aufbleibt.«

Ashley und Nick gingen in ihre Zimmer, und Ostrowsky leerte sein Glas.

»Geschäfte, Chef?«

Ostrowskys stahlblaue Augen brannten sich grimmig in Ashleys Rücken. Er richtete den Blick auf seinen treuen Bodyguard, bis Tymon mit einem Nicken anzeigte, dass er verstand.

»Er schläft«, sagte Ashley.

Ostrowsky lächelte. »Das ist die Aufregung. Dann sieht er das Meer auf dem Rückweg.« Er zeigte auf Tymon, der in dem engen Flur wartete. »Ashley, kannst du Tymon helfen, was aus dem Auto zu holen? Es war mir zu schwer.«

»Klar, Mr. O.« Ashley schloss die Kabinentür hinter sich.

»Hier lang«, sagte Tymon.

Die beiden traten aus dem gut beleuchteten Laufgang auf das weit offene Deck, wo die Boutiquen und Bars lagen. Um zwei Uhr nachts war hier nicht mehr viel los, und die wenigen Passagiere hingen in ihren Sesseln und versuchten zu schlafen.

Tymon holte den Aufzug und drückte beim Eintreten den Knopf für Deck neun.

»Das ist nicht das Autodeck«, sagte Ashley.

»Tut mir leid.« Tymon tat mit Daumen und Zeigefinger, als würde er sich in die Stirn schießen, und drückte dann den Knopf für das Autodeck. *»Idiota.«*

Die Türen öffneten sich auf Deck neun ganz oben auf dem Schiff, und Tymon schlug sich die Hand vor den Mund. »Seekrank.« Er trat hinaus und hastete zu der Tür nach draußen in die kalte, wolkenverhangene Nacht, wo er zur Reling lief und sich hinüberbeugte.

»Seekrank?«, feixte Ashley und blickte über die Nordsee, die flach wie ein Spiegel dalag, und dann auf Tymons massige Gestalt. »Es ist wie ein Scheiß-Mühlteich.«

Der Bodyguard richtete sich zu seiner vollen Größe auf und drehte sich mit einem boshaften Glitzern in den Augen zu Ashley. »Du hast recht. Ich sollt mich zusammenreißen.« Er grinste. »Aber du siehst nicht besonders gut aus.«

Ashley zog eine Grimasse. »Ja, egal, Kumpel. Komm. Lass uns mal hinne machen.«

Tymons Hand war in einem Sekundenbruchteil an Ashleys Hals, was man ihm ob seiner klobigen Statur gar nicht zugetraut hätte. Als der große Pole den schmächtig gebauten jungen Mann zur Reling führte, stöhnte der und schnappte nach Luft. Seine Zunge hing heraus, und seine Augen quollen hervor.

An der Reling lockerte Tymon den Griff, doch bevor Ashley nach Luft schnappen konnte, zog er den Unterarm grob über die Wange des jungen Mannes. Ashley klappte zusammen wie ein billiger Regenschirm, aufrecht gehalten nur von Tymons kräftiger Hand, die ihn gegen den Handlauf drückte.

Tymon sah sich vorsichtig um und hievte den Bewusstlosen hoch, um ihn über die Reling zu stoßen.

»Auf Wiedersehen, Ashley.«

Tymon verspürte einen seltsamen Schmerz im Kreuz, und sein Lächeln entglitt ihm. Als er sich umdrehte, stand hinter ihm ein großer, kräftiger Mann. Eine Sekunde später krachte Ashley auf das Deck, als Tymons Arme und Beine nachgaben, er nach vorn sank und sein dicker Kopf gegen den Handlauf gequetscht wurde. Er war vollkommen machtlos und konnte sich nicht wehren, als der von Kopf bis Fuß in Schwarz Gekleidete das Schlagringmesser um neunzig Grad drehte, bevor er es aus seinem Rücken zog. Hätte Tymon in diesem Moment seine Stimmbänder unter Kontrolle gehabt, hätte er Höllenqualen hinausgeschrien.

Der Angreifer schleppte den bewusstlosen Ashley in die Sicherheit des vibrierenden Schotts und ging zurück, um Tymon über Bord zu werfen. Er hatte einige Mühe, den schweren Mann hochzuheben und gegen die Reling zu drücken. Da spürte er, dass sein Widersacher anfing zu krampfen.

»Du bist viel zu dick, mein Freund«, knurrte er auf Polnisch, als er Tymons Oberkörper über das brusthohe Geländer hievte. Er bückte sich zu den Fußknöcheln, hob sie hoch und ließ Tymon über die Seite segeln. »Dürfte ich eine Fischdiät vorschlagen?«

Ein leises Klopfen an der Tür signalisierte Ostrowsky, dass der Job erledigt war. Er schraubte den Verschluss von einer frischen Wodkaflasche. »Komm rein und trink was, alter Freund«, sagte er und schenkte zwei ordentliche Gläser ein. Als er aufsah, fiel sein Blick auf einen großen Mann in schwarzer Hose, Handschuhen, Pullover, Schuhen und Wollmütze, der eine Waffe auf ihn gerichtet hatte. Er verharrte kurz, bevor er die Flasche wieder zudrehte. »Sie kommen gerade rechtzeitig.«

Der Mann in Schwarz zog die Mütze ab und drehte einen Schalldämpfer auf den Lauf der Waffe, bevor er sich auf die Koje gegenüber von Ostrowsky setzte, außer Reichweite.

»Was zu trinken?«, fragte Ostrowsky. Der Mann in Schwarz schüttelte den Kopf.

»Stört es Sie, wenn ich austrinke?« Wieder ein Kopfschütteln. Aus offensichtlichen Gründen nahm Ostrowsky einen zurückhaltenderen Schluck als sonst und musterte seinen ungebetenen Gast. »Ich kenne Sie«, sagte er und lächelte ob des Wiedererkennens. »Das Foto an ihrem Bett. Spezialeinheit, richtig? Major …«

»*Oberst* Marius Proch«, stellte der Mann klar.

»Oberst«, wiederholte Ostrowsky. »Sie war sehr stolz auf Sie.«

»Und ich auf sie.«

Ostrowsky drohte mahnend mit dem Finger. »Sie musste mir versprechen, ihren Eltern nichts von mir zu erzählen.«

Proch lächelte. »Kassia war ein gutes Mädchen. Sie hat ihr Versprechen gehalten.«

Ostrowsky rätselte einen Augenblick darüber, doch er hatte die Lösung schnell. »Brook.«

Proch bestätigte es weder, noch leugnete er es. »Trinken Sie Ihren Wodka.«

Ostrowsky leerte sein Glas und stellte es auf den Boden. Er richtete seine Krawatte. »Würden Sie mir erlauben, vorher zu beten?«

»Haben Sie meiner Kassia erlaubt zu beten?«, fragt Proch. Ostrowsky zögerte. Ein Geschoss drang in sein Herz, er flog rücklings auf die Matratze und war sofort tot. »Dachte ich mir doch.«

Proch durchsuchte Ostrowsky und nahm Autoschlüssel, Brieftasche und Telefon an sich, bevor er das Fenster öffnete. Er hob Ostrowskys Kopf und Schultern durch die Öffnung und schob ihn stückweise hindurch, bis die Schwerkraft ihre Arbeit tat und der Tote in das schwarze Wasser plumpste. Er zerlegte die Waffe und warf beide Teile hinter Ostrowsky her in die Nordsee. Dasselbe machte er mit dem Smartphone des Geschäftsmanns, der Patronenhülse und seinen Handschuhen, an denen Tymons Blut klebte.

Mit dem Taschentuch öffnete er die Kabine nebenan und legte Autoschlüssel und Brieftasche leise auf den Boden. Ashley lag bewusstlos in seiner Koje, doch Nick schnarchte für zwei. Proch schloss die Tür, wischte die Klinke ab und kehrte auf das Außendeck zurück, wo er ein Prepaid-Handy herausholte und die Schnellwahltaste für die einzige Nummer in den Kontakten drückte.

»Hallo«, sagte die Stimme am anderen Ende.

Proch verharrte eine Sekunde. »Tut mir leid, ich habe mich verwählt.« Er legte auf und warf das Telefon über Bord, dann kehrte er für den Rest der Reise in seine Kabine zurück.

Brook legte das Handy weg, setzte sich auf seine Bank und sah zu, wie der Mond hinter einer schweren Wolke hervorkam. Tigerbob lag schlafend in seinem Schoß, und obwohl Brook Durst auf Tee hatte, zögerte er, sich zu rühren.

Eine Stunde später simste er Noble, um bei nächster Gelegenheit einen Termin mit Jake Tanner und seiner Anwältin zu verabreden.

»Tut mir leid, Jake«, sagte er, ein angespanntes Lächeln um die Lippen. »Wenn Gerechtigkeit walten soll, kann es keinen Frieden geben.«

Danke

Liebe und Dank gilt meiner Frau Carmel für ihre Unterstützung und Ermutigung. Ebenso meiner Schwester Susan. Jeff Fountain für seine redaktionellen Anmerkungen, die äußerst aufschlussreich sind und immer ins Schwarze treffen.

Meinem riesigen Team bei Headline – zu viele, um sie alle aufzuzählen –, das mit seinem ganzen Können sehr viel zu der DI-Brook-Reihe beigetragen haben, hauptsächlich meiner unentbehrlichen Lektorin Vicki Mellor und Presse-Tussi (ihre Worte) Elizabeth Masters.

Ich danke meinem Agenten David Grossman, weil er weiter an mich glaubt und sich voll und ganz einsetzt, um rund um die Welt für die Reihe zu werben. Darüber hinaus Joseph McDonald für seinen scharfen Einblick in die Arbeitsweise der Polizei sowie sein ausgezeichnetes Batting und Fielding für die Weekenders.

Nicht zuletzt gilt mein herzlicher Dank meiner liebsten Buchhandelskette Waterstone's für die leidenschaftlichen und klugen Menschen, die dort arbeiten und die mich vielerorts willkommen geheißen haben, um meine Arbeit bei ihnen zu präsentieren. Besonders erwähnen möchte ich die Läden in meiner Nähe in Derby, Burton-on-Trent, Loughborough, Chesterfield und Nottingham.